ein Ullstein Buch

ÜBER DAS BUCH:

Auf allen Weltmeeren ist die britische Marine in blutige Gefechte mit Napoleon und seinen Verbündeten verstrickt. Nicholas Ramage ist Leutnant auf Seiner Majestät Fregatte »Sibella«, die vor der italienischen Küste von einem französischen Linienschiff gestellt und mit mörderischem Feuer manövrierunfähig geschossen wird. Als einziger überlebender Offizier übernimmt Ramage das Kommando über die verbliebene Mannschaft, die er im Schutz der Dunkelheit aus der Gefahrenzone führen kann. Nun setzt er alles daran, die geheimen Befehle, mit denen die »Sibella« ausgelaufen war, doch noch zu erfüllen. Er rettet eine Handvoll italienischer Adliger, darunter auch die bezaubernde Marchesa di Volterra, vor den napoleonischen Schergen. Doch muß er sich im britischen Flottenstützpunkt Bastia auf Korsika vor einem Kriegsgericht wegen des Verlusts der »Sibella« verantworten. Fast fällt er einem heimtückischen Komplott zum Opfer, aber Nelson durchkreuzt mit einem neuen Befehl alle Intrigen.

ÜBER DEN AUTOR:

Dudley Pope entstammt einer alten Waliser Familie. Seine zahlreichen historischen Seekriegsromane beruhen auf eigenen intensiven Forschungen, besonders der Seekriegsgeschichte der Nelson-Zeit. Am bekanntesten wurde er mit seiner Ramage-Serie, deren Neuauflage bei Ullstein mit diesem Buch beginnt.

Dudley Pope

Leutnant Ramage

Roman

ein Ullstein Buch

ein Ullstein Buch/maritim
Nr. 22268
Herausgegeben von J. Wannenmacher
im Verlag Ullstein GmbH,
Frankfurt/M–Berlin
Titel der Originalausgabe:
Ramage
Aus dem Englischen
von Eugen von Beulwitz

Umschlagentwurf:
Hansbernd Lindemann
unter Verwendung
eines Gemäldes von Thomas Luny
(*Britisches Kriegsschiff vor Bennhead*)
aus der Sammlung Peter Tamm,
entnommen dem Buch von Dirk Böndel:
»Admiral Nelsons Epoche«, Museum für
Verkehr und Technik, Berlin
Alle Rechte vorbehalten
© 1965 by Dudley Pope
© Übersetzung S. Fischer Verlag,
Frankfurt am Main
Printed in Germany 1990
Druck und Verarbeitung:
Clausen & Bosse, Leck
ISBN 3 548 22268 4

April 1990

CIP-Titelaufnahme
der Deutschen Bibliothek

Pope, Dudley:
Leutnant Ramage: Roman/Dudley Pope. –
Frankfurt/M; Berlin: Ullstein, 1990
   (Ullstein–Buch; Nr. 22268: Maritim)
   ISBN 3-548-22268-4
NE: GT

Der interessierte Leser findet am Schluß des Romans eine kleine Einführung in die Sprache und Ausdrucksweise des Seemanns. Sie wurde vom Übersetzer für diesen Roman verfaßt.

1

Ramage war ganz benommen und suchte vergeblich die Gedanken zu erhaschen, die ihm durch den Kopf schossen. Das Ganze war wohl nur ein böser Traum, noch ein Weilchen, und er erwachte wie immer in der Sicherheit seiner Kammer. Im Augenblick allerdings schien es, als wäre sein Geist völlig von seinem Körper getrennt und schwebte frei wie ein Wölkchen Rauch durch den Raum. Ein gräßlicher Lärm umgab ihn wie unaufhörlicher Donner. Davon wurde er allmählich wach, aber er öffnete nur zögernd und widerwillig die Augen, es wollte ihm gar nicht gefallen, aus seinem wunschlos glücklichen Dahindämmern in das harte, grelle Licht der Wirklichkeit zurückzukehren.

Zugleich aber war ihm doch nicht ganz wohl zumute; er fragte sich, ob er sich etwa verschlafen hatte und nun zu spät zum Wachwechsel erscheinen würde. Die Unruhe verwandelte sich bald in ernste Besorgnis, als er gewahr wurde, daß der unaufhörliche Donner das Feuer feindlicher Breitseiten war, das nur zuweilen durch das heisere Gebell der eigenen Zwölfpfündergeschütze unterbrochen wurde. Ihm folgte jedesmal das vertraute Gerumpel der Lafettenräder, das klang, als ob ein Karren über eine Holzbrücke rollte, wenn der Rückstoß so ein Geschütz zurücktrieb, bis es die dicken Haltebrooken knirschend unter der plötzlichen Spannung zum Stehen brachten.

Als er allmählich auch wieder Gerüche zu unterscheiden begann und den scharfen Brodem des Pulverqualms beißend in der Nase spürte, da hörte er eine Stimme immer wieder sagen:

»Mister Ramage, Sir! . . . Mister Ramage, Sir!«

Das war sein Name, gewiß, aber der Ruf klang wie aus weiter, weiter Ferne. War das nicht genau wie in den Kindertagen, wenn er über die Felder und durch die Wälder streifte, bis ihn einer der Dienstboten zum Essen zurückrief? »Master Nicholas«, hörte er da, »komm sofort nach Hause, Seine Lordschaft wird furchtbar böse, wenn du zu spät zum Essen kommst.« Aber Vater war nie böse — im Gegenteil . . .

»Mister Ramage, Mister Ramage — wachen Sie auf, Sir!«

Nein, das war kein Diener, so sprach kein Mann aus Cornwall; der da rief, war ein Junge, seine Stimme klang verängstigt, ja fast hysterisch und hatte einen scharfen Cockney-Akzent.

»Mister Ramage, mein Gott, so *wachen* Sie doch endlich auf!«

Jetzt fiel noch eine Männerstimme ein, dann begannen sie ihn mit vereinten Kräften zu schütteln. Ach, sein armer Kopf! Er schmerzte, als hätte ihn ein Keulenhieb getroffen. Das gewaltige Bumsen und Rumpeln, das seine Quälgeister unterbrach, mußte wieder von einem Zwölfpfünder stammen, der in nächster Nähe gefeuert hatte und vom Rückstoß binnenbords gejagt wurde.

Ramage öffnete die Augen. Seine Glieder wollten ihm noch nicht gehorchen, und er merkte jetzt erst zu seiner Bestürzung, daß er mit dem Gesicht auf den Planken an Deck lag. Diese Planken boten, so gesehen, ein ungewöhnliches Bild. Er bemerkte, als fiele es ihm zum ersten Male auf, daß das ständige Scheuern mit Sand und Steinen im Laufe der Zeit zwischen den härteren Rippen des Holzes kleine Täler oder Senken herausgefressen hatte. Vor allem aber mußte jetzt gleich jemand das Blut aufwischen.

Das Deck ist ja voller Blut: Als er in Gedanken diesen Satz formte, stellte er erschrocken fest, daß er bei Bewußtsein war. Und doch fühlte er sich immer noch so unbeteiligt, als blickte er aus dem Masttopp auf seinen Körper herab, der zwischen zwei Geschützen hingestreckt an Deck lag. Seine Nase drückte sich auf den Planken platt, mit seinen abgespreizten Armen und Beinen wirkte er wie eine zerfetzte Stoffpuppe, die auf dem Kehrichthaufen gelandet ist.

Wieder wurde er heftig geschüttelt und dann auf den Rücken gerollt.

»Los, Mister Ramage, kommen Sie zu sich, Sir, wachen Sie auf!«

Zögernd öffnete er die Augen. Minutenlang schien sich alles um ihn zu drehen, dann erst erkannte er ihre Gesichter, aber sie wirkten immer noch unendlich fern, als ob er sie durch ein umgedrehtes Fernrohr betrachtete. Erst als er sich mit aller Kraft konzentrierte, gelang es ihm, das Gesicht des Jungen schärfer ins Auge zu fassen.

»Was ist?«

O Gott, war das seine Stimme? Dieses heisere Gekrächz wirkte ja wie ein Scheuerstein, den man über ein trockenes Deck zieht. »Was ist denn los?« Die Anstrengung des Sprechens belebte mit einem Schlag die Erinnerung an das, was geschehen war. Seine Frage war sehr töricht gewesen; denn als an jenem sonnigen Septembernachmittag im Jahre des Herrn 1796 die *Barras,* ein französisches Linienschiff mit 74 Geschützen, Seiner Majestät Fregatte *Sibella,* die mit nur 28 Geschützen bestückt war, unter Land in die Enge getrieben hatte, da war in der Tat *alles* los . . .

»O Gott, o Gott, Sir, es ist schrecklich«, stammelte der Junge, »alle sind tot, Sir, ein Schuß hat den Kommandanten getroffen — er ist . . .«

»Eins nach dem anderen, mein Junge. Wer hat dich geschickt?«

»Der Bootsmann, Sir. Ich soll Ihnen sagen, daß Sie jetzt das Kommando haben, Sir. Die anderen sind alle tot. Der Meistersmaat sagt, es seien vier Fuß Wasser im Raum, und die Pumpen seien alle kaputt. Sir — *können* Sie denn nicht auf das Achterdeck kommen, Sir? Ich will Ihnen ja auch helfen«, fügte er flehend hinzu.

Die drängende, verängstigte Stimme des Jungen, vor allem aber seine Worte: ».... daß Sie jetzt das Kommando haben, Sir«, verhalfen Ramage rasch zu einem klaren Kopf (obgleich es drinnen im Gleichtakt mit dem Herzschlag noch recht schmerzhaft klopfte). Aber was er da hören mußte, machte ihn schaudern. Jeder junge Leutnant träumte davon, eines Tages eine Fregatte im Gefecht führen zu dürfen — aber so hatte er sich das gewiß nicht vorgestellt. Schrecklich, wie es nur ein paar hundert Meter entfernt immer wieder losdonnerte — als ob ein mythischer Gott diese Blitze durch den armen Rumpf der Fregatte jagte, um das Schiff und die Menschen darauf zu zerschmettern. Dieser Albtraum war das französische Linienschiff *Barras* mit ihrer Breitseite von 35 schweren Geschützen. Und die krampfhaften Hustentöne dicht in der Nähe rührten offenbar von den paar Kanönchen her, die von der aus ganzen 14 solcher leichten Rohre bestehenden Breitseite der Fregatte noch übrig waren.

Nein, so sah der Traum eines Leutnants von Schlachtenruhm und Ehre bei Gott nicht aus. Auch, daß man ihm das Kommando aufdrängte, obwohl er durch einen Schlag auf den Kopf halb bewußtlos war und noch längst nicht zu sich kommen wollte, hatte in seinen Vorstellungen keinen Platz. Wieviel schöner war es doch, hier an Deck zu liegen . . .

»Los, Sir, ich helfe Ihnen auf.«

Ramage schlug abermals die Augen auf. Jetzt stand ein Matrose neben ihm — ein Landsmann aus Cornwall, Higgins, Briggins oder so ähnlich hieß er. Dann merkte er, daß er wieder eingeschlafen war oder das Bewußtsein verloren hatte. Was war es nur, das seinem Körper die Kraft nahm und sein Gehirn immer aufs neue in Nebel hüllte?

Higgins — oder hieß er Briggins? — stank nach Schweiß, aber was machte das schon. Der Geruch war widerwärtig und scharf, aber er brannte wenigstens nicht in der Nase wie der Pulverqualm. Als sie ihn auf die Füße stellten, schloß er rasch die Augen, daß sich nicht wieder alles um ihn drehte. Higgins oder Briggins machte gerade einem anderen Matrosen die Hölle heiß: »Los, nimm seinen Arm um deinen verdammten Hals, sonst fällt er wieder zusammen. Pack ihn beim Handgelenk. Na endlich! So, jetzt marschier mit ihm los, du irischer Trottel!«

Ramage schlenkerte abwechselnd kraftlos die Beine nach vorn, während sie ihn, auf der einen Seite der Mann aus Cornwall und auf der anderen der Ire, über Deck schleppten. Offenbar hatten die beiden große Erfahrung darin, einen betrunkenen Bordkameraden aus dem Wirtshaus zu schaffen. Vor ihnen her tanzte der Junge durch den Qualm, der die Decks durchzog und sich zu seltsamen Gebilden formte, wenn durch die Geschützpforten ein Lüftchen hereindrang. Jetzt erkannte er ihn; es war der Bursche des Ersten Offiziers — des gefallenen Ersten Offiziers, verbesserte er sich.

»Verdammt! Was nun? Wie kriegen wir ihn den Niedergang hinauf?«

Die Treppe vom Großdeck hinauf zur Laufbrücke und zum Achterdeck hatte acht Stufen — Ramage bildete sich etwas darauf ein, daß er das noch wußte —, sie war für einen Mann gerade breit genug. Acht Stufen, das hieß, daß man neun Schritte machen mußte, bis man oben war — jede dieser Stufen unterstand jetzt ihm.

Ramage erschrak über die Torheit dieses Einfalls und gab sich darüber Rechenschaft, daß er bis jetzt nicht ernstlich versucht hatte, sich zusammenzureißen: Die beiden Matrosen konnten ihn nicht mehr weiterschlep-'pen, er war fortan allein auf sich gestellt. Wenn er die acht Stufen erstiegen hatte, war er auf dem Achterdeck, und dort gehörte er hin, weil er jetzt Kommandant war. Dutzende von Männern blickten zu ihm auf, weil sie seine Befehle erwarteten.

»Eine Balje her«, sagte er und befreite sich aus dem Griff der beiden Männer.

»Hier, Sir.«

Er wankte ein paar Schritte weiter und kniete neben der Balje nieder. Wenn vor einem Gefecht Klarschiff angeschlagen wird, stellt man kleine Wasserbütten neben die Geschütze, damit die Männer die Schwämme zum Auswischen der Läufe naß machen können. Als Ramage jetzt den Kopf ins Wasser tauchte, ächzte er vor Schmerz und ertastete mit den Fingern am Hinterkopf eine starke Schwellung und einen langen Hautriß. Die Wunde war nicht tief, aber sie ließ keinen Zweifel, warum er bewußtlos geworden war. Wahrscheinlich rührte sie von einem umherfliegenden Holzsplitter her. Wieder tauchte er den Kopf in die Balje, spülte den Mund mit Wasser und spuckte es aus. Dann strich er sich die nassen Haare aus der Stirn, holte ein paarmal tief Atem und stand auf. Die rasche Bewegung machte ihn wieder schwindlig, aber er fühlte sich jetzt doch schon kräftiger, seine Beinmuskeln versagten ihm jedenfalls nicht mehr den Dienst.

Am Fuße des Niederganges machte er halt; plötzliches Grauen krampfte ihm förmlich den Magen zusammen, denn oben erwartete ihn ein blutiges Chaos. Dennoch galt es jetzt Entscheidungen zu treffen, Entscheidungen, bei denen es um Tod oder Leben ging, und dann die entsprechenden Befehle zu geben. Und das traf jetzt ausgerechnet ihn, der unter Deck gewesen war und fast das ganze Gefecht hindurch nur einen Teil der Geschütze befehligt hatte. Dabei hatte sich sein Eindruck von der Lage auf das wenige beschränkt, das durch die Geschützpforten zu erkennen war, und gegen Ende zu war er ja bewußtlos gewesen.

Während er nun mühsam die Stufen nahm, entdeckte er überrascht, daß er mit sich selbst sprach wie ein Kind, das etwas auswendig lernt: »Der Kommandant, der Erste und der Zweite Offizier müssen gefallen sein, jetzt bin also ich an der Reihe. Es war der Bootsmann, der mir durch den Jungen melden ließ, ich hätte jetzt das Kommando, also muß der Steuermann ebenfalls tot sein. Gott sei Dank lebt wenigstens der Bootsmann noch. Hoffentlich ist auch der Arzt noch am Leben und nüchtern geblieben.

Wie viele Geschütze der *Sibella* haben eigentlich während der letzten paar Minuten gefeuert? Höchstens vier oder fünf, und alle vom Großdeck aus. Das heißt, daß an Oberdeck alle Geschütze und Karronaden ausgefallen sind. Wenn in Feuerluv nur vier oder fünf Geschütze feuern können, wie viele Männer der Besatzung sind dann noch übrig? Bei der letzten Sonntagsmusterung waren es 164, die ›hier‹ riefen.

Noch zwei Stufen, und ich habe es geschafft. Wieder hat die *Barras* eine Breitseite gelöst. Seltsam, dieses Geschützfeuer klingt über dem Wasser genau wie Donner. Ratsch — das gab ein Loch im Segel, und mit entsetzlichem Krachen schlugen andere Kugeln in die Bordwand, daß das arme Schiff bis zum Kiel erzitterte.

Wieder Schreie, wieder neue Tote. Wie? War nicht er für diese armen Burschen mitverantwortlich? Hätte er sich zusammengerissen, wäre er rascher herbeigeeilt, dann mochte er schon etwas unternommen haben, das ihnen das Leben rettete.

Jetzt tauchte sein Kopf über der Laufbrücke auf, die über das ganze Schiff reichte und die Back mit dem Achterdeck verband. Da sah er, daß es bald dämmern mußte. Gleich darauf war er oben und taumelte unsicher an die Reling. Das Schiff war kaum wiederzuerkennen. Die Karronaden auf beiden Seiten der Back waren aus ihren Gleitlafetten gerissen, und die Leichen daneben verrieten, daß die Bedienungen gefallen waren, als das geschah. Schiffsglocke und Kombüsenschornstein waren verschwunden; von der Steuerbordverschanzung waren große Stücke zerstört; Dutzende gezurrter Hängematten lagen an Deck verstreut, sie waren aus den Finknetzen oben auf der Reling geflogen, wo sie für gewöhnlich verstaut waren.

Als er sich umwandte und einen Blick achteraus warf, mußte er sehen, daß auch hier die Karronaden aus den Lafetten geflogen waren und daß an der Steuerbordseite wiederum Tote lagen. Das achtere Gangspill war halb weggeschossen, so daß die vergoldete Krone, die es schmückte, schräg herunterhing. Vor dem Kreuzmast, dort wo sich das doppelte Ruderrad befunden hatte, an dem immer zwei Rudergänger standen, gähnte jetzt ein Loch im Deck. Die Kugeln hatten Stücke aus dem Kreuzmast und dem Großmast gerissen. Der Fockmast sah auch nicht viel anders aus. Wo man hinsah, lagen Tote, Ramage hatte den Eindruck, daß ihrer mehr waren, als die ganze Besatzung Leute zählte. Und doch rannten noch Männer da und dort herum — andere wieder bedienten unten die paar Geschütze, die noch feuern konnten. Vier oder fünf Seesoldaten hockten in der Höhe des Kreuzmastes hinter der Verschanzung und luden gerade ihre Musketen.

Und die *Barras?* Ramage hielt durch eine Geschützpforte nach ihr Ausschau und bat den Bootsmann, der eben herbeigeeilt war, einen Augenblick zu warten. Mein Gott, wie schrecklich war der Anblick, den dieses Schiff bot! Wie eine Silhouette hob es sich gegen den Westhorizont ab, hinter dem die Sonne zehn Minuten zuvor verschwunden war. Das gewaltige Linienschiff wirkte wie eine riesige Inselfestung mitten im Meer, schwarz, drohend und allem Anschein nach unverwundbar. Von der *Sibella* hatte sie jedenfalls nichts zu fürchten, sagte sich Ramage mit bitterem Gefühl. Im Augenblick hatte sie nur das Großmarssegel stehen und lief in etwa fünfhundert Meter Abstand auf Parallelkurs mit der *Sibella.*

Jetzt warf Ramage einen Blick nach Backbord. Fast querab und nur ein paar Meilen entfernt erhob sich dort die massige Halbinsel Argentario aus der See, ein wuchtiger Felsen, der mit dem italienischen Festland nur durch zwei schmale Dämme verbunden war. Der Monte Argentario selbst, der höchste der Berggipfel, peilte im Augenblick nur wenig achterlicher als querab. Die *Barras* war von See her aufgelaufen und hatte die *Sibella* hier unter Land gestellt wie ein Räuber, dem sein Opfer nicht entgehen kann, weil es eine Wand im Rükken hat.

»Ja, Bootsmann, was ist?«

»Gott sei Dank, daß Sie am Leben sind, Sir. Ich dachte schon, Sie seien auch tot. Sind Sie wohlauf, Sir? Sie sind ja über und über voll Blut.«

»Das war nur ein Schlag gegen den Kopf... Wie ist denn die Lage?« Das Gesicht des Bootsmanns war vom Pulverqualm geschwärzt, der rinnende Schweiß hatte längs der Hautfalten Streifen gezogen, so daß

15

dort die gebräunte Haut zum Vorschein kam. Der Mann bot so fast einen komischen Anblick, weil man unwillkürlich an den bekümmerten Ausdruck eines Bullenbeißers dachte.

Er gab sich augenscheinlich alle Mühe, in ruhigem Ton zu sprechen und nichts von dem zu vergessen, was dem neuen Kommandanten gemeldet werden mußte. Zunächst wies er mit der Hand nach achtern. »Sie können die Bescherung dort selbst sehen, Sir. Das Ruderrad ist zerschossen, Pinne und Kopf des Ruderschaftes desgleichen. Steuertakel lassen sich nicht scheren, weil man sie nirgends mehr anschlagen kann. Jetzt steuert sich das Schiff einigermaßen selbst, wir helfen natürlich mit Schoten und Brassen, daß es auf Kurs bleibt. Die Paternosterpumpe ist zerschossen, bleibt also nur noch die Pumpe vorn unter der Back. Der Meistersmaat sagt, wir hätten vier Fuß Wasser im Raum, und es stiege schnell. Der Fockmast kann jeden Augenblick über Bord gehen, das sehen Sie ja selbst. *Ich* könnte nicht sagen, was ihn noch hält. Der Großmast ist an zwei Stellen gesplittert — die Kugeln stecken noch drin — und der Kreuzmast an drei.«

»Wie hoch sind die Mannschaftsverluste?«

»Wir haben fünfzig Tote und an die sechzig Verwundete. Eine Kartätschensalve kostete den Kommandanten und den Ersten Offizier das Leben. Der Arzt und der Zahlmeister wurden ...«

»Genug davon! Wo ist der Meistersmaat? Lassen Sie ihn gleich holen.«

Als sich der Bootsmann abgewandt hatte, warf Ramage wieder einen Blick nach der *Barras*. Hatte sie nicht ein wenig nach Backbord gedreht, nur ein paar Grad, so daß ihr Kurs jetzt um eine Kleinigkeit mit dem der *Sibella* konvergierte? Er glaubte sogar unterscheiden zu können, wie die Männer drüben etwas an den

Großmarsbrassen holten. Wollten sie etwa noch näher heran?

Die *Sibella* lief etwa vier Knoten und gierte bis zu vier Strich. Wenn man achtern Segel kürzte, steuerte sie ganz bestimmt besser, weil sie dann vom Vormarssegel gezogen wurde.

»Bootsmann, lassen Sie das Groß- und das Kreuzmarssegel aufgeien und setzen Sie dafür das Sprietsegel.«

Wenn am Groß- und Kreuzmast keine Segel mehr zogen, konnte der Wind das Heck des Schiffes nicht mehr herumdrücken. Das Sprietsegel, das vorn unter dem Bugspriet gesetzt wurde, half dafür dem Vormarssegel, wenn es bei dem leichten Wind auch fast zu klein war, um die Fahrt fühlbar zu beschleunigen.

Während der Bootsmann seine Leute mit lauten Kommandos ans Werk schickte, kam schon der Meistersmaat herbei. Der Mann hatte anscheinend sich selbst mit noch mehr Talg beschmiert als die konischen Holzpfropfen, die er in die Bordwand hämmerte, um die Schußlöcher einigermaßen zu stopfen.

»Machen Sie Ihre Meldung.«

»Über vier Fuß Wasser im Raum — Pumpen unbrauchbar, sechs oder mehr Treffer zwischen Wind und Wasser, mindestens drei Treffer unter der Wasserlinie — müssen beim Überholen eingeschlagen haben, Sir.«

»Gut, peilen Sie noch einmal die Bilge und machen Sie mir sofort darüber Meldung.«

Vier Fuß Wasser... Mathematik war Ramages schwache Seite, er versuchte krampfhaft zu rechnen, dabei war die nächste Breitseite der *Barra*s jeden Augenblick zu erwarten. Vier Fuß Wasser — der Tiefgang der *Sibella* war etwas über fünfzehn Fuß, und jede sieben Tonnen Ladung, die sie an Bord nahm, drückten sie einen Zoll tiefer ins Wasser. Wie viele Tonnen machten also diese vier Fuß Wasser aus, die jetzt dort unten die Bilge durchspülten? Ach, was tat es schon, dachte er ungeduldig; wichtig ist nur, was der Meistersmaat jetzt zu melden hat.

»Bootsmann, nehmen Sie ein paar Mann und kappen Sie die Anker. Aber die Männer sollen sich dabei in acht nehmen, sagen Sie ihnen das. Wir können keine Ausfälle mehr brauchen.«

Es konnte nicht schaden, wenn man einiges Gewicht über Bord gab, um das einströmende Wasser auszugleichen. Die Anker wogen etwa fünf Tonnen; wenn er sie opferte, hob sich die *Sibella* etwas über einen halben Zoll aus dem Wasser. Das war fast lächerlich zu nennen, aber man gab den Leuten damit wenigstens etwas zu tun. Jetzt, da so viele Geschütze außer Gefecht waren, lief ja ein großer Teil der Mannschaften untätig an Deck herum und wartete auf Befehle. Wenn er beschädigte Geschütze über Bord werfen ließ, konnte er das Schiff natürlich noch um vieles leichter machen, aber mit der beschränkten Zahl von Leuten, die er zur Verfügung hatte, hätte das zu lange gedauert.

Jetzt trat der Meistersmaat wieder vor ihn hin: »Fünf Fuß im Raum, Sir. Je tiefer das Schiff sinkt, desto mehr Schußlöcher kommen unter Wasser.«

Und, dachte Ramage, desto größer wird auch der Druck des einströmenden Wassers.

»Können Sie die Schußlöcher nicht dichten?«

»Die meisten sind zu groß, Sir — vor allem aber sind sie so aufgesplittert. Wenn wir die Fahrt stoppen könnten, dann wäre es möglich, ein Lecksegel darüber auszuholen ...«

»Wann haben sie die Bilge vorher zum letztenmal gepeilt?«

»Vor kaum einer Viertelstunde, Sir ...«

Das hieß, daß das Wasser im Raum in fünfzehn Minuten um einen Fuß stieg! Wenn das Schiff durch sieben Tonnen Wasser einen Zoll tiefer gedrückt wurde, wie viele Tonnen mußten dann einströmen, bis es einen Fuß tiefer ging? Zwölf Zoll mal sieben Tonnen — gibt vierundachtzig; das hieß, daß in höchstens fünfzehn Minuten vierundachtzig Tonnen Wasser eingeströmt waren. Wieviel Wasser vertrug das Schiff noch, ehe es unterging oder kenterte? Das wußte Gott allein, davon stand nichts in den Seemannschaftsbüchern. Auch der Meistersmaat wußte es nicht. Auch die Leute, die dieses Schiff geplant hatten, hätten es nicht gewußt, selbst wenn sie in Rufweite gewesen wären. Sie allein sind jetzt an der Reihe, Leutnant Ramage — los, zeigen Sie, was Sie können!

»Meistersmaat — peilen Sie die Bilge alle fünf Minuten und machen Sie mir jedesmal Meldung. Holen Sie sich Leute zu Hilfe, um die Schußlöcher zu stopfen, alle, die noch ein paar Fuß über dem Wasserstand im Raum unten liegen. Stopfen Sie Hängematten hinein, tun Sie alles, um das Einströmen von Wasser zu verringern.«

Ramage trat, wie es seine Gewohnheit war, am vorderen Ende des Achterdecks an die Reling, denn dort war während der längsten Zeit seines Seemannslebens sein Platz gewesen, wenn er auf Wache war.

Was wissen wir? dachte er. Die *Barras* kann tun, was sie will; sie ist die Katze, wir sind die Maus. Wir können ja nicht manövrieren, sie aber braucht nur um ein weniges heranzuscheren. Wie viele Strich? Höchstens zwei. Wann stoßen wir dann zusammen?

Wieder diese verdammte Rechnerei! Ramage war richtig böse. Achthundert Meter war die *Barras* noch entfernt, als sie den Kurs änderte. Diese achthundert Meter waren die Basis eines Dreiecks, der Kurs der *Barras* war die Hypotenuse, der Kurs der *Sibella* lag ihr als Kathete gegenüber. Frage: Wie lang war diese

Kathete? Die Formel fiel ihm nicht ein, er konnte nur schätzen, daß sie am Ende nach etwa einer Meile mit der *Sibella* zusammenschor und kollidierte — wenn sie nicht vorher ihren Kurs änderte. Die Fregatte machte wenig über drei Meilen Fahrt. Sechzig Minuten durch drei? In zwanzig Minuten also waren sie längsseit: bis dahin war es fast Nacht. Wieder zuckten längs der Bordwand der *Barras* rote Blitze auf, wieder folgte der Donner. Die Franzosen feuerten nicht geschlossen; wahrscheinlich wurde bei ihnen jedes Geschütz einzeln durch einen Offizier gerichtet, denn sie hatte ja keinen ernsthaften Widerstand zu befürchten. Keiner der französischen Schüsse traf den Rumpf, das Geräusch zerreißender Leinwand verriet, daß es die Franzosen auf die Masten und Spieren der *Sibella* abgesehen hatten.

Wäre er der Kommandant der *Barras*, was würde er tun? Die *Sibella* außer Gefecht setzen, das natürlich war seine erste Pflicht; darum feuerte er jetzt nach ihrer Takelage. In den letzten wenigen Minuten vor Dunkelwerden bot sich dann wohl die Gelegenheit, längsseit zu scheren und die *Sibella* im Triumph nach Toulon einzubringen. Außerdem weiß er ja genau, daß er uns während der letzten paar hundert Meter in Rufweite hat. Da wird er uns auffordern, uns zu ergeben. Er weiß genau, daß wir gegen Enterer nichts machen können . . .

Ramage mußte sich eingestehen, daß er sich in einer fast lächerlichen Lage befand: Das Schiff, das er jetzt führte, steuerte sich ohne einen Mann am Ruder ganz allein — aber das machte letzten Endes nichts aus, denn ehe noch eine Stunde um war, mußte er sich ohnedies ergeben. Da er nicht kämpfen konnte und da sein Schiff voll Verwundeter war, gab es für ihn keine andere Möglichkeit.

Und du, Nicholas Ramage, sagte er sich verbittert, da

du ja der Sohn des in Unehre gefallenen Zehnten Earls of Blazey, Admiral der Weißen Flagge, bist, du darfst wenig Gnade von der Admiralität erwarten, wenn du dich einem französischen Schiff ergibst, ganz gleich warum das geschehen mag. Von den Sünden der Väter werden ja nach den Worten der Bibel noch die Kinder und Kindeskinder heimgesucht.

Wenn man sich an Deck der *Sibella* umsah, fiel es einem wirklich schwer, an Gott zu glauben: Da, dieser zerrissene Leichnam, dessen Beine noch in blutigen Seidenstrümpfen steckten und dessen Füße mit eleganten silberblitzenden Schnallenschuhen bekleidet waren, das war der tote Kommandant dieser Fregatte. Und neben ihm lag wahrscheinlich sein Erster Offizier, der jetzt endlich nicht mehr zu katzbuckeln brauchte. War es nicht eine Ironie des Schicksals, daß ausgerechnet diesem Mann der Kopf abgerissen wurde, daß jenes ewig lächelnde Gesicht zerfetzt war, mit dem er sich bei seinen Oberen einzuschmeicheln pflegte? Das Deck glich in der Tat einem Schlachthaus. Ein Matrose, nackt bis auf seine Hose, lag hingestreckt über der zerschossenen Lafette einer Karronade, als wollte er sie liebend in seine Arme schließen, sein Haar war noch in einen langen Zopf aufgebunden, und um die Stirne trug er einen Streifen Stoff, damit ihm der Schweiß nicht in die Augen rann — ihm war der Leib von oben bis unten aufgerissen. Neben ihm lag ein anderer, anscheinend unverletzt, bis man entdeckte, daß ihm ein Arm aus dem Schultergelenk gerissen war . . .

»Bitte um Befehle, Sir.«

Das war der Bootsmann. Befehle — weiß Gott, er hatte wieder geträumt, während die Männer, die noch am Leben waren, vertrauensvoll ein Wunder von ihm erwarteten, das ihnen das Leben retten sollte und das sie davor bewahrte, bis an ihr Ende in französischer Ge-

fangenschaft zu schmachten. Dabei war ihm so hunde-
elend zumute. Er riß sich zusammen, so gut es ging,
um zu überlegen, und bemerkte gerade in diesem
Augenblick, daß der Fockmast schwankte. Wahrscheinlich hatte er schon eine ganze Weile geschwankt, denn
der Bootsmann hatte sich ja schon gewundert, daß er
nicht längst über Bord gegangen war. Über Bord gegangen ...

Richtig! Warum war ihm das nicht längst eingefallen?
Er hätte am liebsten Hurra gerufen. Hurra! der Leutnant Ramage ist aufgewacht, jetzt haltet euch klar, ihr
Männer, und paß auch du auf, *Barras*, was nun geschieht ... Ganz plötzlich fühlte er sich so beschwingt,
als hätte er reichlich getrunken. Unbewußt rieb er mit
der Rechten die Narbe, die er an der Stirne trug.

Der Bootsmann blickte ihn ganz bestürzt an und
brachte Ramage dadurch zum Bewußtsein, daß er fröhlich grinste.

»Gut, Bootsmann«, sagte er lebhaft, »machen wir uns
ans Werk. Ich möchte zunächst, daß alle Verwundeten
an Deck gebracht werden, ganz gleich wie es ihnen geht.
Lassen Sie sie alle auf das Achterdeck holen.«

»Aber, Sir ...«

»Sie haben fünf Minuten Zeit dazu.«

Der Bootsmann zählte schon volle sechzig Jahre, sein
Haar, soweit noch vorhanden, war weiß. Er war sich
darüber klar, daß die Verwundeten hier an Oberdeck
jeden Augenblick durch eine Breitseite der *Barras* hin-
geschlachtet werden konnten. Offenbar, dachte Ramage,
war ihm entgangen, daß die *Barras* jetzt nur noch in
die Takelage der *Sibella* feuerte. Seit einer Weile be-
strich der Franzose ihre Decks nicht mehr mit Kartätschen, anscheinend glaubte man drüben, daß genügend
Männer gefallen seien. Wenn es ihm einfiel, seine
Breitseiten wieder in ihren Rumpf zu jagen, dann hatten

die Verwundeten unter Deck genauso zu gewärtigen, daß sie von den schrecklichen Holzsplittern getroffen wurden, die die Kugeln aus der Bordwand rissen — er hatte Stücke gesehen, die über fünf Fuß lang waren.

Verwundete an Deck. Jetzt etwas anderes: die Boote. Ramage lief an die Heckreling und blickte über Bord. Die *Sibella* hatte noch immer einige ihrer Boote im Schlepp, man hatte sie bei Klarschiff zu Wasser gebracht, damit sie im Gefecht keinen Schaden nahmen. Zwei Boote fehlten, aber die übrigen vier reichten für sein Vorhaben aus. Die Verwundeten, dann die Boote — jetzt waren Proviant und Wasser an der Reihe.

Der Bootsmann war wieder zur Stelle.

»Wir werden das Schiff bald aufgeben«, sagte ihm Ramage. »Leider müssen wir die Verwundeten an Bord lassen. Es stehen uns im ganzen vier Boote zur Verfügung. Bitte suchen Sie vier zuverlässige Männer aus; jeder von ihnen soll die Verantwortung für eines der Boote übernehmen. Sagen Sie ihnen, sie sollen sich je zwei oder, wenn sie wollen, auch mehr Leute aussuchen. Sie selbst sorgen dafür, daß Säcke mit Hartbrot und Wasserfässer an den achtersten Geschützpforten an Steuerbord für sie bereitgestellt werden. Einen Kompaß und eine Laterne brauchen wir auch für jedes Boot. Stellen Sie sicher, daß jede Laterne brennt und daß genügend Riemen in den Booten sind. In drei Minuten treffen wir uns wieder hier an dieser Stelle — ich gehe jetzt unter Deck in die Kajüte.«

Der Bootsmann warf ihm einen fragenden Blick zu, ehe er sich zum Gehen wandte. Mit dem Ausdruck Kajüte konnte auf einer Fregatte nur die bescheidene Kammer des Kommandanten gemeint sein. Ach ja, »unter Deck gehen« — dabei dachte der Mann natürlich an die Seesoldaten, die im Gefecht an allen Niedergängen Posten standen, damit sich niemand unter Deck in Si-

23

cherheit bringen konnte. Der Teufel sollte ihn holen, jetzt war keine Zeit zu langen Erklärungen. Ob sich der Bursche wohl später daran erinnerte, wenn er Zeugnis ablegen sollte bei der Kriegsgerichtsverhandlung, die dem Verlust eines Königlichen Kriegsschiffs unweigerlich folgte? Gesetzt, daß sie es noch erlebten ...

In der Kajüte war es dunkel, Ramage mußte sich bücken, um nicht an die Decksbalken zu stoßen. Der Schreibtisch des Kommandanten war gleich gefunden, ein Glück, daß keine Zeit mehr gewesen war, die Einrichtung in der Last zu verstauen, als Klarschiff angeschlagen wurde. Jetzt sprach er mit lauter Stimme vor sich hin, um sicher zu sein, daß er ja nichts vergaß. Erstens, sagte er, brauche ich den Operationsbefehl des Admirals, zweitens das Briefbuch und das Befehlsbuch des Kommandanten, drittens die Gefechtsanweisungen und schließlich noch — verflucht ja, das Signalbuch war natürlich nicht da, das hatte wohl einer von den Fähnrichen, und die waren alle tot. Aber gerade das Signalbuch mit seinem Geheimcode durfte den Franzosen unter keinen Umständen in die Hände fallen.

Tastend suchte er nach der rechten oberen Schublade, hatte er doch oft gesehen, daß der Kommandant dort seine geheimen Dokumente unterbrachte. Sie war verschlossen, verdammt — und doch wohl selbstverständlich. Er aber hatte weder seinen Säbel noch eine Pistole zur Hand, um sie mit Gewalt aufzubrechen. In diesem Augenblick tauchte hinter ihm ein Licht auf und zauberte huschende Schatten auf die Wände der Kajüte. Hastig wandte er sich um, da hörte er eine näselnde Stimme sagen: »Kann ich Ihnen behilflich sein, Sir?«

Das war der Bootssteuerer des toten Kommandanten, ein hohlwangiger bleicher Amerikaner namens Thomas Jackson. Er hielt in der einen Hand eine Gefechtslaterne, in der anderen eine Pistole.

»Ja, öffnen Sie dieses Schubfach.«

Jackson steckte die Pistole in seinen Leibriemen und trat zu einem der Geschütze an der Backbordseite der Kajüte. Seine Lafette war durch einen Schuß zerschmettert worden, und das Rohr lag quer über ihren Trümmern. Im Licht der Laterne sah Ramage bestürzt, daß da drei Tote lagen — offenbar hatte sie der Schuß getötet, der die Kanone zerstörte.

Der Amerikaner kam mit einer blutigen Handspake wieder. Der lange Stiel aus Eschenholz mit dem eisernen Schuh diente sonst dazu, die Lafetten der Geschütze herumzuwuchten, wenn man sie richten wollte.

»Wollen Sie bitte die Lampe halten und etwas zurücktreten, Sir«, sagte er höflich. Er schwang die Handspake, daß ihr beschlagenes Ende die Ecke des Schreibtischs zerschmetterte. Ramage konnte jetzt das Schubfach mit einer Hand aufziehen und gab Jackson die Lampe mit der anderen zurück.

»Halten Sie das Licht ein bißchen hoch.«

Nun zog er die Schublade ganz heraus. Auf einem Stapel von Büchern und Papieren lag ein leinener Umschlag mit einem erbrochenen Siegel. Ramage öffnete ihn und nahm ein zwei Seiten langes Schreiben heraus, das als »geheim« bezeichnet war und die Unterschrift »J. Jervis« trug. Das war offenbar der geheime Operationsbefehl. Er schob das Papier wieder in den Umschlag und steckte diesen in seine Tasche. Jetzt warf er einen Blick auf die verschiedenen Bücher. Das erste trug die Bezeichnung Briefbuch und enthielt Kopien aller dienstlichen Schreiben, die an Bord der *Sibella* empfangen und geschrieben worden waren. Das zweite, »Befehlsbuch« genannt, gab in Abschrift alle Befehle wieder, die der Kommandant erteilt oder empfangen hatte. Der letzte Befehl Admiral Jervis' war allem Anschein nach noch nicht in die Sammlung aufgenommen worden. Ferner fand sich hier das Logbuch des Kommandanten — es pflegte in der Regel kaum mehr zu sein als eine Abschrift der Aufzeichnungen des Steuermanns.

Darunter lag ein ganzes Bündel von Formularen und unterschriebenen Dokumenten. Die Admiralität war offenbar des Glaubens, daß die Schiffe des Königs ohne diese Flut von Papier nicht schwimmen konnten und durch sie erst den nötigen Auftrieb erhielten. »Coopers Aussage über den Verlust von Bier durch Auslaufen« — ach ja, das betraf die fünf Fässer, die man in Gibraltar als schadhaft bezeichnet hatte. Es folgten die »Liste der Belohnungen«, die Führungsliste, die Liste über verbrauchtes Papier und so weiter. Ramage riß diesen ganzen Wust in Stücke. Auch die Gefechtsanweisungen fanden keine Gnade, sie fielen ebenfalls der Vernichtung anheim. Jetzt war der dünne Band mit den Kriegsartikeln an der Reihe, jenen Gesetzen, denen die Navy unterstand. Sie waren alles andere als geheim, sie mußten ganz im Gegenteil allmonatlich jeder Besatzung laut vorgelesen werden. Mochten die Franzosen damit glücklich werden.

Abgesehen vom Signalbuch und einigen Seekarten, war das alles, was er brauchte.

Nun wandte sich Ramage an Jackson: »Gehen Sie in die Kammer des Steuermanns und holen Sie alle Karten und Segelanweisungen für das westliche Mittelmeer, die Sie dort finden. Stopfen Sie dieses ganze Zeug in einen mit Schrot beschwerten Segeltuchsack, für den Fall, daß wir uns überraschend davon befreien müßten.«

Im Schiff war es jetzt seltsam ruhig geworden. Als er sich aus der dunklen Kajüte tastete und nach dem Niedergang suchte, der auf das Achterdeck führte, fiel ihm auf, daß die Verwundeten aufgehört hatten zu stöhnen — vielleicht aber waren sie inzwischen alle an Oberdeck und außer Hörweite. Dafür hörte er jetzt wieder das vertraute Knarren der Masten und Rahen und das Quietschen der Enden, die durch die Blöcke liefen. Dann war da noch ein weniger vertrautes Geräusch: das Schwappen des Wassers unten im Raum, das von einem seltsamen Rumpeln begleitet war. Wahrscheinlich rührte dies von Fässern mit Salzfleisch, Pulver und anderen Vorräten her, die dort unten frei im Wasser herumtrieben.

Das Schiff selbst wälzte sich träge unter seinen Füßen. Alles Leben, die blitzschnelle Reaktion auf die leiseste Bewegung des Ruders, das begeisternde Vorwärtsstürmen, wenn ein stärkerer Windstoß die Segel füllte, das lebhafte Stampfen und Rollen über die Berge und Täler der See — mit all dem war es jetzt zu Ende. Als ob die *Sibella* an einer unheimlichen inneren Blutung litte, rauschten die eingedrungenen Wassermassen unten im Raum von einer Seite zur anderen. Tonne um Tonne warfen sie ihr Gewicht bald nach Steuerbord, bald nach Backbord und verschoben dadurch ständig den Schwerpunkt des Schiffsgewichts und des Auftriebs. Im Endeffekt kam dabei ein phantastisches Gaukelspiel mit der Stabilität des Schiffes heraus.

Mit der *Sibella*, dachte er unwillkürlich schaudernd, geht es nun zu Ende. Sie gleicht einem großen wilden Tier, das sich tödlich getroffen durch den Dschungel schleppt und nur noch wenige Schritte tun kann. Wenn sie nicht eine plötzliche See nach Steuerbord oder Backbord zum Kentern bringt, dann führt das Gewicht des Wassers, das durch die zerfetzten Schußlöcher hereindringt, das Ende herbei. Sobald nämlich das Gewicht des eingedrungenen Wassers dem Schiffsgewicht entspricht, hat die letzte Stunde der *Sibella* geschlagen. Das ist ein Naturgesetz, und nur Pumpen, keine Gebete können verhindern, daß es wirksam wird.

Als Ramage jetzt auf das Achterdeck kletterte, war ihm einen Augenblick zumute, als betrete er einen Kuh-

27

stall. Das halberstickte Stöhnen und Seufzen der Verwundeten klang in der Tat wie das Muhen und Schnau-
fen von Rindern. Der Bootsmann hatte rasche Arbeit
geleistet, denn eben wurden die letzten Verwundeten an
Deck gebracht. Ramage trat einen Augenblick beiseite,
um zwei hinkenden Männern Platz zu machen, die
einen dritten mit sich zerrten. Dieser hatte allem Anschein nach ein Bein gebrochen und sollte sich jetzt zu
den anderen gesellen, die in unordentlichen Reihen den
vorderen Teil des Achterdecks einnahmen.

Seit Minuten hatte keines der Geschütze der *Sibella*
mehr gefeuert, und der Wind, der durch die Geschützpforten hereinstrich, hatte den Qualm vertrieben, aber
der Geruch verbrannten Schießpulvers haftete noch an
Ramages Zeug, so wie ein Haus noch immer nach Feuer
riecht, längst nachdem die Flammen, die es heimsuchten,
erstickt sind.

Ja, die *Barras* war genau dort, wo er sie vermutet
hatte, etwas vorlicher als querab und etwa fünfhundert
Meter entfernt. Er wurde sich plötzlich bewußt, daß sie
seit drei oder vier Minuten nicht mehr gefeuert hatte.
Das war auch nicht nötig, denn was sie wollte, war erreicht. Man konnte kaum glauben, daß noch keine zehn
Minuten verstrichen waren, seit das Linienschiff jene
kleine Kursänderung vorgenommen hatte, noch schwerer
fiel es zu begreifen, daß es erst vor einer Stunde an
der Kimm in Sicht gekommen war.

Ramage hörte das Geschrei der Möwen, die zurückgekehrt waren, als das Feuer schwieg, und nun im Kielwasser der *Sibella* ihre Kreise zogen. Offenbar hofften
sie, daß ihnen der Kochsmaat eine üppige Mahlzeit von
Abfällen spendieren würde.

An Backbord querab verschwand die Nordwestspitze
der Halbinsel Argentario allmählich in der Nacht, die
jetzt den Himmelsdom von Osten her rasch zu verdun-

keln begann. Voraus wich das Land im Bogen zurück und verflachte sich zu den Marschen und Sümpfen der Maremmen, die sich fast hundert Meilen südwärts bis vor die Tore Roms erstreckten. Der nächste größere Hafen war Civita Vecchia, fünfunddreißig Meilen weiter südlich; aber den durften auf Anordnung des Papstes weder französische noch britische Schiffe anlaufen.

Seewärts, jenseits und hoch über der *Barras*, die jetzt in der sinkenden Nacht nur noch als Silhouette zu erkennen war, funkelte am Himmel der blaßblau leuchtende Hundsstern gleich einem Diamanten auf samtenem Dunkel. Wie viele Monate hatte ihn dieser Stern auf allen Fahrten begleitet und war ihm ebenso vertraut geworden wie der kalte Abwind aus dem Großmarssegel, die Rufe der Ausguckposten und das Knarren der Masten und der Verbände des Rumpfes! Das alles hatte sozusagen zu seinem Leben gehört, aber auch Hunger und Kälte, Hitze und Müdigkeit. Und jetzt? Was war von all dem übrig? Ein zum Wrack geschossenes Schiff, dessen Decks von Leichen übersät waren. Ein paar Minuten hatten dazu genügt, nachdem sich herausgestellt hatte, daß das Segel an der Kimm einem französischen Linienschiff gehörte. Zur Flucht war keine Zeit geblieben. Als die *Barras* auf sie zuhielt und in der Dünung leise auf und nieder stampfte, als verneigte sie sich in vollendeter Eleganz vor ihrem Gegenüber, da bot sie unter ihren vollen Segeln einschließlich der Leesegel wahrlich einen prachtvollen Anblick. Selbst als sie dann später nach Luv ausgeschoren war und die Pforten geöffnet hatte, aus denen die dicken schwarzen Rohre der Geschütze wie drohende Finger herüberwiesen, war sie noch immer vollendet schön gewesen.

Dann aber hatte sie plötzlich graugelbe Qualmwolken ausgespuckt, die rasch zu einer geschlossenen Wand verschmolzen und ihren Rumpf den Blicken verbargen.

Als sie bald darauf wieder zum Vorschein kam, wehte nur noch dünner Rauch aus ihren Geschützpforten, die *Sibella* aber holte weit über, da sie von einem unsichtbaren Hagel von Geschossen getroffen worden war, deren Größe zwischen der einer Melone und der einer Orange schwankte. Auf die kurze Entfernung durchschlugen sie glatt drei Fuß dickes massives Holz. Dabei gab es gefährliche Splitter, die dick wie ein Männerschenkel und scharf wie eine Säbelklinge waren.

Gleich die erste Breitseite hatte der *Sibella* so zugesetzt, daß es schien, als sei sie bereits am Ende. Sie war jedoch unentwegt weitergesegelt. Die Franzosen luden für die nächste Breitseite eine Anzahl Geschütze mit Kartätschen. Ramage mußte mit ansehen, wie eines der eigroßen Geschosse einen Mann quer über Deck von einer Bordwand zur anderen schleuderte, als hätte ihn eine unsichtbare Riesenfaust getroffen, andere waren plötzlich schreiend oder stöhnend zusammengebrochen, weil sich der bleierne Tod blitzschnell in ihren Körper gefressen hatte. Weiter hatte er mit angesehen, wie mehrere von den Zwölfpfündern der *Sibella* von den Kugeln der *Barras* aus ihren Lafetten gerissen wurden, als wären sie hölzerne Attrappen gewesen. Dann hatte ihn selbst ein Schlag getroffen, daß er das Bewußtsein verlor.

Jetzt war die arme kleine *Sibella* gründlich zusammengeschossen. Was von ihr blieb, war nur eine lecke hölzerne Schale, erfüllt von Rauch und Feuer, von zerrissenen Leibern und Schmerzensschreien, von trotzigem Gebrüll und Tod. Die Mehrzahl der acht Dutzend Männer, die ihr Leben eingehaucht hatten und mit ihr um die halbe Welt gesegelt waren, lagen tot oder verwundet umher und färbten mit ihrem Blut die Planken rot, die sie so lange zweimal täglich gescheuert hatten. Angesichts dieses Elends fand man sich nur schwer damit ab, ja es wirkte fast wie eine Blasphemie, daß die Sterne

30

wie immer am Himmel blinkten, daß die See friedlich und fröhlich um den Steven der *Sibella* plätscherte und gurgelnd die hellere Furche des Kielwassers zog. Diese Furche verriet nur für einen flüchtigen Augenblick den Weg, den die Fregatte genommen hatte, um sich alsbald wieder zu glätten, als ob nichts gewesen wäre.

Ramage zwang sich, der Reling den Rücken zu kehren. Er *durfte* nicht in den Tag hineinträumen, wenn alles darauf ankam, festzustellen, ob die *Barras* weiter Kurs hielt. Jetzt standen ihm nur noch an die zehn Minuten zur Verfügung, um den Plan auszuführen, der für seine Männer entweder die Rettung oder den Tod bedeutete. Vielleicht — so wollte ihm scheinen — hatten die acht Jahre seines Lebens, die er zur See gefahren war, keinen anderen Sinn gehabt, als den, daß er sich diesen zehn Minuten gewachsen zeigte.

Der Bootsmann kam herzu und meldete: »Jetzt haben wir die meisten Verwundeten an Deck gebracht, Sir. Ein Dutzend höchstens sind noch unten. Nach meiner Schätzung sind keine fünfzig Mann mehr auf den Beinen.«

Der Meistersmaat wartete bereits:

»Wir haben schon fast sechs Fuß Wasser im Raum, Sir. Weil der Tiefgang zunimmt, kommen immer neue Schußlöcher unter Wasser.«

Ramage merkte, daß in der Nähe einige Dutzend Leute, darunter zahlreiche Verwundete, angespannt auf seine Worte lauschten. »Ausgezeichnet, der alte Kasten schwimmt also noch eine ganze Weile, und kein Mensch braucht zu fürchten, daß er nasse Füße bekommt.«

Das waren schneidige Worte, aber die armen Teufel hatten es bitter nötig, daß er ihnen ein wenig Mut machte. Er warf wieder einen Blick nach der *Barras*. Ob ihr Kommandant wohl merkte, daß die *Sibella* steuerlos war? Mit dem Kieker konnte er das zerschmetterte Ruder sehen, dann war es für ihn ein leichtes zu erraten, daß ihre Offiziere längst versucht hätten, durch Halsen zu entkommen, wenn das Schiff noch manövrierfähig gewesen wäre. »Bootsmann, sobald der letzte Verwundete an Deck ist, lassen Sie die unverletzten Leute hier antreten. Schaffen Sie mir außerdem ein paar Dutzend Äxte zur Stelle. Noch eins: wer war eigentlich Signalfähnrich?«

»Mr. Scott.«

»Schicken Sie ein paar Leute los, die nach seiner Leiche suchen sollen. Ich möchte das Signalbuch haben.«

Jackson, der Bootssteuerer aus Amerika, kam jetzt mit einem Segeltuchsack herbei.

»Hier drin sind alle Karten und Segelhandbücher des Steuermanns, dazu das Logbuch und die Musterrolle, die ich in der Kammer des Zahlmeisters fand.«

Ramage gab ihm die Dokumente aus der Kajüte mit Ausnahme des Befehls des Admirals. »Stecken Sie auch diese Papiere in den Segeltuchsack. Einige Leute suchen bereits nach dem Signalbuch. Nehmen Sie es in Empfang, wenn es gefunden wird. Und jetzt verschaffen Sie mir schnell ein Entermesser.«

»Das Signalbuch, Sir«, sagte ein Matrose und hielt ihm den dünnen, über und über mit Blut besudelten Band entgegen.

»Gib her«, sagte Jackson und steckte das Buch mit in den Sack.

Wieder faßte Ramage die *Barras* ins Auge. Jetzt blieb nicht mehr viel Zeit.

»Bootsmann! Wo sind die Äxte?«

»Sind bereit, Sir.«

Jackson kam mit einigen Entermessern unter dem Arm herbeigeeilt. »Das Ding da werden Sie auch brauchen können, Sir«, sagte er und reichte ihm ein Megaphon. Der verdammte Kerl dachte wirklich an alles. Ramage ging achteraus und kletterte auf die Hängematten, die oben auf der Verschanzung in ihren Kästen lagen. Hoffentlich fällt es den Froschfressern nicht ein, jetzt zu feuern, dachte er voll Ingrimm. Dann setzte er das Megaphon an die Lippen.

»Hört gut zu, Leute, und scheut euch nicht zu fragen, wenn ihr etwas nicht versteht. Wenn ihr meine Befehle bis aufs kleinste befolgt, dann können wir in den Booten entkommen. Den Verwundeten können wir leider nicht helfen, wir lassen sie daher in ihrem eigenen Interesse zurück, damit sich der französische Schiffsarzt ihrer annehmen kann.

Vier unserer Boote schwimmen noch. Wenn ich Befehl gebe, habt ihr nur zwei bis drei Minuten Zeit, sie zu besetzen, dann pullt ihr los, was das Zeug hält.«

»Verzeihung, Sir«, fragte der Bootsmann, »wie können wir das Schiff stoppen, um in die Boote zu gelangen?«

»Das werden Sie gleich hören. Schauen Sie sich den Franzosen dort an«, er wies mit der Hand nach der *Barras*. »Er steuert einen konvergierenden Kurs und kommt uns daher immer näher. In acht bis zehn Minuten ist er fast längsseit und klar zum Entern. Und wir können ihn nicht daran hindern.«

In diesem Augenblick holte das Schiff mit träger Bewegung über und erinnerte ihn an das Wasser, das nach wie vor in den Raum strömte.

»Wenn wir unsere Flagge niederholen, kann es uns nicht gelingen, mit den Booten zu entkommen. Also müssen wir die Burschen übertölpeln, um die Zeit zu gewinnen, die wir zur Flucht brauchen. Wenn wir warten, bis die *Barras* fast längsseit ist, und dann unser Schiff plötzlich stoppen, so wird sie wahrscheinlich nicht auf unser Manöver gefaßt sein und vorbeilaufen. Aber das muß so schnell gehen, daß der Franzose keine Zeit findet, das Feuer zu eröffnen. Ehe er dann gehalst hat,

33

sind wir längst in den Booten auf und davon. Die Flaggleine bekommt einer der Verwundeten in die Hand, damit er das Schiff übergeben kann.«

»Verzeihung, Sir«, fragte einer der Seesoldaten, »wie bringen wir es fertig, das Schiff zu stoppen?«

»Dazu gibt es nur ein Mittel. Wir werfen etwas über Bord, so daß das Schiff wie von einem Anker festgehalten wird. Und um völlig sicherzugehen, daß die Franzosen keine Zeit finden, auf uns zu feuern, wollen wir gleichzeitig hart Backbord drehen. In der Soldatensprache«, sagte er zu dem Seesoldaten gewendet, »heißt das, wir machen ›linksum‹, während der Franzmann weiter geradeaus marschiert.«

»Was können wir denn über Bord werfen, Sir?« fragte der gleiche Seesoldat mit düsterer Miene, als hätte er das alles längst gehört und wüßte, daß es nicht gelingen könne. Dabei saugte er an seinen Zähnen, als wäre das der einzige Genuß, der ihm geblieben war. »Wir stoppen das Schiff wie folgt«, antwortete ihm Ramage sachlich, obwohl er sich alle Mühe geben mußte, den Mann nicht zu beuteln. Hätte er den Leuten doch nicht erlaubt, Fragen zu stellen! Seine Worte kamen langsam und klar, damit es auf keinen Fall Mißverständnisse gab: »Der Fockmast ist fast schon gefallen. Beinahe alle Wanten und Backstagen an Steuerbord sind zerschossen. Eine Handvoll Männer mit Äxten haben die übrigen in wenigen Augenblicken gekappt, dann geht der Mast über Bord — natürlich nach der Backbordseite. Das ist unser Anker. Wenn dieser Mast, der mit Rahen und Segeln mehr als fünf Tonnen wiegt, über Bord und ins Wasser fällt, aber von den Backbordwanten noch gehalten wird, dann zieht er den Bug mit unwiderstehlicher Kraft nach Backbord, und das ist es, was wir wollen.

Dabei helfen wir noch nach, indem wir das Kreuzmarssegel und den Besan setzen, sobald der Fockmast über Bord geht. Dadurch erhält das Heck einen Schub nach Steuerbord, während der gestürzte Fockmast den Bug nach Backbord zieht.«

»*Aye*, Sir, was wird dann aber der Franzose tun?«

Die Frage kam von einem anderen Seemann, der offenbar wirklich Belehrung suchte und nicht von Berufs wegen den ungläubigen Thomas spielte wie jener Zähnesauger.

»Wenn die *Barras* fast längsseit ist und wir plötzlich so scharf abdrehen, daß unser Drehkreis kaum größer ist als die Länge unseres Schiffes, dann hat sie nur ein paar Sekunden zur Verfügung, um zu feuern. Wenn sie wirklich feuern sollte« — fügte er einem plötzlichen Einfall folgend als Mahnung hinzu, Verzögerungen unter allen Umständen zu vermeiden —, »nun, dann bestreicht sie uns der Länge nach. Keiner von euch wird Portsmouth Point wiedersehen, wenn wir auch nur eine halbe Breitseite durch die Heckfenster hereinbekommen. Also, betet zu Gott um seinen Beistand und macht um Himmels willen keine Fehler.«

Er hatte nur noch wenige Minuten zur Verfügung. Was gab es noch zu sagen? Ja, richtig —

»Nun zu den Booten: Bootsmann, Sie führen den roten Kutter; Meistersmaat, Sie übernehmen den schwarzen Kutter; Sie, der Vormann im Großtopp — Wilson war doch Ihr Name? —, steuern die Gig; ich selbst übernehme die Barkasse.

Und nun zum Schluß: Ihr dort« — er wies auf ein Dutzend Männer an der Heckreling —, »ihr nehmt die Äxte. Laßt sie euch vom Bootsmann geben, dann geht nach vorn und haltet euch klar, alle noch intakten Wanten und Backstagen an Steuerbordseite zu kappen. Verteilt euch gleich richtig und wartet, bis euch der Bootsmann den Befehl gibt. Das wird er tun, sobald er mich in französischer Sprache rufen hört.«

Ramage besann sich darauf, wieder nach der *Barras* zu sehen. Der Zwischenraum wurde immer kleiner, langsam, langsam verrann die Zeit.

»Das ist alles, lassen Sie wegtreten.«

Er gab Wilson ein Zeichen: »Holen Sie sich ein paar Toppsgasten zusammen und halten Sie sich klar, das Kreuzmarssegel und den Besan zu setzen. Tut nur ja nichts ohne meinen Befehl, dann aber reißt an den Enden, als ginge es um euer Leben. Zuletzt schafft ihr die Boote unter die Stückpforten im Halbdeck, natürlich an Steuerbordseite.«

Die *Barras* war jetzt kaum noch dreihundert Meter entfernt, im letzten Zwielicht war es allerdings nicht einfach, den Abstand zu schätzen. Also noch knapp fünf Minuten — vorausgesetzt, dachte er — und dabei fühlte er ein Würgen im Hals —, vorausgesetzt, daß sich der Franzose so verhält, wie ich erwarte ...

»Bootsmann, Meistersmaat, Wilson ...«

Als die drei Männer erschienen, sprang er von dem Hängemattskasten herunter an Deck. »Sobald wir gedreht haben und das Schiff keine Fahrt mehr macht, laufen Sie nach unten und sorgen dafür, daß die Männer in die Boote gehen. Wenn Sie alle an Bord haben, werfen Sie los. Versuchen Sie auf jeden Fall, mit den anderen Booten in Fühlung zu bleiben — sobald es sich machen läßt, geben wir eine Leine von Boot zu Boot. Einstweilen pullen Sie fünfhundert Schläge nach Norden, dort soll unser Treffpunkt sein. Sie brauchen dazu nur etwa fünf Minuten lang auf den Polarstern zuzuhalten. Sind noch Fragen?«

Die drei blieben stumm. Der Bootsmann war die Ruhe selbst. Wenn ihm jemand Befehle gab, tat er flink und tüchtig seine Pflicht. Der Meistersmaat war ein Phlegmatiker, und Wilson war ein Draufgänger, der sich nie Gedanken machte.

»Also los, klar zum Manöver!«

Der Bootsmann blieb stehen, als sich die beiden anderen abwandten. Er machte einen verlegenen Eindruck.

»Ich wollte, Ihr Herr Papa wäre jetzt hier, Sir.«

»Warum? Haben Sie denn zu mir kein Vertrauen?«

»Doch, doch«, meinte der Bootsmann hastig, »ich meine — nun, ich war damals bei ihm, Sir. Sie wissen schon. Was danach geschah, war alles grundfalsch, aber er hatte eben seinen Stolz, Sir.«

Mit diesen Worten verschwand er nach vorn. Seltsam, dachte Ramage, er hat nie ein Wort darüber verloren, daß er bei Vater an Bord war. Es war für den Sohn nicht gerade ermutigend, wenn man ihm just in diesem Augenblick ins Gedächtnis rief, »was damals geschehen war«. Dabei hatte der Bootsmann sicherlich nichts anderes im Sinn gehabt, als ihm seine Treue zu bezeigen.

Zwei Aufgaben hatte er jetzt noch, und ein Blick nach der *Barras* sagte ihm, daß ihm dazu nur noch sehr wenig Zeit blieb. Er sah sich um, ob Jackson in der Nähe war, und der Amerikaner meinte grinsend: »Jetzt könnten Sie ja schon mit Ihrem Messer hinüberreichen, Sir.«

Ramage lachte. Seine Geschicklichkeit im Messerwerfen war offenbar allen bekannt — er hatte diese Kunst als Kind in Italien von einem sizilianischen Kutscher seines Vaters gelernt.

Jetzt ging er nach dem Platz, wo die Verwundeten lagen, und gab dabei sorgsam acht, daß er nicht über die Toten stolperte, die da und dort in grotesken Verrenkungen hingestreckt lagen.

»Lebt wohl, ihr Männer, in Greenwich werden wir uns bald wiedersehen.«

Als er jene Heimat für dienstunfähige Seeleute erwähnte, konnte man da und dort ein schüchternes Hurra hören.

»Wir müssen euch jetzt verlassen, aber wir lassen euch nicht im Stich.« (Ob sie den Unterschied verstanden? Er bezweifelte es stark.)

»Wir haben nur noch ein halbes Dutzend Geschütze, damit können wir nicht mehr kämpfen, sie aber« — dabei zeigte er auf die *Barras* —, »sie aber können uns entern, sobald sie nur wollen. Sie haben drüben einen Arzt und eine Apotheke, wir nicht. Für euch ist es bestimmt am besten, wenn ihr in Gefangenschaft kommt. Einer von euch bekommt die Flaggleine in die Hand, er soll die Flagge niederholen, sobald wir das Schiff verlassen haben. Dann können die Franzosen unbehelligt an Bord kommen, und euch wird nichts mehr zustoßen. Wir, die unverwundet blieben, nun gut, wir machen uns aus dem Staub, aber eines besseren Tages werden wir wieder kämpfen. Eines ist gewiß, der letzte Kampf der *Sibella* wird nie in Vergessenheit geraten. Also — ich danke euch . . . und wünsche euch viel Glück.«

Das war ein recht lahmer Abschied, er fühlte sich dabei vor allem gehemmt, weil ihm die Rührung die Kehle zuschnürte. Darum konnte er die letzten platten Redensarten nur noch mit Gewalt hervorstoßen. Immerhin erntete er von den Männern ein dreifaches Hurra. »Bootsmann — ist vorn alles klar?«

»*Aye aye*, Sir.«

»Jackson«, sagte er, »wenn die Franzosen jetzt feuern und wenn mir dabei etwas zustößt, dann unterrichten Sie sofort den Bootsmann und vernichten den Brief, den ich vorhin vor Ihren Augen in die Tasche steckte. Das ist von größter Wichtigkeit. So, und jetzt geben Sie die Flaggleine einem der Verwundeten; sorgen Sie dafür, daß er weiß, was er zu tun hat.«

»*Aye aye*, Sir.«

Seltsam, dachte Ramage, wie beruhigend dieser Amerikaner wirkt.

Ramage erkletterte wieder die Hängemattskästen auf der Verschanzung. Mein Gott, wie nahe die *Barras* nun schon war — knappe hundert Meter entfernt und ziemlich querab. Ihre Bugwelle leuchtete wie ein kleines weißes Wölkchen vor ihrem Steven. Jetzt setzte er das Mundstück des Megaphons ans Ohr und richtete den Trichter auf die *Barras* — allein er hörte nichts.

Im Augenblick schien es, als hätte der französische Kommandant die Absicht, sein Schiff ohne Hast längsseit zu bringen. So handelte jedenfalls ein guter Seemann — es hatte keinen Sinn, krachend längsseit zu scheren und zu gewärtigen, daß sich die Rahen der beiden Schiffe ineinander verfingen.

Es sei denn — Ramage schauderte von schrecklicher Angst gepackt zusammen —, es sei denn, ich irre mich gründlich. Der Franzose muß ja wissen, wie schwer die Schäden der *Sibella* sind, er kann deutlich genug sehen, wie tief sie schon im Wasser liegt, wie träge sie rollt. Dann ist ihm auch klar, daß er sie niemals nach Toulon einbringen kann. Wenn er jetzt langsam näher kommt, dann hat er doch nur die Absicht, uns den Gnadenstoß zu versetzen — das kann nun jeden Augenblick über uns hereinbrechen. Ein Feuerbrand aus den Stückpforten der *Barras* wie Sommerblitze am Horizont, und ich samt allem, was von der *Sibella* noch übrig ist, bin tot.

Ach, wie kam ich mir klug vor, als ich mir einredete, den Franzosen würde seine Ruhmsucht dazu verleiten, die *Sibella* als Prise nach Hause zu schleppen; in Wirklichkeit machte ich mir das doch nur vor, weil ich leben wollte: darum ließ ich keine andere Möglichkeit gelten.

In dieser Einbildung habe ich jetzt die Verwundeten auf dem Achterdeck so gut wie umgebracht — die Männer, die mich noch vor ein paar Minuten hochleben ließen.

Während ihm das alles wild durch den Kopf wirbelte, lauschte er angestrengt weiter. Aber schließlich nahm er das Sprachrohr doch vom Ohr. Was will ich damit, dachte er bitter. Die Stimme des französischen Kommandanten höre ich doch nicht, wenn er den Befehl gibt, das Feuer auf diese Entfernung zu eröffnen — und wenn ich sie hörte, was machte es aus?

Plötzlich geriet er in solchen Zorn über sich selbst, daß alle Angst wie weggeblasen war. Auch in dieser Lage gab es noch einen Ausweg. Gewiß, er mußte dabei ein Glücksspiel wagen, er mußte darauf setzen, daß die *Barras* bis auf Rufweite herankam, ehe sie ihre letzte Breitseite abfeuerte. Im Augenblick war sie noch so weit entfernt, daß man ihn drüben wahrscheinlich nicht hörte, wenn er hinüberrief.

Ramage fiel unversehens der XV. Kriegsartikel ein, der in seiner grausamen Kürze lautete: »Jeder zur Flotte gehörige oder in ihr dienende Mann« (O Gott, welcher Augenblick, das herzusagen!), »der ein Schiff aus Feigheit oder verräterischer Absicht dem Feind ausliefert und dessen überführt wird, ist mit dem Tode zu bestrafen.«

Wenn er zum Feigling oder Verräter werden sollte, dann mußte er wenigstens überleben, damit man ihn verurteilen konnte. Bei der Lage, in die er jetzt geraten war, wurde das jedoch immer fraglicher.

Wie weit war der Franzose jetzt noch weg? In der sinkenden Nacht war das verdammt schwer zu schätzen. Siebzig Meter? Wieder nahm er das Sprachrohr an sein Ohr. Ja, jetzt hörte er die Franzosen, wie sie einander zuriefen. Es war ein gewöhnlicher Befehl und seine Bestätigung. Sie mußten ihrer Sache sehr sicher sein (warum sollten sie auch nicht?), sonst hörte man doch sicher aufgeregtes Stimmengewirr. Wenn sie nur nicht zu früh das Feuer eröffneten! Wenn auf der *Barras* nur etwas geschehen wollte, das einige Verwirrung und Unsicherheit hervorriefe. Dadurch könnte er Zeit gewinnen. Jetzt setzte Ramage das Sprachrohr an die Lippen. *Ich* will das tun, ich will sie aus dem Gleichgewicht bringen, sagte er sich voll Ingrimm.

Im letzten Augenblick hielt er noch einmal inne und rief nach vorn: »Bootsmann! Ich nehme den Befehl zurück, daß Sie kappen lassen sollen, sobald Sie mich französisch sprechen hören. Warten Sie damit, bis ich es ausdrücklich befehle!«

»*Aye aye,* Sir.«

Er hob das Megaphon von neuem an den Mund und rief zu dem Franzosen hinüber: »*Bon soir, messieurs!*«

Nach einer Pause, die ihm wie eine Ewigkeit vorkam, vernahm er mit dem Mundstück am Ohr die Antwort: »*Comment?*«, die vom Achterdeck der *Barras* herübertönte. Er konnte sich denken, wie erstaunt sie drüben waren, daß man ihnen hier einen guten Abend wünschte. Weiter, weiter, er mußte sie in Atem halten.

»*O detto: Buona sera.*«

Er hätte beinahe laut gelacht, als er sich die Gesichter der Franzosen vorstellte, wenn sie nun auf italienisch hörten, daß er ihnen eben in ihrer Muttersprache guten Abend gewünscht hatte. Wieder gab es eine Pause, dann scholl es von neuem herüber:

»*Comment?*«

Jetzt war die *Barras* nur noch fünfzig Meter entfernt. Ihre Bugwelle war in der Dunkelheit deutlich zu erkennen, auch das Filigran ihrer Takelage hob sich scharf gegen den Nachthimmel ab, während es noch vor wenigen Minuten nur als Schatten zu ahnen gewesen war.

Der entscheidende Augenblick war gekommen. Abermals hob er das Megaphon an die Lippen, dabei schoß es ihm durch den Kopf, daß er nun ernstlich im Begriff war, sich dem XV. Kriegsartikel auf Gnade und Ungnade auszuliefern. Dennoch galt es jetzt um Leben und Freiheit zu ringen, solange es ging. Er rief auf englisch:

»Mr. Frenchman — unser Schiff sinkt.«

Dieselbe Stimme antwortete: »Was Sie sagen?«

»Ich sagte: Unser Schiff sinkt!«

Er merkte, wie Jackson aufgeregt von einem Fuß auf den anderen trat. An Bord der *Sibella* herrschte plötzlich Totenstille, er merkte vor allem, daß die Verwundeten keinen Laut von sich gaben. Die *Sibella* selbst war ein Geisterschiff. Keine Menschenseele stand am Ruder, die Besatzung war stumm und von Spannung geladen.

Endlich hörte er durch sein Megaphon, wie jemand auf französisch sagte: »Das ist doch nur eine List.« Es war die Stimme eines Mannes, der offenbar Autorität genoß und sich jetzt zu einer schwierigen Entscheidung durchgerungen hatte. Er vermutete, daß das nächste, was er von dieser Stimme zu hören bekäme, das Kommando zur Feuereröffnung sein würde.

»Wollen Sie sich ergeben?« kam die Frage zurück, diesmal auf englisch.

In größter Hast wandte sich Ramage dem Bootsmann zu und rief mit gedämpfter Stimme: »Bootsmann — los, kappen!«

Er mußte es vermeiden, die Frage des Franzosen klar zu beantworten. Wenn er das Schiff in aller Form übergab, aber mit dem Rest der Besatzung das Weite suchte, dann erboste sich die Admiralität bestimmt genauso wie die Franzosen, weil er durch dieses Verhalten gegen den allgemein anerkannten Ehrenkodex verstieß.

Also setzte er das Megaphon aufs neue an die Lippen:

»Wir sollen uns ergeben? Wie denn? Unser Ruder ist

zerstört, wir können nicht mehr steuern — wir haben viele Verwundete.«

Die dumpfen Schläge der Äxte waren deutlich zu hören; hoffentlich drang das Geräusch nicht bis zur *Barras* hinüber. Es ging nicht anders, er mußte es mit seiner eigenen Stimme übertönen oder den Franzosen wenigstens von dem Lärm ablenken.

»Wir können nicht mehr steuern, die meisten unserer Leute sind tot oder verwundet, das Schiff sinkt schnell — unser Kommandant ist auch gefallen . . .«

Verdammt, wenn er nur wüßte, was er sonst noch sagen sollte. Da flüsterte ihm Jackson plötzlich ins Ohr: »Unser Viehbestand ist tot, die Geschütze sind ausgefallen, der Haferbrei ist verdorben.«

»Jawohl, Mister«, brüllte Ramage weiter: »Alle unsere Schweine und die Kuh sind zerfetzt — alle Geschütze sind aus den Lafetten gerissen!«

»*Comment?*«

»Die Schweine — ihr habt die Schweine umgebracht.«

»*Je ne comprend pas!* Wollen Sie sich ergeben?«

»Ihr habt unsere Schweine umgebracht . . .«

Es war zum Verrücktwerden. Wollte denn dieser Fockmast nicht endlich über Bord?

». . . Die Kuh ist aus der Lafette gesprungen — die Geschütze geben keine Milch mehr — das Schwein macht jede Viertelstunde einen Fuß Wasser.«

Er hörte Jackson kichern, im gleichen Augenblick krachte es auf dem Vorschiff, und zugleich knallte es wie von Peitschenhieben, als einige Enden unter der Belastung brachen. Dann hörte er ein entsetzliches Ächzen, als ob ein Riese Schmerzen litte, und gleich darauf unterschied er gegen den Nachthimmel, wie sich der Fockmast zu neigen begann, erst langsam, dann immer schneller, bis er zuletzt samt Rahen und allen Segeln krachend über Bord stürzte.

»Wilson, Kreuzmarssegel und Besan setzen!«

Er sah, wie der Besan zur Nock des Baumes ausgeholt wurde und wie sich das Marssegel gleichzeitig unter der Rah entfaltete. Als er sich Sekunden später wieder nach der *Barras* umsah, war sie in der Nacht verschwunden. Er überzeugte sich, daß die *Sibella* sogar schneller nach Backbord herumschwang, als er erwartet hatte, dann blickte er nochmals suchend achteraus. Die *Barras* hatte sich überraschen lassen, sie steuerte noch immer ihren alten Kurs und war nun schon zu weit ab, um das völlig ungeschützte Achterteil der *Sibella* längsschiffs zu bestreichen.

Er fühlte sich nach der überstandenen Aufregung noch ganz schwach, und seine Sachen waren feucht von Schweiß. Als er von der Verschanzung herabkletterte und an Deck sprang, gaben seine Knie nach, aber Jackson fing ihn auf. »Schade um die arme Kuh, Sir«, meinte er trocken, »ich hätte gerade Lust auf eine Muck voll Milch.«

3

Seit mehr als einer halben Stunde erstreckte sich Leutnant Nicholas Ramages kleine Welt nur noch auf das Boot, die See und den mächtigen blauschwarzen Dom des nächtlichen Himmels. An diesem wolkenlosen Firmament glitzerten so viele Fixsterne und Planeten, daß es schien, als seien dort alle Funken haftengeblieben, die je von eines Schmiedes Amboß sprühten.

Die Barkasse war ein schweres Boot, aber die Männer, die ihm gegenüber auf den Duchten saßen, trieben sie dennoch rasch voran. Sie warfen sich im Takt hintüber und rissen dabei jedesmal mit aller Kraft an ihren Riemen, die sich knirschend in den Rundseln drehten. Wer hatte doch gleich im Altertum den Ausspruch geprägt: »Gib mir einen Punkt, wo ich hintreten kann, und ich will die Erde aus den Angeln heben?«

Nach jedem Schlag holten die Männer unwillkürlich tief Luft. Gleichzeitig drückten sie den Griff ihres Riemens nach unten, um das Blatt aus dem Wasser zu heben. Dann beugten sie sich vornüber wie unterwürfige Pächter, die sich vor dem Gutsherrn im Sitzen verbeugen, stießen dabei die Griffe der Riemen von sich und tauchten am Ende die Blätter wieder ins Wasser, bereit, von neuem kräftig durchzuholen.

Durchziehen, Atem holen, vorneigen — durchziehen, Atem holen, vorneigen ... Ramage hatte beim Steuern den Unterarm auf der Pinne liegen und fühlte deutlich, wie das Boot bei jedem Schlag vorwärtsschoß. Gelegentlich warf er einen Blick nach achtern, wo der Kutter des Bootsmannes und die beiden anderen Boote folgten, jedes durch eine Leine mit dem Vordermann verbunden.

»Sir!« rief Jackson und wies aufgeregt nach achtern. Dort sah man in der Ferne einen schwachen roten Schein; aber während Ramage noch hinsah, zuckte eine Flamme auf. Es war, als ob ein Schmied mit dem Blasebalg sein Feuer angefacht hätte.

Eine halbe Stunde war vergangen. Inzwischen konnten die Franzosen die Verwundeten auf die *Barras* geschafft haben. Gott, mußten die Armen gelitten haben, als man sie von einem Schiff auf das andere brachte. Immerhin war die See so ruhig, daß die beiden Schiffe ohne weiteres längsseit nebeneinander liegen konnten. Das ersparte den Verwundeten wenigstens den Transport mit Booten. Ramage malte sich aus, wie die Offiziere des französischen Enterkommandos die Bilge der *Sibella* peilen ließen und dann meldeten, wie hoch das Wasser im Raum stand und was sie sonst an Schäden feststellen konnten. Inzwischen hatten sie wohl die Munitionskammer geflutet und schließlich Feuer an das Schiff gelegt. Als er sich von dem Anblick abwandte, sah er, daß sich einige der Männer die Augen wischten — es war geradezu lächerlich, wie so eine Besatzung ihr Herz an die paar hundert Tonnen Holz, Tauwerk und Segeltuch hängen konnte, die nur für ein paar Monate ihre Heimat gewesen waren, an dieses Schiffsgehäuse, das erst vor Stundenfrist so vielen von ihnen zum Grab geworden war!

Die Männer gerieten beim Pullen aus dem Takt, als sie die *Sibella* brennen sahen. Plötzlich ruckte dadurch die Leine zum Kutter heftig ein, und zugleich drangen die Flüche des Bootsmannes herüber. Ramage entnahm daraus, daß es wohl das beste war, wenn er den Männern erlaubte, die Feuerbestattung der *Sibella* mit anzusehen. Gleichzeitig stellte das eine wohlverdiente Rast für sie dar. Er rief also den entsprechenden Befehl achteraus in die Dunkelheit.

Er selbst fand jetzt endlich Gelegenheit, den Befehl

zu lesen, den der gefallene Kommandant erhalten hatte. Die Neugier darauf verzehrte ihn schon die ganze Zeit, seit die Männer an den Riemen einen stetigen Rhythmus gefunden hatten und ihm Muße zum Denken ließen.

»Die Laterne, Jackson. Aber schirmen Sie sie mit Segeltuch gut ab. Ich will etwas lesen.«

Ramage zog den leinenen Umschlag aus der Tasche und entnahm ihm einen Bogen Papier, den er zunächst mit aller Sorgfalt glattstrich. Der Brief war am 1. September, also vor einer Woche, an Bord der *Victory* geschrieben und enthielt einen Befehl des Admirals Sir John Jervis, K. B., an den gefallenen Kommandanten der *Sibella*. Er war in sauberer, flüssiger Handschrift zu Papier gebracht und hatte folgenden Wortlaut: »Nach den mir vorliegenden Informationen ist es verschiedenen Mitgliedern einflußreicher Familien in der Toskana, die mit unserer Sache sympathisieren, nach der Besetzung von Livorno und anderen im Binnenlande gelegenen Städten durch die Franzosen gelungen, der Gefangennahme zu entgehen. Sie haben den Weg nach Süden an die Küste vor Capalbio eingeschlagen und von dort um Hilfe gebeten. Sie werden darum angewiesen, mit Seiner Majestät Schiff *Sibella*, das Sie befehligen, so schnell wir irgend möglich nach der Küste vor Capalbio zu versegeln und dabei mit aller Sorgfalt darauf zu achten, daß an Land niemand von Ihren Absichten Kenntnis erhält.«

Darum also waren sie jetzt hier ... Ramage blätterte um und las weiter:

»Sie werden im Schutze der Nacht einen Landungstrupp nach dem befestigten Turm entsenden, der zwischen dem Burano-See und der Küste steht und unter dem Namen *Torre di Burannaccio* bekannt ist. Der Trupp hat die dort befindlichen Flüchtlinge abzuholen.

47

Man nimmt an, daß es sich im ganzen um sechs Personen handelt. Ihre Namen sind am Schluß dieses Schreibens aufgeführt.

Nach den mir zugegangenen Nachrichten wird der Turm nicht von neapolitanischen Truppen benutzt und ist auch nicht von den Franzosen besetzt, die bekanntlich durch dieses Gebiet marschiert sind. Die Flüchtlinge haben Vorsorge getroffen, daß ein Kohlenbrenner, dessen Namen ich nicht von ihnen erfuhr, aber dessen Hütte eine halbe Meile südlich des Turmes und fünfhundert Meter landeinwärts der Küste liegt, ständig über ihren Aufenthaltsort unterrichtet ist.

Da die nötigen Unterhandlungen in der Landessprache geführt werden müssen, ist es geboten, den Landungstrupp Leutnant Nicholas Ramage zu unterstellen, weil dieser Offizier die italienische Sprache beherrscht.

Im Hinblick auf den Rang und den Einfluß, den diese Flüchtlinge auf dem italienischen Festland besitzen, wird großer Wert auf ihre persönliche Sicherheit und ihr Wohlbefinden gelegt. Sobald sie und alle anderen, die sich etwa bei ihnen befinden, sicher auf der von Ihnen geführten Fregatte Seiner Majestät eingeschifft sind, haben Sie auf dem schnellsten Wege nach dem Treffpunkt Nummer 7 zu versegeln. Dort werden Sie eines Seiner Majestät Schiffe vorfinden, dessen Kommandant Ihnen den Befehl für Ihre weiteren Aufgaben übermitteln wird.«

Hm, dachte Ramage angesichts der Länge dieses Briefes und all der Einzelheiten, die er enthielt, »Old Jervie« meint es offenbar ernst mit der Wichtigkeit dieser Leute: er ist ja sonst bekannt für die Kürze seiner Befehle.

Dann faltete er den Brief wieder zusammen und steckte ihn in seine Tasche. Als Befehl für den gefallenen Kommandanten der *Sibella* war der Inhalt des

Schreibens einfach genug — aber für seinen Nachfolger warf es schwierige Probleme auf, von denen sich Sir John nichts träumen ließ, als er dieses Dokument diktierte. Der gleiche Sir John Jervis galt als der strengste und genaueste unter allen Flaggoffizieren. Ramage mußte sich eingestehen, daß er nicht einmal wußte, wo der Treffpunkt Nummer 7 lag... Ein Stoß gegen sein Schienbein weckte ihn aus seinem Wachtraum.

»Verzeihung, Sir«, sagte Jackson, »ich bekam plötzlich einen Krampf in meinem Bein.«

Ramage merkte, daß die Männer gespannt darauf warteten, etwas von ihm zu hören — sollten sie warten.

Was sollte er tun? Welche Handlungsweise erwartete der Admiral von ihm? Was hätte der gefallene Kommandant der *Sibella*, der nun eben verbrannt worden war, unternommen, wenn er jetzt an seiner Stelle in der Achterplicht der Barkasse säße?

Gewiß, er konnte die Meinungen der älteren Untergebenen anhören, er konnte ihnen zeigen, was in dem Befehl stand, er konnte sogar einen Kriegsrat einberufen. Aber das alles verbot ihm sein Stolz, und überdies hatte ihm sein Vater eines Tages gesagt: »Nicholas, mein Junge, wenn du in der Navy etwas erreichen willst, dann berufe um Gottes willen nie einen Kriegsrat ein.« Und doch, dachte Ramage erbittert, was war die Folge gewesen, als der alte Herr einmal seinem eigenen Rat entsprechend gehandelt hatte?...

Dann sah er eine flüchtige Sekunde lang vor seinem inneren Auge eine Gruppe armer, verängstigter Zivilisten, die durch das winzige Fenster einer Bauernhütte über die See hinausstarrten, geplagt von den Moskitos und so von Todesfurcht gepeinigt, daß sie des Nachts nicht einmal eine Lampe anzuzünden wagten. Sie warteten auf ein Schiff der Royal Navy, das sie retten sollte, retten wovor? Entweder vor der französischen Guillotine oder möglicherweise auch vor dem unsagbaren Grauen der Verliese des Großherzogs von Toskana, der zu schwach gewesen war, seine Neutralität zu wahren. Es hieß sogar allgemein, Napoleon sei bei einem Dinner sein Gast gewesen.

Wer waren diese armen Menschen, wie hießen sie? Er hatte ganz vergessen, die am Schluß vermerkten Namen zu lesen.

»Nochmal die Laterne, Jackson.«

Er entfaltete den Brief aufs neue und las die Namen von fünf Männern und einer Frau, die untereinander am Ende des Schreibens standen: Der Herzog von Venturino, der Marquis von Sassofortino, der Graf Chiusi, der Graf Pisano, der Graf Pitti und die Marquise von Volterra.

Er brauchte ein paar Sekunden, um den Schreck zu überwinden, den ihm der anglisierte Name der Marchesa di Volterra beim Lesen versetzt hatte: Plötzlich sah er sie wieder vor sich, die große weißhaarige Dame mit dem Patriziergesicht, die er in seinen Kindertagen als »Tante Lucia« so gut gekannt hatte. Sie war nicht mit ihm verwandt, aber als eine der besten Freundinnen seiner Mutter war sie oft bei seinen Eltern zu Besuch gewesen, wenn diese in Siena lebten. Ebenso hatten auch sie selbst oft genug im Palast der Marchesa in Volterra gewohnt. Und jetzt war der kleine Junge, den sie nie in Ruhe ließ, weil er Dantes Verse nicht gleich meterweise aufsagen konnte (oder wollte), wieder zurück, oder besser fast zurück — in Italien, um sie von der Küste ihres eigenen Landes wegzuholen ...

Sir John Jervis' Drängen, diese Leute unter allen Umständen zu retten, war ihm jetzt verständlich: Die Marchesa und der Herzog von Venturino waren zwei der einflußreichsten, mächtigsten Persönlichkeiten der Toskana. Es hieß schon seit Jahren, wenn sie nur lange genug zusammenhielten, dann wären sie wahrscheinlich in der Lage, den Großherzog zu stürzen und die Toskana für immer von den müden Habsburgern zu befreien.

Ramage war froh, daß er schon beschlossen hatte, die Befreiung der Flüchtlinge zu versuchen, ehe er ihre Namen kannte. Hätte er vorher anders gedacht, dann sähe er sich jetzt veranlaßt, seinen Entschluß zu ändern. So hatte er das befriedigende Gefühl, daß er das, was er nach bestem Wissen für das Richtige hielt, nur aus diesem für ihn allein maßgebenden Grunde zu vollbringen versuchte.

Wenn es darum ging, Flüchtlinge zu retten, sollte es nichts ausmachen, wer oder was diese Menschen waren: Wenn ein Kopf unter dem Messer der Guillotine in den Weidenkorb rollt, dann ist es gleich, ob er einem Bauern oder einem Herzog gehört, denn im einen wie im anderen Falle war es das Haupt eines Menschen. Das meint auch Shakespeare, wenn er Shylock sagen läßt: »Hat ein Jude keine Augen? Hat ein Jude keine Hände?«

Ramage konnte sich vorstellen, wie der Vorsitzende in dem Kriegsgerichtsverfahren, das ihm wegen des Verlustes der *Sibella* drohte, alsbald die Frage an ihn richten würde: »Warum haben Sie eigentlich beschlossen, den Befehl des Admirals mit einem offenen Boot auszuführen, obwohl er ursprünglich einer Fregatte erteilt worden war?«

»Ach, Sir, ich dachte dabei an Shylock . . .«

Er sah sie vor sich, die Herren, wie sie daraufhin alle grinsten, und konnte fast hören, wie sie einander zuflüsterten: »Na ja, er ist eben seines Vaters Sohn.« Das war in der Tat das Kreuz seines Lebens. Er war seines Vaters Sohn und darum viel leichter zu verletzen als jeder andere Leutnant, denn er hatte eine Menge potentieller Gegner, die nur darauf warteten, ihm eins auszuwischen, um seinen Vater zu treffen. Eine Marine-Vendetta zog sich in der Regel lange hin, und wenn Admirale darein verwickelt waren, galt es für jedermann, Partei zu nehmen, weil es dann um Protektion und um Beförderung ging. Wenn es einem gelang, sich der Protektion eines bestimmten Admirals zu versichern, dann war das von größtem Nutzen, solange der betreffende Admiral gut angeschrieben war, weil er seinem Schützling dann schöne Posten zuschanzen konnte. Unterstützte dieser Admiral jedoch eine politische Partei, was verschiedentlich vorkam, und verlor diese Partei die Mehrheit, dann hatte jeder Günstling eines solchen Mannes unversehens einen Mühlstein um den Hals.

Armer Vater! Es hatte gewiß nie einen Mann gegeben, der tapferer war als er. Viele hielten ihn sogar für den genialsten Strategen und Taktiker, den die Navy je besessen hatte. Und eben das war letzten Endes die Ursache für seinen Fall. Wenn man einem geborenen, mit scharfem Verstand begabten Führer das Kommando über eine Flotte überträgt und ihn dazu mit einer Sammlung eng umrissener Anweisungen versieht, die ihm vorschreiben, wie er eine Schlacht zu schlagen habe, dann fordert man unweigerlich einen Konflikt heraus.

Ramage war gerade sieben Jahre alt, als sein Vater vor das Kriegsgericht gestellt wurde; aber später, als er alt genug war, um zu verstehen, worum es ging, hatte er das Protokoll des Verfahrens gegen John Uglow Ramage, den Zehnten Earl of Blazey und Admiral der Weißen Flagge, viele Male gelesen. Es war nicht schwer zu erkennen, warum das Gericht seinen Vater für schuldig befunden hatte. Da er es ablehnte, sich durch die Gefechtsanweisungen binden zu lassen, sondern nach seinem eigenen taktischen Urteil gehandelt hatte, gab es für die Richter wirklich keine andere Wahl. Dagegen war die Weigerung des Königs, das Urteil zu kassieren — wozu kein anderer als er die Macht besaß —, nur eine Auswirkung übler politischer Intrigen. Sein Vater war ja von jeher ein unabhängiger Geist gewesen, er hatte weder den Whigs noch den Tories schöngetan, darum hatte er auch von keiner Seite Hilfe zu erwarten.

Da Ramage nur vier offene Boote zur Verfügung hatte, um einen Befehl auszuführen, der eigentlich für eine Fregatte bestimmt gewesen war, sagte er sich, daß seine Lage jetzt im kleinen etwa dieselbe war wie die seines Vaters vor fünfzehn Jahren. Damals hatte die britische Regierung alle Meldungen über die Stärke der französischen Streitkräfte in den Wind geschlagen und nur einen schwachen Verband unter Führung des Earls of Blazey nach Westindien entsandt. Als der Earl ans Ziel gelangte, sah er sich einer französischen Flotte gegenüber, die doppelt so stark war wie sein eigenes Geschwader und die ihn unter Bedingungen zum Kampf stellte, denen die Gefechtsanweisungen der Admiralität nicht Rechnung trugen, weil sie sich nur mit wenigen Eventualitäten befaßten. Sein Vater hatte es durch brillante und originelle taktische Ideen verstanden, sich dem Zugriff der Übermacht zu entziehen, und dabei nur ein einziges Linienschiff eingebüßt.

Gewiß, er hatte die Schlacht verloren — wer hätte sie unter den gegebenen Umständen auch gewinnen können? Jeder andere britische Admiral, der sich an die Gefechtsanweisungen gebunden gefühlt hätte, obwohl sie ihm im gegebenen Fall nichts bieten konnten, hätte an seiner Stelle eine Schlacht nach den gültigen Regeln durchgefochten und dabei viel mehr Schiffe verloren. Wenn man sich vor Augen hielt, daß sein Vater nur ein Schiff eingebüßt hatte, konnte man getrost

53

sagen, er habe einen taktischen Sieg errungen. Leider stieß er jedoch zu Hause auf ein Zusammenwirken unheilvoller Geschehnisse. Vor allem hatte die Regierung zu wenig Schiffe entsandt. Als dann die Massen lauthals über die Niederlage zu toben begannen, da waren die Herren sofort entschlossen, den Vorwurf auf die Schultern eines anderen abzuwälzen. Der Admiral, der die Schlacht geschlagen und verloren hatte, hatte sich über die Gefechtsanweisungen hinweggesetzt. Das genügte für die Politiker vollauf; sie hatten den Sündenbock, den sie brauchten.

Das gemeine Volk erfuhr nie, daß diese Gefechtsanweisungen zu starr gewesen waren und somit für jene Feindbegegnung keine Verwendung hatten finden können. Statt dessen wurde ihm durch eine Flut von Broschüren und Zeitungsartikeln die Überzeugung eingehämmert, daß der Earl of Blazey Sieger geblieben wäre, wenn er jene Anweisungen befolgt hätte. Die Tatsache, daß sich seine eigene Taktik glänzend bewährt hatte und daß er eben durch sie die schweren Verluste vermied, die er bei einer strikten Befolgung der Gefechtsanweisungen erlitten hätte, kam nur ein einziges Mal zur Sprache, als sein Vater vor dem Gerichtshof seine Verteidigungsrede hielt. Allein die Zeitungen, die zweifellos der Regierung irgendwie verpflichtet waren, berichteten darüber nur unvollständig oder in entstellter Form.

Der alte Herr hatte damals besser gesprochen, als vor dieser Hörerschaft am Platze war: Seine Darlegungen waren so schlüssig und scharfsinnig, daß sie alsbald sowohl das Mißtrauen des Laien gegen den Experten, als auch die Eifersucht der Fachkollegen weckten.

Wie hatte sein Vater doch jene Gefechtsanweisung charakterisiert? Richtig, er hatte sie mit den Instruktionen für einen Kutscher verglichen, die diesem vorschrieben, wie er sich verhalten sollte, wenn ihm ein

Straßenräuber den Weg versperrte und Halt gebot. Ramage hatte jenen Absatz in dem gedruckten Verhandlungsprotokoll wieder deutlich vor Augen, das jetzt in Leder gebunden zu Hause im Bücherschrank stand.

»Diese Instruktionen«, hatte sein Vater gesagt, »verlangen vom Kutscher, daß er mit seiner Donnerbüchse über die Köpfe der Pferde hinwegzielt und auf den Straßenräuber feuert. Aber sie sagen ihm nicht, wie er sich verhalten soll, wenn zwei oder gar zwölf Straßenräuber zu beiden Seiten der Straße auf ihn lauern. Sie gehen von der Voraussetzung aus, ein solcher Fall werde nicht eintreten. Zugleich sagt ihm aber eine Klausel, wenn das Unvorhergesehene dennoch geschehe, dann sei von vornherein alles falsch, was der Kutscher unternehme, ob er nun nach links oder nach rechts schieße, ob er sich ergebe oder ob er die Flucht ergreife.«

Das Gericht hätte ihn zum Tode verurteilen können; aber seit dem Fall des Admirals Byng waren die Kriegsartikel abgeändert worden, so daß auch ein milderes Urteil möglich war. Dieses lautete denn für seinen Vater auf Entlassung aus der Navy. Ramage fragte sich oft, ob ein Mann wie er nicht lieber den Tod erlitten hätte.

Einer von den Richtern hatte sich bei der Verhandlung als besonders scharfer Gegner seines Vaters erwiesen; es war ein Kapitän, der damals ziemlich am Ende der Beförderungsliste stand, aber beim König hohe Wertschätzung genoß. Dieser Mann, Kapitän Goddard, war heute Konteradmiral, seine Intelligenz und seine beruflichen Fähigkeiten waren bescheiden, dafür war er von einem verzehrenden Ehrgeiz besessen. Eine Heirat, die ihn zum entfernten Verwandten der königlichen Familie machte, wog für die Beförderung seine sonstigen Mängel auf.

Goddard hatte großen Einfluß auf den geisteskranken König — es hieß, er sei einer der wenigen, die mit

Seiner Majestät noch halbwegs vernünftig reden konnten, wenn er unter einem seiner nicht eben seltenen Anfälle akuten Wahnsinns litt. Als Goddard Konteradmiral wurde, besaß er sehr bald eine große Anhängerschaft: viele Kapitäne und sogar manche Flaggoffiziere beeilten sich, ihren Stolz zu begraben, um in den Kreis der schmeichlerischen Bewunderer einzutreten, den der eitle Mann brauchte. Als Gegenleistung dafür konnten sie mit Bevorzugungen und Beförderungen rechnen.

Unglücklicherweise war Goddard gerade jetzt im Mittelmeer stationiert. Allerdings hatte dem Anschein nach weder der Oberkommandierende, Admiral Sir John Jervis, noch der drittälteste Befehlshaber, Kapitän Horatio Nelson, viel für ihn übrig. Genau wußte es Ramage nicht, aber er vermutete immerhin, daß er sein eigenes Kommando nur Sir John Jervis zu verdanken hatte. Der vierte im Dienstalter, Kapitän Croucher, war wiederum ein besonders guter Freund Goddards. Wenn dieser den Vorsitz in dem Kriegsgerichtsverfahren führte, das ihm wegen des Verlustes der *Sibella* drohte, dann stand, wie Ramage glaubte, das Urteil wohl schon fest, ehe noch der erste der Zeugen vereidigt war.

Aber wie dem auch immer sei, sagte sich Ramage, es ist Zeit, daß wir uns wieder auf den Weg machen; die Männer haben sich lange genug ausgeruht. Wer oben ist, kann einen Untergebenen immer ins Unrecht setzen, daran ist nicht zu rütteln, und darum hatte es auch keinen Zweck, sich darüber Gedanken zu machen.

4

»Geben Sie mir die Karten, Jackson.« Der Amerikaner
reichte ihm den Leinensack, und Ramage zog eine Karte
aus der Rolle, die das Küstengebiet von den Vada-Felsen
vor Livorno — oder Leghorn, wie es die Briten hartnäckig nannten — bis Civita Vecchia zeigte. Ehe er
sie zu Rate zog, warf er einen Blick in das Logbuch des
Steuermanns und stellte fest, daß es bis sechs Uhr abends
geführt war. Die letzte Eintragung betraf die Peilungen
und Entfernungen des Monte Argentario und der Nordspitze der Insel Giglio. Darunter stand: »Feindliches
Schiff in Sicht in Nordwest.«

Ramage rollte die Karte auf, faltete sie auf seinem
Knie und zog das Wurfmesser aus der in seinen Stiefel-
schaft genähten Scheide. Mit der Klinge maß er die
Entfernung vom Monte Argentario um 6 Uhr p. m., indem er die Breitenskala am Rande der Karte benutzte.
Dann drehte er das Messer herum, so daß er die Klinge
benutzen konnte, um die Peilung von der in die Karte
eingezeichneten Kompaßrose abzulesen.

Als er damit fertig war, stach er einen winzigen
Punkt in die Karte. Das war die Position der *Sibella*
um sechs Uhr abends. Jetzt stellte er schätzungsweise
fest, welchen Kurs sie gesteuert und welche Strecke sie
zurückgelegt hatte, bis die Franzosen längsseit kamen.
Wieder stach er ein Pünktchen in die Karte. Das war
der Ort, an dem die Fregatte versenkt worden war.
Dann kennzeichnete er noch eine dritte Stelle, den Ort,
an dem sie sich im Augenblick befanden — alles so
genau, wie es ein erfahrener Seemann nur bewerkstel-
ligen konnte.

Wo waren sie demnach? Ungefähr in der Mitte zwischen dem Vorgebirge Argentario und der Insel Giglio. Die Passage dazwischen war — er nahm wieder das Messer in die Hand, um die Entfernung festzustellen — zwölf Seemeilen breit. Sie waren also etwa sechs Meilen von dem Kap d'Uomo entfernt, dem steilen Felsen, der am Ende eines der Bergkämme Argentarios jäh zum Meer abstürzt.

Es ist eine Ironie, dachte er, daß wir eine volle halbe Stunde nach Nordwest gepullt sind, also weg von Capalbio und den Flüchtlingen.

Wenn sie zu dem Wehrturm von Capalbio gelangen wollten, mußten sie, wie ihm die Karte zeigte, zunächst das Südende Argentarios umrunden, das fast eine Insel war, da es nur zwei Dämme mit dem Festland verbanden. Seltsam, auf der Karte glich dieses Argentario einer Fledermaus, die kopfunter an einem Balken hing. Die Dämme waren ihre beiden Beine, der Balken das Festland. Der Turm stand an der Küste ungefähr fünf Meilen südlich der Stelle, an der der südliche Damm auf dem Festland endete. Der Ort Capalbio lag auf einer Höhe fünf oder sechs Meilen weiter landeinwärts.

Mehr als fünfzehn Meilen waren bis dorthin zurückzulegen, und wenn man die Küste nicht kannte, war es wohl auch unmöglich, den Turm vor Hellwerden zu finden. Das heißt, sagte sich Ramage, daß wir noch vor Tagesanbruch irgendwo ein Versteck finden müssen. Aber wo nur? Die Südostseite Argentarios ist zu gefährlich. In Port'Ercole gleich um die Ecke wimmelte es ganz bestimmt von ein- und auslaufenden Fischerbooten. Nein, das war nichts. Wir müssen Argentario fernbleiben, am besten halten wir uns den Freitag über, solange es hell ist, auf der kleinen Insel Giannutri versteckt, die im Südosten vor der Passage zwischen Giglio und Argentario liegt. Von dort können wir am Freitagabend leicht die Formiche di Burano erreichen, ein winziges, nur wenige Fuß hohes Riff an der Küste bei Capalbio. Von unserem jetzigen Schiffsort nach Giannutri sind es ... ungefähr sieben Meilen: dort, nahe bei Punta Secca, können wir uns verstecken.

Am Freitagabend hatten sie dann — wie er feststellte — zwölf Meilen nach der Formiche und weitere drei bis zum Turm zurückzulegen. In der Zwischenzeit fand er zum mindesten Gelegenheit, das Festland durch seinen Kieker genau in Augenschein zu nehmen.

Er hatte also die Nacht von Freitag auf Samstag zur Verfügung, um die Flüchtlinge zu finden. Den Samstag über mußten sie sich verstecken und am Samstagabend von Capalbio in See gehen ...

»Bootsmann, Meistersmaat, Wilson — kommen Sie zu mir an Bord.«

Der Strand bei Capalbio war sandig, das hieß, daß man ein Boot an Land holen mußte. Nur die Gig war leicht genug, daß sie von ihrer Besatzung aus dem Wasser gezogen werden konnte. Sechs Mann an den Riemen, dazu Jackson und er selbst — das reichte für die Fahrt nach Capalbio. Dort kamen ein halbes Dutzend Flüchtlinge dazu. Auf dem Rückweg waren also nicht weniger als vierzehn Mann an Bord der Gig — das war nur zuviel, wenn sie schlechtes Wetter bekamen, denn bei nächtlichen Überfällen auf feindliche Häfen hatten sie sogar sechzehn Mann an Bord. Übrigens hatte er gar keine andere Wahl. Das Boot mußte auf jeden Fall an Land geholt und versteckt werden: Vielleicht kostete es Zeit, die Italiener zu finden — er wollte nicht mit dem günstigsten Fall rechnen, daß er in einer Nacht landen, seine Schützlinge finden und ungeschoren wieder nach See entkommen konnte.

Der Bootsmann holte den Kutter längsseit der Barkasse und kletterte an Bord, ihm folgte der Meistersmaat und schließlich Wilson. Als die drei Männer wartend in der Dunkelheit vor Ramage saßen, hätte dieser viel darum gegeben, ihre Gedanken lesen zu können.

»Ich habe den Befehl für den Kommandanten geöffnet und m— möchte ihn eigentlich ausführen ...«

Wenn er sich aufregte, fing er leicht an zu stottern. Daß ihm das Wort »möchte« nicht glatt über die Lippen wollte, empfand er als Mahnung, auf jeden Fall die Ruhe zu bewahren.

»Ich nehme Jackson und sechs Mann mit mir in die Gig. Sie, Bootsmann, übernehmen die Barkasse, und Wilson übernimmt Ihren Kutter. Die Führung der drei Boote obliegt dem Bootsmann.«

Es war nicht einfach, im Dunkeln Männern Befehle zu erteilen, denen man nicht in die Augen sehen konnte.

»Ihr Ziel, Bootsmann, ist Bastia auf der Insel Korsika.«

»Das ist aber ...«

»Ja, das ist ein weiter Weg, über siebzig Meilen. Aber es ist der nächste Hafen, in dem Sie britische Schiffe finden werden, und da Sie die Küste Korsikas ja kennen, werden Sie bestimmt den Weg dorthin finden. Nehmen Sie die Musterrolle und das Logbuch des Steuermanns mit. Wenn Sie ankommen, melden Sie sich beim dienstältesten britischen Seeoffizier. Berichten Sie von allem, was sich hier ereignet hat, und — jetzt passen Sie gut auf, das ist sehr wichtig — bitten Sie ihn, Sir John Jervis sofort zu melden, daß Leutnant Ramage die Ausführung des von Sir John erteilten Befehls für die *Sibella* übernommen habe. Bitten Sie ihn ferner, ein Schiff an einen Treffpunkt fünf Meilen nördlich von Giglio zu entsenden, wo ich mich am Sonntag bei Tagesanbruch einfinden will. Wenn ich nicht da bin, soll es mich am Montag bei Tagesanbruch an der gleichen Stelle erwarten.

Wenn Sie das Pech haben sollten, unterwegs den Franzosen in die Hände zu fallen, dann werfen Sie vor allem das Logbuch über Bord und versuchen Sie, die Leute um jeden Preis zu überzeugen, daß Sie die einzigen Überlebenden der *Sibella* seien. Über die Gig verlieren Sie kein Wort. Und jetzt die Navigation.«

Rasch und gewandt setzte er die Kurse ab, die der Bootsmann zu steuern hatte. Dann dachte er sogar daran, zu fragen, ob eines der Boote etwa Wein an Bord habe. Es stellte sich heraus, daß sich im Boot des Meistersmaaten ein ganzes Faß befand, das er ohne Verzug über Bord entleeren ließ. Auf den Protest des Unteroffiziers meinte er nur: »Können Sie die Gewähr übernehmen, daß Sie mit ein paar Dutzend Betrunkener fertigwerden?«

Der Bootsmann erhielt noch den Auftrag, die sechs besten Männer für die Gig einzuteilen, dann schüttelte Ramage den dreien im Dunkeln die Hände und schickte sich an, über die anderen Boote hinwegzuklettern, um sein neuestes Kommando anzutreten. Das war nun, dachte er bei sich, wirklich ein kaum zu überbietender Rekord: Mit dem Kommando über eine Fregatte hatte es begonnen, das nächste war eine Barkasse, und jetzt war eine Gig an der Reihe — und das alles innerhalb einer einzigen Stunde.

Ehe er die anderen drei Boote entließ, holte sie Ramage noch einmal zusammen und gab zur Stützung der Befehlsgewalt des Bootsmanns mit erhobener Stimme bekannt, daß alle Seeleute nach wie vor den Bestimmungen der Kriegsartikel unterständen. Die Männer hörten ihn schweigend an, nur das Schwappen des Wassers gegen die Boote und ein gelegentliches Knirschen der Scheuerleisten unterbrach die herrschende Stille.

61

Als Ramage dann eben im Begriff war, den Bootsmann auf den Weg zu schicken, hörte er, wie einer der
Matrosen mit gedämpfter Stimme rief: »Drei Hurras
für Seine Lordschaft: hipp — hipp — hurra!« Die Männer wagten es nicht, laut zu schreien, dennoch fühlte
er sofort die echte Bewegung in ihren Stimmen. Er war
sowohl über diese unerwarteten Hurra-Rufe wie auch
über die vielsagende Anrede mit seinem Adelstitel so
bestürzt, daß er noch immer nach einer passenden Antwort suchte, als einige Leute zum Abschied »Viel Glück,
Sir!« herüberriefen. Das überhob ihn aller langen Reden:
»Danke, Jungs!« rief er. »So, jetzt legt euch tüchtig in
die Riemen, ihr habt noch einen langen Weg vor euch.«
Damit nahm er in der Plicht der Gig Platz, griff
nach der Pinne und wartete nur noch, bis die anderen
Boote in Fahrt waren, ehe er seine eigene Besatzung
anrudern ließ.

Als er Argentario ins Auge faßte, entdeckte er einen
schwachen silbrigen Glanz hinter dem Horizont, der die
benachbarten Sterne állmählich verblassen ließ. Hinter
den Bergen stieg der Mond auf, und schon nach wenigen
Minuten war er imstande, die Gesichter der Männer zu
erkennen, die auf den achtersten Duchten saßen, und
sah dabei sofort, daß sie von Schweiß glänzten.

Immerhin, sagte er sich, mit einer vierundzwanzig
Fuß langen Gig, die nur dreizehn Zentner wiegt, habe
ich wenigstens nicht so viele Sorgen wie mit einer hun-
dertfünfzig Fuß langen Fregatte, die fast siebenhundert
Tonnen verdrängt. So bequem wie auf der Fregatte hat
man es hier allerdings nicht, schoß es ihm durch den
Kopf, als er beiseite rückte, damit sich das Knie des
Achterstevens nicht mehr in seine Hüfte bohrte.

Das mächtige Rund des Mondes kam rosa wie eine
Auster hinter Argentario zum Vorschein, in seinem
Licht zeichneten sich die schattenhaften Umrisse der

Gipfel schärfer ab. Im Vergleich mit den zerklüfteten zackigen Alpen schienen ihm diese harmlosen Berge mit ihren gerundeten Gipfeln und Graten eher riesigen Ameisenhaufen zu gleichen. Als der Mond dann allmählich höherstieg und die Schatten kürzer wurden, verblaßten die Umrisse der Berge, und die ganze Halbinsel war nun von einem warmen rosasilbrigen Schein übergossen. Monte Argentario — Silberberg, warum trug er diesen Namen? Hatte man hier je eine Silbermine betrieben? Ganz gewiß nicht. Vielleicht weil die vom Wind bewegten Blätter der Olivenbäume ihn bei Tag silbrig erscheinen ließen — er erinnerte sich, bemerkt zu haben, daß ihr Laub an einem Berghang manchmal diesen Eindruck hervorrufen konnte.

Jetzt war es ihm bereits möglich, die ganze Besatzung der Gig zu erkennen, er sah, daß es Toppsgasten waren, die allerbesten unter den überlebenden Seeleuten der *Sibella*, Männer, die hoch oben und weit draußen auf den Rahen die Segel zu reffen und festzumachen pflegten.

Hier im Mondlicht, unrasiert und in ihrem abgerissenen Zeug, sahen sie eher aus wie die Bootsbesatzung eines Kaperschiffs als wie Matrosen des Königs. Diese Kaperschiffsbesatzungen waren so übel wie richtige Piraten, nein, sie waren im Grunde noch schlimmer, denn sie dienten für gewöhnlich auf der Grundlage einer Beteiligung an den Prisengeldern. Darum waren sie viel grausamer und wagemutiger als echte Piraten, deren Entlohnung ganz von dem guten Willen ihres Kapitäns abhing.

Der Schlagmann auf der achtersten Ducht war vom Hosenbund aufwärts nackt. Er hatte einen Tuchfetzen um die Stirn gebunden, damit ihm der Schweiß nicht in die Augen rann, seine Haare waren zu einem Zopf geflochten, und sein Gesicht war immer noch schwarz vom

Pulverqualm. O Gott, dachte Ramage, wie konnte ich vergessen zu sagen, daß sie ein paar Hängematten in die Boote packen sollten? Wenn sie auch schon gebräunt sind, so wird ein Tag, den sie halb nackt unter der sengenden Sonne verbringen, doch ihre Haut ausdörren und ihnen härter zusetzen als die Arbeit an den Riemen, von dem verdammten Durst ganz abgesehen.

War das nicht Blut, das diesem Mann am Schlagriemen über das schmutzige Gesicht lief?

»He — Schlagmann! Sind Sie verletzt?«

»Das hat nichts zu sagen, Sir. Nur ein Riß auf der Stirn. Warum? Ist mein Gesicht blutig?«

»Von hier aus hat man den Eindruck.«

Das war ein ausgefallener Haufen: Gab man den Burschen Gelegenheit, sich von einer Arbeit zu drücken, dann taten sie das todsicher, bot sich die Möglichkeit zu desertieren, dann ließen sich die meisten nicht davon abhalten, obwohl sie dabei riskierten, gehenkt oder um die Flotte gepeitscht zu werden. Im Gefecht dagegen waren sie wie verwandelt: Der Drückeberger, der Trinker, der Narr — einer wie der andere wurde da zum kämpfenden Teufel. Wenn es ums Ganze ging, entwickelte jeder die Kraft von zweien. Auch jetzt, nach einem halben Tag harten Kampfes, holten sie tapfer an ihren Riemen, wenn es nottat, bis sie vor Erschöpfung von den Duchten sanken. Wenn aber ein Faß Wein im Boot gewesen wäre, und er hätte sich schlafen gelegt, dann hätte er beim Erwachen entdecken müssen, daß sie alle sinnlos betrunken waren.

Sie waren eben in vieler Hinsicht wie die Kinder. Obwohl dieser oder jener von den *Sibella*-Männern dem Alter nach sein Vater sein konnte, war sich Ramage doch stets bewußt, daß sie im Grunde ihres Wesens ganz einfache Menschen waren. Ihre plötzlichen Ausbrüche kindlicher Begeisterung, ihre Launenhaftigkeit, ihr Mangel an Verantwortung und ihr unberechenbares Verhalten bewiesen es ihm immer wieder aufs neue.

Wie, Ramage, träumst du schon wieder? . . . Er beschloß, eine Rast einzulegen und den Männern kurz zu erklären, worum es ging.

»Ihr werdet jetzt wohl gern wissen wollen, wohin wir fahren, wenn ihr es nicht schon am Wasserfaß habt läuten hören . . .«

Darauf erhob sich allgemeines Gelächter: Auch Offiziere erfuhren nämlich dort am Wasserfaß oft genug Einzelheiten aus den geheimen Befehlen ihres Kommandanten. Es handelte sich um eine Tonne mit Trinkwasser, die, bewacht von einem Seesoldaten, an Deck stand und aus der die Männer zu bestimmten Stunden trinken durften. Dort wurde denn auch ausgetauscht, was der Tag Neues bot. Obwohl die Nachrichten aus der Kajüte oft nur auf Umwegen zum Wasserfaß gelangten, erwiesen sie sich doch fast immer als zutreffend. Den Augen und den Ohren eines Kommandantenstewards entging so leicht nichts von Bedeutung, und der bescheidene Schreiber des Kommandanten — der sich stolz Sekretär nennen durfte — kam unter seinen Bordkameraden erst zu Ansehen und Bedeutung, wenn er etwas Neues mitzuteilen hatte.

»Wenn ihr es noch nicht wißt, werde ich euch jetzt alles sagen, was ich selbst darüber weiß. Es handelt sich um ein halbes Dutzend italienischer Flüchtlinge — sehr wichtige Leute, so wichtig, daß der Admiral ihretwegen eine Fregatte riskierte —, die vom Festland abgeholt werden sollen. Diese Aufgabe war der *Sibella* übertragen worden — und wir haben sie jetzt zu Ende zu führen.

Heute nacht wollen wir bis in die Nähe ihres Zufluchtsorts vordringen, aber tagsüber dürfen wir uns auf keinen Fall sehen lassen, darum müssen wir uns verstecken und können erst morgen abend den Schlußpunkt

65

unter das Unternehmen setzen. So liegen also die Dinge, jetzt wißt ihr so viel darüber wie ich selbst.«

»Eine Frage, Sir?«

»Ja, was ist?«

»Wie weit ist denn dieser Bonaparte hier schon vorgedrungen? Wem gehört eigentlich dieser Küstenstrich, Sir?«

»Bonaparte hat vor ein paar Monaten Livorno besetzt. Livorno selbst ist ein Freihafen, aber die Küste dort und weiter südwärts bis fast hierher gehört dem Herzog von Toskana, und der hat mit Napoleon einen Pakt geschlossen. Aber überall längs dieser Küste gibt es sogenannte Enklaven — kleine Landgebiete, die anderen Leuten gehören. Piombino zum Beispiel, das Elba gegenüberliegt, gehört der Familie Buoncampagno. Halb Elba wiederum und ein schmaler Küstenstreifen, der fast bis hierher nach Süden verläuft und Argentario mit umfaßt, gehören dem König von Neapel und Sizilien.«

»Auf welcher Seite steht der?«

»Er stand auf der unseren, aber er hat die Feindseligkeiten eingestellt.«

»Also hat er sich ergeben, nicht wahr, Sir? Aber bis Neapel und Sizilien sind sie noch nicht gelangt, die Franzosen?«

»Nein, aber soviel ich weiß, fürchtet der König, daß sie Neapel angreifen könnten. Ganz in der Nähe von Argentario liegt die Stadt Orbetello, der Hauptort der Enklave, die der König hier besitzt. Wie weit sich diese nach Süden erstreckt, weiß ich nicht. Das Land südlich davon gehört dem Papst.«

»Was ist denn mit dem, Sir?« fragte der Mann mit der blutigen Stirn. »Steht der auf unserer Seite?«

»Er hat mit Bonaparte einen Waffenstillstand geschlossen und seine Häfen für britische Schiffe gesperrt.«

66

»Es scheint also, als ob wir hierzulande nicht viele Freunde hätten«, stellte einer der Bootsgasten fest.

»Nein«, lachte Ramage, »jedenfalls keinen, auf den wir uns verlassen könnten. Auch dort, wo wir jetzt landen wollen, finden wir womöglich Truppen Bonapartes vor, oder Neapolitaner — weiß Gott zu wem sie grade halten — oder sogar Soldaten des Papstes.«

»Sind die Leute, die wir holen sollen, Italiener, Sir?«

»Ja.«

»Warum haben sie dann nicht ebenso bei Boney angemustert wie alle anderen? Verzeihen Sie bitte diese Frage, Sir.«

»Weil sie ihn ebensowenig schätzen wie wir selbst. Ja, wenn er sie erwischt, dann werden sie am Ende sogar der ›Witwe angetraut‹.«

Die Männer unterhielten sich murmelnd. Sie kannten alle die makabre französische Umschreibung für den Tod auf der Guillotine. Ramage hörte, wie einer sagte: »Seltsame Gesellschaft, die Italiener. Die einen mustern bei Boney an, die anderen hauen ab. Wie findet so ein Bursche bloß heraus, was für ihn das Richtige ist?«

Damit, dachte Ramage, hat er ganz gut erfaßt, wie es hier aussieht. Er selbst war nun nach acht langen Jahren im Begriff, wieder in dieses herrliche, leuchtende Land mit seiner lässigen Lebensart zurückzukehren, dieses Land so voll von Gegensätzen, daß nur ein gefühlloser Wicht summarisch behaupten konnte, daß er es hasse oder liebe oder daß sein Gefühl die Mitte zwischen diesen Extremen halte.

»Verzeihung, Sir, Sie sprechen doch die Sprache dieser Leute, nicht wahr?«

»Ja.«

Herrgott, entweder hatten die Männer so viel Vertrauen zu ihm, daß sie ihn ruhig auszufragen wagten, weil sie wußten, daß ihnen dabei keine barsche Abfuhr blühte, oder sie nutzten die Gelegenheit, sich einmal mit einem Vorgesetzten »von gleich zu gleich« — wie es manche Offiziere nannten — zu unterhalten. Ihr Interesse schien allerdings echt zu sein.

»Wie kommt das, Sir?«

Warum sollte er es ihnen nicht erzählen? Ihre Unterhaltung schwieg, sie wollten alle hören, was er sagte. Für die nächsten paar Tage brauchte er ja jedes bißchen Vertrauen, das sie ihm schenken wollten.

»Mein Vater ging im siebenundsiebziger Jahr in See, um die Amerikanische Station zu übernehmen — damals«, sagte er scherzend zu Jackson, »rührten sich Ihre Landsleute schon, um von uns loszukommen. Als mein Vater fort war, zog meine Mutter nach Italien und nahm hier bei verschiedenen Bekannten Aufenthalt. Sie reiste immer sehr gern — es ist, nebenbei gesagt, noch heute ihre Leidenschaft. Ich selbst war damals zwei Jahre alt und wurde von einer italienischen Kinderfrau betreut. Bei ihr lernte ich fast ebenso früh Italienisch wie Englisch.

1782, als ich sieben Jahre alt war, kehrten wir nach England zurück. Die meisten von euch wissen ja wohl, warum das geschah ... 1783, nach seiner Verurteilung, wollte mein Vater England für einige Jahre verlassen. So gingen wir denn wieder nach Italien; ich war damals acht Jahre alt und blieb in diesem Lande bis kurz vor meinem dreizehnten Geburtstag. Dann kehrten wir nach England zurück, und ich ging zur See.«

»Da wurden Sie von einer Preßgang geschnappt, nicht wahr, Sir?«

Über diesen Scherz des Schlagmannes mit der blutigen Stirne brüllte alles vor Lachen. Über die Hälfte dieser Männer war ja von solchen Preßkommandos von der Straße geholt und an Bord eines Königlichen Kriegsschiffes gebracht worden. Wenn sie wollten, durften sie sich dort »Freiwillige« nennen und erhielten dafür ein paar Schillinge Handgeld. Außerdem stand in der Musterrolle neben ihrem Namen die Abkürzung »vol« an Stelle von »prest«.

»Ja«, sagte Ramage und stimmte in das Gelächter ein, »aber ich nahm das Handgeld.«

Die Männer hatten lange genug gerastet, darum gab er jetzt den Befehl, wieder anzurudern. Voraus lag wie ein riesiges Seeungeheuer das flache Inselchen Giannutri. Aus der Karte waren nicht viele Einzelheiten zu entnehmen, nur eben südlich der dem Festland nächsten Spitze Punta Secca mußte eine ganze Anzahl kleiner Buchten liegen. Der Name »Trockene Spitze« weckte allerdings keine große Hoffnung, Trinkwasser zu finden.

Ramage fuhr sich mit den Fingern durch die Haare und zuckte zusammen, als er in dem geronnenen Blut an seinem Hinterkopf hängenblieb. Er hatte die Wunde ganz vergessen. Wenigstens war das Blut rasch getrocknet. Auf Giannutri, überlegte er, mußte er sich wohl ein wenig um sein Äußeres kümmern; im Augenblick glich er wahrscheinlich eher einem Straßenräuber als einem Seeoffizier.

Jackson beobachtete, wie der obere Rand der Sonne hinter den niedrigen Hügeln der Insel Giannutri verschwand, und begrüßte den kühlen Schatten, der sich nun auf die östliche Seite der Insel senkte. Ein Blick auf die Uhr verriet ihm, daß noch eine halbe Stunde Zeit war, bis sein Ausgucktörn endete und Mr. Ramage geweckt werden mußte.

Es war ihr Glück gewesen, daß sie diese winzige Einbuchtung der Küste gefunden hatten, die so sauber aus dem Fels geschnitten war, als ob sie ein Riese mit dem Messer herausgekratzt hätte. Ein Mensch, der kaum fünf Meter entfernt am Ufer stand, konnte das Boot schwerlich entdecken, dabei waren die Seiten der Einfahrt nicht viel höher als das Dollbord der Gig, so daß man ringsum sehr gut Ausguck halten konnte.

Den größten Teil des Vormittags hatte Mr. Ramage mit dem Kieker am Auge am Hang des Hügels gesessen und das Festland abgesucht. Sobald er den Turm von Buranaccio gefunden hatte, der unmittelbar hinter dem Küstenstreifen aufragte und sich nur mit seinem untersten Teil hinter den Sanddünen verbarg, ließ er seine Männer paarweise heraufkommen, um ihnen das Bauwerk durch das Glas zu zeigen. Zugleich sollten sie die Küste rechts und links davon in Augenschein nehmen.

Inzwischen hatte Jackson einen der Matrosen beauftragt, die Jacke des Leutnants zu waschen, um die Blutflecken, so gut es ging, daraus zu entfernen. Als er sie dann zum Trocknen ausbreitete, glättete er das Tuch sorgfältig mit den Händen. Die seidene Halsbinde verriet natürlich, daß sie kein Bügeleisen gesehen hatte, aber wenn man sie über einen glatten Stein spannte, solange sie naß war, sah sie doch wieder halbwegs gepflegt aus. Im Dunkeln, sagte sich Jackson, ist Mr. Ramage auf jeden Fall elegant genug, wenn er mit diesen Herzogen und anderen feinen Leuten zusammentrifft. Es war nur ein Jammer, daß er seinen Hut eingebüßt hatte.

Als Jackson jetzt seinen schlafenden Leutnant betrachtete, sah er, daß seine Gesichtsmuskeln hin und wieder zuckten. Merkwürdig fand er auch seine Gewohnheit, die Augen zuzukneifen, wenn er angestrengt überlegte und wenn er müde oder aufgeregt war. Er schien das mit Absicht zu tun, als ob er sich besser konzentrieren könnte, wenn er die Augenlider zusammenkniff.

Der Bootsmann hatte immer behauptet, Mr. Ramage gliche genau seinem Vater, dem Earl of Blazey — »Old Blaze-Away« hatte man ihn in der Navy getauft. Jackson kam noch heute in Verlegenheit, wenn er daran dachte, daß er vor einigen Monaten einmal gesagt hatte, er hoffe, Old Blaze-Aways Sohn besitze mehr Schneid als sein Vater. Da hatte ihm der Bootsmann in heller Wut einen Anpfiff verpaßt, daß ihm Hören und Sehen verging. Es schien eben doch, daß das Verfahren rein politischer Natur gewesen war ... Der Bootsmann hatte schließlich in der Schlacht auf dem Flaggschiff des Alten gedient, also mußte er es ja wohl wissen. Ob der Vater nun ein Feigling war oder nicht, der Sohn schien jedenfalls von echtem Schrot und Korn zu sein.

Der Junge sah wirklich gut aus, dachte Jackson bei sich selbst; er hatte bis jetzt noch nie Gelegenheit gehabt, seinen Kopf in Ruhe zu betrachten. Das Gesicht war eher mager, die Nase war gerade, die Backenknochen traten ein wenig hervor. Aber was einen an Mr.

Ramage von jeher gefesselt hatte, das waren seine Augen. Sie waren braun und saßen tief in ihren Höhlen, sie waren von einem Paar buschiger Augenbrauen überwölbt, und wenn er zornig war, dann schienen sie sein Opfer richtig zu durchbohren. Was hatte doch einer der Männer aus Mr. Ramages Division behauptet, als er wegen irgendeiner Missetat dem Kommandanten zum Rapport vorgeführt worden war? Es habe keinen Zweck, meinte er etwa, die Schuld abzuleugnen, denn Mr. Ramage wisse es anders. Als der Kommandant darauf einwandte, Mr. Ramage sei ja im entscheidenden Augenblick gar nicht an Deck gewesen, da erwiderte ihm der Matrose: »Das hat nichts zu sagen, Mr. Ramage sieht durch eichene Planken.«

Noch nie, ging es Jackson durch den Kopf, bin ich einem Offizier begegnet, der ihm das Wasser reichen könnte; das sarkastische, gespreizte Gehabe so vieler junger Leutnants war ihm völlig fremd. Jedermann hatte Achtung vor ihm, denn die Mannschaften wußten sehr wohl, daß er beim Entern jeden hinter sich ließ. Er verstand sich auf das Splissen und Knoten wie ein Takler von Beruf und wußte mit Booten umzugehen, als wäre er unter einer Ducht zur Welt gekommen. Wesentlicher war noch, daß er sich sprechen ließ, daß man an ihn herankam. Irgendwie schien ihm sein Instinkt zu sagen, wie die Stimmung der Leute war, ob es am Platze war, sie mit einem ruhigen Scherzwort aufzumuntern, oder ob es galt, ihnen einmal »Dampf zu machen«. Jackson konnte sich dabei jedoch nicht erinnern, daß er einem Bootsmannsmaat je erlaubt hätte, die Männer mit einem Tauende zu züchtigen. Ebensowenig sah er sich jemals genötigt, einen Mann dem Kommandanten vorzuführen.

Seltsam war an ihm, daß er zum Stottern neigte, wenn er zornig oder aufgeregt war. Man konnte ihm dann ansehen, wie er sich Mühe gab, richtig zu sprechen. Jackson erinnerte sich dabei an den Witz eines Toppsgasten — es war der Bursche da mit der Stirnwunde: »Wenn du erlebst«, hatte er gesagt, »daß Seine junge Lordschaft die Augen zukneift und die Buchstaben im Mund durcheinanderwirbelt, dann ist es höchste Zeit, auf den anderen Bug zu gehen.« Warum machte er eigentlich an Bord nie von seinem Titel Gebrauch? Er war doch immerhin ein echter Lord. Nun, vielleicht war daran die Geschichte mit seinem Vater schuld.

Mein Gott, dachte er, da liegt er nun, der Junge, wie ein ausgedientes Stück Ankertrosse. Ramage sah in der Tat so aus. Er hatte sich in der Plicht der Gig der Länge nach ausgestreckt, seine Arme waren unter dem Kopf verschränkt, die Hände dienten ihm als Kopfkissen. Wahrscheinlich lag er in tiefem Schlaf; aber Jackson hatte dennoch den Eindruck, daß er dabei keine Entspannung fand, denn seine vollen Lippen zogen sich an den Mundwinkeln leicht nach unten, seine Stirn zeigte Falten, als dächte er angestrengt nach, und seine Augenbrauen waren finster herabgezogen. Hätte er in diesem Augenblick die Augen offen, dachte Jackson, dann sähe es aus, als ob er an der Kimm etwas zu entdecken suchte. Woher rührte nur diese Narbe über seiner rechten Braue? Wenn er müde oder aus irgendeinem Grunde überfordert war, pflegte er daran herumzureiben. Sie sah fast aus, als wäre sie die Folge eines Säbelhiebs.

Die Ostseite der Insel, die bei Sonnenuntergang die Farbe der Malven angenommen hatte, dunkelte nun rasch im Zwielicht. Jackson wandte den Blick zum Festland. Zur Linken erhob sich die massige Bergkuppe Argentarios; er konnte sogar einen der beiden im Bogen verlaufenden Dämme unterscheiden, die die Halbinsel mit dem Festland verbanden. Vor sich hatte er ein kleines Felsenriff, die Formiche di Burano, die als schwarzer Fleck zwischen ihm und dem Monte Capalbio aus der See ragte. Gleich rechts von dem Monte Capalbio erhob sich der Monte Maggiore, und an der Küste, in einer Linie mit seinem Gipfel, mußte der kleine viereckige Turm stehen, den sie nach Mr. Ramages Worten aufsuchen sollten. Am Osthimmel war es schon zu dunkel, als daß man ihn noch gesehen hätte, und außerdem stand er ja bis zur halben Höhe hinter den Dünen.

Der Karte zufolge mußte hinter dem Turm ein ziemlich großer, langgestreckter See liegen, dessen Ufer weniger als eine halbe Meile binnenlands parallel mit der Küste verlief. Etwa in der Mitte dieses Ufers entströmte dem See ein kleines Flüßchen und strebte nördlich am Turm vorbei dem Meere zu. Mit einer hakenförmigen Biegung zog es sich auch um die Westmauer des Turms, so daß dieser auf zwei Seiten von einem Graben geschützt war. Dann floß es noch ein paar hundert Meter weiter parallel der Küste, um endlich mit einem letzten Bogen in die See zu münden.

Nicht übel, dachte Jackson, wenn man wieder einmal an Land kommt, und sei es auch nur für ein paar Stunden. Er warf einen Blick auf die Uhr. Noch fünf Minuten, dann mußte er Mr. Ramage purren.

Einige der Matrosen waren schon wach. Einer hatte einen zweiten überredet, ihm den Zopf neu zu flechten; ein dritter lehnte sich aus dem Boot und begann sein Messer an einem Felsstück zu wetzen, bis ihm Jackson Ruhe gebot.

Der Amerikaner warf einen prüfenden Blick über das Boot und überzeugte sich der Reihe nach von allen Einzelheiten. Die Pinne war klar zum Einsetzen, die Riemen waren sicher verstaut, die beiden kostbaren kleinen Wasserfässer waren unter den Duchten festgezurrt, die Brotbeutel waren in gleicher Weise gesichert. Die Bootslaterne war getrimmt und zum Anzünden bereit, der Beutel mit den Karten und Papieren lag zu seinen Füßen.

Der Mann mit der Stirnwunde krempelte ein Hosenbein auf und wies mit lästerlichen Flüchen auf die Moskitostiche an seinem Knöchel. Dann fischte er ein grobes Leinenhemd unter der Ducht heraus und zog es über.

»Wie wär's mit einem Schluck Wasser, Jacko?« fragte ein anderer.

»Du hast doch gehört, was Mr. Ramage sagte.«

»O du verdammter Jonathan! Wie kann man nur so schäbig sein!«

»Frag doch Mr. Ramage, wenn er wach ist.«

»Du machst dir ein Vergnügen daraus, einen armen John Bull zu schikanieren.«

»Gut, du bist ein John Bull, und ich bin ein Jonathan. Darum bin ich aber nicht weniger durstig als du.«

»Ach, dieser durstige Bastard da ist ja nicht einmal ein John Bull«, warf da ein anderer ein, der auf den Bodenbrettern lag. »Der ist doch ein Patländer, so irisch, daß er eine Ehrenbezeigung macht, wenn eine grüne See überkommt.«

»Nun hört einmal alle zu«, schimpfte Jackson. »Mr. Ramage hat noch zwei Minuten Schlaf gut, und die hat er wahrhaftig verdient. Also steckt gefälligst ein paar Reffs in eure Zungen.«

»Ist das auch richtig, was er jetzt unternimmt, Jacko?« flüsterte einer der Männer. »Diese Gig ist ja doch verdammt keine Fregatte.«

»Hast du vielleicht Angst, wie? Wir hätten doch zu diesem letzten Teil des Unternehmens auf alle Fälle ein Boot gebraucht, auch wenn die *Sibella* noch geschwommen wäre.«

»Schön, aber wir müßten dann nicht den ganzen Weg hin und zurück pullen wie Bumbootsleute.«

75

»Es ist Zeit«, hielt ihm Jackson schlagfertig entgegen, »daß du dir darüber klar wirst, ob du Angst hast oder ob du nur ein fauler Hund bist. Angst brauchst du nicht zu haben, wenn *er* an Bord ist« — dabei wies er mit dem Daumen auf Ramage —; »wenn du aber faul bist, dann nimm dich vor *dem* hier in acht.« Dabei zeigte er auf die eigene Brust.

»Schon gut, schon gut, Jacko. Ich habe hier an Bord allemal lieber mit ihm zu tun als mit dir, nimm also ruhig an, ich hätte Angst.«

Jackson sah wieder nach der Uhr, dann kletterte er über die achterste Ducht, um Ramage zu wecken.

Ramage fühlte, wie unelastisch und gespannt seine Gesichtshaut war, er hatte sich trotz seiner Bräune einen Sonnenbrand geholt. Der Streifen über der Stirn, den gewöhnlich der Hut bedeckte, war heiß und brannte wie Feuer. Als er die Augen aufschlug, hatte er das Gefühl, als wären sie voll Sand. Sobald er gewahr wurde, daß ihn jemand sachte schüttelte und bei seinem Namen nannte, setzte er sich auf, denn er erschrak bei dem Gedanken, wie schrecklich sein letztes Erwachen gewesen war.

Die Nacht war schon fast hereingebrochen, dennoch hätte er schwören können, er habe kaum fünf Minuten geschlafen.

»Alles in Ordnung, Jackson?«

»Alles klar, Sir.«

Darauf streifte Ramage seine Sachen ab und kletterte über das Dollbord ins Wasser. Es war warm, aber doch kühl genug, um ihn zu erfrischen. Als er wieder an Bord geklettert war, reichte ihm Jackson ein Stück Stoff.

»Damit können Sie sich abtrocknen, Sir.«

»Was ist das denn?«

»Sein Hemd, Sir«, sagte er und deutete dabei auf einen der Männer, dann fügte er hinzu: »Er hat es von sich aus angeboten.«

Ramage nickte ihm dankend zu, rieb sich schnell trocken und zog dann Strümpfe, Hose und Hemd an. Überrascht sah er auf, als Jackson jetzt sagte: »Wir haben Ihre Halsbinde, Ihre Weste und Ihren Rock in Ordnung gebracht, Sir. Wenn Sie die Sachen jetzt nicht brauchen, staue ich sie weg, damit sie nicht mehr schmutzig werden.«

»Oh — ja, tun Sie das bitte.«

Auf Jackson ist Verlaß, dachte Ramage. Der ist sich darüber klar, daß ich aussehe wie ein Seeräuber. Wenn ich nur ein Rasiermesser hätte! Seine Bartstoppeln raschelten, als er sich mit der Hand über das Kinn fuhr.

Jackson reichte ihm seine Stiefel. Sobald er hineingeschlüpft war, gab er ihm das Wurfmesser, das Ramage in den Schaft des rechten Stiefels steckte. Zuletzt schloß er den Knopf, der die Klinge an Ort und Stelle hielt.

Es war sicherer, wenn er noch eine Weile wartete, bis es vollkommen dunkel war. Jedermann auf Giannutri, der sie aufbrechen sah, konnte ja rasch den Stoß Feuerholz anzünden, den er auf der Plattform des Signalturms am Nordende der Insel gesehen hatte. Auch die Zahl der Signaltürme auf Argentario überraschte ihn. Von dem Giannutri zunächst gelegenen Punkt an stand längs der ganzen Küste nordwärts auf jedem Landvorsprung so ein Turm. Wahrscheinlich setzte sich die Reihe weiter bis Santo Stefano, dem kleinen Hafen an der Nordostseite, fort. Südwärts war es wohl nicht viel anders, hier ging es um die Verbindung mit Port'Ercole. Einige dieser Türme zeigten spanisches, andere arabisches Aussehen: Sie alle aber waren steinerne Male der Angst vor den Piraten der Berberküste, die im Mittelmeer immer noch ihr Unwesen trieben.

77

Endlich war es so dunkel, daß sie auslaufen konnten. Als Ramage den Befehl dazu gab, fühlte er, wie ihm die Erregung plötzlich einem kalten Schauer gleich in die Glieder fuhr.

In der Finsternis hatte Ramage das Gefühl, als sei die See, das Boot, ja sein eigener Körper seltsam irreal. Nach See zu konnte man nicht unterscheiden, wo der Horizont endete und der Nachthimmel begann, obwohl unzählige Sterne blinkten und der eben über dem Festland aufgegangene Mond wie eine scharf umrandete Silberscheibe am Himmel stand. Das Boot schien wie eine Möwe zwischen See und Himmel durch die Luft zu gleiten.

Ramage konnte kaum fassen, daß dieses verrückte Unternehmen Wirklichkeit war, zu dem er sich mit sieben Mann in einem kleinen Boot entschlossen hatte. War diese Gig hier wirklich ein brauchbarer Ersatz für eine stolze Fregatte, wenn es galt, Persönlichkeiten von großem politischem Einfluß zu retten, damit sie ihre Völkerschaften um sich scharen und den Krieg gegen Bonaparte fortsetzen — in einigen Fällen auch erst beginnen — konnten?

War er, Ramage, ein geeigneter Stellvertreter für einen Kapitän, der jene Leute mit großartigen Versprechungen für ihre Zukunft willkommen heißen konnte? War er der richtige Mann, ihnen die britische Seemacht im Mittelmeer in ihrer ganzen Größe und Bedeutung vor Augen zu führen? Nein, seine Rolle hier, die Lage, in die er sich begab, die konnte man höchstens tragisch nennen — oder war sie etwa nur lächerlich?

Über Jacksons Gesicht huschten seltsame Schatten, als er die Leinwandblende der Laterne anhob, um einen Blick auf den Kompaß zu werfen. Der Anblick des Mannes rief Ramage wieder in die Gegenwart mit ihren

Problemen zurück. Jackson wurde kahl, sein sandfarbenes Haar wich über der Stirn immer weiter zurück. In der Dunkelheit erinnerte ihn der Schädel des Amerikaners an die runden niedrigen Felsen der Formiche di Burano, die sie vor einer Stunde passiert hatten.

Wenn er die Strömung richtig geschätzt hatte, dann waren sie jetzt keine Meile mehr von der Küste entfernt, und es wurde Zeit, daß er sich des Befehls des Admirals und des geheimen Signalbuchs entledigte — bis auf die Karten mußte jetzt alles über Bord, denn die Gefahr, vom Gegner gefaßt zu werden, wurde nun immer größer.

Er gab Jackson die entsprechenden Anweisungen und wandte sich dann an die Bootsgasten. Sollten er und Jackson gefangen oder getötet werden, dann mußten die Männer wissen, wo sie sich befanden und was sie zu unternehmen hatten. Es wäre ein Verbrechen gewesen, sie darüber im unklaren zu lassen.

»Ihr habt alle heute morgen durch das Glas den Turm gesehen«, sagte er zu ihnen. »Südlich davon mündet ein kleiner Fluß, vielleicht können wir unser Boot dort verstecken. Jackson und ich werden versuchen, die Leute zu finden, das wird uns für den Rest der Nacht in Anspruch nehmen. Wenn wir morgen — Samstag — bis Sonnenuntergang nicht zurück sind, dann fahrt ihr mit dem Boot los und steuert einen Punkt fünf Meilen nördlich von Giglio an, wo euch eine Fregatte am Sonntag und ein zweites Mal am Montag, immer bei Tagesanbruch, erwarten soll. Wenn die Fregatte nicht erscheint, dann bleibt euch nichts anderes übrig, als Bastia anzusteuern.«

Ein Aufklatschen neben dem Boot verriet ihm, daß Jackson den beschwerten Segeltuchsack über Bord geworfen hatte. Jetzt befahl ihm Ramage, mit dem Lot nach vorn zu gehen — der Amerikaner hatte es selbst aus einem Stück Marlleine und einem glatten, schweren Kieselstein angefertigt.

Ramage nahm selbst die Pinne: »Achtung jetzt, ruhige Schläge und kein Geräusch. Ruder — an!«

Das unregelmäßige Rollen und Stampfen des Bootes hörte sofort auf, als die Blätter der Riemen ins Wasser faßten und ihm wieder Fahrt verliehen. Die Pinne begann wieder zu wirken, sobald das Ruder durchs Wasser schnitt, das gurgelnd wie im Selbstgespräch nach achtern entschwand.

Sie hatten Glück, daß Windstille herrschte. Jeder Wind mit westlichem oder südlichem Einschlag — ob er nun Maestrale, Libeccio oder Scirocco hieß — wühlte längs dieser ganzen Küste einen solchen Seegang auf, daß es unmöglich gewesen wäre, das Boot an Land zu holen oder damit in den Fluß einzulaufen. Das gleiche galt hinterher auch für ihren Aufbruch. Jeder dieser Winde, die oft plötzlich und ohne Vorzeichen aufkamen, konnte sie tagelang an Land festhalten, so daß sie die Fregatte vor Giglio verfehlten.

»Loten, Jackson.«

»Zwei Faden, Sir.«

Die Küste war jetzt ganz nahe. Jedes Geräusch an Bord eines Schiffes oder Bootes war in der Regel deutlich und klar zu hören, nicht durch ein Echo gedämpft oder durch Bäume und Häuser erstickt. Darum fiel es allen auf, als nun das Knarren der Riemen und das Klatschen des Wassers immer mehr von dem anfangs noch schwachen Gezirp von Tausenden von Zikaden übertönt wurde, zu dem sich dann noch das Geschrei, das Bellen und Grunzen von wilden Tieren und von Vögeln gesellte. Der schwere, durchdringende Harzgeruch des Wacholders und der Pinien hüllte sie ein wie unsichtbarer Nebel und duldete nichts neben sich. Ramage war von diesem scharfen Duft ganz hingerissen, hatte er sich doch jahraus, jahrein mit den an Bord allgegenwärtigen üblen Dünsten von Schweiß, fauligem Bilgewasser, geteertem Tauwerk, feuchtem Holz und feuchter Kleidung abfinden müssen.

Diese dunkelgrünen Pinien — ihr Geruch stach in der Nase so scharf und so unvergeßlich wie Pulverrauch. Seltsam, wie doch Gerüche Erinnerungen wachrufen konnten — viel besser als alles, was man mit dem Auge oder dem Ohr wahrnahm. Was war ihm von den Jahren in der Toskana am besten in Erinnerung geblieben? Was von alldem lebte noch weiter? Natürlich waren es die Pinien, die Lärchen, die Zikaden und die weißen Staubwolken, die jeder Wagen aufwirbelte. Dazu das dunkle, schwere Grün der Zypressen, mit ihrem spitzen Wuchs, die so eng zusammenstanden, daß man unwillkürlich an Enterpieken dachte, die in Reih und Glied in ihren Gestellen lehnten. Besonders deutlich stand ihm noch vor Augen, wie scharf das Dunkelgrün der Pinien und Zypressen, dieser stämmigen Bäume, denen kein Wind etwas anhaben konnte, gegen jene silberngrünen Blätter abstach, die einem zu jung, zu flatterhaft erschienen, um den alten, knorrigen Ölbäumen entsprossen zu sein. Jetzt kamen ihm auch die Ochsen mit ihren hellen Fellen und den riesigen Hörnern wieder in den Sinn, die trotz ihrer Massigkeit so gutmütig waren. Er sah sie wieder vor sich, wie sie unverdrossen ihre Arbeit taten, immer paarweise und so gewohnt, sich aneinanderzulehnen, daß man die zwei nie miteinander vertauschen durfte. Auch die armen Bauern, die *contadini*, standen ihm dabei wieder vor Augen. Sie lebten wie die Sklaven, die er in Westindien auf den Plantagen bei der Arbeit gesehen hatte, aber sie waren dabei in vieler Hinsicht schlechter gestellt als jene, denn ein Pflanzer, der für seine Sklaven immerhin etliche Pfund Kopfgeld hinlegen mußte, sorgte im eigenen Interesse dafür, daß sie gesund und am Leben blieben. Die toskanischen Bauern dagegen, die sich wie die Fliegen vermehrten und starben, waren unentgeltliche Arbeitskräfte für die Grundherren ...

»Noch einmal loten, Jackson.«

»Eineinhalb Faden, Sir.«

Noch wenige Minuten, dachte Ramage, dann hatte er wieder den Boden der Toskana unter den Füßen. Oder erstreckte sich etwa die Enklave des Königs von Neapel bis hierher? Dieses Italien nahm sich wirklich aus wie ein Fleckenteppich. Ein gutes Dutzend kleiner, ganz auf sich gestellter Staaten hauste hier nebeneinander, Königreiche, Fürstentümer, Herzogtümer, Republiken, und jedes dieser Ländchen war voll Neid und Eifersucht auf die anderen, jedes ein Zentrum von Intrigen und übelster Niedertracht. Die Politiker dieser Länder machten öfter vom Dolch des Mörders Gebrauch als von ihrer Stimme im Rat, denn sie hatten alle gelernt, daß scharfer Stahl der schärfsten Logik immer überlegen war.

»Jackson!«

»Ein Faden, Sir.«

Jetzt konnte er die Küste schon erkennen. Die kleinen Wellen spiegelten das Licht des Mondes, als sie auf das Land zutanzten und zuletzt im Sand ausliefen. Um seinen Kopf sang und summte es. Sie waren ja ein Festfraß für die Moskitos, die das Leben in dieser Gegend zur Qual machten. Er hoffte nur, daß keiner seiner Männer das Fieber bekam, das in den sumpfigen Maremmen, der Ebene, die sich von hier bis Rom und darüber hinaus erstreckte, sozusagen zum Alltagsleben gehörte.

»Fünf Fuß, Sir.«

Das Wasser wurde immer flacher, der Strand war nun noch etwa fünfzig Meter entfernt. Die Zikaden ließen die Nacht erklingen, ihr Gezirp hörte sich an wie das Ticken von einer Million Uhren. Gelegentlich quakte ein heiserer Frosch dazwischen, als ob er sich über die Zikaden beklagen wollte. Weiter im Land hörte man mehrmals hintereinander ein tiefes Grunzen: das war ein wilder Eber, der dort unter den Pinien und Korkeichen herumstöberte.

Zum Teufel, wo war nur der Turm? Der schmale Streifen Sandstrand war deutlich genug zu sehen, er konnte sogar die Dünen erkennen, die dahinter lagen und über denen ein schwarzer Streifen die Unmengen von Wacholderbüschen und Zistrosen verriet, die dort gediehen. Eben dort gab es wohl jenes merkwürdige, einem Teppich gleichende Gewächs, aus dem Tausende von dicken grünen Fingern sproßten — wie nannte man es doch gleich? Eine ausgefallene Bezeichnung: *Fico degli Ottentoti* — Hottentottenfeige.

»Hör zu, mein Junge«, hatte seine Mutter einmal zu ihm gesagt, als er noch viel jünger war. »Eines Tages, wenn du älter bist, mußt du nach Italien zurückkehren, ich meine, wenn du alt genug bist, dieses Land zu verstehen und richtig zu beurteilen.« Und jetzt ging dieser ihr Wunsch in Erfüllung! Seine Mutter stammte aus einer Familie, die jahrhundertelang Macht und Einfluß besessen hatte, und sie war mit verschiedenen italienischen Familien befreundet, die erleben mußten, wie ihre Rechte und ihre Macht mit Füßen getreten und Emporkömmlingen oder degenerierten, einfältigen zweiten Söhnen der Habsburger oder Bourbonen in die Hand gespielt wurden. Diese brachten ein Gefolge von Österreichern oder spanischen Granden mit, denen in Italien große Güter verliehen wurden, nur damit sie aus dem Wege waren. Oder sie hatten mit ansehen müssen, daß ihre Ländereien als königliche Entlohnung an die Familie einer ehemaligen Mätresse verschenkt wurden. Schlimmer noch war es, wenn ihr eigener Be-

83

sitz zusammen mit Ländereien der Kirche in die Klauen päpstlicher Günstlinge fiel, Nachkommen des nach außen hin im Zölibat lebenden Papstes, die dem Bruch feierlicher Gelübde ihr Leben verdankten. Der gleiche Papst hatte sie mit einer Geste seiner juwelengeschmückten zierlichen Hand geadelt und mit riesigen Latifundien beschenkt. Am Ursprung dieses Adels stand also verbotene Lust, seinen Reichtum verdankte er der Korruption.

Aber das alles hatte nichts mit dem zu tun, was ihm jetzt oblag. Seine Gedanken waren nur der Widerschein oder besser gesagt das Echo der Überzeugungen, die seine Mutter oft und meist mit derben Worten zum Ausdruck brachte. Er wußte nicht, ob sie mit ihrer Auffassung immer im Recht war; aber sie und ihre Freundin Lady Roddam waren immerhin berühmt wegen ihrer fortschrittlichen, mit großer Offenheit ausgesprochenen Ansichten — ihre Feinde hatten die beiden sogar als Republikanerinnen abgestempelt.

Ach was, sagte er zu sich, Fortschrittlichkeit hin oder her, ich möchte wissen, wie weit wir noch bis zum Turm haben. Plötzlich entdeckte er ihn, er war ganz nah, dick und vierkantig stand er vor ihm. Das Mondlicht ließ seine Steinwände bleich erscheinen, die untere Hälfte verbarg sich hinter den Dünen, die die Küste säumten. Wie kam es nur, fragte sich Ramage, daß ich das Bauwerk so lange nicht gesehen habe? Er vergegenwärtigte sich, daß er immer nach etwas Dunklem, Schattenhaftem Ausschau gehalten hatte. Die Wirkung des Mondlichts hatte er ganz einfach außer acht gelassen. Teufel nochmal! Wenn die Franzosen nur ein paar lumpige Gewehre hatten — und oben auf der Plattform einen Ausguckposten, mochte er noch so verschlafen sein . . .

Er zog die Pinne an den Leib, um das Boot parallel zur Küste nach Süden zu steuern. Sie waren im Augenblick so gefährdet — schon durch Pistolenfeuer —, daß er jetzt vor allen Dingen die Flußmündung finden wollte, damit sie ohne Verzug dort einlaufen konnten. Im nächsten Augenblick entdeckte er ein breites, aber kurzes silbriges Band, das sich quer über den Strand landeinwärts zog: Das war der Fluß im glitzernden Schein des Mondes. Sofort hielt er darauf zu.

»Jackson, Lotwurf!« rief er so laut, wie er es wagen konnte.

»Ein Faden, Sir . . . fünf Fuß . . . vier . . . vier.«

Verdammt, wie schnell es hier flach wurde! Verdammt noch mal!

»Weiter loten.«

»Vier Fuß . . . vier . . . drei . . .«

Teufel, jetzt mußten sie jeden Augenblick Grund berühren. Dabei waren sie noch dreißig Meter vom Ufer entfernt, ein langer Weg für die Männer, wenn sie das Boot an Land holen mußten. Vorn im Bug warf Jackson die Lotleine wie ein Junge, der vom Kai aus fischen will; es war nicht mehr tief genug, und er hatte auch keine Zeit, sie einzuholen.

»Vier Fuß . . . vier . . . fünf . . . vier . . . fünf . . . ein Faden.«

Ramage atmete erleichtert auf. Sie hatten offenbar eine Sandbank überquert, die sich hier längs der Küste hinzog. Jetzt waren nur noch zwanzig Meter zurückzulegen, dann hatten sie den Fluß erreicht, der immer schmaler zu werden schien, je näher sie ihm kamen. An dieser flachen Küste lag unmittelbar vor der Flußmündung ganz bestimmt eine Barre.

»Vier Fuß, Sir . . . drei . . .«

Dabei blieb es denn auch.

»Drei . . . drei . . .«

Natürlich konnten sie die letzten paar Meter durchs Wasser waten und das Boot auf diese Art weiterholen.

Gerade war er im Begriff, die Männer dazu nach außenbords zu schicken, da fiel ihm der verdammte *riccio* ein, jener stachelige Seeigel, der aussah wie eine dicke braune Kastanie und dessen Stacheln abbrachen, wenn sie im Fleisch steckenblieben. Zog man sie nicht sofort heraus, dann war fast immer eine böse Eiterung die Folge. Auf Sandgrund fand man sie selten, aber hier lagen bestimmt überall Felsbrocken umher, und diese waren oft ganz und gar von den Tieren bedeckt.

»Ausscheiden mit Loten, Jackson«, rief er mit gedämpfter Stimme. »Auf Riemen, Männer! Wer von euch hat Schuhe an?«

Vier oder fünf meldeten sich. Darauf befahl er: »Über Bord mit euch, holt das Boot weiter an Land. Achtet auf Felsbrocken, die unter Wasser liegen. Die anderen kommen zu mir achteraus.«

Diese Gewichtsverlagerung hob den Bug der Gig etwas an, so daß sie die Leute im Wasser weiter über die Barre holen konnten, ehe sich ihr Kiel in den Sand grub.

»Hängen Sie das Ruder aus«, sagte er zu Jackson und sprang nun auch selbst über Bord. Er ließ die Männer mit dem Boot hinter sich, watete noch durch die letzten paar Meter Wasser und erreichte am linken Ufer des Flusses den Strand. Als er den harten Sand unmittelbar am Wasser betrat, quietschten seine nassen Stiefel; aber schon nach drei oder vier Schritten, als er den von Wellen überspülten Bereich hinter sich hatte, war der Sand so weich, daß er bei jedem Schritt fast bis an die Knöchel einsank. Der Strand fiel ziemlich steil ab, und als er einen Blick nach links warf, sah er, daß der Turm hinter den Dünen außer Sicht war. Jetzt war also kein Späher mehr imstande, das Boot zu entdecken.

Als Ramage mühsam etwa dreißig Schritte zurückgelegt hatte, war er schon fünf oder sechs Fuß über dem Meeresspiegel, hatte aber die runden Gipfel der Dünen noch mindestens zwanzig Fuß über sich. Jetzt ging es plötzlich noch steiler aufwärts. Während er unverdrossen weiterkletterte, stieß er dann und wann ganze Büsche stacheliger Seedisteln mit dem Stiefel beiseite. Auf halber Höhe der Düne traf er auf die ersten hüfthohen Gruppen von Wacholderbüschen und Zistrosen, denen er beflissen aus dem Wege ging, damit er sich sein Zeug nicht daran zerriß.

Als er endlich die Kuppe der Düne erreicht hatte, mußte er feststellen, daß hinter ihr noch einige weitere lagen, die sich mindestens fünfzig Meter weit landeinwärts erstreckten. Sie sahen aus wie mächtige Wogen und bildeten schließlich das seewärts gelegene Ufer des Flusses, der hinter ihnen eine Biegung machte.

Aha, von hier aus konnte er gerade noch die obere Plattform des Turmes sehen. Der Steinbau schimmerte hell im Mondlicht, und er unterschied die harten, kantigen Schatten der Schießscharten. Die obere Plattform des Turmes hob sich so scharf gegen den blauschwarzen Nachthimmel ab, daß er irgendwelche Ausguckposten sicher gesehen hätte, wenn dort welche gewesen wären. Aber es rührte sich nichts, es schienen auch keine Geschütze in Stellung zu sein, da ihre dicken Mündungen sonst aus den Schießscharten herausgeragt hätten.

Jetzt mußte er vor allem erkunden, wie der Fluß verlief. Zwischen ihm und der nächsten wacholderbestandenen Düne war ein tiefer Einschnitt, wie das Tal zwischen zwei Wogen. Er lief den Hang hinunter, sank jedoch nach einem halben Dutzend Schritten so tief in den Sand, daß er infolge des plötzlich gestoppten Schwunges der Länge nach hinstürzte. Hier möchte ich nicht von Kavallerie gejagt werden, dachte er, als er sich wieder aufraffte. Er spuckte den Sand aus, der ihm in den Mund geraten war, und klopfte sich, so gut es ging, die Uniform ab.

Als er wieder stand, war es ihm, als wäre er plötzlich taub geworden. Die Düne hinter ihm schluckte alles Geräusch der Wellen am Strand, und zum erstenmal seit vielen Monaten hörte er nichts mehr, was mit der See zusammenhing: hundert Meilen im Binnenland wäre es bestimmt nicht viel anders gewesen.

Vom Gipfel der zweiten Düne aus konnte Ramage schon ein größeres Stück des Turmes erkennen. Wieder stieg er ihren Hang hinunter, um schließlich noch die dritte und letzte zu ersteigen. Als er mit dem Rücken zur See dort oben stand, verlief das Flußbett zu seiner Rechten noch etwa fünfzig Meter geradenwegs landeinwärts, dann bildete es ein Knie nach links und zog zu seinen Füßen an ihm vorüber. Die Ufer des Gewässers waren überall dicht mit Binsen bestanden. Von seinem Standort aus zog sich der Flußlauf — immer parallel mit der Küste — noch etwa zweihundert Meter nach Norden, dicht an der Seeseite des Turms vorüber, um sich endlich unter dessen nördlicher Mauer landeinwärts zu wenden.

Der Turm war an einer höchst vorteilhaften Stelle errichtet worden, darüber gab es für Ramage keinen Zweifel. Sowohl im Norden wie im Westen bot ihm der Fluß die beste Deckung, gegen Osten schützte ihn der landeinwärts gelegene See; Angreifer konnten sich also nur von Süden her, längs der Küste nähern.

Seine Bauart wappnete ihn gegen jeden Angriff, im Aussehen glich er eigentlich dem Turm eines Schachspiels, nur daß sein Grundriß nicht rund, sondern quadratisch war. Vom Erdboden an neigten sich seine Mauern etwas nach innen, erst dicht unter den Schießscharten strebten sie auf den letzten paar Fuß wieder nach außen, so daß man unwillkürlich an das auf Taille gearbeitete Kleid einer Frau dachte.

Fürs erste hatte Ramage genug gesehen. Wie tief

mochte der Fluß wohl sein? Er stieg die steile Uferbö-
schung bis zu den Binsen hinunter. Daß diese hier gediehen, verriet ihm, daß das Wasser schlimmstenfalls
brackig war, weil es von dem Süßwassersee nach dem
Meere zu floß. Einen Augenblick lang war er vor
Schreck förmlich starr, dann erkannte er, daß die plötzliche Bewegung in den Binsenhalmen von einem Moor-
oder Wasserhuhn stammte, das fast unter seinen Füßen
aufgeschreckt war und so niedrig davonstrich, daß seine
Flügelspitzen ins Wasser schlugen. Obwohl ihm das
Wasser von oben in die Stiefel drang, strebte er rasch
durch die Binsenfelder voran. Schließlich wandte er sich
nach rechts, um dem Fluß bis zu seiner Mündung zu
folgen und wieder zu seiner Gig und ihrer Besatzung
zu stoßen.

Als er um das Flußknie kam, sah er sofort, daß die
Männer das Boot über die Barre hinweggeholt hatten.
Jackson kam ihm durch das Wasser patschend entgegen.

»Wo soll das Boot hin, Sir?«

»Hierher«, sagte Ramage und wies auf das nördliche
Ufer des Flusses. »Holen Sie es nur gut ins Schilf hinein.«

Es hatte keinen Sinn, wenn man außerdem versuchte,
es unter Zweigen von Buschwerk zu verstecken. Zwischen
dem Schilf fiel ein Haufen Wacholderzweige mehr auf
als das Boot selbst. Jetzt galt es vor allem, die Zeit zu
nutzen. Die in dem Befehl des Admirals erwähnte Hütte
des Kohlenbrenners lag eine halbe Meile der Küste entlang nach Süden und dann fünfhundert Meter landeinwärts. Je eher er sie fand, desto besser war es, dennoch
verfolgte ihn bei alledem eine hartnäckig nagende Frage.

Ramage patschte durchs Wasser zu seinen Männern
und warf einen prüfenden Blick auf das Boot. »So ist's
ausgezeichnet. Ich möchte nur noch, daß einer von euch
dort oben als Posten aufzieht.« Dabei deutete er auf

den Hang der Düne. »So, nun gebt mir ein paar Enter-messer . . . danke. Und jetzt los; kommen Sie, Jackson.«

»Viel Glück, Sir«, sagte einer der Matrosen, und die anderen stimmten eifrig ein.

Ramage ging, gefolgt von Jackson, dem Flußufer entlang bis zur Mündung. Dort angelangt, watete er hinaus, bis er die Barre unter den Füßen fühlte, ob-wohl ihm das Wasser fast bis an die Hüften reichte. Dann ging er die Barre entlang bis ans andere Ufer.

»Wir wollen hier entlanggehen, wo der Strand gerade noch überspült ist«, sagte er, »da hinterlassen wir keine Fußabdrücke. Außerdem hielte es uns zu lange auf, wenn wir durch die Dünen klettern wollten.«

Ramage schlenderte einen silbern schäumenden Pfad
entlang. Die kleinen Wellen kamen müde zur Küste ge-
schlichen, brachen sich in geordneten Reihen und zer-
spellten zu Myriaden Tröpfchen, die im Mondlicht wie
Brillanten blitzten. Dann fanden sie sich wieder zusammen und flossen in kleinen Kaskaden gurgelnd zurück.

Der Sand längs dem Ufer war übersät mit Baum-
ästen, die offenbar nach See hinausgetrieben worden
waren, als ein plötzliches Unwetter die Flüsse anschwellen
ließ. Monate später waren sie dann, ihrer Rinde beraubt,
von der Sonne gebleicht und vom Sand blankpoliert,
wieder an den Strand geworfen worden und sahen nun
aus wie die Knochen eines Seeungeheuers. Kleinere
Zweige, die das gleiche Schicksal erlitten hatten, glichen
kunstvollen Gebilden aus Elfenbein. Zuweilen trat er
auf eine der allenthalben herumliegenden Seemuscheln,
die dann unter seinem Stiefel zerkrachte.

Seinen Männern fehlte nichts. Sie hatten Nahrung
und Wasser, aber kein Geld und keinen Schnaps. Da also Wein und Weib ausfielen, bestand für sie nur die
Gefahr, daß sie von französischen Patrouillen oder von
Bauern entdeckt wurden. Das letztere war sehr unwahrscheinlich, denn in diesem Gestrüpp hatten Bauern kaum
etwas zu suchen. Und französische Patrouillen? Nun ja,
die Stadt Orbetello zwischen den beiden Dämmen, die
nach Argentario führten, lag ganz in der Nähe. Aber
die Hauptstraße nach Süden, die Via Aurelia, auf der
schon Cäsar nach Rom marschiert war, war immerhin
vier bis fünf Meilen von der Küste entfernt, und man
durfte mit Fug bezweifeln, ob sich die Franzosen damit

abgeben würden, die Sümpfe und Sanddünen zwischen der Via Aurelia und dem Meer mit Patrouillen zu durchstöbern.

Ramage dankte der Vorsehung, die ihm eingegeben hatte, Jackson mitzunehmen, denn der gefährliche Teil des Unternehmens sollte nun eben erst beginnen, und es hatte keinen Sinn, daß er sich jene immer wiederkehrende, quälende Frage weiterhin aus dem Sinn schlug.

Die Frage war einfach genug: Wie erfahre ich von den Bauern, wo sich die Flüchtlinge befinden, ohne ihnen zu verraten, daß ich nach ihnen suche? Wenn die Franzosen in der Nähe waren, dann bekam bestimmt jeder eine Belohnung, der ihnen Nachrichten brachte oder Gefangene in die Hände spielte.

»Jackson, es könnte immerhin mehr als eine Köhlerhütte geben . . .«

»Daran habe ich eben auch gedacht.«

». . . Und wir dürfen auf keinen Fall verraten, wer wir sind oder was wir hier wollen.«

»Nein, Sir.«

»Also geben wir uns am besten als Franzosen aus.«

»Als Franzosen, Sir?«

Jackson konnte seine Überraschung nicht verhehlen — oder war es Zweifel, der aus seiner Stimme sprach?

»Ja, als französische Soldaten, die die gleichen Flüchtlinge fangen wollen.«

»Das ist doch . . . Nun, Sir«, Jackson beeilte sich, seine Frage höflicher auszudrücken: »Die Ortsansässigen werden uns doch kaum helfen, wenn sie uns für Froschfresser halten.«

»Das nicht, aber wir durchschauen sie doch sofort, wenn sie uns mit Lügen kommen. Was viel wichtiger ist: wenn sie uns für Franzosen halten, fällt es ihnen natürlich nicht ein, uns anzuzeigen.«

»Das hat etwas für sich, Sir.«

»Natürlich haben wir mit einer Suchpatrouille nicht viel Ähnlichkeit, darum müssen Sie sich außer Sicht halten und so viel Lärm machen wie eine ganze Patrouille, wenn ich an eine Tür klopfe.«

»*Aye aye*, Sir. Und was ist mit Ihrer Uniform?«

»Die können sie nicht von einer französischen unterscheiden.«

Während sie so die Küste entlangwanderten, begann Ramage sich müde zu fühlen. Er war so lange auf See gewesen, daß es ihm Mühe machte, das Gleichgewicht zu halten, wenn er auf dem Festland gehen mußte. Dann fühlte er sich immer wie ein Betrunkener. Die Stunden im offenen Boot hatten diese Erscheinungen noch verstärkt; an dieser ebenen Küste war ihm immer zumute, als ginge er bergauf. In ein paar Stunden war das vorüber; aber im Verein mit seiner Müdigkeit machte es ihn benommen und kraftlos. Auch der Gedanke, daß er nun bald einfache Bauern aus dem Schlaf wecken und bedrohen sollte, nahm ihm alle Begeisterung für die Aufgabe, die ihm bevorstand.

Er fuhr sich mit der Hand durchs Haar und fluchte, als sich seine Finger am Hinterkopf in einem mit geronnenem Blut verklebten Schopf verfingen. Die Wunde mußte sich wieder geöffnet haben, sie blutete ein bißchen.

Wie weit waren sie bis jetzt gelangt? Er warf einen Blick zurück und sah gerade noch den obersten Teil des Turmes. Der war noch keine halbe Meile entfernt. Hier sollte man einen Kohlenbrenner finden? Das war eigentlich kaum anzunehmen; nur ein paar Lärchen, Pinien, Korkeichen und Steineichen ragten aus dem Unterholz auf ... Aber die armen Teufel, die hier lebten, hatten ja kaum eine andere Wahl. Diesseits des Sees gab es keine Felder, die sie bebauen konnten, Ölbäume und

Wein gediehen ebensowenig. Blieb also nur der Fisch-
fang — aber die Küste war dafür zu ungeschützt —,
oder Holz zu sammeln und daraus Holzkohle zu brennen.

Dreißig Meter weiter reichten die Dünen näher an
den Strand, und die Wacholderbüsche standen fast bis
ans Wasser. Das war der gegebene Platz, um ins Innere
vorzustoßen, ohne deutliche Fußspuren im Sand zu hinterlassen.

Hinter den Dünen war der Boden an vielen Stellen
sumpfig, und sie mußten häufig Umwege machen,
um stehenden Tümpeln auszuweichen, die ihnen den
Weg verlegten. Bald schon führte sie ihr Pfad durch
ein Unterholz von acht bis zehn Fuß hohen Büschen,
aus dem einzelne Korkeichen emporragten. Selbst im
Mondlicht konnte Ramage die offenen, glatten rotbrau-
nen Stellen unterscheiden, an denen man die Korkrinde
abgeschält hatte.

Plötzlich merkte Ramage, daß ihn Jackson am Rock
zupfte: »Rauch, Sir, Holzrauch! Können Sie ihn rie-
chen?«

Ramage zog schnuppernd die Luft ein: Ja, dieser Geruch war wohl schwach, aber unverkennbar. Sie mußten
ganz in der Nähe eines jener igluförmigen Öfen aus
Torf sein, wie ihn die Kohlenbrenner benutzten. Es
wehte ja kein Lufthauch, der den Rauch vertrieben
hätte, nicht einmal die übliche Brise von See war zu
spüren.

Er langte nach seinem Stiefel und lockerte die schwere
Klinge des Wurfmessers in seiner Scheide. Dann zog er
sein Entermesser. Vorsichtig setzten die beiden Männer
ihren Weg fort.

Schon ein paar Minuten später gelangten sie an den
Rand einer kleinen, flachen Lichtung. In ihrer Mitte sah
Ramage eine in stumpfem Rot leuchtende Glut; der

Ofen war für die Nacht abgedämmt worden, indem man ihn mit Ausnahme eines winzigen Loches an allen Seiten mit dickem Torf eingedeckt hatte.

Jackson stieß Ramage an und deutete in das Dunkel. Jenseits des Ofens am gegenüberliegenden Rand der Lichtung stand eine kleine steinerne Hütte.

»Können Sie noch andere sehen?«

»Nein, Sir, das wird wohl die einzige sein, sie steht in Lee des Ofens.«

Das stimmte, die Hütte stand wirklich in Lee der nächtlichen Seebrise; aber die Sicherheit, mit der Jackson gesprochen hatte, machte Ramage neugierig, denn in dieser Gegend gab es eigentlich keine vorherrschenden Winde.

»Warum sind Sie Ihrer Sache so sicher?«

»In Lee des Ofens heißt, daß der Rauch des Nachts fast immer um die Hütte streicht. Er vertreibt die Moskitos.«

»Wo haben Sie denn das gelernt?«

»Ach«, erwiderte Jackson, »ich habe doch meine ganze Jugendzeit in den Wäldern verlebt.«

»Dorthin jetzt«, flüsterte Ramage und wies nach rechts. »Der Mond wird uns schon nicht verraten. Sobald ich an der Tür bin, gehen Sie hinter die Hütte und machen Lärm wie eine Korporalschaft Seesoldaten.«

»Muß das sein, Sir?« flüsterte Jackson mit einem gespielten Seufzer. Ramage mußte lächeln. Alle Seeleute zeigten diese durchaus nicht bös gemeinte Geringschätzung für See- und Landsoldaten.

Ramage brachte noch seine Frisur in Ordnung, zog die Halsbinde zurecht und bürstete den Sand von der Hose, dann ging er, das Entermesser in der Rechten, auf die Tür der Hütte zu. Jackson war um die Ecke verschwunden.

Nur keine Müdigkeit, dachte er und klopfte mit dem

95

Knauf des Entermessers ein paarmal an die Tür. Einige Sekunden wartete er, dann rief er laut auf französisch: »Öffnen Sie, öffnen Sie sofort die Tür!«

Aus schläfrigem Mund antwortete ihm zunächst nur eine Flut von Schimpfworten.

Dann fragte eine rauhe Stimme auf italienisch: »Wer ist denn da?«

»Öffnen Sie die Tür!« befahl er noch einmal in grobem Ton.

Gleich darauf klapperte das Schloß, und die Tür ging quietschend auf.

»Wer sind Sie denn?« knurrte der Italiener aus dem dunklen Inneren der Hütte.

Jetzt war es an der Zeit, italienisch zu sprechen.

»Komm ins Mondlicht heraus, du Schwein; zeige, daß du vor einem französischen Offizier Respekt hast. Ich möchte gern wissen, wie du aussiehst.«

Der Mann kam herausgeschlurft, zugleich zischte aus dem Inneren die Stimme einer Frau: »Sei vorsichtig, Nino!« In diesem Augenblick hörte Ramage einen gewaltigen Lärm von der Rückseite der Hütte.

Jackson machte seine Sache ausgezeichnet. Nach den lauten Befehlen und dem Knacken des Unterholzes zu urteilen, rückte dort eine ganze Korporalschaft an.

Nino stand jetzt im Mondlicht und rieb sich mit dem Handrücken die Augen.

»Na?« fragte Ramage.

»Ja, ja, gewiß, Euer Gnaden«, sagte er darauf überstürzt und gebrauchte dabei die feinste Anrede, deren er sich entsinnen konnte. »Was wünschen Euer Gnaden?«

Ramage stupfte ihn mit der Spitze seines Entermessers in die Magengegend und fragte dann streng: »Wo sind diese Aristokratenschweine versteckt?«

Er gab genau auf Nino acht.

Ja, da war eine Reaktion. Nino hatte die Schultern bewegt, als stemmte er sich plötzlich gegen einen unerwarteten Windstoß. »Aristokraten, Euer Gnaden? Die haben wir bestimmt nicht hier.«

»Das kann ich mir denken, du Trottel; aber du weißt, wo sie sich versteckt halten.«

»Nein, nein, Euer Gnaden; ich schwöre bei der Madonna, daß hier keine Aristokraten sind.«

Drinnen in der Hütte hörte man eine Frau abwechselnd beten und mit langen trockenen Seufzern jammern. Ramage jedoch fiel es auf, daß der Mann nur verneinte, jemand in seiner Hütte versteckt zu haben, aber offensichtlich vermied, geradeheraus zu sagen, er wisse nicht, wo sie seien.

»Wie viele Köpfe zählt deine Familie?« fragte Ramage.

»Sieben, Euer Gnaden: meine verwitwete Mutter, meine Frau, meine vier Kinder und mein Bruder.«

»Willst du, daß die alle verhungern, du undankbares Schwein?«

»Nein, um Gottes willen nein, Euer Gnaden! Warum sollten sie denn verhungern?« fragte er bestürzt.

»Weil du in zehn Sekunden bei deinem toten Vater und der Madonna und all den Heiligen sein wirst, von denen euch eure dummen Priester erzählen.«

Es konnte nicht schaden, wenn diese Bauern (wohl zum erstenmal) erfuhren, daß die Männer Bonapartes trotz ihrer roten Freiheitsmütze und trotz ihrer stolzen Reden von menschlicher Freiheit fanatische Atheisten waren.

Aber die Wirkung seiner Worte auf den Bauern war überraschend: Der Mann richtete sich zu seiner ganzen Größe auf und blickte Ramage fest in die Augen. Die Frau drinnen in der Hütte schluchzte immerzu weiter, er aber sagte ruhig und schlicht: »Töten Sie mich doch, ich verrate Ihnen nichts.« Dann wartete er schweigend darauf, daß ihm Ramage das Entermesser in den Leib rannte.

Dieser Bursche hat wirklich Ehre im Leib, dachte Ramage. Wenn doch ein paar von diesen verdammten, degenerierten italienischen *aristocrati*, die in Florenz und Siena — mindestens bis zum Erscheinen Bonapartes — ihre Tage mit eitlem Gehabe, Tanzen und Schwatzen verbracht hatten, einmal erleben könnten, welchen Mut einer von diesen armen *contadini* aufbringt, um ihnen zu helfen, dann würden sie diese kleinen Leute vielleicht doch etwas höher einschätzen.

Dies hier war ein einfacher Mensch, mutig und ehrenhaft. Eben die beiden letzteren Tugenden offenbarten aber auch, daß er wußte, wo die Flüchtlinge zu finden waren. Im Befehl des Admirals war von »der Köhlerhütte« die Rede gewesen. Das hieß, daß es hier nur einen Kohlenbrenner gab. Darum konnte wohl auch kein anderer in Frage kommen als dieser. Ramage beschloß jetzt, alles auf eine Karte zu setzen.

Der Bauer wartete immer noch, daß er ihm sein Entermesser in den Leib rennen würde, und Ramage trat nun auch noch einen Schritt zurück, als ob er Platz brauchte, um zum tödlichen Stoß auszuholen, dann aber stieß er die Waffe plötzlich senkrecht in die Erde. Ehe der bestürzte Landmann noch begriff, was geschah, ließ Ramage sein Entermesser im Stich, packte ihn am Arm und stieß ihn in seine Hütte zurück — nicht ohne sich unter dem niederen Eingang zu ducken. Lachend sagte er:

»*Allora, Nino, siamo amici!*«

»*Dio! Perche? Chi siete voi?*«

»Warum, fragst du? Ja, wir sind Freunde, denn ich bin englischer Seeoffizier und möchte diesen Menschen helfen. Aber wie wäre es jetzt mit einem Schluck Wein und einem Bissen Brot, ehe wir sie aufsuchen? Wir haben einen weiten Weg hinter uns und sind hungrig.«

» ›Wir‹, Signore?«

Die Wirkung blieb nicht aus; sein freundlicher Ton und die Bitte um Wein taten das Ihre . . .

»Jackson, kommen Sie her«, rief er auf englisch, »reden Sie mich auf englisch an, es ist ganz gleich, was Sie sagen.«

Verdammt finster war es hier drinnen: sie konnten ihm leicht ein Messer zwischen die Rippen jagen . . .

Jackson betrat die Hütte und blieb gleich hinter dem Eingang stehen, weil er Ramage nicht sehen konnte: »Wie steht es, Sir, glauben Sie, daß dieser Bursche hier weiß, wo sie sind?«

»Ja«, gab ihm Ramage zur Antwort, »er weiß es. Aber ich muß ihn noch davon überzeugen, daß wir wirklich Engländer sind.« Dann wandte er sich an den Italiener: »Nino, gib uns zum Wein ein bißchen Licht, dann kannst du mich auch genau betrachten.«

Er hörte das Rascheln von Stroh und hatte den Eindruck, als ob sich jemand bewegte. Nino konnte es nicht sein, denn ihn hielt er noch immer am Arm.

»Wer ist das?«

»Mein Bruder.«

Die Frau hörte auf zu schluchzen, das war ein gutes Zeichen. In der Hütte, wo es nach Schweiß, Urin, Käse und saurem, verschüttetem Wein stank, schienen sich die Gemüter allmählich zu beruhigen.

Der Wein, der erst wenige Tage alt war, drang immer noch in das Holz der Fässer ein und leckte zwischen den Dauben heraus. Darum mußten sie die Fässer jeden Tag hochkippen, damit sie die Luft herauslassen konnten, da der Wein sonst zu Essig geworden wäre.

Der Bruder begann einen Feuerstein zu schlagen, um ein Licht anzuzünden, aber Nino sagte ihm ungeduldig, er solle dazu doch Glut aus dem Köhlerofen draußen benutzen. Bald darauf kam er denn auch mit einem brennenden Binsenlicht wieder, das er mit vorgehaltener Hand vor dem Erlöschen schützte. Die Beleuchtung war dürftig genug, aber sie genügte doch, die winzige Hütte einigermaßen zu erhellen. Die Frau, ein fülliges schwarzäugiges Wesen, saß in einer Ecke auf ihrer Strohmatratze und hielt die Hände über dem Busen gekreuzt, als wäre sie nackt. Dabei hatte sie ein Flanellnachthemd an, das ihr bis ans Kinn reichte. Neben ihr kauerte eine Alte mit tiefbraunem Gesicht und Runzeln wie eine Walnuß, wahrscheinlich die Mutter. Die Ärmste war außer sich vor Angst und ließ die abgegriffenen Perlen eines Rosenkranzes unablässig durch ihre klauenähnlichen Finger gleiten. In einer anderen Ecke kaute eine Ziege zufrieden ihr Futter und entledigte sich dann, unbesorgt um die Geruchswirkung, ihres Urins.

Ramage sah erst jetzt, daß Nino ein stämmiger, schwarzhaariger Mann war. Bartstoppeln, die offenbar schon mehrere Tage alt waren, umrahmten sein rauchgeschwärztes, aber offenes Gesicht, seine Augen waren blutunterlaufen. Er trug eine schwarze Kordhose und trotz der herrschenden Hitze eine dicke wollene Weste. Offenbar ging er »mit Vollzeug«, wie der Seemann sagte, zu Bett, nur die Kordjacke hing über dem einzigen Stuhl, der in dem Raum stand. Schwarzer Kord — das war die Uniform des *carbonaio*, des Köhlers.

»Wo sind denn deine Kinder, Nino?«

»Ich habe sie zu meiner Schwester nach Orbetello geschickt.«

»Natürlich, da sind sie in einer Zeit wie dieser auch besser aufgehoben.«

Nino ging in die Falle: »Ja, das dachten wir auch.«

»Hast du keinen Wein für uns?«

»Natürlich, *Commandante*, entschuldigen Sie, daß es so lange dauert. Wir sind eben nicht gewohnt, daß uns nachts jemand besucht.«

»Aber bei Tage kommen schon Leute, wie?«

Der Italiener gab keine Antwort. Er nahm stumm seinen Rock vom Stuhl und warf ihn seiner Frau zu.

»Nehmen Sie Platz, *Commandante*. Wir sind arme Leute. Für Ihren Diener haben wir leider keinen Stuhl.«

Ramage setzte sich, und während Nino aus der hintersten Ecke des Raums ein paar Flaschen herbeiholte, griff sein Bruder unter die Dachsparren und langte einen runden Käse und den Rest einer langen Wurst herunter. »Brot haben wir nicht«, entschuldigte er sich.

Der Bruder zog ein Klappmesser aus der Tasche, öffnete es und wischte die gebogene Klinge an der Hose ab. Dann schnitt er damit zwei Ecken Käse und mehrere Scheiben Wurst zurecht. Nino hatte sich inzwischen seine Jacke wieder geholt und benutzte sie, um die Hälse zweier Flaschen abzuwischen.

»Der Wein hier ist von meinem Onkel, er kommt aus der Gegend von Port' Ercole«, sagte Nino und gab jedem eine Flasche.

Plötzlich hörte man draußen ein heiseres Geschrei. Jackson sprang mit einem Satz zur Tür, zückte sein Entermesser und schrie: »Himmeldonnerwetter, was soll das?«

Nino brüllte förmlich vor Lachen. Er hatte erraten, was Jackson schrie, und sagte: »Jetzt weiß ich wenigstens bestimmt, daß ihr keine Franzosen seid. Das ist mein Esel.«

Ramage stimmte in das Gelächter ein. Auch er war im ersten Augenblick zusammengefahren, aber dann erinnerte er sich doch sofort an diese unverkennbaren Töne. Wahrscheinlich hatte Jackson während seines Seemannslebens nie Gelegenheit gehabt, dieses heisere, gequälte, kurzatmige Geschrei kennenzulernen, das den wertvollsten Besitz des Bauern, seinen *somaro*, von allen anderen Tieren unterscheidet.

»Schon gut, Jackson, es ist nur ein Esel.«

»Mein Gott! Und ich dachte, da draußen würde jemand erwürgt!«

»Immerhin, Ihr Schreck bewirkte wenigstens, daß er jetzt endlich überzeugt ist, keine französischen Soldaten vor sich zu haben. Die hätten einen Eselsschrei sofort erkannt.«

Dabei fiel ihm ein, was ihm Jackson zuvor gesagt hatte.

»Sie sind doch in den Wäldern aufgewachsen, haben Sie da wirklich nie das Geschrei eines Esels gehört?«

Darauf brummte Jackson ungehalten: »Sir! Wie können Sie so etwas sagen? Wir hatten natürlich Pferde, keine kümmerlichen Mulis.«

Ramage nahm den ersten Schluck Wein, und Nino studierte dabei aufmerksam seine Miene. Im Augenblick war ihm mehr daran gelegen, zu erfahren, wie der Gast über seinen Wein dachte, als die Ursache seines mitternächtlichen Besuches zu ergründen.

»Dieser Tropfen ist gut, Nino, sehr gut. Es ist schon lange her, daß ich einen ähnlichen Wein kosten durfte, sehr lange ist das her«, wiederholte er, in der Hoffnung, daß Nino beginnen würde, Fragen zu stellen.

»Sie sprechen ausgezeichnet Italienisch, *Commandante*.«

»Ehe ich in die englische Marine eintrat, lebte ich viele Jahre in Italien.«

»In der Toskana, nicht wahr?«

»Ja, meist in Siena — und in Volterra.«

»Wohl bei Freunden?«

»Nein, bei meinen Eltern. Aber wir hatten dort viele Freunde.«

»Aha«, sagte Nino höflich, als sei er mit dem Gehörten vollkommen zufrieden, und fuhr dann fort: »*Commandante*, Sie fragten doch nach einigen Adelsleuten, nicht wahr?«

Konnte man diesen Bauern wirklich vertrauen? Auch jetzt noch konnte man daran zweifeln; aber Ramage mußte sich auf das Risiko einlassen, sonst währte diese höfliche Unterhaltung noch die ganze Nacht.

»Nino, in meinen Augen bist du ein Ehrenmann. *Allora*, ich schenke dir Vertrauen, darum will ich offen gegen dich sein. Falls du mir nicht helfen kannst, bitte ich dich nur, daß du mich nicht verrätst. Mein Admiral sandte mich nicht hierher, um Menschen zu töten, nicht um ihr Leben zu vernichten, sondern um es zu retten.«

Die beiden Brüder ließen ihn nicht aus den Augen und hörten sich aufmerksam an, was er sagte. Er stellte fest, daß er eifrig die Hände gebrauchte, um seine Worte zu betonen: merkwürdig, wie schwer es doch fiel, italienisch zu sprechen, ohne dabei zu gestikulieren.

Das Licht zuckte unruhig, weil jemand die Sackleinwand vor dem winzigen Fenster zurückgezogen hatte, um frische Luft hereinzulassen. Leider reichte das längst nicht aus, um des Gestanks Herr zu werden, den Wein, Ziege, Urin, Schweiß und Käse einträchtig zu erzeugen vermochten, nur die Flamme fing davon an zu flackern. Über die unbewegten Züge dieser Bauerngesichter huschten tanzende Schatten und machten es doppelt schwer zu erraten, was sie dachten.

»Mein Admiral teilte mir mit« (Ramage hielt sich für durchaus berechtigt zu dieser Übertreibung), »daß mindestens fünf hohe Adelige hierher entkommen seien, als die Franzosen Livorno besetzten. Er sagte mir weiter, unter ihnen befinde sich eine Dame, eine sehr berühmte Dame, eine die mit Alabaster und ähnlichen Dingen Bescheid wisse . . .«

Er hielt inne und fragte sich, ob die beiden Männer wohl um die Alabasterminen von Volterra wußten und darum folgern konnten, daß er die Marchesa meinte. Waren sie im Bilde, dann war es für ihn nicht mehr schwer, ihr Vertrauen endgültig zu gewinnen.

Nino nickte nur stumm. Das konnte offenbar heißen, daß eine Dame dabei war, die etwas von Alabaster wußte, aber er verriet damit nicht, ob er sie auch kannte.

»Ich will offen mit dir reden, Nino: Du hast keine Veranlassung, mir zu vertrauen, darum will ich dich auch nicht bitten, mich zu diesen Leuten hinzuführen ...«

»Wo befindet sich eigentlich Ihr Schiff, *Commandante?*«

»Da draußen«, sagte Ramage und deutete nach See zu, »dort wo es vor den neugierigen Augen der Franzosen sicher ist.«

»Und Sie selbst sind mit einem Boot gelandet?«

»Ja.«

»Ihr Haar, *Commandante*, ist mit getrocknetem Blut verklebt, so ähnlich sieht es wenigstens aus.«

»Ja, es ist wirklich getrocknetes Blut; wir hatten ein Gefecht, und ich wurde von den Franzosen verwundet.«

»Soll Ihnen meine Frau einen Umschlag machen, *Commandante?*«

»Nein, nein«, antwortete ihm Ramage fast eifriger, als es die Höflichkeit erlaubte. »Das ist wirklich unnötig, die Wunde heilt ganz gut von selbst.« Dann gab er nochmals zu verstehen, daß er alle Schwierigkeiten für überwunden hielt, indem er fortfuhr: »Ich möchte euch, wie gesagt, nicht bitten, mich zu den Leuten hinzubringen; ihr sollt ihnen nur eine Botschaft von mir übermitteln.«

Aber Nino war immer noch auf der Hut, er drückte sich vorsichtig aus und gab mit keinem Wort zu, was er wußte. »Wenn es möglich wäre«, sagte er, »daß wir dem *Commandante* zu Diensten sein könnten, indem wir eine Botschaft einem Empfänger überbringen, dem sie erwünscht ist, dann müßte diese Botschaft in italienischer Sprache geschrieben sein.«

»Das ist doch selbstverständlich«, gab Ramage zur Antwort und drückte sich weiterhin ebenso gewunden aus wie Nino. »Die Botschaft, die ich im Sinn habe, wäre an jene Dame gerichtet, die über Alabaster Bescheid weiß. Sie soll durch meine Mitteilung davon in Kenntnis gesetzt werden, daß die Engländer angekommen sind, um sie und ihre Freunde zu einer gemeinsamen Reise aufzufordern. Damit diese Dame aber weiß, wen sie in der Person dieses englischen Offiziers zu erwarten hat, sollst du ihr mündlich sagen, daß sie ihn immer Dante aufsagen ließ und ihm dann wegen seiner schlechten Aussprache zürnte. Sie sagte damals zu diesem Jungen, er solle sich von Dantes Versen vor allem eine Zeile gut einprägen: ›*L'amor che muove il sole e l'altre stelle*‹ — ›Die Liebe ist's, die Sonne und Sterne bewegt.‹ «

Nino wiederholte das Zitat und fragte: »Hat dieser Dante das geschrieben?«

Ramage nickte.

»Das ist sehr schön«, sagte der Bruder. Es waren die ersten Worte aus seinem Munde. »Was hatte jene Dame denn an Ihrer Aussprache auszusetzen, *Commandante?* Sie sprechen doch, als wären Sie in der Toskana zu Hause.«

»Heute kann ich das, gewiß, aber damals war ich noch ein kleiner Junge und fing doch erst an, Italienisch zu lernen.«

»Eine Frage, *Commandante:* Wo wollen Sie auf die Antwort warten, falls es uns gelingen sollte, die Botschaft zu überbringen?«

»Wo ihr wollt. Mein Säbel ist draußen vor der Tür, ihr könnt ihn und den meines Dieners an euch nehmen. Versteckt sie, wo ihr wollt.«

Nino erhob sich, als ob er nun wüßte, was ihm oblag.

»*Commandante*, Sie und Ihr Diener sind müde, vielleicht möchten Sie hier eine Weile schlafen.« Mit einer eleganten Geste wies er auf die Matratzen. »Ich selbst habe jetzt gleich einiges zu tun; aber mein Bruder ist frei, er wird hierbleiben.«

Ramage und Jackson streckten sich auf einer der Matratzen aus. Die Alte wimmerte vor sich hin — ihre Augen tränten, ihr Leben bestand schon seit langem nur noch aus Essen und Schlafen. Die Frau redete beruhigend auf sie ein.

Der Bruder stellte das Licht in eine Ecke hinter einen Kasten und hängte eine Jacke davor, um es weitgehend abzuschirmen. Ramage merkte jetzt plötzlich, wie müde er war; außerdem pochte die Wunde an seinem Kopf höchst unangenehm. Als er eben einschlafen wollte, überfiel ihn plötzlich die Angst wie ein böser Krampf: Er hatte diesen Bauern sein Vertrauen geschenkt — wie aber, wenn nun das nächste Pochen an der Tür die Ankunft einer französischen Patrouille verkündete?

7

»Commandante! Commandante!« Irgendwer schüttelte ihn wach. Dank der jahrelangen Übung und den Schrecknissen der letzten Tage hatte er den Schlaf augenblicklich abgeschüttelt und merkte, wie auch Jackson neben ihm hochschnellte. Einen Augenblick mußte er sich besinnen, wo er war, aber beim Anblick des Innern der winzigen Hütte stand ihm das Erlebte sofort wieder vor Augen. Seltsame Schatten jagten tanzend über die Wände, sobald das Licht, das Nino in der Hand trug, etwas flackerte.

»Ach, Nino, du! Nun, ist alles gut abgelaufen?«

»Nein, *Commandante* — leider nicht ganz nach Wunsch.«

»Warum das?«

»Wir können hier nicht bleiben.«

»Wieso denn? Sind die Franzosen im Anmarsch?«

»Nein, *Commandante*, aber es ist besser für uns, wenn wir uns anderswo besprechen.«

»Wohin werden wir denn gehen?«

»An einen Ort ganz in unserer Nähe.«

War das eine Falle? Nein, sagte sich Ramage, doch wohl nicht. Wenn sie der Italiener verraten wollte, war es für ihn das einfachste, französische Soldaten mitzubringen, um sie festnehmen zu lassen, während sie schliefen. Im übrigen hatte er keine Wahl, er mußte sich mit Nino auf den Weg machen. Ja, vielleicht führte ihn der sogar zu den Flüchtlingen . . .

Er und Jackson folgten also den Brüdern auf einem Pfad, der, nach den Sternen zu urteilen, fast parallel zur Küste verlief. Nach etwa einer Viertelstunde entdeckte er durch eine Lücke im Unterholz, daß sie unmittelbar am Ufer des Burano-Sees entlanggegangen waren. Dicht vor ihnen erhob sich nun der Turm. Ramage steckte blitzschnell sein Messer, den Griff voran, in den Ärmel.

Der Mond war inzwischen so weit gewandert, daß die diesseitige Mauer des Turmes im tiefsten Schatten lag, und das Bauwerk sah so unheimlich drohend aus, daß Ramage unwillkürlich zusammenschauderte.

Als sie bald darauf am Fuß des Turmes angelangt waren, warf Ramage einen Blick nach oben. Seltsam, wie sich die Mauern leicht nach innen neigten und erst unter den Schießscharten wieder nach außen strebten. Er schmiegte sich dicht an die Mauer und spähte abermals nach oben. Da war er sich sofort über den Grund für diese merkwürdige Bauweise im klaren. Unter den Schießscharten befanden sich Schlitze, die man erst sehen konnte, wenn man ganz dicht an der Mauer stand. Sie erlaubten den Verteidigern, aus der Deckung durch die Brustwehr senkrecht nach unten zu schießen.

Als Eingang diente eine Tür, die sich fast auf halber Höhe der nördlichen Mauer befand. Die Steinstufen, die dort hinaufführten, kamen nicht bis an den Turm heran: zwischen der Mauer und dem Aufbau der Stufen gähnte eine acht Fuß breite Lücke, die von einem hölzernen Steg, einer Art Zugbrücke, überspannt war. Im Falle eines Angriffs brauchten die Verteidiger nur den Steg zu entfernen, dann konnte niemand mehr den Eingang erreichen.

Als er die Stufen zu ersteigen begann, sah er, daß die beiden Brüder schon oben auf ihn warteten. Sie waren gleich vorausgegangen, während er sich noch unten mit der Besichtigung des Bauwerks aufgehalten hatte. Der hölzerne Steg krachte laut, als er ihn betrat. Da überfiel ihn der Gedanke, daß dieser Lärm eine willkommene Warnung vor unerwünschten Eindringlingen war. »Nach dir«, sagte er zu Nino und bemäntelte so sein Mißtrauen durch ausgesuchte Höflichkeit.

»Ich gehe schon voraus, *Commandante*«, sagte der alte Italiener, als ob er Ramages Vorsicht sehr wohl begriffe. »Warten Sie bitte, bis ich eine Kerze angesteckt habe.«

Sobald Ramage den Flackerschein des Lichtes sah, ging er hinein. Der Raum, den er betrat, war riesig, er wirkte wie eine Höhle und umfaßte offenbar die ganze Länge und Breite des Turms. Bis zu der gewölbten Decke waren es mindestens zwanzig Fuß. Er sah sich nach der Treppe um, die auf die oberste Plattform führen mußte, aber es war keine zu sehen. Nur in der Mauer zu seiner Linken — auf der zum See gewandten Seite — entdeckte er eine kleine Tür. Sie führte höchstwahrscheinlich zum Treppenhaus, also mußte die Mauer doppelt sein.

Nino setzte den Leuchter auf einen kleinen Tisch; dieser und ein Stuhl waren die einzigen Einrichtungsstücke im Raum. Zur Linken der Eingangstür sah Ramage einen mächtigen Kamin und ging gleich darauf zu. Dort, wo das Feuer brennen sollte, lagen nur ein paar Stückchen Holzkohle; die Spinnweben, die wie winzige Fischnetze aus dem Rauchfang herabhingen, verrieten ihm, daß der Kamin lange Zeit nicht mehr benutzt worden war.

»Nun, Nino?«

»Wie ich Ihnen schon sagte, *Commandante*, es gibt Schwierigkeiten — wegen Ihrer mündlichen Botschaft. Ich habe in der Tat eine Person getroffen, die über Alabaster Bescheid wußte, aber von einem kleinen Jungen und von der Sache mit Dante hatte sie keine Ahnung. Diese Person erwartete wirklich Freunde, *Commandante*. Aber jetzt ist sie offenbar besorgt.«

109

Es sah so aus, als ob der Italiener über das Geschlecht der von ihm erwähnten Person absichtlich kein Wort verlauten ließ. Immerhin lag seine Bekanntschaft mit der Marchesa di Volterra schon viele Jahre zurück, und es war darum nicht einzusehen, weshalb sie sich ausgerechnet an den kleinen Jungen und seinen Dante erinnern sollte. Vielleicht war sie auch schon so alt, daß ihr Gedächtnis gelitten hatte — weit über siebzig mußte sie heute bestimmt schon sein... Da kam ihm plötzlich ein Einfall:

»Sag, Nino, ist die Dame mit dem Alabaster schon sehr alt?«

Nino sah ganz böse drein: »Die, alt? Ganz im Gegenteil!« rief er, als ob er diese Vermutung als Schimpf empfände.

Die fragliche Person ist also wirklich eine Frau, dachte Ramage, und jung ist sie auch. Die alte Marchesa war also wohl schon tot, und die Frau hier war ihre Tochter. Natürlich! Gina... Gianna! Sie und keine andere! Sie war jünger als er selbst und, soweit er sich entsinnen konnte, auch schön. Ihr impulsives, sprunghaftes Wesen war ihm unvergeßlich; für ein Kind war sie vor allem ungewöhnlich selbstbewußt. Hatte er nicht dann und wann bittere Worte gehört, weil die Marchesa keinen männlichen Nachkommen hatte? Also dürfte das Mädchen auf Grund einer Ausnahmegenehmigung den Titel geerbt haben und die riesigen Besitzungen dazu: Hm, der Mann, der sie eines Tages bekam, hatte allerhand auszustehen, wenn sie sich inzwischen nicht gründlich gewandelt hatte.

»Hör zu, Nino. Vielleicht ist die alte Dame, an die ich dachte, nicht mehr am Leben, und die junge Frau hier ist ihre Tochter. Ich bin da meiner Sache nicht sicher.«

»*Commandante*, sagen Sie uns den Namen der Dame

und Ihren eigenen, sonst können wir Ihnen nicht helfen.«

Ramage zögerte. In dem hohen Raum herrschte plötzlich eine Spannung, die von den beiden Brüdern und den schattenhaft dunklen Winkeln und Wölbungen auszustrahlen schien. Die Italiener standen beide am Tisch und blickten ihm unverwandt in die Augen; Jackson hatte indessen die kleine Tür untersucht, die offenbar zur Treppe führte. Jetzt drehte er sich schweigend um und verfolgte, was geschah. Wenn er auch die Worte nicht verstand, der drohende Ton der Brüder verriet ihm genug.

»Haben Sie Unannehmlichkeiten, Sir?«

»Nein, ich glaube nicht, daß es schlimm wird.«

Ramage ließ Nino noch immer nicht aus den Augen.

»Meinen Namen nenne ich euch bereitwillig, weil das keine Folgen hat, aber« — er suchte nach dem stärksten Ausdruck, der ihm zu Gebote stand — »aber die Madonna soll euch verdammen, wenn ihr den Namen der Dame je wieder in den Mund nehmt. Es ist — die Marchesa di Volterra.«

»Ah!« Ninos Stimme zeugte davon, daß er sich von einer schweren Sorge befreit sah.

Die kleine Tür flog plötzlich kreischend auf. Jackson sprang gerade noch rechtzeitig zur Seite. Da der Luftzug die Kerze flackern ließ, so daß es für einige Sekunden fast dunkel war, konnte man zunächst nur ahnen, daß jemand rasch in den Raum hereinkam. Erst als sich die Flamme wieder beruhigt hatte, sah Ramage nahe der Tür eine Gestalt in einem schwarzen Umhang mit Kapuze, der sie den Blicken fast vollständig verbarg.

Wie es genau geschah, hätte er nicht sagen können; jedenfalls tat Jackson plötzlich einen katzenartig flinken Satz, so daß er hinter der verhüllten Gestalt stand. Im gleichen Augenblick setzte er ihr die Spitze seines

111

Entermessers zwischen die Schulterblätter. Dann trat er nach hinten aus und warf so die Tür ins Schloß. Ramage stellte dabei fest, wie klein der Fremde im Vergleich mit Jackson war.

Eine Hand — auch sie erstaunlich klein — kam aus den Falten des Umhangs zum Vorschein. Sie hielt eine Pistole, deren bläulicher Lauf aus Stahl matt im Kerzenlicht schimmerte. Die Waffe richtete sich auf seinen Leib, ihr Hahn war gespannt, der Schütze brauchte nur abzudrücken. Von der Mündung der Waffe, die sich augenblicklich zum Kaliber einer Kanone zu weiten schien, wanderte sein Blick zum Gesicht des Schützen, aber dies war und blieb im Schatten der Kapuze verborgen. Eben als er kurz den Kopf nach dem Leuchter wandte, um abzuschätzen, wie weit dieser entfernt war, begann die geheimnisvolle Gestalt zu sprechen: »Wenn der Herr hinter mir seinen Säbel nicht wegnimmt, sehe ich mich gezwungen, von meiner Pistole Gebrauch zu machen.«

Was er da hörte, war seine Muttersprache; Englisch, nur mit einem etwas unbeholfenen Akzent, und — gesprochen von einer Mädchenstimme. Da lachte Ramage erleichtert auf, er wollte Jackson ein Zeichen geben, hielt jedoch im letzten Augenblick inne. Irgendeine plötzliche Bewegung konnte ja nur zu leicht dazu führen, daß das Mädchen auf den Abzug drückte ...

»Jackson, stecken Sie Ihr Entermesser weg.«

Der Amerikaner barg darauf die Waffe kopfschüttelnd hinter seinem Rücken. Die beiden Brüder hatten nicht verstanden, was Ramage sagte, aber sie mußten lächeln, als sie Jacksons verlegenes Gehabe sahen und Ramage unverhofft lachen hörten. Man durfte daraus nicht etwa schließen, daß sie die Lage als komisch empfunden hätten, ihr Bauerninstinkt — wacher und weiser als der gewöhnlicher Menschen — sagte ihnen aber, daß nur Wahnsinnige fähig waren, mit lachender Miene zu morden.

Das Mädchen in dem Umhang trat ein paar Schritte zur Seite, so daß Jackson nicht mehr hinter ihr stand, und befahl den beiden Brüdern, ebenfalls ihren Platz zu wechseln, was sie sofort eiligst taten. Ramage konnte unschwer feststellen, daß sie die beiden nur aus der Schußlinie haben wollte, denn die Pistole wies nach wie vor auf seinen Leib.

»Sagen Sie Ihrem Freund, er soll neben Sie treten.«

»Jackson, kommen Sie hierher.«

Ramage hatte das ungute Gefühl, daß dieses Mädchen nicht nur mit einer Pistole umzugehen wußte, sondern daß sie auch imstande war, unbedenklich von ihr Gebrauch zu machen. Wenn er nur wüßte, was jetzt noch nicht in Ordnung war. Im ersten Augenblick hatte er angenommen, sie müsse die Marchesa sein, nun begann er wieder zu zweifeln ... Er bewegte den rechten Arm unmerklich hin und her, um sicherzugehen, daß das Wurfmesser in seinem Ärmel notfalls glatt herausflog. Wie gut, daß er es aus seiner Scheide im Stiefel genommen hatte, um es sofort zur Hand zu haben.

Offenbar hatte sie an der Tür gelauscht — sie war sofort gekommen, nachdem der Name der Marchesa gefallen war. Aber was sollte dann die Pistole? Vielleicht hatte sie Jacksons überraschende Aktion veranlaßt, die Waffe zu ziehen. Und dann: wo waren die anderen? Warteten etwa die Männer immer noch hinter der Tür? Wie, wenn sie plötzlich eintraten und das Mädchen erschreckten? Konnte es da nicht geschehen, daß sie unwillkürlich auf den Abzug drückte?

»Was soll das alles heißen?« sagte jetzt das Mädchen mit eiskalter Stimme. »Was bedeutet dieses Gerede von Alabaster und ›*L'amor che muove il sole*‹?«

»Darf ich mich vorstellen: ich bin Leutnant Nicholas Ramage von der Royal Navy.« Gewärtig, einen Irrtum zu begehen, fuhr er fort: »Zu meinem größten Bedauern hörte ich, daß Ihre Mutter tot ist, mein Fräulein, sie war eine der besten Freundinnen meiner eigenen Mutter. Meine Botschaft war eigentlich für sie bestimmt, das Zitat aus Dante hatte sie immer besonders geliebt. Ich mußte es als Junge immer wieder aufsagen, und sie hätte mich ohne Zweifel erkannt, sobald ich sie daran erinnerte. Es schien mir auf jeden Fall besser, keinen Namen zu nennen.«

»Wer war denn Ihre Mutter, Sir?«

Ihre Stimme hatte noch immer den gleichen eisigen Klang. Dieses Mädchen bekam bestimmt keine Zustände, wenn ein Dienstbote ein Weinglas fallen ließ. Sie war offenbar gewohnt, zu befehlen und Gehorsam zu finden. Da sie das Oberhaupt einer so mächtigen Familie war, konnte das auch wohl kaum überraschen. Aber wie kam es nur, daß sie seinen Namen nicht wußte und sich auch nicht darauf besinnen konnte? Jetzt fiel ihm erst ein, daß sie seinen bürgerlichen Familiennamen wahrscheinlich nie erfahren hatte, denn sein Vater hatte ja den Grafentitel geerbt, lange bevor sie in Italien lebten.

»Meine Mutter ist Lady Blazey; mein Vater ist der Admiral Lord Blazey. Vielleicht erinnern Sie sich noch an ihren Sohn ›Nico‹ — das bin ich.«

Die Pistole verschwand in den Falten des Umhangs, und mit der Linken schob das Mädchen die Kapuze nach hinten. Dann schüttelte sie den Kopf, um ihr Haar zu ordnen, dessen blauschwarzer Schimmer an die in der Sonne glänzenden Schwingen eines Raben erinnerte. Endlich traf ihn ihr Blick.

Ramage schwindelte es, mühsam rang er nach Atem. Himmel, war sie schön! Sie war keine Bilderbuchschönheit, nein, aber sie besaß jene harmonische Erscheinung, die Charakterstärke, Entschlossenheit, Zuversicht und Mut verriet. Ihre Haltung zeugte von der Weltsicherheit einer Frau, die um ihre Schönheit wußte und gewohnt war, daß man ihr gehorchte.

Selbst in dem schwachen Licht der Kerze unterschied er die feingemeißelten Züge: die hohen Backenknochen, die großen, weit auseinanderstehenden Augen und die kleine, leicht gebogene Nase. Ihr Mund war, am Maßstab klassischer Vollkommenheit gemessen, um ein weniges zu groß, die Lippen etwas zu voll. Man konnte meinen, ein klassischer Bildhauer habe mit Absicht eine Göttin der Sinnenlust aus dem Stein gemeißelt. Ja! Abgesehen allein von der Nase, hätte sie — wo war es denn gleich: in Siena? Nein, in Florenz — Ghiberti als Modell für sein wundervolles Bildwerk »Die Erschaffung der Eva« dienen können, das dort das Osttor des Baptisteriums schmückte. Hatte sie nicht die gleichen kühn geschwungenen Formen, den gleichen schlanken Körper wie jene Eva, besaß sie nicht auch deren kleine, straffe Brüste, ihre unvergleichlichen Schultern, ihren flachen Leib und ihre herrlichen, runden Schenkel? Gewiß, das Gesicht dieses Mädchens war etwas voller und sinnlicher. Ramage suchte mit dem Blick nach ihren Brüsten, aber da war dieser Umhang ... in diesem Aufzug unterschied sie sich wirklich kaum von einem Bündel Zeug.

»Es war ein Glück, daß ich Sie nicht erschoß, Leutnant Ramage«, sagte sie in aller Ruhe.

Eine Göttin! dachte er, die sich plötzlich in die Wirklichkeit irdischen Daseins zurückgeworfen sieht. Diana die Jägerin vielleicht; ja, auf keinen Fall eine von friedlicher Wesensart. Sie war nach wie vor selbstbewußt, und ihr Verstand arbeitete blitzschnell. Ramage hatte gehört, wie sie den Bruchteil einer Sekunde inne-

115

hielt, ehe sie ihn »Leutnant« nannte. Sie wußte, daß
der Sohn eines Earls vielleicht einen Ehrentitel hatte,
wenn er ihm auch nicht von Rechts wegen zustand.
Zwar hatte er sich vorgestellt, ohne davon Gebrauch zu
machen, allein sie hatte offenbar dennoch ihr möglichstes getan, einen Formfehler in der Anrede zu vermeiden.

»Das war in doppelter Hinsicht ein Glück«, gab er
zur Antwort, »denn mein Mann stand ja mit seinem
Entermesser hinter Ihnen.«

»Gut, Herr Leutnant«, sagte sie und deutete mit
einer Handbewegung an, daß sie den förmlichen Teil
des Gesprächs für beendet hielt.

»Dieser Mann«. sie zeigte auf Nino, »wird die anderen herbeiholen, dann segeln wir an Bord Ihres Schiffes nach England.«

Offenbar hatte sich das impulsive und doch so beherrschte Mädchen nicht gewandelt, als es zur Frau ge-
reift war. Ramage war sich darüber klar, daß er ihr
das Gesetz des Handelns entringen mußte, weil er sonst
in den nächsten Tagen erhebliche Schwierigkeiten zu
gewärtigen hatte.

»Ehe wir aufbrechen, Madam, habe ich Ihnen noch
einige wichtige Einzelheiten zu erklären.«

»Gut, aber fassen Sie sich bitte kurz. Wir haben
lange genug auf Sie gewartet, Sie kommen ungewöhnlich spät.«

Sie sprach so von oben herab, daß Ramage das Blut
zu Kopfe stieg. Er erkannte, daß er jetzt Ernst machen
mußte, wenn er das Mädchen von seinem hohen Roß
herunterholen wollte. Darum wies er auf den Stuhl,
der neben dem Tisch stand, und sagte: »Bitte, nehmen
Sie Platz, ich wiederhole, ich habe Ihnen einiges zu erklären.«

Sie raffte den Umhang zusammen und hielt die Pistole lässig vor sich im Schoß wie einen Fächer aus Pfauenfedern. Dann blickte sie mit kaltem Ausdruck zu ihm auf, als hätte sie einen lästigen Dienstboten vor sich. Als er nun sprach, war er selbst über die Bitterkeit betroffen, die er dabei verriet.

»Dafür, daß ich heute — wenn auch verspätet — hier erscheinen konnte, haben fünfzig meiner Leute ihr Leben geopfert, weitere fünfzig wurden verwundet und gerieten in französische Gefangenschaft. Fünfzig und mehr endlich rudern zur Stunde noch um ihr Leben, um nach Korsika zu gelangen.«

»Ach . . .« Ihr Ton war kalt, höflich und ganz und gar unpersönlich. Man konnte meinen, der Koch hätte ihr eben das Menü für den Tag vorgeschlagen.

»Weniger einschneidend«, fuhr er in bitterem Tone fort, »ist wohl die Tatsache, daß ich gezwungen war, ein Schiff Seiner Majestät an den Gegner auszuliefern.«

»Aber das kann doch niemals Ihre Schuld gewesen sein. Sie sind ja noch so jung, darum erscheint es mir undenkbar, daß Ihr Admiral Ihnen schon das Kommando über ein Schiff anvertraut hätte.«

Ramage kämpfte tapfer gegen sein Temperament, alle Anzeichen sprachen dafür, daß ihn schon im nächsten Augenblick einer seiner Anfälle sinnloser Wut übermannen würde. Er zwinkerte bereits unbeherrscht mit den Augen, er rieb die Narbe auf seiner Stirn, und wenn der Zustand noch länger anhielt, dann brachte er ohne Stottern keinen Satz mehr zustande.

»Ursprünglich hatte ich auch noch drei Offiziere über mir, aber sie sind alle drei gefallen. Ohne Zweifel wird der Admiral der Überzeugung sein, daß diese blutigen Verluste immer noch einen geringen Preis für Ihre Sicherheit darstellen. Wenn ich Ihnen hier mit diesen

117

lächerlichen Einzelheiten lästig falle, so geschieht das nur, um Ihnen zu erklären, warum ich erst so spät erscheinen konnte und warum ich Sie und Ihre Freunde nicht unmittelbar nach England bringen kann.«

Jetzt senkte das Mädchen den Kopf und drehte sich etwas von der Kerzenflamme ab, so daß Schatten auf ihr Gesicht fielen. Sie war noch kleiner und zierlicher, als er zuerst angenommen hatte, und sein Zorn verrauchte so rasch wie ein flüchtiger Schrei, dessen Echo im Tal verklingt. Die Ruhe, die sie zur Schau trug, war wohl nur gespielt, sie war ja noch so jung und wahrscheinlich von tausend Ängsten gejagt, und sein zynischer Ausbruch hatte ihr jetzt vollends die Fassung geraubt.

»Darf ich fragen, warum die Männer nicht anwesend sind, die doch auch mitkommen sollen?«

»Das war zunächst ja nicht nötig. Der Bauer hatte sich überzeugen lassen, daß Sie keine Franzosen waren, aber die Nachricht, die er überbrachte, war für uns undurchsichtig. Wir konnten nur daraus schließen, daß Sie versuchen wollten, sich einem von uns dadurch auszuweisen, daß sie ihn an eine frühere Begegnung erinnerten. Das Wort ›Alabaster‹ konnte offenbar nur auf die Minen von Volterra oder die Familie Volterra Bezug haben, aber von einem kleinen Jungen und Dantes ›L'amor che muove il sole‹ wußte ich nichts.«

»Warum kamen denn Sie und nicht einer der Männer?«

»Weil es doch um die Familie Volterra ging«, sagte sie ungeduldig. »Als ich hörte, was Sie Nino sagten, war mir sofort klar, daß Sie glaubten, meine Mutter sei noch am Leben. Dann jagte mir dieser Mann« — sie wies durch eine Kopfbewegung auf Jackson — »einen furchtbaren Schreck ein.«

»Fürchteten Sie denn keine Falle?«

»Nein, ich verließ mich da ganz auf das Urteil des Bauern — seine Familie hat seit Generationen in unseren Diensten gestanden, und dieses Land« — sie machte eine ausholende Bewegung mit der Hand — »gehört alles mir. Außerdem wäre es nicht ganz einfach gewesen, mir eine Falle zu stellen, denn die beiden Brüder haben auf dem Weg hierher die ganze Umgebung abgesucht.«

»Meine Leute werden sie nicht gefunden haben.«

»Gewiß haben sie sie gefunden. Ihr Boot ist im Schilf versteckt, und ein Wachtposten befindet sich in der Nähe auf dem Kamm der Dünen. Aber er schlief gerade — und die fünf Männer im Boot schliefen ebenfalls.«

Ramage warf einen Blick auf Jackson, der sich offensichtlich vornahm, mit den Männern abzurechnen. Sein Gesichtsausdruck verriet, daß er am liebsten auch gleich mit diesem Mädchen abgerechnet hätte.

»Wenn Sie schon keine Falle befürchten, dann hoffe ich, daß Sie mir jetzt ohne Vorbehalt Vertrauen schenken.«

Sie lächelte, als ob sie ihm einen Ölzweig reichte, und sagte leichthin: »Ja, ich vertraue Ihnen und hoffe nur, daß es meine Gefährten ebenfalls tun. Männer ihres Schlages sind an die Intrigen des Hoflebens gewöhnt, darum fällt es ihnen so schwer, irgendeinem Menschen Vertrauen zu schenken, selbst untereinander können sie das nicht.«

»Schließlich bleibt ihnen jetzt nichts anderes übrig, als sich auf mich zu verlassen«, erwiderte er in strengem Ton, »vor allem aber unterstehen sie fortan meinem Befehl.«

Er wollte von vornherein jedes Mißverständnis über den Umfang seiner Machtbefugnis aus dem Wege räumen. Um über die peinliche Stille hinwegzukommen,

119

die daraufhin folgte, fügte er hinzu: »Ich bin sehr müde, Madam, darum bitte ich Sie, mir nachzusehen, wenn ich Ihnen reizbar und ein wenig *aspro* erscheine: ich wollte sagen, daß ich den Befehl habe, für die Sicherheit der Herren zu sorgen, und daß ich alles tun werde, dieser Aufgabe gerecht zu werden.«

Das Mädchen hatte den Ölzweig weggelegt und gab sich wieder so kalt wie zuvor. »Sie haben doch Ihr Schiff aufgegeben. Was können Sie denn mit diesem kleinen Boot überhaupt ausrichten?«

»Wenn Sie und Ihre Begleiter für eine kurze Zeit auf bequeme Kammern und beflissene Bedienung verzichten wollen, dann bringt uns mein Boot zu einem Schiff vor Giglio oder, wenn wir es dort nicht treffen sollten, nach Bastia. Wir haben Wasser und reichlich Brot an Bord. Mit Brot ist natürlich unser Schiffsbrot gemeint, das eine Art harten Zwieback darstellt. Das Boot wird gedrängt voll sein: Wollen Sie das Ihrer Begleitung auseinandersetzen?«

»Gesetzt den Fall, wir werden von einem französischen Kriegsschiff angehalten und aufgebracht — was dann?«

»Diese Gefahr besteht, aber sie ist nicht sehr groß.«

»Die Gefahr besteht also.« Dies war eine Feststellung, keine Frage.

»Selbstverständlich, Madam. Auch Stürme haben wir unter Umständen zu gewärtigen. Aber das alles zusammen hält immer noch nicht der Gefahr die Waage, daß Sie von Napoleons Leuten gefaßt werden, wenn Sie hierbleiben.«

Es fiel ihm schwer, einen verächtlichen Unterton zu vermeiden, als er fortfuhr: »Wenn Ihre Gefährten ihre Flucht in meinem Boot fortsetzen wollen, stehe ich zur Verfügung.«

»Und wenn sie sich nicht dazu bereit finden? Wenn

es ihnen widerstrebt, in dem kleinen Boot auf so lange Fahrt zu gehen?«

Über diese Möglichkeit sprach sich der Befehl nicht aus — abgesehen höchstens davon, daß der Admiral diese Leute für äußerst wichtig hielt, womit die Frage in gewissem Sinne beantwortet war.

»Dann muß ich Sie leider hier zurücklassen. Ich kann nur versuchen, zu erreichen, daß Sie ein Kriegsschiff später an Bord nimmt. Aber irgendeine Gewähr kann ich dafür nicht übernehmen.«

»Gut, ich werde ihnen das auseinandersetzen«, sagte die Marchesa. Ihre hochmütige Ausdrucksweise war wie weggezaubert, nur ihr Selbstbewußtsein war noch lebendig. »Wann möchten Sie denn in See gehen?«

»Morgen abend, sobald es dunkel ist. Nein, ich meine natürlich heute abend, denn der Morgen ist ja nicht mehr fern. Eine Frage noch: Haben Sie etwas von französischen Truppen gehört, die sich in dieser Gegend aufhalten könnten?«

»Nur sehr wenig. Auf der Via Aurelia streifen Kavalleriepatrouillen; einige, heißt es, hätten die Dörfer nach uns durchsucht.«

»Und wie ist zur Zeit die politische Lage?«

»Der Großherzog von Toskana — nun, das ist ein schwacher Mann. Sie werden wahrscheinlich wissen, daß er diesem Bonaparte erlaubt hat, am 27. Juni Livorno zu besetzen. Ach ja, da ist von korsischen Patrioten die Rede, die eine Revolution gegen die Briten in Korsika anzetteln möchten. Bonaparte ruft nach Freiwilligen. Seit Korsika sich unter britische Schutzherrschaft stellte«, sagte sie trocken, »ist dieser Bonaparte voller Angst, daß man ihn als britischen Staatsangehörigen betrachten könnte. Dann riskiert er nämlich, daß er als Verräter gehängt wird — vorausgesetzt, daß ihr ihn erwischt.«

121

Er hatte seinen heimlichen Spaß daran, wie verächtlich sie über »diesen Bonaparte« sprach. Immerhin hatte dieser Bonaparte vollbracht, was unmöglich schien, er hatte mit seinen Armeen die Alpen überquert und einen italienischen Staat nach dem anderen erobert, wie ein Bauer durch seine Obstgärten wandert und die reifen Früchte von den Bäumen pflückt.

»Was wäre sonst noch zu sagen?« fuhr sie fort, »— nun, es heißt, die Österreicher hätten die Franzosen in zwei Schlachten geschlagen: bei Lonato und dann noch woanders — ich kann mir beim besten Willen den Namen nicht merken. Und der Papst hat den Waffenstillstand mit Bonaparte aufgekündigt.«

»Wissen Sie über Elba Bescheid?«

»Nein. Die Franzosen planten, es im Anschluß an Livorno zu besetzen, es liegt ja so dicht vor der Küste. Ach, da hätte ich beinahe etwas vergessen: die Spanier haben ein Bündnis mit Frankreich geschlossen.«

»Und England den Krieg erklärt, das wollen Sie doch sagen, nicht wahr?« rief Ramage erschrocken.

Aber sie zuckte nur die Schultern: »Das weiß ich nicht, aber ich könnte es mir denken.«

Beneidenswert, diese Sorglosigkeit, dachte Ramage. Wenn Spanien sich mit den Franzosen zusammentat, sah sich die Royal Navy im Mittelmeer einer erdrückenden Übermacht gegenüber. Dabei hatte der Admiral schon jetzt einen sehr schweren Stand... Und weiter: eine richtiggehende Revolution auf Korsika konnte zur Folge haben, daß sich die Engländer von der Insel zurückziehen mußten, weil sie dort nur über sehr wenige Landstreitkräfte verfügten. Eine Besetzung von Elba würde sie noch einer weiteren Basis berauben. Und wenn sich dann gar die spanische Flotte mit der französischen vereinigte... nun ja, meinte er zynisch im stillen, dann gab es wenigstens noch so viele Schlachten

122

und Ausfälle, daß auch der jüngste Leutnant vor Kriegsende den Rang eines Kapitäns erreichte.

Er ertappte sich dabei, wie er mit seinem Wurfmesser auf die Fläche seiner linken Hand klopfte: Völlig unbewußt mußte er es herausgenommen haben, während er der Marchesa zuhörte.

»Haben Sie eigentlich immer so ein Messer im Ärmel stecken?« fragte sie.

»Ja«, gab er mürrisch zur Antwort, »alle guten Kartenspieler halten es so.«

»Wollen Sie damit sagen, daß Sie gern betrügen?«

Er stellte sich vor, wie sich ihr Schatten auf der kleinen Tür abzeichnete. Ehe er noch wußte, was er tat, schwang er die Rechte hoch über den Kopf und riß sie plötzlich nach unten. Da flitzte das Messer blitzschnell durch die Luft und fuhr mit einem dröhnenden Schlag in die Tür. Das Heft zitterte nur ein paar kurze Sekunden.

»Nein«, erwiderte er ihr, während er hinging, um das Messer wieder aus dem Holz zu ziehen, »nicht betrügen wollte ich, nur gewinnen. Es gibt allzu viele Könige, Höflinge, Kurtisanen und Politiker, die meinen, ein Krieg sei nichts anderes als ein Kartenspiel, und die ihren Irrtum erst gewahrwerden, wenn sie erleben müssen, daß ein unheimlicher korsischer Artillerist über die Alpen gezogen kommt und mit seinen Trümpfen mühelos alle ihre Asse sticht.«

»Sie glauben also, wir hätten auch in der Toskana nur Karten gespielt?«

»Madam, wollen wir dieses Gespräch nicht besser ein andermal fortsetzen?«

»Aber natürlich, mir lag nur daran, zu erfahren, ob Sie Ihre Mitspieler zu betrügen pflegen. Aber wie geht es nun weiter?« sagte sie, griff nach ihrer Pistole und erhob sich. »Wollen wir uns heute abend hier treffen?«

»Nein, wir sparen Zeit, wenn Sie alle zum Boot kommen. Nino kann Sie führen. Bringen Sie, wenn möglich, Wasser mit — und Nahrungsmittel. Aber kein persönliches Eigentum und keine Dienstboten.«

»Warum das?«

»Dienstboten werden niemals bleiben, wenn Sie mit ihnen etwas riskieren wollen; sie und aller sonstige Besitz nehmen außerdem nur Platz im Boot weg. Wir haben aber wirklich nicht den geringsten Platz mehr frei.«

»Wie ist es mit Juwelen, mit Geld?«

»Beides können Sie in vernünftigen Grenzen mitnehmen. Bitte, Madam, seien Sie um neun Uhr abends am Boot. Dann haben Sie zuvor eine halbe Stunde Dunkelheit zur Verfügung, um hierherzukommen. Ist Ihr Versteck eigentlich weit von hier entfernt?«

»In . . .«

»Bitte behalten Sie den genauen Ort für sich. Je weniger wir wissen, desto weniger kann man uns zwingen zu verraten, wenn wir in Gefangenschaft geraten sollten. Nur die Richtung und die Zeit, die nötig ist, um hinzugelangen.«

»Gut: also in Richtung auf den Monte Capalbio und höchstens eine halbe Stunde zu gehen.«

»Ausgezeichnet. Wir treffen uns also um neun Uhr am Boot.«

»Ja. Ich schicke Nino während des Tages zu Ihnen, er soll Ihnen sagen, wie sich die anderen entschieden haben. Einer der Beteiligten, Graf Pitti, ist noch gar nicht da; wir erwarten ihn jede Stunde.«

Ramage war sich darüber im klaren, daß sie für ihre Person bereits entschlossen war mitzumachen, wie immer sich die anderen auch entschieden.

»Rechnen Sie etwa mit Schwierigkeiten oder Bedenken?«

»Vielleicht«, sagte sie in reserviertem Ton, als ob sie ihm bedeuten wollte, nicht mehr daran zu rühren.

»Also bis heute abend.«

Sie hob zum Abschied die Hand, und er führte sie an seine Lippen. Dabei fühlte er, wie sie zitterte — ganz wenig nur, so daß sie wohl meinte, der Handkuß, den sie ihm gewährte, würde es nicht verraten.

8

Später am Tage lag Ramage im Sande der Dünen, ein Wacholderbusch schützte ihn vor der brennenden Sonnenglut. Bald döste er vor sich hin, bald lag er wach und freute sich, daß er im Augenblick keine Entscheidung zu treffen, keine Gefahr zu bestehen hatte. Was ihn zur Zeit ärgerte, waren einzig die Fliegen und die Moskitos, die ihn mit einer selbst hierzulande ganz ungewöhnlichen Ausdauer attackierten.

Er überdachte nochmals den Plan, den er Jackson und seinen Männern bereits dargelegt hatte. Kurz vor neun Uhr abends — vorausgesetzt, daß kein Wind aufkam und nennenswerten Seegang verursachte — sollte die Gig zur Sandbarre hinausgeholt werden, wo sie ein paar Seeleute festhalten konnten. Den Weg bis dorthin sollten die Flüchtlinge watend zurücklegen. Das war noch die einfachste Art, im Notfalle rasch von hier wegzukommen. Wenn keine Eile geboten war, wurde das Boot einfach wieder in den Fluß zurückgeholt, so daß sich die Flüchtlinge einschiffen konnten, ohne naß zu werden.

Jetzt galt es nur noch auf Nino zu warten, durch den ihn die Marchesa unterrichten wollte, wie viele Männer mitkommen wollten.

Wie ihm diese Kerle zuwider waren, obwohl er sie doch noch nie gesehen hatte, diese wahrscheinlich parfümierten Laffen mit ihren hochtrabenden Namen, deren bloße Existenz die Schuld daran trug, daß die *Sibella* gesunken und ihre Besatzung blutig dezimiert worden war! Dieser plötzliche Haßausbruch bewirkte, daß er sich aufsetzte, als ob er sich so davon befreien könnte. Als er sich nach einer Weile wieder zurücksinken ließ, verachtete er sich ob seiner Unvernunft. Jene Männer konnten sehr wohl tapfere Helden sein, denen es nur darum ging, den Kampf gegen die Franzosen fortzusetzen.

»Einen Schluck Wasser, Sir?«

Das war natürlich der unermüdliche Jackson. Wie ihm das Näseln dieses Yankees und sein leichenhaftes Gesicht fehlen würden, wenn sie erst in Bastia waren und Jackson auf ein anderes Schiff versetzt wurde!

Er nahm den Schöpfbecher und trank. Das Wasser war warm und brackig, es stank wie alles Wasser an Bord eines Schiffes. Aber jahrelange Gewohnheit lehrten den Seemann, seinen Geruchssinn auszuschalten, ehe er trank. So konnte ihn der Geruch erst belästigen, wenn das Wasser längst durch die Gurgel geronnen war und aller nachträgliche Ekel nichts mehr ungeschehen machen konnte.

Vielleicht war es unfair von ihm, diese Flüchtlinge zu kritisieren; aber mit all ihrem Geld und ihrem Einfluß wäre es doch nicht schwer für sie gewesen, so ein Fischerboot zu chartern — ja vielleicht sogar zu stehlen — und damit nach Korsika zu segeln. Warum hatten sie also kurzerhand ein britisches Kriegsschiff angefordert? Brauchten sie es ihrer Bequemlichkeit oder ihrer Sicherheit wegen? Waren sie nur bequem, fanden sie ein Fischerboot nicht fein genug, dann sollte sie der Teufel holen!

Wollten sie dagegen sichergehen, dann war das etwas anderes. Sie hatten immerhin ihre Heimat, ihre Ländereien und wahrscheinlich — wenigstens für absehbare Zeit — auch ihr Vermögen eingebüßt, vielleicht hatte man angesichts dieses Schicksals nicht das Recht, sie zu tadeln. Aber er wurde den Verdacht nicht los, daß ihnen doch nur ihr Bedürfnis nach Luxus, ihr Kastenstolz das

Handeln vorschrieben. Sie wollten beileibe keine *brutta figura*, keine schlechte Figur machen, es war nichts als billigste Eitelkeit — der Fluch Italiens: heute und wahrscheinlich für alle Zukunft.

Viele Italiener, dachte er — wenn auch keineswegs alle —, sind wie jener van der Deken, der Fliegende Holländer. Auch sie sind dazu verdammt, ruhelos durch die Welt zu irren, aber dabei schleppen sie ihre Eitelkeit wie eine offene Wunde mit sich herum, ungeschützt vor jedem kalten Luftzug, über die Maßen empfindlich gegen jede Mißachtung — bis sie endlich etwas finden, das ihnen Selbstvertrauen gibt und damit zugleich jene natürliche Menschenwürde schenkt, die sie so hart entbehren mußten.

Aber die *brutta figura* einmal beiseite gelassen — mußte er sich nicht eingestehen, daß er diesen Menschen seine eigenen Vorahnungen zum Vorwurf machte? Er starrte hinauf in den blauen Abgrund des Himmels. Vorahnung... Sorge... Angst... waren das nicht nur verschiedene Etiketten für ein und dieselbe Wahrheit! Seine Angst rührte im wesentlichen von der Übergabe der *Sibella* her — und wenn er sich darüber Rechenschaft gab, war nicht einmal das ganz richtig. Es gab noch viele Feinde seines Vaters, die die Vendetta gegen ihn immer noch weiterführten. Er hoffte nur, daß der Kapitän Nelson gerade in Bastia lag, wenn er dort ankam. Wenn jedoch Admiral Goddard oder einer seiner Anhänger dort die Befehlsgewalt hatte, was durchaus im Bereich des möglichen lag, dann — aber genug davon.

Er hörte einen Mann ganz außer Atem prustend näher kommen, und Jackson sprang mit gezücktem Entermesser sofort auf die Beine. Da tauchte Nino in der Lichtung auf.

»Ah, *Commandante*«, sagte er, »diese Hitze!« Er rieb sich das Gesicht kräftig mit einem Tuchfetzen ab und verschmierte den Schmutz, der vom Gesicht eines *carbonaios* nun einmal nicht wegzudenken war, auch noch über den Teil der Haut, der vom strömenden Schweiß rein gewaschen worden war. »Ihr Posten hat diesmal nicht geschlafen.«

»Was gibt es Neues, Nino? Komm, setz dich, wir haben leider keinen Wein, nur Wasser.«

Nino grinste: »Im Auftrag meines Onkels in Port' Ercole, *Commandante*, nehme ich mir die Freiheit, Ihnen eine Kleinigkeit mitzubringen.«

Er öffnete einen kleinen Sack und zog drei Flaschen von dem goldgelben Weißwein heraus, dem diese Gegend ihren Ruf verdankte, ihnen folgten einige Laib Käse und zuletzt ein halbes Dutzend lange, dünne Laibe Brot.

»Das ist wegen des Hartbrots. Die Marchesa erzählte mir von Ihrem Hartbrot, darum habe ich etwas Brot besorgt.«

»Das war sehr lieb von Ihnen, Nino.«

»*Prego, Commandante*, das spielt doch überhaupt keine Rolle. Das Brot ist aus dem Korn meines Onkels gebacken.«

Ramage bekam jedesmal Kopfschmerzen, wenn er in der Sonnenhitze Wein trank. Aber er wußte, daß Nino beleidigt war, wenn er es nicht tat. »Wir nehmen jetzt nur einen Schluck, der Rest ist für die Reise.«

»Nein, Sie können jetzt alles trinken, *Commandante*, die beiden Herren bringen genug Proviant für die Reise mit.«

Ramage blickte dem Bauern in die Augen: »Die beiden Herren, Nino? Wen meinen Sie damit?«

»Ja, *Commandante*, ich habe Ihnen eine Botschaft von der Marchesa zu bestellen. Sie beauftragte mich, Ihnen zu sagen, drei der Männer seien zu der Überzeugung gekommen, ihre Pflicht halte sie hier fest.«

Nino drückte sich vollendet höflich aus, dennoch ließ sich aus seinem Tonfall unschwer entnehmen, wie er über das zurückbleibende Trio dachte.

»Wer sind diese beiden Herren?«

»Ihre Namen kenne ich nicht; sie sind beide jung und scheinen Vettern zu sein. Leider, *Commandante*, muß ich Sie jetzt verlassen. Ich habe noch einiges zu tun, ehe wir uns um neun Uhr wiedersehen. *Permesso, Commandante?*«

»Aber selbstverständlich. Ich danke Ihnen, Nino. Grüßen Sie Ihren Bruder, Ihre Mutter und Ihre Frau von mir. Ich bitte zu entschuldigen, daß ich sie gestern abend störte.«

»Aber das spielt doch keine Rolle, *Commandante*.«

Im nächsten Augenblick war er verschwunden. Ramage befahl Jackson, den Matrosen etwas Wein, Käse und Brot zu bringen, dann sank er wieder zurück in den Sand und beobachtete die Insekten, die zwischen den Nadeln der Wacholderbüsche aufgeregt hin und her schwirrten. Die Luft war ganz erfüllt von dem Gezirp der Zikaden. Dieses Geräusch schien von überall und doch nirgendwoher zu kommen. Man konnte meinen, es tönte im eigenen Kopf.

Der Schlaf hatte Ramage gutgetan. Jetzt war er wieder · voll Tatendrang und Energie. Die dringendsten Probleme waren gelöst, darum fand er nun die nötige Ruhe, über das Mädchen nachzudenken. Wohl ein dutzendmal ließ er im Geist die Szene im Turm vor sich abrollen, immer und immer wieder gab ihm die Stimme dieses Mädchens Rätsel auf. Es war in der Tat schwer, diese Stimme zu kennzeichnen. Sie war weich, gewiß, und doch besaß sie den metallenen Klang der Macht; die Worte, die sie formulierte, waren präzise und wirkten für das Ohr doch wie Musik; sie klang klar wie Kristall und war doch stets auf der Kippe zur Heiserkeit. Er fragte sich, wie es wohl wäre, wenn dieser Mund heisere Liebesworte stammelte, aber er schlug sich diesen Gedanken sofort wieder aus dem Kopf. Die Sonne brannte wahrlich genug, auch ohne daß man an so etwas dachte. Die Erinnerung an Ghibertis nackte Eva und das Bild des jugendlichen Körpers unter jenem schwarzen Umhang machten ihm ohnedies genug zu schaffen.

Er verspürte eine tiefe, starke Sehnsucht, wieder einmal frei über die Höhen der Toskana zu schweifen, über die Straßen jener Landschaft zu reiten, daß der weiße Staub aufwirbelte, und die mächtigen dunkelgrünen Zypressen wiederzusehen, die an den Hängen wuchsen und sich so scharf gegen den harten blauen Himmel abhoben. Einem Paar der weißgelben Zugochsen wollte er wieder begegnen, wie sie langsam ihres Weges trotteten und mit lässig schlagenden Schweifen die Fliegen von ihren Flanken verjagten, während ihr Herr und Besitzer schlafend auf seinem Karren saß. Eine der ummauerten Bergstädte wollte er wieder besuchen, den gewundenen Pfad zum Tor hinaufreiten, hören, wie die Hufe seines Pferdes auf dem Pflaster der engen Gassen klapperten, und den Blick zu einem Fenster heben, aus dem ihm ein Paar schöne Augen neugierig folgten. Ja, er wünschte sich wieder in jene Tage der Kindheit zurück, da Gianna noch ein kleines Mädchen war, das die Marchesa zu ihnen brachte.

Die Zikaden zirpten nach wie vor, als es schon dunkel war — fanden sie denn überhaupt nie Schlaf? Ramage sah, wie der Mond über dem Monte Capalbio aufging. Als es noch hell war, hatte er in der Südmauer des Turms hoch oben einen flachen Stein entdeckt, auf dem er mit Mühe und Not ein paar lateinische Worte entziffern konnte; ein eingemeißelter Name und ein

Datum erinnerten daran, daß ein gewisser Alfiero Nicolo Verdeco im Jahre 1606 »der Architekt dieses Bauwerks gewesen war«. Hatte Signor Verdeco vor fast zweihundert Jahren ebenfalls auf diesem Fleck gestanden und gesehen, wie sein »Bauwerk« in der warmen rosa Glut des vollen Mondes — des Erntemonds — erstrahlte? Jetzt hörte er aus der Nähe ein klatschendes Geräusch und warf von der Höhe der Düne einen Blick auf die Flußmündung hinab. Dort wurde das Boot von drei Matrosen festgehalten, die bis zu den Knien im Wasser standen. Nur das achtere Ende des Kiels saß noch auf der sandigen Barre. Die anderen Leute waren schon im Boot, bereit, den Flüchtlingen beim Einsteigen zu helfen.

Er rief Smith an, um von ihm die Uhrzeit zu erfragen.

Ein schwacher Schimmer drang herauf, als Smith die Segeltuchblende lüftete und seine Uhr an das Licht hielt. Gott sei Dank hatte ein umsichtiger Mann für einen reichlichen Vorrat an Kerzen gesorgt.

»Fünf Minuten vor neun, Sir.«

Es wurde Zeit, daß er auf dem Kamm der Düne den Weg zum Turm einschlug und dabei nach den Flüchtlingen Ausschau hielt. Hoffentlich waren sie pünktlich. Unter neun Uhr verstand man hier in Italien allzuleicht irgendeinen Zeitpunkt zwischen zehn Uhr und Mitternacht.

Wahrscheinlich hatten sie sich irgendwo in der Nähe der kleinen Bergstadt Capalbio versteckt, die jenseits des Sees und ein Stück landeinwärts lag. Der kürzeste Weg zum Boot führte dann nördlich um den See herum. Dort stießen sie auf die Straße, die etwa fünfzig Meter vom Strand entfernt die Küste entlanglief und den Turm mit dem kleinen Dorf Ansedonia verband, das weiter nördlich, den Dämmen zwischen Argentario und dem

Festland zu, an der Küste lag. Nino hatte ihm erzählt, sie hieße *La Strada di Cavalleggeri*, die Reiterstraße, aber heute benützte sie niemand mehr. Ihre Decke war fester Sand; wo sie sumpfige Stellen durchquerte, war sie durch einen Unterbau von großen Steinen befestigt. Sie endete an der Brücke aus schmalen Planken, die dicht beim Turm den Fluß überquerte. Die Flüchtlinge brauchten nur dieser Straße zu folgen, bis sie an die Brücke gelangten. Statt sie zu überqueren, mußten sie sich dann nach rechts halten, den Kamm der Düne erklettern und am Fluß entlang weitergehen, bis sie seine Mündung und das dort wartende Boot erreichten.

Der Mond stieg jetzt schnell höher und verlor dabei immer mehr seinen rosigen Schimmer, gleichzeitig schien sein Durchmesser zu schrumpfen. Verdammt noch mal, dachte Ramage, es muß ja schon bald halb zehn Uhr sein.

Jackson schien seinen aufsteigenden Ärger und seine Besorgnis zu verspüren, denn plötzlich sagte er:

»Ich glaube nicht, daß ihnen etwas zugestoßen ist, Sir.«

»Das nehme ich auch nicht an. Wann trifft man schon einen Italiener, der pünktlich wäre?«

»Immerhin, sie sprach von einer halben Stunde Wegs. Wenn sie bei Einbruch der Dämmerung aufgebrochen sind, hätten sie bis jetzt schon eine volle Stunde gebraucht, Sir.«

»Das ist mir nicht neu, Mann«, sagte Ramage ungeduldig. »Aber wir wissen ja nicht, ob sie rechtzeitig aufgebrochen sind, wo sie sich zuletzt aufhielten und welchen Weg sie genommen haben. Es bleibt uns also nichts anderes übrig, als zu warten.«

»Verzeihen Sie, Sir, wenn ich es sage: die Männer dürften heute mit ihrer Ladyschaft keinen leichten Stand gehabt haben.«

»Warum? Wie meinen Sie das?«

»*Ich* möchte ihr nicht eingestehen, daß ich Angst habe . . .«

»Ich auch nicht.«

Jackson war in gesprächiger Stimmung, wahrscheinlich konnte nur ein Befehl seinem Redefluß Einhalt gebieten.

». . . Mir scheint, sie versteht sich darauf, einen Mann ziemlich kleinzukriegen, Sir.«

»O ja.«

»Aber man kann das alles auch in einem anderen Licht betrachten, Sir . . .«

Ramage vermutete, daß ihn Jackson absichtlich unterhielt, weil er um seine Unruhe wußte und ihm darüber hinweghelfen wollte. »Wie meinen Sie das?«

»Wenn ein Mann eine Frau wie diese hat, die ihn vorantreibt und die ihm Mut macht, dann ist er imstande, die Welt auf den Kopf zu stellen.«

»Ich nehme eher an, daß sie das für ihn täte.«

»Nein, Sir. Gewiß ist sie trotz ihrer kleinen, zierlichen Gestalt zäh wie ein Mann; durchaus nicht von der Art, die immer das: ›Bitte mein Riechsalz, Willy!‹ im Munde hat. Aber ich bin überzeugt, daß sie sich nur so gibt, weil sie das Haupt der Familie ist und darum entsprechend auftreten muß. Innerlich, meine ich, ist sie ganz Frau.«

Er ließ Jackson gerne reden. Der Amerikaner wurde dabei keineswegs vertraulich; obwohl er weiß Gott alt genug war, sein Vater zu sein. Seine Salzwasserweisheit schöpfte er ohne Zweifel aus der Erfahrung. Vor allem aber tat es Ramage wohl, daß ihm diese tiefe nasale Stimme half, des Gefühls der Einsamkeit und der Verzweiflung Herr zu werden, das ihn immer wieder zu übermannen drohte. Sein Blick wanderte aufs neue über die flache Sumpflandschaft der Maremmen bis hin nach den fernen Bergen, deren Umrisse sich im Licht des Mondes abzeichneten. Endlich hob er den Blick zum Mond selbst, der sich jetzt in seiner dunklen Umrahmung ausnahm wie eine blankpolierte silberne Münze. Die Sterne leuchteten so klar und standen so dicht beieinander, daß man nicht imstande gewesen wäre, mit einer nadelscharfen Säbelspitze in das Himmelsgewölbe zu stechen, ohne einen davon zu berühren. Sie alle schienen zu ihm zu sagen: »Du bist ohne jede Bedeutung, du hast nicht die geringste Erfahrung, du hast nur entsetzliche Angst... Was weißt du denn schon? Wie wenig Zeit ist dir noch geschenkt, etwas dazuzulernen?«

Zu seiner Linken, in schätzungsweise tausend Meter Entfernung an der *Strada di Cavalleggeri*, peitschte plötzlich ein Musketenschuß. Dann noch ein zweiter — und gleich darauf ein dritter.

»Dort!« schrie Jackson. »Haben Sie das Aufblitzen gesehen?«

»Nein.«

Verdammt, verdammt und nochmals verdammt! Er war im Augenblick hilflos: sein Entermesser lag unten im Boot.

Wieder ein Aufblitzen, dann einen Augenblick später der Knall des Schusses.

»Den habe ich genau gesehen. Ganz nahe der Straße. Das kann nur eine französische Patrouille sein, die Jagd auf sie macht.«

»Ja«, sagte Jackson, »es blitzte an verschiedenen Stellen auf.«

Ramage, der sich darüber klar war, daß er an der Stelle, wo er sich befand, nicht helfen konnte, stieß hervor: »Los, wir laufen zum Ende der Straße und führen sie hierher.«

Sie jagten den Kamm der Düne entlang, aber alle

135

paar Dutzend Schritte stürzte bald der eine, bald der andere, wenn er auf eine Stelle trat, wo der Sand besonders weich war. Wacholder und Brachdisteln rissen ihnen die Beine auf, und immer wieder mußten sie dichteres Buschwerk umgehen.

Keuchend und nach Atem ringend hatten sie endlich die Höhe des Turmes erreicht und liefen nun den Hang der Düne hinunter, um dem Knie des Flusses zu folgen, der vom See kommend hier plötzlich nach links bog.

Das Gelände wurde flacher. Sie durchbrachen eine Mauer von Buschwerk und standen jetzt am Rande der festen Straße, die rechts an der kleinen Brücke abrupt endete. Nach links verlief sie schnurgerade und verlor sich nach Ansedonia zu im Dunkel der Nacht.

Wieder krachten drei Schüsse, und Ramage sah es landeinwärts der Straße dreimal aufblitzen. Plötzlich ließ sich Jackson auf alle Viere fallen, so daß Ramage im ersten Augenblick glaubte, er sei von einer verirrten Kugel getroffen worden. Aber er stellte alsbald erleichtert fest, daß der Amerikaner ein Ohr lauschend an den Boden preßte.

»Kavallerie — schätzungsweise zwölf Pferde stark, aber nicht geschlossen«, sagte er.

»Können Sie auch Menschen laufen hören?«

»Nein, Sir. In diesem Sand pflanzt sich der Schall nicht gut fort.«

Was tun? Sollten sie die Straße entlangrennen, um die Verfolger abzuwehren? Nein, damit stürzten sie die Flüchtlinge nur in noch größere Verwirrung. Es war besser, sie warteten hier. Noch besser, sie lenkten die Gegner ab und zogen das Feuer auf sich: das allein bot noch einige Hoffnung.

»Jackson!« In der Begeisterung über seinen Einfall packte er den Amerikaner an der Schulter. »Passen Sie auf — um zu dem Boot zu gelangen, könnten sie ent-

weder diese Straße benutzen oder schon weiter nördlich über die Dünen klettern und dann dem Ufer folgen. Ich bleibe auf der Straße, und Sie gehen in die
Dünen. Kommen die Italiener vorüber, so stellen wir
sicher, daß sie die richtige Richtung einschlagen. Wenn
dann die Kavallerie erscheint, lenken wir sie von den
Flüchtlingen ab. Sobald ich ›Boot!‹ rufe, laufen Sie zurück, was Sie laufen können. Die Pferde können in den
Dünen nicht galoppieren. Klar?«

»*Aye aye*, Sir.«

Im nächsten Augenblick kletterte Jackson auch schon
den Hang der Düne hinauf. Dieser Amerikaner hatte
nun vor ein paar Jahren noch gegen die Briten ge-
kämpft, jetzt diente er in der britischen Flotte und riskierte auf toskanischem Boden Kopf und Kragen, um
ein paar Italiener vor den Franzosen zu retten, die einst
seine Bundesgenossen gegen die Briten gewesen waren.
Wo steckte eigentlich der Sinn eines solchen Lebens?

Ramage blickte angestrengt die Straße entlang und
versuchte in der Ferne irgendeine Bewegung auszumachen. Er kam bald zu der Erkenntnis, daß er zu nahe
beim Boot war, um eine wirksame Ablenkungsaktion
zustande zu bringen, die den Italienern genügend Zeit
verschaffte, um über die Dünen zu gelangen. Daher lief er
jetzt auf der Straße fünfzig Meter weiter nach Norden.

Dann zog er das Wurfmesser aus seinem Stiefel und
wartete im Schatten eines größeren Busches. Mein Gott,
hier herrschte wirklich Grabesstille; außer dem Pochen
seines Herzens vernahm er nicht das geringste Geräusch.
Sogar die Zikaden hatten ihr Gezirpe eingestellt. Hier
gab es nur noch Schatten und den Mond, der die Farben verblassen ließ und dem Mut das Feuer nahm. Ein
Stück weiter knackten Zweige: dann hörte man leises
Fußgetrappel — ein Mensch, der um sein Leben lief.
Ein erneutes Aufblitzen, irgendwer schoß in Richtung

der Straße, diesmal von der Seeseite her. Jetzt ein Schuß von Land her. Dann Rufe — auf französisch —; sie geboten dem Angerufenen stehenzubleiben. Wieder ein Aufblitzen und ein Knall: das war ein Pistolenschuß, von der Straße aus nach hinten gefeuert — die Flüchtlinge verteidigten sich also. Jetzt kamen Leute gelaufen. Abgerissene Worte auf italienisch flogen hin und her, dazwischen atemloses Fluchen.

Eine kleine Gruppe kam auf sie zu; die Leute rannten im Zickzack von einer Straßenseite zur anderen, damit sie kein gutes Ziel boten.

Nach der Seeseite zu hörte man das typische Klirren von Pferdegeschirr — also kam den Strand entlang wohl ebenfalls Kavallerie.

»Jackson!«

»Hier, Sir!«

Der Amerikaner stand dreißig Meter vor ihm auf der Düne.

»Sie lenken die Froschfresser ab, ich helfe den Italienern. Die sind sicher völlig erschöpft!«

»*Aye aye*, Sir.«

Ramage rannte die Straße entlang und rief: »*Qui, siamo qui!*«

»Wo denn?« Das war Ninos Stimme.

»Hier — vor euch, lauft, lauft!«

»Madonna, wir sind am Ende! Die Marchesa ist verwundet.«

Nach wenigen Augenblicken war er bei ihnen: zwei Männer, wahrscheinlich die Flüchtlinge, führten das Mädchen an den Armen, ihre Beine schleiften im Sand. Sie war bei Bewußtsein. Nino und sein Bruder bildeten die Nachhut.

Ramage schob die beiden Fremden beiseite, dann packte er mit der Linken die rechte Hand des Mädchens, zog sie an sich und ging zugleich in die Knie.

Auf diese Art holte er ihren Körper über seine rechte Schulter. Während er sich aufrichtete, griff er mit der linken Hand außerdem nach ihrem rechten Knöchel. Die Rechte blieb frei, in ihr hielt er noch immer das Messer. Nun begann er die Straße entlang auf den Turm zuzulaufen.

»Wie nahe sind die Franzosen?«

»Keine fünfzig Schritte hinter uns — ein Dutzend Reiter oder sogar noch mehr«, keuchte einer der Männer. »Wir hatten Pistolen — nur darum kamen sie uns nicht zu nahe — aber sie sind leergeschossen.«

Gott sei Dank, das Mädchen wog nicht viel. War sie schwer verwundet? Ihr Kopf hing auf seinem Rücken nach unten.

»Haben Sie Schmerzen?«

»Ein bißchen, ich kann es ertragen.«

»Madonna!« rief Nino, »Achtung, sie kommen!«

Das plötzliche Hufgeklapper in ihrem Rücken veranlaßte sie, seitwärts in eine Lücke zwischen dem Buschwerk auszuweichen. Dort brachte Ramage vor allem das Mädchen in Sicherheit. Dann machte er kehrt und sah, daß zwei Reiter hinter ihm in das Buschwerk eindrangen. Säbel blitzten im Mondlicht. Die Musketen hatten sie schon abgefeuert; um sie wieder zu laden, war keine Zeit mehr gewesen.

Noch sechs Meter, noch fünf, Ramage stellte sich den Reitern in den Weg, er trat ihnen mit Absicht so entgegen, daß sie ihn sehen konnten. Vier Meter ... Der vorderste Franzose holte mit dem Säbel aus ... Ramage griff nach dem Messer und schwang den Arm über die Schulter. Das Pferd wurde von seinem Reiter zur Seite gelenkt, damit er Platz fand, den Säbel niedersausen zu lassen. Im gleichen Augenblick schwang Ramage seinen Arm nach hinten, die Messerklinge blitzte für den Bruchteil einer Sekunde im Mondlicht.

Da fiel der Säbel auf die Erde, und der Mann stürzte röchelnd rückwärts vom Pferd. Weil er die Zügel noch in der Linken festhielt, stieg das Tier mit entsetztem Gewieher hoch. Das zweite Pferd lief dem ersten von hinten her auf, aber sein Reiter riß es sofort herum und galoppierte, so schnell er konnte, davon. Jetzt machte das erste Pferd ebenfalls auf der Hinterhand kehrt und eilte ihm nach, weil sein gestürzter Reiter die Zügel losgelassen hatte.

Ramage eilte zu seinem Opfer und zog ihm das Messer aus der Schulter, dann nahm er das Mädchen wieder auf und ging zur Straße zurück. Der zweite Reiter war in der Finsternis verschwunden, darum rief Ramage die Italiener herbei, die alsbald zwischen den Büschen auftauchten.

»Los, weiter!« schrie er und lief die Straße entlang.

Zu seiner Rechten hörte er einen Pfiff; das war Jackson, der sich durch Nachahmen einer Bootsmannsmaatenpfeife zu erkennen gab.

»Wir eilen zum Boot, Jackson, versuchen Sie uns zu decken, so gut es geht.«

»*Aye aye*, Sir. Entschuldigen Sie das mit den beiden Reitern; Sie sind mir leider zuvorgekommen.«

Das Mädchen wurde immer schwerer. Er konnte sich nicht vorstellen, wie er mit dieser Last durch den weichen Sand in den Dünen vorankommen sollte. Konnte er es wagen, den Weg am Wasser zu wählen, dort wo der Sand fest war?

»Nino!«

»Was ist, *Commandante?*«

»Wir müssen uns trennen. Führen Sie Ihre Leute weiter die Straße entlang. Ich selbst gehe über die Dünen und folge dann der Küste. In dem weichen Sand komme ich nicht weiter.«

»Jawohl, *Commandante*, ich verstehe.«

Seine Absicht, die Dünen zu überqueren, war hier ebensogut auszuführen wie überall. »Halten Sie sich fest«, sagte er zu dem Mädchen, dann lief er den Hang der Düne hinauf und nutzte den durch das Gewicht des Mädchens vergrößerten Schwung, um den Kamm ohne Halt zu erreichen. Nun ging es auf der anderen Seite bergab — aber plötzlich sank er mit den Füßen tief in den Sand und stürzte der Länge nach hin, das Mädchen riß er natürlich mit.

In aller Eile richtete er sich wieder auf: »Ist Ihnen nichts zugestoßen?«

»Nein — ich kann aber ganz gut gehen. Hier im Sand ist das sogar viel leichter. Ich wollte es Ihnen schon die ganze Zeit sagen, seit Sie mich auf die Schulter nahmen.«

»Stimmt das auch wirklich?«

»Aber ja«, sagte sie ungeduldig. Darauf nahm er sie an der Hand, aber sie riß sich gleich wieder los, und er merkte, daß sie ihre Röcke raffen wollte.

»Nehmen Sie meinen linken Arm.«

Er hakte so ein, wie sie es haben wollte, dann strebten sie zusammen dem Kamm der nächsten Düne zu; es lag jetzt nur noch eine Senke und ein Kamm vor ihnen. Von neuem stiegen sie hinunter und dann wieder bergauf, dann ging es nur noch den flacheren Abhang zum Saum des Wassers hinab. Gleich darauf liefen sie die Strandlinie entlang und patschten dabei ab und zu durch flache Wasserpfützen.

Ramage warf einen Blick nach hinten. O Gott! Vier dunkle Schatten, Männer zu Pferde, galoppierten hinter ihnen her; nur fünfzig Meter waren sie noch entfernt. Man hatte sie also gesehen... Ob sie wohl noch in die Dünen entkommen konnten?

»Rasch, fort, dort hinauf, verstecken Sie sich im Gebüsch!«

Er schubste sie, als sie eine Sekunde zögerte.

»Sie aber auch!«

»Nein, los, machen Sie, daß Sie fortkommen, oder es geht uns beiden ans Leben.«

Da stritten sich die beiden Menschen, während bereits vier Reiter herangesprengt kamen, um sie zu töten. Ein lächerliches Benehmen! Aber es war ohnehin schon zu spät, das Mädchen hätte den Schutz der Büsche nicht mehr erreicht. Die Reiter brauchten nur ein bißchen einzuschwenken, dann schnitten sie ihr den Weg ab. Auch das Wasser bot keine Aussicht auf Rettung — dort waren die Pferde schneller und gelangten überdies viel weiter hinaus.

Noch vierzig Meter, vielleicht waren sie sogar schon näher. Ramage packte sein Messer. Wenn er jetzt sterben mußte, dann sollte einer von den Kerlen mit. Das schwor er sich mit grimmigem Ernst.

»Wenn ich rufe ›Los‹, dann machen Sie sich klein und rennen wie ein Wiesel um die Reiter herum in die Dünen.«

Er selbst wollte sich das Pferd an der Spitze vornehmen und hoffte, daß sie in der entstehenden Verwirrung verschwinden konnte, ehe die Reiter imstande waren, ihre Pferde zu wenden und ihre Verfolgung aufzunehmen. Wenn er geduckt ansprang und das Messer in den Hals des Pferdes jagte, dann entging er vielleicht dem Säbelhieb, keinesfalls aber den Hufen. Mein Gott, welches Ende stand ihm da bevor!

Plötzlich erschien auf dem Kamm der Düne, unmittelbar vor den Reitern, eine dunkle Gestalt. Dieses seltsame Wesen stieß so unheimliche Schreie aus, daß Ramage das Blut in den Adern gerinnen wollte.

Das vorderste Pferd stieg darob entsetzt auf der Hinterhand, sein Reiter glitt nach rückwärts aus dem Sattel und stürzte krachend zu Boden. Dem zweiten ge-

142

lang es nicht, rechtzeitig zum Halten zu kommen; es stieß mit dem anderen zusammen, sein Reiter flog über den Kopf weg und landete ebenfalls auf der Erde. Das dritte Pferd scheute und jagte den Weg zurück, den es gekommen war. Dabei erhielt das letzte einen kräftigen Huftritt, der dessen Reiter aus dem Sattel beförderte. Der Mann blieb dabei mit einem Fuß im Steigbügel hängen und wurde mitgeschleift, als nun alle vier Pferde längs der Küste zurückgaloppierten und drei Mann im Sand hinter sich ließen.

Das Ganze hatte nicht länger als zehn Sekunden gedauert, und es war abermals Jackson, der gerade im richtigen Moment aufgetaucht war. Der Amerikaner rannte, Zweige schwingend, die er von den Büschen abgerissen hatte, auf die drei Männer zu, das Entermesser in der Hand. Ramage schauderte, aber es war unvermeidlich.

»Rasch!« Er griff nach dem Arm des Mädchens und rannte weiter zum Boot. Gleich darauf entdeckte er die Unterbrechung der Küstenlinie, dort wo der Fluß die See erreichte. Da lag auch schon die Gig.

»Wir sind gleich da!«

Aber das Mädchen taumelte und schwankte, als ob sie einer Ohnmacht nahe wäre. Er steckte schnell das Messer wieder in den Stiefel, nahm sie hoch und lief mit ihr bis zum Boot, wo bereits hilfreiche Hände warteten, sie an Bord zu heben.

»Ein Italiener ist schon hier, Sir«, rief Smith. »Ein paar andere Burschen kamen und verschwanden gleich wieder.«

»Gut, ich bin sofort wieder zurück.«

Jackson und ein Flüchtling fehlten also noch. Aber was war mit Nino und seinem Bruder? Er konnte sie unmöglich hier zurücklassen — sie würden bestimmt nicht entkommen.

Er rannte den Hang der Düne hinauf — wenige Stunden war es erst her, seit er hier im Schatten eines Wacholderbusches seinen Tagträumen nachgehangen hatte . . .

»Nino, Nino!«

»Hier, *Commandante!*«

Der Italiener stand nur dreißig Meter entfernt nach dem Turm zu am Flußufer.

Ramage rannte zu ihm hin.

»*Commandante*, den Grafen Pitti haben wir verloren.«

»Warum, was ist geschehen?«

Während Nino berichtete, hörte man in größerem Abstand zwischen den Dünen wieder Schüsse.

»Er war noch bei uns, als wir zum Boot liefen. Aber als wir anlangten, fehlte er. Der Graf Pisano ist an Bord.«

»Die Marchesa auch, Nino. Willst du und dein Bruder mit uns kommen?«

»Nein, danke, *Commandante*, wir bringen uns schon in Sicherheit.«

»Wie denn?«

»Da drüben«, dabei wies er nach dem anderen Ufer des Flusses.

»Also dann geht nun und beeilt euch!«

Er streckte den beiden die Hand hin, und sie schüttelten sie nacheinander.

»Aber was wird nun aus dem Grafen Pitti?«

»Ich werde ihn schon finden — jetzt macht nur, daß ihr wegkommt!«

Wieder Schüsse, diesmal nicht mehr so weit entfernt.

»Ihr könnt hier nichts mehr tun, darum ist es das beste, ihr geht. Gott sei mit euch.«

»Auch mit Ihnen, *Commandante*. Leben Sie wohl, und *buon viaggio*.«

Damit rannten die beiden zum Ufer und wateten patschend durch den Fluß.

Ramage hörte, wie zu seiner Linken, an der Seeseite der Dünen, ein Pferdegeschirr klirrte. Er lief den Kamm entlang, aber ein Aufblitzen in zwanzig Meter Entfernung ließ ihn sich seitwärts zwischen einige Büsche werfen. Der Franzose mußte ein miserabler Schütze sein, da er ihn auf diese kurze Entfernung nicht traf.

Als Ramage auf der anderen Seite wieder aus dem Gebüsch herauskam, hörte er weitere Schüsse. Plötzlich stieß er auf eine menschliche Gestalt, die mit dem Gesicht nach unten im Sand lag. Es war ein Mann, der einen langen Umhang trug. Er kniete neben ihm nieder und drehte ihn auf den Rücken.

Der Schreck bewirkte, daß sich alles um ihn drehte. Er sah im Mondlicht, daß das Gesicht des Mannes ein Brei war: ein Schuß hatte ihm den Hinterkopf zerschmettert...

Das war alles, was von dem Grafen Pitti noch übriggeblieben war. Jetzt galt es nur noch Jackson zu finden.

Er eilte auf die Höhe der Düne und rief:

»Jackson — Boot! Jackson — Boot!«

»*Aye aye*, Sir.«

Der Amerikaner steckte also immer noch irgendwo zwischen den Dünen.

Ramage wußte nur zu genau, daß er sich jetzt vor allem um das Boot und seine wertvollen Passagiere kümmern mußte, und rannte daher in größter Eile zum Ufer. Gleich darauf holte ihn Smith an Bord der Gig.

»Es fehlt jetzt nur noch Jackson. Holt das Boot von der Barre herunter — hängt das Ruder ein! Kommt an Bord, Leute«, befahl er den Matrosen im Wasser, sobald er merkte, daß das Boot vom Grund frei war.

Als die Männer über das Dollbord an Bord geklettert

waren und ihre Plätze eingenommen hatten, kommandierte er: »Klar bei Riemen! — Riemen bei! Wenn ich sage: ›Ruder an‹, dann holt ordentlich aus, es geht um unser Leben.«

Wo war nur dieser Jackson? In fünfzig Meter Entfernung entdeckte er am Strand eine Gruppe Menschen. Sie knieten, offenbar waren es französische Soldaten, die auf sie zielten! Jetzt hast du zu wählen, Mann: das Leben Jacksons oder das Leben von sechs Seeleuten und zwei italienischen Aristokraten, denen Admiral Jervis einen besonderen Wert beimaß. Eine verdammte Entscheidung war das.

Aber immerhin: die Soldaten waren scharf galoppiert, sie konnten unmöglich ruhig zielen.

Für einen Moment sah er die Umrisse eines Mannes sich vom Gipfel der nächsten Düne abheben. Der flüchtige Anblick war für ihn ausreichend, um Jacksons hagere, schlaksige Gestalt zu erkennen.

»Los, los, beeil dich doch!«

Er nahm die Pinne wieder heraus und legte sie auf die Ducht. Dann drehte er sich herum und lehnte sich über das Heck, um sofort nach ihm fassen zu können. Der Amerikaner erreichte den Strand und eilte mit den gestochenen Schritten eines trabenden Pferdes auf das Boot zu, als das Wasser tiefer wurde.

Ramage hörte das unaufhörliche Feuerwerk von Flüchen, das sich auf italienisch hinter ihm entlud, als er eben feststellte, daß die französischen Truppen auch von entfernteren Stellen der Küste her zu feuern begannen. Irgendwer zog ihn am Rock und knuffte ihn in die Seite. Jackson hatte gerade noch vier Meter zu gehen.

Das Zupfen und Knuffen wurde immer hartnäckiger. Dabei wurde Ramage inne, daß zwischen den italienischen Flüchen und dem ständigen Gezupfe ein Zusammenhang bestehen müsse. Jetzt flehte ein Mann mit Fistelstimme auf italienisch: »Um Gottes willen, fahren wir fort von hier!«

Noch drei Meter . . . noch zwei Meter . . . noch einer. Er ergriff Jackson bei den Handgelenken und rief: »So, Männer, Ruder — an! Und nun legt euch kräftig ins Zeug!«

Mit einem übermächtigen Ruck holte er Jackson vollends binnenbords. Der Amerikaner stöhnte auf und verriet dadurch, daß ihm der Ruderkopf einen harten Stoß in die Leistengegend versetzt hatte.

»Weg da, Sie sind mir im Wege!«

Ramage half mit einem Schubs von hinten nach und setzte dann hastig die Pinne ein. Die Männer hatten bis jetzt geradewegs von der Küste weggepullt, aber dadurch blieben sie länger im Schußbereich der Franzosen. Darum legte er sofort Ruder und nahm die Soldaten rechts achteraus, so daß das Boot ein möglichst kleines Ziel bot. Als er eben einen Blick nach hinten warf, blitzte es am Ufer dreimal auf. Einer der Matrosen stöhnte und ließ seinen Riemen fahren.

Jackson sprang gerade noch rechtzeitig zu, ehe er über Bord ging.

»Helfen Sie ihm, Jackson, dann nehmen Sie seinen Platz ein.«

Bis die Franzosen frisch geladen hatten, war das Boot beim augenblicklichen Stand des Mondes und vor dem dunklen Westhorizont bestimmt schon fast außer Sicht. Der Italiener hockte zu Ramages Füßen auf den Bodenbrettern. Dieser wurde seiner Anwesenheit erst gewahr, als er leise und eintönig lateinische Gebete vor sich hinzuleiern begann. Alsbald hörte er, wie ein paar der Seeleute unruhige Bemerkungen tauschten, weil sie natürlich nicht verstanden, was da vorging. Gebete, dachte er, sind ausgezeichnet, dort wo sie hingehören. Aber wenn man eine Bootsbesatzung aufregt, indem man sie wie ein von Panik ergriffener Priester herunter-

147

leiert, dann ist das Boot nicht der richtige Platz dafür — Angst greift ja so leicht um sich wie Feuer.

Er stieß den Mann mit dem Fuß an und schalt auf italienisch: »*Basta!* Schluß damit. Beten Sie später oder lautlos.«

Das Lamentieren hörte auf. Jetzt konnten die Soldaten mit dem Durchladen fertig sein. Ramage warf wieder einen Blick nach achtern — die Küste war noch immer zu sehen.

Er spürte, daß die Männer ihre Nervosität kaum mehr zügeln konnten. Das war auch nicht zu verwundern, denn sie hatten die ganze Zeit im Boot gesessen oder bis zu den Hüften im Wasser gestanden, während in ihrer nächsten Nähe fortgesetzt geschossen wurde.

Um die Leute etwas zu beruhigen, sagte er im Gesprächston: »Jackson, das war ja ein schrecklicher Lärm, den Sie vorhin an Land vollführten. Wer hat Ihnen denn gezeigt, wie man als einzelner mit einer ganzen Kavalleriepatrouille fertig wird?«

»Das war so, Sir«, sagte Jackson, und seine Stimme klang beinahe, als ob ihm diese Auskunft ein bißchen peinlich wäre, »im letzten Krieg war ich mit dem Oberst Pickens bei Cowpens, Sir. Dort in den Wäldern wirkte dieser Trick gegen Ihre Dragoner Wunder. So etwas hatten sie noch nie erlebt.«

»Das kann ich mir vorstellen«, sagte Ramage höflich und drehte einen halben Strich Steuerbord.

»Und ob das eine Überraschung war!« sagte Jackson begeistert. »Wenn ich nur an das letzte Mal denke. Da hatte ich eine ganze Gruppe Berittener gegen mich, und noch dazu in einem schmalen Hohlweg. Sie jagten mich, müssen Sie wissen.«

»Und da hat es auch wieder geklappt?« fragte Ramage. Dabei wußte er genau, daß die Leute beim Rudern aufmerksam zuhörten.

»Glänzend hat es geklappt, Sir. Mit Ausnahme der beiden letzten war ich die Burschen im Augenblick alle los.«

»Und wo haben Sie dieses — hm — Geschäft eigentlich gelernt?«

»Als Waldläufer, Sir. Ich bin in Südkarolina aufgewachsen.«

»Madonna!« rief da unter den Duchten eine Stimme in hartem Englisch. »Madonna! Da reden sie von Pferden und sonstigem Kram, und das in unserer Lage!«

Ramage suchte das Mädchen mit dem Blick und wurde sich bewußt, daß er sich nicht um sie gekümmert hatte, seit sie im Boot war.

»Bitte sagen Sie Ihrem Freund, er möge den Mund halten.«

Sie beugte sich zu dem Mann, der beinahe vor ihren Füßen saß, aber er hatte bereits verstanden.

»Ich soll den Mund halten?« schrie er auf italienisch. »Soll ich ihn vielleicht festhalten? Und wie käme ich schon dazu?«

Ramage sagte in eisigem Ton auf italienisch: »Ich habe ›den Mund halten‹ nicht wörtlich gemeint. Das hieß, Sie sollten aufhören zu sprechen.«

»Ich aufhören zu sprechen! Sie laufen einfach weg und lassen meinen armen Vetter verwundet am Strand liegen. Im Stich haben Sie ihn gelassen. Wie ein Hase sind Sie ausgerissen, und Ihr Freund da hat vor Angst geplärrt wie ein Weib. Madonna, darum soll ich jetzt wohl den Mund halten, wie?«

Das Mädchen beugte sich wieder zu ihm und flüsterte ihm zischend etwas ins Ohr. Ramage schäumte innerlich vor Wut; er war nur froh, daß seine Leute nichts von dem Gesagten verstanden hatten. Plötzlich kam der Italiener unter der Ducht hervorgekrochen und richtete sich auf. Dabei wäre einer der Bootsgasten fast von der Ducht gefallen und verpaßte einen Schlag.

149

»Setzen Sie sich!« befahl ihm Ramage in scharfem Ton auf italienisch.

Der Mann nahm keine Notiz von ihm und begann laut zu fluchen.

Da sagte Ramage zum zweitenmal: »Ich befehle Ihnen, sich zu setzen. Wenn Sie nicht gehorchen, wird Sie einer meiner Leute dazu zwingen.«

Dann wandte er sich an das Mädchen und fragte sie auf italienisch: »Wer ist eigentlich dieser Mann? Warum benimmt er sich so unmöglich?«

»Es ist der Graf Pisano. Er beschuldigt Sie, seinen Vetter zurückgelassen zu haben.«

»Sein Vetter ist tot.«

»Aber er schrie doch. Er rief um Hilfe.«

»Das ist ausgeschlossen.«

»Aber Graf Pisano hat es gehört.«

Glaubte sie diesem Pisano? Sie wandte sich ab, die Kapuze verbarg wieder ihr Gesicht. Offenbar glaubte sie ihm. Er dachte wieder an die Begegnung im Turm. Hielt sie ihn immer noch für einen Falschspieler?

»*Er* eilte seinem Vetter ja auch nicht zu Hilfe«, hielt ihr Ramage entgegen.

Sie fuhr herum und blickte ihn an: »Warum sollte er das tun? *Ihnen* war es doch befohlen, uns zu retten.«

Was konnte man gegen eine solche Einstellung ausrichten? Er fühlte sich zu hart getroffen, um auch nur den Versuch zu machen. Darum zuckte er jetzt lediglich die Achseln; dann dachte er daran, doch zu sagen: »Jede weitere Diskussion über dieses Thema ist auf italienisch zu führen. Sagen Sie das Pisano. Ich möchte nicht, daß die Manneszucht in diesem Boot aus den Fugen gerät.«

»Wie könnte das denn der Manneszucht schaden?«

»Das müssen Sie mir schon glauben. Sehen wir einmal von allem anderen ab: Wenn diese Männer hier verstanden hätten, was Pisano gesagt hat, dann hätten sie ihn glatt über Bord geworfen.«

»Wie barbarisch!«

»Das mag sein«, sagte er verbittert. »Leider vergessen Sie ganz, was diese Männer durchgestanden haben, um Sie zu retten.«

Er versank in düsteres Schweigen, dann sagte er: »Jackson, werfen Sie einen Blick auf den Kompaß. Welcher Kurs liegt an? Aber benutzen Sie dazu nicht die Laterne.«

Der Amerikaner beugte sich sekundenlang über den Bootskompaß und drehte den Kopf bald nach rechts, bald nach links, um im Mondlicht die Rose zu erkennen.

»Ungefähr Südwest zu West, Sir.«

»Sagen Sie mir, wenn West anliegt.«

Ramage legte langsam Ruder.

»Jetzt!«

»Gut. Recht so!« Er merkte sich ein paar Sterne, um danach zu steuern. Sie hatten zehn Meilen zurückzulegen, ehe sie die Südwestspitze von Argentario in einigen Meilen Entfernung passierten. Der verwundete Bootsgast rechtete eine Weile mit Jackson, der ihn schließlich wieder pullen ließ und dann achteraus kam, um in der Plicht gegenüber der Marchesa Platz zu nehmen.

Plötzlich sagte das Mädchen wie zu sich selbst: »Graf Pitti war auch mein Vetter.« Dann hüllte sie sich dichter in ihren Umhang.

»Die Dame ist ja ganz naß«, sagte Jackson.

»Das glaube ich gern«, antwortete ihm Ramage bissig. »Wir sind ja alle naß.«

Der Teufel sollte sie alle holen. Wie kam er dazu, sich um die feuchten Unterröcke einer Frau zu kümmern, die ihn für einen Feigling hielt? Da stöhnte sie auf, kippte vornüber auf Jackson und glitt dann auf die Bodenbretter des Bootes hinunter.

Ramage war im ersten Augenblick so entgeistert, daß er nichts unternahm. Erst als sie stöhnte, fiel ihm plötzlich ein, daß sie ja verwundet war. Er war der einzige im Boot, der es wußte — außer Pisano.

9

Jackson legte ein paar Bodenbretter längsschiffs über die Duchten und brachte so ein primitives Lager für die Marchesa zustande. Ehe er sie noch darauf betten konnte, hörten die Matrosen ganz von selbst zu pullen auf, zogen die Hemden aus und gaben sie dem Amerikaner, damit er sie zu einem Kissen zusammenrollte. Dann begannen sie wieder zu pullen, denn ein leichter auflandiger Wind hatte einen kurzen Seegang aufgewühlt, der das Boot heftig rollen ließ, wenn es gestoppt lag. Jetzt hoben Ramage und Jackson das Mädchen auf dieses einfache Lager. Ramage wagte nicht daran zu denken, wieviel Blut sie schon verloren hatte; ja, er wußte nicht einmal genau, wo sie verwundet war.

Die beiden Männer hüllten den Umhang des Mädchens um ihren Leib und deckten sie mit der Jacke Ramages zu. Als dieser sie anhob, entdeckte er, daß ihr Kleid an der rechten Schulter von Blut getränkt war. Da hielt er es trotz aller Gefahr sogar für angezeigt, die Laterne zu Hilfe zu nehmen, um die Wunde genau zu untersuchen. Wie gut, wenn er jetzt wenigstens einen Sanitätsmaat an Bord hätte . . .

Er befahl Jackson, den Kompaß Smith zu geben, der in nächster Nähe, nur ein paar Fuß vom Kopf des Mädchens entfernt, am Schlagriemen saß.

»Smith, stellen Sie den Kompaß so, daß Sie ihn sehen können, nehmen Sie ein paar Sterne achteraus und versuchen Sie das Boot auf Westkurs zu halten.«

Bei diesen Worten zog er die Pinne aus dem Ruder. Smith mußte also das Boot allein mit den Riemen weitersteuern.

Jetzt galt es, dem Mädchen das Kleid aufzuschneiden und die Wunde zu suchen. Er zog sein Wurfmesser aus dem Stiefel. Da es — welche Ironie! — noch vom Blut des französischen Kavalleristen verklebt war, hielt er es eine Weile über Bord und spülte die stählerne Klinge mit Seewasser rein.

Das Geräusch zerreißender Leinwand veranlaßte ihn, sich nach Jackson umzuwenden. Der Amerikaner war eifrig dabei, ein Hemd in Streifen zu reißen, die er zum Verbinden benutzen wollte. »Sind Sie bereit, Sir?«

»Ja.«

Er beugte sich über das Mädchen. Mein Gott, wie bleich sie war; im kalten Licht des Mondes fiel ihre Blässe besonders in die Augen. Wie sie so mit geschlossenen Augen auf den Rücken hingestreckt vor ihm lag, wirkte sie in der Tat wie ein zur feierlichen Bestattung aufgebahrter Leichnam. Wie war es doch einst gewesen? Pflegten die Angelsachsen nicht einen gefallenen Krieger mit einem toten Hund zu seinen Füßen in ein Boot zu legen und das dann in Brand zu stecken?

Ramage nahm das Messer in die Rechte und faßte mit der Linken nach dem Kragen ihres Kleides. Es war verdammt schwierig — ach was, der Teufel hole allen Anstand. Die Angst um das Leben dieses Mädchens überwog jetzt alles andere. Was machte es da schon aus, wenn die Männer im Mondlicht eine nackte Frauenbrust sahen?

Als er mit aller Sorgfalt ihr Kleid aufzutrennen begann, sah er, wie sie kurz die Augen aufschlug.

»*Dove sono io?*« flüsterte sie.

»*Sta tranquilla. Lei e con amici.*«

Jackson sah ihn mit gespanntem Ausdruck an.

»Sie hat gefragt, wo sie sei.«

Er kniete sich auf den Boden des Bootes, so daß sein Kopf auf gleicher Höhe mit dem ihren war, sobald er sich etwas vornüber beugte. Dann sagte er: »Seien Sie unbesorgt, wir kümmern uns jetzt um Ihre Verwundung.«

»Ich danke Ihnen.«

»Jackson — die Lampe.«

Der Amerikaner hielt die Laterne hoch, Ramage schnitt die Schulter- und die Ärmelnaht ihres Kleides auf, dann kamen die Spitzen und die Seide ihres Unterkleides an die Reihe und zuletzt noch das Hemd. Alle ihre Sachen waren starr von dem geronnenen Blut, das im Licht der Laterne ganz schwarz aussah. Als er mit dem Auftrennen fertig war, steckte er das Messer wieder in seinen Stiefel und löste dann die einzelnen Lagen der Gewebe vorsichtig nacheinander ab. Jede dieser Lagen hatte an der gleichen Stelle ein Loch. Zuletzt leuchtete die Schulter des Mädchens so schneeweiß aus der aufgetrennten Wäsche hervor, als gehörte sie zu einer Statue aus Alabaster. Nur dicht unter dem äußeren Ende des Schlüsselbeins war die Haut dunkel und von einer starken Quetschung geschwollen. Jackson hielt die Laterne so, daß diese Stelle besser beleuchtet wurde, und Ramage entdeckte im Mittelpunkt der Quetschung alsbald die Wunde selbst.

»Die andere Seite, Sir . . .« flüsterte ihm Jackson ins Ohr.

Glaubte er, der Schuß sei hindurchgegangen? dachte Ramage.

Er stand auf und beugte sich über sie. Sachte schob er seine Linke unter ihre Schulter und hob sie so weit an, daß er mit der Rechten ihren Rücken erreichte und mit aller Vorsicht dessen linke Seite und das Schulterblatt abtasten konnte. Eine Wunde war hier nicht zu finden, die Haut war glatt — und kalt, so kalt, daß ihm ihre Kälte durch den Arm in den Körper zu dringen schien. Er hätte sie am liebsten in die Arme ge-

155

schlossen, um ihr etwas von seiner eigenen Wärme mitzuteilen, um ihr Linderung zu verschaffen. Das Geschoß, dieser französische, pulverversengte Klumpen Blei
steckte also noch in ihrem Leib, und der Gedanke daran
machte ihn ganz krank.

»Fragen Sie sie doch, Sir, ob sie weiß, wie weit der
Froschfresser entfernt war«, schlug Jackson vor.

Ramage beugte sich über sie und fragte behutsam:
»Haben Sie den Mann gesehen, als er auf Sie schoß?«

»Ja«, sagte sie, »wir merkten nicht, daß die Reiter
hinter uns her waren, bis der Bauer schrie. Einer von
ihnen schoß gerade, als ich mich umgedreht hatte.«

»Wie weit waren sie denn weg?«

»Sehr weit. Daß der Schütze traf, war reines Glück!«

Glück! dachte Ramage.

Als er ihre Worte übersetzt hatte, meinte Jackson:
»Das ist gut, Sir. Auf solche Entfernung ist die Durch-
schlagskraft schon fast verbraucht. Vielleicht gelingt es
uns, das Ding herauszuholen.«

Vielleicht! dachte Ramage. Nein, wir *müssen* die Kugel entfernen, ehe der Wundbrand einsetzt.

»Sie werden mir helfen müssen«, sagte er.

Jackson setzte die Laterne auf die Ducht, riß noch
mehr Streifen von dem Hemd und beugte sich über
Bord, um sie mit Seewasser zu tränken. Dann nahm er
die Laterne wieder in die Hand und reichte Ramage die
nassen Fetzen.

»Sagen Sie mir, wenn es zu sehr schmerzt«, flüsterte
Ramage, und sie nickte. Er begann das geronnene Blut
abzuwaschen.

Stundenlang glaubte er danach zu suchen, wo die
Kugel im Fleisch saß, obwohl er in Wirklichkeit höchstens fünfzehn Minuten am Werk war. Die Spitze seines Messers diente ihm dabei als Sonde. Sie zuckte
nicht, sie stöhnte nicht, ja sie flüsterte nicht ein einziges

Mal, daß er ihr weh tat. Ab und zu nur schauderte sie zusammen, als ob sie Fieber hätte; aber Ramage wußte nicht, ob daran die Kälte, ein echter Fieberanfall oder seine schmerzhafte Suche nach dem Geschoß die Schuld trug. Ihm war es schon oft begegnet, daß Männer nach einer schweren Verwundung wie vom Fieber geschüttelt wurden.

Als er sich schließlich mit schmerzendem Rücken und zitternden Händen aufrichtete, kam sie ihm noch kleiner vor, als sie ohnehin war; es schien, als wäre sie unter den heftigen Schmerzen zusammengeschrumpft.

»Es hat keinen Zweck«, sagte er in ruhigem Ton zu Jackson. »Ich getraue mich nicht, noch tiefer zu sondieren.«

Der Amerikaner gab ihm etwas trockenes Leinen, das er zu einem Bausch zusammendrehte und auf die Wunde legte. Als die verletzte Stelle endlich richtig bandagiert war, brachte er ihre Kleidung so gut es ging wieder in Ordnung und hüllte sie aufs neue in ihren Umhang.

»Mehr kann ich leider nicht für Sie tun«, sagte er in bedauerndem Ton.

»Ach, ich bin ganz zufrieden«, entgegnete sie. »Ich nehme an, Sie haben unter dieser Prozedur viel mehr gelitten als ich.« Dabei hob sie ihre linke Hand und fuhr ihm leicht über die Wange. Jetzt erst wurde er gewahr, daß sein Gesicht ganz naß von Schweiß war. Dann blickte sie auf Jackson und sagte: »Auch Ihnen möchte ich danken.«

Jetzt brauchte Ramage unbedingt Zeit zum Nachdenken.

»Jackson, bitte die Karten und die Laterne. Dann nehmen Sie den Kompaß und die Pinne. Steuern Sie fürs erste weiter Kurs West.«

Mit den Karten in der einen, der Laterne in der anderen Hand lehnte sich Ramage gegen das Dollbord. Er fühlte sich ganz zerschlagen; er hatte nichts im Kopf als jene große blutunterlaufene, schwarze Beule an ihrer Schulter. Ja, die See, die Welt, das Land, sein ganzes Leben, kurz alles, was es gab, war eine einzige, riesige, blutunterlaufene, schwarze Beule . . .

Worauf kommt es jetzt an, sagte er sich, was ist wesentlich? Darauf, nur darauf mußt du dich konzentrieren. Wenn er die Marchesa nicht binnen weniger Stunden zu einem Arzt schaffen konnte, drohte ihr der Wundbrand; und Brand in der Schulter bedeutete unweigerlich den Tod.

Ihrem Vetter Pitti hatte er schon den Tod gebracht; war er nun auch für dieses Mädchen zum Todbringer geworden — oder, richtiger, sollte er es noch werden? Eine Ewigkeit schien vergangen, und doch war es erst ein paar Nächte her, daß er den Befehl Sir Johns gelesen hatte. Wäre er nur gleich nach Bastia zurückgekehrt, um dort Alarm zu schlagen, so daß eine andere Fregatte entsandt werden konnte, um diese armen Menschen herauszuholen . . .

Aber wie dem auch war, was war jetzt in diesem Augenblick noch zu retten? Sein größtes Anliegen war Hilfe für die Marchesa. Daraus ergab sich zwangsläufig, was er als nächstes zu unternehmen hatte; also entrollte er sogleich die Karte.

Es galt, vor allem einen Ort ausfindig zu machen, wo er einen Arzt fand, einen Arzt, den er, wenn es nicht anders ging, für kurze Zeit mit Gewalt entführen wollte. In der Nähe dieses Ortes mußte es eine kleine Bucht als Schlupfwinkel geben, wo er das Boot verstecken und das Mädchen ungesehen an Land bringen konnte.

Die sauber gezeichnete Karte schien zu ihm emporzustarren: die peinlich nachgezogenen Umrisse der Inseln wirkten für sein Auge fast erhaben, und der gefallene Steuermann der *Sibella* — denn seine Karte war es gewesen — hatte darauf in Handschrift alle in Frage kommenden Häfen vermerkt. Port' Ercole war der nächste — er konnte schätzungsweise feststellen, wo er ihn zu suchen hatte, denn er lag von hier aus fast auf einer Linie mit dem Gipfel des Monte Argentario. Aber die Karte verriet ihm auch, daß die Küste dort sehr felsig war und daß er darum kaum damit rechnen konnte, ein gutes Versteck zu finden.

Als er nun den Verlauf der Küste von Argentario weiter verfolgte, die, bei Port' Ercole beginnend, fast einen geschlossenen Kreis beschrieb, fiel ihm eine ausgedehnte Bucht ins Auge, die nur zwei bis drei Meilen vom Hafen Santo Stefano entfernt war. Sie hieß Cala Grande, hatte mehrere kleine Einfahrten und war — die Hauptsache — auf drei Seiten von steil abfallenden Felswänden eingefaßt.

Cala Grande, die Große Bucht. Dahinter erhoben sich zwei kleinere Berge, sie hießen Spadino und Spacca Bellezze. Wie kamen sie nur zu ihren Namen? »Kleiner Säbel« und »Schöne Kluft«, so schön vielleicht wie die Kluft zwischen ihren Brüsten . . .

Mein Gott, schalt er sich, warum kann ich mich denn nie konzentrieren? Er griff die Entfernungen ab. Ja, die Männer mußten sich schon kräftig ins Zeug legen. Dann rollte er die Karte wieder ein und stellte die Laterne nach unten. Seine plötzlichen Bewegungen bewirkten, daß die Leute von ihren Riemen aufblickten.

»Männer«, sagte er, »wir müssen jetzt eine Bucht anlaufen, die etwa zwölf Meilen entfernt liegt, damit ich für die Dame einen Arzt bekomme. Bei Hellwerden müssen wir dort sein, damit wir das Boot noch verstecken können.«

»Wie geht es der Dame denn, Sir?«

Die Frage kam von dem Mann mit der Schußwunde am Handgelenk. Ramage war über sich selbst verärgert, daß er seinen Leuten noch kein Wort darüber gesagt hatte. Sie hatten ja immerhin ihre Hemden für die Marchesa geopfert — ganz abgesehen davon, daß sie ihr Leben einsetzten, um sie zu retten.

»Der Marchesa geht es so gut, wie es die Umstände erlauben. Sie hat einen Schuß in ihre Schulter bekommen, aber es gelingt mir nicht, die Kugel zu entfernen. Darum brauchen wir unbedingt einen Arzt . . .«

Das Gemurmel der Männer verriet ihr Mitgefühl, wußten sie doch besser als die Verwundete selbst, wie eine unbehandelte Schußverletzung zu enden pflegte.

Plötzlich erhob sich vorne im Bug eine einzelne Gestalt. Der Mann führte keinen Riemen, und Ramage hätte beinahe laut aufgestöhnt: Wieder dieser Pisano!

»Ich verlange . . .«

»*Parla italiano!*« fuhr ihn Ramage an. Er wollte nicht, daß die Seeleute verstanden, was auch immer der Bursche wieder verlangen wollte.

Pisano besann sich auf seine Muttersprache: »Ich verlange, daß wir weiter auf den Treffpunkt zusteuern.«

»Und warum?«

»Weil es zu gefährlich ist, Santo Stefano anzulaufen. Der Ort ist doch von den Franzosen besetzt.«

»Wir laufen ja Santo Stefano gar nicht an.«

»Aber Sie sagten doch eben . . .«

»Ich sagte, wir suchen eine Bucht auf, und ich werde mich von dort nach Santo Stefano begeben, um einen Arzt zu holen.«

»Das ist doch Wahnsinn!« schrie Pisano. »Man wird uns alle gefangennehmen.«

Darauf sagte Ramage in eisigem Ton: »Ich muß Ihnen offenbar klarmachen, welche Stellung Sie hier einnehmen. In diesem Boot stehen Sie unter meinem Befehl, also beherrschen Sie sich gefälligst. Wenn Sie etwas zu sagen haben, dann sagen Sie es im Gesprächston, weil Sie sonst Unruhe unter der Besatzung stiften . . .«

»Ich . . .«

». . . und weil Sie sich selbst zum Narren machen, wenn Sie herumquieken wie eine ferkelnde Sau.«

»Sie! Sie . . .« Pisano rang einen Augenblick lang nach Worten. ». . . Sie Feigling, Sie erbärmlicher. Sie wagen es, mich zu beschimpfen! Ein Mörder sind Sie! Ihre Schuld ist es, daß Gianna hier verwundet im Boot liegt. Meinen Vetter Pitti haben Sie da drüben auch schmählich im Stich gelassen« — dabei holte er zu einer theatralischen Geste aus, die ihn beinahe das Gleichgewicht gekostet hätte — »Sie! Sie! Der uns doch retten sollte!«

Ramage setzte sich wieder. Vielleicht verstummte der Wortschwall des Burschen noch am ehesten, wenn er ihn ungehemmt weiterschreien ließ — wenigstens fürs erste.

»Was will er eigentlich, Sir?« fragte Jackson.

»Ach, er regt sich wegen der Marchesa und des anderen Burschen auf.«

»Er macht die Männer ganz verrückt, Sir«, sagte Jackson, als Pisano immer noch weiterschrie.

So war es wirklich: Der Mann, der unmittelbar vor Pisano am Bugriemen saß, kam plötzlich aus dem Schlag, so daß das Blatt seines Riemens mit dem des vor ihm sitzenden Matrosen zusammenschlug.

»Pisano!« sagte da Ramage barsch, »halten Sie den Mund! Das ist ein Befehl. Wenn Sie ihn nicht befolgen, lasse ich Sie binden und knebeln.«

»Wagen Sie es!«

»Wenn Sie sich nicht sofort niedersetzen, befehle ich den beiden vor Ihnen sitzenden Männern, Sie an Ihren Platz zu fesseln.«

Der entschiedene Ton dieser Worte machte Pisano klar, daß dies keine leere Drohung war. Er setzte sich jedenfalls unvermittelt nieder, als ihm die Marchesa mit schwacher Stimme zurief:

»Luigi, ich bitte dich!«

Gleichzeitig versuchte sie, sich aufzusetzen, aber Ramage kam gerade noch zurecht, sie daran zu hindern. Seine Hand drückte dabei rein zufällig auf eine ihrer Brüste. Auf italienisch sagte er zu ihr: »Madam — bitte regen Sie sich nicht auf. Ich ließ ihn reden, weil ich hoffte, seine Zunge würde ermüden. Aber jetzt dürfen wir keine Zeit mehr verlieren.«

Sie gab ihm darauf keine Antwort, und er lehnte sich nun wieder gegen das Dollbord. Wäre es in Florenz geschehen, daß er Pisano mit einer ferkelnden Sau verglich, so hätte der Kerl unverzüglich einen Racheplan geschmiedet. Für einen eitlen Gecken wie Pisano zählte im Leben ja nur, daß er nie eine *brutta figura* abgab. Menschen von Pisanos Art hatten eben nicht den üblichen Ehrbegriff. Er konnte ohne Gewissensbisse meineidig werden, er konnte ohne jedes Bedenken lügen, betrügen und irreführen. Das alles gehörte zu seinem Kodex, dem Kodex, nach dem er und seinesgleichen ihr Leben zu führen pflegten. Darum regte er sich auch nicht ungebührlich auf, wenn andere sich ebenso verhielten, denn er hatte es ja nicht anders erwartet. Aber wehe, wenn einer etwa lachte, weil er über einen losen Teppich stolperte, wehe, wenn ihm einer auch nur andeutungsweise zu verstehen gab, er sei nicht männlich genug, nicht der beste Reiter, der höflichste aller Kavaliere, die je einen Salon betraten, der vollendetste Liebhaber Toskanas, wehe, wenn es einem anderen eingefallen wäre, seiner primitiven Männlichkeit auch nur im geringsten Abbruch zu tun — dieser Unvorsichtige hätte sich in ihm einen feigen, aber unerbittlichen Todfeind geschaffen. Ein Bursche wie Pisano forderte nie einen anderen zum Zweikampf heraus, es sei denn, er wäre von vornherein gewaltig im Vorteil — nein, ein Kerl seines Schlages begnügte sich damit, einem gedungenen, dolchbewehrten Mörder nur ein paar Worte ins Ohr zu flüstern. Seine Ehre war wiederhergestellt, sobald ihm der Mann meldete, seine Aufgabe sei erfüllt, und den dafür ausbedungenen Lohn in Empfang nahm.

Ramage bemerkte, daß die Umrisse des Bootes und die Umrisse der Männer immer deutlicher wurden. In der Dunkelheit nahmen sich diese Gestalten an den Riemen aus wie Grabsteine, die sich rhythmisch vor ihm verbeugten; jetzt wurde aus dem Schwarz ihrer Schatten allmählich ein dunkles Grau, und auch die Sterne begannen schon zu verblassen. Das war die sogenannte falsche Dämmerung, der Streich, den die Natur täglich den Menschen spielte. Die Besatzung hatte nahezu drei Stunden ohne Pause durchgepullt.

Wenn sie die Cala Grande erreichten, dann war der Hafen von Santo Stefano durch die kurze, aber breite Halbinsel Punta Lividonia von ihnen getrennt. Mit einigem Glück mußte es möglich sein, einen Weg zu finden, der von den Felsenufern der Cala Grande über den Grat, der den »Hals« jener Halbinsel bildete, geradewegs zur Ortschaft führte. Vielleicht lief dieser Pfad sogar zwischen den Zwillingsgipfeln Spacca Bellezze und Spadino hindurch.

Grau, grau, grau ... Die Männer waren grau, das Mädchen auf ihrer Bahre aus Bodenbrettern war grau, auch die Wellen, die in kleinen vornüberkippenden Pyramiden am Boot vorbeischäumten, waren grau und stählern, kalt und drohend für das Auge. Der südliche Wind wurde langsam stärker, das Boot stampfte leicht wie eine Wippe, sooft eine von achtern auflaufende See erst das Heck und einen Augenblick später den Bug mit weicher Bewegung anhob.

10

In der Cala Grande holten die Seeleute die Gig auf
den schmalen Strand. Zwei von ihnen fanden, ohne
erst auf Ramages Befehl zu warten, einen Pfad auf die
Höhe der Uferfelsen und warfen bald Bündel von Reisig und trockenem Gras herab. Die anderen machten
daraus in aller Eile eine primitive Lagerstatt, wobei
sie das Gras als Matratze verwendeten.

Auf ein Zeichen von Ramage holten sie dann die
Marchesa aus dem Boot und benutzten dabei die Bodenbretter als Tragbahre. Die Männer behandelten sie mit
einer Zartheit und Vorsicht, die ihnen keiner zugetraut
hätte, der sie nicht sehr genau kannte. Jeder einzelne
benahm sich dabei in einer seltsam zwiespältigen Art.
Bald erinnerte er an einen stolzen, aber ängstlichen
Vater, der zum erstenmal sein Baby in den Armen
hält, dann wieder glich er einem erfahrenen Matrosen
im Umgang mit einer rauchenden Granate, die jeden
Augenblick explodieren konnte.

Ramage hatte sich absichtlich nicht eingemischt, weil
er wußte, daß seine Männer aufrichtig um das Mädchen besorgt waren. Er spürte auch deutlich, daß dabei
keine lüsterne Neugier im Spiele war — obwohl solche
Regungen nahegelegen hätten, weil doch die meisten
seit Monaten keine Frau mehr gesehen hatten. Er wäre
nie auf den Gedanken gekommen, daß sich diese Männer nicht nur um ihretwillen so untadelig verhielten,
sondern mindestens im gleichen Maße um seinetwillen.

Bei dieser Arbeit wurde Pisano von den Leuten vollständig ignoriert, ja, sie gingen ihm aus dem Wege
wie einem Aussätzigen. Der Italiener war eine solche

164

Behandlung natürlich nicht gewohnt, darum benahm er sich jetzt plötzlich recht seltsam. Seeleute standen für ihn etwa auf der gleichen Stufe wie die Bauern. Trotzdem versuchte er jetzt mit Smith ein Gespräch zu beginnen, weil er ohne Zweifel den Eindruck gewonnen hatte, daß dieser etwa die Rolle eines Dritten Offiziers innehatte. Pisanos Englisch hatte zwar einen starken Akzent, aber er sprach dennoch verständlich. Smith jedoch schüttelte immer nur höflich den Kopf und sagte: »Nix verstehen, Mister Großmaul.« Pisano nickte dazu, weil er nicht merkte, daß Smith mit einer Mischung aus Pidgin-Englisch und Slang geantwortet hatte, als hätte er einen Neger vor sich, der den Mund recht voll nahm. Als er dann einen anderen Matrosen um einen Schluck Wasser bat, maß ihn der Mann nur mit einem Blick und setzte dann seine Arbeit fort.

»Warum antworten mir die Leute nicht?« fragte Pisano Ramage.

»Sie sind nicht dazu verpflichtet.«

Ein Blick auf die Uhr sagte Ramage, daß es schon 8.30 Uhr vormittags war. Die Zeit drängte also, er mußte sich ohne Verzug mit Jackson auf den Weg zur Ortschaft machen. Am Strand glätteten zwei der Männer den Sand mit den Zweigen eines Busches, um die Fußspuren zu verwischen und die tiefe Rinne zu beseitigen, die der Kiel des Bootes hinterlassen hatte.

Die Luft war jetzt schon heiß, offenbar stand ein glühender Tag bevor. Nach See zu, etwa zwölf Meilen ab, sah man die Insel Giglio liegen; sie sah aus wie drei niedrige nebeneinanderliegende Hügel. Die Sonne spiegelte sich glitzernd in der See, über dem Horizont lag ein purpurn getönter dunstiger Schleier und verwischte die Linie der Kimm, wo See und Himmel aneinandergrenzten.

Die nicht beschäftigten Leute saßen in der Nähe des

Bootes im Sand. Sie aßen Brot und tranken die Wasserration, die ihnen Jackson eben ausgegeben hatte. Ramage rief Jackson und Smith zu sich. Als sie bei ihm standen, sagte er:

»Nun hört einmal gut zu, ihr beiden: Jackson, Sie kommen mit mir in die Ortschaft, und Smith, Sie übernehmen das Kommando hier. Wenn der italienische Herr hier beim Boot bleiben will, tragen Sie für ihn die Verantwortung« — er wählte seine Worte mit aller Sorgfalt —, »genauso als ob er zur Besatzung gehörte. Sie haben mich doch verstanden, Smith, nicht wahr?«

»*Aye aye*, Sir.«

»Nun die Dame, Smith. Sie muß unseren Schutz genießen, koste es, was es wolle. Ich nehme an, wir werden zwei bis drei Stunden unterwegs sein. Wenn wir bis Sonnenuntergang nicht zurück sind, dann seht ihr uns wohl überhaupt nicht wieder. In diesem Fall bringt ihr das Boot zu Wasser, sobald es dunkel ist, und pullt die Dame zu dem Treffpunkt vor Giglio. Dort meldet ihr, was geschehen ist, sobald ihr an Bord der Fregatte kommt. Über die Dringlichkeit seid ihr euch im klaren ... Können Sie eine Karte lesen?«

»Einigermaßen, Sir.«

»Da, nehmen Sie sie. Studieren Sie sie, während ich unterwegs bin. Wenn Sie die Fregatte nicht treffen, dann pullen Sie weiter nach Bastia. Verstanden? Also macht's gut.«

Als Smith auf dem Weg zum Boot außer Hörweite war, sagte Jackson: »Soll ich dafür sorgen, Sir, daß er ganz bestimmt ...«

»Ja, aber seien Sie vorsichtig: Ich möchte nicht, daß man ihm sofort mit der flachen Klinge eines Entermessers eine überzieht, nur weil er niesen muß.«

Sobald Ramage sich vergewissert hatte, daß sich niemand in Hörweite des Mädchens befand, trat er zu ihr

166

und kniete neben ihrem Lager nieder. Sie war wach, ihr Gesicht war bleich, aber ihre Augen strahlten, und er sah sofort, daß sie sich bemüht hatte, ihre Frisur mit der Linken zu ordnen.

»Madam«, sagte er leise, und schon streckte sie ihm die Hand entgegen. Er war so überrascht, daß er im ersten Augenblick nicht darauf reagierte, dann aber nahm er sie in die seine. Sie fragte ihn flüsternd:

»Wo ist mein Vetter?«

»Nicht in der Nähe.«

»Herr Leutnant, ich möchte eine Frage an Sie richten: Es geht um meinen anderen Vetter, den Grafen Pitti. Sind Sie nicht dort am Strand zurückgelaufen, um ihn zu suchen? Sagen Sie mir doch bitte, wie es sich verhielt.«

Ihre Frage kam ihm so unerwartet, daß er förmlich erstarrte. Sie drückte seine Hand, als wollte sie ihm etwas sagen, was sie nicht in Worte fassen konnte — oder wollte.

»Ach, Madam, ich möchte mich darüber jetzt nicht noch einmal äußern. Im Augenblick ist das nicht angebracht.«

»Aber Sie sind doch zurück; Sie haben ihn doch gesucht?« drängte sie. Als er keine Antwort gab, sagte sie impulsiv: »Ich weiß es doch!«

Gott, was sollte das. »Sie haben mich doch nicht gesehen: wie *können* Sie es also wissen?«

»Ich weiß es eben, denn ich bin eine Frau. Er war tot, nicht wahr?«

Wieder gab er ihr keine Antwort; aber er hätte nicht sagen können, warum er schwieg. Was hinderte ihn daran, offen zu reden? Plötzlich entdeckte er, daß es nichts als sein Stolz war — er ärgerte sich, daß ihm jemand mißtraute. Sobald er sich darüber im klaren war, beschloß er, ihr alles zu erzählen. Aber als er sich

eben zurechtlegte, wie er anfangen wollte, flüsterte sie:
»Sie brauchen mir keine Antwort zu geben. Aber wissen Sie, Herr Leutnant . . .«

»Ja . . .?«

Ihre Stimme war so leise, daß er sich noch mehr zu ihr niederbeugen mußte, um sie zu verstehen.

»Herr Leutnant — mein Vetter Pisano ist auch ein stolzer Mann . . .« *Auch!* dachte er. Offenbar war er zu stolz gewesen, für seinen Vetter Pitti den Kopf zu riskieren — aber was machte das schon aus.

». . . Was er gestern abend sagte, war wohl etwas übereilt.«

»Ja, so schien es mir auch.«

»Bei uns ist es eben so«, sagte sie sanft, »unsere Männer sind nur für *una bella figura,* ihr Engländer dagegen habt nichts als eure Ehre im Sinn. Aber wie ihr euer Idol auch nennen mögt, in der Empfindlichkeit gebt ihr einander nichts nach.«

Wieder drückte sie leise seine Hand, als ob sie sich bewußt wäre, daß eine unsichtbare Mauer zwischen ihnen aus dem Boden wuchs.

»Haben Sie bitte Geduld mit ihm«, sagte sie. »Wenn Sie nicht wissen warum, dann vielleicht um meinetwillen. Auch ich brauche Ihre Geduld. Und« — ihre Unterlippe begann zu zittern — »und es tut mir leid, daß Sie und Ihre Männer meinetwegen so viel Mühsal und Gefahren auf sich nehmen mußten.«

»Wir haben unsere Pflicht zu tun«, sagte er in kühlem Ton.

Da ließ sie seine Hand los. Gewiß, seine Stimme hatte diese sechs Worte gesprochen, und doch kamen sie nicht von ihm, sondern von einem elenden bösen Geist in seinem Inneren, der unversehens und ohne jeden Grund drauflosredete; während er doch so brennend wünschte, sie tröstend in seine Arme zu schließen und ihr zu sagen, daß er ihre Sorge um Pisano verstand, daß er um ihretwillen jeden Gipfel ertrotzen, den Atlantik durchschwimmen, ja die Welt aus den Angeln heben wollte.

Er sagte, fast schüchtern: »Entschuldigen Sie. Ich meine, wir sollten das jetzt vergessen. Darf ich Ihre Frisur in Ordnung bringen?«

Überrascht starrte sie ihn mit weit aufgerissenen Augen an, dann sagte sie plötzlich erschrocken: »Ist sie denn *so* in Unordnung?«

»Nein; aber Sie haben doch Ihre Zofe zurückgelassen . . .«

Sie griff sogleich nach dem Ölzweig:

»Ja, es mußte leider sein. Das lose Mädchen war schwanger. Darum ließ ich sie in Volterra, es war das beste, was ich tun konnte. Der grausame Leutnant Ramage hätte mir ja doch nie erlaubt, hier einen solchen Luxus zu entfalten.«

»Es wäre ja auch nicht nötig gewesen: Ihr Haar kann *ich* in Ordnung halten.«

»Wirklich? Ein halbes dutzendmal am Tage?« fragte sie spöttisch. »Immerhin gibt es noch andere Dinge, die eine Zofe für ihre Herrin auf sich nimmt.«

Ramage fühlte, wie er rot wurde.

»In der Tasche meines Umhangs finden Sie einen Kamm«, sagte sie.

Er kratzte die Sandkörner zwischen den Zähnen des Kammes heraus, zog die Nadeln heraus, die ihre Frisur zusammenhielten, und begann sie zu kämmen. Ja, das kostete weiß Gott Zeit — wertvolle Zeit; denn schon binnen einer Stunde wollte er durch die gleichen Straßen wandern wie die Soldaten des Gegners. Wenn sie ihn erwischten, stellten sie ihn als Spion an die Wand, weil er ja keine Uniform trug. Sollte er ihr erzählen, wie er sich verkleiden wollte? Nein, nicht jetzt;

er wollte sich diese köstlichen Augenblicke nicht selbst verderben.

»Dies ist das erstemal, daß mich ein Mann frisiert . . .«

»Und für mich ist es auch das erstemal, daß mir eine Dame ihre Frisur anvertraut.«

Sie lachten beide laut auf. Er warf einen Blick nach den Männern, weil er sich recht töricht vorkam, wenn er an die Zoten dachte, die nun vermutlich gerissen würden. Aber es schien niemand von ihnen Notiz zu nehmen.

»Ich bin nicht der einzige Friseur an dieser Küste.«

»Was Sie nicht sagen!«

»Ja — einige von den Matrosen flechten einander die ›Schwänzlein‹.«

» ›Schwänzlein‹? Was meinen Sie damit?«

»Nun, die Zöpfe. Die Seeleute nennen sie ›Schwänzlein‹. Sie sind sogar mächtig stolz darauf.«

Endlich war ihr Haar genügend durchgekämmt. Es war so schwarz wie die Schwungfedern eines Raben und dazu gelockt. Er wünschte, er könnte mit den Händen hineinfahren und es so zerzausen, daß sie lachen mußte. Dann wollte er es wieder schön ordentlich frisieren. Aber das gab es natürlich nicht; statt dessen steckte er sorgsam die Haarnadeln hinein und gab sich alle Mühe, die Frisur wieder genauso zustande zu bringen, wie sie gewesen war.

»Lassen Sie doch den Unsinn, flechten Sie mir ein ›Schwänzchen‹, Herr Leutnant.«

»Gut, aber halten Sie bitte still. Ich flechte es erst auf einer Seite . . . In diesem Augenblick wird eine neue Mode geboren.«

»Ihr eigenes Haar muß auch noch frisiert werden, es ist höchste Zeit, Herr Leutnant. Am Hinterkopf ist es ganz stachelig.«

»Stachelig?« Er fuhr sich mit der Hand über den

Hinterkopf und stellte fest, daß sein Haar dort noch immer von getrocknetem Blut verklebt war. Ein paar wirre Büschel standen ihm zu Berge wie ein Hahnenkamm.

»Warum stehen Ihnen denn die Haare so zu Berge?«

»Ich habe eine Wunde am Kopf; das Blut ist getrocknet.«

»Wie sind Sie zu dieser Wunde gekommen?«

»Nun, die Franzosen griffen mein Schiff an.«

»Ach so, die Franzosen? Wurden Sie dabei verwundet?«

»Nur ganz leicht«, sagte er, dabei steckte er ihren Kamm wieder in den Umhang. Er hörte die Uhr in seiner Tasche ticken. »Madam — bitte lassen Sie sich nochmals sagen: Sie sind die schönste junge Frau, die mir je begegnet ist. Jetzt aber müssen Sie mich entschuldigen — ich habe noch eine unangenehme Aufgabe zu erledigen, ehe ich mich in die Ortschaft begebe.«

»Unangenehm?«

»Ja, aber ich bleibe nicht lange aus. Bald bin ich wieder hier und bringe vor allem einen Arzt mit.«

Er hätte sie gern auf den Mund geküßt; statt dessen küßte er ihre Hand mit übertriebener Geste. *»A presto ...«*

Nun trat er zu Pisano, der ein paar Meter von den Männern entfernt mit dem Rücken an einem Felsen saß.

»Kommen Sie mit«, sagte er kurz angebunden.

Pisano folgte ihm hinter ein paar große Geröllblöcke. Als sie von den Matrosen nicht mehr gesehen werden konnten, sagte Ramage:

»Ich gehe jetzt in die Ortschaft. In Anbetracht der Äußerungen, die Sie kürzlich hier vernehmen ließen, halte ich es für möglich, daß Sie es vorziehen, hier auf dem Festland zu bleiben, statt die Reise fortzusetzen.«

»Wie kommen Sie zu dieser Annahme?« fragte Pisano vorsichtig.

»Wollen Sie bleiben oder nicht?«

»Ich möchte wissen . . .«

»Beantworten Sie meine Frage«, drängte Ramage beharrlich.

»Ich möchte natürlich in dem Boot mitfahren. Es wäre Selbstmord, hierzubleiben.«

»Ausgezeichnet. Wir beide haben die gleiche Statur. Ihre Kleidung ist viel besser geeignet, um darin durch den Ort zu schlendern, als die meine. Ich will mich nicht unnötig in Gefahr begeben, darum wäre ich Ihnen verbunden, wenn Sie mir Ihre Sachen leihen würden.«

Pisano sprudelte alles mögliche hervor und begann aufgeregt zu protestieren, aber Ramage schnitt ihm das Wort ab.

»Hier geht es um Menschenleben, da hat alle Eitelkeit zu schweigen. Außer Ihnen sind sieben meiner Männer und die Marchesa in Lebensgefahr. Darum möchte ich kein unnötiges Risiko eingehen. Eben das aber würde ich tun, wenn ich mich in der Uniform eines britischen Seeoffiziers zeigte.«

»Das . . . das . . . das ist unerhört!« keuchte Pisano. »Ich werde mich bei Ihrem Admiral beschweren!«

»Bitte, fügen Sie es ruhig Ihrer Beschwerdeliste bei«, sagte Ramage trocken.

Jetzt verlor Pisano völlig die Selbstbeherrschung. Aufs heftigste gestikulierend rannte er auf und ab, als ob er Fliegen fangen wollte, sein Gesicht war wutverzerrt,. und am Ende begann er mit einer langen Rede, die von übelsten Anschuldigungen strotzte.

Ramage blinzelte immer schneller und rieb die Narbe

auf seiner Stirn. Kalter Schweiß bedeckte seinen Körper wie Tau, der sich in der Dunkelheit niedersenkt. Er war sich darüber klar, daß er an der Grenze seiner Selbstbeherrschung angelangt war und sie in den nächsten Augenblicken überschreiten würde; dann war er imstande, ohne Gnade zu kämpfen oder ohne Bedenken zu töten.

Pisano legte endlich eine Atempause ein. Da fiel ihm zum erstenmal der Gesichtsausdruck des Engländers auf: Die dichten Augenbrauen bildeten fast eine gerade Linie, und wenn Pisano seinem Blick begegnete, dann glaubte er in ein Paar auf ihn gerichtete Pistolenläufe zu schauen. Die lange, schräge Narbe über seinem rechten Auge wirkte auf der gebräunten Haut plötzlich wie eine scharf ausgezogene weiße Linie. Denn er hatte seine Brauen mit solcher Gewalt zusammengezogen, daß alles Blut aus der Haut gewichen war. Seine Unterlippe schob sich etwas vor, und die Haut über den Backenknochen und dem Nasenbein spannte sich, als wäre sie ihm zu eng. Sein Aussehen jagte Pisano einen gewaltigen Schrecken ein.

Ramage strengte sich in höchstem Grade an, leise und beherrscht zu sprechen und in Worte zu fassen, was er zu sagen hatte; dabei galt es natürlich so selten wie möglich Ausdrücke zu gebrauchen, die ihn allzuleicht zum Stottern verleiten konnten.

»Von all den Dingen, die Sie hier vorbringen, berührt Sie eigentlich nur eines persönlich: Das Schicksal des Grafen Pitti. Ich kann Ihnen versichern, daß er am Strand erschossen wurde. Alles andere geht Sie nichts an. Wie ich meine Befehle ausführe, ist ganz und gar meine eigene Sache, dafür bin ich nur meinem Vorgesetzten verantwortlich und niemandem sonst.«

Angesichts der Ruhe, die Ramage bei diesen Worten zu verraten schien, vergaß Pisano rasch alle Angst und

173

fand sofort seine Sprache wieder. Er rief: »Sie Lump! Sie Lügner! Es sieht Ihnen gleich, daß Sie Ihr Schiff dem Gegner ausgeliefert haben — Feigling, der Sie sind!«

»Ich lege Ihnen nochmals nahe, jetzt unverzüglich Ihre Kleider und Ihre Strümpfe auszuziehen«, sagte Ramage in eisigem Ton. Sein Abscheu vor diesem Burschen verwandelte sich allmählich in Zorn. »Es sollte sich eigentlich von selbst verstehen, daß Sie mir Ihre Sachen leihen, um das Leben der Marchesa retten zu helfen. Soll ich ein paar Leute heranholen, um Ihnen behilflich zu sein?«

Jetzt entledigte sich Pisano endlich seiner Jacke, der Weste und der spitzenbesetzten Halsbinde und schleuderte ein Stück um das andere in den Sand. Dann hob er ein Bein, um den Schuh und den Strumpf auszuziehen, dabei verlor er das Gleichgewicht und stürzte hin. Als er sich aufgesetzt hatte, fragte er: »Wollen Sie auch meine Hose?«

»Nein«, sagte Ramage, »das wäre zuviel verlangt.«

Von der überhängenden Steilwand über der Cala Grande blickte Ramage auf die Bucht hinab. Vom Boot war nichts zu sehen, nicht einmal eine Spur des Kieles, dort, wo sie es an Land geholt hatten: Die Männer hatten wirklich gute Arbeit geleistet, als sie sie verwischten. Unter ihm glitten lautlos, vom Wind getragen, die Möwen und spähten gierig nach Fischen.

Bevor er und Jackson den oberen Rand der Steilwand erreichten, hatte Ramage keine Vorstellung davon, wie steil die Berge Argentarios wirklich waren. Er hatte den Spacca Bellezze und den Spadino für harmlose Höhen gehalten und gemeint, man könne die Kluft zwischen den beiden Gipfeln bequem mit einer kurzen Kletterei erreichen. Statt dessen war zunächst ein mehrere hundert Meter hoher Steilhang zu überwinden, ehe man den eigentlichen Einschnitt erreichte, der dann in Windungen über den Grat hinwegführte.

Dieser lange Grat erstreckte sich anscheinend nach links bis zur See und bildete dort das Kap Punta Lividonia; ihn mußten sie auf alle Fälle durch den Einschnitt, der ihn teilte, überqueren, wenn sie Santo Stefano erreichen wollten. Jackson wies ihm einen Maultierpfad. Dieser lief etwa auf halber Höhe des Steilhangs eine halbe Meile den Grat entlang, dann schwenkte er nach oben, um ihn im rechten Winkel zu überqueren.

»Ja«, sagte Ramage, »der ist wie für uns geschaffen.«

Als die beiden Männer den Pfad erreicht hatten, blickten sie rückwärts in die Tiefe, wo sich die Cala Grande dehnte. Die Sonne stand schon höher, und die See war so blau wie die Schwungfedern eines Eisvogels.

Bald erreichten sie das Ende des ebenen Weges und folgten ihm nun weiter nach links, um den letzten Teil des Aufstiegs zu beginnen, der sie über den Kamm hinwegführen sollte. Der Pfad, den sie benutzten, führte durch kultiviertes Land, wenn man die winzigen Terrassen, die hier wie Balkone aus der Bergwand vorsprangen, so bezeichnen durfte. Die Mauern einer jeden dieser Terrassen waren aus verzahnten Steinen gebaut und bildeten drei Seiten einer flachen Wanne, die mit roter Erde gefüllt war. Die vierte Seite war der Berghang. Stämmige Rebstöcke trieben Zweige, die von den Bauern an niederen Spalieren aus Ruten und Schnurwerk entlanggezogen wurden. Ihre Blätter begannen schon, sich rot und goldgelb zu verfärben, und Ramage bemerkte, daß diese Weinstöcke immer noch voll Trauben waren. Sie waren klein, ihr goldenes Fleisch hatte einen rötlichen Ton; und er hatte sie zuerst nicht gesehen, weil sie sich kaum von den Blättern abhoben.

»Schauen Sie«, sagte er und deutete hin.

175

Im nächsten Augenblick hatte Jackson die Terrasse erklettert und pflückte eine Anzahl Weintrauben ab, die sie an Ort und Stelle verzehrten.

»Nicht übel — das sind gute Weintrauben«, erklärte ihm Ramage. »Die Bauern werden sie nach dem nächsten Regen lesen.«

»Was wird aber, wenn es nicht mehr regnet, Sir?«

»Ach, sie lesen sie so oder so, aber dann gibt es eben weniger Wein. Der Regentag im rechten Augenblick ist entscheidend für den Ausfall der Ernte.«

Zwanzig Minuten später hatten sie die Mitte des Einschnitts erreicht, sie waren jetzt auf der Höhe des großen Kammes. Zu ihrer Rechten erhob sich der Spadino, links der höhere und nähere Gipfel des Spacca Bellezze. Einige hundert Meter führte der Weg weiter zwischen den hohen Mauern der Terrassen hindurch, als ob sie sich in einem künstlichen Labyrinth bewegten. Aus dem Wirrsal höchst verschieden geformter Felsbrokken und Steine folgten ihnen neugierige Eidechsen mit dem starren Blick ihrer dunklen Kugelaugen. Ihre Leiber färbten sich schon braun, um sich den Herbsttönen der Natur anzupassen.

Endlich endeten die Mauern auf beiden Seiten, und die Männer blickten in ein Tal hinab, das fast mit dem Kamm parallel lief, auf dem sie standen. Das Bild, das sich hier dem Auge bot, war von dramatischer Wucht. Jenseits des Tals erhob sich wieder ein Kamm, der nicht ganz so hoch war, hinter ihm aber sah man noch einige weitere Rücken, einen höher als den anderen, so daß das Land in gewaltigen Wellenbergen und -tälern dahinzurollen schien, die sich, versteinerten Wogen gleich, am Fuß des Monte Argentario brachen.

Zur Rechten erhob sich, gleichsam rittlings auf dem zunächst gelegenen Kamm, ein sehr hoher, nahezu rechteckiger Turm, der aussah wie eine auf der Schmal-

176

seite stehende Schachtel: offenbar wieder ein Glied der Kette von Signaltürmen rings um die Küste Argentarios, die zu der in Santo Stefano gelegenen Festung Filipo Secondo führte. Dieser Turm, der ziemlich weit von der Küste ablag, war augenscheinlich als zentraler Knotenpunkt für die Türme an der Westküste erbaut worden, denn diese bildeten um ihn herum einen Halbkreis wie die von der Achse eines Rades strahlenförmig ausgehenden Speichen. Die meisten, bestimmt aber die größeren unter ihnen, standen in Sicht von ihm, so konnte er vermutlich als abgekürzte Verbindung mit Santo Stefano verwendet werden, um zu vermeiden, daß ein dringendes Signal rund um die Küste von einem Turm zum anderen weitergegeben werden mußte.

Ramage legte jetzt eine kurze Rast ein. Er wollte sich ausruhen, aber auch eine Weile die wilde Schönheit dieser herrlichen Landschaft genießen. Diese mächtigen Kämme und die tiefen Täler dazwischen waren ein seltsames Gemisch von grauen, zerklüfteten urweltlichen Felsen und — an weniger steilen Hängen — von geometrisch abgezirkelten Parzellen terrassierten Bodens. Die unteren Hänge waren mit Bäumen bestanden, die sich von weitem wie Knäuel aus flaumiger, silbergrauer Wolle ausnahmen. Das waren Olivenbäume, zwischen denen die Reben wuchsen. Diese beiden Pflanzen lieferten dem Bauern das Öl und den Wein, sie bildeten seine Existenzgrundlage und erhielten ihn am Leben.

»Auf, wir wollen weiter«, sagte er schließlich zu Jackson. Sie machten sich wieder auf den Weg und gelangten alsbald in einen Olivenhain.

Wie schön sie waren, diese schlanken, grünsilbern schimmernden Blätter; wie krumm und knorrig, um nicht zu sagen gequält, nahmen sich diese dicken Stämme mit ihrem gewundenen Astwerk aus! Es war, als seien sie ein Sinnbild der endlosen Plackerei, die jeder Bauer, ob Mann oder Frau, auf sich zu nehmen hatte. In der Kindheit schon nahm sie ihren Anfang, dann währte sie ohne Pause fort, bis ein rheumageplagtes Alter und ein Tod in Verzweiflung den Schlußpunkt setzten.

Hier oben, hoch über den Tälern, hörte man immer noch das Zirpen der Zikaden, allerdings war es hier nicht mehr so aufdringlich wie an der Küste beim Buranaccio-See. Statt des alles beherrschenden Wacholderdufts gab es hier eine ganze Reihe anderer Gerüche. Zuweilen bekam man den säuerlichen Gestank von Eseldung in die Nase, dann wieder roch es nach Katzenminze, ein Zeichen für sie, daß Schlangen in der Nähe waren. Das hier mußte Salbei sein — Ramage pflückte im Vorübergehen ein paar Blätter und zerrieb sie zwischen den Fingern. Und wie? War das nicht der Duft von Rosmarin? »Da ist Rosmarin, das ist für die Treue« — und Ophelia lag auf einem Bett aus Zweigen, beinah einer Totenbahre, dort unten an der Cala Grande. Hier standen auch Fenchel und Maßliebchen. »Ich wollte Euch ein paar Veilchen geben, aber sie welkten alle, da mein Vater starb.« — Ach, dachte Ramage, vielleicht komme auch ich noch um den Verstand, wenn ich im Gehen noch lange Hamlet zitiere. Eins aber wurde ihm dabei klar: Wenn er den nächsten Tag überlebte, dann wußte er Hamlets verzweifelte Einsamkeit besser zu würdigen.

Wieder kamen sie um eine Biegung des Wegs, da fiel das Gelände vor ihnen plötzlich steil ab. Der Hauptgrat bog hier nach links, auf Punta Lividonia zu, während ein schmälerer Grat sich wie ein breiter Pfeiler in einer Anzahl Stufen zu Tal senkte und am Meer als schmale Halbinsel endete, welche die beiden kleinen Buchten, um die sich der Ort Santo Stefano hinzog, voneinander trennte.

Nach zwei Dritteln des Abstieges erhob sich auf einem von Natur aus ebenen Plateau die mächtige, aus sandfarbigem Gestein erbaute Festung Filipo Secondo. An der ihnen zugewandten Landseite dieses Bauwerks lag ein großer freier Hof, von ihm führte eine breite Treppe zur Zugbrücke empor.

Die Bauweise, die strenge Schönheit, vor allem aber die Lage dieser Feste verriet ausgesprochen spanische Züge. Von seinem hundert Fuß höheren Standort aus konnte Ramage auf den ersten Blick sehen, daß ihre Geschütze die Buchten ohne weiteres zu bestreichen vermochten.

La Fortezza di Filipo Secondo — die Festung Philipps II., jenes alten Tyrannen vom Escorial, der seine Armada gegen England in See geschickt hatte. Spanien besaß in seiner großen Zeit einen langen Arm; Länder, die es seinem Weltreich eingliedern wollte, wurden entweder durch das Schwert bezwungen oder durch eine dralle Braut ohne Blutvergießen gewonnen.

Heute, ein paar Jahrhunderte später, erhob sich Filipos so fremd anmutende Feste hoch über einem italienischen Fischerhafen, und auf ihren Zinnen wehte die französische Trikolore, die Fahne der Revolution. Sie tat damit augenfällig kund, wie die gewaltigen Wogen der Geschichte ständig über die Toskana hinwegbrausten — und trotz allem nie einen echten Wandel herbeiführten.

»Was halten Sie von den Geschützen dort?«

»Die sechs nach See zu gerichteten sind Zweiunddreißigpfünder; als das sehe ich sie wenigstens an, Sir. Die sechs an jeder Seite, nun — ich möchte sagen, das seien lange Achtzehnpfünder.«

Jacksons Annahme stimmte mit der Ramages überein. Wenn diese Zweiunddreißigpfünder in Höhe des Meeresspiegels abgefeuert wurden, besaßen sie eine

Reichweite von über einer Seemeile. Von der hundertfünfzig Fuß hoch liegenden Feste aus trugen sie natürlich sehr viel weiter. Er konnte sich gut vorstellen, was dabei einer Fregatte wie der *Sibella* widerfahren mochte. Jedes dieser Geschosse hatte sechs Zoll Durchmesser, also die Größe eines kleinen Kürbisses, und wog volle zweiunddreißig Pfund; aus dieser Höhe schlug es in steilem Winkel auf dem Deck ein, dem schwächsten Teil des ganzen Schiffes.

Richtig gehandhabt, waren diese Geschütze durchaus imstande, das knappe halbe Dutzend Schiffe, die er in der Bucht zur Linken der Feste vor Anker liegen sah, zu decken. Es wäre natürlich klüger von ihren Kapitänen gewesen, hätten sie ihren Ankerplatz zwischen den beiden Buchten, also genau vor der Feste gewählt. Ohne weiter nachzudenken, nahm er die Typen der Fahrzeuge zur Kenntnis: eine schwerbeladene Brigg, zwei kleine Schoner und zwei Tartanen.

Plötzlich stieß ihn Jackson an, da erblickte auch er den Bauern, der ihnen mit seinem Esel auf dem steilen Pfad entgegenkam. Das mit Reisig beladene Tier entzog seinen Herrn fast dem Blick, da er sich an seinem Schwanz festhielt und von ihm bergan gezogen wurde. Als er vorüberkam, betrachtete er die beiden Männer mit einem aus Argwohn und Neugier gemischten Ausdruck.

Ramage wünschte ihm höflich einen guten Morgen und empfing als Antwort nur ein Gebrumm. Jetzt erst wurde er gewahr, daß er seine Jacke und Weste immer noch über dem Arm trug und daß seine schwarzen Lederstiefel dick mit Staub bedeckt waren. Er wartete ab, bis der Esel seinen Besitzer um die nächste Wegbiegung geschleppt hatte, dann kniete er nieder, um die Stiefel mit der Innenseite der Weste zu reinigen. Aber die Dornen hatten das Leder zerkratzt, und das einge-

trocknete Seewasser hatte in allen Falten und Nähten
Salzkrusten hinterlassen. Immer kräftiger rieb und putz-
te er; aber schließlich gab er es doch auf. Nur mit einer
Bürste und Stiefelwichse war da noch zu helfen. Also
knüpfte er jetzt die Halsbinde um und schlüpfte in
Weste und Rock.

Wie gut, daß die Seemannskluft fast allen Nationen
gemeinsam war: Jackson konnte, wenn man von seinem
hellbraunen Haar absah, zur Besatzung eines jeden
Schiffes gehören, das hier in der Bucht lag.

»Steht Ihnen gut«, meinte der Amerikaner grinsend.
Es war das erstemal, daß er Ramage in Zivil sah.

»Ich komme mir vor wie ein Tanzmeister aus Florenz.«

Sie betraten jetzt den steilen Pfad hinunter zur Stadt.
Mühsam schritten sie dabei bald über lose Steine, bald
über blanken Fels, der in langen Jahren von Eselshufen
und Menschenfüßen glattgeschliffen worden war.

»Hmm«, brummte Jackson und schnüffelte in die Luft,
»dieses Nest kann man in dunkler Nacht finden, man
braucht nur seiner Nase zu folgen.« Der Gestank nach
Abfällen und Fäkalien, die in der heißen Sonne ver-
faulten, wurde in der Tat immer schlimmer.

Ramage war wieder einmal allein mit seinen Gedanken. Da schoß es ihm unvermittelt durch den Kopf:
Nun sind wir hier, einen Arzt zu holen; aber wer weiß,
vielleicht brauchen wir am Ende einen Totengräber.

Ein unrasierter, verschlagen dreinblickender Diener
führte Ramage in ein langgestrecktes, auffallend hohes
Wohnzimmer, das im üblichen Stil des italienischen Mit-
telstandes recht dürftig möbliert war. Da standen ein
paar überladene, vergoldete Sessel herum; von der
Decke hing ein mit zahlreichen Kerzenstummeln besteck-
ter Lüster aus Murano-Glas, der vom Staub schon ganz
dunkel war; an der Wand stand eine Truhe aus dunklem Holz mit dem unvermeidlichen geschnitzten Wap-
pen an der Vorderseite, das noch von den Resten
abgeblätterter Farbe und Bronze bedeckt war. Dazu
kam endlich ein langes, düster aussehendes Sofa, das
mit Seide bezogen war und dessen Holzwerk einen primitiven Lackanstrich trug.

Die zwei schmalen Südfenster dieses Zimmers waren
wohl verglast, aber eine dicke Lage von Schmutz und
Fliegendreck ließ nur wenig Licht in den Raum. Wie
kam es nur, daß das Sofa so grau und düster wirkte?

»Der Doktor wird im Augenblick erscheinen«, sagte
der Diener und verschwand. Die Tür fiel hinter ihm
ins Schloß.

Allem Anschein nach hegte der Mann keinen Argwohn; so wenig wie der Bauer, der ihnen den Weg zu
dem Haus gewiesen hatte, in dem »il dottore« wohnte.
Es war die Casa del Leone, das Haus des Löwen, das
genau am Fuß der Festung lag, so daß es fast ganz
von ihr überschattet war.

Ramage hatte Jackson als Wächter draußen gelassen;
jetzt wartete er reichlich zehn Minuten, bis die Tür am
anderen Ende des Zimmers aufging und ein dicker,

kleiner, brillenbewehrter Mann hereinkam. Er trug eine *velada*, jenes Gewand mit langen Schößen, die sich unter dem Gurt um die Leibesmitte hinter ihm wie ein Fächer ausbreiteten und ihm das Aussehen eines selbstbewußten Täuberichs gaben. Dennoch war sein Benehmen ausgesprochen unterwürfig.

»Es ist mir eine besondere Ehre, *il Conte* empfangen zu dürfen«, sagte er und rieb sich die Hände, als ob er sie waschen wollte.

Als der Diener Ramage um seinen Namen bat, hatte dieser nur »Conte Brrra« gesagt und eine deutliche Aussprache mit voller Absicht vermieden. Ob er einen echten Namen benutzte oder einen erfundenen: beides war zu gefährlich. Auch als er jetzt die Zeremonie der Vorstellung absolvierte, sprach er den Namen wieder unverständlich aus, weil er wußte, daß es der kleine Arzt bestimmt nicht riskieren würde, sich eine Abfuhr zu holen, wenn er ihn bat, den Namen zu wiederholen.

»Wie kann ich Euer Gnaden zu Diensten sein?« fragte der Arzt.

»Es handelt sich um eine Kleinigkeit — um nichts, was von großer Bedeutung wäre«, sagte Ramage, der sich die Eitelkeit des Mannes zunutze machen wollte. »Im Grunde tut es mir leid, daß ich Sie damit belästigen muß — aber einer meiner Leute ist bei einem Unfall verletzt worden, er hat eine Wunde an der Schulter ... Mein Wunsch wäre nun, daß ...«

»Aber das versteht sich doch von selbst, Euer Gnaden.«

Der kleine Mann schien doch etwas argwöhnisch zu sein: er rieb sich immer noch die Hände, aber gleichzeitig maß er Ramage über den Rand seiner Brille hinweg mit einem vorsichtig abschätzenden Blick. War ihm etwa sein Akzent aufgefallen?

»... Und wo befindet sich der Patient?«

»Nicht weit von hier.«

183

»An der Straße nach Orbetello?«

»Ja, an der Straße nach Orbetello.«

»Euer Gnaden ... Euer Gnaden wollen bitte meine Frage verzeihen: Sind Euer Gnaden Ausländer?«

Also war es doch der Akzent. »Nein, aber ich habe seit meiner Kindheit im Ausland gelebt.«

Ramage wurde gewahr, daß der Doktor verstohlen seine Stiefel betrachtete; aber die konnten ihm nichts verraten. Gewiß, sie waren zerkratzt und mitgenommen, aber dabei von ausgezeichneter Qualität. Jetzt sah sich der kleine Mann Ramages Rock und Weste an. Auch sie waren aus feinstem Stoff, mit erlesenen Stikkereien geschmückt und mit goldenen Knöpfen ausgestattet — das hatte er Pisano zu danken.

»Würden Euer Gnaden bitte die Güte haben, den Patienten hierherzubringen?« fragte der kleine Arzt schließlich.

»Leider ist das nicht möglich. Ich habe Angst, sie zu transportieren.«

»Ah! Es handelt sich also um eine Dame? Aber mit einer Schulterverletzung könnte sie doch gefahrlos in der Kutsche Euer Gnaden hierherfahren?«

»Das ist ja die Schwierigkeit — meine drei Kutschen sind alle beschädigt. Dabei hat sich die Dame auch ihre Verletzung zugezogen«, sagte Ramage. Er war überrascht, wie leicht ihm diese Lügen zuströmten, zugleich aber ärgerte er sich, daß er vergessen hatte, sich eine glaubwürdige Erzählung zurechtzulegen. »Um auf die Möglichkeit eines Transportes zurückzukommen — *ich* möchte die Verantwortung dafür nicht übernehmen. Sie ist...« Er zögerte absichtlich fortzufahren, weil er durch die Betonung der nun folgenden Worte erreichen wollte, daß der Doktor neugierig wurde, »... Sie ist nämlich eine Frau, deren Wohl mir besonders am Herzen liegt.«

Aber der Arzt reagierte offensichtlich nicht in der gewünschten Weise. Statt dessen schnitt er unvermittelt ein anderes Thema an:

»Ich denke an Ihre Kutschen, Euer Gnaden: wo hat sich denn dieser Unfall ereignet?«

»Etwa zwei Meilen vor der Stadt. Der erste Wagen verlor ein Rad, und die beiden anderen fuhren auf ihn auf — es war ein elendes Pech.«

Der Doktor blickte auf seine Hände und führte sie behutsam zusammen, daß sich ihre Fingerspitzen berührten. Dann blickte er wieder über den Rand seiner Brille. Mit aller Vorsicht, als wüßte er nicht, wie Ramage seine Worte aufnehmen würde, sagte er dann:

»Euer Gnaden werden vielleicht verstehen, daß ich Ihnen nicht mit fliegenden Fahnen zu Hilfe eile, wenn ich Ihnen sage, daß die Straße von Orbetello hierher nicht von Kutschen befahren werden kann. Darum fällt es mir auch schwer zu verstehen, wie sich besagter Unfall ereignen konnte . . .«

Da er offenbar noch mehr zu sagen hatte, wartete Ramage, bis er wieder begann.

»Andererseits ist mir jedoch soeben gemeldet worden, daß sich ein britisches Kriegsschiff in diesen Gewässern aufhält. Es entsandte heute kurz vor Morgengrauen Boote nach Port' Ercole, die Batterien wurden gestürmt und einige Schiffe gekapert, die dort vor Anker lagen. Euer Gnaden sprechen perfekt Italienisch, gewiß, aber bei einigen Worten hört man doch unwillkürlich eine Spur — ich kann Ihnen versichern, es ist nicht mehr — eine Spur englischen Akzents heraus . . .«

Ein Überfall heute vor Tagesanbruch! Verflucht, er konnte diese Fregatte nur um wenige Stunden verfehlt haben. Hatte sie ihn etwa am vereinbarten Treffpunkt erwartet? Das war kaum möglich — dazu wäre die Zeit zu knapp gewesen.

Der Doktor mißtraute ihm also — aber er blieb weiter freundlich und liebenswürdig. Gut, gehen wir einmal aufs Ganze, dachte Ramage.

»Wollen Sie etwa sagen, daß es diese unverschämten Engländer wagten, Port' Ercole anzugreifen?«

»Aber ja!« rief der Doktor ganz entrüstet. »Unter den Geschützen der Festungsbatterien schleppten sie zwei französische Schiffe ab und zündeten andere an. Dabei sind wir doch in diesem unseligen Konflikt neutral geblieben — wenngleich wir nicht verhindern können, daß die Franzosen kommen und gehen, wie sie wollen. Aber diese Briten . . .«

»Ja, das sind niederträchtige Schurken! Glauben Sie denn, daß sie mit ihren Schiffen auch hierherkommen werden?«

»Nein, nein«, wehrte der Doktor ab, der jetzt aus Ramage überhaupt nicht mehr klug werden konnte. »Das auf keinen Fall. Sie haben doch die Festung gesehen, die unseren Hafen beschützt. Diese Geschütze — mein Gott, als sie die Besatzung das letztemal abfeuerte, gingen mir alle Fensterscheiben kaputt. Das sind gewaltige Kanonen. Es gibt wohl kein Schiff, das ihnen standhielte. Und jetzt werden sie obendrein von französischen Artilleristen bedient.«

Ramage hütete sich davor, einen Blick nach den Fenstern zu werfen; er erinnerte sich nur, daß jene Scheiben offenbar seit Monaten nicht geputzt worden waren — dabei lagen sie den Mündungen der Geschütze auf der Seeseite der Festung gerade gegenüber. Es war leicht daraus zu folgern, wie oft man sich dort oben zu einer Schießübung verstieg.

Der wachsame, mißtrauische Blick des kleinen Doktors verriet deutlich genug, daß er Ramage kein Wort von seiner Erzählung glaubte. Andererseits schien er doch nicht anzunehmen, daß sein Besucher mit der englischen Fregatte in Verbindung stand. Aber seine Neugier war jetzt gründlich geweckt, soviel stand für Ramage fest. Darum war es nun höchste Zeit, »auf den anderen Bug zu gehen«. Wollte er Gewalt vermeiden, dann konnte ihm sein Vorhaben nur noch gelingen, wenn er den kleinen Mann für sich gewann.

»Herr Doktor, ich will jetzt offen mit Ihnen reden: Sie sind viel zu klug und scharfsinnig, als daß mir mein bescheidener Versuch hätte gelingen können, Sie zu täuschen. Jawohl, ich bin ein britischer Seeoffizier — allerdings habe ich mit der Fregatte vor Port' Ercole nichts zu tun. Ich gebe Ihnen mein Ehrenwort, daß sich eine Dame in meiner Obhut befindet, die durch einen Schuß in die Schulter verwundet wurde. Die Kugel sitzt noch in der Wunde. Im Augenblick hält sie sich unweit von hier auf. Wenn sie nicht umgehend sachverständig behandelt wird, fürchte ich für ihr Leben. Wollen Sie ihre Behandlung übernehmen?«

»Aber — das ist doch ausgeschlossen! Denken Sie an die Behörden! Man würde mich guillotinieren, wenn ich mich auf so etwas einließe!«

»Wer sind die ›Behörden‹? Etwa die Franzosen?«

»Ja, und seit der König den Waffenstillstand unterzeichnete, sympathisiert unser Gouverneur ebenfalls mit ihnen.«

»Wissen Sie sicher, daß man Sie töten würde?«

»Nun, es ist zum mindesten wahrscheinlich. Ich bin hier nicht ohne Einfluß; aber einen solchen Fall könnte man schwerlich wegdiskutieren.«

Offenbar ließ sich der Arzt nicht so leicht fangen. Was nun? Die Zeit drängte.

»Sie sind also nicht sicher, daß man Sie töten würde?«

»Nicht unbedingt. Aber es wäre immerhin möglich, daß sie mich für ein paar Jahre ins Gefängnis sperren.«

»Dann sollen Sie mindestens *eines* ganz sicher wissen,

Herr Doktor.« Ramage langte nach dem Schaft seines rechten Stiefels und hatte das Messer in der Hand, als er sich wieder aufrichtete.

Der kleine Mann riß die Brille von der Nase, ließ aber dabei das Messer keinen Augenblick aus dem Auge.

»Das ist doch unerhört! Aber Sie könnten niemals entkommen! Ich brauche nur zu rufen . . .«

»Herr Doktor, bitte sehen Sie sich dieses Messer ganz genau an. Es ist kein Messer der üblichen Art. Sie sehen doch, daß ich es an der Spitze der Klinge festhalte und daß diese Klinge sehr dick, der Griff dagegen sehr dünn ist. Mit einem Wort: Das ist ein Wurfmesser. Sobald Sie Ihren Mund öffnen, um zu rufen, zucke ich kurz mit der Hand, dann steckt diese Klinge in Ihrer Kehle, ehe Sie noch einen Laut von sich geben können . . .«

Der kleine Doktor begann zu schwitzen — nicht proletarisch üppig, sondern in standesgemäßen Grenzen. Er wäre ohne Zweifel stolz darauf gewesen, wäre es ihm zum Bewußtsein gekommen.

»Und wenn ich mit Ihnen komme?«

»Wenn Sie mit mir kommen und die Lady behandeln, dann geschieht Ihnen nicht das geringste, und wenn Sie fertig sind, steht es Ihnen frei zu gehen, wohin Sie wollen. Ich gebe Ihnen mein Wort darauf, daß es mir nur darum zu tun ist, ein Menschenleben zu retten; und nicht darum, eines auszutilgen.«

»Gut, ich mache also mit — es bleibt mir ja schließlich keine andere Wahl. Sonst brächten Sie mich einfach um. Nur eins bitte ich mir aus: niemand darf etwas davon erfahren.«

»Daran liegt uns doch beiden. Gesetzt aber, Sie würden draußen auf der Straße plötzlich anderen Sinnes und schrien deshalb nach Hilfe oder zuckten auch nur mit den Brauen, um einen Vorübergehenden aufmerksam zu machen, dann fallen Sie diesem Messer zum Opfer. Ein Neapolitaner lehrte mich Messerwerfen und Anatomie, darum, Herr Doktor, brauchen Sie nicht zu hoffen, daß die Klinge von einem Knochen abgleiten könnte.«

»Nein, nein, mir ist ja alles recht«, sagte der Doktor eilig. »Ich muß jetzt nur noch meinen Instrumentenkoffer holen.«

»Ich komme natürlich mit; Sie werden jemanden brauchen, der Ihnen tragen hilft.«

»Nein, nein, ich versichere Ihnen . . .«

»Mir macht es bestimmt nichts aus, Herr Doktor, nicht das geringste.«

Der Matrose, der am Nordende des Strandes Wache stehen sollte, hatte den Maultierpfad bald ausfindig gemacht und etwa auf halbem Wege Posten bezogen. Der Doktor machte vor Schreck blitzartig kehrt und flüchtete sich hinter Ramage, als plötzlich ein halbnackter Mann hinter einem Busch hervortrat und ihm die Spitze seines Entermessers auf den Leib setzte.

Als sie etwas später den Strand entlanggingen, entdeckte er schon von weitem das Lager aus Wacholderzweigen, auf dem das Mädchen gebettet lag — er hatte auch ohne Brille erstaunlich scharfe Augen und trug diese, die wahrscheinlich nur aus Fensterglas bestand, wohl einzig zur Hebung seines sozialen und beruflichen Prestiges. In diesem Augenblick trat unvermittelt ein Wandel seines ganzen Wesens ein: Mit einemmal war er ganz Arzt, ganz praktischer Mediziner.

Ramage wußte, daß die Marchesa nicht über das Buschwerk hinwegsehen konnte, und rief ihr daher auf englisch von weitem zu, daß er einen Arzt mitbrächte.

»Nach seinen Manieren zu urteilen, hat er in Florenz

studiert«, fügte er in scherzendem Ton hinzu. »Ich hatte leider keine Zeit, mich genauer zu informieren.«

»Herr Leutnant, ich wußte nicht, daß Ihr Humor ebenso hoch entwickelt ist wie Ihr Pflichtgefühl!«

»Nun, der gedeiht ganz gut in der Sonne«, sagte er trockenen Tones. »Bitte sprechen Sie weiterhin nur englisch — ich werde den Dolmetscher spielen.«

»Darf ich die Dame jetzt untersuchen?« fragte der Arzt.

»Ja, bitte«, gab ihm Ramage zur Antwort. »Eine Vorstellung wollen wir uns sparen. Wenn wir keine Namen wissen, kann man uns nicht zwingen, sie zu verraten — so ist es doch, Doktor, nicht wahr?«

»Selbstverständlich«, erklärte der Arzt in aufrichtigem Ton. Er kniete neben dem Mädchen nieder, öffnete seine Instrumententasche und zog die Jacke aus.

»Spricht die Dame Italienisch?«

»Nein«, sagte Ramage.

Der Doktor war jetzt auf einmal nicht mehr der aufgeblasene und dann so plötzlich eingeschrumpfte kleine dicke Mann. Als er den primitiven Verband aufschnitt, handhabte er die Schere mit seinen pummeligen Fingerchen genauso sicher und geschickt wie eine Frau, die feinste Spitzen zu fertigen pflegt.

Ramage sagte ihm noch, er solle ihn rufen, wenn er ihn brauche, dann ging er weg. Er fühlte sich ganz krank und schwach und war auf sich selbst wütend, weil er dem Mädchen nicht helfen, ihre Schmerzen nicht lindern konnte. Aber er durfte dieser Stimmung nicht nachgeben, denn nun galt es unverzüglich die nächste Maßnahme zu planen.

Am Nordende des Strandes saß er auf einem niedrigen Felsblock und fluchte leise vor sich hin, weil er am Fuße der fast senkrecht aufsteigenden Wand so gut wie keinen Schatten fand. Gesetzt, das Mädchen war heute abend transportfähig — was dann? Ich weiß, dachte er, daß Port' Ercole gestern abend von einer unserer Fregatten angegriffen wurde, aber es dürfte kaum jene sein, die ich an den Treffpunkt bestellte. Die Kauffahrer im Hafen von Santo Stefano wären eine willkommene Beute für sie. Wenn die Ansicht des Doktors über die Kampfkraft der Festung von dem Gouverneur und den Franzosen geteilt wird, dann werden sie kaum erwarten, daß die Briten den Versuch wagen könnten, diese Schiffe zu überfallen.

Soweit die Festung. Welche Absichten hatte aber nun die Fregatte? Da gab es drei Möglichkeiten: erstens könnte Sir John seine Fregatten aufgeboten haben, um der Gefahr zu begegnen, daß die Truppen Bonapartes Korsika überfielen, indem sie alle Fahrzeuge kaperten oder versenkten, die dem Feind als Truppentransporter dienen konnten. Zweitens hatte die Fregatte vielleicht den Befehl, ein ganz bestimmtes Schiff wegen seiner Ladung zu kapern — doch das war unwahrscheinlich, weil sie in diesem Falle das Unternehmen nicht dadurch gefährdet hätte, daß sie sich in Port' Ercole mit der Wegnahme anderer Schiffe abgab. Drittens konnte die Fregatte beim Passieren von Port' Ercole die Schiffe zufällig gesichtet haben. Dabei war ihr Kommandant einfach der Versuchung erlegen, ein paar wertvolle Prisen zu machen. Auch das war kaum anzunehmen, weil man diesen Hafen von See aus nur schwer einsehen konnte.

Blieb also nur die erste Möglichkeit: daß es Sir John auf Schiffe abgesehen hatte, die sich zum Transport von Truppen eigneten. In diesem Fall durfte Santo Stefano ebenfalls Besuch erwarten.

Nun weiter. Gesetzt den Fall, *ich* wäre der Kommandant dieser Fregatte: Was würde ich nach dem Angriff auf Port' Ercole als nächstes unternehmen? Hier in der Gegend gibt es nur wenige Häfen und Reeden, die einen Überfall lohnen könnten — nämlich Port' Ercole und Santo Stefano auf der Halbinsel Argentario; Talamone auf dem Festland weiter nördlich und endlich Giglio Porto.

Wäre ich also der Kommandant dieser Fregatte, ich würde vor Tagesgrauen mit meinen Prisen einen Schlag nach See machen und dort hinter der Kimm, gut außer Sicht, den Tag über warten. Die Zeit könnte ich nutzen, um die Prisenkommandos einzuteilen und die Gefangenen von Bord zu holen. Nach Dunkelwerden würde ich dann wieder eine Schlag nach der Küste zu machen und das ahnungslose Santo Stefano heimsuchen.

Nun zum nächsten Akt. Wie würde ich angreifen? Da ich eben erst mit den drei Forts von Port' Ercole fertig geworden bin, würde mir die eine Feste in Santo Stefano nicht viel Kopfzerbrechen bereiten. Aus der Karte könnte ich außerdem entnehmen, daß ich mich bei einem nächtlichen Überfall erst im letzten Augenblick in den Feuerbereich ihrer Geschütze begeben müßte.

Die Festung steht am richtigen Platz, um Schiffe zu verteidigen, die unmittelbar unter ihr vor Anker liegen, aber die Karte zeigt, daß es für ihre Geschütze einen ausgedehnten toten Winkel gibt, den sie nicht bestreichen können: das ist Punta Lividonia, das nach See zu vorspringende Kap, das feindliche Schiffe, die sich dem Hafen aus dieser Richtung nähern, gegen das Feuer aus der Festung deckt.

Ramage holte sich von Smith die Karte, um sein Gedächtnis aufzufrischen. Ja, wenn er mit seiner Fregatte die Schiffe da drinnen überfallen wollte, würde er an dieser Stelle beidrehen — etwa eine Seemeile nordwestlich von Punta Lividonia. Dann würde das Schiff durch dieses Vorgebirge der Sicht von der Feste aus entzogen, außerdem läge es dort so zum Mond, daß seine Silhouette von der Küste aus nicht zu sehen wäre.

Den für den Überfall bestimmten Booten würde er befehlen, bis dicht unter das Kap Südwest zu steuern, dann sollten sie die Spitze runden und weiter auf Santo Stefano zu halten. Dabei sollten sie nur so viel Abstand vom Strand halten, daß von Land aus niemand das Geräusch der Riemen hörte. Auf diese Art waren sie sicher vor den Geschützen der Feste, weil hier die Biegungen der Küste ihr Feuer blockierten. Diese Deckung hörte erst auf, wenn sie bis auf eine halbe Meile an die vor Anker liegenden Schiffe herangekommen waren.

Die Sonne geht heute etwa um sieben Uhr unter; um 7.30 Uhr ist es also schon fast dunkel. Der Mond geht dann wenige Minuten später auf. Die Fregatte benötigt höchstens drei Stunden, um heranzukommen, so daß sie um 10.30 Uhr von Punta Lividonia angelangt sein dürfte. Dann sind die Boote um 11 Uhr am Kap. Einen besseren Fahrplan könnte ich mir nicht wünschen.

Wo sitzt nun in dieser Rechnung der Haken? Was habe ich dabei vergessen? Ramage konnte beim besten Willen keinen Fehler finden. Er warf nochmals einen Blick auf die Karte auf seinen Knien. Von da, wo er sich im Augenblick befand — vom Ufer der Cala Grande —, bis zur Nordspitze der Punta Lividonia betrug die Entfernung etwas über eine Seemeile, und wenn er mit der Gig dort, dicht unter der Spitze, wartete, mußten ihn die angreifenden Boote auf ihrem Weg zum Hafen passieren. Selbst wenn er sie in der Dunkelheit verfehlte, war er imstande, ihnen nach dem Angriff auf dem Rückweg zur Fregatte zu folgen, weil sie sich dann nicht mehr bemühen mußten, leise zu sein.

Wie aber, wenn die Fregatte nicht Santo Stefano, sondern Giglio oder Talamone anlief? Nun, von Punta Lividonia aus konnte er beide Häfen beobachten, und wenn er die Fregatte auch nicht mehr rechtzeitig er-

reichte, falls sie einen dieser Plätze angriff, so verriet
ihm das Geschützfeuer doch auf jeden Fall, daß er sich
geirrt hatte. Dann war er immer noch imstande, den
Treffpunkt vor Giglio vor Anbruch des Tages zu erreichen, da er ja nur wenige Meilen von der Route abge-
wichen war. Er hatte also nichts zu verlieren, wenn er
es darauf ankommen ließ, wohl aber alles zu gewinnen.
Wer wußte denn, ob der Bootsmann gut in Bastia angelangt war, wer wußte weiter, ob eine Fregatte zur
Verfügung stand, die zu dem Treffpunkt entsandt werden konnte?

Ein Schatten, der auf ihn fiel, unterbrach ihn in seinen Überlegungen. Als er aufblickte, stand Jackson vor
ihm.

»Nun, was ist?«

»Ich dachte, es würde Sie interessieren, Sir. Er hat
die Kugel herausbekommen. Sie ist ganz klein, rührt
von einer Pistole her.«

»Und wie geht es ihr?«

»Sie ist noch ein bißchen schwach, Sir; ein paarmal
fiel sie in Ohnmacht, aber sie ist eine schneidige Person.
Der alte Messerheld scheint sein Geschäft wirklich zu
verstehen.«

»Ist er denn fertig?«

»Noch zehn Minuten wird es dauern — ich sage
Ihnen Bescheid, Sir.«

Jackson ging wieder, und Ramage sah von weitem,
daß nun auch Smith dem Arzt half. Dieser kniete noch
immer neben dem Lager, auf dem das Mädchen ruhte.
Er malte sich aus, wie sich Zangen und Sonden tief
in jene große gequetschte Stelle gruben, die von dem
Schuß durchbohrt worden war. Ein Schauer überlief
ihn, er warf wieder einen Blick auf die Karte, aber die
Küstenlinien, die sauber geschriebenen Namen, die winzigen Zahlen, die die Wassertiefen angaben, das alles

verschwamm jetzt vor seinen Augen; die schwarze Tinte schien auf dem Papier zu zerfließen, bis Argentario einer großen blutunterlaufenen Beule glich, die sich im Tyrrhenischen Meer emporwölbte.

»Es verlief alles gut«, sagte der Doktor. Er hatte ein Taschentuch in der blutbefleckten Hand und wischte sich den Schweiß ab, der ihm über das Gesicht lief. »Alles ist bestens gelungen. Die Kugel saß tief im Muskel, ein Glück, daß sie nicht viele Kleiderfetzen in die Wunde gerissen hatte. Das ist wirklich ein Glück, ein großes Glück.«

Ramage fühlte, daß sich plötzlich alles um ihn drehte.

»Und Sie, bester Herr, wie geht es *Ihnen?*« fragte der Arzt.

»Mir geht es gut, nur müde bin ich, müde.«

Der Arzt musterte ihn mit belustigtem Ausdruck: »Sie brauchen sich wirklich keine Sorgen zu machen — wenigstens soweit es sich um diese Dame handelt. Ihnen selbst verordne ich jetzt eine Siesta.«

Ramage lächelte.

»Ich möchte nur zuvor noch gern ein paar Worte mit ihr reden.«

Jackson und Smith zogen sich zurück, als er näher kam, sie wollten die beiden allein lassen.

»Der Arzt sagte mir, alles sei gut gegangen.«

»Ja, er war wirklich sehr behutsam.«

Mein Gott, wie schwach ihre Stimme war und wie blaß sie aussah! In ihren braunen Märchenaugen, die ihn so herrisch angeblickt hatten, als sie mit der Pistole auf seinen Leib zielte, wohnte noch der Schmerz, und die dunklen Ringe unter diesen Augen verrieten ihre Erschöpfung.

Und doch war sie jetzt schöner denn je: Im Leiden zeigte sich besonders, wie herrlich diese Stirne, die Bak-

kenknochen, die Nase, das Kinn, die Kiefer gebildet
waren ... Ihr Mund — gewiß, ihre Lippen waren ein
bißchen zu sinnlich, darum ging es wohl nicht an, ihre
Züge klassisch zu nennen. Plötzlich wurde er gewahr,
daß ein müdes Lächeln um ihre Mundwinkel huschte.

»Darf ich fragen, Herr Leutnant, was Sie eben mit
solcher Sammlung betrachten? Hat dieses zerbrechliche
Gefäß etwa einen Konstruktionsfehler aufzuweisen, der
einem Seemann mißfällt?«

Er lachte: »Ganz im Gegenteil: der Seemann kann
nicht umhin, dieses Gefäß aufrichtig zu bewundern;
er hat ja nur selten Gelegenheit, sich an solchen Meister-
werken zu erfreuen.«

»Sagen Sie, Herr Leutnant, gehört eigentlich der Flirt
auch zu Ihren Dienstobliegenheiten?«

War das Ironie? Oder etwa ein gutgezielter Gegen-
hieb auf sein dienstbeflissenes Gerede von Pflichterfül-
lung, das ihm erst heute morgen entschlüpft war?

»Der Admiral erwartet von mir, daß ich mich wie
ein Gentleman benehme.«

»Na, da haben Sie ziemlichen Spielraum«, sagte sie.
»Aber um auf ein anderes, ernsteres Thema zu kommen: Wieviel sollte man diesem Arzt vergüten?«

»Ich habe leider kein Geld.«

»Dann nehmen Sie doch bitte meine Börse« — sie
reichte sie ihm mit der linken Hand — »und zahlen
Sie ihm, was er verlangt.«

»Gut, ich muß ohnehin noch ein paar Einzelheiten
mit ihm besprechen.«

Der Doktor wischte sich noch immer den Schweiß ab,
aber er hatte sich inzwischen die blutigen Hände gewaschen.

»Eine Frage, Herr Doktor: wie ist es um die Kräfte
der Patientin bestellt und wird eine weitere Behandlung nötig sein?«

»Die Patientin ist, alles in allem gesehen, eine kräftige Natur. Entscheidend sind vor allem Ihre Pläne. Die weitere Behandlung? Nun, morgen oder übermorgen sollte ein Chirurg nach ihr sehen, um die Nähte zu prüfen.«

»Ich hätte gerne gewußt, ob wir sie von hier wegbringen können.«

»Wohin denn? Und vor allem: wie?«

»Nach einem sieben Meilen entfernten Hafen. Und in diesem Boot hier.«

»Also haben Sie einen weiten Weg zurückzulegen. Das Boot ist klein, die Sonne brennt heiß . . .«

»Herr Doktor, bitte sagen Sie klar und deutlich, wie wir uns verhalten sollen. Je länger wir hier bleiben, desto größer ist die Gefahr, daß man uns gefangennimmt, und desto länger müssen wir auch Sie hier festhalten. Ich muß jetzt ausfindig machen, was wir wagen können und was nicht.«

»Was wir wagen können . . .« Der Doktor redete laut mit sich selbst. ». . . Ich habe die notwendigen Nähte gesetzt, die müssen in sieben Tagen entfernt werden . . . Die Quetschung ist wohl stark, aber doch nicht so, daß sie den natürlichen Heilungsvorgang beeinträchtigen könnte. Dennoch müssen Sie darauf gefaßt sein, daß die Wunde eines Tages zu eitern beginnt. Wenn das nämlich eintritt, dann . . .« Er machte eine Handbewegung, als schnitte er sich die Gurgel durch. »Hier haben wir eine Fahrt im offenen Boot, die heiße Sonne, mangelhafte Ernährung — dort die Verliese der Festung Filipo Secondo . . . Immerhin, sie ist jung, sie ist gut ernährt und gesund . . .«

Er sah Ramage in die Augen. »Ja, mein Freund, natürlich ist es ein Wagnis, sie im Boot mitzunehmen. Aber wenn sie binnen sechsunddreißig Stunden durch einen Arzt fachgerecht behandelt werden kann, dann dürfte dies doch das kleinere Risiko bedeuten. Das kleinere von zwei Übeln, verstehen Sie recht, nicht etwa eine einwandfreie, sichere Lösung Ihres Problems. Wann werden Sie aufbrechen?«

»Bei Dunkelwerden.«

Der Doktor griff in seine Westentasche und brachte eine riesige Taschenuhr zum Vorschein: »Ich werde die junge Dame noch einmal untersuchen, kurz ehe Sie diese Bucht verlassen; dann gewinnen Sie zusätzliche acht Stunden.«

»Danke, Herr Doktor«, sagte Ramage, »ich hatte gehofft, daß Sie uns das anbieten würden.«

Sieht es nicht so aus, dachte er, als wäre dem kleinen Mann jetzt leichter ums Herz?

»Sagen Sie mir doch ehrlich, Herr Doktor, wie Ihnen zumute war, als ich Sie hierherbrachte. Glaubten Sie da, daß Sie den morgigen Tag noch erleben würden?«

»Wenn ich aufrichtig sein soll, nein, mein Freund.«

»Aber ich hatte Ihnen doch mein Wort gegeben.«

»Gewiß, das weiß ich. Aber zuweilen kommt es eben doch vor, daß ein Mensch das kleinere von zwei Übeln in Kauf nehmen muß, wenn er ein großes Ziel im Auge hat.«

Ramage lachte. »Ja, das mag sein. Bei dieser Gelegenheit möchte ich ... ein Wort über Ihr — hm — Honorar mit Ihnen reden ...«

Der Doktor sah ganz entsetzt drein. »Aber, Sir, das kommt doch überhaupt nicht in Frage.«

»Bitte, Herr Doktor. Ich weiß Ihre Großzügigkeit sehr zu schätzen, aber wir sind wirklich keine armen Leute.«

»Ich danke Ihnen für Ihr Anerbieten, aber das wenige, was ich hier tun konnte, habe ich gern getan. Und da Sie jetzt wissen, daß ich Sie nicht mehr verraten kann, selbst wenn ich es wollte, will ich Ihnen sagen,

daß mir die Dame nicht unbekannt ist, die ich die Ehre
hatte zu behandeln, wenn sie selbst auch nichts davon
ahnt.«

»Was sagen Sie da?«

»Ja, ich wußte es auf den ersten Blick. Die Stadt ist
voll von Anschlägen mit ihrem Bild. Dem, der sie ausliefert, winkt eine hohe Belohnung.«

»Wieviel denn?«

»Viel Geld.«

Ramage sagte sich, daß die Börse der Marchesa sicher auch viel Geld enthielt. Wenn ihn der Mann nicht
verriet, ja wenn er nicht einmal einen Prozentsatz der
ausgesetzten Belohnung verlangte, dann . . .

Da sagte der Doktor: »Ich weiß, was Sie jetzt denken,
und ich weiß auch, daß Ihnen die Marchesa ihre Börse
gab. Aber Sie würden mich ernstlich beleidigen, wenn
Sie mir einen solchen Handel auch nur vorschlagen wollten.«

Ramage streckte ihm die Hand entgegen, und der
Arzt schlug kräftig ein.

»Mein Freund«, sagte er, »wir sind keine Landsleute,
darum kann ich Ihnen mein Herz ausschütten. Da
drinnen« — dabei wies er auf seine linke Brust —
»hege ich größere Sympathie für die Sache, der Sie dienen, als ich einem meiner Landsleute je eingestehen
könnte. Ihr Engländer müßt einen merkwürdigen Eindruck von uns gewinnen; für euch sind wir wohl Leute
ohne Moral, ohne dauerhafte Bindungen, ohne Traditio-
nen, die uns echte Werte bedeuten. Haben Sie sich jemals gefragt, *warum* das so ist?«

»Nein«, gab Ramage zu.

»Sie sind ein Inselvolk. Seit mehr als siebenhundert
Jahren hat kein Gegner Ihre Insel auch nur für die
Dauer eines Tages im Besitz gehabt. Keiner Ihrer Ah-
nen war gezwungen, vor einem fremden Eroberer das

199

Knie zu beugen, um zu vermeiden, daß die Seinen ermordet und seine Besitzungen beschlagnahmt wurden.

Bei uns ist es leider ganz anders.« — Er zuckte verzweifelt die Achseln — »Unsere italienischen Staaten wurden fast jedes Jahrzehnt überfallen, besetzt, befreit und aufs neue besetzt: Das scheint so unvermeidlich zu sein wie der Wechsel der Jahreszeiten. Und doch, mein Freund, müssen wir in all dem Trubel sehen, wie wir am Leben bleiben. Wie ein Schiff Kurs ändern oder auf den anderen Bug gehen muß, wenn der Wind umspringt, damit es schließlich seinen Bestimmungshafen erreicht, so müssen auch wir uns ständig um- und neu einstellen, wenn wir an unser Ziel gelangen wollen. Mein Ziel — ich sage es offen und ehrlich — ist, sehr alt zu werden und friedlich im Bett sitzend den Tod zu erwarten.

Vor Jahren, mein Freund, hieß der Wind der Geschichte *Libeccio* — er wehte uns von der Iberischen Halbinsel die Spanier herüber. Dann kamen aus dem Nordwesten plötzlich die Habsburger. Heute weht die *Tramontana* über die Alpen von Frankreich her. Obwohl es unser Großherzog fertigbrachte, daß wir als erster Staat Europas die Französische Republik anerkannten, erwuchs uns aus dieser Gefügigkeit wenig Segen, denn Bonaparte zieht dennoch wie ein Eroberer durch unsere Städte.

Ich für meine Person bin Royalist und hasse diese Umstürzler oder, besser gesagt, die Anarchie und den Atheismus, die sie vertreten. Aber was sollen wir echten Toskaner (die wir ebenso gegen die Habsburger Eindringlinge sind) angesichts so vieler Gegner denn ausrichten? Wir können nur hoffen, daß der Wind bald wieder umschlägt.

Verzeihen Sie mir bitte diese lange Rede — ich bin gleich am Ende, eines aber muß ich Ihnen doch noch sagen« — seine Verlegenheit bewirkte, daß sich seine Worte förmlich überschlugen —: »Ich selbst bin zwar immer wieder genötigt, mich umzustellen und neue Richtungen einzuschlagen, Sie dagegen habe ich als einen wahrhaft tapferen Mann kennen- und schätzengelernt, einen Mann, der dank seiner Inseltradition lieber sterben würde, als daß er sich je dazu verstünde, den Kurs seines Lebensschiffs zu ändern. Meine Bewunderung gilt aber auch jeder tapferen Frau. Sie« — dabei deutete er auf die Marchesa — »ist bestimmt der tapfersten eine. Obwohl sie in einer anderen Überlieferung großgeworden ist als Sie, ist dies ihr Familienerbe doch nicht minder stark und lebendig. Das aber sollen Sie zuletzt noch wissen, lieber Freund: Bis der Wind wieder aus einer anderen Richtung weht, werde ich mich an nichts von all dem erinnern, was ich heute erlebt habe.«

»Ich danke Ihnen«, sagte Ramage. Das war bestimmt keine angemessene Antwort; aber anderes war ja auch beim besten Willen nicht zu sagen.

Da der strahlende Mond ein scharf gezeichnetes Mosaik aus Lichtern und Schatten schuf, war es nicht leicht, den Abstand vom Strand zu schätzen. Ramage kam jedenfalls zu dem Ergebnis, daß die Gig jetzt eine halbe Meile vor der Punta Lividonia lag.

»Wie fühlen Sie sich?« flüsterte er dem Mädchen zu.

»Danke, mir geht es gut. Werden denn Ihre Landsleute auch kommen?«

»Ich hoffe es, wir haben es wirklich verdient, daß uns das Glück einmal lächelt.«

»Ja — klopfen Sie auf Eisen!«

»Holz tut dieselben Dienste.«

»Wieso?«

»In England klopfen wir auf Holz, nicht auf Eisen, wenn wir das Glück beschwören wollen.«

Er sah, wie sie ihre Hand ausstreckte und nach den Bodenbrettern tastete, auf denen sie lag. Dann nahm er ihre Hand in die seine und führte sie nach der eisernen Pinne: »Da haben Sie Ihr Eisen — auf gutes Gelingen.«

Die Männer unterhielten sich im Flüsterton. Sie machten sich keine Sorgen, froh und glücklich lebten sie ganz und gar in der Gegenwart; die Zukunft — alles was ihnen bevorstand — überließen sie ihm. Ach, hätte er nur so viel Vertrauen zu seinem eigenen Urteil haben können, wie er es zu seiner Bestürzung bei ihnen entdeckte ... Jetzt lag die Gig also hier draußen. Ramage konnte sich ein Dutzend Gründe ausdenken, die zur Folge haben konnten, daß die Fregatte nicht erschien.

Sekunden später hörte er das Mädchen ganz leise sagen: »Darf ich Sie etwas fragen, wenn ich flüstere?«

»Ja«, sagte er und beugte sich vor, so daß sein Ohr nahe an ihrem Mund war.

»Wo leben jetzt Ihre Eltern?«

»In England, auf dem Familiensitz in Cornwall.«

»Erzählen Sie mir etwas von Ihrem Zuhause.«

»Es trägt den Namen Blazey Hall, früher war dort eine Priorei.«

Einer Katholikin gegenüber war diese Bemerkung nicht eben taktvoll.

»Eine Priorei?«

»Ja, Heinrich VIII. konfiszierte viele Ländereien der katholischen Kirche und verschenkte oder verkaufte sie an seine Günstlinge.«

»Gehörten Ihre Vorfahren auch zu diesen Leuten?«

»Ich nehme es an — es ist ja schon ziemlich lange her.«

»Erzählen Sie, wie sieht Ihr *palazzo* denn aus?«

Wie sollte er all das beschreiben: Das alte, morsche Gemäuer vor dem Hintergrund der riesigen, breitausladenden Eichen; die Farbenorgie des Blumengartens, den seine Mutter mit so viel Liebe hegte; jenes Gefühl nie gestörten Friedens; die elegante und doch bequeme Einrichtung des Hauses? Wie konnte er einer Italienerin eine Vorstellung davon vermitteln, einem Menschen, der in der üppigen und doch seltsam sterilen Landschaft Toskanas groß geworden war und dort einen jener *palazzi* bewohnt hatte, die wegen ihrer kümmerlichen Einrichtung und wegen der Einstellung ihrer Besitzer nie und nimmer zu einem Zuhause werden konnten? Wie schwer es war, sich über all das zu verständigen, ging am besten daraus hervor, daß Englisch eine der wenigen Sprachen war — wenn nicht die einzige —, die das Wort »Heim« im Sinne von Haus, Zuhause kannte. *Vado a casa mia* — »ich begebe mich in mein Haus«, heißt es auf italienisch.

»Das ist schwer zu beschreiben«, sagte er. »Sie müs-

203

sen hinreisen und bei meinen Eltern wohnen, dann sehen Sie es selbst.«

»Ja. Der Gedanke erschreckt mich ein wenig. Ihr Vater — er ist wohl schon zu alt, um eine Flotte zu führen?«

»Nein — er... Das erkläre ich Ihnen später, wenn wir mehr Zeit haben. Es hat mit Politik zu tun. Er war in ein Gerichtsverfahren verwickelt, und jetzt ist er bei der Regierung in Ungnade.«

»Haben Sie etwa auch darunter zu leiden?«

»Mittelbar ja — mein Vater hat leider viele Feinde.«

»Und die versuchen ihn zu treffen, indem sie Ihnen schaden, wo sie können?«

»Ja. Das ist wohl natürlich.«

»Üblich«, sagte sie in unerwartet bitterem Ton, »aber kaum natürlich.«

»Können Sie sich aus Ihren Kindertagen denn nicht mehr an mich erinnern?«

»Ich möchte fast sagen nein. Ihre Eltern kann ich mir noch ganz vage vorstellen, die hatten einen kleinen Jungen — ja, der war entsetzlich schüchtern. Zuweilen, wenn ich mich an jene Zeit zu erinnern trachte, ist mein Gedächtnis plötzlich wie ausgeleert. Wie ist es denn umgekehrt?« fragte sie schüchtern, ja fast ängstlich. »Können Sie sich an mich erinnern?«

»Nein, an Sie erinnere ich mich nicht. Ich weiß nur von einem kleinen Mädchen, das nichts als Streiche im Kopf hatte und darum eher einem Jungen glich.«

»Ja, das kann ich mir gut vorstellen. Meine Mutter hatte sich brennend einen Sohn gewünscht und behandelte mich, als ob ich ein Junge wäre. Ich mußte reiten wie meine Vettern, ich mußte mit Pistolen umgehen lernen, fechten, und was es an männlicher Betätigung noch mehr gibt. Sie können mir glauben: ich war mit Leib und Seele dabei.«

»Und wie ist es jetzt?«

»Jetzt ist natürlich alles anders. Als meine Mutter starb, mußte ich die Verantwortung für fünf große Güter und mehr als tausend Menschen übernehmen, weil ich quasi über Nacht eine Marchesa wurde. Der ganze Vormittag ist nun von den Gutsgeschäften in Anspruch genommen, da habe ich *molto serio* zu sein, am Nachmittag und Abend folgen dann die gesellschaftlichen Verpflichtungen, da bin ich dann *molto sociale*. Das Reiten hat aufgehört, ich sitze nur noch in der Kutsche mit Vorreitern, ich weiß nichts mehr von ...«

»Sagen Sie nicht: von Pistolen!«

»Das war wirklich seit Jahren das erstemal, daß ich wieder eine Pistole in die Hand bekam. Habe ich Sie sehr erschreckt?«

»Ja, schon — vor allem, weil ich dachte, Sie wüßten nicht damit umzugehen. Aber sagen Sie, wieso erbten Sie den ganzen Besitz und nicht einer Ihrer Vettern?«

»Da gibt es irgendein altes Dekret oder, genauer gesagt, einen Dispens: wenn kein männlicher Nachkomme vorhanden ist, dann geht das ganze Erbe an die weibliche Linie über, bis wieder ein Sohn geboren wird. Wenn ich heirate ...«

Ramage berührte sie, um ihrer Rede Einhalt zu gebieten, weil jetzt ein paar seiner Männer mit unsicherer Geste nach Steuerbord achteraus zeigten. Er wandte sich um und entdeckte alsbald selbst ein paar kleine dunklere Punkte auf dem Wasser. Sie waren zu groß und bewegten sich zu stetig, als daß es Delphine sein konnten, die doch immer übermütige Luftsprünge zu vollführen pflegten und wie Kinder spielten und tollten. Oft genug geschah es, daß unerfahrene Ausguckposten diese Tiere für kleine Fahrzeuge hielten. Aber vielleicht handelte es sich um Fischer, die nach vollbrachtem Tagewerk in den Hafen strebten.

»Es sind fünf Boote, Sir«, flüsterte Jackson, »vollgepackt mit Menschen, und die Riemen umwickelt. Ich glaube, sie sind es, Sir!«

»Achtung jetzt, Leute — wir wollen ihnen vor den Bug laufen: keinen Lärm — klar bei Riemen! — Riemen bei! — Ruder — an!...«

Jetzt stand der gefährlichste Teil des Unternehmens bevor. Er mußte die Aufmerksamkeit der Boote auf sich lenken und sich zu erkennen geben, ohne an Land Alarm auszulösen. Ein kurzer Anruf, sagte sich Ramage, ein typisch englischer Ausdruck tat hier den besten Dienst.

Wie weit waren sie noch weg? Etwa fünfzig Meter. Bis zur Küste waren es mindestens noch fünfhundert. Er stand auf und legte die hohlen Hände um den Mund, um seine Stimme in die gewünschte Richtung zu lenken:

»Ahoi! — Ahoi da! — Laßt euch einen Augenblick Zeit.«

Die Boote nahmen keine Notiz, sie wurden weder langsamer noch schneller. Wie, wenn das nun Wachboote französischer Schiffe waren, die vollbeladen mit Soldaten die Ansteuerung des Hafens überwachten? Sollte er noch einmal rufen? Sollte er nicht? Auf diese Entfernung konnte es geschehen, daß die Gig unversehens von hundert Gewehrkugeln, die Bootskanonen nicht gerechnet, durchsiebt wurde...

»Ahoi, da drüben!« wiederholte er dennoch. »Wir sind Überlebende eines britischen Schiffes. Ahoi da drüben! Kennt ihr das Signal Acht—Null—Acht?«

Das war das Erkennungssignal der *Sibella* gewesen. Wurde sie angerufen oder wollte sie sich zu erkennen geben, dann hießte sie immer dieses Signal, und jeder, der dann im Signalbuch nachsah, konnte im Verzeichnis neben dem Signal ihren Namen finden.

»Nennen Sie das Schiff!« forderte eine Stimme aus dem führenden Boot auf.

»*Sibella.*«

»Nehmen Sie die Riemen hoch und Riemen ein — und machen Sie keine Dummheiten.«

Ramage sah, wie sich die fünf Boote fächerförmig auseinanderzogen. Der kommandierende Offizier hatte offenbar befohlen, daß sie ihn umzingelten, um jede etwa geplante List von vornherein zu vereiteln.

»Tun Sie, was er sagt, Jackson«, sagte Ramage, »und machen Sie ordentlich den Mund auf!«

»Wir haben es geschafft, Jungs«, schrie der Amerikaner. »Riemen hoch! Riemen ein! Macht zu, ihr Burschen, sonst streicht euch der Admiral noch den Grog.«

Ramage mußte lächeln. Jackson traf genau den Cockney-Akzent und stieß genau jene Drohung aus, die jeder britische Seeoffizier sofort als echt erkannte.

Wenige Minuten später schor eines der Boote heran, die Bootsgasten hielten Wasser und brachten das Fahrzeug genau in dem Augenblick zum Stehen, als der Bootsoffizier seinen Seesoldaten mit unterdrückter Stimme befahl, ihre Musketen schußbereit zu halten.

»Derjenige, der mich anrief, soll aufstehen!«

Ramage erhob sich: »Leutnant Nicholas Ramage, früher von der Fregatte *Sibella* — nein von der früheren Fregatte *Sibella.*«

»Großer Gott, Nick, was um alles in der Welt treibst du hier?« rief die Stimme.

»Wer ist denn dort?«

»Jack Dawlish!«

Solche Zufälle kamen in der Navy so häufig vor, daß man ihnen für gewöhnlich nicht viel Beachtung schenkte. Er aber hatte ausgerechnet unter Dawlish zwei Jahre als Fähnrich auf der *Superb* gedient. Dawlish und Hornblower, jener ungewöhnliche junge Mann, hatten da-

207

mals beide ihr Bestes gegeben, um ihm die sphärische Trigonometrie beizubringen.

»Bleib liegen, Jack — ich komme zu dir an Bord.«

Er kletterte in Dawlishs Barkasse hinüber und sprang von Ducht zu Ducht achteraus, bis er in die Plicht gelangte. Dort schüttelte er Dawlish die dargebotene Hand.

»Sag mir in drei Teufels Namen, was du hier treibst, Nick. Aber mach rasch, wir haben noch einiges vor.«

»Die *Sibella* wurde versenkt, ich bin der älteste überlebende Offizier. In meinem Boot habe ich ein paar einflußreiche Flüchtlinge, einer davon, eine Frau, ist schwer verwundet und braucht einen Arzt. Wo liegt dein Schiff?«

»Eineinhalb Seemeilen nördlich dieses Kaps«, sagte Dawlish und wies dabei auf Punta Lividonia. »Also mit anderen Worten etwa eine Meile von hier. Es ist Seiner Majestät Fregatte *Lively*, befehligt von unserem tapferen Lord Probus, abkommandiert von Kommodore Nelson, um alle Schiffe zu kapern oder zu versenken, die geeignet wären, Bonapartes wilde Soldateska nach Korsika überzusetzen und dort den Frieden zu stören.«

Dawlish machte sich mit seiner bombastischen Ausdrucksweise wieder einmal über alle Wichtigtuerei lustig.

»*Kommodore* Nelson, sagst du?«

»Ja, vor etwa einer Woche erhielt er seinen Breitwimpel. Er braucht auf die Admiralsflagge bestimmt nicht mehr lange zu warten. Glaube mir, ich weiß, was ich sage. Der kleine Mann hat gewaltige Ideen im Kopf.«

»Ich bin ihm noch nie begegnet«, meinte Ramage. »Aber jetzt will ich dich nicht länger aufhalten«, fuhr er fort. »Paddle noch ein Stück weiter, dann findest du in der ersten Bucht, eine halbe Meile diesseits der Festung, eine schwerbeladene Brigg, zwei kleine Schoner und ein paar Tartanen, die dort vor Anker liegen. Wenn du dich in diesem Abstand von der Küste hältst, dann decken sie dich gegen das Feuer der Festungsgeschütze, weil sie in ihrem Schußfeld liegen. Die Brigg liegt am nächsten von hier.«

»Was sagst du da?« rief Dawlish überrascht. »Warst du denn vor kurzem in dem Ort?«

»Ja, erst heute morgen bin ich dort durch die Straßen gebummelt. Nebenbei gesagt, auf der Festung sind sechs Zweiunddreißigpfünder nach See zu gerichtet, sie können die Mündungen weit genug senken, um auf deine Boote zu schießen. Auf dieser Seite stehen sechs lange Achtzehnpfünder. Seit Monaten hat keines dieser Geschütze einen Schuß abgefeuert. Halte dich wie gesagt dicht unter Land, dann liegen die Kauffahrer in ihrer Schußlinie.«

»Danke. Hast du den Burschen vielleicht unser Kommen gemeldet?«

»Nein, dazu seid ihr mir nicht pünktlich genug, Jack: ich wollte nicht, daß sie auf euch warten müssen.«

»Sehr aufmerksam von dir. Bitte, richte meinem verehrten Lord Probus aus, sein Erster Offizier sei zuletzt gesehen worden, als er sich kopfüber in die Mündung einer Kanone stürzte.«

»Weil ich gerade daran denke«, sagte Ramage, »ist euer Arzt ein tüchtiger Mann?«

»Im Weinsaufen sicher — was das andere anbelangt, ich meine sein blutiges Handwerk, so kann ich darüber leider nichts sagen. Wir hatten in letzter Zeit mehr mit Klagen über Verstopfung und mit — hm — Geschlechtskrankheiten zu tun als mit Verwundungen durch Geschützfeuer.«

»Nun, wir werden ja merken, was mit ihm los ist. Also auf Wiedersehen.«

Als er schon im Begriff war, wieder in die Gig überzusteigen, rief ihm Dawlish noch rasch den heutigen Anruf der *Lively* und die Antwort darauf zu.

Ramage setzte sich wieder in die Achterplicht der Gig. »Los, Jackson, lassen Sie auspullen. Die *Lively* liegt eine Meile nördlich von hier. Der Anruf ist ›Herkules‹, und die Antwort ›Stephan‹.«

Also Herkules und Stephan. Lord Probus, der Erbe der Grafschaft Buckler, schätzte offenbar sinnige Zusammenhänge. Ramage wollte einmal prüfen, wie Jackson darauf ansprach.

»Warum heißt der Anruf wohl Herkules?« fragte er ihn.

»Hm, das weiß ich nicht, Sir.«

»Das kommt von Port' Ercole — Hafen des Herkules. Und ›Stephan‹, das ist ja wohl klar.«

»Jawohl, Sir«, sagte Jackson, aber der Sinn stand ihm offenbar schon nach der Rumzuteilung, die ihn auf der *Lively* erwartete.

»Dort liegt sie, Sir, Steuerbord voraus«, sagte Jackson plötzlich.

Die Silhouette des Schiffes war so schwarz, daß der Nachthimmel daneben tief dunkelblau erschien.

Schon nach wenigen Minuten hörten sie den Anruf vom Schiff herüber. Sein metallischer Ton verriet, daß er durch ein Sprachrohr gerufen wurde.

»Herkules!«

»Stephan!« schrie Jackson gellend.

Dies war nun der Augenblick, um den er schon zu Gott gebetet hatte, ehe die *Sibella* noch den Gegnern übergeben war. Jetzt war er endlich da, dieser Augenblick, aber Ramage fühlte sich seltsamerweise enttäuscht. Als er jetzt an Bord der *Lively* mit gebeugtem Kopf in einer winzigen Kammer stand und im Begriff war, sich gründlich zu waschen, war er plötzlich alle Verantwortung los. Gianna war in Lord Probus' Schlafkammer untergebracht, und der Arzt nahm sich mit Eifer ihrer an. Die sieben Männer der *Sibella*, Jackson unter ihnen, aßen sich gründlich satt und wurden dann als »Überzählige« in die Musterrolle der *Lively* aufgenommen.

Ramage waren also jetzt keine Menschenleben mehr anvertraut, er hatte auch keine Entscheidungen mehr zu treffen, bei denen jeder Irrtum den Verlust dieser Menschenleben zur Folge haben konnte. Es gab auch keine dringenden Fragen mehr, die schnellste Beantwortung verlangten. Diese Wandlung der Dinge hätte er natürlich als Erleichterung begrüßen sollen, statt dessen fühlte er sich einsam und voll Unruhe, ohne zu wissen warum. Die einzige denkbare Erklärung wies er als lächerlich und sentimental von sich. Die zehn Mann in der Gig waren — mit einer einzigen Ausnahme — zu einer Familie zusammengewachsen. Sie waren eine kleine Schar Menschen, die durch das unsichtbare Band gemeinsam bestandener Gefahren und Entbehrungen eins geworden waren.

Nach kurzer Zeit erschien Lord Probus' Steward und meldete, Seine Lordschaft erwarte ihn an Deck. Probus zerbrach sich wohl noch immer über ihn und sein Unternehmen den Kopf, dachte Ramage. Außer dem wenigen, das er ihm gleich berichtet hatte, als die Gig in der Finsternis längsseit kam, wußte er ja so gut wie nichts, vor allem hatte er keine Ahnung, wieso die Marchesa und Pisano mit im Boot gewesen waren.

Als Ramage an Deck kam, stand Probus in der Nähe des Ruders und hielt nach Punta Lividonia Ausschau. Die Fregatte lag in der sehr leichten Brise beigedreht, die Geschütze waren ausgerannt, die Besatzung war auf Gefechtsstation.

»Ah, Ramage, da sind Sie ja — werden Ihre Leute auch richtig versorgt?«

»Gewiß, Sir, meinen besten Dank.«

»Ich warte auf das Signal meiner Männer — dann laufe ich ihnen entgegen und nehme ihre Prisen in Schlepp, soweit sie der Mühe wert sind. Inzwischen könnten Sie mir kurz mündlich berichten, ja?«

Bei diesen Worten schritt Probus an die Heckreling, wo er sich außer Hörweite der Männer wußte.

Ramage setzte ihm kurz auseinander, wie die *Barras* die *Sibella* niedergekämpft hatte. Er gab die ungefähre Anzahl der britischen Verluste an und beschrieb, wie er als ältester überlebender Offizier das Kommando übernehmen mußte, aber alsbald gezwungen war, das Schiff zu verlassen. Die Verwundeten habe er zurückgelassen, sie hätten das Schiff dann an den Gegner übergeben. Als er weiter geschildert hatte, was sich von da an noch begab, bis die Gig längsseit der *Lively* erschien — und dabei nur Pisanos Anschuldigungen unerwähnt ließ —, sagte Probus: »Sie hatten ja allerhand um die Ohren. Legen Sie mir doch morgen vormittag einen schriftlichen Bericht vor.«

»Aha!« rief er, als es jetzt in Santo Stefano mehrmals aufblitzte. »Dawlish hat sie aufgeweckt. Lang genug hat er ja gebraucht, um dorthin zu gelangen. Bootssteuerer, mein Nachtglas!«

Den Kieker am Auge, versuchte er jetzt beim Aufblitzen des Mündungsfeuers einen flüchtigen Blick auf seine Boote zu erhaschen. Zu Ramage aber sagte er: »Sie gehen wohl am besten zur Koje und versuchen, ein Auge voll Schlaf zu bekommen. Ich habe dem jüngsten Leutnant befohlen, sich im Fähnrichsdeck einzuquartieren und Ihnen seine Kammer zu überlassen. Was ich noch fragen wollte: Wer ist eigentlich dieser Pisano?«

»Ein Vetter der Marchesa, Sir.«

»Das weiß ich. Ich meine, was ist von ihm zu halten?«

»Das ist schwer zu sagen. Er ist wohl etwas reizbar.«

Das Feuer in der Gegend des Hafens wurde lebhafter, und Probus meinte: »Nun, wir werden uns morgen vormittag weiter darüber unterhalten.«

»*Aye aye*, Sir. Gute Nacht.«

»' Nacht.«

Worüber wollte er sich mit ihm unterhalten? Ramage überlegte eine Weile hin und her, aber er war zu müde, um sich ernstlich den Kopf darüber zu zerbrechen.

13

Am nächsten Morgen wurde Ramage in halbwachem Zustand inne, daß er ans Aufstehen denken mußte. Seine Koje schwang beim Rollen des Schiffes sachte hin und her, ihr Kopf- und Fußende hing ja an Standern, die mit ihrem anderen Ende unter dem Deck zu seinen Häupten in Augbolzen verknotet waren. Das Knarren der Verbände verriet ihm, daß die *Lively* mit günstiger Brise unterwegs war. Ob sie wohl Prisen gemacht hatte, die ihr jetzt folgten?

Das Schiff stank. Am Abend war er zu müde gewesen, um davon Notiz zu nehmen, aber die eben hinter ihm liegenden paar Tage, die er an der frischen Luft verbracht hatte, ließen ihn jetzt doppelt empfinden, wie übel die Gerüche an Bord eines Kriegsschiffs sein konnten und wie viele es ihrer gab. Der Geruch der Bilge glich etwa dem eines morastigen Dorfteichs, er rührte von den letzten paar Zoll Wasser im untersten Kielraum her, denen keine Pumpe mehr beikam. Dort sammelte sich Unrat aller Art, angefangen von dem Mist der Kühe und Schweine, die im Vorschiff ihre Ställe hatten, bis zu dem eklen Zeug, das aus lecken Salzfleisch- oder Bierfässern in der Bilge zusammenlief. In der Messe selbst roch es nach feuchtem Holz und modrigen Kleidungsstücken, hier herrschte jene über die Maßen »dicke Luft«, die sich überall findet, wo viele Menschen auf engem Raum, in den weder Licht noch frische Luft ihren Weg finden können, zusammen schlafen müssen.

Ramage wollte sich waschen und rasieren, dann stand ihm der Sinn nach Essen und Trinken. »Steward!« rief er. »Posten! Rufen Sie mir den Messesteward.«

Gleich darauf klopfte der Steward an der Tür. Da die Kammer zu einer ganzen Reihe winziger Behausungen gehörte, die man gewonnen hatte, indem man gestrichenes Segeltuch über hölzerne Rahmen spannte, und die nur fünf Fuß vier Zoll hoch, sechs Fuß lang und fünf Fuß breit waren, konnte man in dem Klopfen des Mannes höchstens eine höfliche Geste sehen.

»Sir?«

»Brennt in der Kombüse schon Feuer?«

»Jawohl, Sir.«

»Gut, dann möchte ich jetzt heißes Wasser, Seife und ein Handtuch, um mich zu waschen. Bitte borgen Sie doch von einem der anderen Offiziere ein Rasiermesser für mich. Dann möchte ich Tee, wenn ihr welchen habt, nicht euren sogenannten Kaffee aus geröstetem Brot.«

»*Aye aye*, Sir.«

Bald darauf saß er frisch gewaschen und rasiert am Messetisch und hatte sogar schon eine Tasse schwarzen, siedendheißen Tee im Magen. Als er eben wieder in seine alten Sachen schlüpfen wollte, sah er, wie der Steward eine andere Kammer aufsuchte. Eine Weile stöberte er dort herum, dann erschien er mit einer weißen Kniehose, einem Hemd, einer Weste, einem Jackett und verschiedenen weiteren Zutaten zur Uniform und sagte:

»Mr. Dawlish hat mir befohlen, Ihnen diese Sachen zu geben, damit ich Ihre eigene Uniform gründlich saubermachen kann. Der Kommandant läßt Ihnen sagen, daß er Sie sprechen möchte, wenn Sie fertig sind — aber er meinte, Sie sollten sich ruhig Zeit lassen.«

»Gut. Ich lasse Mr. Dawlish danken. Bitte legen Sie die Sachen in meine Kammer. Dann nehmen Sie meine Schuhe und putzen Sie sie ordentlich blank.«

Der Steward ging. Ramage blieb noch ein paar Minuten am Messetisch sitzen und las die Namen der Offiziere des Schiffs über den Türen, die sich zu beiden

Seiten der Messe aneinanderreihten. Außer Jack Dawlish kannte er keinen einzigen dieser Männer. Die Marchesa lag nur ein paar Meter entfernt und ein Deck über ihm in ihrer Koje ... Einen Augenblick lang empfand er ein Schuldgefühl, hatte er doch kaum an sie gedacht, seit er wach war.

Lord Probus war in bester Stimmung, er stand an der Luvseite des Achterdecks und ließ den Blick über sein kleines hölzernes Königreich wandern. Nach dem Halbdunkel in der Messe blendete die Sonne, dennoch sah Ramage sogleich, daß die *Lively* die kleine Brigg im Schlepp hatte, die er unlängst in Santo Stefano hatte vor Anker liegen sehen.

»Gut geschlafen?« fragte Probus.

»Ausgezeichnet, Sir — vor allem aber sieht es so aus, als hätte ich nicht rechtzeitig herausgefunden.«

»Sie hatten den Schlaf eben nötig. Und nun«, fuhr er mit gedämpfter Stimme fort, nachdem er sich umgesehen hatte, um sicher zu sein, daß ihn ja niemand hörte, »möchte ich noch einiges über diesen Burschen Pisano von Ihnen hören.«

»Pisano, Sir? Über den gibt es wirklich nicht viel mehr zu sagen. Sie wissen ja, daß er ein Vetter der Marchesa ist ...«

»Was soll das, Ramage, immer kommen Sie mir wieder mit dem gleichen Quatsch! Dieser Pisano hat sich gestern abend bei mir in aller Form über Sie beschwert. Stundenlang hat er auf mich eingeredet. Und eben hat er mir das gleiche auch noch schriftlich unterbreitet. Sie aber haben den Vorfall mit keinem Wort erwähnt.«

»Dazu ist auch nicht viel zu sagen, Sir. Seine Aussage steht gegen die meine, das ist alles.«

»Aussage?« fragte Probus. »Wie meinen Sie das?«

»Ich vermute, daß Admiral Goddard zur Zeit in Bastia ist.«

216

»Goddard? Was hat der — ach, jetzt verstehe ich: Sie denken wohl an ein Kriegsgericht?«

»Jawohl, Sir.«

Probus stampfte mit dem Fuß auf das Deck. »Ja, natürlich ist der da. Aber Sie haben doch Sir John Jervis' Befehl ausgeführt, darum haben Sie Ihre Meldung auch an ihn zu richten ... Aber wie dem auch sei«, fügte er nach kurzer Unterbrechung hinzu, als ob er zu einem Entschluß gekommen wäre, »schreiben Sie keine Zeile, ehe Sie Pisanos Beschwerde gelesen haben. Ich werde sie Ihnen nicht zeigen, und Sie müssen Ihre Meldung so abfassen, als ob sein Schriftstück nicht existierte. Tragen Sie nur dafür Sorge, daß Sie alle seine Anschuldigungen von vornherein wirksam entkräften.«

»Das kann ich doch nicht, Sir, wenn ...«

»Los jetzt«, unterbrach ihn Probus und deutete auf den Niedergang. »Ihr Schützling möchte Sie sprechen.«

»Wie geht es ihr denn, Sir? Leider bin ich gestern abend eingeschlafen, ehe der Arzt herunterkam.«

»Überzeugen Sie sich selbst«, gab ihm Probus zur Antwort und klopfte an die Tür.

In der Koje sah sie noch kleiner, noch zarter und zerbrechlicher aus als sonst. Bei ihrem Anblick dachte man unwillkürlich an eine kostbare Puppe mit rabenschwarzem Haar, die in einer flachen Schachtel lag. Glücklicherweise war Probus ein Mann mit gutem Geschmack, darum waren auch die Seitenwände seiner Koje und die Steppdecke an Stelle des groben Segeltuchs mit Seidenbrokat bezogen. Sie selbst trug ein seidenes Hemd und hatte sich sogar tapfer bemüht, mit einer Hand ihre Frisur zu ordnen. Es machte ihm Freude zu sehen, daß sie ihr Haar auch weiter so nach einer Seite kämmte, wie er es draußen am Strand für sie ausgedacht hatte. Am Fuß der Koje lagen ein Kamm und eine Haarbürste aus Elfenbein.

Sie hob ihm ihre Linke entgegen, und Ramage führte sie an die Lippen. Bleibe ja förmlich und zurückhaltend, ermahnte er sich, weil er sehr wohl wußte, daß der Weltmann Probus darauf brannte, herauszufinden, wie sie zueinander standen.

»Wie geht es Ihnen, Madam?«

Offenbar war sie fröhlich und guter Dinge.

»Viel besser, danke, Herr Leutnant. Der Arzt hat mich sehr beruhigt, er sagte Lord Probus, ich hätte nur mit einer kleinen Narbe zu rechnen, aber nicht mit einer Schädigung *permanente*.«

»Stimmt das, Sir?«

Er hatte auf ihre Worte allzuschnell reagiert, und Probus war das bestimmt nicht entgangen . . .

»Ja, Ramage, unser Messerheld, der alte Jessup, ist ein ›Hartsäufer‹, gewiß, und sein ständiges Gefluche wird der Marchesa auf die Nerven gefallen sein, als er sie behandelte. Aber er ist dennoch ein guter Chirurg. Seiner Meinung nach wird sie schon in ein paar Tagen aufstehen können.«

»Darüber bin ich sehr froh.«

»Daran zweifle ich keinen Augenblick«, meinte Probus in trockenem Ton. Dann setzte er eiligst hinzu: »Wir freuen uns alle wie Sie und wünschen ihr eine baldige Genesung. Zugleich aber wären wir dankbar für jeden Anlaß, diese reizende junge Dame so lang wie möglich an Bord behalten zu dürfen . . .«

»Lord Probus ist *molto gentile*«, sagte Gianna. »Ich bin dem Herrn Leutnant doch sehr zur Last gefallen.«

»Ach nein«, sagte Probus sogleich, »Sie waren für niemanden eine Last.«

Ramage fragte sich, warum er das »Sie« so betont hatte.

»Ich muß jetzt gehen«, sagte Probus, »denn es gibt eine Menge zu erledigen. Mr. Ramage, bitte kommen

Sie in einer Viertelstunde in meine Kajüte, um Ihre Meldung zu schreiben. Setzen Sie sich dazu an meinen Schreibtisch — ich habe Ihnen Feder, Tinte und Papiere zurechtgelegt. Wollen Sie mich jetzt bitte entschuldigen, Madam«, sagte er zu dem Mädchen gewandt, dann verließ er die Kammer.

Ramage überlegte einen Augenblick. Eine Viertelstunde, hatte Probus gesagt, könne er noch bei Gianna bleiben — sehr aufmerksam von ihm. Warum aber legte er solchen Wert darauf, daß er seinen Schreibtisch benutzte? Er hatte ihm dort Tinte, Feder und Papiere zurechtgelegt — warum Papiere und nicht Papier?

»Lord Probus ist sehr *simpatico*«, sagte Gianna und brach damit das Schweigen. »*Allora*, wie geht es Ihnen selbst, *Commandante?*« fragte sie in freundlich lächelndem Ton.

»Mit dem *Commandante* ist es jetzt aus, von nun an bin ich nur noch *Tenente*. Aber ich habe mich wenigstens gründlich ausgeschlafen. Und Sie, Madam, wie fühlen Sie sich denn wirklich, einmal abgesehen von Ihrer Schulter?«

»Körperlich ausgezeichnet, *Tenente*«, sagte sie sehr freundlich. Aber dann huschte eine Röte über ihre Wangen, als sie fortfuhr:

»Nicholas, haben Sie denn ganz vergessen, daß Ihre ›Madam‹ Gianna heißt? Als ›Madam‹ fühle ich mich immer so alt.«

Er gab ihr darauf keine Antwort — im Geist sprach er immer wieder »Gianna« vor sich hin und freute sich über den musikalischen Wohlklang dieses Namens. Da sprudelte sie hervor, als ob sie ihre eigene Kühnheit verwirrte: »Herr Leutnant, bitte sprechen Sie mir nach: ›Gianna‹.«

»Dschi-ah-na«, sagte er pflichtschuldigst, dann lachten beide laut auf.

Er zog einen Stuhl an ihre Koje und setzte sich. Einen Augenblick hatte er wieder Ghibertis nackte, von Engeln getragene Eva vor Augen, einer der Engel hielt seine Hand auf ihren flachen Leib. Ein Blick auf Gianna verriet ihm, daß auch sie unter dem dünnen Seidenhemd, der Decke und einem Laken nackt war. Ihre Beine und die Kurve ihrer Schenkel hoben sich darunter deutlich ab — sie waren so schlank wie jene, die Ghiberti geschaffen hatte. Und das hier war die Stelle, auf der die Hand des Engels ruhte. Ja, auch ihre Brüste waren genauso zierlich wie die Evas.

»Ist der Kommandant ein alter Freund von Ihnen?« fragte sie ruhig, und er errötete, weil er gewahr wurde, daß sie seinen Blicken gefolgt war.

»Nein, ich bin ihm noch nie begegnet. Warum meinen Sie das?« Was sollte diese Frage — er konnte jetzt nur an ihre Brüste denken . . .

»Nun, weil er so freundlich zu Ihnen ist, und weil Sie ihn mit Sir anreden und nicht mit dem Titel Mylord wie alle anderen. Darum dachte ich, Sie müßten einander kennen.«

»Nein, das hat einen anderen Grund.«

»*Secreti?*« fragte sie ihn vorsichtig.

Er lachte. »Nein, das kommt einfach daher, daß ich auch ein Lord bin.«

»Ach so, natürlich«, sagte sie und runzelte dabei die Stirn. »Aber jetzt kenne ich mich wieder nicht aus. Warum gaben Ihnen dann die Männer im Boot nicht den Titel Mylord?«

»Weil ich im Dienst von meinem Titel keinen Gebrauch machen will.«

»Wäre es indiskret zu fragen, warum Sie das nicht tun? Etwa wegen Ihres . . .« Sie brach mitten im Satz ab, wieder verlegen ob ihrer vorwitzigen Frage.

»Nein, das tue ich nicht nur wegen meines Vaters.

Sehen Sie, ich bin ein sehr junger Leutnant. Wenn nun der Kommandant und seine Offiziere an Land zu Tisch geladen sind, dann ist sich so manche Gastgeberin nicht im klaren, wer den Vorrang genießen soll, der junge Leutnant mit der Pairswürde oder der Kommandant des Schiffes ohne sie. Gesetzt, ihre Wahl träfe auf den Leutnant, dann fühlte sich sein Kommandant mit Recht schwer beleidigt. Darum . . .«

»Darum verlangt es der Takt, daß Sie sich bescheiden ›Mister‹ nennen.«

»Ganz recht.«

Jetzt wechselte sie plötzlich das Thema. »Haben Sie mit meinem Vetter gesprochen?«

»Nein, wo hält er sich denn auf?«

Ramage wurde sich erst jetzt bewußt, daß er ihn nicht mehr gesehen hatte, seit sie an Bord gekommen waren.

»Er hat ein Bett im Speiseraum des Kommandanten«, sagte sie.

»Aha, in der ›Coach‹.«

»Coach, das heißt doch *Carrozza*, nicht wahr, und ist ein Pferdewagen?«

»Was wollen Sie lieber sein«, zog er sie auf, »ein Seemann oder ein Pferdeknecht? Lassen sie sich erklären: Auf einem Schiff wie diesem nennt man die Unterkunft des Kommandanten die ›Kajüte‹, aber diese besteht in Wirklichkeit aus drei Räumen. Der größte liegt ganz achtern, hinter der Tür dort, und nimmt die ganze Breite des Schiffes mit all den Heckfenstern ein. Er heißt bei uns der Salon und dient dem Kommandanten zum Aufenthalt während des Tages.

Dieser Raum hier ist die ›Schlafkammer‹, der dritte, den Ihr Vetter innehat, wird die ›Coach‹ genannt. Einige Kommandanten benutzen ihn als Speiseraum, andere als Arbeitsraum.«

»Jetzt weiß ich Bescheid«, sagte sie, und er spürte deutlich, daß sie in dieser kultivierteren Umgebung einander nicht mehr so nahe waren wie zuvor. Dieser blitzsaubere, gepflegte Schlafraum des Kommandanten mit seiner seltsamen Mischung von eleganter und kriegerischer Ausstattung — nur ein paar Fuß entfernt ruhte ein dicker schwarzer Zwölfpfünder schwer in seiner lederbraunen Lafette, die mit dicken Brooken und Taljen an der Bordwand festgezurrt war —, dieser Raum war eben doch etwas ganz anderes als das offene Boot, in dem die Menschen wie von selbst zueinander fanden. Die Ordnung, die sie jetzt umgab, zwang ihnen eine scheue Zurückhaltung auf, die in den ersten aufregenden Stunden ihres Zusammenseins durch die drohenden Gefahren völlig verdrängt worden war.

»Nicholas«, sagte sie schüchtern — sie sprach den Namen wie Ni-koh-laß aus —, »seit ich erwachsen bin, ist dies das erstemal, daß ich mich mit einem jungen Mann, der nicht mein Bediensteter ist oder zu meiner Familie gehört, allein in einem Zimmer — oder einer Schiffskajüte aufhalte.«

Ehe Ramage sich Rechenschaft gab, was er tat, kniete er neben der Koje nieder und küßte Gianna auf den Mund. Sie starrten einander an, als hätten sie sich zum ersten Male zu Gesicht bekommen. Darüber schienen Stunden zu vergehen, bis sie endlich lächelnd sagte: »Jetzt weiß ich wenigstens, warum ich immer eine Anstandsdame bei mir haben mußte . . .«

Sie hob die Linke und strich behutsam über die lange Narbe auf seiner Stirn: »Woher rührt diese Narbe, Nico?«

Nico, dachte er, der liebevolle Kosename . . .

»Von einem Säbelhieb.«

»Ach, du hattest also ein Duell?«

Das klang wie eine Anklage — aber sie wollte ihm

wohl nur ihre Sorge ausdrücken, daß er sein Leben leichtfertig aufs Spiel gesetzt haben könnte.

»Nein, ich hatte kein Duell, den Hieb erhielt ich, als ich ein französisches Schiff enterte.«

Plötzlich kam ihr etwas anderes in den Sinn:

»Mein Gott, dein Kopf! Die Wunde an deinem Hinterkopf! Ist sie denn geheilt?«

»Ich glaube schon.«

»Dreh dich um.«

Gehorsam drehte er sich um und fühlte, wie ihre Hand vorsichtig seine Haare am Hinterkopf auseinanderschob.

»Au!«

»Das tat doch nicht weh! Es war nur das eingetrocknete Blut, das die Haare zusammenklebte. Aber *wirklich* weh getan hat es dir doch nicht. Oder doch?«

Ihre Worte klangen zugleich zweifelnd und zerknirscht; er hätte zu gern die Miene gesehen, die sie dabei zur Schau trug.

»Nein, das war doch nur Spaß.«

»Schön. Und jetzt halt einmal einen Augenblick still . . . Ja, die Wunde heilt recht gut, aber du mußt unbedingt das Blut wegwaschen. Ich möchte nur wissen«, fuhr sie verträumt fort, »ob dir auf dieser Narbe wieder Haare wachsen werden. Sonst sähe sie ja aus wie ein Maultierpfad durch die *macchia*.«

Es klopfte an der Tür, und Ramage hatte gerade noch Zeit, sich zu setzen, ehe Lord Probus eintrat. Seine hastige Bewegung hatte jedoch die Koje stärker ins Schwingen gebracht, als man bei den leisen Bewegungen des Schiffs erwarten durfte.

»Kommen Sie, junger Mann«, sagte Probus mit gespielter Strenge, »Ihre Viertelstunde ist um. Der Arzt hat der Marchesa Ruhe verordnet.«

»*Aye aye*, Sir.«

»Ich bin wirklich *sufficente* ausgeruht«, wandte das Mädchen mit listigem Lächeln ein. »Ich freue mich über jeden Besuch.«

»Dann werden Sie sich jetzt leider mit meiner weniger reizvollen Gesellschaft begnügen müssen«, sagte Probus. »Mr. Ramage hat eine Meldung zu schreiben.«

Im Salon fand Ramage einen elegant geschnitzten Schreibtisch mit eingelegtem Aufsatz, der den Heckfenstern gegenüberstand. Er setzte sich auf den Stuhl und blickte auf das glatte Kielwasser hinunter, das die Fregatte durch die fast grellblaue See zog. Die gekaperte Brigg folgte im Schlepp, ihre Segel waren auf den Rahen festgemacht, über der Trikolore wehte die weiße englische Kriegsflagge. Die Schlepptrosse lief durch eine der Heckstückpforten der Fregatte und erreichte die Brigg in einem langen, zierlich geschwungenen Bogen. Ihr Gewicht bewirkte, daß sie dann und wann kurz ins Wasser tauchte, um sich gleich wieder zu strecken. Zuweilen, wenn die Brigg nach Steuerbord oder Backbord ausschor, straffte sich die Trosse unter der zusätzlichen Belastung. Dann hörte Ramage das dumpfe Geräusch der Ruderreeps im Deck unter ihm, wenn die Rudergänger Luv- oder Leeruder legten, um dem plötzlichen seitlichen Zug der Schlepptrosse entgegenzuwirken.

Einige Meilen hinter der Brigg lag Argentario. Die Entfernung und die Hitze des Tages hüllten die Halbinsel in ein weiches Perlgrau und verwandelten die scharfen Felsklippen für das Auge in harmlose gerundete Höcker. In den Olivenhainen spielte die Sonne, so daß sie sich ausnahmen wie kleine eingelegte Silberplatten. Die Insel Giglio lag ein Stück näher, sie glich einem Wal, der sich wohlig an der Oberfläche sonnt. Noch näher und weiter nach rechts erhob sich Montecristo mit seinen steilen Klippen wie ein riesiger, knusprig brauner Kuchen auf einem strahlend blauen Tischtuch.

Ramage griff nach der Gänsefeder. Als er sie in das silberne Tintenfaß tauchte, entdeckte er ein Schreiben, das halb versteckt unter den unbeschriebenen Papierbogen lag. Er wollte es eben zur Seite schieben, da fiel ihm Probus' rätselhafte Bemerkung ein, er solle seine Meldung nicht schreiben, ehe er Pisanos Beschwerdeschrift gelesen hätte.

Ja, das Schreiben stammte von Pisano, seine Schrift war unruhig und zappelig, jeder Buchstabe schien über seinen Nachbarn zu stolpern. Darum also hatte Probus darauf bestanden, daß er seinen Schreibtisch benutzte ...

Es war nicht ganz leicht zu verstehen, was Pisano in seiner Beschwerdeschrift zum Ausdruck bringen wollte, denn die Wut und die an Hysterie grenzende Erregung des Mannes hatten seinen Englisch-Kenntnissen — der Grammatik nicht minder als dem Wortschatz — übel mitgespielt. Als Ramage das Schriftstück entzifferte, wirkten die Worte auf ihn wie ein Echo der Tiraden, die er — in italienischem Fistelton — kürzlich am Strand der Cala Grande vernommen hatte. Am Schluß des Schreibens hieß es, der *Tenente* Ramage müsse wegen Feigheit und Fahrlässigkeit streng (dreimal unterstrichen) bestraft werden. Im übrigen sei es Gott zu danken, daß er sie gnädig aus den Krallen des *Tenente* Ramage befreite und dem hochgeschätzten *Barone* Probus begegnen ließ.

Ramage legte das Schreiben aus der Hand. Zu seiner eigenen Überraschung fühlte er weder Zorn noch Groll gegen seinen Verfasser. Wie ließ sich seine Empfindung wohl bezeichnen? War er verletzt? Nein, verletzen kann einen nur ein Mensch, den man achtet. Oder fühlte er sich angeekelt? Ja, das war es: Ekel, schlicht und einfach gesagt Ekel, wie man ihn etwa empfindet, wenn man Zeuge wird, wie eine betrunkene Hure einen verliebten Matrosen mit einer Hand liebkost und ihm mit der anderen sein Geld aus der Tasche stiehlt. Sie würde zu ihrer Rechtfertigung sagen, auch ein Mädchen müsse ihren Hunger stillen, im übrigen könne der Matrose den Verlust verschmerzen. Dabei vergaß sie, daß der Mann für dieses Geld wahrscheinlich ein halbes Dutzend Gefechte mitgemacht hatte, da er ja nur ein Pfund im Monat erhielt.

Offenbar war dieser Pisano ganz von dem unbändigen Drang beherrscht, sein Ansehen zu wahren, selbst wenn er damit die Laufbahn eines britischen Seeoffiziers zerstörte. Zur Rechtfertigung seines Verhaltens sagte er sich wohl, daß das Ansehen und die Ehre — vielmehr die *bella figura* — eines Pisano von weit größerem Wert seien. Dabei, sagte sich Ramage ironisch, stand es um die Ehre dieses Pisano wohl kaum anders als um die Jungfernschaft jener betrunkenen Hure — sie hatte sie schon in früher Jugend eingebüßt, hatte ihr später rührselig nachgetrauert, dann aber gab sie um des äußeren Scheines willen täglich vor, sie noch zu besitzen.

Jetzt galt es also, den eigenen Bericht zu schreiben. Wie weit hatte Probus den Beschwerden Pisanos Glauben geschenkt? Und, was wichtiger war, wie würden sich der Konteradmiral Goddard oder Sir John Jervis dazu stellen?

Als er seinen Bericht unterschrieben hatte, faltete er ihn zusammen, steckte den linken Rand des Papiers in den rechten und verschloß das Schriftstück mit einer roten Oblate, die er einer Elfenbeindose entnahm. Er nahm sich nicht erst die Mühe, nach einer Kerze zu schicken, um es mit Wachs zu versiegeln.

Als er wieder in die von allen möglichen Gerüchen erfüllte Messe hinuntertauchte, fand er dort Dawlish vor, der eben seinen Bericht über die jüngste Unternehmung schrieb. Die beiden unterhielten sich eine Weile über ihre Erlebnisse nach der gemeinsamen Dienstzeit auf der *Superb*, dann erkundigte sich Ramage nach dem Verlauf des Überfalls auf Santo Stefano.

»Das war eine einfache Sache«, sagte Dawlish; »schade, daß du nicht aufgeblieben bist, sonst hättest du uns helfen können, die Beute zu zählen. Übrigens erzählt man sich, du hättest eine wunderschöne Frau aus den Krallen des korsischen Ungeheuers befreit. Erzähl mir von ihr, wie ist sie denn?«

Ramage wußte von früher, daß Dawlish ein Frauenheld war, darum hielt er sich jetzt zurück: »Das hängt ganz davon ab, was du schön nennst.«

»Seine Lordschaft scheint stark beeindruckt zu sein, und unser guter Doktor hört überhaupt nicht mehr auf, von ihr zu schwärmen.«

»Kunststück, wenn er nach all den geschlechtskranken Seeleuten endlich einmal eine Patientin bekommt!«

»Ja, ja, das kann schon sein«, meinte Dawlish ein bißchen enttäuscht. »Wie heißt eigentlich der Bursche, den sie bei sich hat?«

»Das ist ein Vetter von ihr, er heißt Pisano.«

»Auf den mußt du aufpassen. Er hat die halbe Mittelwache lang auf unseren Alten eingeredet. Dabei hat er dir jeden Schimpfnamen angehängt, den man sich nur denken kann.«

»Das weiß ich.«

»Hast du dir denn etwas zuschulden kommen lassen?«

»Nein.«

»Er hat dich immerzu Feigling geschimpft.«

»So?«

»Du willst heute gar nicht mit der Sprache heraus, Nic.«

»Dir ginge es an meiner Stelle genauso. Du weißt doch, ich habe ein Kriegsschiff an den Feind übergeben — gewiß, an ein französisches Linienschiff mit vierundsiebzig Geschützen. Aber die Größe tut ja nichts zur Sache. Ein Engländer hat mit drei Franzosen fertigzuwerden, eine Fregatte müßte also ohne weiteres in der Lage sein, ein Linienschiff niederzukämpfen. Und jetzt habe ich mir auch noch diesen verfluchten Pisano aufgehalst, der mir wie ein Köter an die Beine fährt. Zu allem Überfluß höre ich, daß Goddard grade in Bastia ist.«

»Das weiß ich«, sagte Dawlish voll Mitgefühl. »Er war wenigstens dort, als wir ausliefen.«

Als Dawlish gegangen war, setzte sich Ramage an den Messetisch. Er war froh, daß die Bewohner der Kammern zu beiden Seiten vom Dienst in Anspruch genommen waren — es wäre ihm jetzt nicht danach zumute gewesen, Fragen zu beantworten.

Sowohl Probus wie Dawlish waren voll Verständnis für seine Lage, sie versuchten nicht, die Gefahr zu bagatellisieren, die ihm durch Goddards Feindschaft drohte. Sie wußten ja genau, was kommen mußte, wenn er beim Einlaufen der *Lively* noch in Bastia war, denn dann oblag ihm die Pflicht, das Kriegsgericht gegen Ramage einzuberufen.

Daß sowohl Probus wie Dawlish das Unheil kommen sahen, das sich über ihm zusammenzog, zeigte ihm, daß seine Besorgnis keineswegs unnötig oder gar kindisch war. Vielleicht sollte er schon bald bedauern, daß ihm keine Kugel der *Barras* den Kopf abgerissen hatte . . .

Ramage lernte jetzt erkennen, wie einsam man in solcher Lage war, und begann zugleich die zynische Haltung seines Vaters besser zu verstehen. Der alte Herr pflegte zu sagen: »Wenn schwere Zeiten kommen, verflüchtigen sich die Freunde zu bloßen Schatten. Sie wagen es nicht, sich für dich einzusetzen, und schämen sich zugleich, es dir einzugestehen. Sie pflegen mit dir geschliffene Konversation, aber sie achten dabei ständig auf Distanz.«

Und die Feinde hielten sich im Hintergrund, sie hatten ja ihren Kreis von Speichelleckern, die ihr schmutziges Geschäft für sie verrichteten.

Weder Probus noch Dawlish waren Goddard in irgendeiner Weise verpflichtet; aber keiner der beiden hätte es gewagt, sich Goddards Feindschaft zuzuziehen, der als rachsüchtig verschrien war und zugleich mehr politischen Einfluß besaß als die meisten anderen jungen Flaggoffiziere der Navy. Dieser Einfluß beruhte darauf, daß seine eigene Familie zusammen mit der seiner Frau und ihrer beider Anhang zwanzig und mehr Stimmen im Unterhaus kontrollierten. Seit etwa einem Jahr — so wußte der Londoner Klatsch zu berichten — habe Goddard auch den Kommodore Nelson auf die Liste seiner Feinde gesetzt, denn Nelson erfreue sich der Protektion des Admirals Sir John Jervis. Darum sei Goddard auf ihn eifersüchtig. Hieß das etwa, daß zwischen Goddard und Jervis eine Spannung bestand — oder doch im Entstehen war? Ramage glaubte nicht daran.

»Old Jervie« war einer der wenigen Admirale, die zu dem Verfahren gegen seinen Vater unabhängig Stellung genommen hatten. Unmittelbar hatte er nichts damit zu tun gehabt, aber er machte kein Hehl daraus, daß er die Haltung des Ministeriums nicht billigte.

Mein Gott, dachte Ramage, Sir John liegt in der Bucht von San Fiorenzo auf der anderen Seite von Korsika und ist wahrscheinlich ohnedies auf See. Ehe er meine Meldung zu sehen bekommt, ist das Verfahren längst zu Ende und das Urteil gefällt . . .

Ein Fähnrich klopfte so kräftig an die Messetür, als hätte er ihn schon ein paarmal überhört.

»Der Kommandant läßt Ihnen sagen, Sir, daß die Lady Ihren Besuch wünscht.«

Gianna saß jetzt gegen einen Berg Kissen gelehnt in ihrer Koje. Sie hatte geweint und schluchzte auch jetzt noch ab und zu auf. Dabei zuckte sie jedesmal zusammen, weil ihr die ungewollte Bewegung heftigen Schmerz bereitete. Sie bedeutete ihm, die Tür so schnell wie möglich zu schließen.

»Ach, Nico . . .«

»Was ist denn los?«

Er eilte zu ihrer Koje, kniete nieder und griff nach ihrer Hand.

»Mein Vetter — er war eben bei mir.«

»Und . . .?«

»Er ist im Begriff, dir die größten Scherereien zu machen.«

»Ich weiß, aber das wird nicht so schlimm sein, er ist nur überreizt.«

»Nein, die Sache ist *molto serioso*. Lord Probus meint das auch.«

»Woher weißt du das denn, hat er das gesagt?«

»Mich beunruhigt am meisten, was er *nicht* sagte. Mein Vetter bestand darauf, daß Lord Probus mitkam, als er mich besuchte. Dann stellte er mir viele, viele Fragen.«

»Probus oder dein Vetter?«

»Mein Vetter.«

»Worum drehte es sich dabei?«

»Es ging um die Nacht am Strand beim *Torre di Burranaccio*.«

»Ich möchte wissen, was dich dabei aufregen könnte. Hast du nicht einfach gesagt, was du weißt?«

»Was weiß *ich* denn schon?« jammerte sie. »Er behauptet, du hättest unseren Vetter Pitti mit Absicht zurückgelassen, er behauptet, du seist ein Feigling, er sagt« — sie begann aufs neue zu schluchzen, und da es ihr schwerfiel, weiter englisch zu sprechen, fuhr sie auf italienisch fort — »er sagt, schon dein Vater... habe wegen Feigheit vor Gericht gestanden...«

Unseren Vetter: es war das Band des Blutes, das diesen Zwiespalt ihrer Gefühle bewirkte. Ach was, dachte Ramage bitter, von Zwiespalt ist nicht einmal die Rede, beide sind ja Vettern von ihr. Mit ihm selbst hatte sie wohl nur ein bißchen geflirtet, weiter nichts...

»Pisano hat ganz recht: mein Vater wurde wegen Feigheit angeklagt.«

»Oh, Madonna aiutame!« schluchzte sie. »Was soll ich tun?«

Sie war jetzt einfach am Ende ihrer Kraft — sowohl geistig als auch körperlich. Da mußte sich Ramage plötzlich fragen, ob sie wirklich nur mit ihm geflirtet hatte. Aber wie es sich damit auch verhielt, ihre Beziehung war jetzt, schon nach so kurzer Zeit, der ersten Krise ausgesetzt. Wie fern er ihr plötzlich war, als er neben ihrem Lager kniete und auf ihr Schluchzen lauschte! Er glaubte, in sich die Stimme eines anderen zu hören, der ihm immerzu ins Ohr flüsterte: »Wenn sie Vorbehalte gegen dich hat, wenn sie wirklich meint, du hättest Pitti in seiner Not zurückgelassen, dann fährst du besser ohne sie... Wie kann sie auch nur einen Augenblick glauben, du hättest ihn feige im Stich gelassen, da sie doch wußte, welche Gefahren du zu bestehen hattest, um auch nur nach Capalbio zu gelangen?«

Dieses kaltblütige andere Ich hatte immer noch Gewalt über ihn, als er sie jetzt forschend betrachtete und dabei leise sagte: »Ich habe dir doch schon gesagt, daß dein Vetter tot war. Warum glaubst du immer noch, ich hätte ihn verwundet zurückgelassen?«

Sie hob den Blick nicht von der Steppdecke. Er sah, daß sie trotz ihrer Schulterverletzung mit der Rechten zerstreut an dem Bezug herumzupfte. Da wurde er erst gewahr, daß er ihre Linke immer noch eisern umklammert hielt. Nun ließ er sie los.

»Nein, ich glaube nicht, daß du ihn verwundet zurückgelassen hast! Ich glaube überhaupt nichts! Ich wage überhaupt nicht, etwas zu glauben. Was kann ich glauben?« fuhr sie fort. »Du sagst, er sei tot gewesen; mein Vetter sagt, er habe ihn um Hilfe rufen hören, als wir schon im Boot waren.«

»Hat dir Pisano denn verraten, *wie* er wissen kann, daß sein Vetter nicht tot war? Ist er denn zurückgegangen, um ihn zu suchen? Und wenn er zurückging, warum hat er ihm dann nicht geholfen?«

»Wie konnte er denn noch einmal zurückgehen? Die Franzosen hätten ihn doch sofort gefangen! Außerdem war das nicht seine Aufgabe. Er sagt, es sei *deine* Pflicht gewesen, *uns* zu retten.«

Ramage erhob sich. Genau das gleiche hatte sie schon einmal gesagt. Wieder war er gegen die Schranke verschiedener Denkweisen gestoßen, hatte er sich in dem Netzwerk verschwommener Logik verfangen. Er begriff wohl, daß es ihr schwerfallen mußte zu entscheiden, ob sie ihm oder Pisano glauben sollte; aber er konnte beim besten Willen nicht verstehen, warum Pisano der Pflicht enthoben sein sollte, seinem eigenen Vetter zu Hilfe zu eilen.

Während er noch dastand und auf sie hinunterblickte, sah er sich im Geist schon vor dem Kriegsgericht, das ihn erwartete. Wenn es diesem Mädchen — das doch immerhin einige Zuneigung für ihn zu hegen schien — schon schwerfiel zu glauben, was er sagte, welche Aussicht hatte er dann, sich gegen Goddard und seine Leute durchzusetzen? Wie sollte das Verfahren einen guten Ausgang nehmen, wenn nach der Übergabe der *Sibella* auch noch über Pisanos wüste Anschuldigungen verhandelt wurde?

Er hatte ja keinen Zeugen, der ihm helfen konnte, da er der einzige war, der jenen Leichnam ohne Gesicht gesehen hatte. Pisano hatte alle Vorteile des Anklägers; das Gericht würde sicher seiner Aussage Glauben schenken — war er doch immerhin einer jener Italiener, die solchen Einfluß besaßen, daß sogar eine Fregatte zu ihrer Rettung entsandt worden war.

Gianna blickte zu ihm auf, ihre tiefbraunen Augen, die noch vor einer Stunde fröhlich gezwinkert hatten, aber jetzt so traurig und ratlos dreinsahen, waren wie Fenster, die ihm einen Blick in ihre zerrissene Seele gewährten. Sie streckte ihm beide Hände entgegen (wie mußte es sie geschmerzt haben, den rechten Arm auch nur zu bewegen!) und flehte ihn mit jener beredten Geste an, deren nur italienische Hände fähig sind.

»Madam«, sagte darauf eine fremde Stimme, die er nicht erkannte, obwohl sie aus seinem Munde kam, »in wenigen Stunden laufen wir in Bastia ein. Einen oder zwei Tage darauf wird ein Kriegsgericht darüber entscheiden, ob ich meine Pflicht getan habe oder nicht. Es wird mich bestrafen, wenn es glaubt, daß ich mich schuldig gemacht habe.«

»Aber, Nico — ich möchte doch nicht, daß du bestraft wirst.«

»Damit greifen Sie dem Gerichtsurteil vor.«

»Nein, so habe ich das nicht gemeint, du verdrehst mir ja das Wort im Munde! Oh, *Dio mio!* Bitte, Nico, hast du denn kein Herz im Leibe? Oder hast du dich plötzlich in eine Puppe verwandelt, die mit eurem schrecklichen englischen Porridge vollgestopft ist?«

Immer wieder schluchzte sie auf und griff mit der Linken nach der verwundeten Schulter, um den Schmerz etwas zu lindern. Und ihm war es verwehrt, ihr zu helfen — ein fremder, grausamer Mann hatte von ihm Besitz ergriffen und diktierte ihm seine Worte.

»Nico . . . Ich möchte dir ja so gerne glauben.«

»Warum tun Sie es dann nicht?« fragte er brutal. »Ich will Ihnen sagen, warum. Sie meinen, wenn Sie mir glauben, müssen Sie Pisano logischerweise für einen Feigling halten. Niemandem sonst würde es einfallen, so etwas anzunehmen, aber das gehört nicht hierher. Kein Mensch hat von Pisano erwartet, daß er zurücklaufen sollte, um nach seinem Vetter zu suchen. Darüber sind Sie sich beide offenbar nicht im klaren. Dies war unsere Sache; dazu sind wir Seeleute. Aber der ganze Wirbel, den Pisano jetzt veranstaltet, ist völlig unnötig; er tut dies nur, um seine *bella figura* zu retten. Wir waren dort, um Ihnen das Leben zu retten. Dieselbe Kugel kann entweder Jackson, den amerikanischen Matrosen, oder mich, den Pair von England, ins Jenseits befördern. Gleichwohl sind wir gemeinsam hierhergekommen, um Ihnen allen, ohne Ansehen der Person, zu helfen. Der Tod ist der große Gleichmacher, das wissen Sie doch«, spöttelte er. »Ja, dasselbe Kriegsgericht kann einen einfachen Matrosen oder einen Leutnant hängen lassen, selbst wenn dieser ein Pair des Reiches ist.«

»Hängen?« Sie war entsetzt und fuhr sich mit der Hand unwillkürlich an die Kehle.

»Ja. Zuweilen genießen Offiziere den Vorzug, nicht gehenkt, sondern erschossen zu werden«, fügte er in bitterem Ton hinzu, »besonders wenn sie Pairs sind.«

Er fror; seine Haut zog sich zusammen, daß es schien, als fände sein Körper darin keinen Platz mehr. Seine Augen blickten schärfer als je zuvor: sie hafteten auf dem Kreuzstichmuster der Bettdecke; auf den feinen blauen Venen, die über Giannas Handrücken liefen; auf ihrem weichen, sinnlichen Mund. Und doch hatte soeben nicht er, sondern ein anderer zu ihr gesprochen; er wäre außerstande gewesen, Worte zu gebrauchen, wie sie eben gefallen waren. Und doch . . .

»Ich bitte Sie, Madam, mich jetzt zu entschuldigen.«

»Nicholas . . .!«

Er war bereits an der Tür. Eine Hand — es war die seine, obwohl es schien, als handelte sie aus eigenem Antrieb — streckte sich aus, drehte den Knopf und zog die klappernde Tür auf, und irgendeine geheime Gewalt trieb ihn aus der Kammer und warf die Tür hinter ihm zu. Ehe sie sich schloß, hörte er Gianna noch weinen, als ob ihr das Herz brechen wollte. Sein eigenes Herz war schon gebrochen, oder es hatte sich in Stein verwandelt. *Honni soit qui mal y pense:* Böses dem, der Böses denkt. Und doch, wie kam man dazu, aus freien Stücken eine so köstliche Blume in den Staub zu treten? Etwa darum, weil sie so köstlich war?

Als er das Achterdeck betrat, sah er dort Probus stehen, der ihn mit einer Kopfbewegung aufforderte, zu ihm an die Reling zu treten.

»Wahrscheinlich sollte ich Ihnen gegenüber Schweigen bewahren, aber Sie sollen doch hören, daß mich Pisano als Zeugen ·hinzuzog, als er die Marchesa befragte.«

»Das weiß ich, Sir, sie hat es mir eben erzählt.«

»Sie selbst weiß überhaupt nicht, was sich am Strand abgespielt hat.«

»Aber sie glaubt ihm.«

»Warum eigentlich?« fragte ihn Probus rundheraus.

»Die beiden sind blutsverwandt — das fällt natürlich schwer ins Gewicht.«

»Sie haben doch nichts zu verheimlichen, Ramage? Nicht wahr, Sie sind noch einmal zurückgegangen?«

»Jawohl, ich fand ihn tot; aber ich war allein, und es war dunkel. Wenn man sich gegen den Vorwurf der Feigheit verteidigen soll, braucht man Zeugen. Mich hat aber kein Mensch gesehen. Es kommt also jetzt darauf an, wer wem Glauben schenkt, und Pisanos Geschichte klingt sehr glaubhaft.«

»Die Marchesa hat mir schon vorher versichert, daß sie Ihnen glauben möchte. Sie aber gaben ihr nicht den geringsten Anhalt, der ihr dazu dienen könnte, ihren Vetter zur Aufgabe seiner verfluchten Anschuldigungen zu veranlassen. Sie meint jetzt, Sie verheimlichten ihr etwas.«

»Davon ist doch wirklich keine Rede. Was *kann* ich ihr schon sagen, Sir, außer, daß ich zurückging? Mehr hat sich ja nicht abgespielt.«

»Glauben Sie mir, Ramage, Sie können sich das nicht leisten, daß die beiden gegen Sie Stellung beziehen. Wenn das geschieht, hat Goddard leichtes Spiel und kann Sie erledigen.«

»Darüber bin ich mir im klaren, Sir.«

»Außerdem steht ja auch noch der Fall *Sibella* an.«

»Dafür gibt es Zeugen genug.«

»Natürlich, ich meine nur, Sie haben übergenug Segel stehen, und das Glas fällt. Das alles sage ich Ihnen als Freund, nicht als Vorgesetzter. Hoffentlich ist Ihnen das klar.«

»Gewiß, Sir. Ich weiß das gebührend zu schätzen«, sagte Ramage, salutierte und wandte sich zum Gehen.

Als Freund, nicht als Vorgesetzter hatte Probus gesprochen. Das war wohl ehrlich gemeint; aber es konnte immerhin auch heißen: »Zieh mich nicht in diese Sache hinein, denn ich habe nicht die Absicht, mich für dich einzusetzen.«

14

Die Möwen schrien immer lauter und wagten sich immer näher an das Schiff heran, sie warteten voll Ungeduld, bis ihnen der Kochsmaat ihre Mahlzeit aus Abfällen über Bord warf. Die *Lively* hatte alle Segel festgemacht oder aufgegeit und verlor allmählich ihre Fahrt. Auf ein Zeichen Dawlishs fiel ein Anker klatschend ins Wasser, die Ankertrosse rauschte so schnell durch die Klüse, daß sie rauchte, weil die Reibung die hanfenen Fasern sengte.

Während die gekaperte Brigg in nächster Nähe ebenfalls zu Anker ging, wurde Lord Probus' Kommandantengig zu Wasser gebracht. Seine Bootsbesatzung — einheitlich in schmucken roten Jacken und mit schwarzen Strohhüten auf den Köpfen — pullte ihn in flottem Tempo nach der *Trumpeter,* einem Linienschiff mit vierundsiebzig Geschützen, wo er sich zurückzumelden hatte. Der Kommandant der *Trumpeter* war der dienstälteste in Bastia anwesende Seeoffizier. Ramage stellte erleichtert fest, daß Admiral Goddard offenbar auf See war. Auf der Reede von Bastia lagen noch zwei Linienschiffe und vier Fregatten.

Jetzt wurde ein Kutter der *Lively* zu Wasser gefiert. Darin ließ sich der Bootsmann rund um das Schiff pullen, um sich zu vergewissern, daß alle Rahen genau vierkant gebraßt waren und waagrecht hingen.

Vom Kai legte bereits das erste Bumboot ab, um eine Ladung Weiber, Obst und Wein längsseit zu bringen. Sowohl die Frauen wie die Früchte waren ohne Zweifel überreif, und alles, auch der Wein, war bestimmt viel zu teuer. Dawlish sah die Bumboote näherkommen und wies ein paar Seesoldaten an, sie in mindestens fünfundzwanzig Meter Abstand zu halten.

»Man kann diesen Korsen nicht trauen«, erläuterte er Ramage seinen Befehl. »Die Hälfte von ihnen sympathisiert mit den Franzosen und wartet nur darauf, daß sie landen, die andere Hälfte hat solche Angst, wir könnten gezwungen werden, die Insel zu räumen, daß sie uns nicht zu helfen wagen, weil sie eine spätere Vergeltung fürchten. Nur in einem Punkte sind sie alle einig — uns nach Noten zu betrügen.«

»Bumbootsleute sind eben alle gleich.«

»Nein, nein, ich meine jetzt das ganze Volk hier. Um keinen Preis möchte ich mit dem Vizekönig tauschen; der alte Sir Gilbert braucht eine Engelsgeduld, um mit diesen Burschen fertigzuwerden. Und das Heer, was ist es schon? Du weißt ja selbst, daß wir nur etwa eintausendfünfhundert Mann hier haben, um dieses Bastia zu verteidigen.«

»Für den Hafen reicht das wahrscheinlich gerade aus.«

»Das nehme ich auch an. Ich möchte nur wissen«, fragte Dawlish, »wie wir zuerst hier auf Korsika Fuß fassen konnten.«

»Das kann ich dir sagen«, erklärte Ramage. »Vor etwa drei Jahren wiegelte dieser Paoli die Korsen gegen die Franzosen auf, jagte sie davon und ging England um Schutz an. Daraufhin schickte ihm unsere Regierung einen Vizekönig — eben Sir Gilbert. Ich glaube aber, diese Aktion hatte nicht viel Erfolg, Paoli und Sir Gilbert vertrugen sich nicht lange, und Paoli hatte bald Streit mit seinen eigenen Leuten. Nimm zwei Korsen, und du hast es mit zwei Parteien zu tun. Und Paoli ist ein alter, kranker Mann.«

»Ich kann mir nicht vorstellen«, meinte Dawlish, »wie Bonaparte auf der Insel landen will. Wir haben von Elba bis Argentario jede Reede, jeden Hafen nach

Transportfahrzeugen abgesucht und die wenigen, die wir fanden, gekapert oder versenkt. Allerdings heißt es, daß des Nachts immerzu Schiffe mit korsischen Rebellen heimlich vom Festland herüberkommen. Sie bringen angeblich — gegen Geld — je ein paar Dutzend dieser Kerle auf die Insel. Einige von den Gefangenen, die wir von der Brigg herunterholten, sagten uns, die Franzosen hätten die Korsen in Livorno schon so satt bekommen, daß sie ihnen Waffen und Geld zur Verfügung stellten und sie aufforderten, doch endlich loszuschlagen und Korsika zu befreien, nur weil sie die Kerle endlich los sein wollen. Die Franzosen sagen sich, sie hätten nichts zu verlieren, wie immer das Unternehmen ausginge. Fielen uns die Korsen auf See in die Hände, dann könnten sie in Livorno nicht mehr so viel Unruhe stiften, gelänge es ihnen zu landen — nun, dann machten sie eben uns zu schaffen.«

Plötzlich riß Dawlish seinen Kieker ans Auge: »Fähnrich, passen Sie auf! Die *Trumpeter* heißt ein Signal.«

Der Junge stürzte an die Reling und legte sein Glas gegen eine Want, um einen ruhigen Blick zu haben.

»Vier-Null-Sechs«, rief er, »das sind wir, Sir.«

»Um Gottes willen, Junge, was wollen die von uns?«

»Zwo-Eins-Vier — das heißt, daß ein Leutnant eines noch zu benennenden Schiffes an Bord kommen soll. Dann — Gott, wie seltsam!«

»Was ist denn so seltsam, Junge?«

»Jetzt weht Acht-Null-Acht: das ist ein Schiff, aber ich kenne es nicht. Ich werde gleich nachsehen.«

»Schon gut«, sagte Ramage, »das ist die Nummer der *Sibella*. Man will mich sprechen. Laß ›verstanden‹ heißen, Jack, und gib mir bitte ein Boot. Sag, wer ist eigentlich zur Zeit Kommandant der *Trumpeter?*«

»Er heißt Croucher. Leider muß ich dir sagen, daß er zu Goddards Schützlingen zählt.«

»Ja, und ich sehe hier mehr als fünf Kapitäne vor Anker liegen«, sagte Ramage und wies mit einer ausholenden Handbewegung auf die Versammlung britischer Schiffe.

Dawlish blickte ihn fragend an.

»Hast du die Gerichtsordnung vergessen?« fragte ihn Ramage. »Laß dich erinnern: ›Wenn fünf oder mehr Kriegsschiffe oder andere Kriegsfahrzeuge Seiner Majestät in ausländischen Gewässern zusammenliegen, dann hat der dienstälteste der anwesenden Offiziere das Recht, ein Kriegsgericht einzuberufen und in ihm den Vorsitz zu führen.‹ «

»Ja, richtig — Croucher kann also . . .«

»Gewiß kann er — und ich zweifle nicht, daß er es tun wird. Kannst du mir deinen Hut und deinen Degen leihen?«

Das mit vierundsiebzig Geschützen bestückte Linienschiff *Trumpeter* war, verglichen mit der *Lively*, riesengroß. Sein makelloser Anstrich und die üppige Vergoldung verrieten, daß Kapitän Croucher reich genug war, tief in die eigene Tasche zu greifen, um sein Schiff so schmuck herauszuputzen, denn die offizielle Farbzuteilung des Marineamts war allzu kümmerlich. Als der Bugmann der Bootsbesatzung einhakte und wartete, bis Ramage an Bord stieg, fiel diesem die Geschichte von dem Kommandanten ein, der angeblich beim Amt angefragt hatte, welche Seite seines Schiffes er mit dem zugewiesenen Quantum Farbe anstreichen lassen sollte.

Ramage kletterte die dicken hölzernen Leisten hinauf, die als schmale Stufen in die Bordwand eingelassen waren, wandte sich grüßend nach dem Achterdeck und bat den mit übertriebener Sorgfalt gekleideten Leutnant an der Fallreepspforte, ihn zum Kommandanten zu geleiten.

»Ramage, nicht wahr?« fragte der Leutnant herablassend.

Ramage warf einen Blick in das mit Pickeln übersäte Gesicht des jungen Mannes und musterte ihn dann langsam vom Kopf bis zu den Füßen. Er hatte die Zwanzig — das Mindestalter für einen Leutnant — höchstens ein paar Monate hinter sich und besaß offenbar nicht viel Verstand, wohl aber eine Menge Beziehungen, die ihm rasche Beförderung garantierten. Das pickelige Gesicht lief rot an, und Ramage entnahm daraus, daß der junge Mann seine Gedanken erraten hatte.

»Bitte folgen Sie mir«, sagte er beflissen, »Kapitän Croucher und Lord Probus erwarten Sie bereits.«

Kapitän Crouchers Kajüte war weit geräumiger als die von Lord Probus, vor allem war sie so hoch, daß man im großen Salon aufrecht stehen konnte, und auch kostbarer eingerichtet. Dadurch wirkte sie fast überladen, vor allem war zu viel Silbergerät zur Schau gestellt.

Croucher war entsetzlich mager. Seine Uniform war ausgezeichnet geschnitten und tadellos gebügelt, aber alle Schneiderkunst konnte nicht verheimlichen, daß die Natur sein Skelett nicht genügend mit Fleisch gepolstert hatte — sie hatte ihm offenbar nur mit »Zahlmeistermaß« zugeteilt, mit andern Worten: es kamen nur vierzehn statt sechzehn Unzen auf das Pfund.

»Kommen Sie herein, Ramage«, sagte er, als ihn der Leutnant gemeldet hatte.

Ramage hatte Croucher noch nie gesehen und hätte beinahe laut aufgelacht, als er jetzt gewahr wurde, wie gut der Spitzname »das Gespenst« auf ihn paßte. Seine Augen lagen tief in den Höhlen, das Stirnbein stand über ihnen weit vor, so daß es aussah, als starrte einen jedes Auge wie ein giftiges Reptil aus einem Felsenloch an. Vom Mund dieses Mannes waren Niedrigkeit,

Schwäche und Bosheit abzulesen — drei Eigenschaften, die nach Ramages Meinung immer zusammen wohnten. Seine Hände glichen Klauen und hingen an Gelenken, die kaum dicker waren als ein Besenstiel.

Probus kehrte den Heckfenstern den Rücken zu, so daß sein Gesicht im Schatten lag. Man sah ihm sein Unbehagen darüber an, daß er in eine Sache hineingezogen wurde, der er sich am liebsten ferngehalten hätte.

»Nun, Ramage«, sagte Croucher, »lassen Sie uns einmal etwas über Ihre Erlebnisse hören.« Er hatte eine hohe, seltsam quengelnde Stimme, die genau zu seinem Mund paßte.

»Schriftlich, Sir, oder mündlich?«

»Mündlich, Mann, mündlich. Ihr Bericht liegt mir ohnedies in Abschrift vor.«

»Diesem Bericht habe ich nichts hinzuzufügen, Sir.«

»Wissen Sie das genau?«

»Jawohl, Sir.«

»Was hat es dann mit dieser Meldung auf sich?« fragte Croucher und nahm ein paar Bogen Papier vom Schreibtisch. »Was hat es damit auf sich, he?«

»Er kann kaum wissen, worum es sich handelt«, fiel ihm Probus rasch ins Wort.

»Das wird er gleich erfahren. Dies, junger Mann, ist eine Beschwerde, besser gesagt eine förmliche Anklage des Grafen Pisano, daß Sie ein Feigling seien, daß Sie seinen verwundeten Vetter vorsätzlich den Franzosen preisgegeben hätten. Was haben Sie dazu zu sagen?«

»Nichts, Sir.«

»Nichts? Nichts? Sie geben also zu, daß Sie ein Feigling sind?«

»Nein, Sir: ich wollte nur sagen, daß ich zu der Anklage des Grafen Pisano nichts zu sagen habe. Behauptet er etwa, er wisse bestimmt, daß sein Vetter nur verwundet und nicht tot war?«

»Hm — ich . . .« Croucher überflog die vor ihm liegenden Seiten. »So klar kommt das hier nicht zum Ausdruck.«

»Das hatte ich nicht anders erwartet, Sir.«

»Nehmen Sie die Sache nicht so leicht, Ramage«, fuhr ihn Croucher an. Dann fügte er mit einem höhnischen Lächeln hinzu: »Es wäre ja nicht das erstemal, daß ein Angehöriger Ihrer Familie über den fünfzehnten Kriegsartikel zu Fall kommt, und jetzt käme vielleicht sogar auch noch der zehnte dazu . . .«

Der fünfzehnte Kriegsartikel betraf die Bestrafung eines jeden Angehörigen der Flotte, der eines Seiner Majestät Schiffe »feige oder verräterisch« dem Gegner übergab; während der zehnte sich mit allen denen befaßte, »die feige fliehen oder den Feind um Gnade bitten«.

Crouchers Bemerkung war so beleidigend, daß Probus förmlich erstarrte, aber Ramage sagte in aller Seelenruhe: »Verzeihen Sie mir, Sir, wenn ich sage, daß mir der zweiundzwanzigste Kriegsartikel verbietet, Ihnen die gebührende Antwort zu geben.«

Croucher lief rot an. Der zweiundzwanzigste Kriegsartikel verbot unter anderem, gegen einen rangälteren Offizier die Waffe zu ziehen oder ihm mit dem Ziehen der Waffe zu drohen. Es sollte dadurch verhindert werden, daß ein erboster jüngerer Offizier seinen Vorgesetzten zum Duell forderte.

»Sie sind frech, junger Mann, viel zu frech. Aber sagen Sie, sind Sie nicht der dienstälteste überlebende Offizier der *Sibella?*«

»Jawohl, Sir.«

»Dann kommen Sie übermorgen, Donnerstag, ohnehin vor das vom Gesetz vorgeschriebene Kriegsgericht, so daß wir die Ursache und die Umstände ihres Verlustes untersuchen können.«

»*Aye aye*, Sir.«

Als das Boot Ramage wieder auf die *Lively* brachte, war er überrascht, daß er sich so heiter und unbeschwert fühlte. Jetzt stand ihm das Verfahren bevor, jetzt hatte er den Gegner selbst kennengelernt, darum schien ihm auch die Zukunft nicht mehr so bedrohlich zu sein. Admiral Goddard hatte offenbar die Meldung des Bootsmanns entgegengenommen, als die drei Boote Bastia erreichten. Er hatte Croucher Anordnungen hinterlassen, die ihn anwiesen, was er bei Ramages Ankunft zu tun hatte. Goddard ließ sich wohl nicht träumen, daß Croucher eine so leichte Aufgabe bevorstand . . .

Am folgenden Morgen — es war Mittwoch — hatte Ramage als Angeklagter auf freiem Fuß an Bord keine dienstlichen Verpflichtungen. Jetzt, da das Mädchen und ihr Vetter an Land im Hause des Vizekönigs Unterkunft gefunden hatten, machte ihm das Schiff einen seltsam verlassenen Eindruck. Verbittert sagte sich Ramage, daß nun bestimmt auch Sir Gilbert und Lady Elliot Pisanos Lügen zu hören bekamen. Sir Gilbert war allerdings als Schotte nicht so leicht aus dem Gleichgewicht zu bringen und kannte überdies die Familie Ramage schon seit vielen Jahren. Ob ihm Pisano mit seinem Märchen beikommen konnte?

Am späten Nachmittag kam ein Boot der *Trumpeter* längsseit. Ein Leutnant lieferte mehrere versiegelte Schriftstücke ab und fuhr, nachdem der Empfang bescheinigt worden war, zu anderen Schiffen im Hafen weiter. Wenige Minuten später übergab Lord Probus' Sekretär Ramage ein umfangreiches Schreiben, das an ihn adressiert war.

Es war an Bord der *Trumpeter* geschrieben, trug das Datum des Tags zuvor und die Unterschrift eines Mannes, der sich »Stellvertretender Marine-Auditeur auf Zeit« nannte, ein Titel, hinter dem sich höchstwahrscheinlich der Zahlmeister des Schiffes verbarg. Das Schreiben lautete:

»Kapitän Aloysius Croucher, Kommandant Seiner Majestät Schiff *Trumpeter* und dienstältester Offizier aller zur Zeit in Bastia liegenden Schiffe und Fahrzeuge Seiner Majestät, hat ein Kriegsgericht einberufen, um die Ursache und die näheren Umstände zu untersuchen, die zum Verlust Seiner Majestät Fregatte *Sibella* geführt haben. Da dieses Schiff zuletzt Ihrem Befehl unterstand und da Sie der einzige überlebende Offizier desselben sind, obliegt es dem Gericht, Ihr Verhalten und Ihre Maßnahmen zu überprüfen, insoweit diese mit dem Verlust besagten Schiffes in Zusammenhang stehen. Ich selbst bin dazu bestimmt worden, bei dem Gerichtsverfahren das Amt eines Auditeurs zu übernehmen. Das Gericht tritt an Bord der *Trumpeter* am Donnerstag, den 15. dieses Monats, um 8 Uhr vormittags zusammen. Ich sende Ihnen anbei eine Abschrift des Befehls ... sowie Abschriften der Schriftstücke, auf die dieser Befehl Bezug nimmt. Ich wäre Ihnen verbunden, wenn Sie mir umgehend eine Liste von solchen Personen einreichen wollten, von denen Sie glauben, daß sie als Zeugen zu Ihren Gunsten in Frage kommen, damit sie zum angegebenen Termin geladen werden können.«

Der Brief trug die Unterschrift »Horace Barrow«. Ramage warf einen Blick auf die beigefügten Schriftstücke. Eines war eine Abschrift der Ernennung Barrows zum Stellvertretenden Marine-Auditeur durch Croucher, das zweite der Befehl zum Zusammentritt des Gerichts, das dritte eine Abschrift von Pisanos Brief an Lord Probus, das vierte eine Abschrift seines eigenen Berichts. Aus dem letzten endlich ging hervor, daß der Bootsmann und der Meistersmaat der *Sibella* als Zeugen der Anklage vorgeladen waren.

Ramage hatte sofort das Gefühl, daß hier ein zwielichtiges Spiel getrieben wurde. Warum gehörte Pisanos Brief, der doch mit dem Verlust der *Sibella* nicht das geringste zu tun hatte, mit zu den Papieren, auf die Crouchers Befehl »Bezug nahm«? Wahrscheinlich wollte Croucher, daß dieser Brief auf solche Art in das Gerichtsprotokoll gelangte und mit diesem der Admiralität zu Gesicht kam. Es war der einzige Weg, zu erreichen, daß er dort gelesen wurde. Man konnte zweifeln, ob ein solches Verfahren legal zu nennen war, aber Ramage sagte sich, der Brief würde eines Tages doch in die Öffentlichkeit gelangen, darum machte es ihm wenig aus, wenn das schon jetzt geschah.

Er zog seine Uhr. Es blieben ihm grade noch achtzehn Stunden, um Zeugen zu finden und seine Verteidigung vorzubereiten ...

Er brauchte vor allem den Bootsmann, der ihm im Dienstalter am nächsten stand und am besten über die Mannschaftsverluste der *Sibella* Auskunft geben konnte. Der Meistersmaat konnte über den Zustand des Schiffes zu dem Zeitpunkt berichten, da er sich entschloß, es aufzugeben. Dann war da noch Jackson, der in dem kurzen Zeitabschnitt seiner Kommandoführung meist in seiner unmittelbaren Nähe gewesen war. Als Zeuge kam auch noch der Junge in Frage, der ihm die Nachricht gebracht hatte, daß er nun Kommandant sei, und endlich die beiden Matrosen, die ihn auf das Achterdeck geschleppt hatten: er besann sich nicht mehr auf ihre Namen, aber Jackson kannte sie bestimmt.

Jetzt ging er an Deck und suchte den Steuermannsmaat auf, der hier vor Anker statt eines Offiziers Deckswache ging — Probus gehörte nicht zu den kleinlichen

Kommandanten, die darauf bestanden, daß auch im Hafen nur ein Leutnant als Wachhabender in Frage kam. Ramage bat den Mann, ihm Jackson holen zu lassen. Aber ehe der Steuermannsmaat noch Zeit fand, den Mund aufzutun, hörte er, wie Lord Probus' Bootssteuerer durch den vorderen Niedergang laut nach Jackson rief. Was konnte Probus von ihm wollen?

»Lassen Sie«, sagte Ramage. »Ich will warten, bis ihn der Kommandant gesprochen hat.«

Es dauerte nicht lange. Schon nach drei oder vier Minuten kam Jackson aus der Kajüte zurück und sah sich aufgeregt nach Ramage um. Er eilte sofort auf ihn zu, grüßte und sagte mit bedrückter Stimme: »Ich habe eben vom Kommandanten einen Befehl erhalten, Sir.«

»Nun ja, es ist sein gutes Recht, Ihnen Befehle zu geben.«

»Das weiß ich, Sir. Aber ich soll unsere Leute sofort auf die *Topaze* bringen. Wir sind auf Befehl Kapitän Crouchers alle dorthin versetzt.«

Ramage warf einen Blick nach der kleinen, schwarzgestrichenen *Topaze* hinüber. Sie war eine Sloop und konnte daher von einem Leutnant oder einem *Commander* geführt werden — jedenfalls war ihr Kommandant noch so jung, daß er an dem Kriegsgericht gegen ihn nicht teilnehmen konnte. Das Boot der *Trumpeter* hatte eben von ihrer Bordwand abgelegt, wahrscheinlich hatte es ihrem Kommandanten Crouchers Versetzungsbefehl überbracht.

Jackson war seinem Blick gefolgt und rief nun plötzlich aus: »Schauen Sie, Sir — die *Topaze* macht seeklar.«

Ja, tatsächlich, man sah, wie die Leute an Deck eilten und die Vorsegel anschlugen. Ramage fühlte, wie sich sein Magen vor Entsetzen zusammenkrampfte, als er gewahr wurde, was ihm Croucher da antat . . .

Der Leutnant der *Trumpeter* hatte ihm den Befehl

247

zur Einberufung des Kriegsgerichts und zugleich die Aufforderung überbracht, seine Zeugen zu nennen — aber zur gleichen Zeit hatte er Probus den Befehl Crouchers ausgehändigt, alle Leute der *Sibella* sofort auf die *Topaze* zu schicken. Und der Kommandant der *Topaze* hatte offenbar eben erst den Befehl erhalten, sofort in See zu gehen, wenn die Männer der *Sibella* an Bord seien . . .

Wenn also Ramages Zeugenliste auf der *Trumpeter* eintraf, war die *Topaze* ausgelaufen, und der »Stellvertretende Marine-Auditeur« konnte ihm durchaus der Wahrheit entsprechend antworten, daß die meisten der von ihm benannten Zeugen nicht greifbar seien.

Jackson war Ramages plötzliche Nervosität offenbar nicht entgangen, denn er fragte ihn mit besorgter Miene: »Ist etwas schiefgegangen, Sir?«

»Alles ist schiefgegangen«, sagte Ramage bitter. »Morgen soll ich mich wegen Feigheit vor Gericht verantworten. Dabei habe ich außer dem Bootsmann und dem Meistersmaat keinen einzigen Zeugen zur Verfügung, der für mich aussagen könnte.«

»Wegen Feigheit?« rief Jackson ganz entsetzt. »Wie ist das möglich, Sir? Handelt es sich denn nicht nur um die normale Untersuchung, die beim Verlust eines Schiffes üblich ist?«

Ramage war sich darüber im klaren, daß er aus Gründen der Manneszucht vermeiden sollte, sich mit Jackson über seinen Fall zu unterhalten; aber da Jackson morgen ohnehin in See war, machte es nicht viel aus, wenn er es jetzt dennoch tat.

»Ja, wegen Feigheit, zum mindesten vermute ich, daß sie diesen Vorwurf gegen mich erheben.«

»In der Anklage steht also nichts davon drin, Sir?«

»Nein — die ist im üblichen Wortlaut gehalten.«

»Aber wie . . . wie kann es nur angehen, daß man

Ihnen Feigheit vorwirft, Sir? Entschuldigen Sie bitte diese Frage.«

»Das ist ganz einfach«, sagte Ramage verbittert, »der Graf Pisano hat mich schriftlich angeschuldigt.«

»Was, der? So ein ver . . .«

»Jackson, es war äußerst unkorrekt von mir, Ihnen das alles auszuplaudern. Jetzt möchte ich ganz schnell noch einige Namen von Ihnen wissen. Wie hieß der Junge, den mir der Bootsmann schickte, als ich bewußtlos an Deck lag? Wie hießen die beiden Männer, die mir halfen, an Oberdeck zu gelangen?«

»Ich kann mich leider nicht daran erinnern, Sir. Aber einige von den Jungs wissen sicher noch, wie sie hießen: ich werde sie fragen, während wir uns fertig machen, um auf die *Topaze* überzusetzen.«

Jackson grüßte und ging nach vorn. Seltsam, wie der Amerikaner plötzlich aussah. Trug er nicht so etwas wie eine triumphierende Miene zur Schau? Ramage fühlte sich plötzlich von krampfhafter Angst gepackt. In den letzten Tagen hatte er Jackson gegenüber oft genug indiskrete Bemerkungen fallen lassen. Aus seinem — Ramages — eigenen Bericht ging natürlich für Croucher nichts Belastendes hervor, da kam ihm wohl der Amerikaner gerade gelegen, Pisanos Vorwurf der Feigheit zu bestätigen, wenn er sich dazu bereit fand, das Gericht mit Lügen zu bedienen.

Ja, er saß nun einmal in der Falle! Abermals fühlte er sich von Panik ergriffen, als er sich vergegenwärtigte, daß, abgesehen von dem Bootsmann und dem Meistersmaat, Pisano als einziger und gewichtigster Zeuge vor Gericht erscheinen würde, es sei denn, daß Croucher noch andere Männer der *Sibella* bereithielt, die Bastia unter Führung des Bootsmanns erreicht hatten. Auch Gianna unterstützte bestimmt die Aussage ihres Vetters, zum mindesten konnte er nicht erwarten, daß sie ihm widersprach — sofern sie überhaupt gesundheitlich schon imstande war, der Verhandlung beizuwohnen.

Jackson kam wieder zurück: »Die beiden Matrosen waren Patrick O'Connor und John Higgins, Sir, der Schiffsjunge hieß Adam Brenton.«

»Ich danke Ihnen«, sagte Ramage, rannte in die Messe und rief dem Steward zu, er solle ihm schleunigst Tinte, Feder und Papier bringen.

In aller Eile schrieb er dann einen Brief an den Stellvertretenden Marine-Auditeur. Darin bat er, die in der beiliegenden Liste aufgeführten Männer als Zeugen aufzurufen, und setzte unter dieses Schriftstück seinen Namen. Auf einen zweiten Bogen schrieb er die Namen des Bootsmanns, des Meistersmaaten und der Männer, die ihm Jackson eben genannt hatte. Am Schluß fügte er noch die Namen Jacksons und Smiths hinzu. Plötzlich kam ihm noch ein Einfall, den er in einem Nachwort zu seinem Schreiben formulierte. Er werde, schrieb er, dem Gericht eine weitere Liste unterbreiten, sobald er zur Auffrischung seiner Erinnerung Gelegenheit bekomme, die Musterrolle der *Sibella* einzusehen. Schließlich faltete er Brief und Liste zusammen — zum Siegeln war keine Zeit mehr — und eilte damit an Deck.

Dawlish stand am Fallreep, wo eben Jackson die sechs Mann der *Sibella* musterte, die mit ihren Hängematten und neuen Seesäcken angetreten waren. Die Seesäcke waren noch kümmerlich leer; die Männer hatten diesen Morgen zum erstenmal Gelegenheit gehabt, beim Zahlmeister das Nötigste einzukaufen.

»Jack — kannst du dieses Schreiben umgehend auf die *Trumpeter* schicken? Es ist brandeilig.«

»Gewiß — ich habe eben ein Boot der *Topaze* längsseit, das kann den Brief gleich dort abliefern.«

»Nein, Jack, das geht nicht. Kannst du nicht eines unserer Boote schicken?«

Dawlish sagte sich, daß Ramage wohl allen Grund hatte, sich so hartnäckig anzustellen.

»Bootsmaat der Wache! Pfeifen Sie die Bootsbesatzung vom Dienst. Sie da!« rief er einem Fähnrich zu, »nehmen Sie das Wachboot und bringen Sie diesen Brief dem« — er unterbrach sich und entzifferte die Adresse — »dem Stellvertretenden Marine-Auditeur an Bord der *Trumpeter*.«

Während Jackson die Namen der *Sibella*-Leute aus einer Liste aufzurufen begann, rief Dawlish ungeduldig nach vorn: »Los, beeilt euch dort! Wo bleibt die Bootsbesatzung vom Dienst! Bootsmaat der Wache! Jagen Sie die Burschen achteraus!«

Jetzt bemerkte Ramage, daß Probus den Niedergang heraufgekommen war und auf sie zukam.

»Wozu brauchen Sie ein Boot?« fragte er Dawlish. »Die *Topaze* sendet ihr eigenes Boot, um diese Männer zu holen.«

»Ich weiß, Sir. Es liegt schon längsseit. Mr. Ramage möchte einen Brief auf die *Trumpeter* schicken.«

»Das hat doch noch Zeit, nicht wahr, Ramage? Ich habe nämlich selbst Papiere, die später hinübergeschickt werden müssen.«

»Es ist meine Zeugenliste, Sir.«

»Ihre *was?*«

»Zeugenliste.«

»Haben Sie denn geschlafen?«

»Nun, Sir, es ist erst zehn Minuten her, daß ich die Anklage zugestellt bekam.«

»Wie? Zehn Minuten? Haben Sie das Schriftstück nicht gestern bekommen?«

»Nein, Sir. Es kam mit dem letzten Boot von der *Trumpeter*, dem gleichen, das auch den Versetzungsbefehl für diese Männer brachte.« Ramage wies mit einer Geste auf die Matrosen der *Sibella*.

»So ist das also. Gut, lassen Sie das Boot absetzen, Dawlish.«

Probus ging weg. Einen Augenblick später sah Ramage, wie er seinen Kieker erst auf die *Trumpeter* und dann auf die *Topaze* richtete. Nach einem kurzen Blick auf die Sloop rief er:

»Fähnrich! Was weht auf der Sloop dort für ein Signal?«

Ramage sah, wie die *Topaze* eben den »Blauen Peter« gesetzt hatte, das Rückrufsignal für die Boote und die allgemeine Ankündigung, daß das Schiff im Begriff war, in See zu gehen.

»Der Blaue Peter, Sir, Rückrufsignal für die Boote.«

»Mr. Dawlish«, sagte Probus, »schicken Sie diese Männer da schleunigst los. Mr. Ramage, kommen Sie zu mir.«

Sobald Ramage zu ihm getreten war, fragte er: »Haben Sie gewußt, daß die *Topaze* im Begriff ist auszulaufen?«

»Vor ein paar Minuten haben wir gesehen, daß sie die Vorsegel klarmachte.«

»Warum haben Sie mir nichts davon gesagt?«

Darauf wußte Ramage nichts zu antworten. Er hatte eben nicht daran gedacht.

»Auf diese Weise schwimmen Ihnen Ihre Zeugen weg.«

Ramage sagte wieder nichts. Probus kam wohl selbst darauf, wie alles zusammenhing.

Schließlich schob Probus seinen Kieker mit einem zornigen Knall zusammen und wandte sich halb um, als ob er Ramage etwas sagen wollte. Aber im letzten Augenblick besann er sich wieder und schwieg.

In eben diesem Augenblick sah Ramage, wie die Männer der *Sibella* ihre Sachen in das Boot luden. Jackson trat auf Probus zu, als ob er ihm eine Meldung machen wollte. Aber statt in respektvoller Entfernung stehenzubleiben und zu salutieren, trat der Amerikaner ganz dicht an ihn heran, versetzte dem überraschten Kommandanten einen Stoß vor die Brust und sagte im Gesprächston zu ihm: »Scher dich aus dem Weg.«

Probus war so sprachlos, daß er nicht sofort reagieren konnte, da versetzte Jackson auch Ramage einen Stoß: »Du aber auch!«

Probus gewann zuerst seine Fassung wieder. Rot vor Zorn fragte er Ramage: »Ist dieser Mann betrunken, oder ist er verrückt?«

»Weiß der Himmel, Sir!«

» ›Ungehöriges Benehmen‹, vielleicht sogar ›tätliche Beleidigung eines Vorgesetzten‹, Sir«, sagte Jackson. »Sie sollten mich festnehmen lassen.«

»Da haben Sie verdammt recht«, sagte Probus heftig erregt. »Wachtmeister! Der Wachtmeister soll sofort zu mir kommen!«

Während sich der Kommandant abwandte, um Dawlish seinen Befehl zu wiederholen, versuchte sich Jackson durch eine Geste vorsichtig mit Ramage zu verständigen.

Dieser begriff sofort, was Jackson für ihn auf sich genommen hatte, und starrte auf das Deck nieder, weil er sich des Mißtrauens schämte, das er eben noch gegen diesen Mann gehegt hatte.

Probus wartete ungeduldig auf den Wachtmeister. Er schlug aufgeregt mit dem Kieker gegen sein Bein, dann trat er endlich an die Querreling des Achterdecks und rief mit lauter Stimme nach Dawlish.

Ramage benutzte die Gelegenheit und zischte Jackson ins Ohr: »Wie töricht von Ihnen, man kann Sie dafür hängen!«

»Ja, aber wenn ich hier in Haft bin, kann ich nicht mit der *Topaze* auslaufen.«

»Aber . . .«

»Ich hatte ja keine Ahnung, Sir, daß Ihnen solche Gefahr droht, ich dachte, das Ganze sei nur eine Routineangelegenheit. Allerdings nahm mich immer wieder wunder, warum der italienische Gentleman so lange Reden hielt. Hätte ich gewußt . . .«

Er hielt mitten im Satz inne, als er sah, daß Probus der Reling den Rücken kehrte. Ramage dämmerte jetzt, daß Jackson von Pisanos Anschuldigungen nichts ahnen konnte, da die Gespräche in der Gig zwischen ihm, Pisano und Gianna ja alle auf italienisch geführt worden waren.

Noch war keine Minute vergangen, da stand der vierschrötige Wachtmeister, von der Klettertour aus den Tiefen des Schiffs bis aufs Achterdeck völlig außer Atem, vor Probus. Dieser deutete auf Jackson und sagte: »Bringen Sie den Mann unter Deck.«

Dann befahl Probus dem Leutnant Dawlish: »Senden Sie einen der Leutnants mit den Männern der *Sibella* auf die *Topaze*. Er soll dem Kommandanten dort erklären, daß einer davon auf meinen Befehl an Bord dieses Schiffes zurückgehalten wurde und daß Kapitän Croucher Meldung darüber erhält.«

Dann herrschte er Ramage an: »Kommen Sie mit mir in die Kajüte.«

Dank der Sonnensegel, die über dem Achterdeck ausgespannt waren, herrschte dort angenehme Kühle. Probus zog den Stuhl vom Schreibtisch weg und setzte sich nieder.

»Wußte der Mann, daß Sie morgen vor Gericht stehen werden?«

»Jawohl, Sir — ich habe es ihm vor wenigen Minuten gesagt.«

»Hat er auch gesehen, daß die *Topaze* seeklar macht?«

»Jawohl — er sah, daß sie ihre Vorsegel klarmachte; den Blauen Peter haben Sie selbst bemerkt.«

»Weiß der Mann, wessen Sie angeklagt sind?«

»Nein — ich habe nur erwähnt, daß mich Pisano der Feigheit beschuldigt.«

»Das war sehr indiskret von Ihnen.«

»Jawohl, Sir. Ich bitte, mir dies zu verzeihen. Darf ich eine persönliche Frage an Sie richten?«

»Ja, fragen können Sie, aber ich kann Ihnen nicht gewährleisten, daß Sie eine Antwort bekommen.«

»Haben Sie gewußt, daß die *Topaze* auslaufen sollte?«

»Sie wissen, daß ich darauf nicht antworten kann — aber mein Verhalten, als ich den Blauen Peter sah, macht Ihre Frage doch eigentlich überflüssig.«

»Danke, Sir.«

»Sie brauchen mir nicht zu danken: ich habe Ihnen nichts gesagt.«

»*Aye aye*, Sir.«

»Dieser Bootssteuerer, was ist das eigentlich für ein Mensch?«

»Er ist Amerikaner, Sir, ein ausgezeichneter Seemann, ein Mensch von ungewöhnlicher Tatkraft. Ich möchte wissen, warum er nicht schon längst mit der Anwartschaft auf Versorgung entlassen wurde.«

»Das ist schließlich seine Sache«, sagte Probus ungeduldig. »Wir wollen doch wissen, was der Mann augenblicklich im Sinn hat. Offenbar wollte er festgenommen werden, um nicht mit der *Topaze* in See gehen zu müssen. Der Grund dafür liegt auf der Hand, er möchte als Zeuge zur Verfügung stehen. Warum das? Was kann er vorbringen, um Ihnen zu helfen?«

»Das ist auch mir ein Rätsel, Sir. Über die Affäre Pisano kann er ja kaum etwas wissen, weil wir immer italienisch sprachen.«

»Und in den letzten Minuten hat er auch nur erfahren, daß Pisano Sie der Feigheit beschuldigt und daß diese Anschuldigung vor Gericht zur Sprache kommen wird.«

»Jawohl, Sir.«

»Und doch verstehe ich nicht, was er will. Eine wichtige Aussage kann er unmöglich machen — eine, die dazu dienen könnte, einen strittigen Punkt zu klären. Von Ihnen war es jedenfalls höchst indiskret, einen einfachen Matrosen so ins Vertrauen zu ziehen.«

»Ich sehe das ein, Sir.«

»Immerhin, es ist kein Schaden angerichtet worden.«

»Abgesehen davon, daß jetzt Jackson genauso in Haft ist wie ich selbst.«

»Ach, wer sagt denn das?«

»Nun, Sir . . .«

»Ich habe nur befohlen, ihn unter Deck zu bringen. Wenn ich ihn an Bord behalten will, damit er Ihnen als Zeuge zur Verfügung steht, dann muß ich ihn einsperren . . .« Ramage wartete schweigend, bis Probus fortfuhr.

»Ehe ich ihn aber einsperre, möchte ich mir doch darüber klarwerden, wessen er beschuldigt werden muß. Daß er sich an mir vergriffen hat, bleibt außer Betracht — obwohl daran nicht zu zweifeln ist —, sonst müßte er vor ein Kriegsgericht und könnte unter Umständen gehenkt werden. ›Ungehöriges Benehmen gegen einen Vorgesetzten‹ — das dürfte richtig sein: jedenfalls fällt das noch in den Rahmen meiner Strafgewalt. Aber hören Sie jetzt genau zu, Ramage: Wenn auch nur *ein* Wort von dem herauskommt, was wir hier vereinbaren, dann sind wir beide ruiniert. Sie tun also gut daran, sich Jackson vorzunehmen und ihm größte Vorsicht und Verschwiegenheit einzuschärfen.«

»*Aye aye*, Sir.«

»Also gut. Aber Kapitän Croucher wird nicht sehr erbaut sein, fürchte ich. Ja, ja, mein Lieber, Ihr Vater hatte eine Menge Gegner.«

»Das wird mir jetzt auch allmählich klar. Glauben Sie mir, es ist ziemlich hart, wenn man einem Menschen zum erstenmal im Leben begegnet und gleich feststellen muß, daß man einen Feind vor sich hat.«

»Nun, es mag ein Trost für Sie sein, daß es hier auf Korsika noch viel schlimmere Dinge gibt. Ich meine die Vendetta: Romeo und Julia — Dolche im Dunkel der Nacht — Familienfehden, die vom Vater auf den Sohn vererbt werden wie Grundbesitz . . .«

»Eben das habe auch ich geerbt, so kommt es mir wenigstens vor«, sagte Ramage verbittert.

»Machen Sie sich doch nicht lächerlich! Ihr Fall liegt ja ganz anders.«

Ramage gestand sich ein, daß da ein Unterschied bestehen müsse, obwohl im Augenblick schwer zu erkennen war, worin er bestand, wenn man davon absah, welche Rolle hier auf Korsika der Dunkelheit zukam. Ein Dolch zwischen die Schulterblätter war jedenfalls ehrlicher als die Waffe, deren sich Kapitän Croucher bediente.

»Sagen Sie, lieben Sie eigentlich dieses Mädchen?«

Ramage schreckte aus seinen Gedanken auf. Probus hatte fast beiläufig gefragt und wollte ihm ganz bestimmt nicht zu nahe treten; es sah eher aus, als ginge ihm ein Gedanke im Kopf herum.

Wie war es denn? Liebte er sie, oder waren nur die Beschützerinstinkte in ihm geweckt worden, weil sie in Gefahr war, als sie einander zum erstenmal begegneten? Hatten ihn etwa nur ihre Schönheit und ihre Sprechweise hingerissen, jener Akzent, der das trockene Englisch plötzlich so musikalisch — und so sinnlich klingen machte? Er hatte sein Verhältnis zu Gianna bisher nicht kalten Blutes überdacht, das kam alles, wie es kommen mußte, man sagte nicht plötzlich aus heiterem Himmel: »Ich liebe dich.« In früheren Tagen hatte er auch schon Mädchen kennengelernt, aber er hatte nie mehr als freundschaftliche Gefühle für sie aufgebracht — mit einer einzigen Ausnahme. Das war eine verheiratete Frau gewesen. Die hatte ... Er fühlte, wie ihm bei dem Gedanken an sie langsam das Blut zu Kopfe stieg, weil er sich schämte. Jedoch ... nun, in diesem Augenblick gab er sich zum erstenmal darüber Rechenschaft (besser gesagt, gestand er sich ein), daß es ihm während Giannas Anwesenheit an Bord durchaus genügt hatte zu wissen: sie ist da. Das galt sogar für den Augenblick, da er lieblos aus ihrer Kammer gestürzt war und ihrem Flehen kein Gehör geschenkt hatte. Seitdem sie von Bord war, fühlte er sich wie eine leere Muschel, sein Dasein hatte allen Sinn verloren, er fühlte keinen Anlaß — nein, besser: keinen Ansporn — mehr, irgend etwas zu tun. War das Liebe? Hier gab es überhaupt nichts von der hitzigen, ja fast rohen Erregung, die er bei jener verheirateten Frau empfunden hatte: das war lediglich ein heftiges Prickeln unter dem Säbelkoppel gewesen und darüber schweres Atmen. Jetzt aber fühlte er sich ohne sie völlig verloren, er fand keine Ruhe mehr, ja er fühlte sich nur noch wie ein Teil seiner selbst. Aber als sie ...

»Sind Sie sich denn darüber im klaren«, sagte Probus, »daß sie Sie liebt?«

»Mich liebt?«

»Mein lieber Junge«, rief Probus ungeduldig aus, »sind Sie denn blind?«

»Nein — aber ...«

»Der Teufel hole Ihre ›Aber‹. Ich weiß im Grunde nicht, warum ich mich in Ihre Angelegenheiten einmenge, aber anscheinend brauchen Sie wirklich eine Segelanweisung von mir. Sie haben doch eine Menge Wasser unter dem Kiel. Bis vor wenigen Minuten war ich nicht sicher, wieviel von Pisanos Geschichte stimmt — kein Rauch ohne Feuer, Sie wissen ja. Wäre die Marchesa nicht gewesen, so hätte ich wohl die Hälfte seiner Geschichte geglaubt. Ich sage Ihnen gleich warum, obwohl« — er hob die Hand, damit ihm Ramage nicht ins Wort fiel — »Frauen leicht in ihrem Urteil irren und obwohl sie nicht an Bord der *Sibella* war, als Sie die Flagge niederholten.

Für mich war natürlich die *Sibella* das größte Fragezeichen. Als Sie sich plötzlich mit der Verantwortung für ein schwerbeschädigtes Schiff und eine Menge verwundeter Männer belastet sahen — da wäre es kein Wunder gewesen, wenn Sie sich übereilt zu einem Schritt entschlossen hätten, den Sie später bereuen mußten. Aber ich hatte genügend Zeit, mir diesen Jackson vorzunehmen — ich sollte Ihnen das eigentlich gar nicht sagen, vermute ich —; und wenn er den Henkerstrick riskiert, um Ihr Ansehen zu retten, dann will ich glauben, daß es wirklich das beste war, vor der *Barras* die Flagge zu streichen.«

»Ich danke Ihnen, Sir«, sagte Ramage trocken. »Die *Sibella* macht mir nicht so viel zu schaffen wie das, was am Strand geschah.«

»Genauso ging es mir auch, bis ich herausfand, daß die Marchesa bereit war, Ihnen zu glauben — aber meines Wissens herzlich wenig Unterstützung bei Ihnen fand. War ihr Vetter wirklich tot?«

»Ja.«

»Dann weiß der Teufel, warum Sie das Mädchen nicht überzeugt haben. Sie sagte mir, sie hätte nichts von Ihnen erfahren können. Jetzt denkt sie wohl, Sie seien entweder ein Lügner oder zu stolz. Sie haben es nur sich selbst zuzuschreiben, wenn sie jetzt Pisano aufs Wort glaubt — meinen Sie nicht auch?«

Als Ramage keine Antwort gab, schien Probus die Geduld zu verlieren. »Mann, antworten Sie mir!«

»Nun, Sir, zunächst war ich überrascht, daß man mir vorwarf, ich sei nicht zurückgegangen. Dann ärgerte ich mich darüber, daß mich Pisano einen Feigling nannte — dabei war der Kerl selbst so feige, daß er auf die Küste zurannte, ohne für Pitti auch nur ein *ciao* übrig zu haben. Kurzum, ich hatte das Gefühl, die Burschen seien es nicht wert, daß man auch nur einen Atemzug an sie verschwendet. Pisano beschuldigt mich nur der Feigheit, um sich selbst zu decken.«

»Aber es gab doch eine höchst bedeutende Persönlichkeit, die durchaus bereit war, jeder sachlichen Erklärung über den bewußten Vorfall Glauben zu schenken — und unter Umständen sogar zu Ihren Gunsten auszusagen.«

»Ach, wirklich? Und wer sollte das sein, Sir?«

»Die Marchesa natürlich — ist Ihnen das denn nicht aufgegangen, Sie Narr?« Probus machte keinen Versuch mehr, seinen Zorn zu verheimlichen.

Ramage wirbelte der Kopf, der Schweiß trat ihm aus allen Poren und durchfeuchtete seine Sachen, als ihn jetzt einem Dolchstoß gleich die beschämende Erkenntnis traf, daß ihn nur aufgestaute Entrüstung, beleidigter Stolz und gekränkte Unschuld daran gehindert hatten, in Ruhe zu überlegen.

Darum kam ihm auch erst jetzt zum Bewußtsein, daß Gianna ja nur darauf gewartet hatte, aus seinem eigenen Mund zu vernehmen, was er gesehen hatte, als er noch einmal zurückgeeilt war. Sie wollte von ihm, dem Fremden, nur ein paar erklärende, beteuernde Worte hören. Sie hätte ihm bedingungslos Glauben geschenkt, da sie ihn — nach Probus' Meinung — ja liebte. Statt dessen hatte er wie ein aufgeplusterter Papagei immer nur wiederholt, er habe seine Pflicht getan.

»Sie sehen ja aus, als ob Sie jeden Augenblick umfallen könnten. Kommen Sie — setzen Sie sich.«

Probus erhob sich und schob ihm einen Stuhl zurecht. Während sich Ramage setzte, holte er aus einem Regal am Schott eine Flasche und Gläser.

»Für einen Narren wie Sie ist dieser Brandy fast zu gut«, sagte er, als er Ramage das halbgefüllte Glas gab. Jetzt goß er sich selbst einen Schluck ein und nahm ebenfalls Platz. Dann schnippte er mit dem Fingernagel immerzu gegen sein Glas und schien ganz hingerissen auf den hellen Glockenton zu lauschen, den es von sich gab. Zuletzt kostete er seinen Brandy und stieß einen genüßlichen Seufzer aus.

Ramage nahm die Gelegenheit wahr, eine Frage zu stellen.

»Warum glauben Sie wohl, Sir, daß Jackson dieses Opfer für mich auf sich genommen hat?«

»Wie soll ich das denn wissen? Pisano verhält sich so, wie er es tut, weil er eben Pisano ist. Jackson aber ist ein Seemann, und Sie wissen ja, Seeleute sind oft seltsame Brüder — sie können lügen und betrügen, sie schlagen betrunken um sich, wenn sie nur am Korken einer Schnapsflasche gerochen haben, aber sie besitzen einen Gerechtigkeitssinn, wie man ihn hier auf Erden kaum irgendwo findet — Sie haben ja oft genug den Vollzug der Prügelstrafe gesehen, um das zu wissen.

Ich weiß immer sofort, wenn ich den richtigen Mann auspeitschen lasse — da sehe ich mir nur die Gesichter der Umstehenden an. Ist er schuldig, dann sind sie ohne weiteres einverstanden, trifft ihn keine Schuld, dann merke ich das sofort an ihrer Haltung. Es gibt kein Murren, kein Gebrumm, aber ich weiß dennoch, was in ihnen vorgeht.

Ich bin überzeugt, daß Jackson ebenso empfindlich reagiert, wenn einem anderen Unrecht geschieht. Wahrscheinlich weiß er, daß Ihr Vater den Sündenbock spielen muß. Er ist lange genug im Beruf, um zu wissen, daß die Familie Ramage Feinde hat. Als er erfuhr, daß vor Gericht der Vorwurf der Feigheit gegen Sie erhoben werden würde, erkannte er ziemlich schnell, warum er und die anderen Männer der *Sibella* so plötzlich auf die *Topaze* versetzt wurden. Das war ihm, nebenbei gesagt, sogar schneller klar als mir.«

»Nun«, sagte Ramage, »nach all dem fühle ich mich recht klein. Erst Sie, dann Jackson. Ich möchte auf keinen Fall undankbar erscheinen, Sir, oder Sie gar verletzen, aber mir wäre es offen gestanden lieber, wenn Sie nicht weiter in diese leidige Angelegenheit hineingezogen würden.«

»Das wird auch nicht geschehen, mein Lieber. Ich fühle mich jetzt schon unwohl, nach Mitternacht werde ich so krank sein, daß ich nicht daran denken kann, am Vormittag dem Kriegsgericht beizuwohnen. Ein vom Schiffsarzt ordnungsgemäß unterschriebenes Attest wird den Vorsitzenden von meinem Zustand unterrichten. Da auf den Schiffen hier im Hafen sechs Kapitäne zu finden sind, ist ohnedies einer mehr vorhanden als die erforderlichen fünf, das Verfahren kann daher seinen Fortgang nehmen.«

»Vielen Dank, Sir.«

»Sie brauchen mir nicht zu danken, ich helfe Ihnen ja nicht — ich nehme nur mein eigenes Interesse wahr. Ich habe nicht etwa die Absicht, mich mit diesem Goddard anzulegen, aber ich weiß eben leider viel zuviel über den Fall, als daß ich unbefangen Richter spielen könnte. Da es nicht ganz leicht für mich wäre, dem Vorsitzenden zu erklären, wie ich zu meinen Kenntnissen gelangt bin, ist es ein großes Glück, daß ich mich jetzt krank und fiebrig fühle und schleunigst die Koje aufsuchen muß. Gute Nacht also.«

»Was ist mit Jackson, Sir?«

»Den überlassen Sie ruhig mir. ›Ungehöriges Benehmen‹, so sagte ich doch. Gegen mich, nicht gegen Sie. Sie waren nur Zeuge: der einzige Zeuge. Der Vorfall spielte sich — soweit ich mich entsinnen kann — eine ganze Weile früher ab, ehe ich den Befehl erhielt, Jackson und die übrigen *Sibella*-Leute auf die *Topaze* bringen zu lassen. Ich muß ja Kapitän Croucher darüber schriftlich berichten. Ach, richtig«, fügte er zerstreut hinzu, »gut, daß ich daran denke. Ich habe ja noch einen weiteren Brief zu schreiben.«

Ramage wartete, weil er meinte, Probus hätte über diesen Brief noch etwas zu sagen. Aber der Kommandant streifte ihn nur mit einem flüchtigen Blick und sagte: »Es ist gut, Sie können gehen. An Sie will ich den Brief nicht schreiben. Gute Nacht.«

15

Als Ramage am folgenden Morgen vom Messesteward mit einer Tasse Tee geweckt wurde, hatte er nach dem Schlaf in der winzigen, ungelüfteten Kammer Kopfschmerzen und den üblichen Metallgeschmack auf der Zunge. Er wußte im voraus, daß der Tee lauwarm war und scheußlich schmeckte. So war es immer gewesen, und daran würde sich — wenigstens für Leutnants — auch in Zukunft nichts ändern. Die Verhandlung sollte in etwa einer Stunde beginnen, Zeit, daß der Angeklagte ein kräftiges Frühstück zu sich nahm.

Der Steward kam wieder: »Mr. Dawlish hat mir befohlen, Ihnen dies zu geben, Sir.« Damit legte er einen Degen und einen Hut auf die kleine Kommode. »Ich habe noch ein paar andere Sachen zu bringen, und hier ist noch etwas, Sir: es kam eben von Land, Sir.«

Er reichte Ramage einen Brief, der mit einem Tropfen roten Wachses verschlossen war, aber keinen Abdruck eines Siegels trug. Im Halbdunkel der Kammer war er schwer zu entziffern, einstweilen unterschied Ramage nur die kühn geschwungene, aber etwas fahrige Schrift, deren Züge ihm verrieten, daß der Schreiber wahrscheinlich ein Italiener, auf keinen Fall aber ein Engländer war.

Er kletterte aus seiner Koje, um ihn unter dem Messe-Skylight zu lesen. Da war keine Anrede, keine Unterschrift, der Inhalt bestand aus ganzen drei Zeilen:

> *Nessun maggior dolore,*
> *Che ricordarsi del tempo felice*
> *Nella miseria.*

Er erkannte die Worte Dantes aus der *Göttlichen Komödie* wieder: »Es gibt kein größeres Leid, als sich in schweren Tagen vergangenen Glücks zu entsinnen.«

Sehr wahr, dachte er, aber wem sollte daran gelegen sein, mich ausgerechnet an diesem Morgen daran zu erinnern? Er hielt das Blatt gegen das Licht und konnte das Wasserzeichen erkennen: Es war eine Krone über einer Art Urne mit den Buchstaben »GR« darunter. Also hatte der Schreiber offenbar Zugang zu amtlichen Briefbogen . . .

Plötzlich sah er sich wieder in jenem Turm, vor sich ein schönes Mädchen in schwarzem Umhang, das mit einer Pistole auf ihn zielte und dabei fragte: »Was bedeutet dieses Gerede von *L'amor che muove il sole e l'altre stelle?*« Der Brief kam also von ihr, die fahrige Schrift war eine Folge der Schulterwunde, das Papier stammte vom Vizekönig. Aber welches »vergangene Glück« hatte sie wohl im Sinn?

Der die Messe betretende Steward brachte Ramage mit einem Ruck in die Gegenwart zurück: Als der Mann einen Offizier splitternackt unter dem Skylight stehen sah, riß es ihn so zusammen, als wäre er mit dem Kopf gegen eine Mauer gerannt. Er hielt ihm nur noch stumm einen Armvoll Kleidungsstücke entgegen.

»Von Mr. Dawlish, Sir«, brachte er endlich heraus. »Ein Paar Schuhe sind auch von ihm, die übrigen gehören anderen Offizieren. Die Frage ist, welches Paar Ihnen paßt, Sir.«

»Schön, lassen Sie die Sachen hier.«

»Ich soll Ihnen von Mr. Dawlish bestellen, Sie möchten ihm Bescheid sagen lassen, wenn Sie fertig sind. Der Provost Marshal ist schon an Bord, das Boot soll in fünfzehn Minuten absetzen.«

In fünfzehn Minuten würde also eines der Geschütze der *Trumpeter* einen Schuß abfeuern, und zugleich würde an ihrer Gaffelpiek die Nationalflagge geheißt werden. Das war das Zeichen, daß an Bord eine Kriegsgerichtsverhandlung stattfand und daß alle daran Beteiligten an Bord kommen sollten.

Wenn der Dienstälteste von fünf Kommandanten ein Kriegsgericht einberief, dann durfte er nach den Bestimmungen für den Dienst an Bord auch den Vorsitz führen. Also hatte Croucher heute die Verhandlung zu leiten und war daher in der glücklichen Lage, zugleich als Ankläger und als Richter auftreten zu können.

Warum, fragte sich Ramage, hing er nur solchen Gedanken nach? Er merkte plötzlich, daß er noch immer nackt war, und wusch sich in aller Eile. Das Wasser war schon fast kalt, weil er nicht bemerkt hatte, wie es der Steward brachte.

Sicher war jetzt der Schiffsarzt bei Lord Probus, um ihn zu untersuchen und ihm das Attest auszustellen, das laut Gesetz erforderlich war, um ihn von der Teilnahme an der Verhandlung zu befreien. Der Bootsmann prüfte wohl auch heute der Routine entsprechend, ob die Rahen vierkant gebraßt waren, und musterte wie immer die Takelage. Vielleicht veranlaßte er gerade, daß die leeren Wasserfässer zum Füllen an Land geschickt wurden, während der Zahlmeister die Proviantausgabe vorbereitete. Die Leutnants hatten sich wohl schon davon überzeugt, daß das Schiff makellos sauber war: schon beim Morgengrauen waren ja die Decks gescheuert und das Messing mit Ziegelstaub so lange poliert worden, bis es blitzte. Auch die Sonnensegel waren schon ausgeholt, um die Decks vor der heißen Sonne zu schützen.

Der Steward hatte ihm Seidenstrümpfe gebracht, das war besonders großzügig von Dawlish, denn Leutnants konnten sich nur selten einen solchen Luxus leisten. Ramage streifte sie über die Beine, fuhr in die Kniehose, steckte das Hemd hinein und legte mit aller Sorgfalt die Halsbinde an. Weste und Rock paßten ihm wie angegossen, sie waren offenbar Dawlishs beste Stücke; dagegen war das schäbigste Paar Schuhe das einzige, das ihm paßte. Er konnte sich vorstellen, wie schwierig es für Pisano sein mußte, sich für die Gerichtsverhandlung gebührend herauszuputzen — im Hause Sir Gilberts waren wohl kaum Kleidungsstücke zu finden, die dem Grafen elegant und prächtig genug waren ...

Schließlich war Ramage bereit, den Provost Marshal zu empfangen, und ließ ihm durch den Posten bestellen, sich bei ihm in der Messe einzufinden. Er war gespannt zu sehen, wen Croucher mit diesem Amt betraut hatte, da es einen hauptamtlichen Provost Marshal nur an Bord von Flaggschiffen gab.

Nach kurzer Zeit kam jemand klappernd den achternen Niedergang herunter, und er hörte den Posten salutieren. Plötzlich gab es einen lauten Bums, dann stürzte ein Mann der Länge nach durch die Messetür herein. In dem Bruchteil der Sekunde, ehe er mit dem Säbel zwischen den Beinen auf der Nase lag und sein Hut im Bogen durch die Messe flog, erkannte Ramage Blenkinsop, den pickelgesichtigen Leutnant der *Trumpeter*. Er raffte geschwind den Hut des Gestürzten vom Boden auf und versteckte ihn hinter seinem Rücken. Blenkinsop erhob sich mit rotem Gesicht und befreite seine Beine aus der heimtückischen Gewalt des Säbels, der die Schuld trug, daß er der Länge nach zur Tür hereingesegelt war. Dann zog er seinen Rock zurecht und prüfte den Sitz seiner Halsbinde. Vergeblich suchte er nach seinem Hut, in seiner Verwirrung merkte er nicht, daß Ramage nur ein paar Fuß vor ihm stand. Der junge Mann sah aus wie eine Eule, die auf dem Ast eines Baumes sitzt. Die Ähnlichkeit war verblüffend.

»Suchen Sie etwa nach dem da?« fragte ihn Ramage

mit Unschuldsmiene und reichte ihm den Hut. »Er traf kurz vor Ihnen hier ein.«

»Danke«, gab der andere steif zur Antwort. »Sie sind Leutnant Nicholas Ramage?«

»Gewiß, der bin ich«, sagte Ramage höflich.

»Dann habe ich . . .« Er unterbrach sich und hielt nach dem Schriftstück Ausschau, das er in der Hand gehalten hatte, als er stürzte.

»Ich glaube, Sie werden Ihre Ernennung zum stellvertretenden Provost Marshal unter dem Tisch finden.«

Blenkinsop ließ sich auf die Knie nieder, um das Papier wieder an sich zu nehmen, dabei verlor er erneut seinen Hut. Endlich war er so weit. Er hatte das Dokument glücklich entfaltet und begann mit dem Hut im Nacken zu lesen:

»An den Leutnant Reginald Blenkinsop von Seiner Majestät Schiff *Trumpeter*. Kapitän Aloysius Croucher, Kommandant Seiner Majestät Schiff *Trumpeter* und zur Zeit dienstältester Seeoffizier im Hafen von Bastia, hat ein Kriegsgericht einberufen, um Leutnant Nicholas Ramage, vormals von Seiner ehemaligen Majestät Schiff . . .«

»Seiner Majestät *ehemaligem* Schiff«, unterbrach Ramage.

». . . vormals von Seiner Majestät ehemaligem Schiff *Sibella*, wegen des Verlustes besagten Schiffes zur Verantwortung zu ziehen. Kapitän Croucher ermächtigt und beauftragt Sie hiermit, bei dieser Gelegenheit als Provost Marshal zu amtieren. Sie sollen die Person des besagten Nicholas Ramage in Verwahr nehmen und in sicherem Gewahrsam halten, bis das hohe Gericht über seinen weiteren Verbleib entscheidet. Dieses Schriftstück soll Sie zur Ausführung des erteilten Befehls legitimieren . . .«

»Schluß, Schluß!« unterbrach ihn Ramage ungeduldig. »Sie sind wohl in Ihre eigene Stimme verschossen.«

»Ich habe die Pflicht, Ihnen dies vorzulesen«, antwortete Blenkinsop geschraubt.

»Nein, das stimmt nicht. Sie müssen es dem Kommandanten dieses Schiffes hier vorlegen, um ihm Ihre Berechtigung nachzuweisen, mich abzuführen. Aber das haben Sie sicherlich schon getan.«

Blenkinsop geriet ganz außer Fassung: »So . . . ja, Sie meinen . . . muß ich das wirklich?«

»Ich bin Ihr Gefangener und habe nicht die Aufgabe, Sie über Ihre Pflichten zu unterrichten, aber Seine Lordschaft könnte es Ihnen ernstlich verübeln, wenn Sie einen seiner Offiziere von Bord holen, ohne ihm nachzuweisen, daß Sie zu einer solchen Maßnahme bevollmächtigt sind.«

»Um Gottes willen! Dann ist es wohl das beste, ich gehe gleich hin und legitimiere mich.«

»Ausgezeichnet! Famos!« sagte Ramage. »Aber dämpfen Sie bitte Ihre Stimme, Seine Lordschaft liegt krank zu Bett. Jetzt aber eilen Sie. Ich erwarte Sie am Fallreep.«

Ramage nahm Dawlishs Degen und suchte die wenigen Papiere zusammen, die er mitnehmen mußte. Darunter war ein Schreiben des Stellvertretenden Auditeurs, das ihn — mit unangemessener Schärfe, wie ihm schien — davon in Kenntnis setzte, daß von den von ihm zu seiner Verteidigung benannten Zeugen nur der Bootsmann und der Meistersmaat verfügbar seien. Ramage hatte ferner einige Daten über Wind und Wetter, Uhrzeiten und eingetretene Verluste sowie über die vor der Übergabe des Schiffes von der *Sibella* gesteuerten Kurse notiert, aber er hatte nicht die übliche Verteidigungsschrift verfaßt, da er ja nicht wußte, welche Anschuldigungen er zu gewärtigen hatte.

Als er bald darauf an Deck mit Dawlish ein paar

Worte wechselte, kam Blenkinsop ganz aufgeregt aus der Kajüte zum Vorschein und sagte: »Da scheint ja noch ein Mann zu sein, den ich auf die *Trumpeter* mitnehmen soll.«

Dawlish sah ihn verständnislos an; dann erinnerte sich Ramage an Jackson.

»Ja, das ist einer meiner Zeugen.«

»In Ordnung«, sagte Blenkinsop herablassend.

»Sie haben übrigens ganz vergessen, mir dieses Ding da abzufordern«, sagte Ramage, indem er Blenkinsop seinen Degen übergab.

»Passen Sie mir ja gut darauf auf«, sagte Dawlish, »er gehört nämlich mir. Aber sagen Sie mir« — seine Stimme klang plötzlich fast ehrerbietig —, »sind Sie nicht einer von den Blenkinsops aus Wiltshire?«

»Ja«, antwortete der andere mit gespielter Bescheidenheit.

»Habe ich recht damit, daß Sie der einzige Ihrer Familie sind, der zur Navy gefunden hat?«

»Ja, das stimmt.«

»Da kann man nur Gott danken«, meinte Dawlish boshaft. »Aber jetzt lassen Sie sich durch dieses eitle Geschwätz nicht mehr aufhalten. Passen Sie auf, daß Sie nicht von einem der Bumboote dort geentert werden — diese Weiber sind von ekelhaften Krankheiten geradezu zerfressen, und die Preise, die sie verlangen, sind mehr als unverschämt.«

»Oh!« rief Blenkinsop aus und eilte rot vor Wut auf die Fallreepspforte zu.

Als er über die Bordwand in das wartende Boot hinunterkletterte, traf Ramage Anstalten, ihm zu folgen, aber Dawlish hielt ihn grinsend einen Augenblick zurück und trat selbst an die Relingspforte: »Mr. Blenkinsop«, rief er, »soll ich Ihnen Ihren Gefangenen hinunterschicken?«

16

Der Kommandantensalon der *Trumpeter* diente heute
als Gerichtssaal, darum sah er ganz anders aus als vor
zwei Tagen, da Ramage ihn zum erstenmal betreten
hatte. Der lange, polierte Tisch stand jetzt querschiffs,
an ihm saßen mit dem Gesicht nach vorn sechs Kapitäne der Navy. Vor ihnen lag Ramages geborgter Degen.

Den Kapitänen gegenüber saß halblinks Ramage auf
einem hölzernen Stuhl mit gerader Lehne, halbrechts
stand ein leerer Stuhl für den ersten Zeugen bereit. Neben Ramage saß, den Degen auf den Knien, Blenkinsop,
hinter ihm, an der Vorderwand des Salons, standen gegenüber dem Richtertisch in zwei Reihen ein Dutzend
Stühle, die für die Zuschauer bestimmt waren.

Das Deck war mit Segeltuch bespannt, das mit einem
Muster aus großen schwarzen und weißen Quadraten
bemalt war. Ramage stellte fest, daß die vier Beine eines
Stuhles genau in so ein Quadrat paßten, als ob jedermann bei diesem Gericht nur eine Schachfigur wäre.
Was das Verfahren betraf, so wußte er immerhin, welche Züge das Gesetz dem Kriegsgericht zu machen erlaubte. Wenn er nur kaltes Blut bewahrte, war es immerhin möglich, daß es dem Gericht nicht gelang, ihn
schachmatt zu setzen ... Er wartete auf den Eröff-
nungszug durch den Stellvertretenden Marine-Auditeur,
der zu seiner Linken am Ende des Richtertisches Platz
genommen hatte.

Der Mann konnte trotz seines augenblicklichen hochtrabenden Titels nicht verleugnen, daß er nur ein einfacher Zahlmeister war. Eine kleine, stahlgefaßte Brille

saß unsicher auf halber Höhe seiner langgestreckten roten Knollennase, die in dem feisten Gesicht wie ein angeklebter Fremdkörper wirkte. Es sah in der Tat aus, als hätte ein grausamer Spaßmacher eine Karotte in einen überreifen Kürbis gesteckt. Es war das Gesicht eines erfolgreichen Geschäftsmannes — und das war ein Zahlmeister in der Regel: ein Mann, der alles über Preise und Provisionen wußte; der dadurch reich geworden war, daß sein Pfund bei der Proviantausgabe an die Männer nur vierzehn statt sechzehn Unzen wog, und der, durchaus im Rahmen der Legalität, die zwei Unzen Unterschied in die eigene Tasche steckte.

Mr. Horace Barrow, der Zahlmeister der *Trumpeter*, hätte wahrscheinlich jeden Tag der Woche einen der mächtigen Kommandanten auskaufen können; jetzt aber saß er, bereit, die Sitzung zu eröffnen, am Richtertisch, ausgerüstet mit einem Aktenbündel, einigen neuen Gänsefedern, einem Messer, um diese anzuspitzen, einer Flasche Tinte, einer Büchse Streusand, einer ledergebundenen Bibel und — für den Fall, daß sich ein Zeuge als Katholik entpuppte — einem Kruzifix aus Silber und Elfenbein. Dazu hatte er natürlich seine Nachschlagewerke zur Hand, einschließlich des schmächtigen Bandes mit den Kriegsartikeln und eines dickeren, der »Dienstvorschriften«, nach denen sich der ganze Dienstbetrieb in der Navy abwickelte.

Fünf von den sechs Kapitänen am Richtertisch hatten ihre Blicke auf Ramage gerichtet, als er hereinkam. Der Gelegenheit entsprechend trugen sie alle ihre besten Uniformen: Der Befehl, der die Offiziere zur Teilnahme am Kriegsgericht einberief, enthielt stets die Bemerkung: »Es wird erwartet, daß Sie im Rock erscheinen.«

Dieser Uniformrock — ging es Ramage durch den Kopf — sah jetzt viel nüchterner aus als früher. Die Admiralität hatte erst vor einem Jahr angeordnet, daß der weiße Besatz an den Rockaufschlägen durch blauen ersetzt werden sollte. Diese Neuerung hatten noch nicht alle mitgemacht. Die Aufschläge, die beiderseits von je neun Knöpfen festgehalten wurden, und der steife Kragen des Rocks waren nach wie vor mit Goldborten eingesäumt. Mit einer Ausnahme trugen alle Kapitäne auf beiden Schultern Epauletten — eine weitere Neuerung, die von der Admiralität zur gleichen Zeit eingeführt wurde, da sie auch die Farbe der Rockaufschläge ändern ließ. Viele Offiziere wollten von diesen neumodischen Epauletten nichts wissen, sie hielten die aufgenähten Goldborten und die goldenen Raupen, die wie Fransen von ihren Rändern herabhingen, für französische Äfferei.

Jene Ausnahme unter den Kapitänen saß neben dem Stellvertretenden Auditeur: er trug nur ein Epaulett auf der rechten Schulter, ein Zeichen, daß er noch keine drei Jahre Kapitän war.

Der Kapitän, der nicht aufgeblickt hatte, als Ramage hereinkam, war Croucher, der Vorsitzende des Gerichts. Er starrte unverwandt auf die Schriftstücke, die er vor sich auf dem Tisch liegen hatte. Ramage bemerkte sofort, daß auch zwei Logbücher und die Musterrolle der *Sibella* vor seinem Platz lagen. Die übrigen Kapitäne hatten, nach Dienstalter geordnet, zur Rechten und zur Linken Crouchers Platz genommen. An seiner rechten Seite saß Kapitän Blackman — Ramage kannte ihn von einem früheren Kommando her. Er mußte nach Croucher der — dem Dienstalter nach — zweitälteste sein, dann folgte zu Crouchers Linken Kapitän Herbert, den er vom Sehen kannte. Zwei der Kapitäne waren Ramage unbekannt, der jüngste aber, der mit dem einen Epaulett, hieß Ferris und war Kommandant einer Fregatte. Gehörte auch er zu Goddards Clique? Nein, auf keinen Fall. Ramage erinnerte sich, daß er zu den Protegés Sir John Jervis' gehörte.

Da Ramage mit dem Gesicht nach achtern saß, hoben sich die Kapitäne nur wie dunkle Schatten gegen die strahlende Helle des Sonnenlichts ab, das, vom Wasser gespiegelt, durch die Heckfenster hereinflutete. Zu seiner Rechten, so nahe, daß er fast mit der Hand hinlangen konnte, um das Bodenstück zu tätscheln, stand eine Achtzehnpfünder-Kanone, die letzte der Backbordbatterie, die am vorderen Ende des Achterdecks begann und sich dann achteraus bis in die Räumlichkeiten des Kommandanten fortsetzte. Da die *Trumpeter* als Zweidecker fast doppelt so groß war wie eine Fregatte, lagen diese Räumlichkeiten ein Deck höher als auf der *Lively*. Auch auf der anderen Seite des Salons stand eine Kanone, ebenso schwarz poliert und schwer in ihrer lederbraunen Lafette ruhend wie die andere, es war die achterste der Steuerbordbatterie. Beide Geschütze waren durch Brooken und Seitentaljen gegen jede Bewegung gesichert. Ihr Anblick erinnerte nachdrücklich daran, daß die *Trumpeter* vor allem und in erster Linie ein Kriegsschiff war. Wenn sie ins Gefecht ging, wurden die Möbel unten im Raum verstaut und die hölzernen Schotten, die die Wände der Kommandantenräume bildeten, so weggeräumt, daß sie kein feindlicher Treffer zersplittern konnte.

Ramage beobachtete, wie der Stellvertretende Marine-Auditeur in seinen Papieren blätterte und endlich seine Brille putzte. Wahrscheinlich hatte er dem Gericht bereits Probus' Schreiben vorgelesen, daß er krank sei und daher bitte, ihn von der Teilnahme zu entschuldigen. Dann hatte man wohl den Schiffsarzt der *Lively* aufgerufen, der die Dienstunfähigkeit seines Kommandanten unter Eid bestätigen mußte. Entweder hatte ihm Probus wirklich den Eindruck eines kranken Mannes gemacht, oder der Arzt hatte sich zu einem Meineid bereit gefunden.

Nachdem Ramage hereingeführt worden war, wurde verkündet, daß die Verhandlung eröffnet sei. Jetzt konnte jedermann hereinkommen, der mit dem Verfahren zu tun hatte oder daran interessiert war. Es zeigte sich, daß auch Pisano dazu zählte. Barrow verlas die Namen der als Richter fungierenden Kapitäne und vereidigte sie dann in der vorgeschriebenen feierlichen Weise. Nachdem jeder der sechs Männer mit der Hand auf der Bibel geschworen hatte, daß er »nach bestem Wissen und Gewissen und nach dem Brauch der Navy in entsprechenden Fällen Recht sprechen« werde, nahm Croucher als Vorsitzender zuletzt noch Barrow den Eid ab.

Das Vorspiel ist zu Ende, dachte Ramage; nun mochte das Eröffnungsgambit folgen ...

Barrow erhob sich und verlas die Anklage, so eintönig wie ein Priester, der mechanisch eine Messe zelebriert. Ab und zu kam die Brille auf seiner Nase ins Rutschen, dann unterbrach er sich, um sie wieder zurechtzurücken.

Als nächstes wurden die Zeugen hinausgeschickt. Ramage drehte sich nach ihnen um, weil er sehen wollte, wer dazugehörte. Es war nur ein kleines Häuflein: Der Bootsmann, der Meistersmaat und Jackson. Plötzlich sah er an der Tür einen Mann, der Pisano durch einen Wink bedeutete, daß auch er weggehen solle. Also war Pisano als Zeuge vorgesehen, obwohl sein Name nicht mit auf Barrows Zeugenliste gestanden hatte ...!

Dieser Zug war verdammt schwer zu kontern! Ramage wunderte sich, daß ihm immer wieder Vergleiche mit dem Schachspiel in den Sinn kamen, obwohl er doch selbst ein ganz miserabler Spieler war. Für seinen Geschmack ging es dabei immer zu langsam her, und außerdem hatte er ein schlechtes Gedächtnis. Bei den endlosen Whistpartien auf der *Superb* hatte er Hornblower schon immer zur Raserei getrieben, weil er sich nie merken konnte, welche Karten schon ausgespielt waren. Und doch hatte er zuweilen gerade deshalb gewonnen, weil er ein so schlechter Spieler war. Das machte ihm heute noch Spaß, wenn er daran dachte. Selbst wenn Hornblower scharfsinnig berechnete, welche Karten er in der Hand haben mußte, nutzte ihm das nichts, weil er sie völlig unberechenbar auszuspielen pflegte. Auch wenn Ramage gewann, ließ sich Hornblower nur ungern sagen, daß Überraschung immerhin der entscheidende Faktor jedes taktischen Erfolges sei . . .

Als Pisano durch die Tür verschwunden war, klopfte Croucher auf den Tisch: »Es kommt nun der Bericht des Inhaftierten zur Verlesung, der die Übergabe Seiner Majestät Fregatte *Sibella* zum Gegenstand hat.«

Ramage war betroffen, daß er als »Inhaftierter« bezeichnet wurde, obwohl daran nichts auszusetzen war.

Barrow schrieb nieder, was der Vorsitzende gesprochen hatte — es war seine Aufgabe, das Protokoll zu führen —, dann suchte er aus dem Stapel seiner Papiere Ramages Bericht an Probus heraus. Das Dokument war, so wie es Barrow vorlas, alles andere als eindrucksvoll. Barrow hatte nämlich die ermüdende Gewohnheit, seine Stimme zu senken, sooft er an den Rand einer Zeile gelangte. Außerdem legte er die Seite jedesmal aus der Hand, wenn die Brille verrutschte, damit er beide Hände frei hatte, um sie wieder zurechtzurücken.

Zu Ramages Überraschung las Barrow weiter, nachdem er mit dem Abschnitt zu Ende war, der die Übergabe beschrieb. Er beugte sich vor und fragte sich, ob er nicht gegen die Verlesung des restlichen Berichts Einspruch erheben sollte, da dieser nichts mehr mit dem Verlust des Schiffes zu tun hatte. Da unterbrach Ferris, der jüngste der Kapitäne, den Stellvertretenden Marine-Auditeur: »Was wir jetzt hören, hat für die Anklage doch keine Bedeutung?«

»Überlassen Sie bitte mir, darüber zu befinden«, sagte Kapitän Croucher.

Ferris gab sich noch nicht geschlagen: »Wir verhandeln doch nur über die Übergabe des Schiffes.«

»Gegenstand dieser Verhandlung ist das Verhalten des Angeklagten bei jenem Anlaß«, entgegnete ihm Croucher mit salbungsvoll erhobener Stimme wie ein Pfarrer, der ein laues Mitglied seiner Gemeinde zurechtweist. »Wenn wir gegen den Angeklagten gerecht sein wollen«, fügte er hinzu, »dann müssen wir doch ein Bild über sein allgemeines Verhalten bei dieser beklagenswerten Episode zu gewinnen suchen.« Dabei war er kaum noch imstande, seine heuchlerische Verlogenheit einigermaßen zu kaschieren.

»Aber . . .«

»Kapitän Ferris«, fiel ihm Croucher ins Wort, »wenn Sie zu diesem Punkt noch Einwände erheben wollen, müssen wir die Sitzung unterbrechen.«

Ferris sah sich nach den anderen Kapitänen um, die alle hölzern vor sich hinstarrten. Dann wanderte sein Blick zu Ramage, als wollte er ihm sagen, daß es für sie beide aussichtslos sei, weiterhin zu protestieren.

»Also gut«, sagte Croucher zu Barrow, »fahren Sie fort.«

Schließlich kam Barrow zum Ende und setzte sich.

»Da das Gericht die Aufgabe hat«, sagte Croucher, »eine Untersuchung über den Verlust des Schiffes durchzuführen und das dabei zutage getretene Verhalten des Inhaftierten zu prüfen, frage ich diesen, ob er etwa weitere, nicht in diesem Bericht enthaltene Tatsachen vorzubringen hat, die er dem Gericht unterbreiten möchte?«

Du gerissenes Schwein, dachte Ramage, jetzt hast du mich tatsächlich in der Falle. Du möchtest, daß *ich* die Pisano-Affäre zur Sprache bringe, damit sie in das Protokoll kommt und damit du ihr weiter nachgehen kannst. Sage ich aber nichts, dann sieht es so aus, als wollte ich sie verheimlichen.

»Alle Tatsachen, die ich etwa in meinem Bericht übersehen habe«, sagte er, »werden ohne Zweifel bei der Vernehmung der Zeugen zur Sprache kommen, Sir.« Nachträglich nahm ihn wunder, wie verbindlich seine Antwort ausgefallen war.

»*Haben* Sie denn Tatsachen zu erwähnen vergessen?« fragte ihn Croucher.

»Soweit ich mich entsinne, keine, die irgendwelche Bedeutung hätte, Sir.«

Hol dich der Teufel, dachte Ramage: ich muß daran denken, daß es nicht darauf ankommt, *wie* ich etwas sage, Betonung und Nachdruck spielen keine Rolle, wichtig ist allein, wie die Worte von Sir John Jervis und bei der Admiralität im Gerichtsprotokoll gelesen werden.

Armer Barrow — er versuchte vergebens, mit seiner Feder dem raschen Hin und Her zu folgen. Sobald es der schwitzende kleine Zahlmeister wagen konnte, mußte er wohl eine Pause erbitten, um aufzuholen.

»Gut«, sagte Croucher, »dann wird der Stellvertretende Auditeur nunmehr einen zweiten Bericht verlesen, der dem Kapitän Lord Probus vorgelegt wurde.«

Ein zweiter Bericht? Ramage warf einen Blick auf Barrow. War das ein weiteres Gambit?

»Dieser Bericht«, sagte Barrow, »ist vom 12. September datiert, an Lord Probus gerichtet und von dem Grafen Pisano unterzeichnet. Er beginnt . . .«

Als Ramage eben Einspruch erheben wollte, unterbrach auch schon Kapitän Ferris: »Ist dieser Bericht für den vorliegenden Fall denn überhaupt von Bedeutung? Das Gericht weiß offiziell weder um die Existenz dieses Grafen Pisano, noch ist ihm erfindlich, wie er mit dem Verlust der *Sibella* in Verbindung stehen könnte.«

Kapitän Croucher legte beide Hände flach vor sich auf

den Tisch, blickte auf einen Punkt im Raum, der etwa zwei Fuß vor seiner Nase zu suchen war, und sagte mit seidenweicher Stimme: »Es *ist* vielleicht von Bedeutung, daß ich der Vorsitzende dieses Gerichtes und Sie sein jüngstes Mitglied sind . . .«

Ramage hatte das Gefühl, daß sich Croucher durch Ferris' Einsprüche nicht aus der Ruhe bringen ließ; er hatte einen neuen Kniff bereit.

». . . Im übrigen steht nichts im Wege, daß der vorliegende Bericht dem hohen Gericht erst später bekanntgemacht wird, nämlich dann, wenn seine Bedeutung durch die weiteren Ermittlungen erwiesen wurde.«

Zu Barrow gewandt, sagte er: »Rufen Sie den ersten Zeugen auf.«

Während der Bootsmann herbeigeholt wurde, kritzelte Barrow in Windeseile drauflos und tauchte zwischendurch seine Feder immer wieder blitzschnell wie eine zustoßende Schlange in den Tintentopf.

Ramage konnte sich denken, was er schrieb. Die Seite würde überschrieben sein: »Verhandlungsprotokoll eines Kriegsgerichts an Bord Seiner Majestät Schiff *Trumpeter* in Bastia am Donnerstag, den 15. Tag des Monats September 1796«. Dann folgten unter der Überschrift »Anwesend« die Namen der sechs Kapitäne, beginnend mit Croucher als Vorsitzendem, »alles Kommandanten von Schiffen im Kapitänsrang, Reihenfolge dem Dienstalter entsprechend. Es fehlt Lord Probus, der sein Fernbleiben mit nachgewiesener Krankheit begründete.«

Dann folgte: »Hier ist der Befehl zur Einberufung des Gerichts einzufügen« — sein Wortlaut würde später in die Reinschrift des Protokolls aufgenommen, gefolgt von dem Bericht über Barrows eigene Ernennung und die Eidesleistung. Als nächstes wurden in vorsichtigen Worten die anfänglichen Kontroversen mit Kapitän Croucher verzeichnet, und als letztes machte er eine neue Überschrift: »Einvernahme der Zeugen zur Unterstützung der Anklage.«

Der Bootsmann der *Sibella* betrat die Kajüte und blieb gleich an der Tür stehen. Die Versammlung von hohen Offizieren, die ihn alle mit ihren Blicken maßen, und dazu das blendende Sonnenlicht brachten ihn augenscheinlich aus der Fassung.

Barrow hob den Blick, forderte ihn auf, an den Tisch zu treten, und reichte ihm die Bibel. Der Bootsmann, der gewöhnlich leicht vorgebeugt ging, straffte die Schultern und sprach die Eidesformel nach.

Kapitän Croucher sagte zu ihm: »Antworten Sie auf jede Frage erst, wenn der Stellvertretende Auditeur genügend Zeit hatte, sie niederzuschreiben, und sprechen Sie nicht zu schnell.«

Ramage hatte schon seit einigen Sekunden gehört, daß draußen vor der Tür ein heftiger Wortwechsel im Gange war. Gerade als auch Kapitän Croucher darauf aufmerksam wurde, glaubte er die Stimme einer Frau unterscheiden zu können, die aufgeregt italienische Sätze hervorsprudelte. War das etwa...? Nein, er träumte wohl am hellichten Tage. Barrow hatte von alledem nichts gemerkt, er war vollauf mit seinen Papieren beschäftigt und leitete die Vernehmung des Zeugen ein:

»Sie heißen Edward Brown und waren Bootsmann an Bord der...«

In diesem Augenblick wurde die Tür mit einem gewaltigen Krach aufgerissen, so daß alles zusammenfuhr, und Gianna stürzte herein. Sie war bleich und wirkte erschöpft und abgehetzt, was die feingemeißelte Form ihrer hohen Backenknochen besonders zur Geltung brachte. Ihre Augen blitzten zornig, sie war ganz die stolze, impulsive junge Frau, die gewohnt war, daß man ihr gehorchte. Ihr blaßblaues, goldbesticktes Kleid wurde teilweise von einem schwarzseidenen Umhang verdeckt, den sie lässig über die Schultern geworfen hatte.

Ein Posten der Seesoldaten kam mit der Muskete in der Hand hinter ihr polternd zur Tür herein. »Zurück, Sie verrücktes Frauenzimmer!« schrie er sie an. Aber einer der Leutnants der *Trumpeter* stieß ihn zur Seite und faßte Gianna am Arm.

»Bitte, Madam! Ich habe Ihnen doch gesagt, daß hier das Gericht tagt.«

Aber er wurde von ihrer Schönheit, ihrem herrlichen Zorn überwältigt: er wagte es nicht, sie fester anzufassen, und sie wischte seine hindernde Hand einfach beiseite, als wäre sie eine lästige Fliege auf ihrem Fächer. Ramage sah, daß Pisano hinter den dreien herkam, er hatte einen zornroten Kopf und machte einen aufgeregten Eindruck.

Gianna ging geradewegs auf den Richtertisch zu und musterte die sechs Kapitäne mit einem eiskalten Blick. Die Männer waren über ihren Auftritt so erschrocken und entgeistert, daß es Ramage schien, als seien sie buchstäblich eingeschrumpft, nicht mehr Wesen aus Fleisch und Blut, sondern nur noch tote gemalte Porträts, die der Pinsel eines Künstlers in Sekundenschnelle auf die Leinwand geworfen hatte.

»Wer führt hier den Vorsitz?« fragte Gianna.

Oh, wie er diese Stimme liebte, wenn sie so hoheitsvoll und überlegen klang! Er wußte nachgerade nicht mehr, wohin er den Blick richten sollte: auf Pisano, auf die sechs Kapitäne, auf Gianna, auf den Leutnant, der unsicher einen Schritt hinter ihr stand, auf Barrow, dem die Brille so weit herabgerutscht war, daß er sie jeden Augenblick verlieren mußte, oder endlich auf den Posten der Seesoldaten, der offenbar dachte, daß da irgendein Bumbootsweib in die Kajüte eingedrungen war.

Croucher gewann als erster seine Fassung wieder, aber er stand doch so unter dem Bann ihres magnetischen Zaubers, daß er sich von seinem Platz erhob und sich vor ihr verbeugte. »Ich — äh ... bin der Vorsitzende dieses Gerichts, Madam.«

»Ich bin die Marchesa di Volterra.«

Ihre Stimme und ihre bezwingende patrizische Schönheit raubten allen die Sprache, nur der Seesoldat stöhnte: »Allmächtiger Gott!«

Ramage bezweifelte, ob Croucher wohl je mit größerer Besorgnis auf die Worte eines Admirals gewartet hatte als jetzt auf die des Mädchens.

»Ich habe kein gesetzliches Recht, vor diesem Kriegsgericht zu erscheinen, das Leutnant Ramage über den Verlust seines Schiffes verhört.« Sie sagte das in einem Ton, der jedem deutlich machte, daß sie diesen Punkt der Anklage für ganz und gar nebensächlich hielt. »Aber«, fuhr sie fort, »ich habe ein moralisches Recht, vor einem Gericht zu erscheinen, das gegen ihn wegen Feigheit verhandelt, weil dies auf die Anschuldigungen meines Vetters zurückzuführen ist.«

Einige Leute im Raum atmeten schwer, und Ramage warf einen Blick auf Pisano, der wohl bleich geworden war, aber keine Miene verzog. Offenbar hatte er das alles soeben vor der Tür schon einmal zu hören bekommen.

»Ich habe Grund zu der Annahme, daß mein Vetter Leutnant Ramage schriftlich der Feigheit beschuldigt hat. Ich glaube, daß mein Vetter den Leutnant Ramage anklagt, er habe meinen anderen Vetter, Graf Pitti, im Stich gelassen. Ich glaube ferner ...«

»Wie können Sie denn von all dem Kenntnis haben, Madam?« rief Croucher.

»Aber es stimmt doch — oder etwa nicht?«

In scharfem, herrischem Ton schleuderte sie Croucher

ihre Gegenfrage hin, wie die rasche saubere Parade eines erfahrenen Fechters. Ihr Gegner verstand es nicht, sie ebenso wirksam abzuwehren.

»Nun ja — äh, in gewissem Sinne schon. Graf Pisano hat einige Beschwerden vorgebracht . . .«

»Anklagen, keine Beschwerden«, verbesserte sie ihn. »Diese Anklagen aber entbehren jeder Grundlage. Die Loyalität gegen meine Familie darf mich nicht daran hindern, dafür zu sorgen, daß kein Unrecht geschieht. Darum muß dieses Gericht vor allem erfahren, daß Graf Pisano von der angeblichen Verwundung des Grafen Pitti überhaupt keine Kenntnis hatte. Es war in jener Nacht sehr dunkel. Er sagt zwar jetzt aus, er hätte ihn um Hilfe rufen hören, aber mir gegenüber hat er zugegeben, daß er sich darüber keineswegs im klaren war. Zweitens: Leutnant Ramage hat mich zum Boot getragen, weil ich verwundet war. Als ich dort ankam, saß Graf Pisano schon darin — er hatte einen anderen Weg eingeschlagen. Wenn er also Graf Pitti aufschreien hörte, hätte er vor allem selbst zurückgehen müssen.

Drittens: Als Graf Pisano und ich im Boot und in Sicherheit waren, stieg Leutnant Ramage wieder auf die Düne — ich habe ihn gesehen — und rief nach Mr. Jackson. Es vergingen Minuten, ehe er zurückkam, und während dieser Zeit war Graf Pisano voll Ungeduld, weil er wollte, daß das Boot abfahren sollte.

Viertens: Als Leutnant Ramage schließlich zum Boot zurückkam und wir noch ein paar Sekunden auf Mr. Jackson zu warten hatten — wir konnten ihn schon herankommen sehen —, da drängte Graf Pisano den Leutnant ständig, wegzufahren, mit anderen Worten, er drang in ihn, Mr. Jackson im Stich zu lassen. Dabei hatte dieser Mann erst wenige Minuten zuvor vier französische Kavalleristen angegriffen und dadurch sowohl mein Leben wie das von Leutnant . . .«

In diesem Augenblick stürzte Pisano nach vorn, und indem er sie anschrei: »*Tu sei una squaldrina!*« schlug er sie mitten ins Gesicht. Darauf hörte man nur einen dumpfen Schlag, und schon sackte Pisano polternd vor den Füßen des Mädchens zusammen. Der stämmige Posten der Seesoldaten war blitzschnell vorgesprungen und hatte ihm mit dem Kolben seiner Muskete einen Hieb auf die Schläfe versetzt. Dann trat er einen Schritt zurück und blieb in militärischer Haltung stehen. Seine Miene verriet die ersten Spuren des Zweifels, ob er wohl richtig gehandelt habe.

Jetzt war auch Ramage mit einem Satz zur Stelle. Er sagte sich sofort, daß der Kolbenhieb des Seesoldaten nichts als die unbedachte Reaktion eines einfachen Menschen war, der nicht mit ansehen konnte, wie man eine Frau schlug . . .

»Gut, der Mann!« rief Ramage, und im nächsten Augenblick lag Gianna in seinen Armen. »Fehlt Ihnen nichts?« flüsterte er.

»Nein — nein.« Unwillkürlich verfiel sie wieder ins Italienische. »Habe ich richtig gehandelt? Oder habe ich einen schrecklichen Fehler begangen?«

»Nein, Sie waren großartig, ich . . .«

»Ist die Marchesa wohlauf?«

Croucher konnte nicht hinter dem Richtertisch hervor und hatte kein Wort von dem verstanden, was sie sagten. Er war jetzt in heller Aufregung, und Ramage wurde sich bewußt, daß er seine Frage wohl schon drei- oder viermal laut gerufen hatte.

»Jawohl, Sir, sie sagt, es sei alles in Ordnung.«

»Gut. Sie da« — damit meinte Croucher den Seesoldaten — »und Sie hoffnungsloser Idiot« — das galt dem Leutnant Blenkinsop, der immer noch mit offenem Mund neben seinem Stuhl stand — »bringen diesen Mann jetzt gemeinsam hinunter zum Arzt.«

Der Seesoldat legte seine Muskete an Deck, packte Pisano eifrig bei den Haaren und hatte ihn schon ein paar Meter weit über Deck geschleift, als ihn Blenkinsop eiligst anwies, den Grafen an den Schultern hochzuheben, während er selbst ihn bei den Beinen packte.

Ramage setzte das Mädchen auf den Zeugenstuhl. Barrow, dem die Brille inzwischen endgültig von der Nase gefallen war, ließ sich auf seinen Sitz zurücksinken. Das war für alle Kapitäne mit Ausnahme des Vorsitzenden das Zeichen, ihre Plätze wieder einzunehmen. Croucher hatte offenbar das Gefühl, daß er etwas tun mußte, um der Lage wieder Herr zu werden.

»Ich unterbreche die Verhandlung — Zeugen und Zuschauer treten ab!« befahl er. »Sie bleiben selbstverständlich hier«, sagte er zu Ramage, »und Sie, Madam, bitte ebenfalls.«

Der Bootsmann und die paar Offiziere, die auf den Stuhlreihen hinter Ramage gesessen hatten, verließen die Kajüte. Croucher befahl dem Leutnant, der Gianna vorhin nachgerannt war, dafür zu sorgen, daß ein anderer Posten an der Tür zur Kajüte aufzog.

Innerhalb von zwei Minuten trat im Kommandantensalon wieder Ruhe ein. Gianna gewann bald ihre Fassung wieder und drehte sich ein wenig zur Seite, so daß die Kapitäne ihr linkes und nicht ihr rechtes Profil sahen, das von Pisanos Schlag noch gerötet war.

Ramage setzte sich wieder auf seinen Stuhl. Außer der Muskete des Postens, die diagonal auf den schwarzen und weißen Quadraten des Decks lag — vom Kolben bis zur Mündung stellte sie genau die Bewegung des Springers im Schachspiel dar —, zeugte nichts mehr von dem, was hier eben erst vorgefallen war. Die Bauern waren jetzt alle vom Brett gefegt ... Wer war nun mit dem nächsten Zug an der Reihe?

»Nun«, sagte Croucher ohne Schwung, »ich meine ...«

Ramage versetzte sich unverzüglich in Crouchers Lage, erwog, welche Möglichkeiten er noch besaß, und war bereit, als Croucher schließlich sagte:

»... Offen gestanden weiß ich nicht, wie wir das Verfahren jetzt fortsetzen sollen.«

»Ich stehe noch unter Anklage, Sir ...«

Crouchers mageres Fuchsgesicht verriet Bestürzung: offenbar wußte der Mann, daß er auf einem Pulverfaß saß, und fürchtete, daß Ramage die Lunte anzünden könnte.

Noch vor fünf Minuten war alles nach Crouchers Plan gelaufen, jetzt aber war die Marchesa di Volterra unter den Augen seiner eigenen Richter und ausgerechnet durch seinen wichtigsten Zeugen tätlich angegriffen worden.

Ramage studierte Crouchers Gesicht und glaubte aus seinen Zügen der Reihe nach all die unerfreulichen Vorstellungen ablesen zu können, die durch das Gehirn des Mannes jagten: Die Marchesa besaß größten Einfluß in den höchsten Kreisen ... Was würde Konteradmiral Goddard zu dem Zwischenfall mit ihr sagen, und, noch wichtiger, was Sir John Jervis, der Oberkommandierende ...? Reichte der Einfluß dieser Frau etwa gar bis zum St.-James-Palast ...? Gegebenenfalls wusch Goddard seine Hände in Unschuld, dann mußte eben ein Sündenbock her ...

Und, dachte Ramage boshaft, dieser Sündenbock konnte nur zu leicht Kapitän Aloysius Croucher heißen. Je mehr er über all das nachdachte — sein Gehirn schien unheimlich schnell zu arbeiten —, desto ärger packte ihn der Zorn. Alle sechs Kapitäne und Barrow trieften von Schweiß, er aber begann zu frieren — er spürte die Eiseskälte der Wut.

Natürlich blinzelte er jetzt ununterbrochen, und wahrscheinlich war sein Gesicht schneeweiß. Ihn grauste

körperlich vor diesen Pisanos, den Goddards, den Crouchers und wie sie sonst noch heißen mochten, sie ekel-
ten ihn an, diese Kreaturen, die sich zur letzten Niedertracht hergaben, wenn es ihre Eitelkeit oder ihr Ehrgeiz verlangte. Keiner dieser Burschen war auch nur um
ein Haar besser als irgendein gedungener Mörder aus
Neapel, der für ein paar *centesimi* einen Mitmenschen
kaltblütig von hinten niederstach. Nein, sie waren sogar
schlechter als jener Auswurf, denn so ein Mordgeselle
spielte sich wenigstens nicht so auf wie diese Burschen
hier.

Jetzt fand Ramage plötzlich Verständnis für den Vor-
gang, der ihm seit Jahren ein Rätsel aufgab: Sein Vater
hatte damals während der Gerichtsverhandlung plötzlich erklärt, daß er nichts mehr zu seiner Rechtfertigung
vorbringen werde. Seine Gegner folgerten daraus, er
habe damit seine Schuld eingestanden; seine Freunde
wußten dieses Verhalten nicht zu erklären und nahmen
darum an, er sei eben mit seinen Kräften am Ende gewesen.

Heute wußte Ramage, wie es wirklich gewesen war.
Sein Vater hatte die niedrige Gesinnung seiner Ankläger durchschaut. Sie waren ihm zu verächtlich, als daß
er sich weiter herbeigelassen hätte, ihre Anschuldigungen ernst zu nehmen und sich dagegen zu verteidigen.
Überdies waren jene Anschuldigungen so plump, daß er
die gleichen üblen und unehrenhaften Methoden hätte
anwenden müssen wie seine Gegner, um sich davon rein-
zuwaschen.

Aber warum sollte man das eigentlich nicht tun?
Warum, dachte Ramage, soll dieser Auswurf immer
wieder über den Anständigen, den Ehrenmann die Oberhand gewinnen? Warum sollten Männer wie Goddard
und Croucher immer ungeschoren davonkommen, dieses lichtscheue Gesindel, das sich gedungener Mörder be-

diente — sei es, daß diese das Leben eines Mannes vor Gericht mit Lügen zerstörten, sei es, daß sie ihm in einer finsteren Gasse ein Stilett in den Leib jagten? Immer wieder gelang es ihnen — dem Herzog von Newcastle, Fox, Anson, dem Earl von Hardwicke zum Beispiel: sie hatten mit List und Tücke die Hinrichtung des Admirals Byng zuwege gebracht und blieben ungeschoren. Keine dreißig Jahre später hatten ihre Nachfolger das Leben seines eigenen Vaters ruiniert und taten sich sogar noch etwas darauf zugute, daß sie keinen Justizmord an ihm begangen hatten.

Ramage erkannte auch gleich, welches in solchen Fällen die richtige Taktik war. Es galt, sich nicht mit den gedungenen Mördern aufzuhalten, sondern sofort diejenigen aufs Korn zu nehmen, die sich ihrer bedienten: die Männer im Schatten.

Er wußte jetzt, daß es ihm nichts mehr ausmachte, wenn seine Laufbahn scheiterte — ihr Einsatz spielte wirklich keine Rolle, wenn es darum ging, einem Goddard das Handwerk zu legen ...

Croucher sagte etwas.

»Wie bitte, Sir?«

»Ich wiederhole meine Bekanntgabe«, sagte Croucher in scharfem Ton. »Das Gericht ist der Meinung, daß die Anklage keinen Beweis für die Schuld des Angeklagten beibringen konnte. Ich beantrage daher, dieses Ergebnis zu Protokoll zu geben und die Anklage fallenzulassen.«

Gut gebrüllt, Löwe, dachte Ramage.

»Die Zeugenvernehmung der Anklage wurde nur unterbrochen, Sir.«

»Ja, ja, ich weiß«, sagte Croucher gereizt, »aber ...«

»Ich nehme an, daß die Anklage immerhin noch Beweismaterial besitzt, Sir, darum ist es meine unmaßgebliche Meinung, daß das Verfahren seinen Fortgang nehmen muß.«

Für Croucher hieß es auf der Hut sein. Er merkte wohl, daß ihm allenthalben Fallen drohten. Aber es standen ihm immerhin auch Berater zur Verfügung, nicht nur die Gesetzbücher, die vor dem Stellvertretenden Marine-Auditeur auf dem Tisch lagen.

»Also gut. Sie und die Marchesa verlassen jetzt das Gericht, die Richter bleiben zur Besprechung der Lage versammelt. Ihnen beiden ist es natürlich nicht gestattet, miteinander zu sprechen. Sagen Sie dem Posten, er soll dem Provost Marshal Bescheid geben.«

17

Fünfzehn Minuten später erschien ein Posten in der Kammer des Sekretärs des Kommandanten, wo Ramage und Blenkinsop warteten, um ihnen mitzuteilen, daß die Verhandlung wieder eröffnet sei. Als Ramage den Kommandantensalon betrat, sah er sofort, daß jetzt die Plätze hinter seinem Stuhl alle besetzt waren. Jeder dienstfreie Offizier des Schiffes hatte sich eingefunden, um zuzuhören, denn sie hofften auf weitere aufregende Zwischenfälle.

Kapitän Croucher faßte Ramage ins Auge.

»Das Gericht hat beschlossen«, sagte er, »daß die letzte Unterbrechung nicht in das Protokoll aufgenommen werden soll und daß das Verfahren seinen Fortgang nimmt. Sind Sie mit dieser Entscheidung einverstanden?«

»Es steht mir nicht zu, Sir, darüber zu befinden«, sagte Ramage in sachlichem Ton. »Ich möchte in aller Ergebenheit betonen, daß Sie der Vorsitzende dieses Gerichts sind. Trifft dieses Gericht eine falsche Entscheidung, so wird ohne Zweifel der Oberkommandierende oder die Admiralität die entsprechenden Schritte unternehmen.«

Nein, er dachte nicht daran, Croucher in die Falle zu gehen. Erklärte er sich mit dem Beschluß einverstanden, dann war der Mann von vornherein gegen jeden Vorwurf gedeckt, daß ihm bei der Durchführung dieses Verfahrens Fehler unterlaufen seien. Croucher hatte ihm eine Falle gestellt und war nun — dank Gianna — in Gefahr, selbst darin geschnappt zu werden. Aber Menschen, die anderen ihre Fallen stellten, hatten eben mit dieser Gefahr zu rechnen. Croucher war außerdem ein Dummkopf, denn Gianna stand ja nicht unter Eid. Von all den hohen Herren des Gerichts schien keiner daran gedacht zu haben, daß im Protokoll nur beschworene Aussagen verzeichnet werden sollten. Selbst wenn ein Schiff längsseit in die Luft geflogen wäre, brauchte das Protokoll keine Notiz davon zu nehmen — es sei denn, um die Vertagung des Gerichts zu begründen. Ramage entschloß sich zu bluffen.

»Meiner Meinung nach«, sagte Croucher unsicher, »ist das Gericht berechtigt anzuordnen, daß dies oder jenes im Protokoll nicht erwähnt werden soll.«

Seine Stimme klang nicht besonders überzeugt. Offenbar wollte er Ramage in eine Diskussion verwickeln, die ihm Gelegenheit bot, dem jungen Mann in kameradschaftlicher Weise klarzumachen, daß er durch seine unnachgiebige Haltung eine Menge unnötiger Schwierigkeiten heraufbeschwöre.

Ramage erhob sich von seinem Platz.

»Ich gebe zu, daß ich mich in Rechtsfragen wenig auskenne. Aber ich muß doch mit geziemender Achtung ernstlich in Frage stellen, ob ein Gericht wirklich vorliegende Zeugenaussagen unbeachtet lassen und damit ihrer Beweiskraft berauben kann. Wenn es sich so verhielte, könnte ja jedes Protokoll einer Gerichtsverhandlung zensiert und wie ein Groschenblättchen zurechtfrisiert werden, um zu beweisen, daß ein Schuldiger unschuldig oder ein Unschuldiger schuldig sei.«

»Mein Gott, junger Mann, es denkt doch kein Mensch daran, die Verhandlungsprotokolle generell zu zensieren. Das Gericht ist eben nur der Meinung, daß dies im vorliegenden Fall der klügste Weg wäre, um eine höchst unangenehme Lage zu meistern.«

»Wenn Sie von einer unangenehmen Lage sprechen, Sir«, entgegnete ihm Ramage höflich, »dann entnehme ich daraus Ihre Besorgnis, daß ich diese Lage als unangenehm empfinden könnte. Ich möchte das Gericht jedoch darum bitten, auf meine Gefühle keine Rücksicht zu nehmen, sondern einzig und allein die Wahrheit aufzuspüren, so unangenehm sie auch sein mag . . .«

»Gut denn«, sagte Croucher und gab damit offen zu, daß er den kürzeren gezogen hatte, »rufen Sie den ersten Zeugen auf.«

Da warf Ramage ein: »Nach der Gerichtsordnung, Sir, sollte jetzt doch wohl der Stellvertretende Auditeur das Protokoll von dem Zeitpunkt an verlesen, da dieser Zeuge zum erstenmal aufgerufen wurde?«

»Aber mein Bester«, gab ihm Croucher zur Antwort, »wir können doch nicht die ganze Woche hier zu Gericht sitzen. Es ist wirklich höchste Zeit, daß wir die Beweisaufnahme fortsetzen.«

Ramage rieb die Narbe über seiner rechten Braue und blinzelte heftig mit den Augen — Zorn und Erregung stiegen in ihm auf. Er mußte jetzt alles daransetzen, ruhig zu bleiben. Wenn diese Leute merkten, daß sich ihr Opfer zur Wehr setzte, dann wurden sie nervös. Darum galt es für ihn, nach jeder Gelegenheit zum Angriff Ausschau zu halten, vor allem aber galt es, weiter zu bluffen.

»Mit Verlaub, Sir, es wäre mir gegenüber nur recht und billig, wenn der betreffende Teil des Protokolls verlesen würde.«

»Na schön, wenn Sie meinen.«

Jetzt richteten sich aller Blicke auf Barrow. Der faßte mit beiden Händen nach seiner Brille und fing vor Aufregung fast an zu kichern.

»Ich habe es nicht zu Protokoll genommen, Sir . . .«

»Sie haben was?«

»Nicht mitgeschrieben, Sir.«

Ramage unterbrach in verbindlichem Ton: »Sicher

können wir uns dann mit einer zusammenfassenden Darstellung einverstanden erklären, nicht wahr, Sir?«

Wenn sich nur ein einziger der Anwesenden daran erinnerte, daß Gianna nicht vereidigt war, dann hatte er das Spiel verloren — aber immerhin, es war den Einsatz wert. Er atmete auf, als Croucher sich endlich einverstanden erklärte, und für die nächsten fünf Minuten rang Ramage mit ihm um den Wortlaut des Berichtes. Ramage bestand nämlich darauf, daß die Aussagen der Marchesa Wort für Wort aufgenommen werden sollten. Als Croucher daraufhin erklärte, es sei doch unmöglich, sich noch an das zu erinnern, was sie gesagt habe, schlug Ramage vor, sie nochmals aufzurufen und ihre Aussagen wiederholen zu lassen. Croucher war über diesen Vorschlag so entsetzt, daß er sich endlich mit einer etwas gekürzten Fassung einverstanden erklärte. Als Ramage seinen Willen durchgesetzt hatte, fragte er ihn sarkastisch: »Nun, sind Sie jetzt zufrieden?«

»Durchaus, Sir.«

»Gott sei Dank. Barrow, halten Sie das schriftlich fest und rufen Sie den ersten Zeugen der Anklage von neuem auf.«

Der Bootsmann nahm ohne Zögern auf dem Zeugenstuhl Platz. Da es nicht nötig war, ihn ein zweitesmal zu vereidigen, begann Barrow sofort mit dem Verhör.

»Mr. Brown, Sie waren doch Bootsmann auf Seiner Majestät ehemaligem Schiff *Sibella*, als dieses am 8. September von einem französischen Kriegsschiff angegriffen wurde, nicht wahr?«

»*Aye*, das war ich«, erwiderte Brown.

»Bitte antworten Sie nur kurz mit ›Ja‹ oder ›Nein‹«, bemerkte Barrow in scharfem Ton. »Und jetzt erzählen Sie dem Gericht jede Ihnen bekannte Einzelheit über den Verlauf des Gefechtes von dem Augenblick an, als Kapitän Letts gefallen war.«

Ramage wollte eben Einspruch erheben und verlangen, daß Brown mit seinem Bericht eher beginnen sollte, da das Verfahren doch vor allem den Verlust des Schiffes betraf und nicht nur gegen ihn gerichtet war, als Kapitän Ferris ihm zuvorkam:

»Nach dem Wortlaut des Befehls zur Einberufung dieses Kriegsgerichts scheint es mir richtig, daß uns der Zeuge berichtet, was sich abspielte, seit das französische Schiff in Sicht kam. Kapitän Letts' Maßnahmen sind für das Gericht ebenfalls von Interesse.«

»Da Kapitän Letts gefallen ist, kann er nicht mehr als Zeuge vernommen werden«, sagte Croucher. Offenbar wollte er vermeiden, Ferris' Antrag offen abzulehnen.

»Wäre der Inhaftierte gefallen, so stünde auch er nicht vor diesem Gericht«, antwortete ihm Ferris. »Auf jeden Fall wäre es ungerecht, ihm etwas vorzuwerfen, das eigentlich Kapitän Letts zu verantworten hätte.«

»Gut«, sagte Croucher, »streichen Sie den zweiten Teil der Frage aus dem Protokoll und setzen Sie dafür ein: ›von dem Augenblick an, als das französische Schiff gesichtet wurde‹.«

Brown war ein einfacher Mensch; die vielen hohen Offiziere, denen er sich gegenüber sah, machten ihn nervös, dennoch war er sich darüber klar, daß seinen Aussagen besondere Bedeutung zukam. Da er ein einfacher Mann war, erzählte er seine Geschichte auch mit einfachen Worten. Eben hatte er berichtet, er habe einige Leute sagen hören, daß mehrere Offiziere gefallen seien, da unterbrach ihn Kapitän Blackman, der neben Kapitän Croucher saß: »Was Sie andere Leute sagen hörten, ist kein Beweis, wir wollen von Ihnen Tatsachen hören.«

»Das waren doch Tatsachen!« sagte Brown und machte kein Hehl aus seiner Verachtung für jeden, der das nicht einsah. »Die Offiziere waren getötet worden. Mit meinen eigenen Augen habe ich nicht gesehen, wie es geschah, weil ich nicht überall zu gleicher Zeit sein konnte, aber sie waren jedenfalls tot.«

»Fahren Sie fort«, sagte Croucher, »aber denken Sie daran, daß nur das als Beweismittel gilt, was ein anderer zu Ihnen sagte, nicht aber Dinge, von denen Sie hörten, daß sie ein anderer einem Dritten erzählte — denn die wüßten Sie ja nur vom Hörensagen.«

Brown verstand diesen Unterschied offenbar nicht, aber das machte ihm nichts aus. Er setzte seine Erzählung schwungvoll fort und gelangte damit bis zu dem Augenblick, da es schien, als seien alle Offiziere tot, und da der Steuermann das Kommando übernommen hatte. Dieser hatte eben den Befehl gegeben, einige abgeschossene Enden zusammenzuknoten, als er selbst durch einen Treffer in Stücke gerissen wurde.

»Da dachte ich bei mir: Hoppla, jetzt segelst du wohl auch bald in die andere Welt hinüber. Ich hatte keine Lust, das Kommando über diesen Trümmerhaufen zu übernehmen.«

»Was für einen Trümmerhaufen?« fragte Croucher in frostigem Ton.

»Nun, das Schiff, Sir, so wie es jetzt aussah. Es war nur noch ein Wrack, nicht mehr. Aber immerhin, ich war ja nun wohl der Älteste, der noch am Leben war, darum schickte ich ein paar Leute los, um festzustellen, wie viele tot und wie viele lahmgeschossen waren. Sie kamen zurück und meldeten, daß nur noch ein Drittel von uns auf den Beinen stand.«

»Können Sie uns genau sagen, wie viele tot und wie viele verwundet waren?« fragte Kapitän Ferris und bedeutete Kapitän Croucher, daß er Einblick in die Musterrolle nehmen wolle.

»Achtundvierzig waren tot, Sir, und dreiundsechzig verwundet, ein Dutzend von diesen sterblich.«

»Sie meinen tödlich«, verbesserte ihn der Stellvertretende Auditeur.

»Das ist doch dasselbe, das heißt, daß sie später gestorben sind.«

»Von einer Besatzung von insgesamt hundertvierundsechzig Mann«, bemerkte Ferris und klappte die Musterrolle zu.

»Darüber weiß ich nicht Bescheid, Sir.«

»Das war die Kopfstärke bei der letzten Musterung«, sagte Ferris. »Nehmen Sie das in das Protokoll auf, Barrow. Und nun, Brown, fahren Sie mit Ihrer Aussage fort.«

»Ja, ich wünschte mir grade, ich könnte meine Hängematte zurren, meinen Seesack packen und nach Hause gehen, da sagte der blutüberströmte Wachtmeister so ganz beiläufig, er meine, der Offizier auf dem Großdeck sei nicht tot, Sir, sondern nur verwundet. Daraufhin schickte ich sofort einen Jungen los, um zu erfahren, wie es sich damit verhielt. Gleich darauf hörte ich, er habe Mr. Ramage bewußtlos gefunden ...«

»Das wußten Sie wieder nur vom Hörensagen«, unterbrach ihn Kapitän Blackman triumphierend. »Es ist als Aussage wertlos.«

»Nein«, erwiderte ihm Brown, »das stimmt nicht. Nach einer Minute war der Junge wieder da und erzählte mir mit seinem eigenen Mund, er habe Mr. Ramage atmend, aber verwundet und bewußtlos vorgefunden. Ich habe ihn gleich wieder hinuntergeschickt und Mr. Ramage sagen lassen, er habe jetzt das Kommando. Der Junge kam zurück und sagte ...«

»Halt, warten Sie einen Augenblick«, sagte Barrow, »Sie reden viel zu schnell.«

Brown konnte der Versuchung nicht widerstehen,

einem Zahlmeister — denn als solchen hatte er Barrow alsbald erkannt — eins auszuwischen, und brummelte: »Das wäre das erstemal, daß ich einen Zahlmops treffe, der mit der Feder nicht zu Rande kommt.«

»Ruhe da!« verwies ihn Kapitän Croucher. »Sprechen Sie zur Sache, alles andere geht Sie nichts an.«

»Nun, als Mr. Ramage auf dem Achterdeck erschien, machte ich ihm Meldung über den Zustand des Schiffes und über die Mannschaftsverluste. Dabei sagte ich ihm auch, daß er nun das Kommando habe.«

Kapitän Ferris fragte: »In welchem Zustand war Mr. Ramage, als das geschah?«

»Er sah aus, als wäre er über die stehende Part der Fockschot gestolpert und gerade noch zur rechten Zeit binnenbords geholt worden«, meinte Brown. Ramage hätte über diesen Vergleich beinahe gelacht. Über die stehende Part der Fockschot stolpern hieß unter Seeleuten soviel wie sterben oder getötet werden.

»Drücken Sie sich etwas genauer aus«, meinte Ferris.

»Nun ja, er war nicht sicher auf den Beinen und hatte eine schlimme Wunde am Kopf.«

Ramage nahm sich eben vor, Brown nachher im Kreuzverhör eine bestimmte Frage zu stellen, da wollte Ferris von ihm wissen:

»Machte er denn einen benommenen Eindruck?«

»Ach, er sah aus wie ein Butzkopf, der sich den Schädel an einer Kaimauer eingerannt hat, Sir.«

Einige der Anwesenden einschließlich Ramage mußten über dieses Bild lachen, denn es stimmte in der Tat überraschend genau. Als er seinen Kopf in die Wasserbalje getaucht hatte, war er wirklich tropfnaß gewesen, und der Vergleich mit einem Delphin, der mit dem Kopf gegen eine Ziegelmauer geschwommen war, bot in der Tat einen Begriff davon, wie er sich in jenem Augenblick gefühlt hatte. Ferris schien sich nun ausreichend informiert zu haben, aber jetzt wandte sich Croucher an Brown:

»Wenn sich der Zeuge einverstanden erklärt, wäre es meiner Ansicht nach das beste, wenn Sie schreiben: ›Er machte einen benommenen Eindruck.‹ Stimmt das, Brown?«

»Schreiben Sie lieber: ›einen sehr benommenen Eindruck‹, Sir.«

»Gut, machen wir weiter.«

»Viel mehr ist darüber nicht zu sagen. Mr. Ramage riß sich im nächsten Augenblick zusammen und übernahm das Kommando.«

Offenbar meinte Brown, mehr hätte er als Zeuge nicht auszusagen, aber jetzt forderte ihn Croucher auf: »Beschreiben Sie weiter, wie das Schiff übergeben wurde.«

Brown erzählte dann noch kurz, wie geschickt Ramage mit der *Sibella* gehalst hatte, wobei ihm ihr gekappter Fockmast als Drehpunkt diente. Dadurch habe er den unverletzten Männern die Möglichkeit verschafft, in die Boote zu gelangen und in der Finsternis zu entkommen. Die Verwundeten seien zurückgelassen worden, um das Schiff zu übergeben.

»Die Verwundeten wurden also den Franzosen ausgeliefert?« fragte Kapitän Blackman.

»So *könnte* man natürlich sagen«, meinte Brown und tat damit kund, daß seiner Meinung nach jeder dumm oder grundschlecht war, der so etwas behauptete. »Wir waren doch drei Abteilungen, die zur Musterung angetreten waren: Die Toten — die ging das alles nichts mehr an, die Verwundeten, für die es keine ärztliche Hilfe gab, weil der Doktor und sein Sanitätsmaat schon tot waren, und endlich diejenigen von uns, die noch heil geblieben waren und nicht den Franzmännern als Gefangene in die Hände fallen wollten.

Außerdem«, fügte er hinzu, »gibt es ja auch noch die

298

Kriegsartikel. Der zehnte verurteilt ›jeden Angehörigen der Flotte, der den Gegner in verräterischer Absicht oder aus Feigheit um Pardon bittet‹. Danach wäre es doch nicht richtig gewesen, wenn wir uns hätten gefangennehmen lassen, obwohl wir nicht verwundet waren. Außerdem konnte man doch annehmen, daß die Franzmänner unsere Jungs anständig behandelten. Im Gefecht ist ja nicht viel mit ihnen los, aber daß sie Verwundeten den Garaus machen, ist ihnen doch nicht zuzutrauen. Selbst wenn es uns gelungen wäre, die Verwundeten mit den Booten wegzubringen — was doch ganz und gar ausgeschlossen war —, so hätten wir sie dabei so gut wie hingemordet. Großer Gott!« rief er, als er sich ausmalte, wie das gewesen wäre. »Die Fahrt nach Bastia in der glühenden Sonne hätte ja sogar uns um ein Haar erledigt, und wir hatten nicht einmal eine Schramme abbekommen.«

»Schon gut, schon gut«, sagte Kapitän Blackman, der des öfteren versucht hatte, den aufgeregten Redeschwall des Bootsmanns aufzuhalten, weil ihm klar wurde, daß dabei nur die Hintergedanken entschleiert wurden, die ihn zu seiner Frage veranlaßt hatten. Außerdem aber gab der Stellvertretende Marine-Auditeur schon eine ganze Weile verzweifelte Zeichen mit der linken Hand, während er mit der rechten in aller Hast weiterkritzelte.

»Schon gut«, wiederholte Blackman. »Bitte machen Sie nach jedem Satz eine Pause, der Auditeur kann beim besten Willen nicht so schnell schreiben.«

Brown glaubte sicherlich, daß er endlich seine Rolle bei diesem Prozeß zu Ende gespielt habe, aber Kapitän Croucher fragte:

»Wie ging es denn weiter? Berichten Sie, was bis zu dem Augenblick geschah, als Sie in Bastia anlangten.«

Browns Gesichtsausdruck verriet eine Überraschung,

die den Mitgliedern des Gerichts kaum entgehen konnte. Aber selbst wenn sie ihnen nicht aufgefallen war, dachte Ramage, mußte sie doch Browns nächste Bemerkung stutzig machen.

»Ich hoffe, daß ich nicht mich selbst oder einen anderen hineinreite, wenn ich so weiterrede, denn was jetzt kommt, hat mit der Übergabe des Schiffs überhaupt nichts mehr zu tun.«

»Ihnen wird doch keine Verfehlung vorgeworfen«, sagte der Stellvertretende Auditeur, »darum können Sie auch nicht gerichtlich belangt werden.«

»Nein, noch wirft man mir keine Verfehlung vor«, erwiderte er, »aber das ändert doch nichts an der Tatsache, daß meine Fahrt nach Bastia überhaupt nichts mit der Versenkung der *Sibella* und mit der Anklage gegen Mr. Ramage zu tun hat. Außerdem weiß ich nicht, ob ich nicht später doch noch angeklagt werde.«

»Los, Mann«, sagte Kapitän Croucher ungeduldig, »fahren Sie mit Ihrer Aussage fort. Wenn Sie die Wahrheit sagen, haben Sie nichts zu fürchten.«

Nachdem Brown die Fahrt nach Bastia beschrieben hatte, erklärte er: »Das ist alles, was ich zu sagen habe.«

Kapitän Croucher blickte auf: »Darüber haben wir zu befinden. Ich für meine Person habe keine Fragen mehr zu stellen. Haben die Herren Beisitzer noch Fragen an den Zeugen?«

Da meldete sich Ferris: »Wo stand Mr. Ramage, als er den Befehl zum Halsen gab?«

»Auf den Finknetzkästen in Höhe der Steuerbordkreuzwanten«, sagte Brown. »Er rief von dort zu den Franzmännern hinüber. Ich hielt ihn für verrückt, daß er sich so einem jeden Schützen als Ziel darbot; verzeihen Sie, Sir, wenn ich so offen rede, aber abgesehen von allem anderen hätte ich ja wieder das Kommando übernehmen müssen, wenn ihm etwas zugestoßen wäre.«

300

Ramage sagte sich, daß Ferris bei Croucher nicht gerade Liebkind sein würde, wenn der Prozeß zu Ende war. Ferris kam es offenbar darauf an, die Tatsache zu unterstreichen, daß sich Ramage nicht irgendwo außerhalb des Schußfeldes in Sicherheit gebracht hatte.

»Sind noch Fragen?« sagte Croucher in einem Tonfall, der jeden davon abschreckte, noch ein Wort zu sagen. »Dann wird der Angeklagte jetzt den Zeugen ins Kreuzverhör nehmen.«

Alles, was Ramage jetzt noch fragen konnte, hätte die Wirkung der schlichten, ehrlichen und freimütigen Darstellung Browns nur beeinträchtigt.

»Ich habe keine Fragen, Sir.«

»Oh — ausgezeichnet! Bitte verlesen Sie jetzt das Protokoll, Mr. Barrow.«

Brown unterbrach ihn dabei nur ein einziges Mal, um ihn zu verbessern, denn Barrow hatte geschrieben, Ramage habe »einen benommenen Eindruck« gemacht.

»Ich habe gesagt: ›einen sehr benommenen Eindruck‹«, meinte Brown aufgebracht. »Lassen Sie kein Wort von dem weg, was ich gesagt habe!«

»Dann müssen Sie einen Augenblick warten«, sagte Barrow und griff nach seiner Feder.

Als er wieder fortfahren wollte, fiel ihm Brown ins Wort: »So, jetzt lesen Sie den letzten Satz noch mal, damit ich höre, ob Sie richtig verbessert haben.«

Barrow war über dieses Mißtrauen einen Augenblick sprachlos, aber dann schob er seine Brille entschlossen die Nase hinauf und las den Satz noch einmal vor.

»Jetzt ist es richtig, Sie können fortfahren, Herr Zahlmeister«, sagte Brown und ließ damit keinen Zweifel an der Tatsache, daß man Zahlmeistern kein Vertrauen schenken durfte.

Als Barrow zu Ende war, durfte Brown abtreten, und der nächste Zeuge wurde aufgerufen.

Matthew Lloyd, der Meistersmaat, kam hereingeschritten und blieb genau auf der Stelle stehen, die ihm der Stellvertretende Auditeur mit ausgestrecktem Zeigefinger angewiesen hatte. Der Mann war so dünn wie die Planken, die er zu sägen, zu behauen und zu behobeln pflegte; sein Gesicht war lang und tiefbraun, als ob es von Meisterhand aus einem schmalen, feingemaserten Stück Mahagoni geschnitzt worden wäre.

Als Barrow ihm die üblichen Fragen stellte: wie er heiße, welchen Dienstgrad er besitze und wo er sich am Abend des Gefechts aufgehalten habe, da antwortete er abgehackt, und die Worte, die er hervorstieß, klangen, wie wenn er eine Reihe flachköpfiger Speigattnägel einhämmerte. Als er berichtete, was er von den Schäden wußte, die im Lauf des Gefechts entstanden waren, da war seine Darstellung so präzis, als ob er etwa ein Stück Holz markierte, aus dem eine kunstvolle Arbeit für den Kommandanten entstehen sollte. Die Fragen, die an ihn gerichtet wurden, beantwortete er ebenso exakt. Nein, er wisse nicht genau, wie viele Treffer in den Rumpf einschlugen, denn so oft ein Schußloch verstopft war, habe schon das nächste auf sie gewartet. Er könne auch nicht bestimmt sagen, welche Breitseite den Kommandanten getötet habe, er meine allerdings, es sei die fünfte gewesen. Ja, er habe bis dahin ständig die Pumpen gepeilt, und als Kapitän Letts fiel, seien drei Fuß Wasser im Raum gewesen. Bald darauf sei das Wasser jede Minute um fast einen Zoll gestiegen. Nein, mit der Uhr habe er das Steigen des Wassers nicht gezeitet, sagte er zu Kapitän Croucher, aber die Zunahme habe in weniger als fünfzehn Minuten immerhin einen vollen Fuß ausgemacht.

Dem Kapitän Blackman versicherte er, es habe keine Aussicht bestanden, das Schiff über Wasser zu halten, denn mehrere Treffer hätten die Außenhaut hinter den Spanten durchschlagen, so daß es nicht möglich gewesen wäre, die entstandenen Schußlöcher von innen her zu dichten. Nein, er habe Kapitän Letts nicht gemeldet, daß die Pumpen das eindringende Wasser nicht mehr bewältigen konnten, denn um jene Zeit sei Kapitän Letts schon tot gewesen, aber er habe dem Steuermann darüber Meldung gemacht.

Jawohl, sagte er zu Kapitän Ferris, es sei auch außer den Einschlägen in der Wasserlinie großer Schaden am Schiff entstanden; er habe hier jedoch nur von den Treffern zwischen »Wind und Wasser« gesprochen, weil ihrer so viele waren und weil sie ihn als Zimmermann besonders angingen.

Jetzt war wieder Kapitän Blackman an der Reihe: Er habe erfahren, daß Mr. Ramage das Kommando innehatte, als er den Zeugen kommen ließ und nach dem Umfang der erlittenen Schäden fragte. Ob er sich an den Wortlaut seiner Fragen erinnern könne? Es sei schwierig, meinte Lloyd, sich das ins Gedächtnis zu rufen, eines aber könne er nie vergessen — nämlich seine Überraschung, daß der jüngste Leutnant — Mr. Ramage möge ihm dieses offene Wort verzeihen — mit so viel Überlegung an seine Aufgabe heranging. Kaum habe Mr. Ramage von ihm den Wasserstand im Raum erfahren, habe er sofort im Kopf überschlagen, wie viele Tonnen Wasser eingedrungen seien, wieviel Auftrieb das Schiff noch besitze und wie lange es demnach noch schwimmen werde — wobei er nicht vergessen habe zu berücksichtigen, daß das Wasser wegen des steigenden Drucks um so schneller durch die Schußlöcher eindringen mußte, je tiefer das Schiff im Wasser lag.

»Jawohl, Sir«, sagte er zu Kapitän Blackman, »ich weiß wohl, daß Ihnen diese Dinge bekannt sind. Aber was ich hier berichte, ist *meine* Zeugenaussage. Ich gebe darin nur wieder, was Mr. Ramage sagte und tat. Er sprach dabei auffallend laut, denn er hatte anscheinend eben erst wieder das Bewußtsein erlangt, das er durch einen Schlag auf den Kopf verloren hatte. Für mich war es wie ein Wunder«, fügte er hinzu, »daß er schon wieder so gut Kopfrechnen konnte.«

»Mr. Ramage hat also im Kopf überschlagen, wie lange es noch dauern würde, bis das Schiff sank, nicht wahr?« fragte jetzt Kapitän Ferris.

»Ja — er meinte zwischen sechzig und fünfundsiebzig Minuten.«

Ramage entging es nicht, daß Croucher immer unruhiger wurde. Ferris' Fragen schienen ihm nicht zu passen, obwohl Ramage keinen Zweifel daran hatte, daß es Ferris nur um die Ermittlung der Wahrheit ging. Auch Blackman stellte nach Crouchers Meinung nicht die richtigen Fragen. Der Meistersmaat war ein ruhiger Mensch mit einem guten Gedächtnis, der sich durch Blackmans hochtrabendes Gebaren nicht einschüchtern ließ. Blackmans offenkundige Versuche, Ramage in Mißkredit zu bringen, hatten nur bewirkt, daß seine Klugheit und Bedachtsamkeit erst recht zur Geltung kamen.

Endlich bemerkte sogar der stets willfährige Blackman Kapitän Crouchers Unruhe und hörte sogleich auf, Lloyd weiter auszufragen.

»Hat das Gericht an diesen Zeugen noch Fragen zu stellen?« sagte Croucher. »Keine? Dann mag ihn der Angeklagte ins Kreuzverhör nehmen.«

Ramage ging es noch um zwei Punkte, die ihm allerdings nur für das Protokoll Bedeutung zu haben schienen.

»Können Sie sich wirklich genau erinnern«, fragte er, »wieviel Zeit ich dem Schiff schätzungsweise noch gab, bis es angesichts der erlittenen Schäden und der ausgefallenen Pumpen sinken mußte?«

»Jawohl, Sir, das weiß ich noch ganz genau, vor allem, weil Sie die Zeit in Minuten ausdrückten und nicht nur so obenhin ›zwischen einer Stunde und fünf Viertelstunden‹ sagten.«

»Wieviel Zeit verging nach Ihrer Schätzung von dem Augenblick an, da ich Ihnen diese ungefähre Frist nannte, bis die Franzosen nach unserer Abfahrt das Schiff in Brand setzten?«

»Über eine halbe Stunde, Sir.«

»Warum wohl setzten sie nach Ihrer Meinung die *Sibella* in Brand?«

Da unterbrach Kapitän Croucher: »Eine Meinung ist keine Zeugenaussage, Mr. Ramage.«

»Entschuldigen Sie, Sir, ich befrage hier den Angehörigen eines Berufsstandes über eine Angelegenheit, die unmittelbar mit seinem Beruf zusammenhängt; es handelt sich hier also nicht um eine persönliche Meinung.«

»Streiten Sie nicht mit dem Gericht.«

Ramage verbeugte sich und wandte sich gleich wieder an den Meistersmaaten. An seiner Frage war wirklich nichts auszusetzen gewesen, aber es war unnötig, mit Croucher darüber zu streiten, da er durchaus imstande war, sein Ziel auf andere Weise zu erreichen.

»Wenn ich Ihnen nach der Schätzung der Frist bis zum Untergang des Schiffs befohlen hätte, eine Zündschnur zu legen, um das Schiff in die Luft zu sprengen, hätten Sie diesen Befehl befolgt?«

»Nein, Sir.«

»Und warum nicht?«

»Weil Munitionsraum und Pulverkammer unter Wasser standen, Sir.«

»Wenn ich Ihnen statt dessen befohlen hätte, das Schiff irgendwie zu vernichten, was hätten Sie dann getan?«

»Ich hätte es nur in Brand stecken können, Sir, was die Franzosen dann auch getan haben.«

»Gesetzt, Sie hätten eine unbegrenzte Zahl von Menschen für Ausbesserungsarbeiten zur Verfügung gehabt, hätten Sie das Schiff dann vor dem Sinken bewahren können, nachdem ich das Kommando übernommen hatte?«

»Nein, Sir, unter keinen Umständen.«

»Ich habe keine Fragen mehr an diesen Zeugen zu stellen«, sagte er zu Croucher gewandt.

»Gut, das Gericht hat auch keine Fragen mehr, also rufen Sie den nächsten Zeugen auf.«

»Aufgerufen wird der Graf Pisano«, sagte der Stellvertretende Marine-Auditeur.

Ramage hatte längst auf diesen Augenblick gewartet. Bis jetzt schien die Verhandlung für ihn durchaus günstig verlaufen zu sein. Er hatte Croucher geblufft und Giannas Rede in das Protokoll aufnehmen lassen; er hatte seinen Versuch durchkreuzt, das ganze Verfahren fallenzulassen, als es einmal unterbrochen worden war; und zuletzt hatten der Bootsmann und der Meistersmaat zu seinen Gunsten ausgesagt. Nun galt es nur noch zu verhindern, daß Croucher Pisano als Zeugen aussagen ließ.

Darum sagte er jetzt zu Croucher: »Einen Augenblick, Sir. Der Name dieses Herrn steht nicht auf der Zeugenliste der Anklage, die mir der Stellvertretende Marine-Auditeur zugehen ließ.«

Crouchers entwaffnendes Lächeln verriet Ramage, daß er einen Fehler gemacht hatte. Er wußte nicht sicher, worin er bestand, aber Croucher war offenbar im Begriff, ihn matt zu setzen.

»Der Stellvertretende Auditeur«, sagte Croucher höflich, »wird Ihnen sofort die Rechtslage erklären.«

Ramage ging es darum, Zeit zu gewinnen. Daher

sprang er jetzt auf und sagte: »Vielleicht wäre es richtig, die Verhandlung zu unterbrechen, während diese Frage erörtert wird.«

»Hier gibt es nichts zu erörtern«, sagte Croucher in strengem Tone, dann wandte er sich an Barrow: »Machen Sie weiter.«

Der Mann stand auf und rückte seine Brille zurecht.

»Ein ähnlicher Fall trat bei einem Kriegsgericht im Januar vorigen Jahres ein«, begann er gespreizt seinen Vortrag. »Jenes Kriegsgericht trat übrigens zufällig auch hier in Bastia zusammen. Das Gericht legte die Frage dann den vorgesetzten Stellen in London vor. In einem Schreiben vom 22. Mai 1795, von dem mir eine beglaubigte Abschrift vorliegt, nahm der Oberste Militärrichter dazu wie folgt Stellung: ›Wenn anzunehmen ist, daß eine am Ort greifbare Person, die ohne Verzug geladen werden kann, Wesentliches zur Wahrheitsfindung beizutragen vermag, dann ist das Gericht ohne Zweifel befugt, diese Person vorzuladen und zu vernehmen.‹«

Ramage sprang auf die Beine, als auch Ferris eben das Wort ergreifen wollte.

»Sie sprachen doch eben vom Obersten Militärrichter, nicht wahr?«

»Gewiß«, sagte Barrow geziert.

»Was hat der mit unserem Fall zu tun?«

»Ich verstehe nicht, was Sie meinen«, unterbrach Croucher.

»Der Oberste Militärrichter, Sir«, sagte Ramage, »ist ausschließlich für das Landheer zuständig. Ich brauche Sie wohl nicht daran zu erinnern, daß für alle Rechtsfälle in der Navy nur der Oberste Flottenrichter als letzte Instanz in Frage kommt. Darf ich also aus dem Vorgebrachten schließen, daß das eben verlesene Schreiben auf ein Kriegsgericht des Heeres Bezug hatte?«

307

Croucher warf einen fragenden Blick auf seinen Auditeur, und Barrow meinte darauf dümmlich: »Das . . . das stimmt, gewiß, Sir. Aber wir haben doch keinen Grund anzunehmen, daß der Oberste Flottenrichter eine andere Ansicht vertreten würde.«

»Ihre persönliche Meinung! Und Meinungen — so haben wir gehört — beweisen doch nichts. Ich möchte dagegen betonen, daß es in unserer Navy Brauch ist, einem Angeklagten die Zeugen namhaft zu machen, die gegen ihn aussagen sollen.«

Aber er wußte im voraus, daß er den kürzeren ziehen würde. Darum beschloß er, Crouchers bescheidenem Sieg zuvorzukommen.

»Dennoch möchte ich mich nicht darauf versteifen, gegen einen Zeugen Einspruch zu erheben, weil ich nicht daran zweifle« — Ramage konnte die Ironie in seiner Ausdrucksweise nicht ganz unterdrücken —, »daß dem Gericht alles daran gelegen ist, die Wahrheit zu ermitteln.«

»Gut«, sagte Croucher ungeduldig und wies Barrow an, Pisano aufs neue aufzurufen. Dieser schritt nun durch die Tür herein und hatte dabei eine Miene aufgesetzt, als hielte er sich für den wichtigsten Gast auf einem festlichen Ball. Er duckte sich unter jedem Decksbalken, obwohl er auch aufrecht noch ein paar Zoll Luft gehabt hätte — offenbar hatte er sich auf der kleineren *Lively* so oft den Kopf angestoßen, daß er nichts mehr riskieren wollte. Ach, dachte Ramage, an Stelle eines Auftritts *da grande signore* bot er eher den Anblick eines aufgeplusterten Täuberichs, der steifbeinig über eine *piazza* stelzt.

»Wollen Sie sich bitte hierherstellen«, sagte Barrow unterwürfig. »Sie sind Luigi Vittorio Umberto Giacomo Graf Pisano?«

»Ich habe noch eine Reihe weiterer Namen, aber

diese werden genügen, um meine Identität festzustellen.«

Croucher unterbrach: »Haben Sie sich genügend erholt, um aussagen zu können?«

»Ja, ich danke Ihnen«, gab Pisano steif zur Antwort. Offenbar hatte er den Wunsch, den Zwischenfall von vorhin zu vergessen.

»Bitte«, sagte nun Barrow, »legen Sie mir die verschiedenen Fragen nicht zur Last, die ich nun pflichtgemäß an Sie zu richten habe. Sie sind römisch-katholischer Konfession?«

»Ja.«

»Und — äh — exkommuniziert sind Sie nicht?«

»Nein!«

Barrow stellte das Kruzifix auf die Bibel und schob beides näher zu Pisano hin.

»Bitte legen Sie jetzt Ihre rechte Hand auf das Kruzifix und sprechen Sie mir die folgenden Eidesworte nach.«

Pisano wiederholte den Eid Wort für Wort und hielt dabei in einer Pose den Blick erhoben, die er wohl für besonders fromm hielt. Als die Zeremonie zu Ende war, setzte er sich.

»Ihr Englisch ist so gut«, bemerkte Croucher mit schmeichlerischem Lächeln, »daß ich Ihnen wohl keinen Dolmetscher anzubieten brauche.«

Ramage wußte genau, wie Pisano darauf reagieren würde.

»Einen Dolmetscher? Einen Dolmetscher? Steht mir denn einer zu?«

»Selbstverständlich«, sagte Croucher stolz. »Jeder, dessen Muttersprache nicht Englisch ist, hat vor einem britischen Gericht Anspruch auf einen Dolmetscher.«

»Dann wünsche ich auf jeden Fall, daß mir ein Dolmetscher zur Verfügung gestellt wird«, verkündete Pisano. Er kreuzte seine Beine und verschränkte die Arme, als wollte er damit bedeuten, daß er kein Wort mehr sprechen werde, ehe der Dolmetscher herbeigeholt war.

»Ja — ja — gut, gewiß«, sagte Croucher recht kleinlaut. »Barrow, schicken Sie nach einem Dolmetscher.«

Der Stellvertretende Marine-Auditeur warf Croucher einen Blick zu, den Ramage nur als Warnung auffassen konnte, sagte aber ergeben: »Jawohl, Sir.«

»Lassen Sie meinen Sekretär holen«, sagte Croucher, »der findet bestimmt einen.«

Der Sekretär erschien vor dem Gericht und wurde beauftragt, sofort einen Dolmetscher herbeizuschaffen. Als er etwas dagegen einzuwenden wagte, gebot man ihm, den Mund zu halten und sich lieber nach einem Dolmetscher umzusehen. Ganz verstört eilte er davon, und Croucher rief noch hinter ihm her: »Beeilen Sie sich, oder ich mache Ihnen Beine!«

Croucher lehnte sich mit selbstzufriedenem Lächeln in seinem Stuhl zurück. Barrow machte einen geschlagenen Eindruck, offenbar fürchtete er, daß sich über der Kimm eine gefährliche Bö zusammenzog. Auch Crouchers Lächeln begann sich aufzulösen, als ihm Kapitän Blackman etwas zuflüsterte. Er drehte sich um und sprach mit Kapitän Herbert, der zu seiner Linken saß. Herbert schüttelte den Kopf und fragte den Kapitän neben ihm. Auch der schüttelte den Kopf, während Blackman inzwischen Zeit gefunden hatte, mit dem Kapitän zu seiner Rechten zu flüstern, der die Schultern zuckte und dann mit Ferris sprach. Auch dieser schüttelte heftig den Kopf.

Croucher griff nach einem der Logbücher der *Sibella* und begann darin zu lesen; er versuchte jetzt vor allem, den Unbeteiligten zu spielen. Pisano war wohl pikiert, daß er nicht mehr die Szene beherrschte, und gab seine Langeweile dadurch kund, daß er Wollflocken aus sei-

310

ner himmelblauen Kniehose zupfte (Ramage fragte sich, wo er dieses gute Stück wohl her hatte). Dann musterte er zur Abwechslung seine Fingernägel. Wie es Ramage schien, nahm ihn diese Beschäftigung stärker in Anspruch, als es ernstere Dinge je vermocht hätten.

Dabei, dachte er, war das, was hier zur Verhandlung stand, weiß Gott ernst genug. Croucher hatte offenbar alles auf Pisanos Aussage gesetzt, er war der letzte Zeuge, den sie aufbieten konnten, danach war er, Ramage, selbst an der Reihe, sich zu verteidigen. Sollte er den Bootsmann und den Meistersmaaten noch einmal aufrufen lassen? Nein, die beiden hatten ihrer ersten Aussage bestimmt nichts hinzuzufügen. Blieb also nur noch Jackson. Der konnte bestätigen, was über die *Sibella* bezeugt worden war, aber er konnte sich auch als nützlich erweisen, wenn die Vorgänge im Turm und sein Abstecher nach Argentario zur Sprache kamen.

Aber was *konnte* Jackson schließlich und endlich sagen? Die Ehrerbietung, die Croucher Pisano erwies, zeigte mehr als deutlich, daß er das Gericht trotz Giannas Dazwischentreten mit allen Mitteln dazu bringen wollte, jedem Wort Pisanos Glauben zu schenken.

Wenn ihm das gelang, dann war das Urteil über ihn schon gesprochen. Ramage fühlte, wie seine gehobene Stimmung von vorhin sich verflüchtigte. Alle die schönen Vorsätze, zurückzuschlagen, was waren sie schon wert, wenn man keine Waffen hatte? Genau das hatte wohl auch sein Vater empfunden.

Und doch — wenn Pisanos Wort so viel zählte, dann hatte das Wort Giannas das gleiche Gewicht! Vielleicht vermochte sie das Gericht nicht so stark zu beeindrucken, aber ihre Aussage wurde doch niedergeschrieben und erschien auf alle Fälle in dem Protokoll, das Sir John Jervis und die Admiralität zu lesen bekamen. Und — er hätte sich ohrfeigen können, daß er eben erst daran dachte — das Gericht hatte doch gerade entschieden, daß ein Zeuge auch ohne vorhergehende Bekanntmachung aufgerufen werden konnte.

In diesem Augenblick erschien der Sekretär wieder in der Kajüte und übergab Kapitän Croucher einen Zettel. Dieser las ihn, faßte Pisano ins Auge und sagte bedauernd: »Leider ist zur Zeit im ganzen Geschwader nur ein einziger Mann der italienischen Sprache mächtig, und dieser ist gerade nicht verfügbar, um als Dolmetscher zu fungieren.«

»Warum nicht?« fragte Pisano unverschämt.

»Ach — ich — nun ja«, Croucher sah sich um, als erwartete er, daß die gewünschte Erklärung in Leuchtbuchstaben an einer Schottwand erschiene. »Vielleicht haben Sie die Güte, meinem Wort zu glauben, daß jener Mann nicht zur Verfügung steht.«

»Aber mir steht doch ein Dolmetscher zu, und ich möchte einen haben. Ich habe ein Recht darauf — so sagten Sie doch selbst —, und ich verlange mein Recht.«

»Ich bedauere sehr«, gab ihm Croucher heftig zur Antwort, »daß der einzige verfügbare Dolmetscher Leutnant Ramage ist.«

Pisano hatte ihn offenbar durch sein Benehmen gereizt, und Ramage hatte den Eindruck, daß es ihm fast zuwider war, einen so üblen Kerl als Waffe benutzen zu müssen. Sogar ein Croucher verspürte wohl einmal Gewissensskrupel, ganz abgesehen davon, daß wohl auch er jedem Ausländer so gründlich mißtraute, wie es bei den britischen Seeoffizieren die Regel war.

»So«, sagte Pisano. »Dann werde ich mich in aller Form beschweren, daß mir dieses Gericht mein Recht vorenthielt.«

»Sir . . .« wandte Barrow sich entschuldigend an Croucher. »Darf ich mir erlauben, Ihnen meine Ansicht zum Ausdruck zu bringen? Wenn der Herr Graf nur einen Vermerk im Protokoll beantragt, daß er keinen Dolmetscher zur Verfügung hatte, dann ist alles in Ordnung. Wenn er jedoch eine förmliche Beschwerde erhebt, dann könnte es leicht geschehen, daß Ihre Lordschaften in dem Fehlen eines Dolmetschers einen Verstoß gegen die Gerichtsordnung erblicken und das Urteil aufheben . . .«

Croucher sagte daraufhin zu Pisano: »Sind Sie einverstanden, wenn wir in das Protokoll aufnehmen, daß kein Dolmetscher verfügbar war?«

»Was heißt hier Protokoll? Was verstehen Sie darunter?«

»Das ist der schriftliche Bericht über diese Verhandlung.«

»Ach so, ja, das ist mir recht, wenn diese Sache hier nur bald ein Ende hat. Ich bin ein sehr beschäftigter Mann«, fügte Pisano hinzu, »ja, ich habe eine Unmenge zu tun.«

Croucher, darum bemüht, Pisanos Zustimmung zu nutzen, sagte eilig: »Ausgezeichnet, dann wollen wir auch gleich fortfahren. Der Stellvertretende Auditeur wird Ihnen jetzt ein Dokument übergeben« — er wartete, bis Barrow es gefunden und ausgehändigt hatte —, »und ich bitte Sie, es in Augenschein zu nehmen. Erkennen Sie es wieder?«

»Selbstverständlich, es ist ein Schreiben von meiner Hand.«

»An wen hatten Sie es gerichtet?«

»An einen Mann — wie hieß er doch gleich? Prodding, Probing . . . nein, Probus hieß er. Er ist Kommandant des kleinen Schiffes, das uns aufnahm.«

»Würden Sie die Güte haben, dem Gericht den Wortlaut dieses Dokuments vorzulesen?«

Die Regie ist nicht übel, dachte Ramage. Aber ich werde diesem Pisano schon noch einheizen. Geben wir

313

ihm erst einmal eine Minute Zeit oder zwei, damit er in Schwung kommt . . .

»Ich habe diesen Brief geschrieben, um das ehrlose Verhalten des Leutnants Ramage gebührend zu brandmarken . . .«

»Der Zeuge wurde meiner Meinung nach lediglich aufgefordert, das von ihm verfaßte Dokument zu verlesen«, bemerkte Kapitän Ferris.

»Ah — ja«, sagte Croucher. »Bitte bringen Sie Ihren Brief ohne einleitenden Kommentar zur Verlesung.«

»Gut, ich beginne: ›Verehrter Lord Probus, ich verlange, daß Leutnant Ramage angeklagt wird, meinen Vetter Graf Pitti im Stich gelassen zu haben, so daß er dem Feind in die Hände fiel, nachdem er am Strand bei dem *Torre di Buranaccio* verwundet worden war. Ich verlange ferner, daß er angeklagt wird, durch sein unüberlegtes, fahrlässiges und feiges Verhalten verschuldet zu haben, daß meine Cousine, die Marchesa di Volterra, verwundet wurde . . .‹ «

Ramage erhob sich und fragte höflich: »Steht es denn fest, daß der Herr Zeuge dem Gericht das Originalschreiben vorliest, oder handelt es sich nur um eine Abschrift? Wenn es eine Abschrift ist, dann müßte ihre Echtheit beeidet werden.«

»*Mio Dio!*« rief Pisano aus.

»Dieser Einwand ist rechtlich begründet«, warf Barrow ein.

»Dies ist der Brief, den ich geschrieben habe«, sagte Pisano wütend. »Ich kenne doch meine Schrift. Eine Kopie? Ausgeschlossen! Das ist eine unerhörte Unterstellung.«

»Es ist meine Schuld«, gab Barrow mit müder Stimme zu, »ich hätte den Zeugen fragen sollen, ob er die Echtheit des Schreibens anerkennt, ehe er anfing, es zu verlesen.«

»Bitte fahren Sie fort«, sagte Croucher hastig.

Jetzt erhob Pisano die Stimme, als wollte er jeder weiteren Unterbrechung einen Riegel vorschieben. Ramage stellte fest, daß dieser Brief laut gelesen noch ungereimter und hysterischer wirkte als damals in Probus' Kajüte, wo er ihn zum erstenmal zu Gesicht bekommen hatte.

Pisano benahm sich jetzt wie ein Tragöde, der um die Gunst seines Publikums buhlt — seine schwülstigen Phrasen unterbrach er immer wieder durch dramatische Pausen und unterstrich das Ganze durch die exaltierten Gesten seiner Linken. Als von der Verwundung Pittis die Rede war, schlug er sich mit der Faust an die Brust (nicht an den Kopf, stellte Ramage fest), und als er die Verletzung der Marchesa erwähnte, klatschte er sich gegen die rechte Schulter.

Die Wirkung dieser Vorstellung auf die sechs Kapitäne war aufschlußreich. Ramage, der Pisanos Theater bald satt hatte, ging dazu über, sie genau zu beobachten. Ferris war offenbar peinlich berührt und malte Männchen auf ein Stück Papier. Dem Kapitän neben ihm war allem Anschein nach auch nicht behaglich zumute. Was in Blackman vorging, war schwer zu erraten, denn dieser Mann war auch sonst für die meisten undurchschaubar. Jetzt malte er sich wohl aus, wie Pisanos Brief wirkte, wenn er in der Ruhe der Admiralität Ihren Lordschaften zu Gesicht kam. Nur Croucher machte einen zufriedenen Eindruck, er schien Pisanos Hanswurstiaden gar nicht zu sehen. Herbert und der sechste Mann neben ihm wünschten sich offenbar sehnlichst, sie wären in See.

Endlich hatte Pisano zu Ende gelesen und warf den Brief mit einer schwungvollen Geste auf den Tisch.

»Das Gericht wird jetzt Fragen an Sie richten«, sagte Croucher.

»Ich stehe Ihnen zur Verfügung«, antwortete er mit einer Verbeugung.

»Haben Sie gesehen, wie Graf Pitti stürzte?«

»Ja, ich hörte einen Schuß und sah ihn niederstürzen.«

»Sind Sie ihm nicht zu Hilfe geeilt?« fragte Ferris.

»Nein, dazu war keine Zeit.«

»Warum?«

»Weil ich wußte, daß die Marchesa verwundet war, und ihr zu Hilfe eilen wollte.«

»Aber Sie hätten doch wenigstens Zeit gehabt festzustellen, wie schwer Graf Pitti verwundet war«, bohrte Ferris weiter.

»Ehre und Ritterpflicht gebieten doch, einer Dame stets zuerst zu helfen«, sagte Pisano von oben herab.

Jetzt fragte ihn Croucher: »Und wann gelangten Sie dann zum Boot?«

»Ich habe gewartet.«

»Worauf denn?«

»Auf die Marchesa.«

»Und was war dann?«

»Sie kam mit dem Leutnant.«

»Wie ging es weiter?«

»Der Leutnant befahl den Männern loszurudern, sobald der letzte Matrose da war.«

»Haben Sie mit ihm gesprochen?«

»*Mio Dio!* Ich flehte ihn an, auf Graf Pitti zu warten.«

»Eine Frage«, warf Ferris ein, »was veranlaßte Sie anzunehmen, daß der Graf Pitti gehen konnte?«

Pisano zögerte einen Augenblick, dann sagte er: »Ich hoffte es.«

»Wie weit waren die französischen Reiter um diese Zeit entfernt?« fragte Croucher, um von Ferris' Fragestellung abzulenken.

»Oh, das . . .« Pisano wußte offenkundig nicht, was er darauf sagen sollte. »Das war sehr schwer zu sagen.«

»Wann flößte Ihnen das Verhalten des Leutnants Ramage zum ersten Male Besorgnis ein?«

»Oh — schon ehe ich ihn kennenlernte. Sein Plan war der reine Wahnsinn. Ich habe mit meiner Meinung darüber nicht hinter dem Berg gehalten. Und ich hatte recht: Sie wissen ja, was geschah. Graf Pitti und die Marchesa wurden verwundet . . .«

»Wann haben Sie Ihre Klage vorgebracht?« fuhr Croucher fort.

»Sobald ich mit einem britischen Offizier in führender Stellung zusammentraf.«

»Ich nehme nicht an, daß das Gericht noch weitere Fragen an den Zeugen hat«, sagte Croucher in einem Ton, der Ferris davon abschreckte, noch etwas zu sagen. »Der Angeklagte kann den Zeugen jetzt ins Kreuzverhör nehmen.«

Pisano und Ramage erhoben sich im gleichen Augenblick, aber Ramage sagte sofort höflich zu Kapitän Croucher: »Der Zeuge hat bestimmt noch unter den Folgen des Schlages auf seinen Kopf zu leiden. Möchten Sie ihm nicht gestatten, sich wieder zu setzen?«

»Ja, selbstverständlich«, stimmte ihm Croucher bei. »Bitte nehmen Sie Platz.«

Pisano setzte sich. Im ersten Augenblick hatte er offenbar nicht bedacht, daß Ramage jetzt den Vorteil hatte, auf ihn herabzublicken.

»Graf Pisano«, begann Ramage, »sowohl der Bauer wie die Marchesa haben Sie genau informiert, ehe . . .«

»Halt! Das ist eine Suggestivfrage«, unterbrach Croucher. »Sie dürfen keine Fragen stellen, die einem Zeugen nahelegen, was er antworten soll.«

»Ich bitte um Entschuldigung, Sir.«

Dann wandte er sich wieder an Pisano.

»Wann haben Sie erfahren, daß zu Ihrer Rettung nur ein kleines Boot zur Verfügung stand?«

»Der Bauer hat es mir gesagt.«

»Wie viele Köpfe zählte Ihre Gruppe zu Anfang?«

»Sechs.«

»Wie viele von diesen entschieden sich schließlich, mit dem Boot zu fahren?«

»Das wissen Sie doch ganz genau.«

»Beantworten Sie meine Frage.«

»Drei.«

»Warum machten die anderen nicht mit?«

»Weil sie gegen Ihren Plan Bedenken hatten.«

»Aber Sie selbst hatten keine Bedenken?«

»Nein — das heißt ja, ich meine . . .«

»Sie hatten Bedenken gegen meinen Plan, dennoch sind Sie gekommen?«

»Ja!«

»Dann waren Sie als erster vor den beiden anderen am Boot, nicht wahr?«

»Ja.«

»Was geschah dann?«

»Das wissen Sie doch selbst. Sie kamen zum Boot und trugen die Marchesa.«

»Und dann?«

»Man half ihr ins Boot.«

»Wer hat ihr geholfen?«

»Die Matrosen — und Sie.«

»Sie also nicht?«

»Nein.«

»Bin ich darauf ins Boot gestiegen?«

»Ja.«

Der Bursche log so glattzüngig, daß Ramage ganz aus der Fassung kam.

»Haben Sie denn nicht gehört, daß ich einen der Matrosen fragte, wo Graf Pitti sei?«

»Nein.«

»Haben Sie nicht gesehen, wie ich zurückwatete und den Kamm der Düne erstieg?«

»Nein.«

»Haben Sie auch nicht gehört, daß ich nach Jackson, dem anderen Seemann, rief?«

»Nein.«

Jetzt unterbrach ihn Croucher: »Mit Ihrer Fragestellung kommen Sie bei diesem Zeugen offenbar nicht weiter, Mr. Ramage.«

Nein, dachte Ramage: er hat gelogen und wird weiterlügen. Und alles, was ich dabei erreicht habe, ist, daß Pisanos ursprüngliche Geschichte in dem Protokoll in eine überzeugendere Form gebracht worden ist.

»Ich habe keine Fragen mehr an den Zeugen zu richten, Sir.«

Croucher sagte Pisano, er könne abtreten, und mußte ihm dazu noch erklären, was mit diesem Ausdruck gemeint war.

Jetzt faßte Croucher Ramage scharf ins Auge und sagte mit deutlich triumphierender Miene: »Der Angeklagte wird jetzt zu seiner Verteidigung das Wort ergreifen.«

Ramage wollte gerade mit seinen Ausführungen beginnen, als Croucher ärgerlich bemerkte: »Haben Sie denn Ihre Verteidigung nicht schriftlich vorbereitet? Sollen wir etwa warten, bis Sie dem Stellvertretenden Auditeur diktiert haben, was Sie vorbringen wollen? Sie sollten weiß Gott wissen, daß Sie Ihre Ausführungen vorlesen und ihm eine Abschrift geben müßten.«

»Gestatten Sie mir, Sir . . .«

»Also gut, schießen Sie los!«

»Der Verlust der *Sibella* scheint mir hinreichend geklärt, darum halte ich es nicht für nötig, nochmals den Bootsmann und den Meistersmaat aufzurufen, um als

Zeugen für mich auszusagen. Die Aussagen, die die beiden als Zeugen der Anklage machten, beweisen, daß ich nur tat, was unter den gegebenen Umständen möglich und richtig war.«

»Das zu entscheiden ist Sache des Gerichts«, bemerkte Croucher.

Hatte es einen Sinn, Jackson aufzurufen? Was konnte er Neues sagen? Ramage beschloß, auf ihn zu verzichten. Statt dessen sagte er: »Selbstverständlich, Sir. Aber die Aussagen des Grafen Pisano geben dem ganzen Verfahren eine Wendung, die in der Anklage nicht zum Ausdruck kommt. Zu meiner Rechtfertigung gegen die von ihm erhobenen Anschuldigungen möchte ich nachträglich einen Zeugen benennen!«

Er hielt absichtlich inne, weil er Croucher ein bißchen Ungeduld gönnte. Dieser erwartete natürlich, daß nun gleich der Name Jackson fallen würde.

»So nennen Sie doch endlich Ihren Zeugen.«

»Rufen Sie die Marchesa di Volterra.«

Barrow riß sich hastig die Brille von der Nase, und Croucher hieb auf den Tisch, um zu verhindern, daß der Posten die Tür aufriß und Ramages Worte nach draußen weitergab.

»Sie können die Marchesa nicht als Zeugin laden lassen.«

»Warum nicht, Sir?«

Croucher schwenkte ein Stück Papier: »Sie steht nicht auf Ihrer Zeugenliste.«

»Aber das Gericht hat heute schon einmal entschieden, daß es die Befugnis hat, einen nicht in der Liste aufgeführten Zeugen zu laden.«

»Das Gericht, ja, aber nicht ein Angeklagter.«

Ramage warf einen Blick auf Barrow. Er sah, daß dieser mit Schreiben aufgehört hatte und Croucher fragend ansah.

»Ich möchte mit aller Hochachtung bemerken, Sir«,
sagte Ramage jetzt, »daß diese Entscheidung nach meiner Überzeugung unbedingt in das Protokoll aufgenommen werden muß. Ich habe nur diese einzige Zeugin beantragt. Soll ich wirklich annehmen, daß sich das
Gericht weigert, sie aufzurufen?«

»Ihre Annahme ist durchaus richtig, Mr. Ramage.
Der Oberste Militärrichter hat verfügt, daß eine Person als Zeuge aufgerufen werden kann, wenn das *Gericht* der Überzeugung ist, daß es von ihr einen ›wesentlichen Beitrag zur Wahrheitsfindung‹ erwarten
kann. Die Marchesa hat uns schon alles gesagt, was sie
weiß; Sie selbst haben darauf bestanden, daß ihre Ausführungen in das Protokoll aufgenommen wurden. Das
Gericht nimmt nicht an, daß die Marchesa außer dem,
was sie bereits aussagte, noch einen ›wesentlichen Beitrag zur Wahrheitsfindung‹ leisten kann.«

Ramage rieb nervös die Narbe auf seiner Stirn. Jetzt
hatte er den Hals bereits in der Schlinge; ja, er hatte
sogar selbst den Kopf hineingesteckt, und Croucher ging
nun daran, die Lose durchzuholen.

Auf dem Papier, im Protokoll nahm sich Crouchers
Entscheidung bestimmt ganz plausibel aus . . . wenn er
nur — ach hol's der Teufel!

»Dann, Sir, möchte ich einen Zeugen benennen, der
auf meiner Liste verzeichnet ist. Thomas Jackson.«

Bei Sturm ist jeder Hafen recht, dachte er.

»Bitte, Barrow«, sagte Croucher verbindlich, »rufen
Sie den Zeugen auf.«

Als Jackson die Kajüte betrat, fühlte sich Ramage
gleich weniger verlassen, dennoch wußte er, daß ihm
dieser Mann auch nicht helfen konnte — seine Anker
wollten nicht mehr fassen. Das Gericht würde ihn wegen
Feigheit verurteilen, und wer immer später das Protokoll las, mußte diesem Urteil zustimmen.

Der Amerikaner hatte sich sauber zurechtgemacht; jedes unvoreingenommene Gericht mußte den besten Eindruck von diesem Mann gewinnen. Klar und deutlich sprach er die Eidesformel nach, ebenso verständlich beantwortete er Barrows einleitende Fragen. Nur ein ganz leichter amerikanischer Akzent verriet seine Herkunft.

Ramage fühlte Gewissensbisse, als er daran dachte, daß sich der Amerikaner absichtlich hatte einsperren lassen, um als Zeuge für ihn verfügbar zu sein. Und er selbst war noch vor wenigen Minuten entschlossen gewesen, auf ihn zu verzichten ...

»Sie können mit der Befragung des Zeugen beginnen«, sagte Croucher zu ihm.

»Danke, Sir«, gab Ramage wie ein Automat zur Antwort — im Augenblick fiel ihm absolut nichts ein, sein Kopf war wie ausgeräumt. Die *Sibella* — ja, da gab es noch einiges zu ergänzen.

»Nachdem Kapitän Letts gefallen war, wann haben Sie mich da zuerst auf dem Achterdeck gesehen?«

»Ich habe gesehen, wie Sie sich mühsam die Treppe heraufschleppten, Sir.«

»Sie sagten ›heraufschleppten‹?« erkundigte sich Ferris.

»Jawohl, Sir: er war ganz benommen und blutete aus seiner Kopfwunde.«

»Wie lange waren Sie von da an nicht in meiner nächsten Nähe, bis wir das Schiff verließen?«

»Nur ein paar Minuten, Sir.«

»Welche Anweisungen haben Sie von mir bekommen, ehe wir in die Boote gingen?«

»Verschiedene, Sir, vor allem befahlen Sie mir, die Karten und Logbücher zu holen. Ich half Ihnen außerdem, das Befehlsbuch und das Briefbuch des Kommandanten aufzufinden.«

»Was hätten Sie unternommen, das Schiff schwimm-
fähig zu halten, wenn Sie der älteste überlebende Unteroffizier gewesen wären?«

Ob ihm Croucher diese Frage wohl durchgehen ließ?

»Da war nichts mehr zu unternehmen, Sir, die *Sibella* sank schon viel zu schnell.«

»Was hätten Sie zur Rettung der Verwundeten unternommen, wenn Ihnen das Kommando zugefallen
wäre?«

»Das weiß ich nicht, Sir«, sagte Jackson offen. »Sie
fanden wohl die beste Lösung — mir wäre sie bestimmt
nicht in den Sinn gekommen.«

»Wir kommen nun zu der Nacht, in der wir die Marchesa und den Grafen Pisano wegholten. Können Sie
beschreiben, was sich ereignete, seit wir zum ersten Male
hörten, daß sie näher kamen?«

»Jawohl, Sir. Das war so . . .«

In diesem Augenblick klopfte jemand von draußen
so heftig an die Tür, daß sie in allen Fugen dröhnte.
Da lag bestimmt etwas Dringendes vor, das Kapitän
Croucher sofort wissen mußte, sonst hätte es niemand
gewagt, die Gerichtssitzung so gewaltsam zu unterbrechen.

»Was ist denn? Herein!« brüllte Croucher.

Ein Leutnant trat eilends zum Gerichtstisch und gab
Croucher einen Zettel. Croucher las und sah gleich so
verärgert drein, als hätte man ihn eben um die Prisen-
gelder von fünf Jahren gebracht.

»Die Verhandlung wird auf unbestimmte Zeit ver-
tagt«, verkündete er. »Barrow, setzen Sie die Zeugen
davon in Kenntnis.«

Zu Ramage sagte er: »Sie sind aus der Haft entlassen,
aber Sie müssen sich natürlich für den Fall bereit halten, daß das Gericht wieder zusammentritt.« Das letztere fügte er so hastig hinzu, als ob ihm bewußt ge-

worden sei, daß er eben seinen Ärger etwas zu offen gezeigt habe.

In diesem Augenblick dröhnte der dumpfe Donner eines einzelnen Kanonenschusses über die Reede — Ramage stellte fest, daß er von See herkam.

18

Ehe die Kapitäne noch ihren Weg um den Richtertisch herum gefunden hatten, war Ramage schon durch die Tür verschwunden. Er eilte ohne Zögern auf das Achterdeck und hielt suchend Ausschau. Etwa eine Meile weiter draußen steuerte ein einzelnes Linienschiff die Reede an. Es hatte alle Segel stehen, sein Steven wühlte eine schäumende Bugwelle auf. Im Großtopp wehte der Breitwimpel eines Kommodore und im Kreuztopp die britische Nationalflagge — sie bedeutete, daß alle Kommandanten an Bord des Flaggschiffes kommen sollten. Der Kommodore verschwendete jedenfalls keine Zeit, dachte Ramage.

Ob Gianna wohl noch an Bord der *Trumpeter* war? Ein Leutnant stand gerade mit dem Kieker am Auge neben dem Kreuzmast. Ramage rief ihm zu:

»Ist die Marchesa an Land gefahren?«

Der Leutnant senkte überrascht sein Fernglas.

»Wie? Ach so, nein — sie wartet im Dienstzimmer des Sekretärs.«

Sofort eilte Ramage wieder nach Crouchers Kajüte, durch deren Eingang eben die Mitglieder des Gerichts herauskamen. Die Kammer des Sekretärs war ein winziges, vor den Wohnräumen des Kommandanten gelegenes Gelaß. Ohne Umschweife riß er die Tür des Raumes auf.

Sie hatte mit verschlungenen Händen auf dem einzigen Stuhl gesessen und hob erschrocken den Blick:

»Nicholas!«

»Ich dachte, du wärst von Bord gegangen.«

»Man wollte mich wegbringen, aber . . .«

325

»Aber was?«

Das war eine törichte Frage, aber zwischen ihnen stand noch so viel Unausgesprochenes, daß Scheu die natürliche Folge war.

»Aber ... ich wollte warten, bis alles vorüber ist. Ist nun endlich damit Schluß?«

Er hielt ihre beiden Hände in den seinen und blickte auf sie hinab. Ihr fragender Blick verriet ihre Angst um ihn; die Schönheit dieser Augen raubte ihm fast den Atem.

»Vorläufig ja.«

»Was ist denn geschehen?«

»Kommodore Nelson läuft soeben ein. Komm, sehen wir uns das an.«

»Kommodore Nelson! Der kleine Kapitän!«

»Ja — kennst du ihn etwa?«

»Nein — aber in Livorno war sein Name in aller Munde. Bist du denn mit ihm bekannt?«

»Nein, ich bin noch nie mit ihm zusammengekommen.«

»Wie schade«, sagte sie und erhob sich. »Würde er dich kennen, so käme er dir bestimmt zu Hilfe und hätte deinen Fall bald aus der Welt geschafft.«

»Ich brauche jemand anderen ...« Er hielt inne.

»Jemand anderen?« fragte sie gespannt. Sie stand dicht vor ihm und blickte zu ihm auf.

»... ja, jemanden, der ungefähr so groß ist wie er, aber viel interessanter.«

»Wer sollte das sein?« fragte sie mit einer Unschuldsmiene, die ihre Schönheit neu erstrahlen ließ.

»Du und niemand anders.«

»Dann ist alles in Ordnung.«

Ihre Lippen waren nahe den seinen, da ertönten draußen plötzlich laute Rufe, so daß sie erschrocken zusammenfuhr.

»Was ist denn eigentlich los? Warum haben sie vorhin den Schuß gelöst?«

»Der Kommodore hat signalisiert, daß alle Kommandanten auf sein Flaggschiff kommen sollen.«

»Das wollen wir uns ansehen«, sagte sie ganz aufgeregt.

Die Kommandanten schritten ungeduldig am Fallreep auf und ab. Croucher schrie immer wieder nach dem Boot. Ramage führte Gianna auf das Achterdeck.

Obwohl Ramage acht Jahre lang fast ununterbrochen in See gewesen war — so lange, daß er sich wie ein fremder Gast vorkam, wenn er einmal grüne Wiesen, bunte Vögel und Blumen sah —, ergriff ihn immer wieder die gleiche Erregung, ja beinahe Verwunderung, wenn er Zeuge wurde, wie sich ein großes Kriegsschiff den Weg gegen Land erkämpfte.

Im Sonnenlicht wirkte das Blau der See wie poliert, so hart, daß es fast die Augen schmerzte. Der *Libeccio*, der, nachdem er über die ganze Breite Korsikas hinweggeweht war, seine Schärfe eingebüßt hatte, brachte es doch noch zuwege, die Reede dann und wann mit weißen Schaumköpfen zu übersäen.

Das Schiff, dessen kühner Schwung durch die zwei parallelen gelben Streifen auf seinem schwarzen Rumpf noch betont wurde, schien in stetigem Auf und Nieder wie ein Vogel über die Berge und Täler der Dünung hinwegzuschweben. Sein kraftvoll gerundeter Bug hieb mit voller Gewalt in jede anrollende See und zerschlug sie zu einem Schauer in allen Farben funkelnder Diamanten, der sich über die Back ergoß oder nach Lee verwehte, so daß alle Herrlichkeit nur zu schnell verflog. Von den hellbraun gestrichenen Masten und Rahen schwangen sich die mächtigen Segel in straff gespannten Bögen herab, so daß ihnen kein bißchen Wind entgehen konnte. Dunklere Stellen an den Schoothörnern

327

der Untersegel und der Vorsegel verrieten, wie hoch der Gischt flog und das durchnäßte Segeltuch verfärbte, das trocken die warme Tönung von Bernstein, vielleicht mit einem Schuß goldenen Ockers, besaß. Es bedurfte nur eines schönen Sonnenauf- oder Untergangs, um die ganze Pracht eines solchen Schiffes zur Geltung zu bringen.

Gianna sagte: »Jetzt weiß ich, warum du Seemann geworden bist. Einen solchen Anblick habe ich noch nie erlebt.«

Ihre Worte hatten einen schmerzlichen Klang, als wüßte sie um die rohe und nackte Gewalt eines solchen Kriegsschiffes und um die Art, wie es die Kraft der Natur seinen eigenen Zwecken dienstbar machte. Seine Schönheit und der Streifen weißen Gischts, den es durch die blaue See pflügte, schienen sie seltsam zu bewegen, ja, vielleicht empfand sie sogar einen Funken Neid, daß ihr selbst das Seemannsleben versagt war.

Ramage winkte einen Fähnrich herbei und lieh sich seinen Kieker aus. Auf dem näherkommenden Schiff machten sich zwischen Fock und Großmast Männer um ein dort festgezurrtes Boot zu schaffen. Sie hakten die Stagtakel ein und machten es klar zum Aussetzen.

Dann erschienen plötzlich Gruppen von Matrosen am Fuß der Wanten aller drei Masten, sie wirkten aus der Ferne gesehen wie Ameisen. Kapitän Towry — dessen Schiff die *Diadem* war — machte offenbar klar zum Ankern, und die Toppsgasten warteten auf den Befehl, zu entern und die Bramsegel zu bergen. Er läßt damit bis zum letzten Augenblick warten, dachte Ramage, um so besser muß sein Manöver in den nächsten Minuten klappen.

Plötzlich stürmten die Männer Hand über Hand die Wanten hinauf, bis sie zu den mächtigen untersten Rahen gelangten, die die Untersegel, die schwersten und größten der ganzen Takelage, trugen. Dort machten sie aber nicht halt, sie kletterten vielmehr weiter, vorüber auch an den Marssegeln, die über den Untersegeln standen, bis sie zur Bramsaling gelangten. Von Deck aus wurden jetzt die Bramrahen herumgebraßt, bis der Wind die Segel nicht mehr füllte, sondern an ihnen entlangstrich, so daß sie nicht mehr zogen, sondern killten.

Jetzt wurden die Rahen ein paar Fuß weggefiert, dann legten die Toppsgasten blitzgeschwind auf ihnen aus. Gianna rief ganz entgeistert: »*Mio Dio!*«, als sie sich ausmalte, wie diese Männer hundert Fuß über Deck auf den Masten arbeiteten, die wie Getreidehalme im Winde kreisten.

Die Segel waren inzwischen wie Vorhänge unter den Rahen gerafft oder »aufgegeit« und wurden nun sauber eingerollt und mit Zeisingen festgemacht. Dann legten die Männer seitwärts schreitend wieder ein, bis sie auf der Saling in Sicherheit waren, und enterten anschließend ohne Verzug in den Wanten nieder an Deck.

Wie seltsam, dachte Ramage, was will er noch mit den Marssegeln? Das Schiff war jetzt nur noch eine halbe Meile von der Einfahrt zum Binnenhafen entfernt. In vier Minuten, vielleicht sogar schon eher, hatte es diese Strecke zurückgelegt. Nun wurden langsam die mächtige Fockrah und die Großrah angebraßt, bis sie in der Windrichtung standen, so daß die Untersegel killten. Im gleichen Augenblick wurden sie von den Männern an Deck aufgegeit, so daß sie in mächtigen, lose gerafften Bündeln unter den Rahen hingen. Noch einmal eilten die Matrosen die Wanten hinauf, um auch diese Segel sauber auf den Rahen festzumachen — die Fock war immerhin aus mehr als 3000 Quadratfuß *

---

* 1 Quadratfuß = 0,0929 qm, 3000 Quadratfuß = 278 qm, 4000 Quadratfuß = 371 qm

Segeltuch angefertigt, während das Großsegel über 4000 Quadratfuß maß —, und im selben Moment fielen der Klüver und das Stagfock auf Klüverbaum und Bugspriet herunter.

Kapitän Towry wollte also anscheinend nur beidrehen — hatte er denn nicht vor, sich länger aufzuhalten? Was war da eigentlich im Gange? Die *Diadem* war nun schon näher unter Land als die *Trumpeter,* nur noch ein paar hundert Meter von der Küste. Ramage sah, wie jetzt die Vormarsrah erst in den Wind und dann noch weiter herumgebraßt wurde, so daß der Wind die Rah samt den Segeln von hinten gegen den Mast drückte. Langsam verlor das Schiff Fahrt.

»Was machen sie da, was soll das bedeuten?« fragte Gianna.

»Sie drehen bei: sie nehmen dem Schiff die Fahrt, ohne alle Segel zu bergen.«

»Wie ist das möglich?«

»Du siehst doch das Vormarssegel — das Segel am vordersten Mast? Das wurde eben herumgebraßt, so daß es jetzt back steht, das heißt, daß es der Wind von der entgegengesetzten Seite füllt. Darum versucht es nun, das Schiff rückwärts zu treiben. Aber das Großmarssegel und das Kreuzmarssegel — das sind die entsprechenden Segel am zweiten und dritten Mast — blieben unverändert stehen, so daß sie nach wie vor bestrebt sind, das Schiff voranzutreiben. Die schiebende Kraft dieser beiden Segel ist nun der Bremswirkung des vordersten ungefähr gleich, so daß das Schiff die Fahrt verliert.«

»Warum tut man so etwas?«

»Weil man dadurch vermeiden kann zu ankern, gesetzt zum Beispiel, man möchte sich nur wenige Minuten lang aufhalten. Ich nehme an, die *Diadem* ist dicht unter Land gegangen, weil jemand mit einem Boot an

Land gesetzt werden soll — schau, da wird das Boot schon zu Wasser gefiert.«

»Ja, ich seh es.«

»Wahrscheinlich hat Kommodore Nelson eine eilige Nachricht für den Vizekönig.«

»Bedeutet das Manöver etwa, daß er nicht bleiben will?« fragte sie ängstlich.

»Das weiß ich nicht.«

Gleich darauf war das Boot zu Wasser und pullte auf die Hafeneinfahrt zu. Dann wurde es plötzlich auf der *Diadem* lebendig: Alle drei Marsrahen wurden vierkant gebraßt und weggefiert, die Toppsgasten eilten nach oben, um die Segel festzumachen, und das Schiff begann langsam nach Lee zu treiben. Dann fiel der Anker klatschend ins Wasser. Als das Schiff schließlich eingetörnt war und vor der steifen Ankertrosse wie ein Hund an der Leine mit der Nase im Wind lag, da waren auch die Marssegel sauber festgemacht und beschlagen.

Crouchers Boot hatte bereits mit allen Kommandanten an Bord von der *Trumpeter* abgesetzt.

Gianna fragte: »Bist du . . .«

Er drehte sich nach ihr um: Sie machte einen verlegenen Eindruck.

»Bist du frei?«

»Ja — warum?«

»Können wir nun an Land gehen?«

Er dachte einen Augenblick nach, da bemerkte er, daß ein Boot von der *Lively* abgelegt hatte — Probus war offenbar bei der Ankunft des Kommodore überraschend schnell genesen. Nun gut, für die nächsten paar Stunden fragte bestimmt kein Mensch nach ihm.

Ramage stand auf den schlüpfrigen Stufen des Kais und wandte sich nach rückwärts, um Gianna aus dem Boot zu helfen. Sie blieb ziemlich hilflos stehen, denn die Rechte konnte sie wegen ihrer Schulterwunde noch nicht gebrauchen, mit der Linken aber mußte sie unbedingt ihr Kleid raffen.

»Einen Moment Geduld...« sagte er und suchte einen festen Stand auf der Treppe. Dann faßte er sie mit beiden Händen um die Taille, hob sie aus dem Boot und stellte sie auf den Stufen nieder. Sie war so leicht, daß er sie am liebsten in seinen Armen die ganze Treppe hinaufgetragen hätte, aber das Boot der *Lively* lag noch wartend an der Pier. Er bedankte sich bei dem Fähnrich, der es gesteuert hatte, und sagte ihm, er könne an Bord zurückkehren.

Als sie die Stufen erstiegen hatten, sagte sie: »Bis zur Residenz des Vizekönigs ist es weit zu gehen.«

»Fühlst du dich wirklich kräftig genug, den Weg zu Fuß zurückzulegen?«

»Selbstverständlich«, gab sie ihm sofort zur Antwort, und er hatte den Eindruck — oder hoffte er es etwa nur? —, daß sie mit ihm allein sein wollte.

Während sie den Quai de la Santé entlanggingen, warf Ramage einen Blick über das schmale Hafenbecken hinweg nach der mächtigen Zitadelle, deren scharfkantige Mauern mit dem steilen Fels verschmolzen, an den sie sich lehnte. Er stellte fest, daß diese Festung ebenso wertlos war wie die meisten anderen Anlagen zur Verteidigung von Seehäfen, weil sie gegen einen Angriff von Land her nur wenig geschützt war.

Die Berge und die Häuser schützten die Kais vor dem *Libeccio*, die Hitze stieg wie ein erstickender Brodem von den Steinquadern auf. Fischer in Lederschürzen und Leinenhemden holten Netze und Leinen aus ihren buntbemalten Booten auf den Kai. Ihre Frauen saßen da und dort mit dem Rücken an die Hauswände gelehnt auf dem Kopfsteinpflaster. Jede von ihnen hatte ein Fischernetz über den Beinen liegen, wobei ein nackter Fuß unter dem Rock hervorspitzte, dessen große Zehe dazu diente, die Maschen zu spannen, während die Hände geschickt die flache hölzerne Nadel handhabten, um die Löcher im Netz zu flicken. Alle diese Weiber trugen starre Mienen zur Schau, ihre Gesichter waren trotz ihrer kapuzenähnlichen Kopfbedeckungen von der Sonne tief gebräunt und voller Runzeln. Keine von ihnen blickte einmal auf, außer ihren zerrissenen Netzen schien es für sie nichts auf dieser Welt zu geben.

Ramage und Gianna erreichten das Ende des Kais und bogen nach rechts in die schmale Gasse ein, die zum Palais des Vizekönigs führte. Die Häuser zu beiden Seiten waren so hoch, daß man eine Schlucht zu betreten glaubte, und es wimmelte von Menschen, die laut palavernd in Gruppen zusammenstanden. Keiner hörte dem anderen zu, jeder wartete nur voll Ungeduld, daß der andere seinen Redestrom unterbrach, um sogleich selbst das Wort zu nehmen.

Die Männer hier in der Gasse waren wohl in der Mehrzahl Schafhirten. Sie trugen dicke wollene Pudelmützen oder breitrandige Hüte mit runden Köpfen, die ihren Gesichtern Schatten gaben. Einige von ihnen debattierten, handelten oder stritten sogar, während sie noch auf ihren Eseln saßen, die so klein waren, daß der auf ihnen Sitzende mit den Füßen zu beiden Seiten beinahe die Erde berührte. Die Sättel dieser Tiere waren aus kantigem Holz gefügt, sie glichen den Sägeböcken, die man in England benutzte, um Feuerholz zu schneiden, und scheuerten die Rücken der armen Tiere stellenweise kahl. Es fiel Ramage auf, daß jeder Mann, ob Fischer, Hirte oder Müßiggänger, eine Muskete und eine Patronentasche über der Schulter hängen hatte und eine Pistole oder ein Messer im Gürtel trug.

Unter den vielen Menschen sah man da und dort alte Frauen, von denen einige seitwärts auf ihren Eseln saßen; ihre langen Haare waren vom Rauch der offenen Feuerstellen in ihren Hütten geschwärzt und von schwarzen Kopftüchern bedeckt. Schwarz, schwarz, schwarz — es gab keine andere Farbe, die Menschen hier schienen jahraus jahrein zu trauern. Schwarzes Haar, schwarze Hüte, schwarze Kopftücher, schwarze Hosen bei den Männern, schwarze Röcke und Blusen bei den Frauen.

Dazu herrschte allenthalben ein entsetzlicher Gestank, eine ekelerregende Mischung von *brocciu*, jenem scharfen Ziegenkäse, der in jedem Haus zu finden war, von stehenden Abwässern, von Exkrementen, Urin und faulendem Gemüse; wozu dann noch der Schweiß von Menschen kam, die es nicht gewohnt waren, sich zu waschen. Ramage dachte daran, wie schön diese Insel war, wenn man ihren Anblick von See her genießen durfte. Als er jetzt diese Straße entlangblickte, fiel ihm eine Bemerkung Lady Elliots ein: »Alles, was die Natur für diese Insel wirkte, ist wunderbar; alles, was dann der Mensch noch hinzufügte, ist Schmutz und Unrat.«

Die Fischerfrauen auf dem Kai waren so in ihre Arbeit vertieft gewesen, daß sie keinen Blick für die beiden übrig gehabt hatten. Hier dagegen war es anders. Männer und Frauen starrten sie an, als sie durch die Gasse schritten und dabei größeren Abfallhaufen auswichen oder über kleinere hinwegstiegen. Sie starrten ihnen schon entgegen, als sie näher kamen, und Ramage fühlte ihre Blicke noch im Rücken, als sie vorüber waren. Wie in allen romanischen Ländern war es unmöglich zu sagen, ob diese funkelnden Augen Neugier oder Haß verrieten.

Gelegentlich begegneten ihnen auch ein paar britische Soldaten. In ihren roten Röcken und dem mit Pfeifenton geweißten Koppelzeug sahen sie schmuck aus, aber sie schwitzten in der Hitze erbärmlich. Sie salutierten gemessen, wenn sie an Ramage vorüberkamen, gaben aber zugleich acht, daß sie dabei nicht in einen der stinkenden Abfallhaufen traten.

Als die beiden die Häuser endlich hinter sich hatten, verwandelte sich die enge Gasse in eine breite, baumbestandene Allee.

»Woher wußtest du eigentlich, daß ich vor Gericht gestellt wurde?« fragte er sie plötzlich.

»Uh!« sagte sie und schnitt ihm eine Grimasse. Das hieß auf italienisch soviel wie: »Frag mich nicht.«

»Irgendwer muß es dir doch gesagt haben.«

»Natürlich war das der Fall.«

»Aber wer? Wer hat mit dir darüber gesprochen?«

»Niemand hat mit mir darüber gesprochen.«

»Dann hat dir jemand geschrieben.«

»Ja, aber ich habe hoch und heilig versprochen, niemandem seinen Namen zu verraten.«

»Das brauchst du auch nicht«, sagte er, denn es fiel ihm eben wieder ein, was Lord Probus am gestrigen Abend zu ihm gesagt hatte: ›Ich habe ja noch einen weiteren Brief zu schreiben!‹

»Sagte dir der Betreffende auch«, fuhr Ramage fort, »daß dein Vetter bei dem Verfahren als Zeuge auftreten werde?«

»Ja.«

Ich will nicht weiter in sie dringen, sagte er sich. Sie war mit dem zufrieden, was sie für ihn getan hatte,

335

und hatte ziemlich nüchterne Vorstellungen davon. Auch für ein besonders impulsives Mädchen ihres Alters war es weiß Gott eine mutige Tat gewesen. Andererseits gab es aber auch nicht viele Mädchen, die Oberhaupt einer so mächtigen Familie waren. Nur eines wollte, mußte er noch wissen.

»Gianna ...«

»Ni-ko-laß«, spottete sie.

Sie lächelte; aber es war keine Frage, die ein Lächeln vertrug.

»... Hast du das eigentlich, ich meine, warum hast du ...«

Er verfluchte sich selbst, während er versuchte, die Frage sorgfältig zu formulieren. Sie bot ihm keine Hilfe, sie gingen nur Seite an Seite weiter zur Residenz des Vizekönigs, ohne einander anzusehen.

»Du weißt doch, was ich dich fragen möchte?«

»Ja, gewiß, aber warum fragst du mich danach?«

»Das ist ganz einfach: weil ich es wissen möchte.«

»Nicholas, es ist wirklich seltsam mit dir. Du weißt so viel und doch so wenig. Über Schiffe und Geschütze und Schlachten weißt du genau Bescheid, ja, du weißt auch, wie man Menschen führt ...« Sie schien jetzt mehr mit sich selbst zu sprechen als zu ihm. »... Und doch hast du keine Ahnung von den Menschen, die du führst.«

Er war über diese Bemerkung so verblüfft, daß er nichts mehr zu sagen wußte.

Ramage empfand einen richtigen Schock, als er sich darauf besann, daß Gianna erst vor knapp drei Stunden an Bord der *Trumpeter* in die Gerichtsverhandlung eingebrochen war. Und jetzt war er Gast in einem prächtigen Palais und saß in einem bequemen Rohrstuhl hier auf der Terrasse, die einen herrlichen Blick

über den von Myrtenhecken gesäumten Garten bot.
Noch blühten hier die letzten Oleanderbüsche und die
letzten Rosen dieses Sommers. Kleine, spitze Zypressen
standen wie Wachtposten allenthalben zwischen den
Orangenbäumen und den Erdbeerkulturen.

Wenn er von dieser Terrasse aus den Blick über das
blaue Tyrrhenische Meer nach dem fernen Festland
Italiens schweifen ließ, fiel es ihm schwer zu glauben,
daß irgendwo in der Welt Krieg herrschen könnte, am
wenigsten aber dort knapp hinter dem Horizont. Auch
die Linienschiffe, die Fregatten und alle die kleineren
Fahrzeuge, die im Vordergrund auf der Reede vor Anker lagen, wirkten in diesem scharfen, klaren Licht und
in der friedlichen Atmosphäre dieser Landschaft wie
Kunstwerke voll Anmut und Schönheit und nicht wie
Waffen, die dazu bestimmt waren, zu töten, zu versenken, zu verbrennen und zu zerstören.

Im Osten begann der ferne Horizont allmählich in
ein schwaches Hellviolett überzugehen, im Westen,
hinter Ramage, mußte sich die sinkende Sonne bald hinter dem Monte Pigno verstecken und lange Schatten
über Stadt und Hafen von Bastia werfen. Die Insel Ca-
praia zu seiner Linken hüllte sich schon in den abend-
lichen Dunst und war sicher binnen kurzem verschwunden, ebenso wie Elba gerade vor ihm und das Inselchen
Pianosa weiter rechts. Hinter der Kimm, außer Sicht,
blockierten britische Fregatten Livorno, um die rund
zwanzig Kaperschiffe dort im Hafen am Auslaufen zu
hindern. Viel erreichten sie damit allem Anschein nach
nicht.

Während Lady Elliot und Gianna dicht neben ihm
im Schatten der Sonnenschirme saßen, die an ihre Sessel angeklammert waren, versuchte Ramage immer
noch, mit der aufregenden Neuigkeit fertigzuwerden,
die ihm Sir Gilbert erst zehn Minuten zuvor mitgeteilt

hatte: In der letzten Nacht hatten die Franzosen am Nordende Korsikas mehrere hundert Soldaten gelandet, und diese marschierten nun nach Süden auf Bastia zu. Wie sie den patrouillierenden Fregatten entwischen konnten, war und blieb wohl ein Rätsel, jetzt hatten sie nur noch höchstens neunzehn — wahrscheinlich aber nur fünfzehn — Meilen gebirgigen Geländes zu durchqueren, bis sie vor der Stadt anlangten.

Da drüben, sann Ramage, hinter dem perlgrauen Band des Horizonts liegt nun Italien. Dort marschieren die Truppen Bonapartes, voraus an der Spitze durchstreifen Kavalleriepatrouillen das ganze Bergland der Toskana. Auf den Plätzen jeder Ortschaft, die sie erreichen, bringen sie auf ihre Jakobinermütze ein paar kräftige Hochrufe aus und errichten dann einen schmiedeeisernen »Freiheitsbaum«. Als nächstes werden — so hieß es wenigstens allgemein — gleich in der Nähe eine oder zwei Guillotinen aufgestellt, um den Ortsansässigen zu zeigen, wie frei sie unter ihren französischen Befreiern sein dürfen: Frei, ihren Kopf über den Korb und unter das schwere Fallbeil zu legen, frei, zuzuschauen, wie dieses Beil blitzend niedersaust, um einen ihrer Freunde zu enthaupten ...

Jetzt sah er, wie ein Boot, das eben erst von der *Diadem* zur *Lively* gefahren war, dort wieder ablegte und nun dem Hafen zusteuerte. Die armen Kerle an den Riemen taten ihm aufrichtig leid — es war wirklich kein Vergnügen, bei dieser Hitze und so bewegter See pullen zu müssen.

Lady Elliot war inzwischen mit ihrem Bericht über Ramages Eltern zu Ende gekommen, den sich Gianna von ihr erbeten hatte, und begann nun, ihr von ihren eigenen sechs Kindern zu erzählen. Den Jüngsten hatte sie vorhin zum Spielen vor das Palais geschickt, damit er sie in Frieden ließ.

Der Garten erstreckte sich bis ans Wasser, und Lady Elliot wies ihren Gästen das kleine Segelboot ihrer Kinder, das dort am Ufer lag. Was dem wohl noch bevorstand, fragte sich Ramage, da ja nun die Franzosen auf Korsika Fuß gefaßt hatten — endlich gelandet waren auf der Geburtsinsel ihres Gebieters.

Ein Diener kam durch die Glastür heraus und meldete Ramage, daß ihn der Vizekönig in seinem Arbeitszimmer zu sprechen wünsche.

Die Einrichtung des geräumigen, mit marmornem Fußboden ausgestatteten Arbeitsraumes zeigte deutlich, daß Sir Gilbert ein hochkultivierter Mann war, der auf seinen weiten Reisen kreuz und quer durch Europa klug und mit bestem Geschmack eingekauft hatte. In einer Ecke stand auf einem niederen Mahagonisockel eine große römische Amphora, an ihrer Oberfläche klebten noch Muscheln und die dünnen weißen Adern von Korallen, die verrieten, daß das Stück in einem Fischernetz vom Meeresgrund heraufgeholt worden war. Die Amphora hatte wohl einst zur Ladung einer römischen Galeere gehört, die womöglich vor mehr als zweitausend Jahren untergegangen war.

Der Vizekönig bemerkte, daß Ramage sie im Vorübergehen betrachtete, und sagte: »Ziehen Sie einmal den Stöpsel heraus.«

Neugierig trat Ramage an das Gefäß heran, faßte den engen Hals mit festem Griff und entfernte den hölzernen Pfropfen. Der Hals zeigte innen dunkle Flecken, als ob Öl den roten Ton verfärbt hätte. Er beugte sich nieder und roch daran: ja, das war wirklich Öl, aromatisches Öl. Wahrscheinlich hatte irgendein luxusliebender Centurio in einem weit abgelegenen Stützpunkt die Absicht gehabt, sich damit einreiben zu lassen.

»Ja, Myrrhe«, sagte Sir Gilbert, »das Öl der Süßdolde.«

Die Stimme des Schotten riß Ramage plötzlich wieder in die Wirklichkeit zurück. In einer wilden erotischen Phantasieszene hatte er sich eben ausgemalt, wie er Giannas warmen Leib mit Myrrhe massierte.

»Ihre Ladyschaft«, fuhr der Vizekönig fort, »hatte zunächst ihre helle Freude an diesem Duft, bis ich ihr eines Tages erzählte, woher er rührte. Für sie sind die Worte Weihrauch und Myrrhe gleichbedeutend mit unnennbaren Ausschweifungen, darum wurde die unschuldige Amphora von Stund an in mein Arbeitszimmer verbannt.«

Sir Gilbert entschuldigte sich noch, daß er vor einer halben Stunde sein Gespräch mit ihm so kurz abgebrochen habe. Die Nachricht, die ihm Kommodore Nelson aus dem Norden Korsikas brachte, sei eben doch sehr ernst für ihn . . . Wie es denn seinen alten Freunden, dem Earl und der Gräfin, gehe, wollte er dann wissen. Ramage konnte ihm von seinen Eltern nicht viel Neues berichten, weil er selbst seit Wochen keine Briefe mehr von ihnen bekommen hatte.

Die Marchesa, meinte Sir Gilbert weiter, scheine sich gut zu erholen — ob er den gleichen Eindruck habe?

Ramage stimmte ihm zu.

»Wir sind Ihnen sehr dankbar, mein Junge«, sagte der Vizekönig. »Sie hatten eine schwierige Aufgabe, viel schwieriger«, fügte er offenbar mit gewollter Zweideutigkeit hinzu, »als man erwarten konnte, selbst wenn man den Verlust Ihres Schiffes berücksichtigt. In gewisser Hinsicht bedauere ich jetzt, daß ich Sir John Jervis vorschlug, die *Sibella* zu entsenden, um bei dieser Gelegenheit Ihre italienischen Kenntnisse zu nutzen.«

»Ah — darum war ich also in dem Befehl für den Kommandanten namentlich genannt.«

»Ja, natürlich — aber auch weil Sie die Volterras kannten.«

340

»Nur die Mutter — nicht die Tochter: sie ist in all den Jahren herangewachsen.«

»Klar. Aber da die *Sibella* gerade verfügbar war, schien dies damals eine gute Idee zu sein.«

Ramage hatte plötzlich den Eindruck, daß sich Sir Gilbert wegen des Geschehenen Vorwürfe machte.

»Das war auch tatsächlich eine gute Idee, Sir; wir hatten nur das Pech, daß uns die *Barras* zu fassen bekam.«

»Ich bin froh, daß Sie so darüber denken. Im übrigen nehme ich an, daß heute die — hm, sagen wir die Prozedur nur etwas plötzlich unterbrochen wurde; abgeschlossen dürfte sie noch nicht sein.«

»Nein; die Ankunft des Kommodore machte allem ein Ende.«

»Nun, ich bin überzeugt, daß alles gut ausgehen wird. Ihr seid ja bei Gott drei starrköpfige junge Leute.«

»Drei, Sir?«

»Ja, Sie selbst, die Marchesa und ihr Vetter.«

»Ach so — nun ja, ich will es nicht leugnen, Sir.«

»Ich wußte überhaupt nicht, was sich heute morgen hier abspielte. Meine Frau und ich waren überzeugt, die Marchesa werde bis zur Ankunft des Arztes im Bett liegen bleiben. Dann mußten wir aber feststellen, daß sie auf und davon war, um — hm — einen Besuch zu machen. In ihrem Zimmer hatte sie nur einen Zettel hinterlassen.«

Ramage hätte nicht sagen können, ob Sir Gilbert wirklich nicht wußte, was geschehen war. Zeigte er nur die Vorsicht eines Diplomaten, oder wollte er ihm bedeuten, daß er nicht in seine Angelegenheiten verwickelt werden wollte? Endlich fügte der alte Schotte hinzu:

»Ich nehme an, Sie wissen, daß auch wir seit langem mit der Familie der Marchesa befreundet sind?«

341

»Gewiß, Ihre Ladyschaft erwähnte es erst vor wenigen Minuten.«

»Meinen Sie nun etwa, daß mich dieser Umstand veranlaßt hat, die Rettung der Flüchtlinge zu betreiben?«

»Nein, Sir. Für mich bestand da kein Zusammenhang.«

»Ich hatte in der Tat ganz andere Gründe. Wenn es uns je gelingen sollte, das unglückliche Vaterland der Marchesa von Bonaparte zu befreien, dann brauchen wir da und dort einen Mittelpunkt, um den sich das Volk scharen kann — ähnlich wie dieser Bonaparte seinen Regimentern primitive Feldzeichen gibt, als ob sie noch die römischen Legionen von einst wären . . .

Wir aber brauchen dazu Menschen und keine Embleme. Viele sehen nun in der Familie der Marchesa — vor allem in der Marchesa selbst und in ihrem gefallenen Vetter, Graf Pitti — jenes Element eines echten Fortschritts, den der Herzog von Toskana von jeher unterdrücken wollte. Daß der gleiche Herzog ausgerechnet mit Napoleon ein Abkommen traf, war, gelinde gesagt, sonderbar. Wer aber verstünde es besser, Leitstern zu sein, die Menschen um sich zu scharen und zu begeistern, als eine schöne junge Frau?«

»Eine zweite Jungfrau von Orleans!«

»Ja, wahrhaftig! So, und nun gehen wir wieder zu meiner Frau und zu unserem reizenden Leitstern.«

Damit erhob er sich und ging mit Ramage zurück zur Terrasse. Sie fanden kaum Zeit, sich zu setzen, da erschien ein Diener, machte Sir Gilbert eine leise Meldung und eilte sofort wieder ins Haus.

»Es ist jemand da, der Sie sprechen möchte«, sagte der Vizekönig zu Ramage.

Dieser hatte ein schlechtes Gewissen. Wahrscheinlich ärgerte sich Probus, weil er für einige Stunden von

Bord gegangen war, obwohl ihm Jack Dawlish versprochen hatte, dem Kommandanten zu erklären, daß sie die Marchesa unmöglich ohne Begleitung zur Residenz zurückkehren lassen konnten ...

Der Diener führte einen jungen Fähnrich auf die Terrasse, der an der Glastür stehenblieb und ganz verwirrt um sich sah. Der Kontrast zwischen der Fähnrichsmesse der *Diadem* und dieser hochherrschaftlichen Terrasse brachte ihn offenbar aus der Fassung.

Ramage verbeugte sich:

»Ich bin Leutnant Ramage.«

»Mein Name ist Casey von der *Diadem*. Ich habe« — dabei zog er einen Brief aus der Tasche — »Ihnen dieses Schreiben auszuhändigen, Sir. Mir wurde gesagt, es erfordere keine Antwort, so darf ich mich wohl gleich wieder abmelden.«

Ramage dankte ihm. Als er sich setzte, legte er den Brief vor sich auf die Knie und spielte aus Höflichkeit den Gleichgültigen, obwohl er darauf brannte, das Schreiben zu lesen. Sollte das Kriegsgericht wieder zusammentreten? Sollte er sofort an Bord zurückkehren und unter strengem Arrest verbleiben?

Die Elliots bekamen tagtäglich so viele dienstliche Schreiben überbracht, daß ihnen das Eintreffen des Fähnrichs überhaupt keinen Eindruck machte. Als Sir Gilbert sah, wie besorgt Gianna immerzu auf den länglichen Umschlag blickte, sagte er: »Los, Nicholas, machen Sie auf und lesen Sie.«

Ramage erbrach das Siegel und las den Brief — es war in Wirklichkeit ein Befehl — gleich zweimal hintereinander. Beim erstenmal traute er seinen Augen nicht, beim zweitenmal war er immer noch sprachlos vor Staunen. Schließlich faltete er das Schreiben wieder zusammen und steckte es in die Tasche. Dann suchte er die ganze Reede nach einem kleinen Kutter ab —

343

richtig, da lag er ja. Das Schiffchen machte wirklich
den besten Eindruck, es mochte 190 Tonnen verdrängen
und hatte wohl seine 4500 Pfund Sterling gekostet.
Seine Besatzung zählte sicher an die 60 Mann, und die
Bewaffnung bestand aus zehn Karronaden. Die Takelage
war schmuck und praktisch; das Großsegel maß etwa
1700 Quadratfuß *, das Toppsegel rund 1000 Quadratfuß **, der Klüver war ebenso groß, und die Stagfock maß
ungefähr die Hälfte. Der Tiefgang — der in diesen Gewässern allerdings keine Rolle spielte — mochte vorn
8 und hinten 14 Fuß betragen, von der Heckreling bis
zum Vorsteven war das Schiff etwa 75 Fuß lang, dazu
kamen weitere 40 Fuß für das Bugspriet. Mit guter Brise
lief es wohl an die neun Knoten, vorausgesetzt, daß sein
Boden glatt und sauber war. Das allerdings durfte man
kaum erwarten, wahrscheinlich war er dicht mit Muscheln überkrustet und mit Tang bewachsen.

Als er den Blick endlich von dem Schiff losriß, sah er,
daß ihn Gianna mit kaum verhohlener Besorgnis ansah.
Offenbar fürchtete sie, daß der Brief ihre Trennung
zur Folge hatte. Er lächelte ihr zu, aber er konnte ihr
nichts weiter sagen, denn der Befehl trug die Überschrift
»Geheim«.

Trennung ... diese Vorstellung flackerte erst nur
leicht in seinem Bewußtsein auf, dann aber traf ihn
das Wort plötzlich wie ein Keulenschlag, weil es ihm
die harte Wirklichkeit vor Augen stellte. Er fühlte, wie
sein Lächeln dahinschwand, er konnte jetzt verstehen,
warum sie ihn so ansah. Ihre Augen sprachen eine deutliche Sprache, ihre Lippen flehten stumm, ja es schien
ihm, als versuchte sie sich mit ihrem ganzen Körper an
ihm festzuklammern; doch die Elliots wurden von all
dem nichts gewahr.

  * 157 qm
  ** 92 qm

Für jeden unbeteiligten Zuschauer saß die Marchesa di Volterra hochelegant in einem Rohrstuhl unter einem seidenen Sonnenschirm. Auf einem kleinen Tischchen neben ihr stand ein Glas Limonade, ihr Fächer lag zusammengeklappt in ihrem Schoß. Ramage allein wußte, daß sie die kalte Angst, die ihm jetzt den Leib zusammenzog, schon vor guten fünf Minuten gepackt haben mußte: die Angst vor der Trennung von einem lieben Menschen in harten Kriegszeiten. Die erste Trennung konnte die letzte sein — aber sie konnte allerdings auch das Vorspiel immer neuer Wiedersehensfreuden bedeuten.

Sie saß sechs Fuß von ihm entfernt, und doch schien es ihm, als wäre sie körperlich mit ihm eins. Ein Teil dessen, was sein Leben ausmachte, war jetzt in ihr enthalten. Wohin er auch kam, wohin ihn höherer Befehl auch entsandte, sei es nach Ost- oder Westindien, sei es in die Nordsee, sei es zur Blockadeflotte vor Brest, er wußte, daß er nie mehr ganz und ungeteilt sein konnte, ein Teil seines Ichs war fortan bei ihr, wo immer sie war, ob sie lebte oder tot war.

Konnte eine Landschaft für ihn je wieder schön sein, ohne daß sie die Freude daran mit ihm teilte? Was war dieses Leben noch für ihn, hatte es noch Farbe, bot es ihm noch Reiz oder Anregung, wenn er allein war? Was sollte er dann noch erstreben — außer zu ihr zurückzugelangen?

War er fortan je wieder imstande, bei irgendeinem unsinnigen Unternehmen sein Leben aufs Spiel zu setzen, da er jetzt doch wußte, was er zu verlieren hatte? Kam es noch so weit, daß er sich vor Sehnsucht nach ihr aufrieb, während er doch seine dienstlichen Pflichten im Kopf haben sollte? Vom alten Sir John Jervis wußte man, wie er über verheiratete Offiziere dachte: Jeder Seeoffizier, der in den Ehestand trat, war seiner

Meinung nach für den Dienst an Bord verloren, und er hatte sich nie gescheut, das dem Betreffenden ganz offen zu sagen.

Ramage verstand jetzt gut, warum das wirklich so war: Vor wenigen Tagen noch hatte es ihm nicht viel ausgemacht, sein Leben aufs Spiel zu setzen — gewiß, er fürchtete einen gewaltsamen Tod, aber er machte sich darüber doch nicht viele Gedanken, weil er niemanden in Not oder Unsicherheit zurückgelassen hätte, wenn ihm etwas zugestoßen wäre. Heute hatte er nur den einen Wunsch, daß ihm das Glück gewogen blieb.

Er wollte ihr eben ein paar beruhigende Worte sagen, da erhob sich Sir Gilbert und sagte:

»Bitte wollen Sie mich jetzt entschuldigen. Ich habe für den Kommodore noch einiges zu erledigen. Ach, richtig«, sagte er zu Lady Elliot, »der Kommodore wird heute abend zum Dinner unser Gast sein.«

»Das ist wirklich eine nette Überraschung«, sagte Ihre Ladyschaft. »Die Marchesa sehnt sich schon danach, ihn kennenzulernen.«

Ramage erhob sich ebenfalls: »Auch ich bitte mich zu entschuldigen, ich muß schleunigst auf mein Schiff.«

Mein Schiff, dachte er und fühlte nach seiner Tasche, um sich zu vergewissern, daß der Umschlag noch da war und daß er nicht nur geträumt hatte.

Lady Elliot sagte: »Wir sehen Sie doch bald wieder, Nicholas? Vielleicht schon morgen?«

»Das wird leider nicht möglich sein, Madam; ich habe Befehl, sofort auszulaufen.«

Er vermied es, dabei Gianna in die Augen zu sehen, die nach seiner Hand griff.

»Sie kehren doch hierher zurück?« flüsterte sie.

»Ich hoffe es, aber — *chi lo sa?*«

Lady Elliot fühlte sofort die Spannung und sagte: »Sie können die Marchesa ruhig in unserer Obhut lassen, mein Lieber. Ich werde auch Ihren Eltern schreiben, daß wir uns hier getroffen haben.«

An Bord der *Lively* wurde Ramage bereits von Jack Dawlish erwartet.

»Salam«, grüßte dieser spottend, »ich hoffe, Euer Gnaden hatten an Land ein hübsches Tête-à-tête?«

Ramage verbeugte sich grinsend: »Ja, vielen Dank, mein Bester. Aber jetzt satteln Sie bitte mein Pferd ab, und dann reiben Sie es tüchtig trocken.«

»A propos Sattel: Seine Lordschaft sitzt in seiner Kajüte auf dem hohen Roß und wartet auf dich.«

»Ist er verärgert?«

»Eigentlich nicht. Er kam vom Kommodore zurück und wollte dich gleich sprechen. Als er hörte, du seiest nicht an Bord, bekam ich gleich einen Anpfiff verpaßt, daß mir Hören und Sehen verging. Erst als ich ihm erklärte, du hättest eine Kavalierspflicht zu erfüllen gehabt, beruhigte er sich wieder.«

»Das tut mir aber leid.«

»Laß nur, das macht nichts. Was ich noch sagen wollte«, fügte Dawlish hinzu, »meinen Degen habe ich wieder.«

Ramage wurde ganz verlegen. Als die Verhandlung abgebrochen wurde, hatte er vergessen, ihn von Blenkinsop, dem verflossenen Provost Marshal, zurückzuverlangen.

Probus saß an seinem Schreibtisch, als Ramage eintrat.

»Entschuldigen Sie bitte, Sir, daß ich nicht an Bord war.«

»Wie ich hörte, hatten sie dringend an Land zu tun«, meinte Probus trocken. »Haben Sie den Befehl des Kommodore erhalten?«

»Jawohl, Sir. Er kam für mich etwas überraschend.«

347

»Das klingt ja fast, als ob Sie sich nichts daraus machten. Als ich so alt war wie Sie, sah ein junger Leutnant seine kühnsten Träume erfüllt, wenn er auch nur vorübergehend Kommandant eines Kutters wurde.«

»Das meinte ich nicht, Sir. Ich frage mich nur, wie ich zu solcher Ehre komme.«

»Du lieber Himmel«, rief Probus kurz angebunden, »Konteradmiral Goddard hat Ihnen dieses Kommando nicht verschafft. Tun Sie ganz einfach Ihr Bestes und beten Sie um Gottes Schutz wie wir alle. So, und jetzt hören Sie gut zu«, fuhr er fort und schob ihm Papier, Feder und Tinte hin. »Setzen Sie sich auf diesen Stuhl und notieren Sie alles, was Sie festhalten wollen.«

Bei diesen Worten erhob er sich und begann in der Kajüte auf und ab zu gehen. Dabei hielt er Kopf und Schultern gebeugt, damit er nicht an die Decksbalken stieß.

»Der Kommodore hat mir aufgegeben, Ihnen folgendes darzulegen. Erstens: Die Franzosen haben etwa zwanzig Meilen weiter nördlich, zwischen Cap Corse und Macinaggio, das etwas südlich dieses Kaps liegt, Truppen gelandet.«

»Jawohl, das ist mir bekannt, Sir.«

»Sooo?«

»Der Vizekönig...«

»Aha! Nun, diese Truppen rücken zur Zeit gegen Bastia vor. Zweitens: Die Fregatte *Belette* war von der Bucht von San Fiorenzo hierher unterwegs, um die Nachricht von der Landung zu überbringen, als sie vor Cap Corse auf zwei schonergetakelte Kaperschiffe stieß. Die beiden Schiffe waren vollgepackt mit Soldaten, darum lag für den Kommandanten der *Belette* die Vermutung nahe, daß diese irgendwo in der Nähe an Land gesetzt werden sollten.«

»Wann war das, Sir?«

»Gestern vormittag. Die *Belette* jagte die beiden Schoner also nach Süden — merken Sie sich das: es ist immer richtig, sich zwischen den Gegner und sein Ziel zu schieben —, aber schließlich versuchten sie, nach einem kleinen, weiter südlich gelegenen Hafen durchzubrechen.«

»Macinaggio?«

»Ja, der Hafen ist sehr klein und hat für ein größeres Schiff kaum genügend Wasser. Dem vorderen Schoner gelang es hineinzukommen, der zweite wurde jedoch abgedrängt, da die *Belette* näher unter Land stand, und mußte daher weiter nach Süden laufen. Nun fiel die *Belette* ab, um weiteren Abstand von der Küste zu gewinnen als das gejagte Schiff, so daß dieses zwischen Gegner und Küste in der Falle saß. Ein geschicktes Manöver, nicht wahr?«

»Jawohl, Sir, die Küste tut dabei den gleichen Dienst wie eine zweite Fregatte.«

»Ganz richtig. Der Gegner wird seiner Handlungsfreiheit beraubt. Jetzt schor die *Belette* an den Schoner heran. Was hätten Sie nun an ihrer Stelle getan? Hätten Sie den Gegner geentert, oder hätten Sie ihn versenkt?«

»Ich hätte ihn versenkt, Sir.«

»Und warum das?«

»Wenn der Schoner so viele Soldaten an Bord hatte, dann wären diese bestimmt dem Enterkommando überlegen gewesen. Sollte man für ein so gewagtes Unternehmen ausgebildete Seeleute einsetzen?«

»Hmm ... nun, der Kommandant der *Belette* entschloß sich zu entern. Aber sooft er näher heranschor, wich der Schoner nach Land zu aus. Bis sie schließlich beide auf ein kleines, aber steiles Vorgebirge zuhielten, das von einem Turm, der *Tour Rouge*, gekrönt ist.«

Ramage nickte.

»Entweder hatte nun das Kaperschiff sehr wenig

Tiefgang, oder die Franzosen waren mit voller Absicht darauf bedacht, die *Belette* auf eine vorgelagerte felsige Untiefe zu locken – ich könnte es wirklich nicht sagen –, aber wie immer es sich damit auch verhielt, die Fregatte stieß plötzlich ein paarmal auf und verlor dabei ihr Ruder. Ehe es Kommandant und Besatzung gelang, das Schiff wieder in die Gewalt zu bekommen, setzte es sich endgültig auf die Felsen, genau am Fuß des Vorgebirges und unter dem Turm.

Die Fregatte lief mit dem Steuerbordvorschiff auf Grund und lag zuletzt fast parallel mit dem Kliff und diesem so nahe, daß sie es fast berührte. Der Stoß bewirkte, daß ihre Masten über Bord gingen, aber sie fielen gegen den Steilhang und blieben wie Leitern schräg daran hängen.«

»Gibt es keine Möglichkeit, sie zu bergen, Sir?«

»Das ist völlig ausgeschlossen. Ein Felsen so groß wie eine Kutsche mit vier Pferden davor hat sich in ihre Steuerbordbilge gebohrt.«

»Was soll nun meine Aufgabe sein, Sir? In dem Befehl steht, ich solle ihr Hilfe leisten.«

»Nur Geduld«, wies ihn Probus zurecht. »Der Kommandant der *Belette* sagte sich, daß die französischen Truppen auf ihrem Vormarsch gegen Bastia wahrscheinlich schon an der Stelle vorüber waren, wo sein Schiff gestrandet war. Offenbar hatten sie auch den Turm nicht beachtet, der sich in Sicht des Schiffes befindet und nur drei- bis vierhundert Meter von ihm entfernt ist.

Darum schickte er zunächst seine Seesoldaten auf das Kliff – sie kletterten dabei den größten Teil des Weges an den Masten empor –, um den Turm zu besetzen. Dann schor er schwere Takel vom Schiff auf den Felsen und vermochte damit ein paar bronzene Sechspfünder samt Pulver und Kugeln sowie Lebensmittel und Wasser hinaufzuheißen. Zuletzt bezog er dann mit seiner ganzen Besatzung den Turm.«

»Und aus diesem Turm soll ich sie nun befreien.«

»Ja, genau das ist Ihre Aufgabe.«

»Es scheint nicht, als ob das allzu schwierig wäre.«

»Ich bin noch nicht fertig. Während das alles geschah, kam der Schoner zurück, verschaffte sich ein genaues Bild von der Lage und verschwand dann mit Vollzeug in Richtung Macinaggio, um dort Alarm zu schlagen. Ein Leutnant der *Belette* und ein Matrose wurden nach Bastia entsandt, um Hilfe zu holen.«

»Wo sind diese beiden jetzt?«

»Der Matrose ist tot — er stürzte in einen Abgrund —, der Leutnant liegt im Lazarett: seine Füße sind wund, und er ist völlig erschöpft.«

»Ich werde also . . .«

»Sie werden also morgen vor Tagesanbruch mit dem Kutter *Kathleen* auslaufen und die Leute der *Belette* aus dem Turm herausholen.«

»Ist das nicht eher ein Geschäft für Landsoldaten, Sir?«

»Selbstverständlich: Sie wissen ja, daß wir hier in Bastia Hunderte davon übrig haben.«

»Verzeihung, Sir — ich habe eben laut gedacht.«

»So«, sagte Probus, »dann kann ich Ihnen nur raten, sich etwas Besseres einfallen zu lassen. Denken Sie daran, daß Sie noch unter Anklage stehen — daran hat auch der Kommodore nichts geändert, das können Sie mir glauben.«

Als ihn das Boot auf die *Kathleen* übersetzte, hatte sich die Sonne bereits hinter dem Monte Pigno versteckt, und über Stadt und Reede von Bastia lag schon fast nächtliches Dunkel. Ramage dachte an Lord Probus' letzte Worte. Er hatte sich bereits einen Plan für die Rettung der *Belette*-Leute zurechtgelegt, seine Bemerkung über die Landsoldaten, die ihm Probus als mangelnde Begeisterung für seine Aufgabe ausgelegt hatte, war nur ein Scherz gewesen.

Türme schienen zur Zeit in seinem Leben eine gewaltige Rolle zu spielen, zuerst der *Torre di Buranaccio* und jetzt die *Tour Rouge*. Warum rot? Wahrscheinlich hatte das Gestein, aus dem er gebaut war, diese Farbe. Ja, Türme und Kriegsgerichte. Meinte Probus die Bemerkung, er stehe unter Anklage, etwa in dem Sinn, daß ihn der Kommodore einer Prüfung unterwerfen, seinen Mut erproben wolle? Oder daß er annahm, er werde auch diesen Auftrag gründlich verpfuschen? Dann wäre man in der Lage... Er zwang sich mit Gewalt, diesen Gedanken nicht weiterzuverfolgen. Wenn er nicht achtgab, fraß sich bei ihm bald die Überzeugung fest, daß ihm jedermann übelwollte.

20

»... Wir weisen Sie hiermit an und geben Ihnen den
Befehl, sich ohne Verzug an Bord besagten Schiffes zu
begeben und an Bord desselben den Rang und Posten
des Kommandanten einzunehmen. Sie haben die Offiziere und die Besatzung des Kutters anzuhalten, daß
sie ihre gemeinsamen und besonderen Aufgaben gewis-
senhaft erfüllen und Ihnen, ihrem nunmehrigen Kommandanten, die schuldige Achtung entgegenbringen sowie unbedingten Gehorsam leisten... Weder Ihnen
noch Ihrer Besatzung sei es gestattet, sich gegen die
genannten Pflichten zu verfehlen, andernfalls hätten Sie
die Folgen solchen Mißverhaltens zu tragen...«

Ramage las seine Bestallung so laut zu Ende, wie er
es eben vermochte, ohne zu schreien, denn der Wind
riß ihm die Worte förmlich vom Mund und zerrte an
dem steifen Bogen Pergament, den er in den Händen
hielt. Er blickte auf die rund fünfzig Mann, die ihn
auf dem glatten Deck des Kutters im Halbkreis um-
standen. Er wie sie hatten schon oft mit angehört, wie
sich ein neuer Kommandant auf diese Art »einlas«, um
sein Schiff dem Gesetz entsprechend zu übernehmen.
Zum Glück merkten sie wohl nichts von dem kindlichen
Stolz, der ihn erfüllte, da er es nun zum ersten Male
selbst tat. Auch die klangvollen Worte der Bestallung
gewannen für ihn ein neues Gewicht — insbesondere
der Satz, der ihn mit den Folgen eines pflichtwidrigen
Verhaltens bedrohte. Die Besatzung machte ihm sofort
einen guten Eindruck. Henry Southwick, der Steuermann, war ein etwas korpulenter Mensch mittleren Alters, er sah fröhlich drein, schien bei den Leuten beliebt

zu sein und war anscheinend in seinen dienstlichen Aufgaben bestens bewandert. Das war an der Art zu erkennen, wie ihm die Leute gehorchten, als er sie beim Anbordkommen Ramages achteraus rief. Der Steuermannsmaat, John Appleby, war früher Fähnrich gewesen, der auf seinen zwanzigsten Geburtstag wartete, damit er seine Leutnantsprüfung ablegen konnte. Ein Kutter hatte keine Bootsmannsstelle im Etat; hingegen gab es einen Bootsmannsmaat. Dieser, Evan Evans, war ein magerer Waliser, der stets bekümmert aussah und dessen purpurne Knollennase mit unbeirrbarem Instinkt jede mit Grog gefüllte Muck erschnupperte.

Wenn sich ein neuer Kommandant »eingelesen« hatte, war es üblich, daß er der Besatzung eine kleine Ansprache hielt, die, seinem Wesen entsprechend, entweder von Drohungen strotzte oder mit anfeuernden Redensarten gespickt war oder nur aus Plattheiten bestand. Ramage wußte nicht recht, was er den Männern sagen sollte, aber sie erwarteten nun einmal ein paar Worte, weil sie ihnen die erste Gelegenheit boten, ihren neuen Kommandanten zu beurteilen.

»Man hat mir gesagt, daß ihr gute Seeleute seid. Das ist aber auch unerläßlich, denn schon in wenigen Stunden hat die *Kathleen* eine Aufgabe zu lösen, die euch entweder in die Lage versetzen wird, euren Kindern ein hübsches Garn zu spinnen, oder die sie zu armen Waisen macht.«

Die Männer lachten und warteten darauf, daß er fortfuhr. Verdammt, eigentlich hatte er ja damit Schluß machen wollen! Aber immerhin hatte er jetzt die Möglichkeit, den Leuten zu erklären, warum sie in Kürze Kopf und Kragen riskieren sollten. Vielleicht legten sie sich dann um so besser ins Zeug, wenn es die Lage verlangte. Er beschrieb ihnen, wie die Besatzung der *Belette* zur Zeit in der *Tour Rouge* von aller Welt abgeschnitten war, und endete mit den Worten: »Wenn wir uns nicht aufmachen, um sie bei der Hand zu nehmen und nach Hause zu geleiten, dann machen die Franzosen Hackfleisch aus diesen Männern. Wenn uns aber dabei ein Fehler unterläuft, dann heißt es neben unseren Namen ›abgemustert, tot‹ — vorausgesetzt, daß ich daran denke, die Musterrolle an die Admiralität zu schicken, ehe ich selbst abgesoffen bin.«

Jetzt brüllten die Männer vor Lachen und brachten Hochrufe auf ihn aus, mit denen sie ihrer Begeisterung und ihrer Freude spontanen Ausdruck verliehen. Die Toren, dachte er, jetzt schenken sie mir ihr Vertrauen und haben doch eigentlich keinen Anlaß dazu, wenn man von den hohlen Redensarten absah, die er ihnen geboten hatte. Wenn er morgen abend vor Sonnenuntergang eine bestimmte Entfernung auch nur um einen Fuß falsch schätzte, dann waren sie alle tot ... Mochten sie töricht sein oder nicht, jedenfalls waren sie willig und treu, und darauf allein kam es schließlich an.

»Das ist alles«, sagte er. »Mr. Southwick, bitte lassen Sie die Besatzung wegtreten.«

Er begab sich die paar Schritte achteraus zu dem Niedergang, dessen schmale Stufen ihn in die winzige Kajüte führten. Selbst wenn er den Kopf so weit vornüber neigte, daß er wohl oder übel nur noch die Decksplanken sah, konnte er in dem Raum nicht aufrecht stehen; die kleine Laterne, die in kardanischen Ringen am Schott hing, zeigte ihm, daß die Kajüte nur mit einer Koje, einem winzigen Schreibtisch, einem Regal und einem gebrechlichen Sessel ausgestattet war.

Er öffnete das einzige Schubfach des Schreibtisches und fand dort die Musterrolle der *Kathleen*. Als er die Namen überflog, stellte er fest, daß sie von der üblichen gemischten Gesellschaft zeugte. In der Spalte »wo geboren« waren einige Portugiesen, ein Genuese, ein

355

Mann aus Jamaica, ein Franzose und, als letzter der Liste, ein Amerikaner verzeichnet. Er warf einen Blick auf den Namen und sah, daß es Jackson war — er war also schon vor ihm als Bootssteuerer in die Musterrolle aufgenommen worden. Nach ihm folgte er selbst: »Leutnant Nicholas Ramage . . . laut Befehl vom 19. Oktober 1796.« Der Steuermann hatte offenbar dafür gesorgt, daß sein Papierkram auf dem laufenden war. Der frühere Kommandant der *Kathleen* war vor wenigen Tagen plötzlich ins Lazarett gebracht worden.

Als er das Befehlsbuch und das Briefbuch seines Vorgängers durchsah, fand er darin nichts Besonderes. Später hatte er dann die Empfangsbescheinigungen für sie, für die Signalbücher, die Inventarlisten und für eine Fülle anderer Papiere auszustellen; für den Augenblick aber gab es Wichtigeres zu tun. Er rief nach dem »Posten Kajüte«: »Ich lasse den Steuermann bitten; sagen Sie ihm, er möge seine Karten mitbringen.«

Southwick war sofort zur Stelle, er hatte die Karten eingerollt unter dem Arm.

»Mr. Southwick, in welchem Zustand sind die Segel und das stehende und laufende Gut?«

»In dem Zustand, der hier im Mittelmeer üblich ist«, sagte Southwick. »Ich kann ja keinen Quadratfuß neues Segeltuch auftreiben. Das laufende Gut haben wir mindestens ein dutzendmal umgeschoren. Die Segel sind längst reif zum Abschlagen, sie bestehen mehr aus Flikken als aus altem Segeltuch. Das ganze Zeug hätte schon vor einem Jahr als unbrauchbar kondemniert werden müssen. Gott sei Dank sind wenigstens der Mast, die Spieren und der Rumpf in gutem Zustand.«

»Und wie ist es mit der Besatzung bestellt?«

»Die Männer sind prima, Sir, dafür lege ich die Hand ins Feuer. So wenig wir auch sind, waren wir doch meistens auf uns selbst gestellt und immer in See. Wir haben uns nicht viel in Häfen herumgetrieben, wo die Leute immer vor die Hunde gehen.«

»Ausgezeichnet«, sagte Ramage. »So, jetzt wollen wir einmal einen Blick auf die Karte werfen, die den Küstenstrich von hier nach Norden zeigt.«

Southwick entrollte sie auf dem Schreibtisch und legte die Musterrolle auf ihren Rand, damit sie sich nicht wieder einrollte.

Ramage erklärte ihm die Aufgabe, nahm einen Zirkel aus dem Regal über dem Schreibtisch und maß den Abstand bis zu der Landspitze, auf welcher die *Tour Rouge* stand. Das Ergebnis ermittelte er an der seitlichen Breitenskala der Karte. Vierzehn Minuten Breitenunterschied, das machte rund vierzehn Seemeilen. Der Wind stand jetzt aus West, und wenn der Morgen dämmerte, konnte er mit einem halben Sturm rechnen. Segel und Takelage ließen zu wünschen übrig; aber die Rettung jener Männer war immerhin besonders dringend. Für die geplante Operation brauchte er Tageslicht. Ein paar Stunden nach dem Ankerlichten konnten sie vor dem Turm sein, auch wenn sie noch ein bis zwei Schläge machten, um ein besseres Bild von der Lage zu gewinnen.

»Mr. Southwick, wir gehen zwei Stunden vor Tagesanbruch Anker auf.«

Da zu wenige Offiziere an Bord waren — es fehlten ein Leutnant und ein zweiter Steuermann —, oblag alle Arbeit Southwick, dem jungen Steuermannsmaat Appleby und ihm selbst.

»Sehen Sie jetzt zu, daß Sie noch ein bißchen Schlaf bekommen«, sagte er zu Southwick.

Während der nächsten zehn Minuten studierte Ramage die Karte und prägte sich dabei den Verlauf der Küstenlinie genauestens ein. Als er sich eben über die wenigen Tiefenangaben ärgerte, die in die Karte eingetragen waren, hörte er, wie jemand den Niedergang herunterkam und klopfte. Auf sein »Herein« erschien Jackson mit einem Brief und zwei Paketen.

»Soeben ist ein Boot damit von Land gekommen, Sir. Es ist alles an Sie adressiert.«

»Gut, legen Sie die Sachen auf meine Koje.«

Sobald Jackson gegangen war, griff Ramage nach dem länglichen Paket, das ihm seinen Inhalt schon durch seine Form verriet. Er riß die Umhüllung auf und brachte, wie erwartet, einen Degen zum Vorschein. Neugierig zog er die Klinge aus der Scheide. Sie schimmerte im Licht seiner kümmerlichen Laterne bläulich, mit Ausnahme der Schneide, deren geschärfter und dann polierter Stahl einen kalten Glanz ausstrahlte. Die Klinge selbst war verschwenderisch graviert, aber grundsolide und gut ausgewogen. Auch der Griff war schön geschnitzt, aber kräftig. Kurzum, der Degen war eine prächtige Waffe für den Kampf, nicht so ein teueres, federleichtes Luxusstück, das nur für festliches Zeremoniell taugte.

In dem zweiten Paket entdeckte er zu seiner Überraschung eine messingbeschlagene Pistolenschatulle aus Mahagoni. Als er sie öffnete, erkannte er sofort die beiden Pistolen wieder, die sie enthielt, denn er hatte sie erst diesen Nachmittag auf einem Regal in Sir Gilberts Arbeitszimmer liegen sehen. Sie hatten ihm so gut gefallen, daß er ein bewunderndes Wort dafür fand. Diese Waffen schossen tödlich genau, wenn sie auch wegen des Stechers am Abzug nicht gerade für das Getümmel beim Entern eines feindlichen Schiffes geeignet waren. Jedenfalls waren sie ein Meisterstück der Büchsenmacherkunst, wie man es sich schöner nicht wünschen konnte. Die Schatulle enthielt zu allem Überfluß noch ein Pulverhorn, Reservefeuersteine, eine Form zum Gießen von Kugeln und Bürsten zum Auswischen der Läufe.

Zuletzt öffnete Ramage den Brief. Darin hieß es kurz und bündig: »Bitte nehmen Sie diese drei kräftigen Bundesgenossen als Geschenk entgegen. Sie erweisen Ihnen hoffentlich notfalls ebenso gute Dienste wie — Ihrem aufrichtig verbundenen Gilbert Elliot.«

Er rief nach dem Posten: »Der Bootssteuerer soll zu mir kommen.«

Als Jackson wieder herunterkam, gab ihm Ramage die Schatulle.

»Bitte, sehen Sie diese Pistolen nach. Ich brauche feines Pulver und gute Feuersteine. Morgen früh sollen sie geladen für mich bereit sein.«

»Oho!« rief Jackson. »Das sind einmal ein Paar Schießeisen, die sich sehen lassen können.«

Ramage dachte, daß der Augenblick vielleicht gerade richtig war, sich mit dem Amerikaner auszusprechen.

»Jackson, ich danke Ihnen für alles, was Sie bei dem Gerichtsverfahren für mich getan haben. Sie haben da ein tolles Risiko in Kauf genommen.«

Der Amerikaner machte einen verlegenen Eindruck. Er gab ihm keine Antwort.

»Aber sagen Sie mir jetzt einmal, welche Tatsachen Sie vorbringen wollten, die nicht schon von dem Bootsmann und dem Meistersmaat bezeugt worden waren.«

»Ich wollte nur über die Vorgänge in dem Boot berichten.«

»In dem Boot? Da wurde doch nur italienisch gesprochen.«

Jackson suchte nach Worten:

»Ach, Sir, ich wollte erzählen, wie wir zu der Hütte des Bauern gingen, was im Turm geschah und wie Sie die Marchesa trugen. Ich wollte ihnen auch sagen, wie der andere Bursche da ums Leben kam — solche Dinge hatte ich im Sinn.«

Ramage warf ihm einen raschen Blick zu.

»Wie der andere Bursche ums Leben kam?«

»Jawohl, Sir, Sie wissen doch, Graf Pretty.«

»Pitti, meinen Sie wohl.«

»Also gut, Graf Pitti.«

»Was wissen Sie eigentlich darüber?«

»Ich weiß nur, daß er einen Schuß in den Kopf erhielt.«

»Woher wissen Sie denn, daß er in den Kopf getroffen wurde?«

Jackson wurde über und über rot, als ärgerte er sich, weil es so aussah, als ob er nicht ohne weiteres Glauben verdiente. Aber Ramage war im Augenblick so auf die Antwort des Mannes gespannt, daß er sich keine Zeit nahm, seine Frage näher zu erläutern.

»Wissen Sie noch, Sir, wie Sie die Marchesa trugen und wie ich die Reiter erschreckte?«

»Ja, natürlich.«

»Ein paar Minuten später riefen Sie mir doch, daß ich zum Boot kommen sollte?«

»Ja, ja — erzählen Sie weiter, Mann.«

»Nun, als ich auf dem Kamm der Düne entlanglief, bewegte ich mich im Zickzack durch die Büsche, weil immer noch ein paar Franzosen dort herumstreiften. Denen wollte ich natürlich nicht in die Hände laufen.

An einer offenen Stelle zwischen dem Buschwerk sah ich einen Mann mit dem Gesicht nach unten im Sand liegen. Ich drehte ihn auf den Rücken und mußte feststellen, daß er überhaupt kein Gesicht mehr hatte. Ich nehme bestimmt an, daß es der Graf Pretty war.«

»Gott im Himmel!« stöhnte Ramage.

»Was ist, Sir? Habe ich etwas Unrechtes gesagt?«

»Nein — ganz im Gegenteil. Es ist nur ein Jammer, daß Kommodore Nelson nicht ein paar Minuten später anlangte — so daß Sie noch in der Lage gewesen wären, das dem Gericht zu erzählen.«

»Wäre das denn so wichtig gewesen?«

»Ich habe Ihnen doch gesagt, daß man mich wegen Feigheit angeklagt hat, nicht wahr . . .?«

»Jawohl, Sir.«

»Nun, die Anklage stützt sich vor allem darauf, daß ich mit dem Boot absetzte und den Grafen Pitti im Stich ließ, obwohl ich wußte, daß er verwundet war. Es wurde sogar behauptet, er habe um Hilfe geschrien, als wir wegpullten.«

»Aber Sie stiegen doch selbst noch einmal in die Dünen und fanden ihn dort auf, Sir, nachdem Sie die Marchesa zum Boot gebracht hatten. Ich habe Fußspuren im Sand gesehen, die vom Boot zu der Leiche und wieder zum Boot zurückführten. Mein erster Gedanke war, daß diese Spuren von Ihnen herrührten.«

»Ja, das waren auch meine Spuren, aber es hatte eben niemand gesehen, daß ich wirklich zurückging. Soviel ich weiß, gibt es auch niemanden, der bestätigen könnte, daß sein Gesicht weggerissen war, als ich ihn fand.«

»Außer mir, Sir.«

»Jawohl, außer Ihnen. Aber ich wußte ja nichts davon — und«, Ramage brach in eine bittere Lache aus, »*Sie* konnten nicht wissen, daß *ich* nicht wußte, was Sie gesehen hatten!«

»Das schlimme war, daß Sie alle italienisch sprachen. Ich merkte wohl, daß Sie mit dem anderen Burschen da aneinandergeraten waren, aber keiner von uns brachte heraus, worum es dabei ging . . . Aber das läßt sich alles in Ordnung bringen, wenn das Gericht wieder zusammentritt.«

»Ja, das könnte wohl möglich sein, aber ich fürchte, daß Ihnen die Richter jetzt keinen Glauben mehr schenken werden, weil es doch so aussieht, als hätten wir beide uns diese Geschichte ausgedacht.«

»Natürlich könnten sie das, Sir; aber sie brauchen dann nur die anderen Bootsgäste zu befragen. Die können bestätigen, daß ich ihnen sofort erzählte, was ich gesehen hatte, als ich wieder im Boot saß. Das war, noch ehe der Lady im Boot schlecht wurde.«

»Nun, wir müssen eben abwarten. Nehmen Sie jetzt die beiden Pistolen mit und sehen Sie sie gründlich nach. Sagen Sie dem Steward, er soll mir etwas zu essen bringen.«

»Lassen Sie das Spill — nein, die Winsch besetzen«, sagte Ramage dem Bootsmannsmaaten, und sogleich drang das schrille Gezwitscher seiner Pfeife durch alle Räume des Schiffes, was im Dunkel der Nacht fast geisterhaft wirkte.

Ramage war müde, er hielt seine Augen nur mit Mühe offen und machte sich ernstliche Vorwürfe, daß er das Schiff am Abend zuvor nicht besichtigt hatte. Ein kleiner gaffelgetakelter Kutter manövrierte natürlich ganz anders als eine große Fregatte mit ihrer Rahtakelung. Abgesehen vom Unterschied in der Besegelung, wurde die kleine *Kathleen* nicht mit dem Rad, sondern mit einer Pinne gesteuert, und auf der Back stand für den Anker kein Spill, sondern eine Winsch. Er hätte sich schon mit seinem ersten Befehl um ein Haar blamiert, als er gerade noch »Spill« im letzten Moment gegen »Winsch« austauschen konnte.

Die Backsgasten und ein halbes Dutzend Seesoldaten rannten auf die Back. Ein paar von ihnen verschwanden unter Deck, um die Ankertrosse aufzuschießen, wenn sie in das Kabelgatt gelangte.

Es herrschte starker Wind. Allein der Umstand machte ihn erträglich, daß die See dicht unter Land, wo die gebirgige Küste Schutz bot, trotzdem ruhig war. Man mußte jedoch gut auf die schweren Böen achten, die durch die senkrecht zur Küste verlaufenden Täler herabbrausten — sie hatten schon so manches Schiff die Stengen gekostet...

Zwar waren die Segel der *Kathleen* ziemlich abgenützt, aber Ramage sah, daß sie einen ausgezeichneten Mast besaß. Die Spiere war mannsdick und aus ausgesuchter baltischer Rottanne gefertigt — wenigstens schworen die Lieferanten der Admiralität auf die hervorragende Qualität ihres Holzes. Der lange Großbaum, den er auf dem Achterdeck über dem Kopf hatte, ragte wie ein gekappter Hundeschwanz einige Fuß über das Heck hinaus. Auf ihm war das schwere Großsegel sauber zusammengerollt und mit Zeisings festgemacht. Das Ganze wurde durch die zuoberst festgelaschte Gaffel zusammengehalten. Auch Klüver und Stagfock waren in sauberen Bündeln am Fuße ihrer Stagen festgemacht, der große Klüver am Ende des Bugspriets, das wie eine riesige Angelrute vierzig Fuß über den Bug hinausragte, und die Stagfock am Vordersteven selbst.

»Kurzstag, Sir!« rief Southwick von der Back nach achtern. Die Ankertrosse wies nun in demselben Winkel zum Grunde der See, wie ihn das Vorstag mit dem senkrechten Mast bildete.

»Weiter hieven!«

Jetzt mußte das Großsegel gesetzt werden. Jackson reichte Ramage das Sprachrohr, und dieser rief: »Achtergasten und Freiwächter klar zum Manöver!«

Eine Schar Matrosen kam auf ihn zugerannt.

»Fier die Niederholer und die Halsaufholer... Zeisings los!«

Einige der Leute fierten rasch die befohlenen Enden, andere krochen den Großbaum entlang, um die schmalen Streifen geflochtenen Tauwerks zu lösen, die Gaffel und Großsegel auf dem Baum festhielten.

»Auf und nieder, Sir!« rief Southwick auf der Back.

Die Ankertrosse zeigte jetzt senkrecht nach unten, der Anker fand daher keinen Halt mehr auf dem Grund. Verdammt, er kam ein winziges bißchen zu spät, der Anker hielt nicht mehr, und doch hatte er noch kein Segel stehen, das ihm Gewalt über das Schiff verschafft hätte.

»Anker ist los!« rief Southwick.

»An die Dirk — hol steif und belege — überholt die Großschot . . . An das Piek- und Klaufall!«

Die Männer reihten sich an den Enden auf, mit denen sie die schwere Gaffel und das Segel aufheißen sollten. Sobald er sah, daß sie bereit waren, rief er:

»Hol steif — heiß auf! Hand über Hand!«

Langsam kroch das Segel den Mast hinauf, das Tuch schlug dabei knallend im Winde.

»An die Großschot! Überhol die Großschot! . . . Los dort, macht flink! Ja, so ist es richtig. Fest die Großschot!«

Er wandte sich an den Rudergänger und den Matrosen an der Pinne: »Abfallen — so, jetzt stütz . . . gut — recht so — wie es geht.«

Jetzt wurde die Dirk gefiert, so daß das Großsegel das Gewicht des Baumes aufnahm. Ja, geflickt war es schon x-mal, aber es stand jedenfalls gut.

Wie schön, daß man wieder unterwegs war, auch wenn es allerhand Kopfzerbrechen machte, sich mit einem Kutter zwischen all den Schiffen auf einer überfüllten Reede hindurchzuschlängeln. Er hatte ja noch nie einen Kutter geführt und wußte nicht, wie lange ein solches Fahrzeug brauchte, um unter den jeweils gegebenen Umständen auf die kombinierte Wirkung der Segel und des Ruders anzusprechen. Nicht wenige gaffelgetakelte Schiffe brauchten hart angeholte Vorschoten und ein geschricktes Großsegel, bei anderen wieder war es genau umgekehrt.

Aber er hätte sich lieber die Zunge abgebissen, als Southwick danach gefragt — es mußte sich ja bald herausstellen, was der *Kathleen* am besten taugte. Im Augenblick ging es ihm nur darum, wie schnell sie Fahrt aufnahm und damit dem Ruder gehorchte. Wenn das lange dauerte, wenn sie weit nach Lee abtrieb, ehe sie endlich in Schwung kam, dann lagen dort in Lee Schiffe genug vor Anker — auch das Kommodore Nelsons —, daß sich eine Kollision nicht vermeiden ließ.

Anker und Ankertrosse hingen noch immer senkrecht im Wasser und wirkten unter dem Bug wie eine Bremse, aber nach der zunehmenden Geschwindigkeit zu urteilen, mit der die Männer die Winsch herumwirbelten, mußte der Anker jeden Augenblick aus dem Wasser sein. Als der Bug des Kutters nach Steuerbord abfiel, schrie Ramage eine Reihe von Befehlen über Deck. Daraufhin stürzten eine Anzahl Männer an die Fallen und ließen schwitzend erst das Stagsegel, dann den Klüver an ihren Stagen emporklettern.

Als die Schoten dieser Segel dann sogleich dichtgeholt wurden, bekam das Schiff auf einmal Leben. Es hing nun nicht mehr träge stampfend und rollend an seiner Ankertrosse wie ein widerspenstiger Ochse an seiner Kette, jetzt zischten plötzlich die Seen um den graden Steven und gurgelten an der Bordwand entlang, bis sie unter dem Heck des Kutters zu einem brodelnden Kielwasser zusammenschlugen.

Auf der Back hakten die Männer die Kattalje am Anker fest und holten ihn die letzten paar Fuß nach oben bis an den Kattdavit, den hölzernen Balken, der auf beiden Seiten des Bugs herausstand wie der Stoßzahn eines wilden Ebers. Als sie ihn glücklich dort hatten, hakten sie eine weitere Talje in eine der Flunken und hievten den ganzen Anker hoch, bis er mit der Bordwand parallel lag.

Weil die *Kathleen* nach Steuerbord abgefallen war, hatte er die Vorsegel mit dem Wind von Backbord heißen können. Und diese Windrichtung war es auch, die den Kutter nach Norden, nach Macinaggio, bringen sollte.

Die *Kathleen* stürmte los wie ein Pferd, das vom Trab in den Galopp übergeht, ihr Steven schnitt in die Seen und warf eine weißschäumende Bugwelle auf. Er sah voraus die schattenhaften Umrisse eines großen, vor Anker liegenden Transportschiffes auftauchen und befahl unverzüglich, die Schoten dichter zu holen und Luvruder zu geben, damit die *Kathleen* hart an den Wind ging.

Als sie sich unter dem vermehrten Druck der Segel so weit überlegte, daß das Wasser durch die Leegeschützpforten eindrang, fing Ramage einen beunruhigten Blick Southwicks auf, der eben achteraus gekommen war. Der Steuermann war offenbar nicht dafür, so dicht zu luvward große Schiffe zu passieren, denn da konnte der kleinste Fehler in der Berechnung — ja schon eine härtere See — zur Folge haben, daß man nicht glatt an dem anderen vorüberkam, sondern mit ihm zusammenstieß. Southwick hatte natürlich recht: es war sicherer, in Lee zu passieren, aber es kostete wertvolle Zeit, weil die Segel eines kleinen Fahrzeugs wie der *Kathleen* durch den mächtigen Rumpf eines so großen Schiffes bekalmt wurden, so daß es für eine ganze Weile aus der Fahrt kam.

Ramage befahl dem Rudergänger, wieder etwas abzufallen, ließ die Schoten wieder schricken und ging mit dem Kutter auf den Kurs, der zum Wrack der *Belette* führte. Für zwei Mann war der Druck auf der Pinne fast zu groß; wenn der Wind noch zulegte, mußte er ihnen ihre Aufgabe durch Steuertaljen erleichtern. Sollte er etwa den Außenklüver setzen? Nein, auch das Gaffeltoppsegel hatte jetzt keinen Wert, der Kutter lief auch so schon gute acht Knoten Fahrt, wenn er ihm noch mehr Segel aufpackte, dann legte er sich nur weiter über, gewann aber nicht an Fahrt. Das war ein Fehler, der verhältnismäßig vielen Seeleuten unterlief.

Bastia verschwand achteraus im Dunkel. Gianna dürfte sein Auslaufen in der Finsternis gar nicht gesehen haben, obwohl die *Kathleen* kaum eine halbe Meile vom Zaun des vizeköniglichen Gartens entfernt vorübergekommen war. Er selbst war so auf das Manöver konzentriert gewesen, daß er nicht einmal einen Blick in jene Richtung geworfen hatte.

»Mr. Southwick, übergeben Sie die Wache dem Steuermannsmaat und kommen Sie mit dem Bootsmannsmaat zu mir achteraus.«

»*Aye aye*, Sir.«

Als die *Kathleen* nun stampfend in rauschender Fahrt nach Norden strebte, hätte Ramage plötzlich am liebsten vor Freude gejubelt. Wohl war ein Kutter so ziemlich das kleinste Schiff der Navy, aber er war dabei unbedingt auch das handlichste aller Fahrzeuge. Seine Gaffeltakelage erlaubte es, so viel höher an den Wind zu gehen, daß er jedes weit größere Rahschiff ausmanövrieren konnte. Daß man mit ihm imstande war auszuweichen, war seine wirksamste Waffe gegen die erdrückende artilleristische Überlegenheit jedes größeren Gegners. Es war das die alte Geschichte vom Bullen und vom Terrier: der Terrier brauchte seinen schwerfälligen Gegner nicht zu fürchten, wenn er nur flink genug war, den Stößen seiner Hörner auszuweichen.

Ramage trat beim Großmast an die Luvreling, wo er an einer der Karronaden der *Kathleen* Halt finden konnte, wenn das Schiff einmal härter überholte. Außerdem konnte er dort mit dem Steuermann und dem Bootsmannsmaat sprechen, ohne daß die Leute hören konnten, was er sagte.

Teufel, wie alt und verbraucht diese Wanten und dieses laufende Gut aussahen! Wenn man nach dem Anblick ging, den diese Enden boten, dann mußte man darauf gefaßt sein, daß sie jeden Augenblick brechen konnten, was natürlich zur Folge hätte, daß der Mast über Bord ging. Das Großsegel, das sich über ihm wölbte, war mit mehr Flicken bedeckt als der Umhang eines neapolitanischen Bettlers; das verbarg nicht einmal die Dunkelheit seinem Blick.

»Ah, da sind Sie ja«, sagte er, als er Southwick und Evans bemerkte, die auf ihn warteten. »Wir haben einiges miteinander zu besprechen.«

Evans zuliebe faßte er sich kurz, als er den beiden erklärte, wo und wie die *Belette* am Fuß der Steilküste gestrandet lag.

»Es hat keinen Zweck, jetzt schon alle Einzelheiten zu planen. Erst müssen wir uns genau ansehen, wie es um sie bestellt ist. Wenn sie über den Felsen schrammte und dabei nur ihr Ruder verlor, dann kann uns der Felsen bei unserem Tiefgang nicht gefährlich werden. Wir können also auf dem gleichen Kurs anlaufen wie die *Belette*. Für uns geht es nur darum, daß wir an ihrer Backbordseite genügend Wasser haben.«

»Wie bekommen wir die Männer von Bord?« fragte Southwick.

»Ich möchte lange genug längsseit liegenbleiben, um sie alle an Bord zu bekommen. Ihre Aufgabe wird es sein, Evans, uns dort festzuhalten.«

»Mit Draggen, Sir?«

»Gewiß«, sagte Ramage, »aber vor allem müssen wir uns selbst gegen Schäden schützen. Ich kann nicht einfach anluven und den Bug gegen die *Belette* schlagen lassen, weil wir dann unweigerlich das Bugspriet verlieren würden. Wir müssen also mit aller Behutsamkeit zu Werke gehen. Vor allem darf ich auch nicht an der Bordwand der *Belette* entlangscheren — ihre Rüsten und ihre Bootsdavits würden unsere ganze Takelage in Stücke reißen. Um das zu vermeiden, möchte ich, daß Sie drei lange, wurstförmige Fender herstellen: Enternetze, die mit Hängematten, altem Tauwerk und sonstigem geeignetem Zeug vollgestopft sind. Wenn ich den Befehl dazu gebe, dann hängen Sie einen dieser Fender vorne, einen mittschiffs und einen ganz achtern über Bord.«

»*Aye aye*, Sir.«

»Weiter möchte ich, daß Sie sechs Draggen bereithalten, jeden mit mindestens zehn Faden Leine. Suchen Sie sechs der besten Männer aus; schicken Sie einen auf das Bugspriet und verteilen Sie die übrigen entlang der Steuerbordseite — einen an den Kattdavit, einen in die Großrüsten und so weiter. Sie müssen uns kräftig heranholen, wenn wir bei der *Belette* eingehakt haben und ich den Befehl dazu gebe.

Halten Sie auch ein paar starke Leinen klar, mit denen wir notfalls längsseit festmachen können«, fügte er hinzu. »Die Leinen der Draggen sind vielleicht nicht kräftig genug.«

Southwick meinte: »Da werden wohl eine Menge Leute an Bord kommen . . .«

»Ja. Sobald sie kommen, schicken Sie sie unter Deck. Nur die Offiziere der *Belette* sind ausgenommen — es sei denn, wir werden beschossen; in diesem Fall brauche ich die Seesoldaten zur Unterstützung.«

»Ist es denn möglich, daß die Franzosen Scherereien machen?« fragte Evans.

»Ja, aber wahrscheinlich nicht gleich zu Anfang. Ich nehme an, daß sie den Turm angreifen werden.«

»Sie könnten doch das Schiff leicht in Brand setzen, Sir«, erwähnte Southwick.

»Ja, das könnten sie natürlich; aber Landsoldaten

werden wohl kaum beurteilen können, wie schwer die *Belette* havariert ist, darum glaube ich, daß sie sie wahrscheinlich liegenlassen werden, damit sie von ihren Landsleuten geborgen werden kann.

Noch eins: Unsere Karronaden können nicht hoch genug gerichtet werden, um die Männer wirksam zu decken, wenn sie sich vom Turm zum Wrack begeben. Aber die Seesoldaten könnten sich dabei durch ihre Schießkünste nützlich machen. Suchen Sie zu ihrer Verstärkung noch ein halbes Dutzend Matrosen aus, die mit einer Muskete umzugehen wissen. Lassen Sie alle überzähligen Musketen laden und samt Pulver und Kugeln so verstauen, daß sie leicht zu erreichen sind, um sie gleich den Seesoldaten der *Belette* geben zu können.

Das ist alles; sind noch Fragen? Nein? Gut. Dann leiten Sie gleich alles Nötige in die Wege.«

Ramage überflog noch mit einem Blick rundum den Horizont und stieg dann in seine Kajüte hinunter. Der Wind hatte nicht mehr zugelegt, und Appleby, der junge Steuermannsmaat, war mit seiner Wache ständig damit beschäftigt, die Großschot und die Vorschoten zu bedienen, die immer wieder geholt oder gefiert werden mußten, wenn einmal ein mündendes Tal, dann wieder eine Landhuk die Windrichtung beeinflußte.

Am Fuß des Niedergangs erwiderte er den Gruß des Postens Kajüte, dann betrat er mit eingezogenem Kopf das niedere Gelaß und setzte sich auf seine Koje, die jedes Überholen der *Kathlee*n schwingend ausglich.

Ramage war glücklich und froh. Er hörte, wie das Ruder in seinen Fingerlingen knarrte und wie zuweilen eine See dumpf dröhnend von unten gegen das überhängende Heck schlug. Seine Nase sagte ihm, daß unter der kleinen Kajüte die Brotlast lag. Dort lagerten Säcke über Säcke Hartbrot, das, nach dem muffigen Geruch zu urteilen, alles andere als frisch war. Unter ihm befand sich aber auch die Pulverkammer, die mit Pulver in Fässern und Beuteln gefüllt war. Wenn von den vielen Fallstricken die Rede war, die den Kommandanten eines Schiffes Seiner Majestät bedrohten, hieß es oft, er lebe auf einem Pulverfaß. Ein Kutter nun war eines der wenigen Fahrzeuge, wo dies nicht ein bloßer Vergleich war, sondern buchstäblich stimmte.

Der Turm und die gestrandete *Belette* waren noch hinter einer kleinen Huk verborgen, als sie sie fast querab der *Kathleen* peilten. Ramage war froh, daß die Fregatte ungefähr so lag, wie er es erwartet hatte. Sie sah aus wie ein gewaltiger Wal, der von einem Sturm auf den Strand geworfen worden war. Aber ihr Leutnant hatte in seinem Bericht nicht erwähnt, daß nur ein paar hundert Meter südlich der Landspitze, vor der die *Belette* auf Strand geraten war, eine weitere Huk lag. Sie war auf der Karte nicht verzeichnet, aber Ramage sah, daß er auf keinen Fall zuviel Fahrt haben durfte, wenn er mit der *Kathleen* bei dem gestrandeten Schiff längsseit ging. Unterlief ihm ein Fehler und schoß er um weniges vorbei, konnte es nur zu leicht geschehen, daß der Kutter vor der zweiten Landspitze auf Grund geriet, weil er nicht mehr schnell genug nach See zu abfallen konnte, um freizukommen ...

»Mr. Southwick!«

Der Steuermann kam herbeigeeilt. »Zeichnen Sie doch in das Logbuch eine Skizze, die zeigt, wie die *Belette* vor diesen beiden Landspitzen liegt. Sie können die Zeichnung später noch genauer ausführen. Eine solche Skizze könnte sich immerhin für einen anderen nützlich erweisen, der unser Schiff bergen oder verbrennen soll.«

Ramage blickte mit dem Kieker nach dem Turm. Die Vergrößerung bewirkte, daß es schien, als wäre er nur wenige hundert Meter entfernt. Das Bauwerk zeigte den spanischen Stil des 16. Jahrhunderts und war offenbar in gutem Zustand. Der rötlich-graue, runde, säulenartige Turm stand dicht am Rande des Steilhangs. Sein einziger Eingang war eine Öffnung in der Wand, die etwa fünfzehn Fuß über dem Boden lag.

Ein Rauchballen löste sich von der Spitze des Turms und verwehte im Wind. Das sah zunächst recht harmlos aus, aber ihm folgte sogleich ein zweiter und dann noch ein paar kleinere. Die Besatzung der *Belette* schoß also mit ihren Sechspfündern und mit Musketen, aber ihr Ziel war von der *Kathleen* aus nicht zu erkennen.

Der Turm schien nicht beschädigt zu sein, das hieß, daß die Franzosen nicht imstande waren, Feldgeschütze in Stellung zu bringen. Das nahm weiter nicht wunder, da es sogar für ein Maultier alles andere als einfach war, sich in diesem Gelände zu bewegen.

Ramages nächster Blick galt wieder der *Belette*. Da die *Kathleen* inzwischen weiter nach Norden gelaufen war, hatte sich die Peilung der Fregatte geändert. Er konnte jetzt sehen, daß sie in einem Winkel von etwa dreißig Grad zur Küste lag und daß ihr Heck nach Norden zeigte — alles wie es ihm Probus geschildert hatte. Die Masten waren dicht über Deck gebrochen und lehnten nun an der Felswand. Sie nahmen sich von weitem aus wie drei steile Leitern.

Was war das dort auf der Spitze des Turms? Irgendwelche bunte Fetzen? Nein, das waren drei richtige Signalflaggen! Man hatte sie an eine Stange gebunden, die irgend wer kräftig schwenkte, der aber darauf bedacht war, seinen Kopf nicht über der Brustwehr zu zeigen.

»Jackson, schnell das Signalbuch!«

Aber Ramages Fähnrichszeit lag ja noch gar nicht so lange zurück; darum war er auch ohne Signalbuch imstande, das Signal abzulesen und sich an seine Bedeutung zu erinnern. Oben blau-weiß-blau, senkrecht gestreift, die mittlere Flagge ganz rot und unten die französische Trikolore. Die beiden oberen Flaggen ergaben das Signal Nummer 31, und dieses bedeutete: *»Die gesichteten Schiffe sind . . .«* Die Trikolore darunter hieß, daß jene Schiffe französisch waren.

Ein wenig verwirrt suchte Ramage den Horizont ab, aber außer der gestrandeten *Belette* sah man weit und breit kein anderes Schiff. Das Signal konnte »Schiff« oder »Schiffe« bedeuten — ah, richtig, jetzt hatte er es gefunden: Man wollte ihm sagen, daß sich französische Soldaten an Bord der Fregatte befanden.

»Jackson, zeigen Sie ›Verstanden‹.«

Der Amerikaner eilte an den Flaggenschrank.

»Steuermannsmaat, helfen Sie beim Signalisieren! Mr. Southwick, übernehmen Sie so lange die Wache.«

Das verdammte Signalbuch! Wenn Ramage dem Kommandanten der *Belette* dort oben im Turm seine Absichten klarmachen wollte, dann war er jetzt auf die paar hundert Worte und Sätze angewiesen, die in dem Buch mit den dazu erforderlichen Flaggen der Reihe nach aufgeführt waren. Es waren Signale wie zum Beispiel: »Segel bergen«, »Schiff vermooren«, »Die Kalfaterer mit Werkzeug auf das bezeichnete Schiff senden«.

Hoffen wir, daß der Kommandant der *Belette* ein bißchen Phantasie besitzt, dachte Ramage und blätterte in dem Signalbuch, um sein Gedächtnis aufzufrischen.

»Jackson, setzen Sie am Flaggstock eine gelbe Flagge — ja, ja, ich weiß schon. Stecken Sie ihn eben hinein, ich brauche ihn ja nur ein paar Minuten!«

Er hatte Jacksons Einwand vorausgesehen, daß es gefährlich sei, auf dem Kutter unterwegs den Flaggstock zu setzen, weil ihn der Großbaum unter Umständen zerschmettern konnte. Darum führte die *Kathleen* in See die Kriegsflagge an der Gaffel.

373

Einen Augenblick später wehte die gelbe Flagge achtern über der Heckreling, und Ramage stellte erleichtert fest, daß vom Turm »Verstanden« gezeigt wurde. Als er sich umsah, um Jackson zu sagen, er könne die Flagge niederholen und den Flaggstock wieder verstauen, begegnete er den verwunderten Blicken des Steuermanns und anderer Männer, die gesehen hatten, wie sie gesetzt worden war. Kein Wunder, dachte Ramage, denn diese Flagge bedeutete normalerweise, daß ein Mann ausgepeitscht oder gehenkt werden sollte. In diesem Fall verstand man richtig, wenn man ihre im Signalbuch verzeichnete Bedeutung wörtlich nahm. Sie lautete: »Bestrafung wird durchgeführt.« Den Männern im Turm sollte es einleuchten, was damit gemeint war.

»Mr. Southwick, lassen Sie Klarschiff anschlagen.« Dann fügte er erklärend hinzu: »Die Franzosen haben die Fregatte besetzt.«

Der Steuermann hatte kaum die ersten Worte des Befehls über das Deck gebrüllt, da erscholl von vorne auch schon das Rasseln einer Trommel. Der Meistersmaat und seine Leute stürzten unter Deck, um Werkzeug bereitzulegen und die Leckpfropfen vorzubereiten; der Stückmeistersmaat folgte ihm auf dem Fuße, um die Pulverkammer aufzuschließen und Schlösser und Kartuschen für die Karronaden auszugeben. Der Bootsmannsmaat veranlaßte, daß einige Matrosen flache Baljen halb mit Wasser füllten und in der Nähe der Karronaden aufstellten, damit die langsam brennenden Lunten in Kerben um ihren Rand geklebt werden konnten. Ihr brennendes Ende hing über dem Wasser und war dort griffbereit, falls das Feuersteinschloß einmal versagte. Andere Matrosen streuten nassen Sand auf das Deck und in die Niedergänge, damit die Männer nicht rutschten und — was noch wichtiger war — damit die Reibung der Schuhsohlen oder der Rückstoß der Geschütze nicht irgendwelche verschütteten Pulverkörner zur Entzündung brachten.

Die Männer, die dem Stückmeistersmaat unter Deck in die Pulverkammer gefolgt waren, kamen bald wieder zurück und trugen in jeder Hand einen hohlen Zylinder aus Holz. In jedem dieser Zylinder ruhte sorgsam verpackt ein Beutel aus Flanell, der mit Pulver gefüllt war — das waren die Kartuschen, die dazu dienen sollten, die erste Breitseite zu laden.

»Mr. Southwick, lassen Sie die Geschütze laden, aber nicht ausrennen. Sorgen Sie bitte dafür, daß die Mundpfropfen wieder eingesetzt und die Schlösser gegen Nässe geschützt werden.« Dann warf Ramage wieder einen Blick in das Signalbuch. Der Versuch, den Männern im Turm seine Absichten zu übermitteln, hatte durchaus Ähnlichkeit mit einem raffinierten Ratespiel.

»Jackson, lassen Sie dieses Signal anstecken, aber heißen Sie es erst, wenn ich es sage: Eins — Drei — Zwo. Sobald verstanden gezeigt wird, möchte ich, daß Eins — Eins — Sieben geheißt wird. Ist das klar?«

Er wiederholte die Zahlen und sah, wie sie Appleby, der junge Steuermannsmaat, auf die Schiefertafel schrieb, die sonst zum Notieren des Kurses und der Fahrt des Schiffes diente.

»Appleby«, sagte er zu dem jungen Mann, »jetzt gehen Sie herum und sagen Sie jedem Geschützführer der Steuerbordseite, daß wir bald auf die *Belette* das Feuer eröffnen werden. Wir laufen ganz dicht an sie heran, ich werde dann versuchen, möglichst langsam zu halsen, jedes Geschütz feuert einzeln, wenn es die Richtung hat. Ich möchte das Schiff der Länge nach bestreichen, darum sollen alle Geschützführer auf das Heck abkommen.«

Was war sonst noch zu bedenken? Oberflächlich gesehen, war die Geschichte recht einfach. Es galt, eine von

375

französischen Soldaten besetzte, gestrandete Fregatte von achtern nach vorn zu beschießen, um die Gegner von Bord zu treiben. Das nahm in seinem Bericht höchstens eine Zeile in Anspruch. Wenn er hinterher bei der Fregatte längsseit ging und die Leute der *Belette* an Bord nahm, dann gab das weitere zwei Zeilen. Ja, diese ganze Unternehmung, angefangen vom Auslaufen aus Bastia bis zur Rückkehr mit den befreiten Männern an Bord, würde höchstens acht Zeilen in Anspruch nehmen.

Wehe aber, wenn ihm dabei in irgendeiner Hinsicht ein Mißgeschick widerfuhr — sei es, daß er auf einen Felsen stieß, der die Außenhaut des Kutters durchbohrte, sei es, daß er durch einen unglücklichen Treffer der Franzosen den Mast verlor, oder sei es, daß er beim Längsseitgehen an dem Wrack sein Schiff beschädigte — in jedem Falle stand ihm dann ein weiteres Gerichtsverfahren bevor. Die Navy ging mit ihren Kommandanten streng ins Gericht. In Kriegszeiten, wenn Hunderte von Kriegsschiffen ständig in See waren, gehörte eine Operation wie die seine zu den Routineaufgaben eines Kommandanten. Der Erfolg wurde nicht gewürdigt: entweder er löste seine Aufgabe oder nicht. Löste er sie nicht, dann hatte er eben die Folgen zu tragen. Im Gefecht war es nicht viel anders. Hier beruhte die Beurteilung der Lage erstens auf der Überzeugung, daß Glück und Entschlossenheit fast soviel wogen wie eine Breitseite, und zweitens auf der Überlieferung, daß ein Brite soviel wert war wie drei Franzosen oder Spanier.

Wenn er aber jetzt mit zu hoher Fahrt anlief, so daß die *Kathleen* an der Fregatte entlangschor, und wenn die Franzosen mit den Geschützen der *Belette* umzugehen verstanden, dann hatte er Glück, wenn sie seinen Kutter nicht versenkten. Unter normalen Umständen würde natürlich kein Mensch erwarten, daß ein kleiner Kutter mit zehn leichten Karronaden eine Fregatte mit sechsundzwanzig Zwölfpfündern und sechs Sechspfündern angriff. Das wäre Selbstmord, und der Kommandant eines solchen Kutters wäre in jeder Hinsicht gerechtfertigt und würde vielleicht sogar Lob ernten, wenn er die Flucht ergriff. Wenn aber die gleiche Fregatte auf Strand geraten war ... dann sah die Geschichte ganz anders aus. Dann war die Fregatte ein Wrack, und Wracks galten ja allgemein als hilflos.

Dabei war die *Belette* in Wirklichkeit alles andere als hilflos. Ramage wußte, daß die Franzosen seine *Kathleen* mit der ganzen Backbord-Breitseite der Fregatte eindecken würden, wenn er sich in ihren Feuerbereich begab. Das waren dreizehn schwere Kugeln, jede mit einem Durchmesser von viereinhalb Zoll und einem Gewicht von zwölf englischen Pfund. Drei weitere wogen je sechs englische Pfund. Sie konnten aber auch die sogenannten Traubenkartätschen verwenden. Dabei feuerten die Zwölfpfünder zusammen mehr als 150 Kugeln, die jede ein englisches Pfund wogen, und die Sechspfünder weitere 18 mit einem Gewicht von je einem halben Pfund.

»Sie stehen noch unter Anklage ...«

Diese Worte Probus' kamen ihm immer wieder in den Sinn. Wenn jetzt mein Kutter ausgerechnet von einem Wrack versenkt wird, dachte er, dann gibt mir das endgültig den Rest. Ja, dann lacht man in der ganzen Navy über mich. Er konnte hören, wie der Klatsch die Runde machte: »Wissen Sie schon das Neueste? Old Blazeys Sohn hat sich von einem Wrack versenken lassen.«

Durch den Kieker glaubte er Gesichter zu sehen, die vorsichtig aus der einen oder anderen Stückpforte der *Belette* herüberspähten. Die Franzosen rechneten wohl damit, daß er nicht wußte, daß sie an Bord waren: sie hatten ihm eine gefährliche Falle gestellt und warteten jetzt nur darauf, daß er in ihren Schußbereich kam. Sie ahnten offenbar nicht, daß er bereits gewarnt war. Er war überdies genau unterrichtet, welchen Winkel die Breitseitgeschütze der *Belette* nach achtern bestreichen konnten, darum war er sicher vor ihrem Feuer, bis er über eine bestimmte Achterauspeilung hinausgelangte. Man konnte den Schußbereich ihrer Geschütze mit einem riesigen Fächer vergleichen, der sich von der Mitte des Rumpfes ausbreitete. Wenn die *Kathleen* in den Bereich dieses Fächers geriet, dann genügten drei genau gezielte Schüsse, um den kleinen Kutter in Treibholz zu verwandeln.

Ramage stellte im Kopf eine rasche Berechnung an: Gesetzt, die Geschütze der *Belette* waren alle so weit wie möglich nach achtern geschwenkt und die *Kathleen* lief mit etwa sieben Meilen Fahrt von achtern auf, um das Heck der Fregatte in etwa hundert Metern Abstand und in einem Winkel von etwa fünfundvierzig Grad zu ihrer Mittschiffslinie zu passieren und dann sofort mit Hart-Ruder zu halsen ...

Verflucht, daß er sich nie auf seine mathematischen Kenntnisse verlassen konnte! Da gab er die Rechnerei lieber gleich auf. Wenn er in den Feuerbereich der Fregatte geriet und nicht mehr rechtzeitig abfallen konnte, dann wurde er bestimmt beschossen. Und doch mußte er unbedingt nahe heran — und damit riskieren, in diese gefährliche Schußzone zu kommen —, wenn die Traubenkartätschen seiner Karronaden überhaupt Schaden anrichten sollten. Blieb er ein nennenswertes Stück weiter ab als hundert Meter, dann streuten seine kleinen eisernen Eier schon zu sehr — darum blieb ihm keine Wahl, als so dicht heranzulaufen, daß sie noch hübsch beisammen waren, wenn sie ins Heck der *Belette* einschlugen und — hoffentlich — die französischen Soldaten in Scharen niedermähten.

Ramage fühlte, wie sich seine gehobene Stimmung immer mehr verflüchtigte. Die Aufgabe, vor die er sich gestellt sah, erwies sich als so schwierig, daß sie ein Außenstehender wohl kaum recht zu würdigen wußte. Wenn ein Kutter in See von einer Fregatte gestellt wurde, dann konnte er seine Wendigkeit nutzen, um den schweren Breitseiten der Fregatte zu entgehen, überdies bestand für ihn eine wenn auch geringe Aussicht, durch einen Glückstreffer die Takelage der Fregatte zu beschädigen, so daß er schließlich auf und davon segeln konnte. Für die *Kathleen* gab es keine solche Aussicht: das Wrack der *Belette* war jetzt in der Tat eine Festung. Die französischen Kanoniere mußten zwar auf ein bewegliches Ziel schießen; aber sie hatten dafür den gewaltigen Vorteil, daß ihre Geschütze unbeweglich feststanden, während der Kutter heftig arbeitete.

Ramage wandte den Blick nach Backbord achtern. Von seinem augenblicklichen Schiffsort aus sah man die *Belette* in starker Verkürzung; nur ihr Heck und ein Teil ihres Achterschiffs waren zu unterscheiden. Jetzt war es Zeit, über Stag zu gehen und auf die Landspitze zuzuhalten. Dabei hatte er ungefähr den gleichen Kurs zu steuern wie die *Belette*, als sie auf Grund kam.

»Mr. Southwick, bitte gehen Sie über Stag.«

Der Steuermann rief eine Reihe von Kommandos über Deck, die Vorschoten und die Großschot wurden besetzt, während andere Leute die Lee-Backstagen klar zum Setzen machten.

Southwick warf über das Deck einen Blick nach vorn und dann nach oben in die Takelage, um sich zu überzeugen, ob alles klar war.

»Achtung!«

Er wandte sich an den Mann an der Pinne: »Hart Backbord!«

Der Bug des Kutters begann nach Backbord auf die

Küste zu herumzuschwenken. Jetzt lag er im Wind, Klüver und Stagfock begannen zu schlagen, als der Wind recht von vorn kam, und schließlich schwang der schwere Großbaum über die Köpfe der Männer hinweg.

»Ruder liegt hart Backbord ... Lee-Backstagen los und überholen ... Hol die Schoten!«

Die Matrosen, die eben die Steuerbord-Klüver- und Fockschoten losgeworfen hatten, bewegten sich ohne Eile — wenigstens schien es so, denn sie waren wohl ausgebildet und wußten unnötigen Kraftaufwand zu vermeiden — an die Backbord-Vorschoten und begannen sie durchzuholen, so daß sich die Segel wieder füllten, als ihnen der Wind von neuem Leben und Gestalt verlieh.

»Paßt auf da!« rief Southwick. »Stütz — und recht so!« befahl er den beiden Männern an der Pinne. Sie gaben jetzt ein kleines bißchen Lee-Ruder, so daß das Schiff etwas abfiel und Fahrt aufnahm, weil die Seen den Bug sonst zu weit nach Lee herumgedrückt hätten.

Ramage sagte: »Meinen Dank, Mr. Southwick. Ich möchte so hoch wie möglich am Wind liegen.«

»Hol die Klüver- und Stagsegelschoten!« brüllte Southwick. »An die Großschot! Rudergänger einen Strich Steuerbord!«

Ramage beobachtete, wie der scharfe Bug der *Kathleen* weiter an den Wind drehte. Die Kursänderung betrug nur wenige Grad, und das Schiff gehorchte dem Ruder sofort. Von dem Augenblick an, als sie Bastia verlassen hatte, war die *Kathleen*, bis sie wendete, raum, mit Wind und See ungefähr querein, nach Norden gelaufen, dabei hatte sie kaum gestampft. Die Seen kamen von Backbord ein, sie glitten unter das Schiff und stießen sich an seinem tiefen Kiel, aber der Wind in ihren Segeln glich diese Stöße aus, so daß der Kutter überliegend und mit eleganter Leichtigkeit durchs Wasser geglitten war.

Jetzt dagegen, als es gegenan ging, nahm er die Seen im spitzen Winkel; sein Bug hob sich in die Höhe und krachte dann schräg in jede heranrollende See. Dabei bohrte er sich in die massiven Kämme und zerstäubte sie zu funkelndem Gischt, der sich vom Luvbug her über das Deck ergoß und jedermann, der sich vor dem Mast blicken ließ, bis auf die Haut durchnäßte.

Ramage hielt sich auf den Ballen seiner Füße im Gleichgewicht, ohne sich dessen bewußt zu sein. Die Muskeln seiner Beine spannten und lösten sich abwechselnd und halfen ihm so, die aufrechte Haltung zu wahren.

Die *Belette* lag nunmehr Steuerbord voraus, und der Kurs, den die *Kathleen* jetzt steuerte, brachte sie der Küste ein wenig näher. Gewohnheitsmäßig schätzte Ramage den Leeweg des Schiffes und erkannte gleich, daß er auf diesem Kurs zu weit abblieb. Darum befahl er: »Rudergänger, gehen Sie so hoch heran, daß das Achterliek zu schlagen beginnt ... So, recht so, wie's jetzt geht.«

»Süd zu West einhalb West, Sir«, meldete der Mann automatisch.

»Gut, Mr. Southwick, bitte noch einen Pull an den Schoten.«

So, dachte Ramage, mußte es klappen. Die *Kathleen* sollte die *Belette* von achtern annehmen, als ob sie ihr das Bugspriet in die Fenster der Kommandantenkajüte bohren wollte. Für ihn hieß das, daß er genau den richtigen, den letzten Augenblick abwarten mußte, um abzufallen. Dabei durfte er aber auch nicht zu schnell abdrehen, wenn er seinen Kanonieren zu Treffern verhelfen wollte.

Glücklicherweise war das Heck der verletzlichste Teil eines jeden großen Kriegsschiffs. Im Vergleich mit den Bordwänden war der achtere Aufbau eines solchen

381

Schiffes immer dünn und wenig widerstandsfähig. Wenn die Traubenkartätschen der *Kathleen* jene dünnen Wände durchschlugen, dann fegten sie durch die ganze achtere Hälfte des Schiffes. Auf die französischen Soldaten mußte das eine entsetzliche Wirkung haben: der ungewohnte Aufenthalt in dem niederen, halbdunklen Batteriedeck einer Fregatte machte ihnen ohnehin zu schaffen; wenn sie nun gar hörten, wie das Heck zerschmettert wurde, und dann sahen, daß ihr Gegner auf der Hinterhand kehrtmachte und wieder nach See hinaussteuerte, ohne in den Schußbereich ihrer Geschütze zu kommen, dann mußte sie das vollends die Nerven kosten. Von der Aufregung bis zur Angst und weiter von der Angst bis zur Panik war es ja jeweils nur ein kleiner Schritt . . .

»Bootsmannsmaat! Geben Sie an den Meistersmaat weiter, wir würden voraussichtlich in weniger als fünf Minuten an Steuerbord unter Feuer genommen werden.«

Damit war gewährleistet, daß sich der Meistersmaat mit Leckpfropfen, Leder und Kupferblech sowie einer reichlichen Menge Talg bereit hielt, um entstandene Schußlöcher zu stopfen.

Die *Kathleen* stampfte heftig, darum lag es durchaus im Bereich der Möglichkeit, daß sie vorne unter der Wasserlinie getroffen wurde, weil sich ihr Bug immer wieder hoch aufbäumte. Da der Wind von Land kam, lag sie ziemlich weit nach Backbord über und zeigte dabei an ihrer verwundbaren Steuerbordseite einen breiten Streifen ihres gekupferten Bodens, der sonst tief unter der Wasserlinie lag.

So ritt die *Kathleen* über eine See nach der anderen, sie durchschnitt die schäumenden Kämme und sackte dann wieder zu Tal. Plötzlich legte sie ein besonders kräftiger Windstoß härter über, so daß der scharfe Steven

die anrollende See in einem spitzeren Winkel durchschnitt. Die Folge war, daß sich eine grüne See von
Luv über das Vorschiff ergoß und an Oberdeck achteraus flutete. Die Matrosen suchten rasch noch Halt an
den Geschützen oder irgendwelchen Enden, denn einen
Augenblick später standen sie bereits knietief im Wasser, das sich wie ein reißender Strom nach achtern ergoß und alles mit sich riß, was lose an Deck lag — die
schweren Ansetzer, die Schwämme, die zum Laden der
Geschütze gebraucht wurden, und sogar einige der Lun-
tenbaljen.

Southwick rief den Männern an den achtersten Lee-
geschützen zu, sie sollten aufpassen und die treibenden
Gegenstände auffischen, ehe sie durch die Stückpforten
über Bord gespült wurden.

Ramage fluchte leise vor sich hin. Ein Glück, daß er
befohlen hatte, die Mundpfropfen wieder einzusetzen,
so daß kein Wasser in die Rohre dringen konnte.

»Mr. Southwick — tragen Sie dafür Sorge, daß die
Kanoniere ihre Feuersteine und Schlösser gut trocken-
reiben.«

Jetzt war die *Belette* schon ohne Kieker in allen Einzelheiten auszumachen. Ramage rief Southwick herbei,
ging rasch seinen Plan mit ihm durch und hämmerte
ihm nochmals mit allem Nachdruck ein: »Sobald wir
in Schußweite sind, will ich abfallen, um die Geschütze
zum Tragen zu bringen. Wenn der letzte Schuß gefallen
ist, halsen wir, um nach See zu abzulaufen.«

»*Aye aye*, Sir, ich verstehe.«

»Denken Sie auch daran, die Schoten zu fieren und
die Backstagen zu bedienen.«

»*Aye aye*, Sir«, sagte Southwick gutgelaunt. »Das
Manöver wird durchgeführt wie bei der Besichtigung
durch den Admiral.«

»Besser, viel besser muß es klappen«, meinte Ramage

lachend. »Eine Abreibung durch den Admiral ist längst nicht so schlimm, wie wenn uns der Franzose in die Luft jagt.«

In diesem Augenblick mußte Ramage an Gianna denken. Was sie wohl jetzt gerade trieb? Entschlossen schlug er sich diesen Gedanken aus dem Kopf, denn sonst hätte er sich auch gleich gefragt, ob er sie wohl je wiedersehen würde. Wenn er sich die dicken Zwölfpfünder ansah, die ihre Schnauzen bereits aus den Stückpforten der *Belette* steckten, dann war eine solche Frage gewiß nicht verwunderlich.

Noch etwas über eine halbe Meile, das waren noch vier bis fünf Minuten. Aber der Kutter lief zu hohe Fahrt und holte viel zu stark über, da hatten die Kanoniere kaum Aussicht, Treffer zu erzielen.

»Mr. Southwick, lassen Sie die Geschütze ausrennen. Die Mundpfropfen bleiben noch drin.«

Er beobachtete, wie die Karronaden auf ihren Schlitten vorgeholt wurden, befahl eine kleine Kursänderung und entschloß sich dann plötzlich, der Besatzung eine kurze Ansprache zu halten. Er setzte das Megaphon an seine Lippen — welch entsetzlichen Geschmack das kupferne Mundstück hatte! — und rief:

»Könnt ihr mich hören? Mr. Appleby hat euch schon gesagt, was wir jetzt unternehmen werden. Merkt euch — jeder Schuß wird durch die Kommandantenkajüte gejagt. Und noch eins: Paßt mir gut an den Schoten auf, wenn wir halsen, sonst schießen die Franzosen euch die Köpfe und der *Kathleen* das Heck ab!«

Die Männer schrien und winkten, sie waren vom Gischt durchnäßt bis auf die Haut, aber offenbar in bester Stimmung.

In Lee der Steilküste fand der Kutter endlich ruhigeres Wasser, aber jetzt galt es, gut auf plötzlich und unerwartet einfallende Böen zu achten. Ramage wollte noch in letzter Minute die Fahrt etwas bremsen, außerdem aber lag der Kutter noch zu weit über.

»Mr. Southwick, bergen Sie bitte die Stagfock und schricken Sie die Großschot ein bißchen.«

Die Männer am Mast warfen das Fockfall los, andere fierten die Fockschot. Zu gleicher Zeit wurde auch die Großschot ein bißchen geschrickt. Sobald der Winddruck auf das Großsegel nachließ, verlor der Kutter etwas Fahrt. Damit wurden auch seine Bewegungen ruhiger und weicher.

Verdammt . . . wie üblich hatte er auch jetzt wieder einmal zu lange gezögert. Aber wie dem auch war, je weniger den Leuten — und ihm — dadurch Zeit blieb, an die Geschütze der *Belette* zu denken, desto besser.

Jackson stand in der Nähe, und Ramage sagte zu ihm: »Heißen Sie das erste Signal: Eins — Drei — Zwo.«

Der Amerikaner holte an dem einen Ende der leichten Flaggleine und hielt die andere Part in Spannung, indem er sie zwischen den Knien durchlaufen ließ.

Unterdessen hatte Ramage die beiden Männer an der Pinne beobachtet. Sie waren offenbar gute Rudergänger, darum war es einfacher, ihnen zu sagen, wohin sie steuern sollten, als ihnen einen Kurs zu geben.

»Steuern Sie, als ob sie uns dreihundert Meter diesseits der Fregatte auf die Steine setzen wollten.«

Jetzt wehten die Signalflaggen knatternd im Wind, und Ramage erkannte durch den Kieker, daß auf dem Turm »Verstanden« geschwenkt wurde.

Ob der Kommandant der *Belette* wohl verstand, wenn ihm gemeldet wurde, der Kutter habe das Signal gesetzt: »Anordne Kaliberschießen und Handwaffenübung?« Ramage wollte, daß er den Gegner ablenken sollte; aber es störte seine Pläne nicht weiter, wenn er die Aufforderung mißverstand.

385

Die *Belette* schien ganz und gar verlassen zu sein, aber Ramage war sich bewußt, daß verborgene Ferngläser ständig auf ihn gerichtet waren und daß die Franzosen natürlich auch den Austausch von Signalen mit dem Turm beobachtet hatten.

»Auf dem Turm wird andauernd geschossen, Sir«, meldete Jackson.

Ramage warf einen Blick nach dem Rand der Steilküste. Ja, seine Landsleute hatten den Wink verstanden und taten jetzt ihr Bestes. Die Spitze des Bauwerks spie immer neue Qualmwolken aus, die alsbald im Wind zerstoben.

Als Ramage über das Deck hin wieder nach vorn blickte, mußte er feststellen, daß der Kutter noch immer zu hart in jede größere See einsetzte und in Luv eine Menge Wasser übernahm.

»Abfallen, wenn gröbere Seen kommen«, sagte er zu den Männern an der Pinne. Er wollte nicht, daß die Geschütze durch Wasser noch härter mitgenommen wurden.

Die Felsen waren jetzt schon sehr nahe, und die *Belette* war nur noch recht von achtern zu sehen.

»Mr. Southwick, Schoten klar zum Fieren! Rudergänger, steuern Sie so, als wären Sie im Begriff, das Schiff bei der *Belette* längsseit zu bringen.«

Der Steuermann rief einen Befehl.

Jetzt überfiel Ramage plötzlich die Angst, er könnte den Kutter zu nahe herangeführt haben, so daß die Karronaden nicht hoch genug gerichtet werden konnten. Southwick sah seinen besorgten Ausdruck, aber er legte ihn falsch aus. Mit einem Blick auf die Steilküste sagte er fröhlich wie immer:

»Wenn wir auf einen Felsen stoßen, Sir, dann wäre das reines Pech. Vor solchen Steilhängen haben wir mindestens zehn Faden Wasser unter dem Kiel.«

Ramage nickte: steile Kliffe bedeuteten in der Regel, daß das Wasser bis in Küstennähe tief war, eine niedere Küste verriet dagegen fast immer flaches Wasser.

Während die *Kathleen* auf die Fregatte zuraste, drängte sich Ramage eine Fülle von Eindrücken auf: Der Seegang ließ nach, obwohl das nahe Vorgebirge den Wind nicht annähernd so stark dämpfte, wie er erwartet hatte. Vom Turm konnte er von hier nur noch die Spitze sehen, das restliche Bauwerk war hinter der Kante des Steilhangs verborgen.

»Sie stehen immer noch unter Anklage« — was immer Probus damit sagen wollte, bei der nächsten Sitzung des Gerichts würde es jedenfalls nicht an Zeugen fehlen, aber wenn er jetzt einen Fehler machte, dann fehlte ihnen plötzlich der Angeklagte.

Gott, wie rasch sie sich der Fregatte näherten! Jackson sah ihn unverwandt an, da merkte er, daß er wieder einmal die Narbe auf seiner Stirn rieb. Der Amerikaner soll sich zum Teufel scheren! Er aber wollte sich nun wirklich nicht mehr gehenlassen und verschränkte seine Hände entschlossen auf dem Rücken; den Kieker hatte er unter den linken Arm geklemmt. Wie lange — und mit seiner Selbstbeherrschung war es wieder aus ...

Jetzt unterschied er bereits die Glasscheiben in den Heckfenstern der Fregatte — bald war es so weit, daß sie neu verglast werden mußten. Da, dicht unter der Heckgillung, sah er auch die zersplitterten Reste des Ruderschafts, der dort beim Aufsetzen gebrochen war. Wie seltsam, daß sich alle drei Masten so zweckmäßig gegen die Felswand gelehnt hatten.

Noch dreihundert Meter weiter! Nein, um Gottes willen, nicht mehr so weit.

Er setzte das Megaphon an die Lippen, dann ließ er es wieder sinken und reinigte das Mundstück erst noch von Salzwasser — sein Durst war auch so schon groß genug.

»Denkt daran, Leute: jeder Schuß muß sitzen! Überhastet nichts, ich werde ganz langsam abfallen, während ihr feuert, darum braucht ihr um das Richten der Karronaden nicht besorgt zu sein. So, und jetzt die Mundpfropfen heraus!«

Jetzt konnte er bereits die Einzelheiten des vergoldeten Schnitzwerks erkennen, das den Spiegel und die Heckgalerien der *Belette* zierte. In einem der Fenster, dessen Scheiben fehlten, tauchte für einen Augenblick ein Gesicht auf.

»Der Herr schenke uns Dankbarkeit für alles, was wir jetzt empfangen werden«, sagte Jackson fröhlich.

Noch zweihundert Meter bis zum ersten Schuß! Der Kutter glitt so weich durchs Wasser wie eine Jacht — es fehlten nur ein paar schöne Frauen an Deck, die mit den Männern scherzten und lachten ... Noch einhundertfünfzig Meter ... Frauen wie Gianna, die Fragen stellten, die ungewohnte Worte falsch aussprachen, deren Stimme Musik war, deren Körper ... Noch hundert Meter! Der Rudergänger hielt sich zu luvward der Pinne im Gleichgewicht und steuerte das Schiff mit winzigen Ausschlägen am Wind, der zweite Mann half ihm durch Holen und Drücken von Lee aus.

»Mr. Southwick, Schoten klar zum Fieren!«

Ein ganz überflüssiger Befehl — er hatte das doch eben erst gesagt. Ramage rieb sich schon wieder die Stirn — es war ihm völlig egal, ob Jackson davon Notiz nahm oder nicht. Da, wieder das Gesicht am Fenster!

Von da, wo er jetzt stand, waren es noch rund achtzehn Meter zum Vorsteven der *Kathleen*, ihr Bugspriet ragte noch ungefähr um weitere zwölf Meter darüber hinaus, das machte zusammen an die dreißig Meter.

Plötzlich durchfuhr Ramage ein tödlicher Schreck: Er

entdeckte, daß es unmöglich war, die *Belette* längsschiffs zu bestreichen und dann noch so rechtzeitig zu halsen, daß er nicht in das Schußfeld der achtersten Geschütze der Fregatte geriet. Er hatte sowohl seinen Kurs falsch geschätzt als auch das stark eingezogene Achterschiff der *Belette* außer acht gelassen. Aber jetzt war daran nichts mehr zu ändern, dazu war es zu spät.

Noch fünfzig Meter bis zu dem Punkt, wo er beginnen konnte abzufallen. Von den Männern, die jetzt voll Spannung an ihren Geschützen standen, war binnen weniger Minuten wahrscheinlich die Hälfte tot.

»Rudergänger! Langsam abfallen! Mr. Southwick, die Schoten! Geschütze — Achtung!«

Der Bug des Kutters, der bis jetzt fast genau auf das Heck der Fregatte gewiesen hatte, schwenkte langsam nach See zu ab. Ramage meinte, er hätte noch nie ein Schiff so langsam drehen sehen, und war schon im Begriff, dem Rudergänger zu befehlen, er solle hart Leeruder legen, da sah er, wie sich der Geschützführer der vordersten Karronade ein paar Fuß hinter seinem Geschütz auf ein Knie niederließ und, die Abzugsleine in der Rechten, das Rohr entlangpeilte.

Ruhe, Ruhe, sagte er sich da . . . Aber mein Gott, eine Fregatte war eben wirklich ein Riesenschiff, wenn man sie vom Deck eines winzigen Kutters aus liegen sah.

Als vorn endlich der erste Schuß krachte, zuckte er vor Schreck zusammen. Dennoch faßte er unwillkürlich sofort das Ziel ins Auge. Dort, wo der Mann gestanden hatte, war eine ganze Reihe der Heckfenster der *Belette* in einer Staubwolke verschwunden. Es war seltsam, daß leichtes Holzwerk immer so staubte, wenn es getroffen wurde. Ein paar rostfarbene Flecken rund um das Schußloch zeigten, wo einige verstreute Kartätschenkugeln Planken durchschlagen hatten.

Wieder ein Krach, als die zweite Karronade ihren

Schuß löste und die Traubenkartätsche in die Steuerbordseite des Hecks jagte. Die meisten Kugeln trafen unter den Fenstern. Wieder wirbelte Staub auf, Splitter flogen durch die Luft, und wo eine Kugel von Metall abprallte, gab es Funken.

Jetzt feuerte auch das dritte Geschütz und traf in den mittleren Teil des Hecks. Unterdessen drehte die *Kathleen* immer weiter nach See zu ab, und Ramage konnte nun schon am Rumpf der Fregatte entlangsehen. Da entdeckte er die garstigen kurzen Mündungen der Breitseitgeschütze, die aus den Pforten lugten und schon so weit wie möglich achteraus gerichtet waren. Er konnte sich die Franzosen vorstellen, wie sie jetzt schon die Lose der Abzugsleinen durchholten und gespannt darauf warteten, daß der Kutter doch noch in ihre Visiere geriet ...

Der Qualm der Karronaden der *Kathleen* wehte achteraus, und auch der beißende Pulvergestank fehlte nicht, der Ramage tief in der Kehle kratzte, obschon er ihm keine Beachtung schenkte. Lärm und Gestank der Schlacht: beides zusammen bewirkte, daß sich manche Männer vorübergehend wie Rasende gebärdeten, daß ruhige, freundliche Seeleute zu blutdürstigen, erbarmungslosen Totschlägern wurden. In solchen Augenblicken kam — besonders bei Enterunternehmungen — alles darauf an, daß die Offiziere ihre Leute fest in der Hand behielten. Das gelang ihnen nur selten oder besser gesagt so gut wie nie; aber wenn sie Erfolg hatten, fragte niemand danach, und bei Fehlschlägen konnten sich die toten Offiziere keine Vorwürfe mehr machen.

»Mr. Southwick, klar zum Halsen!«

Nun fiel der Schuß der vierten Karronade — noch eine, dann waren sie alle durch. Ramage warf einen Blick nach diesem fünften Geschütz, dem letzten seiner winzigen Breitseite. Edwards, der Stückmeistersmaat, kniete schon zielend an Deck, nun ließ er gerade die Höhenrichtung noch etwas ändern.

Die Abzugsleine hatte er gespannt in der Faust. Wollte der verdammte Kerl denn nie mehr feuern? Bald sah er zielend am Rohr entlang, bald warf er einen Blick durch die Pforte, um sich zu überzeugen, daß keine gröberen Seen heranrollten, dann hielt er inne, bis das Schiff einen Augenblick auf ebenem Kiel lag und — jetzt endlich riß er an seiner Leine.

»Halsen!«

Der Rudergänger und sein zweiter Mann legten hart Leeruder, eine Gruppe Matrosen holte wie wild an der Großschot, um den Großbaum sachte überzunehmen, andere Männer bedienten die Backstagen und die Klüverschot. Der Bug des Kutters schwang weiter nach See zu herum, aber langsam, heillos langsam. Ramage beobachtete, wie der schwere Großbaum mit einem Ruck überkam, und warf dann sogleich einen Blick achteraus.

Da sah er genau in die Mündungen von vier Zwölfpfündern hinein, die auf dem Großdeck der Fregatte standen, und von vier kleineren Geschützen, die sich ein Deck höher befanden. Damit starrte er dem Beweis in die Augen, daß er sich in seiner Schätzung gründlich geirrt hatte. Da sich der dicke Rumpf der *Belette* nach dem schmäleren Achterschiff hin erheblich zusammenzog, konnten ihre achtersten Geschütze weiter herumschwenken. Er hatte das Ausmaß dieser Einbiegung des Rumpfes unterschätzt. Selbst die französischen Kanoniere mußten jetzt merken, daß sie die *Kathleen* voll in ihren Visieren hatten.

»Jesus, Jesus!« stammelte Jackson.

Die Mündung des achtersten Geschützes auf dem Großdeck der *Belette* verwandelte sich plötzlich in ein rotes Auge und spie gelblichen Qualm aus. Den Bruchteil einer Sekunde später krachte es in der Höhe, und Ramage sah gerade noch, wie die Stenge der *Kathleen* langsam niederklappte. Er konnte nicht umhin, den Blick gleich wieder achteraus auf die Fregatte zu richten.

Jetzt blitzte das Nachbargeschütz rot auf und spie Qualm.

Fast im gleichen Augenblick warnte ihn ein Geräusch wie von reißender Leinwand, daß der Schuß ihn nur um ein weniges gefehlt hatte, dann aber hörte er ein gräßliches metallisches Klirren und das Geschrei Verwundeter. Ehe er sich noch umsehen konnte, gab ihm dieser Lärm kund, daß das Geschoß die Reihe der Steuerbordgeschütze entlanggefegt war.

Kaum hatte sich Ramage der Fregatte wieder zugewandt, da löste das achterste Geschütz auf dem Oberdeck einen Schuß, ihm folgte einen Augenblick später das zweite.

Er wartete schon darauf, Schmerzensschreie und krachenden Lärm zu hören, aber das Geschoß klatschte dreißig Meter hinter dem Heck in die See, prallte vom Wasser ab und wirbelte aufheulend hoch über die *Kathleen* hinweg. Der zweite Schuß ging offenbar viel zu weit.

»Ein Mann richtete der Reihe nach die Geschütze an Oberdeck«, bemerkte Jackson. »Ich möchte wissen, wohin er den letzten Schuß gejagt hat.«

Jetzt fiel der Schuß des dritten Geschützes auf dem vorderen Deck und dann gleich der dritte vom Großdeck.

Ein harter Schlag und das Geräusch splitternden Holzes verrieten, daß einer der Schüsse die Heckreling durchschlagen hatte. Er überzeugte sich durch einen raschen Blick nach der Pinne, daß das Rudergeschirr und der Rudergänger unversehrt geblieben waren. Aber dann mußte er zu seinem Schreck feststellen, daß sich die

Männer an der Großschot in ein blutiges Gewirr menschlicher Leiber verwandelt hatten — die Kugel hatte mitten unter ihnen eingeschlagen.

Die *Kathleen* lag jetzt Nordost-Kurs an, aber sie drehte noch immer rasch weiter. Ramage war darauf gefaßt, daß auch das vierte Geschütz auf dem Großdeck noch einen Schuß löste. Wenn ihm das Glück nur ein bißchen hold war, konnten die übrigen nicht mehr wirksam eingreifen.

Southwick schickte schon Leute nach oben, um die abgeschossene Stenge zu beseitigen. Jetzt trat er auf Ramage zu und meldete:

»Wir können die Stenge ohne weiteres kappen, Sir . . . sie hat sonst keinen Schaden angerichtet. Drei der Steuerbordgeschütze wurden aus den Lafetten gerissen. Schätzungsweise sind etwa ein Dutzend unserer Jungs gefallen und vielleicht zwei Dutzend verwundet.«

»Danke. Veranlassen Sie, daß die Verwundeten sofort unter Deck gebracht werden.«

Eine böse Sache! Aber es hätte noch viel, viel schlimmer kommen können. Wie ging es nun weiter? Wie sollte er die Männer aus dem Turm an Bord seines Schiffes holen, wenn er die Fregatte nicht als Anlegebrücke benutzen konnte? Nur ruhig, nur ruhig, ermahnte er sich. Nur keine Aufregung. Eins nach dem anderen, Ramage; Punkt für Punkt überlegen.

Hmmm . . . Punkt eins: Von den fünf Steuerbordgeschützen der *Kathleen* sind nur noch zwei übrig: ich muß nochmals mit der Steuerbordseite angreifen, also werden eben drei Geschütze von Backbord auf die andere Seite gebracht. Das kostet natürlich Zeit, zumal das Schiff überliegt, aber es muß sein.

Punkt zwei: Alle drei Schüsse vom Großdeck der *Belette* haben die *Kathleen* getroffen. Wenn ich also von einer ganzen Breitseite beschossen werde, kann ich damit rechnen, daß von den dreizehn Schuß mindestens zehn treffen. Diese zehn Treffer würden von der *Kathleen* kaum mehr als Treibholz übriglassen.

Punkt drei: Ein Schiff wie die *Kathleen* kann der *Belette* nichts anhaben. Obwohl sie von achtern nach vorn mit Traubenkartätschen beschossen wurde, waren ihre achtersten Geschütze noch in der Lage, genau gezielt zu schießen. Die Geschützbedienungen waren vielleicht gefallen, aber andere traten sofort an ihre Stelle.

Punkt vier: Die *Belette* — plötzlich kam ihm ein Gedanke: für den *Kutter* war die *Belette* unangreifbar, gewiß, aber konnte denn ihre frühere Besatzung nichts unternehmen, die dort oben im Turm saß? Wie, wenn die Männer einen Ausfall machten und ihr Schiff enterten?

Die Masten konnten dabei als Leitern dienen.

Das war in der Tat die einzige Möglichkeit, da ja die *Kathleen* nicht entern konnte, ohne in die Luft gejagt zu werden. Je länger Ramage über diesen Plan nachdachte, desto besser gefiel er ihm.

Blieben zwei unbekannte Größen. Erstens: Wie viele französische Soldaten sind auf der *Belette?* Zweitens: Wie viele französische Soldaten belagern den Turm?

Ramage rechnete sich aus, daß sich in dem Turm mindestens hundertzwanzig Matrosen und Seesoldaten aufhalten mußten. Wie viele von ihnen über Musketen und Entermesser verfügten, konnte er nicht wissen; er konnte nur hoffen, daß die meisten der Männer bewaffnet waren. Wenn er das Unternehmen richtig vorbereitete, dann stand den Leuten der *Belette* ein wertvoller Bundesgenosse zur Seite — die Überraschung, sie, die noch in jedem Kampf eine entscheidende Rolle spielte. Wenn eine Horde britischer Seeleute plötzlich mit wildem Geschrei aus dem Turm hervorquoll und auf den Rand des Kliffs zustürmte, dann konnte es leicht geschehen, daß sie einen doppelt so starken französischen Kordon einfach durchbrach. Waren die Briten dann erst auf die *Belette* gelangt, so hatten sie den großen Vorteil, daß sie an Bord eines Schiffes kämpften, das sie genau kannten, während die Franzosen über jedes kleine Hindernis stolperten.

Ja, so mußte es gemacht werden. Ramage rieb sich wieder einmal die Stirn. Wie aber sollte er seinen Plan dem Kommandanten der *Belette* übermitteln, der dort oben in seinem Turm ausgesetzt war? Im Signalbuch fand sich kein einziges passendes Signal dafür.

Die *Kathleen* lief inzwischen immer noch auf nordöstlichem Kurs von der Küste ab und verlor dabei kostbare Zeit. Ein Blick in die Takelage verriet ihm, daß eben die letzten Stücke der zersplitterten Stenge an Deck gefiert wurden. Jackson trat auf ihn zu:

»Die Verwundeten sind unter Deck, Sir. Zehn sind gefallen, und drei dürften nicht mehr lange leben.«

Er hatte also dreizehn Mann unnötig geopfert. Das war für Ramage ein bitterer Gedanke.

»Wie viele Verwundete sind es im ganzen?«

»Fünfzehn, Sir.«

Die Besatzung zählte fünfundsechzig Köpfe, davon waren also fünfundzwanzig tot oder verwundet: es war mehr als ein Drittel — ja nahezu die Hälfte. Damit konnte jeder zufrieden sein, der den Einsatz eines Schiffes im Gefecht nach der Zahl der Mannschaftsverluste beurteilte, wenn auch sein Kommandant noch »unter Anklage« stand.

Und doch hatte ihn das Glück nicht ganz verlassen: Southwick, Appleby, Jackson und Evans waren verschont geblieben.

»Mr. Southwick — bitte einen Augenblick.«

Der Steuermann kam mit großen Schritten auf ihn

zu, er sah so fröhlich drein wie immer: endlich ein Mann, dachte Ramage dankbar, der in Schwierigkeiten über sich hinauswächst.

»Wie lange dauert es noch, bis ich wenden kann? Wir verschwenden Zeit, wenn wir so lange von der Küste ablaufen.«

»Geben Sie mir noch zwei Minuten, Sir. Ich möchte mich nur noch überzeugen, daß alle Enden frei laufen und daß die Wanten und Stagen in Ordnung sind.«

»Einverstanden.«

Zu Jackson sagte er: »Das Signalbuch, bitte.«

Ramage überflog die Seiten und las links die Nummern und rechts ihre Bedeutung.

Als erstes wollte er setzen: »Klar Schiff zum Gefecht.« Das verstanden die Männer der *Belette* ganz bestimmt. Sie hatten sicher die Schäden gesehen, die sein Kutter davongetragen hatte, und ihr Kommandant fragte sich jetzt ohne Zweifel, was Ramage weiter unternehmen wollte.

Da! Ramage tippte mit dem Finger auf die Seite. Daß ihm das nicht eher eingefallen war! Erst das »Vorbereitungssignal« und danach das Signal zum Entern des Gegners. Sein genauer Wortlaut war: »Beim Gegner längsseit gehen, sobald sich Gelegenheit bietet.« Wurde dieses Signal in Verbindung mit dem »Vorbereitungssignal« gesetzt, dann führte es der Kommandant der *Belette* erst aus, wenn die Vorbereitungsflagge niederging.

Er hatte Jackson eben befohlen, die Flaggen vorsorglich an die Leinen anzustecken, als Southwick achteraus kam und meldete, daß der Großmast nun frei von allen Trümmern und Schäden sei.

»Gut«, sagte Ramage kurz, »dann gehen wir gleich über Stag.«

Drei Minuten später hatte die *Kathleen* gewendet und

strebte wieder stampfend der Küste zu. Sie lag hart am Wind und nahm eine Menge Wasser über, das die dunklen Blutflecken bei den aus ihren Lafetten gerissenen Geschützen von Deck spülte und auch weiter achtern die Blutspuren tilgte, wo die Männer an der Großschot den Tod erlitten hatten.

Ein Glück, daß die französischen Kanoniere anstatt mit Trauben- oder mit Büchsenkartätschen nur mit gewöhnlichen Kugeln geschossen hatten ... Traubenkartätschen hätten in der Takelage nicht nur die Stenge abgeschossen, sondern erheblich mehr Schaden angerichtet; Büchsenkartätschen — zweiundvierzig Eisenkugeln von je zirka hundertzwölf Gramm Gewicht — hätten so gestreut, daß kaum jemand lebend davongekommen wäre, der sich an Deck befand. Ramage lief es kalt über den Rücken.

Es war bestimmt kein Fehler, wenn er den Leuten der *Belette* so viel Zeit wie möglich gab, sich vorzubereiten — sicher war es nicht einfach, den hundert oder mehr Seeleuten, die in diesem Turm zusammengepfercht waren, Befehle zu geben.

»Jackson, heißen Sie jetzt die beiden Signale, aber achten Sie gut darauf, daß Sie das ›Vorbereitungssignal‹ an zweiter Stelle setzen.«

»*Aye aye*, Sir.«

Ramage sah, wie eine rote und eine in je zwei weiße und rote Quadrate geteilte Flagge hintereinander emporstiegen.

Klar Schiff zum Gefecht: das war eines der aufregendsten Signale, die in dem Buch zu finden waren ...

Durch seinen Kieker sah er, daß der Turm »Verstanden« zeigte. An der anderen Flaggleine heißte Jackson eine einzelne Flagge, die waagrecht in fünf blaue und vier weiße Streifen geteilt war: das war das »Vorbereitungssignal«.

Schließlich heißte der Amerikaner noch ein aus zwei Flaggen bestehendes Signal, die obere zeigte ein blaues Kreuz auf weißem Grund, die untere blau-weiß-rote Längsstreifen — »Beim Gegner längsseit gehen . . .«

Wieder zeigte der Turm »Verstanden«.

Alles hängt jetzt vom Zusammenspiel ab . . . Nein, doch nicht alles. Wenn es den Männern aus dem Turm nicht gelang, die *Belette* im Sturm zu nehmen, dann konnte auch das beste Zusammenspiel die *Kathleen* nicht davor bewahren, daß sie in Stücke geschossen wurde, weil er ja von diesem Fehlschlag nicht früh genug erfuhr, um noch entwischen zu können.

Als sich Ramage an Deck umsah, fielen ihm die in Enternetze eingerollten Hängematten ins Auge, die der Bootsmann für den Fall vorbereitet hatte, daß die *Kathleen* längsseit ging — als er das anordnete, wußte er ja noch nicht, daß das Schiff von den Franzosen besetzt war. Jetzt lohnte es sich vielleicht, sie über die Reling zu hängen. Wie stand es um die Männer, die die Draggen werfen sollten? War etwa einer von ihnen gefallen? Er trat zu Southwick und erteilte ihm die nötigen Anweisungen.

Nun schien es, als wollte der Wind abflauen. Schon früher hatte er bemerkt, daß dann und wann kurze Pausen eintraten, als hielte der *Libeccio* manchmal den Atem an. Er hatte es schon oft erlebt, daß ein halbes Dutzend solcher Pausen eine innerhalb von etwa zehn Minuten eintretende Flaute ankündigten, die zur Folge hatte, daß ein Schiff hilflos rollend und stampfend in einer bösen See liegenblieb. Dann schlug und scheuerte oben die ganze Takelage, unter Deck aber taumelte alles durcheinander, als ob das ganze Schiff den Veitstanz hätte. Was nun, wenn er hundert Meter vor der *Belette* in eine solche Flaute geriet, nachdem die Männer schon den Turm verlassen hatten . . .?

Ramage paßte sich schwankend den rhythmischen Bewegungen des Kutters an. Die *Belette* lag eine Meile voraus, und er steuerte jetzt wieder den gleichen Kurs wie zuvor. Das Signal »Klar Schiff zum Gefecht« und das Entersignal wehten, dazu für das zweite Signal der Aufschub durch die Vorbereitungsflagge. Groß- und Klüverschoten waren geschrickt, so daß beide Segel nur noch mit halber Kraft zogen, dementsprechend lief der Kutter jetzt nur noch etwa fünf Meilen. In zwölf Minuten waren sie also bei der *Belette* angelangt.

Ramage trat zum Rudergänger, der an der Luvseite der Pinne stand, sein Gehilfe hatte die Leeseite eingenommen.

»Sie wissen, was Sie zu tun haben?«

Der Rudergänger grinste selbstsicher: »Jawohl, Sir, das gleiche wie vorhin, nur daß ich diesmal anluven und bei der *Belette* längsseit scheren soll, so daß ihr Heck mit dem unseren auf gleicher Höhe ist.«

»Richtig. Machen Sie Ihre Sache gut. Und denken Sie dabei an unser Bugspriet. Wir wollen die *Belette* nicht damit harpunieren.«

Der Rudergänger und sein Matrose lachten über diesen Scherz. Ramage war von Herzen froh, daß er sich die Zeit genommen hatte, für eine Weile beizudrehen, um die ausgefallenen Steuerbordkarronaden gegen die von Backbordseite auszutauschen. Das war ein Stück harter Arbeit gewesen, aber sie lohnte sich jetzt. Er trat zu der Bedienungsmannschaft des achtersten Geschützes. Ihre Entermesser und Enterpieken steckten schon zu beiden Seiten der Stückpforte in der Reling, damit sie in Sekundenschnelle zur Hand waren. Das Geschütz war geladen, der Mundpfropfen war zum Schutz gegen Spritzer eingesetzt. Ein gelb-rot gestreifter Fetzen Stoff — sein fettiges Aussehen verriet, daß ihn einer der Männer um den Kopf getragen hatte — bedeckte das

399

Zündschloß, und die Abzugsleine lag obenauf. Neben dem Geschütz lag ein Draggen mit sauber aufgeschossener Wurfleine. Die vordem makellosen Decksplanken waren an der Stelle tief eingerissen, wo der Schuß der *Belette* die nun ersetzte Karronade aus der Lafette geworfen hatte.

»Wer soll diesen Draggen bedienen?«

Ein dicker Matrose in einer schmutzigen Segeltuchhose und ausgewaschenem blauem Hemd trat vor.

»Ich, Sir.«

»Wissen Sie auch, wo dieser Draggen fassen soll?«

»Wenn wir so längsseit kommen, wie Sie dem Rudergänger sagten, Sir, dann werfe ich ihn genau über der zweiten Stückpforte von achtern über die Reling.«

»Und wenn wir zu früh die Fahrt verlieren?«

»Dann erwische ich immer noch die Heckreling.«

»Ausgezeichnet. Vergessen Sie nur nicht, die Wurfleine loszulassen. Ich möchte doch nicht, daß Sie selbst auf die *Belette* hinüberfliegen.«

Die übrige Geschützbedienung lachte, nur der Matrose selbst hatte Ramages Scherz nicht gleich begriffen, aber einen Augenblick später stimmte auch er in das Gelächter mit ein.

Ramage ging weiter nach vorn und richtete an jede Geschützbedienung noch ein paar Worte. Außerdem überprüfte er, wie die wurstförmigen Fender an der Bordwand festgemacht waren, und versicherte sich, daß sie die Geschützmündungen frei ließen.

Ein kleiner, magerer, fast kahler Matrose stand allein ganz vorn im Bug und wartete ruhig und geduldig. Neben ihm an Deck lagen ein Draggen und die sauber aufgeschossene Wurfleine.

Der Mann schien Ramage alles andere als geeignet, einen Draggen kraftvoll zu schleudern, dennoch hatte ihn der Bootsmannsmaat ausgerechnet für diesen wichtigsten und zugleich schwierigsten Posten — am Ende des Bugspriets und unter dem Klüver — ausersehen.

Ramage fragte ihn: »Wie weit werfen Sie denn das Ding?«

»Das kann ich nicht sagen, Sir.«

»Fünfzehn Meter?«

»Ich weiß es nicht, Sir, jedenfalls weiter als alle anderen hier an Bord.«

»Woher wissen Sie das?«

»Der vorige Kommandant veranstaltete einmal eine Art Wettkampf. Dabei habe ich mir einen Extrarum verdient.«

»Prima«, sagte Ramage lächelnd. »Werfen Sie nachher noch mal so, dann gibt es gleich ein paar Rationen extra!«

»Vielen Dank, Sir, vielen Dank. John Smith der Dritte, Sir, Vollmatrose. Sie werden mich doch nicht vergessen, Sir?«

Der Mann sah ihn mit flehenden Augen an. Dabei verstrichen nun höchstens noch acht Minuten, bis er auf seinem einsamen Posten dem mörderischen Feuer der Franzosen ausgesetzt war. Aber diese schlimme Aussicht ließ ihn kalt. Als er jedoch hörte, daß er sich ein paar Extrazuteilungen Rum verdienen könnte, da funkelten seine Augen, da packte ihn aber auch gleich die Angst, daß ihn der Kommandant vergessen könnte.

»Nein, nein«, sagte Ramage, »ich werde Sie nicht vergessen, John Smith der Dritte.«

»In diesem Augenblick fällt mir ein, Sir, daß ich ja nun John Smith der Zweite bin, einer der beiden anderen ist am vierten Geschütz ›ins Treiben geraten‹.«

Ramage blickte nach vorn, wo die *Belette* lag. Drei John Smith waren also aus Bastia ausgelaufen. Wenn weiter alles gut ging, kehrten zwei von ihnen zurück. Der dritte war tot, denn dies hatte sein Namensvet-

ter eben im Seemansjargon berichtet. Bastia ...
Gianna ...! Was sie wohl gerade trieb?

Er ging an der Luvseite wieder nach achtern und
verlangte von Jackson seinen Kieker.

»Die könnten Ihnen jetzt ebenfalls nützlich sein,
Sir«, meinte der Amerikaner und reichte ihm außerdem die beiden Pistolen, die Sir Gilbert Elliot an Bord
geschickt hatte.

»O ja, besten Dank.«

Er öffnete den untersten Knopf seiner Weste, schlug
deren Ecken zurück und schob die langen Läufe der
Waffen von oben in seine Hose.

»Den auch noch, Sir?«

Damit reichte ihm Jackson den Degen.

Aber Ramage schob ihn beiseite: »Den können Sie
behalten. Ich habe etwas Besseres.« Er beugte sich nieder und lockerte das Wurfmesser in seiner Scheide, so
daß er es leicht aus dem Stiefel ziehen konnte.

Southwick kam mit strahlender Miene herbei.

»Zufrieden, Sir?«

»Ganz und gar, Mr. Southwick.«

»Wenn Sie wieder so vorgehen wie zu Beginn, Sir,
dann wird alles klappen.«

Ramage bedachte den Mann mit einem scharfen
Blick und war schon im Begriff, ihm zu sagen, er solle
gefälligst seine Zunge in acht nehmen. Da wurde er
plötzlich inne, daß seine Worte ganz ernst gemeint waren. Der Tor war offenbar allen Ernstes der Überzeugung, sein erster Anlauf sei ein Erfolg gewesen. Ein
Erfolg — dabei waren bereits zehn Mann, in Segeltuch eingenäht, ohne jede Feierlichkeit über Bord befördert worden, und fünfzehn lagen verwundet unter
Deck, drei von ihnen waren — um Smith' Worte zu
gebrauchen — schon im Begriff, ins Jenseits »abzutreiben« ...

Er setzte den Kieker ans Auge und richtete ihn auf die *Belette*, indem er den Abstand zu schätzen versuchte. Eine Weile wartete er noch, dann rief er Jackson zu: »Das Vorbereitungssignal nieder!«

»*Aye aye*, Sir.«

Noch eine halbe Meile. Die Leute der *Belette* hatten also sechs Minuten Zeit, aus dem Turm herauszukommen und die Fregatte zu entern. Er hatte sich, weiß Gott, versucht gefühlt, ihnen zehn Minuten einzuräumen. In dieser Frist wäre es ihnen entweder gelungen, das Schiff zu nehmen, oder die Überlebenden wären in ihrer Verzweiflung über Bord gesprungen und hätten ihm dadurch zur Genüge verraten, daß ihr Überfall mißlungen war.

Indem er ihnen jedoch nur sechs Minuten Frist gab, setzte er darauf, daß die *Kathleen* nur wenige Minuten später längsseit kam, als die Männer der *Belette* geentert hatten. Dann mußten nämlich die Franzosen ihre Geschütze im Stich lassen, um sich zur Wehr zu setzen. Die Karronaden der *Kathleen*, die ihnen dann von hinten her zusetzten, mochten dann insofern den Ausschlag geben, als sie den Franzosen zeigten, daß sie zwischen den Enterern vom Turm und den Geschützen der *Kathleen* — die womöglich auch noch Enterer hinüberschickte — in der Klemme saßen.

Als sein Blick auf das Heck der *Belette* fiel, war er überrascht, welchen Schaden die Karronaden der *Kathleen* dort angerichtet hatten. Er sagte sich sofort, daß es ganz gut wäre, wenn sein Stückmeistersmaat dieses Ergebnis in Augenschein nehmen und den Männern davon berichten würde. »Edwards!« rief er daher, »nehmen Sie das Glas und sehen Sie sich die Wirkung unserer Schüsse an. Ich möchte, daß die nächste Breitseite mindestens ebenso wirkungsvoll ist, wenn wir sie feuern.«

403

Der Mann kam nach achtern gerannt, nahm den Kieker entgegen und mühte sich um einen festen Stand. Dann stieß er einen Pfiff aus: »Die Kajüte haben wir ganz hübsch zusammengeschossen.«

Typisch, dachte Ramage schmunzelnd: der Gedanke, die Kommandantenkajüte eines Kriegsschiffs Seiner Majestät auf ausdrücklichen Befehl zusammenzuschießen, war dem Mann ein Labsal.

»Aber, Sir —« rief Edwards und taumelte zur Seite, als das Schiff plötzlich besonders stark überholte. Er gewann aber sofort sein Gleichgewicht wieder und setzte den Kieker erneut ans Auge. »— Ja, weiß Gott, jetzt gehen noch mehr Leute an Bord!«

Ramage riß ihm das Glas aus der Hand. Ja, Edwards hatte richtig gesehen, aber jene Männer waren Engländer. Dutzende säumten den Rand des Steilhangs und drängten ein paar Meter nach unten, um über die gestürzten Masten hinunterzuklettern, und auch die Masten selbst waren bereits dicht voller Matrosen.

»Mr. Southwick! Geschütze ausrennen! Rudergänger! Steuern Sie, als ginge es um Ihr Leben!«

Die Besatzung der *Belette* hatte den Turm verlassen und viel schneller zum Entern angesetzt, als er es für möglich gehalten hätte. Verdammt! Jetzt mußte er Fahrt vermehren, wenn er den Leuten zu Hilfe kommen wollte, und das gerade in dem Augenblick, da er so langsam wie möglich anlaufen wollte. Ein Kutter war ja nicht so leicht aus der Fahrt zu bringen.

Er schwenkte den Kieker etwas nach unten an den Fuß der Masten. Dort war keine Spur von Pulverqualm zu erkennen, also hatten wohl die Franzosen an Bord noch nicht bemerkt, daß englische Seeleute zu ihnen heruntergeklettert kamen. Ramage sandte ein stummes Gebet zum Himmel, daß seine Landsleute keinen Lärm machten, um die Überraschung auszunutzen.

404

Oben, an der Kante des Steilabhanges, nahm das Gedränge der Seeleute augenscheinlich ab; mehr als die Hälfte von ihnen hing an den Masten oder war bereits an Bord der *Belette*. Auf dem Kliff war keine einzige französische Uniform zu sehen! Der Ausbruch aus dem Turm mußte für den Gegner also völlig überraschend gekommen sein.

Ramage schob mit einem Knall seinen Kieker zusammen. Die *Kathleen* war jetzt schon so nahe, daß er alles mit bloßem Auge erkennen konnte.

Der Rudergänger des Kutters achtete mit Falkenaugen auf die Lieken des Klüvers und des Großsegels und reagierte mit der Pinne auf jeden Windstoß. Das Schiff war nun schon so dicht unter dem Steilhang, daß der Wind an Stetigkeit verlor, er wehte jetzt als Fallwind von oben herab und änderte dabei meist etwas seine Richtung.

»Mr. Southwick — ich möchte, daß die Leute mit den Draggen und den Wurfleinen jetzt an ihren Plätzen bereitstehen. Sagen Sie auch den Decksgasten, sie sollen sich klarhalten, den Klüver back zu setzen.«

Das Heck der Fregatte erhob sich vor ihm riesenhaft aus dem Wasser; aber jetzt konnte er auch die ganze Länge ihrer Bordwand sehen. Die Geschütze waren ausgerannt und wieder so weit als möglich achteraus geschwenkt. Ihre Rüsten, dicke hölzerne Gebilde, die seitwärts aus dem Rumpf herausragten und an denen die den Mast stützenden Wanten befestigt waren, machten ihm vielleicht beim Anlegen Schwierigkeiten. Aber nein, es sah aus, als säßen sie doch so hoch, daß sie den Wanten der *Kathleen* nichts anhaben konnten.

Er sah, wie sich die Matrosen, jeder mit einem Draggen in der Hand, an der Reling des Kutters verteilten. Auch John Smith saß schon draußen auf dem Bugspriet. Das Luvliek des Klüvers entzog ihn fast dem Blick.

Sechs Mann mit Draggen, weitere sechs, die Klüver-schot und Klüverfall bedienten, zehn Mann, um das Großsegel zu bergen, da blieben für die Geschütze nur noch ganz wenige Leute übrig.

Am gefährlichsten wurde es, wenn die Männer der *Belette* glücklich an Bord der *Kathleen* waren und diese abgelegt hatte. Wenn es den Franzosen dann gelang, die Geschütze zu besetzen und auch nur ein paar Sal-ven abzugeben...

Ramage rieb seine Stirn, da fiel ihm auch schon etwas ein.

Seine eigenen Karronaden waren nicht mehr viel nütze — feuerte er damit auf die *Belette*, dann lief er Gefahr, auch britische Seeleute zu töten. Darum wollte er lieber darauf setzen, daß die Geschütze der Fregatte unbesetzt waren, während die Franzosen versuchten, die Enterer zu vertreiben.

»Jackson! Suchen Sie sich gleich ein Dutzend Männer aus. Sobald wir längsseit kommen, springen Sie mit ihnen hinüber und kappen so viele Haltebrooken und Richttaljen wie möglich. Dann tun Sie, was Sie können, um den Leuten der *Belette* zu helfen.«

Wenn die Franzosen ein Geschütz ohne die dicke Haltebrook abfeuerten, die den Rückstoß nach einigen Fuß Weges bremste, dann raste die Kanone quer durch das Deck und beförderte jeden ins Jenseits, der ihr im Weg stand.

Jackson grinste vor Vergnügen über das ganze Ge-sicht, zog den Degen, den Sir Gilbert Ramage geschenkt hatte, und rannte an der Reihe der Geschütze entlang, um sich seine Leute auszusuchen.

Noch zweihundert Meter... Wieviel Fahrtmoment dieser verdammte Schlitten wohl besaß? Ach! Ausge-rechnet in diesem Augenblick packte eine See den Bug und schwang ihn nach Backbord. Aber der Rudergänger

406

legte nur eine Sekunde lang die Pinne und brachte den Kutter wieder auf Kurs.

Dabei war Ramage in einer weitaus besseren Lage, als er selbst zu vermuten wagte. Er konnte jetzt die Bordwand der Fregatte in ihrer ganzen Länge überblicken. Und die *Kathleen* steuerte einen parallelen Kurs, der nur fünfzehn bis zwanzig Meter seewärts ihrer Mittschiffslinie verlief.

Noch hundertfünfzig Meter . . .

»Mr. Southwick, fieren Sie die Großschot.«

Dadurch nahm die Fahrt allmählich ab.

»Klar bei Luv Klüverschot und Großschot!«

Damit war dafür gesorgt, daß diese Enden klar waren, wenn er den Klüver back setzen ließ. Versuchte der Wind dann, den Bug durch das backstehende Segel nach Lee wegzudrücken, dann galt es im letzten Augenblick, die Großschot dicht zu holen und Luvruder zu legen. Auf diese Art wurde der Bug wieder in den Wind und auf die Fregatte zugedreht. Die beiden entgegengesetzt wirkenden Kräfte sollten einander ausgleichen und sich gegenseitig aufheben, so kam der Kutter beigedreht neben die Fregatte zu liegen, nahe genug, daß die Männer ihre Draggen hinüberwerfen und über die Reling haken konnten.

Noch hundert Meter, vielleicht sogar schon weniger — und der verdammte Kutter rauschte immer noch dahin wie eine Kutsche mit durchgehenden Pferden. Aber hol's der Teufel, er mußte jetzt alles riskieren. Kam die *Kathleen* zum Stehen, ehe sie die Fregatte erreichte, dann hatte das bestimmt für alle schlimme Folgen. Hatte sie dagegen noch zuviel Fahrt, wenn sie längsseit kam, dann war es zum mindesten möglich, sie mit den Draggen abzustoppen oder sie durch plötzliches Luven gegen den Rumpf der Fregatte knallen zu lassen.

»Mr. Southwick, wir wollen längsseit der *Belette* beidrehen. Sobald die Draggen gefaßt haben, holen wir uns heran. Ich werde befehlen, wenn der Klüver back gesetzt und die Großschot losgeworfen werden soll.«

Grob geschätzt waren jetzt noch fünfundsiebzig Meter zu laufen.

Niemand schien sich aufzuregen; Southwick sah mild und ruhig aus wie immer. Der Rudergänger war vollauf mit Steuern beschäftigt, Jackson führte Lufthiebe mit Sir Gilberts Säbel, um herauszufinden, wie er in der Hand lag.

»Mr. Southwick, setzen Sie den Klüver back«, befahl Ramage.

Verdammt, er war wieder zu schnell. Was war das für eine Knallerei? Ja, Musketen! Auch Geschrei drang von Bord der Fregatte herüber.

»Einen Strich Steuerbord! Hol die Großschot!«

Mindestens dreißig Meter schoß er zu weit voraus, vielleicht waren es sogar mehr.

Nein, es waren doch nur zwanzig Meter — weniger sogar, wenn die Draggen hielten.

Der backgesetzte Klüver versuchte den Bug nach Lee wegzudrücken und kämpfte dabei gegen das Großsegel, das ihn nach Luv pressen wollte. Aber, was die Hauptsache war, das so herbeigeführte Gleichgewicht der Kräfte nahm dem Kutter rascher die Fahrt, als Ramage erwartet hatte, und schloß obendrein die Lücke zwischen den beiden Schiffen.

Nur noch ein kleines Stück weiter, dann lagen sie in drei Meter Abstand von der *Belette*. Im Augenblick hatte das Bugspriet der *Kathleen* bereits das Heck der Fregatte erreicht.

»Rudergänger! Hart Steuerbord!«

Legte man das Ruder weiter als etwa dreißig Grad, dann wirkte es gleichzeitig als Bremse. Jetzt —

»Mr. Southwick, Klüverschot und Großschot los!«

Southwick brüllte seine Befehle, der Klüver schlug, der schwere Großbaum schwang nach Backbord, der Wind strich nun zu beiden Seiten an dem schlagenden Segel entlang und übte keinen Druck mehr aus.

Ramage hörte, wie Southwick ausrief: »Sauber! Weiß Gott, ein sauberes Manöver!«

Nun griff er nach dem Sprachrohr und rief: »Werft die Draggen!«

Er sah, wie John Smith der Zweite auf dem Bugspriet schwebte. Mit ganz entspanntem Körper schwang er den Draggen in seiner Rechten, es sah aus, als wäre für ihn alles nur Spiel. Da, plötzlich spannten sich seine Muskeln, er drehte den Körper und schwang den rechten Arm nach hinten. Gleich darauf schossen Arm und Schultern nach vorn, und der Draggen sauste durch die Luft, so schnell, daß die Leine einen Bogen in der Luft beschrieb. Der Draggen verschwand hinter der Reling der Fregatte, Smith gab die Leine aus der Hand und überließ es den Männern auf der Back, die Lose einzuholen. Die *Kathleen* war so dicht längsseit der *Belette* zum Stehen gekommen, daß der Wurf kein Kunststück war, aber Smith hatte jetzt nichtsdestoweniger zwei Rationen Rum gut.

Ein Draggen nach dem anderen sauste durch die Luft und verschwand hinter der Reling der *Belette*. Die Matrosen holten ihre Leinen schleunigst ein, und schon einen Augenblick später legte sich die *Kathleen* dumpf pochend längsseit der Fregatte.

»Los die Enterer!« brüllte Ramage durch sein Sprachrohr und sah, wie Jackson von der Reling des Kutters mit einem Satz in einer Stückpforte der *Belette* verschwand und wie ihm eine Anzahl anderer Leute folgten.

In der Erregung des Augenblicks warf Ramage das Megaphon von sich, riß die Pistole aus seinem Hosenbund und sprang schon auf die achterste Karronade, um Jackson zu folgen, aber im gleichen Augenblick erschienen hoch über ihm, auf dem Achterdeck der Fregatte, mehrere Männer.

Ramage, der keinen festen Stand hatte, erkannte, daß er seine Pistolen nicht mehr rechtzeitig abfeuern konnte, und erwartete schon im nächsten Augenblick eine tödliche Musketensalve. Statt dessen hörte er Hurras — britische Hurras.

Sogleich kletterte er von der Karronade herunter. Irgendwie kam er sich plötzlich recht töricht vor. Er steckte seine Pistolen weg, hob das Megaphon von Deck auf und rief: »Los, ihr Männer von der *Belette*, kommt an Bord, macht schnell!«

Da rief ihm jemand mit einer befehlsgewohnten Stimme etwas zu, und er entdeckte in einer Stückpforte einen Offizier ohne Hut, der auf beiden Schultern eine Epaulette trug: offenbar ein Kapitän mit mehr als drei Dienstjahren.

In dem Getöse von schlagenden Segeln, Musketenfeuer und allgemeinem Geschrei war es schwer zu verstehen, was er wollte. Darum sprang Ramage wieder auf die Karronade. Der Kapitän rief: »Geben Sie uns noch fünf Minuten Zeit. Wir wollen diesen Froschfressern den Garaus machen.«

»*Aye aye*, Sir.«

Gott sei Dank, dachte Ramage. Die Leute von der *Belette* haben die Oberhand. Aber —

»Und die Franzosen oben auf dem Kliff? Was ist mit ihnen?«

»Keine Sorge — wir lassen sie nicht an den Masten herunterkommen, das ist die Hauptsache.«

Während er noch sprach, hörte man von der anderen Seite des Schiffes Musketenschüsse, und Ramage sah, daß eben französische Soldaten oben am Rande des

Steilhangs erschienen waren. Aber auf das Feuer hin zogen sie sich sofort wieder zurück.

Kapitän Laidman von der *Belette* hielt Wort: Nach weniger als vier Minuten kletterten seine Matrosen — darunter auch Jackson und seine Leute — an der Bordwand der Fregatte herunter und sprangen auf das Deck der *Kathleen*. Laidman rief vom Achterdeck herunter: »Außer den Seesoldaten ist alles von Bord. Sind Sie bereit abzulegen?«

»Sobald Sie an Bord sind, Sir.«

»Gut.«

Laidman verschwand von der Stückpforte, und eine Minute später kamen seine Seesoldaten, die Musketen noch immer fest in der Hand, die Bordwand der Fregatte heruntergeklettert. Sobald sie an Deck der *Kathleen* angelangt waren, und ehe Ramage noch Zeit fand, ihnen irgendwelche Befehle zu geben, hatte ihr Leutnant angeordnet, daß sie sich längs der Reling des Kutters verteilten, ihre Musketen luden und sich schußklar hielten. Die übrigen Leute der *Belette* wurden unter Deck verstaut, wo sie niemandem im Wege waren.

Jackson wartete, bis er Gelegenheit fand, seine Meldung anzubringen, dann sagte er:

»Alle Brooken auf beiden Seiten gekappt, Sir.«

»Das war rasche Arbeit.«

»Einige Leute der *Belette* halfen uns dabei, aber ich habe mich bei jedem Geschütz selbst überzeugt, daß es geschehen war.«

»Ausgezeichnet. Bleiben Sie hier.«

Als letzter erschien Kapitän Laidman wieder an einer Stückpforte und kletterte auf die *Kathleen* herunter.

»Willkommen an Bord, Sir.«

»Danke, mein Junge. Es tut mir leid, daß an Bord der *Belette* ungebetene Gäste waren, als Sie zum erstenmal anliefen.«

Ramage lachte: »Sie haben uns ja davon unterrichtet. Aber wenn Sie mich jetzt entschuldigen würden ...«

Kapitän Laidman nickte, und Ramage sah sich nach dem Steuermann um.

»Mr. Southwick, lassen Sie den Klüver back setzen und die Stagfock heißen.«

Während die *Kathleen* bei der Fregatte längsseit lag, wies ihr Bugspriet in einem spitzen Winkel auf die Klippen, auf denen die *Belette* mit dem Bug festsaß. Ramage sagte sich, daß er hier nur freikam, wenn er den Bug des Kutters vom Wind herumdrücken ließ und sein Heck an der Fregatte festhielt. Nur so gewann er genügend Raum, um auch von den Riffen am Fuß des nächsten Vorgebirges freizukommen.

»Evans!« rief er dem Bootsmannsmaat zu. »Kappen Sie die vorderen vier Draggenleinen, aber halten Sie die achtersten zwei fest. Fieren Sie sie auf, wenn zuviel Kraft darauf kommt, aber stoppen Sie sie dann immer wieder ab. Unser Heck muß noch hier dran bleiben. Rudergänger, legen Sie das Ruder hart in Lee.«

Der Klüver war inzwischen back gesetzt worden und stand wie ein Brett. Jetzt begann der Wind den Bug des Kutters nach Lee herumzudrücken, aber sein langer, schmaler Kiel verwandelte einen Teil der auf das Schiff wirkenden Kraft in eine Längsschiffsbewegung: Die *Kathleen* bekam Fahrt achteraus.

Ramage warf einen Blick nach achtern. Die Heckgalerie der Fregatte, vom ersten Angriff der *Kathleen* böse zugerichtet, war nun schon fast auf gleicher Höhe mit dem Heck des Kutters. Evans wies seine Matrosen an, die Draggenleinen abwechselnd zu fieren, um die Rückwärtsbewegung zu berücksichtigen, und dann wieder abzustoppen, um das Heck des Kutters möglichst dicht an der Fregatte zu halten und das Herumschwenken des Bugs zu unterstützen.

Dabei blieb es, bis der Bug der *Kathleen* von den Felsen voraus gut frei zeigte. Inzwischen war auch die Stagfock geheißt und wie der Klüver back gesetzt worden.

»Mr. Southwick, lassen Sie Klüver und Fock bitte übernehmen.«

Sobald die beiden Segel zogen, machte die *Kathleen* keine Fahrt mehr über den Achtersteven. Sie bekam dann Fahrt voraus, hatte jedoch noch erhebliche Abtrift nach Lee, solange das Großsegel nicht mitzog.

»Rudergänger! Ruder mittschiffs!«

Plötzliches Musketengeknatter veranlaßte ihn, einen Blick nach dem Kliff zu werfen. Dort oben kniete mit angelegten Musketen eine Gruppe französischer Soldaten. Die Seesoldaten an der Reling der *Kathleen* schossen sofort zurück, und die Franzosen gingen daraufhin blitzschnell in Deckung.

Als der Wind die Vorsegel der *Kathleen* füllte, legte sie sich leicht über und nahm allmählich mehr Fahrt auf.

»Evans! Kappen Sie die Leinen! Rudergänger! Stütz! Mr. Southwick, hol die Großschot!«

Zehn Minuten später lief die *Kathleen* mit halbem Wind längs der Küste auf Bastia zu. Ramage übergab Southwick die Wache und begab sich zu Kapitän Laidman, der sich, wie er feststellte, taktvoll in Lee des Achterdecks aufgehalten hatte.

»Ich bitte Sie um Entschuldigung, Sir, daß ich Sie nicht geziemend willkommen hieß. Mein Name ist Ramage.«

»Laidman«, antwortete dieser kurz. »Das war ein prima Stück Seemannschaft, mein Junge, Sie können sich darauf verlassen, daß ich dies in meinem Bericht gebührend betonen werde. Jetzt möchte ich Ihnen meine Offiziere vorstellen. Sie stehen Ihnen zur Verfügung. Auch von meinen Leuten können Sie haben, so viele Sie wollen. Sie werden ja Seeleute brauchen können, nicht wahr?«

Ohne erst auf eine Antwort zu warten, rief er seine Leutnants, seinen Steuermann und den Leutnant der Seesoldaten herbei und stellte sie vor.

»Nebenbei gesagt«, bemerkte Laidman, »wie wäre es, wenn Sie Ihre Kombüse anheizen würden? Wir hatten schon eine ganze Weile nichts mehr zu essen.«

»Aber selbstverständlich, Sir, ich werde das gleich veranlassen.«

Ramage rief Jackson herbei: »Sagen Sie meinem Steward, er solle für die Herren Offiziere Essen besorgen.«

Dann sah er sich nach dem Bootsmannsmaat um. »Evans — sagen Sie dem Koch, er könne von der *Kathleen* und von der *Belette* so viele Leute haben, wie er brauche. Ich will, daß beide Besatzungen binnen einer Stunde eine warme Mahlzeit bekommen.«

Dann ging er zu Southwick, der ihm stumm die Hand entgegenstreckte. Ramage ergriff sie und schüttelte sie.

»Haben Sie Dank. Ich gehe jetzt unter Deck, um ein Wort mit den Verwundeten zu reden. In der Kombüse wird Feuer gemacht. Bitte sehen Sie zu, daß jeder Mann an Bord eine Rumration bekommt, John Smith der Zweite erhält auf meine Anordnung zwei!«

Ramage erkannte voraus schon den hohen Turm der Kirche Sainte Marie, der aus der Mitte der Zitadelle von Bastia emporragte. Vor der Stadt lagen einige Vierundsiebziger Linienschiffe vor Anker, darunter die *Diadem* mit dem Breitwimpel des Kommodore Nelson.

Die gewaltige Masse des Monte Pigno zeichnete sich scharf gegen die sinkende Sonne ab, aber sein Gipfel verbarg sich beinahe ganz hinter den sogenannten *balles de coton*, unbeweglichen Haufenwolken, die sich stets zugleich mit dem *Libeccio* zeigten. Er beobachtete den Streifen See zwischen der *Kathleen* und dem Strand und hielt ständig Ausschau nach den huschenden dunklen Schatten, die ihm allein verrieten, daß eine der berüchtigten Böen Bastias den Berg herabgefegt kam und nun nach See hinausjagte.

Da er fast dreimal so viele Männer an Bord hatte, wie seine Besatzung normalerweise zählte, war Ramage entschlossen, ein Ankermanöver hinzulegen, an dem niemand in der ganzen Flotte etwas auszusetzen fand.

Seit einer halben Stunde schon suchten Southwick und Evans Männer von der früheren *Belette*-Besatzung aus und verteilten sie auf Station zur Bedienung der Segel und des Ankergeschirrs. Alle Leute an Bord hatten sich ordentlich satt gegessen, ihre Rumration genossen und das Schiff nach dem Gefecht gründlich aufgeklart.

Vor einer halben Stunde war der letzte der drei tödlich verwundeten Männer gestorben, und Ramage hatte den ersten Trauergottesdienst seiner Laufbahn abgehalten. Zuvor hatte er schon Dutzenden solcher feierlichen Handlungen beigewohnt, ohne daß sie ihn besonders beeindruckt hätten, diesmal wurde er zu seiner Überraschung gewahr, wie tief bewegend die eindrucksvollen Worte dieser Zeremonie waren, wenn man sie selber sprach.

Jackson beobachtete die *Diadem*, damit er sofort sah, wenn sie ein Signal heißte. Kapitän Laidman ging an Deck auf und ab und versuchte nicht zu verhehlen, daß er sich schwere Sorgen machte. Schon in wenigen Minuten mußte er sich ja vor dem Kommodore wegen des Verlustes der *Belette* verantworten.

Ach, zum Teufel damit: Ramage hatte es bis jetzt mit Absicht vermieden, seinen Kieker auf die Terrasse des vizeköniglichen Palais' zu richten, am Ende aber kam er zu der Erkenntnis, daß dies ein völlig unnötiger Akt der Selbstverleugnung war. Als er jetzt hinsah, zeigte sich dort kein Mensch, die großen Glastüren waren geschlossen, die üblichen Tische und Stühle fehlten. Auch das Boot der Elliotkinder lag nicht mehr unten am Garten. Die ganze Örtlichkeit machte einen verlassenen Eindruck.

Die *Diadem* war jetzt kaum noch eine halbe Meile entfernt, sie lag mit dem Bug im Wind, quer zum Kurs der *Kathleen*, die parallel mit der Küste nach Süden steuerte. Wollte man ihr einen bestimmten Ankerplatz zuweisen, so wäre ihr das jetzt bereits durch Signal befohlen worden.

Ramage entschied sich dafür, hinter dem Heck der *Diadem* zu passieren, dann in den Wind zu drehen und in Luv des Flaggschiffs, also etwas näher an Land, zu ankern. Dann hatte er unter anderem den Vorteil, daß das Boot, das ihn und Kapitän Laidman auf die *Diadem* zu bringen hatte, mit achterlichem Wind pullen konnte. So würden sie jedenfalls in sauberer Uniform vor dem Kommodore erscheinen, während sie sonst vom Spritzwasser triefend naß geworden wären.

Laidman machte einen so bedrückten Eindruck, daß sein Gehabe auf Ramage erheiternd wirkte. Er fragte sich, wie oft wohl auf irgendeiner Reede ein kleines Schiff wie seine *Kathleen* mit zwei Kommandanten an Bord vor Anker gegangen war, von denen einer die Wiederaufnahme, der andere die Anordnung eines Kriegsgerichtsverfahrens zu gewärtigen hatte.

Trotz aller lobenden Bemerkungen Laidmans war sich Ramage bewußt, daß er die Rettungsunternehmung anfänglich gründlich verpfuscht hatte. Dabei waren unnötig Leute umgekommen, und Kommodore Nelson war nicht der Mann, das zu übersehen. Das schlimme ist, dachte Ramage zerknirscht, daß sich diese ver- dammte Operation auf dem Papier so lächerlich einfach ausnahm. Es war ein schöner Zug von Kapitän Laid- man, daß er ihm versprochen hatte, seine Leistung in dem Bericht hervorzuheben, den er abzufassen hatte, aber Laidman wurde ja selbst nicht mehr für voll ge- nommen. Auf dieser Fahrt, dachte er bitter, hatte also die *Kathleen* zwei richtige Versager an Bord ... Außer alledem aber mußte Ramage jetzt stark bezweifeln, ob es richtig gewesen war, die *Belette* zu verlassen, ohne sie in Brand zu stecken. Er hatte das Laidman vorge- schlagen, sobald dieser seinen Fuß an Deck der *Kathleen* setzte, aber der Kommandant der Fregatte hatte nur den Kopf geschüttelt und etwas von der Möglichkeit gemurmelt, sie später zu bergen. Da er — wenigstens nach Probus' Schilderung — annehmen konnte, daß dem Kommodore das Ausmaß der Schäden bekannt war, die die Fregatte erlitten hatte, war er nochmals dafür eingetreten, sie anzuzünden, aber Laidman hatte ihm nicht mehr geantwortet.

»Sir ...«

Das war Southwick, seine Stimme klang besorgt: Ja, Herrgott nochmal, es war ja auch nicht zu verwundern.

Die *Diadem* war nur noch hundert Meter entfernt, gerade noch gut frei an Steuerbord. Er hatte wieder einmal in den Tag hinein geträumt. Wahrscheinlich war in diesem Augenblick jeder Kieker in der ganzen Flotte auf ihn gerichtet. Sollten sie sich die Augen ausschauen! Laidman und er wurden wohl bald mit dem gleichen Schiff nach Hause geschickt, dann konnten sie alle noch mal neugierig schauen.

»Mr. Southwick, Schoten klar zum Holen!«

Das Heck der *Diadem* flitzte vorbei.

»Mr. Southwick, Schoten dicht! Rudergänger, gehen Sie an den Wind!«

Unter dem mächtigen Heck der *Diadem* drehte die *Kathleen* nun auf und hielt mehr auf die Küste zu. Wieder jagten Spritzer über das Luv-Vorschiff, als sie hart am Wind gegenan steuerte.

»Mr. Southwick, holen Sie die Dirken steif, klar bei allen Schoten. Fallen klar zum Fieren.«

Ramage hatte absichtlich keinen Blick nach der *Diadem* geworfen, als sie vorüberkamen. Jackson war das nicht entgangen, darum sagte er jetzt leise: »Der Kommodore verfolgt unser Manöver, Sir, er hat ein paar Zivilisten bei sich.«

»Danke, Jackson.«

Nun, hoffentlich nahm der Kommodore davon Notiz, daß die *Kathleen* ihre Stenge verloren hatte und daß an ihrer Backbordseite nur noch zwei Geschütze standen. Ramage hatte alle fünf Karronaden an Steuerbord gelassen. Ihr Gewicht an der Luvseite wirkte sich auf die Fahrt des Schiffes günstig aus.

»Mr. Southwick, ist alles klar?«

»*Aye aye*, Sir.«

»Rudergänger, drehen Sie in den Wind!«

Hoffentlich legte der Kerl die Pinne nicht zu hart über, so daß das Schiff gleich auf den anderen Bug drehte. Nein, Gott sei Dank, er schätzte das Drehmoment genau richtig ab. Die Wölbung des Großsegels und der Vorsegel wurde flacher, die Lieken der Stagfock und des Klüvers begannen zu killen. Unwillkürlich suchte Ramage nach dem Verklicker im Stengetopp — aber der trieb wohl vor der *Tour Rouge* noch irgendwo in der See.

Jetzt schlugen schon alle Segel, und die dafür eingeteilten Matrosen holten an den Schoten. Da machte Ramage plötzlich mit der rechten Hand eine rasche Bewegung nach unten — eine Bewegung, nach der die Männer an den Fallen schon eine ganze Weile Ausschau gehalten hatten. Als ob die drei Segel aus einem Stück bestünden, begannen Klüver, Stagfock und Großsegel niederzugleiten.

Sobald die beiden Vorsegel das untere Ende ihrer Stagen erreicht hatten, sprangen ein paar Matrosen rittlings darauf, um die schlagende Leinwand zu bändigen und mit Zeisings zu sichern. Gleich darauf war auch das mächtige Großsegel geborgen, die Gaffel saß sauber obenauf, und die Männer krochen den Baum entlang, um die lose Leinwand einzurollen und zu beschlagen.

Auf der Back warteten unterdessen ein halbes Dutzend Männer immer noch auf ein neues Zeichen von Ramage. Dieser achtete gespannt auf Jackson, der an der Steuerbordreling stand.

»Noch etwa einen Knoten, Sir . . .«

Ramage hob die Linke bis zur Hüfte und konnte sehen, wie die Männer auf der Back aufmerkten.

»Kaum noch Fahrt im Schiff, Sir . . . Schiff liegt gestoppt . . . Macht Fahrt achteraus.«

Ramage stieß jetzt seine Hand nach unten, und auf der Back wurde es im Augenblick lebendig. Der Anker klatschte ins Wasser, die Fahrt über den Achtersteven schloß die Möglichkeit aus, daß sich die Ankertrosse in seinen Flunken verfing. Gleich darauf nahm Ramage den leichten Brandgeruch wahr, als die Fasern der Trosse durch die Reibung gesengt wurden.

»Signal vom Kommodore«, meldete Jackson, und nachdem er einen Blick in das Signalbuch geworfen hatte, fuhr er fort: »Unsere Nummer und die der *Belette:* Die Kommandanten zur Meldung an Bord des Flaggschiffs kommen.«

Laidman kam herbei und meinte: »Auf, mein Junge, fahren wir — es kommt ja wohl nicht allzu häufig vor, daß man den Verlust seines Schiffes zu melden hat.«

»Ach, ich weiß nicht, Sir«, sagte Ramage in bedrücktem Ton. »Ich mußte das erst vor ein paar Tagen tun.«

»Oh? Welches Schiff?«

»Die *Sibella.*«

»Das war doch eine Fregatte!«

»Das weiß ich, Sir. Ich war der älteste überlebende Offizier an Bord.«

»Und was geschah darauf?«

»Kapitän Croucher brachte mich vor ein Kriegsgericht.«

»Croucher? Richtig, der gehört zu Admiral Goddards Geschwader. Und wie fiel das Urteil aus?«

»Ich weiß es noch nicht, Sir: Die Verhandlung wurde wegen der Ankunft des Kommodore unterbrochen. Ich selbst bekam dann gleich die *Kathleen* und wurde damit zu Ihnen geschickt.«

»Nun, das hört sich ja nicht übel an. Ach — da kommt mir eben ein Gedanke!« rief er. »Sie sind ja der Sohn des alten ‚Blaze-away‘, darum hat also Admiral Goddard . . .«

»Das stimmt, Sir.«

»Was stimmt?« fuhr ihn Laidman an. »Legen Sie mir bitte nichts in den Mund.«

Southwick wartete in der Nähe, und Ramage benutzte die Gelegenheit, um sich abzuwenden. Schlagartig war ihm eben klargeworden, daß er selbst unter Umständen für Laidmans Zukunft eine größere Gefahr bedeuten konnte als ein von der Pest verseuchtes Schiff.

»Das Boot liegt klar, Sir«, meldete Southwick.

Ramage wandte sich wieder an Laidman und wiederholte die Meldung des Steuermanns.

Als Ramage erst in dem Boot saß, das ihn zur *Diadem* bringen sollte, merkte er, daß die gehobene Stimmung verflogen war, die ihn die letzten vierundzwanzig Stunden trotz Mangels an Schlaf und ungenügender Nahrung frisch und tatkräftig erhalten hatte, ohne daß er sich dieses Zusammenhangs voll bewußt geworden wäre. Jetzt fühlte er sich plötzlich entsetzlich müde und niedergeschlagen.

Bis zu diesem Augenblick kam ihm die Bergung der *Belette*-Besatzung irgendwie unwirklich vor, fast als hätte sie überhaupt nicht stattgefunden, obwohl seitdem doch erst wenige Stunden verstrichen waren. In seinem Bewußtsein war sie wie eine schöne Erzählung lebendig, die er vor einigen Monaten angehört hatte. Auch das Schicksal der *Sibella* und alles, was es für ihn nach sich zog, war für ihn nur noch wie ein halberinnerter Traum.

Aber als jetzt Jackson das Boot nach der *Diadem* steuerte und Kapitän Laidman ihm stumm und bedrückt gegenübersaß, traten beide Ereignisse in allen ihren Einzelheiten wieder so deutlich in das Blickfeld seiner Erinnerung, als hätte er das schärfste Fernrohr darauf eingestellt.

Das Boot stieß an das Fallreep, und Laidman erhob sich müde von seinem Platz. Sie hatten die *Diadem* erreicht, und Laidman als der Dienstältere stieg als erster das Fallreep empor.

An der Pforte begrüßte ihn Kapitän Towry und sagte ihm, daß ihn der Kommodore erwarte.

Zu Ramage sagte er: »Der Kommodore empfängt Sie in fünf Minuten.«

Der junge Leutnant, der die Ankerwache ging, faßte Ramage interessiert ins Auge, offenbar war er sich nicht im klaren, ob er ihn ansprechen sollte oder nicht. Ramage war jetzt für eine oberflächliche Unterhaltung nicht zu haben, darum begann er auf der dem Fallreep gegenüberliegenden Seite auf und ab zu gehen. Er nahm sogar kaum davon Notiz, daß Kapitän Laidman von Bord ging.

Gleich darauf kam ein Leutnant auf ihn zu und fragte: »Sind Sie Ramage?«

»Ja.«

»Der Kommodore möchte Sie jetzt sprechen.«

Der Leutnant wies ihm den Weg. Vor der Tür der Kajüte nahm ein Posten der Seesoldaten Habt-acht-Stellung ein, und der Leutnant klopfte und öffnete die Tür, als er von drinnen eine Stimme hörte. Offenbar hielt sich der Kommodore in seiner Schlafkammer auf, denn der Leutnant ging nicht weiter bis zum Salon, sondern trat ein und meldete im Gesprächston:

»Mr. Ramage, Sir.«

Dann wandte er sich um und forderte Ramage durch ein Zeichen auf einzutreten.

»Ah, Mr. Ramage.«

Die Stimme war auffallend hoch und hatte einen nasalen Klang. Ramage war überrascht, wie klein der Kommodore war — kleiner noch als Gianna. Er hatte schmale Schultern und ein schmales Gesicht. Eines seiner Augen, entdeckte Ramage bestürzt, hatte einen etwas glasigen Blick. Natürlich, er war ja erst vor etwa einem Jahr bei Calvi durch eine Verwundung auf einem Auge erblindet. Aber der Blick des verbliebenen Auges war auf jeden Fall scharf genug.

Nelson war wohl körperlich sehr klein, aber Ramage wurde schon im ersten Augenblick inne, wie stark die Persönlichkeit war, die in diesem kleinen Körper steckte. Der Mann war gespannt wie eine Violinsaite und hatte sich dennoch stets völlig in der Gewalt. Sein Gesicht schien Ramage Erregung zu verraten, dennoch stellte er schon im nächsten Augenblick fest, daß Nelson in Wirklichkeit von äußerster Gemütsruhe war. Der Mann wirkte in der Tat wie eine gespannte Spiralfeder.

Der Kommodore wies auf einen Stuhl am Fußende der schmalen Koje.

»Bitte, nehmen Sie Platz.«

Ob er dabei wohl an seine kleine Gestalt dachte, fragte sich Ramage verwundert. Die Aufforderung hatte doch offenkundig den Zweck, ihn kleiner zu machen. Wie seltsam außerdem, daß er ausgerechnet in der Schlafkammer des Kommodore empfangen wurde.

»Nun, Mr. Ramage, warum habe ich Sie wohl kommen lassen?«

Diese Frage kam Ramage so unerwartet, daß er im ersten Augenblick dachte, der Kommodore treibe seinen Scherz mit ihm, aber sein eines blaues Auge maß ihn mit kühlem, strengem Blick.

»Dafür könnte ich ein halbes Dutzend Gründe nennen, Sir«, sagte Ramage, ohne sich zu besinnen.

»Zählen Sie mir diese Gründe auf.«

»Nun — daß ich die *Sibella* aufgab ... daß ich versuchte, den Kapitän Letts erteilten Befehl auszuführen und die Flüchtlinge zu retten.«

»Das sind zwei.«

»Dann war da noch Pisanos Anklage gegen mich; und das Kriegsgericht, Sir.«

423

»Macht vier.«

Alle Himmel, dachte Ramage, da bin ich Goddard entwischt und direkt ins höllische Feuer geraten.

»Und selbstverständlich das *Belette*-Unternehmen, Sir.«

»Und der sechste Grund wäre?«

»Ich weiß nur fünf zu nennen, Sir.«

»Wie meinen Sie nun, daß ich über jeden dieser Streiche denke?«

Seine Stimme hatte jetzt eine eisige Schärfe, und Ramage fühlte sich todmüde und völlig zerschlagen. Nicht daß er sich gefürchtet hätte, aber das, was er von allen Kommandanten und jüngeren Flaggoffizieren im Mittelmeer und darüber hinaus in der ganzen Navy über diesen Kommodore Nelson hatte berichten hören, hatte bei ihm einen gewaltigen Eindruck hinterlassen. Jetzt wurde er sich mit einemmal bewußt, daß er insgeheim gehofft hatte, der Kommodore werde ihn ganz und gar entlasten, nachdem das Verfahren gegen ihn unterbrochen worden war.

Aber dieser kalte, gleichgültige Ton machte seine Hoffnung zunichte. Das Verhalten des Kommodore Nelson verriet bestenfalls, daß er eine unerfreuliche Aufgabe vor sich sah, die er wohl oder übel durchstehen mußte, und schlimmstenfalls, daß er da weitermachen wollte, wo Goddard und Croucher geendet hatten.

»Ich weiß nicht, wie Sie darüber denken, Sir, aber ich weiß wohl, wie Sie darüber denken sollten.« Seine Worte klangen bitter und, ohne seine Absicht, fast unverschämt.

»Also schießen Sie los, heraus damit!« sagte Nelson ungeduldig. »Aber fassen Sie sich kurz.«

»Die *Sibella* — wir konnten den Kampf nicht fortsetzen, Sir, wir konnten auch die Verwundeten nicht versorgen, weil Arzt und Sanitätsmaat gefallen waren.

Das Schiff sank so schnell, daß es die Franzosen unmöglich so lange über Wasser halten konnten, bis sie die Lecks gestopft hatten. Was ich unternahm, bedeutete, daß die Verwundeten ärztliche Hilfe bekamen und daß die Unverwundeten Zeit fanden, in den Booten zu entkommen.«

»Das Los, in französische Gefangenschaft zu geraten, erschien Ihnen wohl so schrecklich, daß Sie die Flucht ergriffen, nachdem Sie sich ergeben hatten?«

Die Stimme des Kommodore klang bei diesen Worten so hämisch, daß Ramage vor Zorn das Blut zu Kopf stieg. Es kostete ihn alle Mühe, sich zu beherrschen.

»Nein, Sir! Ich habe mich nicht ergeben. Ich habe das Schiff verlassen, ehe es die Verwundeten an den Gegner auslieferten. Ein Offizier, der sich und seine Leute gefangennehmen läßt, obwohl er fliehen und weiterdienen könnte, müßte wegen Verrats — nun, annähernd wegen Verrats — zur Verantwortung gezogen werden. Ich meine, unsere Kriegsartikel richten sich vor allem gegen diese Art Leute.«

»Gut gebrüllt, Löwe!« sagte Nelson und brach unerwartet in Gelächter aus. »Das kam übrigens auch mir in den Sinn, als ich Ihren Bericht las. Der ist ausgezeichnet — das möchte ich Ihnen noch eigens gesagt haben — und mit einem Begleitschreiben von mir schon unterwegs zu Sir John Jervis. So, und nun zu der Rettung der Flüchtlinge.«

»Wir haben unser möglichstes getan, Sir.«

»Was veranlaßte Sie, das mit einem Boot, einer Gig, zu versuchen?«

Nelsons Stimme klang abermals kalt, und Ramage ließ erneut den Mut sinken.

»Es schien mir das kleinere von zwei Übeln zu sein: Einerseits mußten wir gewärtigen, daß die Franzosen die Leute gefangennahmen, wenn wir sie nicht schnellstens herausholten, andererseits bestand für uns lediglich die Gefahr, daß wir mit dem überladenen Boot in einen Sturm gerieten.«

»Sie waren also überzeugt, daß der Rettungsversuch mit dem Boot den Flüchtlingen noch die beste Chance des Überlebens bot?«

»Jawohl, Sir.«

»Warum?«

»Wenn sie an Land blieben, konnte es leicht geschehen, daß sie von Bauern verraten wurden. Es gab für mich kein Mittel, das zu verhindern. Wenn ich sie aber an Bord nahm, war ich ziemlich sicher, daß ich so oder so auch einen Sturm überstehen konnte.«

»In Ordnung. Und nun zu den Beschwerden des Grafen Pisano.«

»Dazu gibt es nicht viel zu sagen, Sir. Ich ging noch einmal zurück und sah, daß sein Vetter tot war, aber Pisano glaubt mir das nicht.«

»Haben Sie denn keine Zeugen?«

»Nein, Sir. O doch, ich habe einen!« rief er plötzlich. Das *Belette*-Unternehmen hatte bei ihm jede Erinnerung an Jacksons Bericht ausgelöscht.

»Und wer ist das?«

»Der Bootssteuerer der *Sibella*, ein Amerikaner namens Jackson. Er wußte nicht, daß er die Leiche des Erschossenen nach mir gefunden hat. Er wußte nichts von Pisanos Anschuldigungen und hatte keine Ahnung, daß sein Zeugnis von Bedeutung sein könnte. Seine Aussage wurde übrigens durch die Ankunft der *Diadem* unterbrochen.«

»Wann haben Sie denn das alles herausgefunden?«

»Wir sprachen darüber, als wir zur *Belette* unterwegs waren.«

»Also eine Verabredung? — Nicht doch«, sagte der Kommodore und hob die Hand, um Ramages Einspruch abzuwehren. »Ich behaupte nicht, daß Sie miteinander die Zeugenaussage abgesprochen hätten, aber ich möchte darauf hinweisen, daß andere das geltend machen könnten. Was hat Graf Pisano Ihrer Meinung nach veranlaßt, Sie so schwer zu beschuldigen?«

»Er wollte sich selbst damit decken«, sagte Ramage verbittert. »Wenn er mich der Pflichtverletzung beschuldigt, weil ich nicht noch einmal zurückgegangen sei, dann fällt es niemandem ein, ihn zu fragen, warum er nicht selbst ging.«

»Niemandem? Wer sagt denn das?« bemerkte Nelson kurz. »So — jetzt kommen wir zur *Belette*. Sie haben da eine ganze Anzahl Leute verloren, nicht wahr?«

»Jawohl, Sir, dreizehn Tote und fünfzehn Verwundete. Ich hatte mein Manöver nicht richtig berechnet.«

»Wie meinen Sie das?«

»Ich beschloß, die *Belette* von achtern der Länge nach unter Feuer zu nehmen und dann zu halsen, ehe ich in den Feuerbereich ihrer Geschütze kam.«

»Und —«

»Wir nahmen sie vom Heck her unter Feuer, wie ich geplant hatte. Aber dann stellte sich heraus, daß ich nicht früh genug herumkam, darum wurden wir selbst von ihren achtersten Geschützen längs Deck bestrichen — ich hatte nicht genügend berücksichtigt, daß ihr Achterschiff so stark eingezogen ist.«

»Und was, meinen Sie, steht Ihnen jetzt bevor?«

»Zunächst, so denke ich mir, Sir, wird das Gericht wieder zusammentreten und das Verfahren gegen mich zu Ende bringen.«

»Sie scheinen von den Kriegsgerichtssatzungen keine Ahnung zu haben, Herr Leutnant. Außerdem haben Sie anscheinend die Augen nicht offengehalten.«

Da Ramage nicht wußte, was er darauf sagen sollte, fuhr der Kommodore fort:

»Wenn sich ein Gericht aufgelöst hat, kann es niemals wieder zusammentreten. Außerdem scheint Ihnen entgangen zu sein, daß die *Trumpeter* nicht mehr auf Reede liegt.«

»Dann nehme ich an, daß Sie ein neues Kriegsgericht einberufen werden, Sir.«

»Kann sein. Kommen Sie mit«, befahl er und ging durch die Tür hinüber in den Salon.

Vor einem der großen Heckfenster stand Gianna. Sie trug wie üblich ihren schwarzen Reiseumhang, der über die Schultern zurückgeschlagen war, so daß man das rote Futter sah, und darunter ein perlgraues Kostüm mit hochsitzender Taille. Sie sah ihm besorgt entgegen, ihre Lippen waren feucht und klafften ein klein wenig auseinander.

Zu ihrer Linken saß ein massig gebauter Mann mit kurzem, vierkant geschnittenem Backenbart, der einen Spazierstock zwischen den Knien hielt. Der Stock war dick — anscheinend ist er lahm, dachte Ramage und wurde auch gleich gewahr, daß sein linker Knöchel offenbar eingegipst war. Er war ohne Zweifel hübsch, aber seine regelmäßigen Züge verhehlten nicht, daß er hart, unerbittlich und wohl auch zuweilen grausam sein konnte. Er war sicher Italiener: das verriet sein Gesicht; aber die Kleidung, die er trug — der dunkelgraue Rock, die gelbe Weste und die hellgraue Kniehose —, war entweder nicht sein Eigentum, oder er hatte einen miserablen Schneider.

Ramage war sprachlos vor Überraschung. Er warf einen Blick auf Gianna und mußte feststellen, daß sie den Mann liebevoll, ja fast bewundernd ansah. Und der Mann erwiderte lächelnd ihren Blick, auch aus seinen Augen strahlte ohne Zweifel Liebe.

Ramage spürte den Schock fast körperlich: Offenbar war das ihr Verlobter. Der Teufel mochte wissen, woher er gekommen war. Gianna hatte nie ein Wort über ihn verloren — ja, warum hätte sie auch über den Burschen reden sollen, dachte er voll Bitterkeit.

Der Kommodore nahm sogleich das Wort, er merkte anscheinend nichts von der unerträglichen Spannung, die Ramage ergriffen hatte. Offenbar wollte er ihn mit dem Mann bekannt machen, der da auf dem Stuhl saß. Dieser traf Anstalten, sich zu erheben, aber Ramage nötigte ihn, sitzen zu bleiben, trat zu ihm und schüttelte ihm die Hand. Der Fremde nahm seine Hand mit festem Griff, das Lächeln, das dabei um seinen Mund spielte, war freundlich und ehrlich.

Dann wandte sich Ramage zu Gianna, nahm ihre Hand und hob sie formvollendet an seine Lippen. Danach aber kehrte er ihr sofort den Rücken und wandte sich wieder dem Kommodore zu, ohne sie eines weiteren Blickes zu würdigen. Kommodore Nelson war offenbar bei bester Laune. Er schlug sich aufs Knie und rief:

»Na, Ramage, was sagen Sie dazu?«

Ramage sah ihn fassungslos an.

»Das ist wohl eine Überraschung für Sie, nicht wahr? Die Toten stehen auf und reden!«

Alle drei lachten. Gehörte der Kommodore etwa auch zu den verdammten Spaßvögeln, die ihre Mitmenschen verulkten?

Der Italiener sagte: »Wir hätten uns beinahe schon einmal kennengelernt, *Tenente*.«

»Nicht daß ich wüßte, Sir«, sagte Ramage in kaltem Ton.

Hier schien jedermann nur noch in Rätseln zu sprechen. Wäre es nicht eigentlich Giannas Sache, endlich Klarheit zu schaffen? So dachte er verbittert und sah sich unwillkürlich nach ihr um.

Sie sah aus, als hätte er sie eben mitten ins Gesicht geschlagen.

»Nicholas! Nicholas!«

Sie flog die vier, fünf trennenden Schritte förmlich auf ihn zu und griff mit der Linken nach seinem Arm.

»Das ist doch Antonio, verstehst du denn nicht?«

Sie war den Tränen nahe. Nein, er verstand nichts von alledem, auch ging ihn dieser Antonio nichts an: er wollte sie nur küssen; statt dessen schob er sie nun mit höflicher Geste von sich.

»Antonio, Nicholas! Antonio — mein Vetter: *Graf Pitti!*«

Die Kajüte begann sich zuerst langsam und dann immer schneller um ihn zu drehen, schließlich wirbelte sie richtig im Kreis, und er wäre hingestürzt, wenn ihn Gianna nicht festgehalten hätte. Sekunden später setzte sie ihn mit Unterstützung des Kommodore auf einen Stuhl, während Pitti, der hilflos auf seinen Stock gestützt dabei stand, nur immer wieder sagte: »Was ist denn los? Fehlt ihm etwas?«

Ramage sah im Geist wieder all das Schreckliche vor sich: Das zerfetzte Gesicht, die zersplitterten Knochen, die Überreste des Gebisses, alles vom Mond mit silbernem Licht übergossen, auch das zerfetzte Fleisch des Toten gehörte dazu und das in den Sand geflossene Blut, das dort zu einer schwarzen Masse geronnen war. Und doch hatte Pisano recht: Graf Pitti lebte. Mein Gott, kein Wunder, daß niemand glaubte, er sei zurückgegangen. Aber Jackson . . .

Ach, sollte doch der Teufel die ganze Gesellschaft holen! Mühsam erhob er sich von seinem Stuhl und wurde gewahr, daß ihm kalter Schweiß auf der Stirn stand. Er fragte den Kommodore:

»Darf ich auf mein Schiff zurückkehren, Sir?«

Nelson wußte einen Augenblick nicht, was er dazu sagen sollte, dann erwiderte er: »Nein, setzen Sie sich wieder.«

430

Ramage sank auf den Stuhl zurück. Er hatte keine Kraft in den Knien, und die Müdigkeit trug das Ihrige dazu bei, daß er keine Ordnung in seine Gedanken brachte. Wenn sie ihn nur endlich allein lassen wollten!

Plötzlich bemerkte er, daß Gianna neben ihm kniete und leise auf ihn einsprach. Ihr schmerzlicher, ratloser Ausdruck traf ihn wie ein Dolch mitten ins Herz.

»Aber jetzt ist doch alles gut«, sagte sie. »Es ist alles gut, Nico — *e finito, caro mio!*«

Der Kommodore unterbrach sie:

»Mr. Ramage hat offenbar einen Schock erlitten. Meine kleine Überraschung scheint ihm in die Glieder gefahren zu sein. Darum verdient er jetzt eine Erklärung. Graf Pitti, vielleicht haben Sie die Freundlichkeit — aber bitte, nehmen Sie doch Platz«, fügte er rasch hinzu und schob ihm einen Stuhl hin.

Pitti ließ sich schwerfällig nieder.

»*Allora, Tenente*«, begann er, »Sie wissen doch noch, daß Sie uns auf dem Weg zum Turm entgegenkamen. Als Sie mit Gianna dann seitwärts über die Dünen liefen, folgten mein Vetter Pisano und ich mit den beiden Bauern weiter dem Weg nach dem Turm und kletterten dann seitwärts in die Dünen.

Ich machte mir Sorgen um Gianna und hielt auf dem Kamm der Dünen an, um zurückzuschauen. Da sah ich, daß einige französische Reiter am Strand entlang hinter Ihnen hergaloppierten. Es schien mir ausgeschlossen, daß Sie beide noch lebend davonkommen konnten. Plötzlich, buchstäblich im letzten Augenblick, stürzte ein Mann aus dem Dickicht und den Hang der Düne hinunter. Er rannte den Reitern entgegen und machte dabei solchen Lärm, daß ihre Pferde durchgingen.«

»Stimmt«, sagte Ramage. »Das war mein Bootssteuerer Jackson.«

»Ich sah dann weiter, daß Sie Gianna über die Schulter nahmen und auf das Boot zurannten, das am Ende der Dünen lag. Gerade in diesem Augenblick nun tauchten hinter mir — zwischen mir und dem Turm — zwei oder drei französische Soldaten auf. Sie mußten die Straße entlanggaloppiert sein und ihre Pferde am Turm zurückgelassen haben.

Ich rannte auf das Buschwerk zu, und die Soldaten kamen hinter mir her, aber sie mußten sich trennen, weil die Büsche so dicht standen.

Fast hatte ich schon das Ende der Dünen erreicht, indem ich wie ein Kaninchen zwischen den Büschen Haken schlug, aber als ich wieder einmal eine Lichtung überqueren wollte, trat ich im Sand fehl — Sie wissen ja, wie weich er war — und brach mir den Knöchel. Es gelang mir gerade noch, unter einen Strauch zu kriechen, ehe einer der Franzosen auf die Lichtung gelangte. Der Mann blieb stehen — wahrscheinlich sah er die Spuren, die ich im Sand hinterlassen hatte.

Da knallte hinter mir plötzlich ein Schuß — genau aus der Richtung, aus der mein Verfolger gekommen war —, und er stürzte nieder. Gleich darauf fielen noch mehr Schüsse, man hörte Geschrei in französischer Sprache, dann zogen sich die übrigen Soldaten offenbar nach dem Turm zurück. Ich muß annehmen, daß der Mann versehentlich von einem seiner eigenen Kameraden erschossen worden war, weil er sie ein Stück hinter sich gelassen hatte und weil sie ihn darum wohl für einen der Unseren hielten.«

Ramage fragte: »In welche Richtung war sein Gesicht gewandt, als er erschossen wurde?«

»Nach dem Boot zu. Die Kugel traf ihn in den Hinterkopf. Oh — jetzt weiß ich auch, warum Sie mich danach fragen. Ich blieb noch zwei oder drei Minuten unter meinem Busch, dann hörte ich vom Boot her jemanden auf englisch rufen. Gleich darauf kam ein Mann von dort her auf die Lichtung gerannt und drehte den Leichnam um — denn er lag mit dem Gesicht nach unten.

Das waren Sie, nicht wahr? Ich erkannte Sie gleich, als Sie die Kajüte betraten, denn Sie besitzen — wie sagt man doch gleich auf englisch — eine unverkennbare Art, sich zu halten und zu bewegen.«

»Ja, das stimmt, ich kam zurück, aber ich habe nicht erkannt, daß es der Leichnam eines französischen Soldaten war.«

»Das überrascht mich nicht: er war ein Kavallerist und trug genau den gleichen Umhang wie ich. Er hatte keinen Hut auf, wahrscheinlich war er ihm zwischen den Büschen verlorengegangen. Zu seiner Uniform gehörten ferner eine weiße Kniehose und schwarze Stiefel, wie ich sie ebenfalls trug.«

Da warf der Kommodore ein: »Ja, im Frankreich der Revolution sind die Uniformen sehr nüchtern und einfach geworden, mit dem Putz von früher wurde gründlich aufgeräumt.«

»*Allora*, ich wollte Ihnen rufen, aber ich erkannte, daß mein Knöchel gebrochen war und daß ich lange brauchen würde, um zum Boot zu gelangen. Jede Verzögerung aber hätte für alle anderen Lebensgefahr bedeutet. Darum blieb ich unter dem Busch liegen, und Sie gingen zu Ihrem Boot zurück. Wenige Minuten später kam wieder jemand über die Lichtung gerannt, und zwar aus derselben Richtung wie zuvor der französische Soldat.

Auch er sah sich den Toten an und fluchte schrecklich auf englisch. Offenbar war das ein Matrose und wahrscheinlich sogar jener Mann, der sich den Reitern entgegengeworfen hatte. Mehr weiß ich darüber nicht zu berichten.«

»Wie sind Sie denn hierhergelangt?«

»Das war nicht allzu schwer. Sie sagten den beiden Bauern doch, daß ich vermißt würde, und befahlen ihnen, sich in Sicherheit zu bringen. Offenbar um Sie zu beruhigen, überquerten die beiden den Fluß, aber sowie Sie mit dem Boot abgefahren waren, kamen sie zurück, um nach mir zu suchen. Die Franzosen feuerten vom Strand aus noch hinter Ihnen her, dann verschwanden sie im Galopp.«

»Und was geschah dann?«

»Die Bauern brachten mich in eine Hütte nahe dem Städtchen Capalbio und bestachen einen Fischer aus Port' Ercole, mich nach Elba — nach Porto Ferraio — zu schaffen. Der Mann wagte es nicht, nach Bastia überzusetzen, und so segelten wir nur bei Nacht, indem wir uns stets unter der Küste hielten. In Porto Ferraio fand ich eine britische Fregatte vor und ging sogleich an Bord. Tags darauf lief Kommodore Nelson ein, und ich war bis gestern sein Gast.«

Ramage wandte sich an Nelson: »Graf Pitti war also hier an Bord, als Sie einliefen, Sir?«

»Ja, mein Junge.«

»Nun, Sir, dann meine ich doch ...«

»Halt«, unterbrach ihn Nelson, »wenn Sie etwas schärfer nachdenken, werden Sie erkennen, daß Sie sich mit Ihrer Meinung irren. Als ich das Protokoll der Gerichtsverhandlung las, die durch meine Ankunft unterbrochen worden war, kam mir in den Sinn, daß ich dringend einen Leutnant brauchte, der die *Kathleen* übernehmen konnte. Im Hinblick auf die Umstände, die dieses Verfahren begleiteten, hielt ich es für das beste, wenn Sie Bastia für eine Weile verließen. Graf Pitti fragte ich, ob es ihm etwas ausmache, die Marchesa noch einige Tage warten zu lassen, ehe sie erfuhr, daß er in Sicherheit war. Damit erklärte er sich einverstanden.«

Ramage sagte: »Entschuldigen Sie, Sir, ich wußte nicht, wie sehr ich . . .«

»Oh!« unterbrach ihn Nelson, »Sie brauchen mir nicht zu danken. Feiglinge kann ich als Untergebene nun einmal nicht brauchen. Ich war verpflichtet, Sir John Jervis über die — nun, sagen wir: ziemlich unbegründeten — Anschuldigungen gegen Sie Meldung zu machen, zu denen auch die Anklage wegen Feigheit gehörte. Wenn ich später über den gleichen jungen Offizier einen Bericht einreichen konnte, in dem dargelegt wurde, wie er die Besatzung der *Belette* mit Erfolg in Sicherheit gebracht hatte, dann brauchten wir beide, der Admiral und ich, nicht mehr an der Tapferkeit dieses Mannes oder auch an seinen Führereigenschaften zu zweifeln.«

»Aber Sie wußten doch nicht, Sir, daß bei der Rettung der Männer Schwierigkeiten zu erwarten waren, daß ich sie nicht einfach wie von einer Brücke abzuholen brauchte!«

»Meinen Sie?« sagte Nelson und zog die Brauen hoch. »Ganz im Gegenteil. Der Wind war ablandig, eine zweite Landspitze lag Ihnen im Wege — außerdem nahm ich von vornherein an, daß an Bord der *Belette* französische Truppen waren. Hat Ihnen Lord Probus nicht bedeutet, daß Sie noch unter Anklage standen?«

»Doch, Sir.«

»Nun, das sollte eine Warnung für Sie sein. Aber wir wollen nun das Thema wechseln. Wahrscheinlich ist Ihnen schon klargeworden, daß wir Bastia räumen müssen?«

»Ja.«

»Graf Pisano und Lady Elliot sind darum heute morgen nach Gibraltar ausgelaufen. Die Marchesa und Graf Pitti werden auch nach Gibraltar segeln, aber sie wollten warten, bis Sie zurückkehrten, darum fahren sie erst morgen abend.«

Er las Ramage die Enttäuschung vom Gesicht ab und meinte mitfühlend: »Ja, das ist recht betrüblich, ich selbst werde die Gesellschaft der beiden auch sehr vermissen. Aber ich hoffe doch, daß wir uns bald unter glücklicheren Umständen wiedersehen werden. Sind Sie sehr müde, Mr. Ramage?«

»Nein, Sir«, log Ramage.

»Ausgezeichnet, dann leisten Sie uns vielleicht beim Abendessen Gesellschaft?«

Das Essen wurde ein großer Erfolg. Nelson hielt sie alle in bester Stimmung, er neckte vor allem Gianna und Ramage und nahm es lachend hin, daß er hinwieder von Pitti zum besten gehalten wurde, der sich für die feurige Art des kleinen Mannes sichtlich begeisterte. Sie hatten alle auf den baldigen Sturz Bonapartes, auf die Sicherheit der beiden Köhler, auf Giannas Glück und Gesundheit und sowohl auf ihre als auch Pittis sichere Reise angestoßen.

Das Abendessen war zu Ende. Nelson hatte sich von Vetter und Cousine verabschiedet und Ramage vorgeschlagen, seinem Beispiel zu folgen, weil die beiden in das Palais des Vizekönigs zurückkehren sollten und Ramage tags darauf wohl kaum Zeit finden würde, sie aufzusuchen.

So hatte er denn Lebewohl gesagt. Pitti fand dabei wenig Worte, er benahm sich ausgesprochen förmlich, auch Gianna schien sich nicht darüber aufzuregen, daß sie sich von ihm trennen mußte. Sie hatte ihm zugeblinzelt, gewiß, aber als er ihr gleich darauf die Hand küßte, da hatte sie sie ihm kraftlos überlassen, ohne heimlichen Druck, ohne jede stumme Botschaft. Die Rettung war durchgeführt, dachte er voll Bitterkeit, Vetter und Cousine waren wieder vereint, und Leutnant Ramage konnte abtreten.

Als er eben im Begriff war, die Kajüte zu verlassen — er wollte als erster von Bord gehen, damit er nicht zu sehen brauchte, wie das Boot Gianna an Land brachte —, übergab ihm der Kommodore einen versiegelten Umschlag.

»Befehle für Sie«, sagte er kurz. »Reichen Sie mir morgen vormittag Ihren Bericht über das *Belette*-Unternehmen ein.«

Als dann Jackson das Boot im Dunkel der Nacht nach der *Kathleen* zurücksteuerte, saß Ramage gramverzehrt im Cockpit. Ach, bei diesen Italienern war eben doch nur alles äußerer Anstrich, alles leeres Getue. Erst lag sie neben ihm auf den Knien, im nächsten Augenblick nahm sie so unbeteiligt von ihm Abschied wie etwa von einem Gast, der sie maßlos gelangweilt hatte.

Vom Kutter scholl ein Anruf herüber, und Jackson rief zurück »*Kathleen*«, um anzuzeigen, daß er den Kommandanten an Bord hatte.

Sobald er in seiner winzigen Kajüte war, in der der Steward einen Augenblick zuvor die Lampe an das Schott gehängt hatte, legte er seinen Degen ab, warf sich in den Sessel und starrte auf das Deck zu seinen Füßen. Das ausgespannte Segeltuch, das den Teppich ersetzte, war an der Stelle, wo die Tür darüber kratzte, abgewetzt und brauchte dringend einen neuen Anstrich. Wie glücklich war so ein Stück Segeltuch, dachte er schlaftrunken: ein neuer Anstrich, und alle Schrammen von früher waren vergessen.

Endlich zog er den versiegelten leinenen Umschlag aus der Tasche. Was hatte ihm der Kommodore wohl jetzt wieder zugedacht? Wahrscheinlich irgend so einen blödsinnigen Auftrag, wie er eben Kuttern vorbehalten blieb. Vielleicht gab es an Sir John Jervis in San Fiorenzo Depeschen zu befördern, oder dem Gesandten in Neapel sollten Briefe überbracht werden.

437

Er erbrach das Siegel, öffnete den Umschlag und begann zu lesen.

»Sie werden hiermit ersucht und angewiesen, die Marchesa di Volterra und den Grafen Pitti an Bord des Ihrem Kommando unterstellten Schiffes zu empfangen und mit den Genannten auf dem schnellsten Wege nach Gibraltar zu versegeln. Es wird Ihnen aufgegeben, für diese Reise eine südliche Route zu wählen, um jede Begegnung mit feindlichen Kriegsschiffen tunlichst zu vermeiden ... Nach der Ankunft in Gibraltar haben Sie sich unverzüglich bei dem Kommandierenden Admiral zu melden, um von ihm den Befehl für Ihre weitere Verwendung entgegenzunehmen.«

Ramage strahlte über das ganze Gesicht: Kein Wunder, daß ihm Gianna zugeblinzelt hatte.

Die Sprache des Seemanns

Ein Nachwort des Übersetzers

Die folgenden Ausführungen haben den Zweck, den nicht »seebefahrenen« Leser im großen und ganzen mit dem Milieu vertraut zu machen, in dem sich die Handlung dieses Buches abspielt, und ihm vor allem einige Kenntnisse von der Ausdrucksweise des Seemanns zu vermitteln.

Beginnen wir mit den Schiffen selbst, jenen Seglern, die seit der Entdeckung der Erde bis zu Nelsons Zeiten sich wenig geändert hatten. Diese Schiffe waren in all den Jahrhunderten bis zur Neuzeit aus Holz gebaut, sie haben die Wälder Spaniens, die Wälder Griechenlands und zum Teil auch die Wälder Italiens gefressen, dadurch wurde die Landschaft des südlichen Europas verunstaltet und sein Klima verändert. Denn die Bäume, die dort wuchsen, brauchte man für die Kiele, die Spanten, die Steven und die Planken der Schiffe, die jenen Ländern Nahrung, Macht und Reichtum bringen sollten. Zur Zeit Napoleons und Nelsons bezog England die Masse seiner Schiffbauhölzer aus Skandinavien und aus den Ostseeländern. Darum hätte ihm die auf Neutralität bedachte nordische Allianz zwischen Rußland, Schweden, Norwegen und Dänemark so gefährlich werden können, die Nelson durch den Überfall auf die dänische Flotte vor Kopenhagen zunichte machte.

Aus Holz ist der *Kiel*, das Rückgrat des Segelschiffes und durch seinen nach unten herausragenden Teil gleichzeitig dazu bestimmt, die *Abtrift*, das seitliche Wegtreiben durch die *querein* wirkende Komponente des

Windes, möglichst zu verringern. Auf dem Kiel sitzen die *Spanten,* durch die das Schiff seine Form erhält, und über die Spanten ziehen sich *längsschiffs* die Planken, die in ihrer Gesamtheit die *Außenhaut* bilden. Diese Planken sind fest und genau aneinandergefügt und durch Nägel aus Akazienholz mit den Spanten verbunden. Diese Bauweise, die eine glatte Außenhaut ergab, nannte man *kraweel.* Bei kleineren Fahrzeugen, vor allem bei Booten, fügte man die Planken dachziegelartig übereinander, weil man damit größere Dichtigkeit erzielen konnte. Solche Fahrzeuge hießen *geklinkert* oder *Klinker gebaut.* Alle kraweelgebauten Schiffe mußten *kalfatert* werden, das heißt, daß man mit Kalfatereisen Baumwollfäden in die Nähte zwischen den Planken schlug und sie dann mit Teer verschmierte. Dennoch waren solche Schiffe nie ganz dicht, sie »arbeiteten« und »machten Wasser«, das sich im untersten Kielraum, der *Bilge,* ansammelte. Darum mußte die Bilge auf jeder Wache *lenzgepumpt* werden, das heißt, es wurde so lange gepumpt, bis die Pumpen *lenz schlugen,* also kein Wasser mehr gaben.

Die Pflege des Schiffsrumpfes, die Überwachung seines Zustandes, sein Dichthalten, vor allem aber die Beseitigung aller Schäden, die der Schiffskörper im Gefecht erlitt, oblag dem Zimmermann, der auf deutschen Kriegsschiffen seit alters den Titel »Meister« führte. Er war ein Deckoffizier, bekleidete also einen Rang, der zwischen Offizier und Unteroffizier etwa die Mitte hielt. Wie jeder andere Deckoffizier hatte natürlich auch der Meister das nötige Fachpersonal unter sich, damit er plötzlich auftretenden Anforderungen gewachsen war. Diese waren vor allem im Gefecht zu gewärtigen. Es gab zu Nelsons Zeiten noch keine Sprenggranaten mit Aufschlagzündern, die Kugeln schlugen somit nur einfache runde Löcher in die Bordwand, die man mit Holzpfropfen, Segeltuch und reichlich Talg wieder stopfen konnte, wenn sie nicht gerade an einer Stelle saßen, an die man nicht herankommen konnte. Schlimm waren die Treffer *zwischen Wind und Wasser,* Schüsse, die nahe der Wasserlinie eingeschlagen hatten, so daß die Löcher immer wieder eintauchten und Wasser einströmen ließen. Auch hier gab es natürlich Stellen, an die man zum Dichten nicht herankam. Treffer an solchen Stellen hatten zur Folge, daß das Wasser im Raum mit zunehmender Schnelligkeit stieg, denn die Schußlöcher waren bald ständig eingetaucht, und das Wasser strömte mit steigendem Druck in das Schiff. Da war es dann bald so weit, daß die Pumpen die eindringende Flut nicht mehr bewältigen konnten; das Wasser stieg, und das Schiff lief langsam voll, es sei denn, daß es gelang, um den Rumpf des Schiffes herum ein *Lecksegel* vor die schlimmsten Verletzungen der Bordwand zu holen. Für die *Sibella* verbot sich ein solches Manöver infolge der erlittenen Schäden und Mannschaftsverluste, vor allem aber wegen der Nähe des Gegners von selbst.

Doch sehen wir uns nun weiter an Deck um. In die glatte Fläche der blendendweißen Decksplanken, die immer wieder mit Sand und Steinen gescheuert werden, sind da und dort Luken eingeschnitten, die auf allen vier Seiten mit hohen *Sülls* (Schwellen) umgeben sind, damit unter normalen Umständen kein Wasser nach unten gelangen kann. Diese Luken samt den dazugehörigen steilen Treppen nennt man *Niedergänge.* Seltsamerweise steigt man einen Niedergang auch hinauf, ohne daß man etwas dabei fände. Das Wort »Treppe« ist an Bord unbekannt. Durch den Niedergang gelangt man *unter Deck* in die *Messen, die Kammern* (nicht Kabinen), die Kajüte des Kommandanten, deren Einteilung uns gegen Ende dieses Buches genau erklärt wird, und vor allem in die *Batterie,* die zugleich den Mannschaften als Aufenthaltsraum dient. Dicht unter den Decksbalken dieses großen Raumes hängen die *Backen* und *Bänke* (Tische und Sitzbänke), die bei »Backen und Banken« heruntergeholt und aufgestellt werden. »Backen und Banken« ist zugleich das Signal zur Ausgabe einer Mahlzeit. Hier nun stoßen wir schon wieder auf das Wort *Back*, nämlich die Suppenback und die Fleischback, die nichts anderes sind als Schüsseln aus verzinktem Blech. Seinen Tee trinkt der Mann aus der blechernen *Muck*, dem gleichen Gefäß, in dem er auch seine Rumration entgegennimmt.

Wir können uns kaum vorstellen, wie beengt ein Matrose in jenen Tagen hausen mußte, wie leicht er sich eine der damals üblichen barbarischen Strafen zuzog. Die Männer schliefen dicht nebeneinander in Hängematten aus Segeltuch. Sie wurden mit dem Ruf: *»Rise, rise!«* und dem dazugehörigen Signalpfiff der Bootsmannsmaate geweckt und mußten ihre Hängematten samt Matratze und Decke *zurren*, das heißt zu wurstförmigen Gebilden zusammenrollen, die dann nicht etwa unter Deck, sondern zum Schutz gegen Musketenfeuer oben auf der *Reling* — der Brüstung des Oberdecks — in den sogenannten *Finknetzkästen* verstaut wurden. Der Name Finknetzkasten kommt wohl daher, daß hier ehedem auch die *Enternetze* ihren Platz fanden, die man über der Reling ausholen konnte, um *Enterern* das Anbordkommen zu erschweren. (»Entern« hieß das Übersteigen auf ein feindliches Schiff, um es im Nahkampf zu erobern.)

In die Reling waren zu beiden Seiten die *Fallreepspforten* eingeschnitten, die den Zugang zum *Steuerbord*- und *Backbordfallreep* bildeten. Das Fallreep war entweder eine an einem kleinen *Davit* (Kran) hängende steile Treppe oder als *Seefallreep* eine »Jakobsleiter« genannte Strickleiter mit hölzernen Sprossen. Mitunter wurde auch durch feste, aus der Bordwand vorstehende Leisten die Möglichkeit geschaffen, an der Bordwand emporzuklettern. Das Anbordkommen wurde durch *Strecktaue* erleichtert, an denen man sich festhalten konnte. Die Ehrenwache der Fallreepsgasten (zwei bis sechs je nach Dienstgrad) hatte ursprünglich den Zweck, älteren Herren auf dem beschwerlichen Weg vom Boot an Bord oder umgekehrt behilflich zu sein.

Über das Oberdeck erhoben sich vorne die Back und hinten das Achterdeck; sie waren in der Regel durch eine Laufbrücke verbunden. Auf der Back befand sich das *Ankergeschirr*, bestehend aus den Ankern mit ihren Ankertrossen aus Hanf, die in See an *Kattdavits* (über die Reling vorstehende Kranbalken) aufgefangen und festgezurrt waren. Die Ankertrosse lief durch eine *Decksklüse* unter Deck, wo sie in einer eigenen *Trossenlast* untergebracht war. Beim Ankerlichten wurde sie um ein *Spill* mit senkrechter Achse genommen, das von den *Backsgasten* (dem auf der Back eingesetzten Teil der Mannschaft) mittels der *Spillspaken* — einer Art hölzerner Speichen — im Rundlauf gedreht wurde. Kleinere Schiffe wie die *Kathleen* hatten an Stelle des Spills eine *Winsch* mit waagrechter Achse, die nur zwei, im Notfall höchstens vier Mann Bedienung erforderte. Wenn der Anker auf dem Grund gefaßt hatte, mußte die Ankertrosse auf das Vier- bis Sechsfache der Wassertiefe *gesteckt* werden, um zu verhindern, daß der Anker losbrach und das Schiff ins Treiben geriet. Der Zug der Trosse wirkte dann ziemlich waagrecht, also in günstigster Richtung auf den Anker. Wie ein Anker gelichtet wird, ist in diesem Buch genau beschrieben.

Das Achterdeck am hinteren Ende des Schiffs diente vor allem der Schiffsführung. Hier befand sich das *Ruderrad* — auf größeren Schiffen waren es ihrer zwei hintereinander — oder, wie auf der kleinen *Kathleen*, die *Pinne* — der waagrechte, lange Steuerknüppel. Gesteuert wurde vom *Rudergänger* und nicht etwa vom Steuermann, denn dieser letztere hatte eine wesentlich höhere Funktion. Ihm oblag es, nach Anweisung des Kommandanten das Schiff nautisch zu führen, den Schiffsort aus Gestirnshöhen zu errechnen, nach Peilungen von *Landmarken* (Leuchttürmen, Kaps, Bergen usw.) zu bestimmen oder durch *Koppeln*, das heißt Aneinanderreihen der »gesteuerten Kurse« und der »gelaufenen Fahrt«, zu ermitteln. Die erste und zweite der genannten Bestimmungen des Schiffsorts nennt man das beobachtete, die dritte das *gegißte Besteck*, »gegißt«, weil es manche Faktoren enthält, die nur geschätzt werden können, wie Strömung, Abtrift, Kompaßfehler, Irrtümer des Rudergängers und so weiter. Der Steuermann führt das *Logbuch*, das alle Daten enthalten muß, die für die Navigation von Belang sind, und was sich sonst noch während der Reise, sei es von außen, sei es an Bord des Schiffes selbst, ereignet. Auch Strafen, die der Kommandant etwa über Besatzungsmitglieder verhängt, werden hier vermerkt. Selbstverständlich hat der Steuermann auch die Kartenausrüstung des Schiffs in Verwahr, sogenannte *Merkatorkarten*, auf denen die Breitengrade als parallele Linien eingetragen sind und die Entfernungen in Seemeilen an den Seitenrändern abgegriffen werden können. Die Schiffsgeschwindigkeit, *Fahrt* genannt, wurde durch die Länge der in einer bestimmten Zeit ausgelaufenen Logleine bestimmt, die an einem senkrecht im Wasser stehenden dreieckigen Brettchen befestigt war. Diese stündlich wiederholte Fahrtbestimmung nannte man *loggen*. Dem gleichen Zweck dient heute ein mit Schraubenflügeln versehenes rotierendes »Patentlog«. Es ist an der Loguhr befestigt, von der man die Fahrt in Seemeilen unmittelbar ablesen kann. Eine Seemeile entspricht einer Meridianminute = 1852 Meter.

Die Segelschiffe der Nelsonzeit wurden durch den

Wind getrieben, dem die Segel als Angriffsfläche dienten. Größere Schiffe waren immer Rahschiffe, wie wir sie von alten Bildern zur Genüge kennen. Fregatten und Linienschiffe hatten drei Masten, von vorn nach hinten Fockmast, Großmast und Kreuzmast genannt. Die *Stengen* bildeten die Verlängerung der *Untermasten*. An beiden hingen querschiffs die *Rahen*, als unterste von vorn gerechnet die Fockrah, die Großrah und die Bagienrah. Darüber hingen an den Marsstengen die drei Marsrahen: Vormarsrah, Großmarsrah und Kreuzmarsrah, und endlich noch ein Stockwerk höher an den Bramstengen die Bramrahen. An Vorsegeln zwischen Fockmast und Klüverbaumnock (Ende des Klüverbaums) gab es von hinten nach vorn die *Stagfock*, den *Innenklüver* und den *Außenklüver*. Das Bugspriet ragte nach vorn über den Bug hinaus, auf ihm saß als Verlängerung der Klüverbaum. Die Enden aller dieser *Spieren* nannte und nennt man noch heute ihre *Nocken*. An jeder dieser Rahen war ein mächtiges Segel *untergeschlagen* (befestigt), das mit *Geitauen* und *Gordings* zusammengeschnürt oder *aufgegeit* werden konnte, damit es die Männer, die auf den *Pferden* unter der Rah *ausgelegt* hatten, schließlich mit *Zeisings* (Segeltuchbändern) festmachen konnten. Beim *Reffen* konnte man einen Teil des Segels mit *Refftaljen* (besonderen Flaschenzügen) an die Rah hochholen und mit den eingenähten *Reffzeisings* (kurzen Leinen) festmachen, so daß die Segelfläche der Windstärke angepaßt war. Auf den Rahen saßen die *Leesegelspieren*, die man hinausschieben konnte, um unter ihnen die Leesegel zu setzen und so die Segelfläche nach der Seite zu vergrößern. Viele Schiffe, darunter auch die *Sibella*, hatten außerdem die Möglichkeit, an einer Rah unter dem Bugspriet ein Segel zu setzen, das vor allem durch seinen weit vorn liegenden Angriffspunkt zuweilen von Nutzen war.

Masten, Rahen und Segel wurden durch Tauwerk gestützt und bedient. Alles als Stütze dienende Tauwerk nannte und nennt man das *stehende Gut*. Dazu zählen vor allem die *Wanten*, die den Mast seitlich stützen und zur Vergrößerung des Angriffswinkels mit dem unteren Ende außerhalb der Bordwand an den seitwärts herausragenden *Rüsten* sitzen. Die Mars- und Bramstengen werden durch die sogenannten *Stengenwanten* seitlich gehalten, die unten an den breiten *Marsen* und den *Bramsalings* befestigt sind. Die *Stagen* endlich geben den Masten und Stengen nach vorn und achtern Halt. Zum *laufenden Gut* gehören die *Brassen* zum Herumholen der Rahen, die *Fallen* zum Heißen und Fieren der oberen Rahen, die *Schoten* zum Ausholen der unteren Ecken der Segel (Schothörner), die schon erwähnten Geitaue und Gordings und vieles mehr, dessen Aufzählung zu weit ins Detail führen würde. Der *Besan* ist, außer den Vorsegeln, das einzige nicht querschiffs unter einer Rah hängende Segel. Es steht *längsschiffs* zwischen Baum und *Gaffel*, die bei ihm die Rahen vertreten. Man nennt solche Segel allgemein *Schratsegel*. Ein Kutter wie die *Kathleen* führt *nur* Schratsegel, zu denen im weiteren Sinne auch die Vorsegel — Stagfock und Klüver — zu rechnen sind. Es ist klar, daß ein Kutter mit dieser Besegelung bedeutend höher an den Wind gehen kann als das Rahschiff, das schon am Wind liegt, wenn dieser zwei Strich (22 Grad) *vorlicher als querein* kommt. Mit einem Kutter kann man dagegen bis zu vier Strich oder 45 Grad an den Wind gehen, eine Möglichkeit, die ihm damals weit überlegenen Gegnern gegenüber ein hohes Maß an Sicherheit verlieh. Da der Großbaum des Kutters nach beiden Seiten Raum zum Ausschwingen braucht, muß das jeweils in Lee, der dem Wind abgewandten Seite, befindliche, den Mast stützende Backstag aufgefiert oder losgeworfen werden, während das Luvbackstag zur Erfüllung seiner stützenden Aufgabe rechtzeitig *steifgeholt* und *belegt* wird.

Herr über alles Tauwerk an Bord eines Segelschiffs — immer natürlich unter dem Kommandanten — ist der *Bootsmann.* Ich kannte einen Bootsmann, der zum erstenmal in Buenos Aires gewesen war. Als ich ihn nach seinen Eindrücken von dieser Stadt fragte, meinte er nur: »Ich habe nirgends stärkere Festmacher gesehen.« *Festmacher* — das sind die Trossen, mit denen ein Schiff längsseit einer Pier *festgemacht* wird. Tauwerk gibt es in der Seefahrt, aber kein Tau, außer etwa dem Strecktau, von dem schon die Rede war. Taue nennt der Seemann *Enden,* und das Ende eines Endes ist der *Tamp.* Starke Taue sind Trossen wie etwa die Ankertrosse oder die schon erwähnten Festmacher. Enden, die über Rollen laufen, sind *durch Blöcke geschoren.* Einen so hergestellten Flaschenzug nennt man *Talje;* wenn er besonders schwer und tragkräftig ist, *Takel.* Mit solchen Vorrichtungen kann man Kraft in Weg umsetzen, also Kraft sparen, was bei der Seefahrt sehr wichtig ist. Darum fanden Taljen und Takel überall Verwendung, wo es galt, schwere Lasten zu bewegen. Vom Katten eines Ankers mittels der Katt-Talje war schon die Rede, vom Schwenken der Geschütze mit Taljen wird noch die Rede sein; hier soll jetzt ihre Verwendung zum Aus- und Einsetzen der Schiffsboote erwähnt werden, weil auch die Boote zum Dienstbereich des Bootsmanns gehörten, wie uns schon sein Name verrät. Die Boote eines Schiffes jener Zeit standen entweder in *Klampen* auf dem *Bootsdeck* über dem Oberdeck, oder sie hingen in Davits. Das letztere galt vor allem für die Rettungsboote, die zum Beispiel zum Auffischen über Bord Gegangener Verwendung fanden. Als Rettungsboote dienten in der Regel Kutter, Ruderboote mit zehn bis vierzehn *Riemen* (Rudern), die von ebenso vielen Leuten zu je zweien auf einer *Ducht* oder Sitzbank *gepullt* wurden. Das *Ruder* des Bootes diente nur zum Steuern, an ihm saß der Bootssteuerer, der über die Männer an den Riemen, die *Bootsgasten*, das Kommando führte. Der Sitzraum für die Passagiere achtern (hinten im Boot) hieß und heißt noch heute die *Plicht* oder *Achterplicht*. Hier saß der Bootssteuerer an der *Pinne*, die ihm ermöglichte, das Ruder zu *legen*. Das Boot, das in diesem Roman die größte Rolle spielt, ist die *Gig* des Kommandanten, ein schlankes, meist *spitzgatt* gebautes, das heißt vorn und achtern spitz zulaufendes Ruderboot, das von sechs bis acht Mann gepullt wurde, die einzeln auf den Duchten hintereinander saßen und von denen je drei oder vier ihre Riemen an Backbord oder Steuerbord führten. Für die Ramage gestellte Aufgabe hatte die Gig die Vorteile der Leichtigkeit, der Wendigkeit und der Schnelligkeit, ganz abgesehen davon, daß sie am besten verborgen zu halten war. Außer Gig und Kutter gab es an größeren Booten noch die *Barkasse*, die eine Menge Menschen faßte und vor allem bei Enterunternehmungen eine Rolle spielte.

Doch zurück zum Tauwerk. Ein Ende kann entweder steif oder lose sein; soll es nicht lose bleiben, so *holt man es durch* oder *setzt es steif*. Ist es steif und in Gefahr zu *brechen*, so *schrickt* man es, um den Zug zu vermindern, oder man *wirft es los*, wenn man seiner nicht mehr bedarf. Alle Enden werden an *Klampen* oder *Belegnägeln* festgemacht oder *belegt*, um zu verhindern, daß sie *ausrauschen*. Der nicht verwendete Teil eines Endes, sei es eines Falls oder einer Schot, wird säuberlich an Deck *aufgeschossen*.

Die Manöver eines Segelschiffs: Das Rahschiff *liegt* wie gesagt *am Wind*, wenn der Wind zwei Strich vorlicher als querein kommt. Steht der Wind querein, das heißt neunzig Grad zur Kursrichtung, so segelt es mit *halbem Wind*, kommt er weiter von achtern, so spricht man von *raumschots*. Der Wind, der fünfundvierzig Grad von achtern kommt, heißt *Backstagsbrise*. Kommt der Wind *recht* von achtern, so liegt man *vor dem Wind* — ein wenig günstiger Kurs, weil dabei die achteren Segel die vorderen abdecken. Alles in allem sind einem Rahschiff sämtliche Kurse versperrt, die mehr gegen den Wind führen als sechs Strich oder sechsundsechzig Grad, und das gilt natürlich nach beiden Seiten. Will es dennoch gegen die herrschende Windrichtung *Raum gewinnen*, so muß es *kreuzen*, das heißt einmal über den einen und dann über den anderen Bug am Winde segeln. Um vom einen auf den anderen Bug zu gelangen, muß es entweder *wenden*, das heißt in den Wind drehen und dann auf dem anderen Bug abfallen, oder *halsen*, das heißt vor den Wind drehen und auf dem anderen Bug wieder anluven. Halsen ist sicherer als wenden, aber man verliert dabei bereits gewonnenen Raum. Gaffelsegel müssen beim Halsen vorsichtig übergenommen werden, weil sie sonst mit gefährlichem Schwung überkommen.

Nun noch einige Worte über die Artillerie: Die Kriegsschiffe der Nelsonzeit waren reichlich mit Vorderladern bestückt, die Zahl der Geschütze kennzeichnete geradezu die Größe des betreffenden Schiffes. Vierundzwanziger, Sechsunddreißiger und so weiter, bis zum Vierundsiebziger oder gar bis zum Linienschiff mit über hundert Kanonen — immer wurde durch die Zahl der Geschütze auch die Größe des Schiffes selbst hinreichend genau bezeichnet. Der größte Teil der Geschütze stand in einem oder mehreren Batteriedecks. In diese Decks waren *Stück*- oder *Geschützpforten* eingeschnitten, die es erlaubten, die Geschütze von der Querabrichtung um einen kleinen Winkel nach vorn oder achtern zu schwenken. Dies geschah mit Hilfe der *Richttaljen*. Die Geschütze wurden im *eingerannten* Zustand geladen, dann wurden sie *aus-*

gerannt, das heißt ihre Rohre wurden durch die nunmehr geöffneten *Stückpforten* nach außen geschoben. Die Lafetten, auf denen sie ruhten, liefen auf Rädern. Man muß sich vor Augen halten, daß ein solches Geschütz nur durch die Mündung geladen werden konnte. Die Kugel war rund und paßte möglichst genau ins Rohr, die Pulverladung bestand aus einem Kartuschbeutel mit Schwarzpulver, dessen leichte Entzündbarkeit höchste Vorsicht verlangte. So durfte die mit einem Vorhang abgeschlossene Pulverkammer nur in Filzpantoffeln betreten werden, und die Geschütze wurden nach jedem Schuß feucht ausgewischt, damit keine gefährlichen glühenden Reste zurückgeblieben sein konnten. Beim Schuß »rannte« die Kanone durch den Rückstoß auf ihren Lafettenrädern »ein«, bis sie durch eine *Brook* (ein Stück starker Trosse) abgebremst und festgehalten wurde. Geschütze mit festen Lafetten, die den unvermeidlichen Rückstoß hydraulisch abbremsen, waren zu Nelsons Zeiten noch unbekannt. Eingerannt war das Geschütz wieder in der Stellung, in der es von der Mündung her aufs neue geladen werden konnte. Es dauerte in der Regel ziemlich lange — an die fünf Minuten —, bis es wieder feuerbereit und ausgerannt war. Bei den leichten Geschützen, den Karronaden, deren Lafetten beim Schuß nicht auf Rädern zurückrollten, sondern auf einer Gleitbahn binnenbords rutschten, ging das Wiederladen natürlich schneller. Karronaden standen in der Regel auf der Back und auf dem Achterdeck, damit das Schiff nach vorn und achtern nicht ganz wehrlos war — wenn bei ihnen auch nicht von wirklicher Feuerkraft die Rede sein konnte. Ziel jeder taktischen Operation war es daher, den Gegner mit der eigenen Breitseite *längsschiffs* zu bestreichen. Wenn dies gelang, war sein Schicksal meist schon nach der ersten Salve besiegelt. Ging es allerdings um den Kampf zweier Flotten, so ließ sich dieses Manöver — »*Crossing the T*« genannt — in der Regel nicht anwenden. Es kam dann meist zu einem lang anhaltenden Feuerwechsel auf parallelen Kursen, dem sogenannten laufenden Gefecht, das selten zu einer echten Entscheidung führte. Darum vermied Nelson diese Art, sich mit dem Gegner zu messen. Vor Kopenhagen und bei Abukir griff er eine vor Anker liegende Flotte an, bei Trafalgar nahm er es in Kauf, daß die Spitzenschiffe der beiden angreifenden Kolonnen längsschiffs bestrichen wurden, weil es ihm darauf ankam, den Gegner zum Kampf auf kürzeste Entfernung zu stellen und durch die kämpferische Überlegenheit seiner Besatzungen zu schlagen.

Dabei war die damalige britische Navy mit heutigen Augen gesehen alles andere als vollkommen. Wir vermögen uns kaum vorzustellen, daß es trotz Verfassung, Parlament und bürgerlichen Rechten kein Schiff gab, dessen Mannschaftsverzeichnis — die *Musterrolle* — nicht die Namen von Männern enthielt, die in der englischen Heimat von sogenannten *Preßkommandos* mit Gewalt an Bord geschleppt, gekidnappt, worden waren, um die durch Desertionen gelichtete Besatzung aufzufüllen. Auch von übler Protektionswirtschaft in den hohen und höchsten Kommandostellen verrät uns der Roman einiges, das gewiß der historischen Prüfung standhält.

E. v. Beulwitz

**Bitte beachten Sie
die folgenden Seiten:**

Maritimes im Ullstein Buch

Frank Adam
Hornblower, Bolitho & Co.
(20754)

Bill Beavis
Anker mittschiffs! (20722)

Dieter Bromund
Kompaßkurs Mord! (22137)

Fritz Brustat-Naval
Kaperfahrt zu
fernen Meeren (20637)
Die Kap-Hoorn-Saga (20831)
Im Wind der Ozeane (20949)
Windjammer auf großer
Fahrt (22030)
Um Kopf und Kragen
(22241)

L.-G. Buchheim
Das Segelschiff (22096)

Alexander Enfield
Kapitänsgarn (20961)

Gerd Engel
Florida-Transfer (22015)
Münchhausen im Ölzeug
(22138)

Wilfried Erdmann
Der blaue Traum (20844)

Horst Falliner
Brauchen Doktor
an Bord! (20627)
Ganz oben auf dem
Sonnendeck (20925)

Gorch Fock
Seefahrt ist not! (20728)

Cecil Scott Forester
11 Romane um
Horatio Hornblower

Rollo Gebhard
Seefieber (20597)
Ein Mann und sein Boot
(22055)

**Rollo Gebhard/
Angelika Zilcher**
Mit Rollo
um die Welt (20526)

Kurt Gerdau
Keiner singt ihre Lieder
(20912)
La Paloma, oje! (22194)

Michael Green
Ruder hart links! (20293)

Horst Haftmann
Oft spuckt mir Neptun Gischt
aufs Deck(20206)
Mit Neptun
auf du und du (20535)

Heinrich Hauser
Pamir – Die letzten
Segelschiffe (20492)

Alexander Kent
19 marinehistorische
Romane um Richard
Bolitho und 18 moderne
Seekriegsromane

Ursel und Friedel Klee
... und immer mal wieder
liegt Land im Wege (20354)

Wolfgang J. Krauss
Seewind (20282)
Seetang (20308)
Weite See (20416)
Kielwasser (20518)
Ihr Hafen ist die See (20540)
Nebel vor
Jan Mayen (20579)
Wider den Wind
und die Wellen (20708)
Von der Sucht
des Segelns ((20808)

Klaus-P. Kurz
Westwärts wie die Wolken
(22111)

Sam Llewellyn
Laß das Riff ihn töten (22067)
Ein Leichentuch aus Gischt
(22230)

Bernard Moitessier
Kap Hoorn –
der logische Weg (20325)

Wolfram zu Mondfeld
Das Piratenkochbuch
(20869)

Nicholas Monsarrat
Der ewige Seemann,
Bd. 1 (20227)
Der ewige Seemann,
Bd. 2 (20299)

C. N. Parkinson
Horatio Hornblower (22207)

Herbert Ruland
Eispatrouille (22164)

Hank Searls
Über Bord (20658)

Antony Trew
Regattafieber (20776)

Karl Vettermann
Barawitzka segelt
nach Malta (20383)
Die Irrfahrten
des Barawitzka (20568)

James Dillon White
5 Romane um Roger Kelso

Richard Woodman
Die Augen der Flotte (20531)
Kutterkorsaren (20557)
Kurier zum
Kap der Stürme (20585)
Die Mörserflottille (20666)
Die Korvette (20742)
Die Wracks
von Trafalgar (20787)
Der Mann
unterm Floß (20881)
In fernen Gewässern (22124)

Sam Llewellyn

Laß das Riff ihn töten

Roman

Ullstein Buch 22067

Ein Thriller aus der Welt der internationalen Ozeanregatten und ihrer Hintermänner: Die Rennyacht des jungen Konstrukteurs Charlie Agutter hat das Potential, alle Konkurrenten aus dem Feld zu schlagen. Doch schon die Erprobung des Prototyos fordert zwei Menschenleben. Charlie muß erfahren, daß im Kampf um hohe Preisgelder und weltweite Reputation mitunter nicht die Schnelligkeit den Ausschlag gibt, sondern Betrug, Sabotage, Brandstiftung und sogar Mord.
Ein Spannungsroman aus einem rasanten und exklusiven Milieu.

ein Ullstein Buch